Menschen, die wie wir an die Physik glauben, wissen, dass die Unterscheidung zwischen Vergangenheit, Gegenwart und Zukunft nur eine besonders hartnäckige Illusion ist.

Albert Einstein

Es war ein heißer Tag. Der Rasen war kurz gemäht worden und strohige Halme reckten sich stopplig in die flimmernde Luft. Die Sonne brannte auf der verschwitzten Haut und jeder Schritt schien zu viel. Afrikanische Savanne mitten im Prenzlauer Berg. Mark nahm die Sonnenbrille ab, schaute über den Platz, und ging dann zügig auf einen der nahen, schattenspendenden Bäume zu.

Er sah sich um. Einiges hatte sich verändert, jedoch nicht völlig und er spürte immer noch die alte Verbindung zwischen ihm und diesem Ort. Auf dem Rasen und den umliegenden Bänken tummelten sich, die Sonne genießend, junge Leute und auf dem angrenzenden Spielplatz sah er Eltern mit ihren Kindern. Ihm fielen die vielen parkenden Fahrzeuge auf, die sich rund um den Teutoburger Platz drängten und die Straßen eng und verstopft wirken ließen. Ganz in der Nähe, in der Fehrbelliner Straße, war er aufgewachsen und damals, in den späten Siebzigern, konnte er einen Ball von seiner Haustür aus in Richtung des Platzes schießen, ohne Gefahr zu laufen ein Auto zu treffen. Jetzt sah es hier aus, als könne man unmöglich seine Einkaufstüten auf die andere Straßenseite bringen. Berlin hatte sich nach dem Mauerfall immer mehr zu einer westlichen Metropole entwickelt und mit den damit einhergehenden Verkehrsproblemen zu kämpfen. Die Gegend um den Teutoburger Platz, in der Gründerzeit konzipiert und für diese Unmengen Autos einfach nicht ausgelegt, sah aus, als hätte sich ein Lavastrom aus Blech in ihr ergossen.

Im kühlen Schatten des Baumes stand eine Bank. Er setzte sich, und begann sich daran zu erinnern wie es ausgesehen hatte, als er sich hier mit den Jungs aus der Gegend herumgetrieben hatte. Sein altes Viertel war zum Sanierungsgebiet geworden und im Zuge dessen, wurde auch der Platz neu gestaltet. Gegenüber der Bank befand sich ein altes Trafohäuschen, dass bereits in seiner Jugend nicht mehr als solches genutzt worden war und verschlossen, mit vermauerten Fenstern in einen Dornröschenschlaf gehüllt auf seine Erweckung gewartet hatte.

Offensichtlich war es soweit und das alte Häuschen hatte eine neue Bestimmung erhalten. Nun war es begehbar und durch seine weit geöffneten Türen spazierten Menschen. Als Kind war er gerne über eine angrenzende Pergola auf das flache Dach geklettert, hatte den Blick über den Teutoburger Platz genossen, oder die alten Hauswände für Ballspiele mit seinen Freunden genutzt. Das Flachdach war inzwischen durch ein neues Walmdach ersetzt worden, das dem Häuschen besser stand, und die Wände zierten nun Graffiti.

Mark kam der Gedanke, dass vielleicht einige seiner Freunde aus Kindheit und Jugend noch immer hier wohnen könnten. Er schaute sich nochmal um. Unwahrscheinlich! Vielleicht aber doch! War es nicht möglich, dass jemand von ihnen noch hier lebte? Vielleicht hatte jemand die ganze Zeit über hier gelebt, war hiergeblieben, hatte eine Familie gegründet?

Neben dem ehemaligen Trafohäuschen, nur durch einen schmalen Gehweg getrennt, der Spielplatz. Auch hier war kräftig modernisiert worden, und das alte Klettergerüst und die alten Spielröhren aus Beton waren neuen genormten Varianten von Spielgeräten gewichen. Durch das dichte Laub der Bäume hinter dem Spielplatz lugten die Fassaden der umliegenden Häuser hervor. Strahlend frische Fronten zogen sich um den Platz, hier und da noch von einer grauen Altlast unterbrochen. In den Fensterfronten spiegelten sich die Bilder seiner Kindheit und in seinem Kopf gewannen diese Bilder langsam an Schärfe. Er betrachtete die Häuser, in denen viele Freunde und Bekannte gewohnt hatten, filterte einzelne Fenster heraus und verknüpfte sie mit Namen von Personen, die er dort gekannt hatte. Unwillkürlich blieb sein Blick an der Tischtennisplatte hängen, die ebenfalls erneuert worden war, sich jedoch an der gleichen Stelle wie damals befand und durch die jugendlichen Spieler, ein vertrautes Bild bot. Oft hatte er hier selbst seine Nachmittage mit Tischtennis verbracht. Chinesisch hatten sie gespielt, waren um die Platte gehetzt, bis die Laternen angingen und hatten selbst im Schummerlicht noch weitergespielt.

Wieviel Zeit war seither vergangen? Er rechnete. 1976 waren sie hierher gezogen. Seine Familie war auch vorher schon im Prenzlauer Berg heimisch, doch die alte Wohnung in der Stargarder Straße wurde langsam zu klein, und so mussten sie umziehen. Im Grunde ist die Stargarder Straße nicht weit entfernt, doch ein 9-jähriger Junge, der auch noch die Schule wechseln musste, kam in eine völlig andere Welt.

Das Areal rechts neben den Tischtennisplatten hatte sich ebenfalls verändert. Kleine bewachsene Hügel mit niederem Busch- und Baumbestand und schmalen Pfaden, teilweise durch felsige Steine begrenzt, wirkten harmonisch und bereicherten den Gesamteindruck des Platzes. Ihnen war ein grauer Betonboden mit ebenso grauer Begrenzung gewichen, der als Fußballplatz gedient hatte. Im Winter war er oft durch einen Anwohner mit einem Wasserschlauch geflutet worden und wurde so zu einer wunderbaren Eisbahn, die bei Jung und Alt großen Anklang gefunden hatte. In Mark´s Kopf formten sich Bilder von Menschen, dick in Winterkleidung eingepackt, wacklig, mit Eisgleitern oder Schlittschuhen an den Füßen, manchmal einfach nur in Stiefeln, auf dem Eis. Die Neugestaltung war gut gelungen, doch er merkte auch, dass ihm der Fußballplatz irgendwie fehlte.

Er stand auf, ging über den Rasen zu einer Birke auf der anderen Seite, deren Krone sich leicht im Wind bewegte. Schon bald konnte er einzelne Partien der Rinde erkennen, blieb dann vor dem Baum stehen und berührte sie. Grob strukturiert wand sie sich um den kräftigen Stamm. Mark schaute hoch, bis zum ersten Ast, der sich in einiger Entfernung über seinem Kopf befand. Wie hatte er es nur fertig gebracht diesen Ast zu erreichen, kaum älter als zehn oder elf? Damals war er bis in die Krone hinauf geklettert, bis ganz nach oben, wo er Gefahr lief, die dünnen Äste würden ihn nicht mehr halten. Doch er hatte es riskiert, weil dort oben die Zeit stillzustehen schien und nichts von unten mehr Bedeutung hatte und niemand ihm dorthin folgen konnte. Unerwartet beschlich ihn der Gedanke den Baum erneut zu erklimmen, doch schon kurz darauf tat er ihn als lächerlich ab, da in diesem Moment, der fast fünfzigjährige Mann, der er nun war, dem 11-jährigen Jungen Einhalt gebot. Dicht bei der Birke hatte man einen Basketballkorb angebracht, und es gab dort auch eine dreiteilige plastische Sandsteingruppe, aus einem Sockel mit Wasseraustritt, einem sitzenden Frosch darauf, einem Wasserauffangbecken und einem hockenden Mädchen bestehend.

Im Spiel lärmende Kinder rissen ihn abrupt aus seinen Gedanken, als sie kreischend an ihm vorbei rannten. Er verließ den Platz über eine kurze Treppe, nahe der Tischtennisplatte und stand nun in der Fehrbelliner Straße. Die Kinderstimmen wurden mit zunehmender Entfernung leiser, bis sie schließlich vollends verstummten, und er ertappte sich dabei, wie er in den Gesichtern der Kinder nach Ähnlichkeiten mit früheren Freunden gesucht hatte, wohl in der stillen Hoffnung, vielleicht Sohn oder Tochter eines alten Bekannten vor sich zu haben.

Mark überquerte die Fahrbahn und stand vor dem gegenüberliegenden Haus, das nach erfolgter Sanierung einen ordentlichen Eindruck machte. Mit dem Finger ging er die Namen an der Klingelanlage durch, die hier installiert worden war. „Früher gab es die nicht!", schoss es ihm durch den Kopf. Die Häuser waren, wenn überhaupt, nur nachts verschlossen und er bedauerte diese Veränderung, da sie Ihm nicht gestattete, einen Blick ins Innere des Hauses zu werfen. Beim letzten Namen angekommen, stellte er fest, dass er niemand mehr kannte.

„Suchen sie jemand?" Er zuckte zusammen, und blickte in das Gesicht eines jungen Mannes, der mit einem Schlüssel in der Hand vor ihm stand. „Kann ich ihnen helfen?" „Nein...!"

Er trat einen Schritt zurück, ließ den verwunderten Mann ins Haus, ging wieder auf die andere Straßenseite und spazierte die Fehrbelliner hinauf. Warum war er hier? Weshalb kam er nach all den Jahren wieder her?

Weil es sein anderes Leben nicht mehr gab! Weil er nun Zeit hatte! Er war an einem Punkt angelangt, an dem er wirklich Zeit hatte. In diesem Zusammenhang, musste er an das Häuten einer Schlange denken und fand den Vergleich durchaus treffend. Die

Trennung von Melissa hatte er nun überwunden, so glaubte er, und wieder sah er ihr Lächeln, ihr umwerfendes Lächeln auf dieser Weihnachtsfeier, als sie sich kennenlernten. Erst hatten sie zusammen gearbeitet, sich dann verliebt, dann zusammen gelebt, dann verändert. Beide. Aber das war vorbei. Nun hatte er Zeit!

Der Fall der Mauer war für die meisten völlig überraschend gekommen und Mark hatte ihn im wahrsten Sinne des Wortes verschlafen. Erst am nächsten Morgen, als ein großer Teil seiner Kollegen auf der Arbeit fehlte, hatte er realisiert, dass etwas Außergewöhnliches passiert sein musste. In der vergangenen Nacht war die Grenze geöffnet worden und die Welt hatte sich für immer verändert.

Gesellschaftliche Umwälzungen dieser Art haben natürlich immer direkte Auswirkungen auf die Menschen, die in diesen Zeiten leben. Damals war er ein Anhänger der Idee eines eigenständigen Weges der ehemaligen DDR, mit dem Ziel einer *SPÄTEREN* Wiedervereinigung gewesen, doch das sah die Mehrheit der Bevölkerung, der auch noch blühende Landschaften und die D-Mark versprochen wurde, anders. Damals wurde er gerade 23 und arbeitslos.

Sein neues Leben als frischgebackener Bundesbürger hatte er sich allerdings etwas anders vorgestellt, doch die „Umstrukturierung" der ehemaligen DDR-Wirtschaft machte es notwendig, dass sich viele Leute beruflich neu orientieren mussten und so kam es, dass er, als er im Wartezimmer eines Augenarztes die Stellenanzeigen einer Zeitung durchging, von einem neben ihm sitzenden Mann im Anzug angesprochen wurde, der ihm schlussendlich eine Visitenkarte hinterließ. Eine Woche später hatte er dann einen Job bei einer Immobilienfirma.

Die Arbeit lief gut, und er lernte auf einer Weihnachtsfeier auch noch Melissa, eine ehrgeizige junge Frau, die ebenfalls dort arbeitete, kennen. Sie verliebten sich ineinander, zogen zusammen, arbeiteten hart und hatten bald ihre eigene Firma. Der wirtschaftliche Erfolg erlaubte es ihnen bald selbst ein Haus zu kaufen, toll gelegen, Grunewald, und wenig später heirateten sie. Er hatte Melissa wirklich geliebt, doch die Firma und das Geld, das sie verdienten, veränderten beide und irgendwann hatten sie sich nichts mehr zu sagen. Die Ehe, die kinderlos geblieben war, scheiterte und er glaubte nicht mehr an diese Art zu leben. Es ging nur noch ums Geschäft und Mark musste sich eingestehen, von oberflächlichen Menschen umgeben zu sein, die weitestgehend damit beschäftigt waren, vermeintlichen Statussymbolen hinterher zu laufen. Die Scheidung verlief einvernehmlich. Beide wollten raus aus dieser Ehe, hatten aber noch genug Achtung voreinander um alles fair zu regeln. Sie verkauften Firma und Haus, und Melissa ging nach Frankreich, um sich am Unternehmen einer Freundin zu beteiligen.

Er vergrub sich für eine Weile in einem Hotel, und als er beschloss wieder rauszugehen, wusste er nicht wohin. So war er hergekommen, lief nun die Fehrbelliner entlang und blieb an der Ecke Templiner stehen.

Gegenüber sah er die alte „Kaufhalle" in ihrem neuen Gewand als „Kaiser's", deren Neubau er als Jugendlicher miterlebt hatte. Vorher hatte es hier nur einen, mit ein paar Bäumen und Büschen bewachsenen freien Platz gegeben. Der sogenannte „Hunde-Platz" war durch ein im Krieg zerstörtes Eckhaus entstanden und weitere Gründerzeit-Häuser hatten sich bis vor zur Choriner daran angeschlossen.

In diesen alten Häusern gab es oft auch Ladengeschäfte im Vorderhaus, die jedoch, durch die Zentralisierung der DDR-Wirtschaft, Enteignung oder Flucht der Inhaber in Richtung Westen in den 50er und 60er Jahren, an Bedeutung verloren und nach und nach ungenutzt und verschlossen die Fronten zierten. Um die Versorgung der Bevölkerung mit „Waren des täglichen Bedarfs" zu gewährleisten, wurden „Kaufhallen" gebaut, die diese Läden ersetzten. Die verantwortlichen Planer störte es nicht im geringsten, dafür einige historische Gebäude, für deren Sanierung sowieso keine Mittel zur Verfügung standen, abzureißen, denn längst hatte man beschlossen den wachsenden

Wohnungsbedarf durch ein gigantisches Neubauprogramm zu befriedigen und Berlin durch neue Stadtbezirke weiter wachsen zu lassen.

Die betreffenden Häuser hier, wurden Ende der siebziger Jahre gesprengt. Mark erinnerte sich wieder an den Anblick der Trümmer, gegenüber der elterlichen Wohnung in der Nr. 85. Alle Anwohner mussten die Wohnungen verlassen und nach ihrer Rückkehr, hatte sich die Ecke komplett verändert. Nachdem die Trümmer geräumt worden waren, begannen die Bauarbeiten mit dem Aushub des Kellergeschosses der neuen Kaufhalle und bald klaffte ein riesiges Loch, das bei Regen regelmäßig mit Wasser gefüllt wurde, auf der anderen Straßenseite.

Naturgemäß übte die Baustelle eine zwingende Anziehungskraft auf die Jungen der Gegend aus und er und seine Freunde kletterten in dem Loch herum, blieben darin stecken und versanken bis zu den Knien im Schlamm, was von ihren Eltern, die die total verdreckte Kleidung waschen und ruinierte Schuhe ersetzen mussten, überhaupt nicht geschätzt wurde. Nicht zuletzt auch wegen der Unfallgefahr, die von den Jungen damals einfach ausgeblendet wurde.

Irgendwann wurde die Baustelle dann eingezäunt und mit Baulampen versehen, was selbstverständlich keinen der Jungen davon abhalten konnte, die Baustelle weiterhin als Abenteuerspielplatz zu verstehen, und auch die Lampen erfreuten sich einiger Beliebtheit. In der sozialistischen Mangelwirtschaft wurden Dinge häufig zweckentfremdet und so dienten einige der Baulampen bald der extravaganten Beleuchtung von Jugendzimmern. Auch Mark hatte sich ein Exemplar „besorgt" und mit einer farbigen Glühbirne ausgestattet. So sorgte auch er für eine außergewöhnliche Atmosphäre in seinem Zimmer.

Er ging am Kaiser´s Markt vorbei, und schaute auf die andere Seite, wo sich an der Ecke Fehrbelliner/Chorinerstraße die Nr. 85 befand, das Haus in dem er aufgewachsen war. Plötzlich blieb sein Blick an den Fenstern der Wohnung in der zweiten Etage hängen. Er traute seinen Augen nicht, denn anstelle von Gardinen, sah er dort ein gelbes Transparent, auf dem in roten Buchstaben „Zu Vermieten" stand. Gleich darunter war auch eine Telefonnummer angegeben.

Sein Herz begann schneller zu schlagen und eine außergewöhnliche Unruhe ergriff plötzlich Besitz von ihm und er hatte das starke Gefühl nicht zufällig hier zu sein. Ein merkwürdiger, surrealer Moment, fast schon etwas gespenstig. Doch es war eher ein wohliger Schauer, als ein beängstigendes Gefühl, dass sich in ihm breit machte.

Er betrachtete nun den Rest des Hauses. Es hatte sich äußerlich wenig verändert, obwohl Fassade und Eingangstür neu gestrichen worden waren, und sofort fühlte er sich wieder zuhause. Unten hatte nun ein kleiner Laden geöffnet, der der Lebendigkeit des Gebäudes gut tat. Die kunstschmiedeeisernen Verstrebungen, zum Schutz der Glasscheiben im oberen Bereich der schweren Eingangstür, waren ihm so vertraut wie der tägliche Blick in den Spiegel. Er ging rüber, und suchte am Klingelbrett nach bekannten Namen.

„Niemand mehr da", murmelte er vor sich hin, und drückte automatisch gegen die Tür, die sich auch prompt öffnete. Schnell griff seine Hand nach dem Türknauf, als befürchtete er, sie würde wieder zufallen, und ihm für immer den Weg versperren. Vorsichtig trat er ein, und wurde von einem angenehmen eigentümlichen Geruch im schummrigen Hausflur empfangen. Mark vermochte ihn nicht genauer zu identifizieren, es roch einfach nach diesem Haus, so wie das Haus immer gerochen hatte. Alles wirkte so, als hätte er es erst vor wenigen Stunden verlassen, mit Ausnahme der neuen Briefkästen, die sich jedoch noch am gewohnten Platz befanden. Der schmale Flur verbreiterte sich nach einigen Metern. Dort wo die beiden Paterre-Wohnungen lagen, führte eine Treppe runter, zu den Kellerräumen und auf den Innenhof, eine weitere nach oben. Langsam ging er auf diese Treppe zu und musterte die Wände. Auch hier schien die Zeit stehengeblieben zu sein, die alte

Malerei, ein braun-grünes Ornament, befand sich noch immer dort. Er nahm einige Stufen nach oben, und seine Hand glitt am Geländer entlang, das ebenfalls noch original war, so wie die Fenster mit den farbigen Elementen. Als Junge hatte er oft das Gefühl, eine Kathedrale zu betreten, wenn die Sonne den Flur in einem bunten Licht erstrahlen ließ. Glücklicherweise hatte das Treppenhaus den architektonischen Zeitgeist der 60er und 70er Jahre überstanden und seinen ursprünglichen Charme behalten. In diesen Jahren wurden viele der alten Häuser im Prenzlauer Berg notdürftig saniert und dabei unwiederbringlich entstellt. Man schliff die verschnörkelten Fassaden und putzte sie glatt, ersetzte die originalen Treppengeländer durch einfachere Varianten und hatte auch kein Problem damit, die ursprünglichen Malereien oder Fliesenarbeiten zu zerstören. Solche Aktionen waren teils dem Verständnis von moderner sozialistischer Architektur, die bourgeoise Elemente ablehnte, dem allgemeinen Zeitgeist, oder einfach Geldmangel geschuldet. Als später dann alle vorhandenen Mittel sowieso nur in das Wohnungsbauprogramm flossen, überließ man die Altbausubstanz einfach sich selbst, wodurch wahrscheinlich Schlimmeres verhindert wurde. Eine Ausnahme bildete hier, die zur 750-Jahr Feier Berlins umgestaltete Husemannstraße. Diese präsentierte sich danach im Stil um 1900, war aber ein reines Prestigeobjekt und hatte nichts mit der Realität im Prenzlauer Berg zu tun. Auch die wenigen gutgemeinten Sanierungen, die in einigen Vierteln in den 80er Jahren erfolgten, berücksichtigten aus Geldmangel leider nicht den Urzustand der Gebäude.

Mark erreichte das erste Fenster. Die farbigen Elemente glänzten durch das üppig einfallende Licht des Sommers und durch die klaren konnte er deswegen nur von der Seite hindurchsehen. Der Innenhof präsentierte sich ungewohnt frisch. Glatte saubere Wände ersetzten hier die alten, grauen, bröckligen Fassaden. Eine Mauer trennte den Hof vom Nachbargrundstück und Mark's Blick folgte dem Nachbarhof bis zu einer weiteren Mauer, die das Grundstück nach hinten abgrenzte. Dort hatte in seiner Kindheit ein „Kletterweg" begonnen, über den man, durch einige verwilderte Grundstücke alter Fabrikgebäude, weitere Höfe und allerlei Gestrüpp bis zur Lottumstraße vordringen konnte. Wieder formten sich Erinnerungsfetzen in seinem Kopf zu einem Bild, von Jungen, die über offene Dachbodentüren auf die Dächer der Häuser entlang des „Kletterweges" gelangten, heimlich rauchten, den Leuten in die Fenster schauten, oder einfach nur den Sternenhimmel betrachteten. Während er weiterging, sog er begierig den Geruch des Treppenhauses ein, und stand schließlich vor der Wohnungstür in der zweiten Etage, an der es keinen Namen gab. Der alte Briefeinwurfschlitz war noch immer da und Mark ging in die Knie, öffnete ihn vorsichtig und sah hindurch. Außer einem Stück vom Fußboden konnte er nicht viel erkennen. Offensichtlich waren die Dielen abgeschliffen worden, denn anstelle der damals üblichen roten Fußbodenfarbe, fand er sie in Naturholzoptik vor.

Er trat von der Tür zurück, ging langsam wieder runter, und als er auf der Straße ankam, vermisste er plötzlich den Baum, der früher hier gestanden hatte. Nur der flache Stumpf erinnerte noch an ihn und wehmütig dachte Mark an das Spiel des Sonnenlichts in den Blättern, das ihn immer empfangen hatte, wenn er morgens das Haus verließ um zur Schule zu gehen. Noch einmal sah er zu den Fenstern der alten Wohnung hoch und seine Hände begannen zu schwitzen. Konnte das wirklich möglich sein?

Hergekommen war er, weil er am Ende war. Am Ende eines Weges, dem er in den vergangenen Jahren gefolgt war. Irgendwie war er auf der Suche, wenngleich er auch nicht hätte sagen können wonach. Doch vielleicht würde er genau hier etwas finden? Konnte es möglich sein, dass hier etwas auf ihn wartete? Ein neuer Anfang? Hastig fingerte er sein Handy aus der Hosentasche und wählte die Nummer vom gelben Transparent. Er hatte sich entschlossen und wollte es versuchen!

Eine Woche später stand Mark wieder vor dem Haus in der

Fehrbelliner Straße. Er hatte den Mietsvertrag tatsächlich bekommen und die Schlüssel dabei. Wieder kam er in das Treppenhaus und konnte es kaum erwarten, die Wohnung zu sehen, und als er endlich in der zweiten Etage ankam, zögerte er noch einen Moment, bevor er aufschloss und die Wohnung nach Jahrzehnten wieder betrat.

Drinnen hüllte ihn das Halbdunkel ein und fast andächtig öffnete er die erste Tür auf der linken Flurseite. Der Raum, der damals das Wohnzimmer gewesen war, empfing ihn in warmes Tageslicht getaucht mit weißen Wänden und geschliffenen Dielen. Mark ging zu einem der beiden Fenster, schaute kurz auf die Straße und öffnete dann die doppelflügelige Verbindungstür zwischen dem ehemaligen Wohn- und Schlafzimmer. Das zweite Zimmer, beinahe eine Kopie des vorherigen, besaß ebenfalls zwei Fenster, war in gleicher Weise gestaltet worden, jedoch etwas kleiner. Er sah sich kurz um, verließ es durch die Tür zum Flur, um dann den nächsten Raum an der Stirnseite gegenüber der Eingangstür zu betreten, ein schmales Zimmer mit nur einem Fenster, das er sich damals mit seinem Bruder geteilt hatte. Er stellte fest, dass in allen Räumen die alten Kachelöfen entfernt und durch Heizkörper ersetzt worden waren.

Obwohl Kohleschleppen und Entsorgen der Asche nicht gerade angenehm gewesen waren, vermisste er die Öfen und dachte an ihre wohlige Wärme und an Bratäpfel aus der Ofenröhre an kalten Winterabenden.

Damals hatte die Wohnung noch aus einer Küche, in der sich, da sie über kein Bad verfügte, die Familie in einer großen Schüssel auch wusch, einer kleinen Toilette und einer „Wäschekammer", einem schmalen Raum mit einem sehr kleinen Fenster, bestanden. Anfangs wurde die Kammer tatsächlich zum Trocknen der Wäsche genutzt, später umgestaltet und für ihn als Zimmer hergerichtet. Da die Kammer jedoch über keinen eigenen Ofen verfügte und im Winter schwer zu beheizen war, teilte er sich bald wieder das Zimmer mit seinem Bruder.

Die Küche präsentierte sich im Grunde wie in seiner Kindheit, mit Ausnahme eines Fliesenspiegels im Nassbereich. Toilette und Kammer waren zu einem modernen Badezimmer verschmolzen, das Mark nun betrat und sich an sein altes Jugendzimmer zu erinnern versuchte. Hier hatte es damals genug Platz für eine Liege mit Bettkasten, ein Wandregal mit etwas Stauraum, und einen Tisch mit zwei Stühlen gegeben.

Das Bad verfügte nun über Toilette, Wanne und Waschbecken, war ordentlich gefliest und wirkte freundlich und hell. Mark machte einige Schritte auf das inzwischen neue, aber ebenfalls kleine Fenster zu und befand sich ungefähr an der Stelle, wo in seinem alten Zimmer der Tisch gestanden haben musste, an dem er gemeinsam mit zwei Freunden, Micha und Ole, seinen 14.Geburtstag feierte. Currywurst hatte es gegeben, Currywurst mit Pommes Frites und jeder hatte ein Glas Bier bekommen, das sie stolz getrunken und sich erwachsen gefühlt hatten. Er dachte darüber nach, ob er an diesem Tag sein erstes Bier überhaupt getrunken hatte, wusste es aber nicht mehr. Nachdem er noch einmal in allen Räumen gewesen war und sich den Erinnerungsfetzen, die unweigerlich hier und da zum Vorschein kamen, hingab, beschloss er die Wohnung zu verlassen und zum Teutoburger Platz zu gehen.

Auf dem „Teute", wie der Platz allgemein genannt wurde, suchte er sich bei den Hügeln einen schattigen Platz, setzte sich ins Gras und atmete durch. Nun lebte er wieder hier! Zwar wusste er nicht genau, was er nun eigentlich tun sollte, wollte jetzt aber auch nicht viel darüber nachdenken, denn der Tag war warm, der Himmel blau und die vertrauten Geräusche des Platzes, die an sein Ohr drangen, luden dazu ein, sich zu entspannen. Der Erlös aus dem Verkauf der Firma und des Hauses, den er gewinnbringend angelegt hatte, würde ihn ohnehin eine Weile sorgenfrei halten. Er machte es sich auf der Wiese bequem, lauschte dem Treiben um sich herum, und während der warme Wind sein Gesicht streichelte, schlief er langsam ein.

Ein warmer Wind wehte auch den beiden Jungen entgegen, als sie die Kastanienallee runterrannten und an der Ecke Fehrbelliner zum Stehen kamen. Ein warmer Wind im Sommer 1976. Die Jungen schauten sich um und warteten auf die Frauen, die in einiger Entfernung folgten. Mark und sein Bruder bemerkten den Park auf der anderen Seite und schielten neugierig rüber. Die grüne Wand aus Bäumen und Sträuchern lag unbekannt und geheimnisvoll vor ihnen und lockte. Nun waren auch die Frauen bei ihnen angekommen. „Das da drüben ist der Weinbergsweg", sagte ihre Mutter, die die kleine Schwester im Wagen schob.

„Dürfen wir da hin?", fragte Mark die andere Frau, seine Oma.

„Später vielleicht", antwortete sie. „Wir wollen doch erst die neue Wohnung angucken." Die Familie bog links in die Fehrbelliner ein, und die Jungen verdrehten noch einige Male ihre Hälse und schauten sehnsüchtig nach dem Park zurück.

„Kommt jetzt! Wir sind bald da." Die beiden gehorchten, rannten weiter bis zur nächsten Straßenkreuzung, und bald erreichten alle das Haus, dass ihr neues Zuhause werden sollte.

Mark´s Eltern hatten sich getrennt und da auch seine Oma allein lebte, entschlossen sich Großmutter und Mutter in eine gemeinsame Wohnung zu ziehen, was den Kindern, die ihre Oma liebten, natürlich gefiel.

Seinen Großvater hatte er nie kennengelernt, und aus den Erzählungen der Erwachsenen wusste er nur, dass er aus Belgien stammte, und auch seine Oma gleich nach dem Krieg dort gelebt hatte. Belgien, darüber wusste Mark nicht viel, nur soviel, als dass man dort nicht mehr hin konnte. Irgendwie lag es sowieso am anderen Ende der Welt, da er damals felsenfest davon überzeugt war, dass die Welt aus zwei Teilen bestand. Einem sozialistischen und einem kapitalistischen, und der Teil in dem er lebte, der sozialistische, war der gute und gerechte. Hier hatten sich die Arbeiter und Bauern nach dem Krieg von ihren Unterdrückern befreit, das hatte er in der Schule gelernt. Der andere, das war der kapitalistische, in dem die Arbeiter noch ausgebeutet wurden. Dort war es auch sehr gefährlich, wie er aus dem Fernsehen wusste, denn in zahlreichen Filmen und Serien konnte man ja sehen wie es dort zuging. Überall konnte man Waffen kaufen und haufenweise Verbrecher tobten sich dort aus. Meist wurden sie jedoch von Bullen, Privatschnüfflern oder Strafverteidigern, in der Regel coole Typen wie Starsky und Hutch oder Petrocelli, zur Strecke gebracht.

Seiner Oma haftete, eben weil sie den Krieg miterlebt hatte, harte Zeiten kannte und auch in Belgien gewesen war, etwas Geheimnisvolles an. Zweifellos hatten sie die harten Zeiten geprägt und ihren Charakter geformt, Zeiten, die Mark bestenfalls aus Büchern und Filmen kannte. Oft wirkte sie verschlossen und eigenbrödlerisch, war den Kindern gegenüber jedoch immer gütig und geduldig.

Als sie nun vor dem Haus standen, dass ihr neues Zuhause werden sollten, sahen sie in einiger Entfernung zum allerersten Mal die Bäume des nahen Teutoburger Platzes, und nachdem sie die Wohnung angesehen hatten, entschlossen sich die Frauen den Kindern auch ihren neuen Spielplatz zu zeigen. Mark, damals gerade neun Jahre alt, war im Prenzlauer Berg aufgewachsen. Seine Familie stammte ursprünglich jedoch aus Ostpreußen, das er auch nur aus Erzählungen kannte. In den zwanziger Jahren waren seine Urgroßeltern dann in die Reichshauptstadt gezogen und hatten sich im Prenzlauer Berg angesiedelt. Seit frühester Kindheit hatte er auf Helmoltz- und Humannplatz gespielt und nun wehmütig seine alte Gegend verlassen, doch Neugier und Unbedarftheit, zwei jedem Kinde innewohnende Eigenschaften, sollten es ihm leicht machen, das neue Umfeld anzunehmen.

Auch im Sommer 76 war der Platz voller Menschen. Zu beiden Seiten der grauen Begrenzung des Fußballplatzes hatten sich Jugendliche Bänke herangeholt, hingen dort herum, hörten Musik, rauchten und tranken Bier. Sie trugen die Haare schulterlang, meist Mittelscheitel und waren mit Jeanshosen- und Jacken, Hemden mit den typisch langen Kragen der Siebziger oder T-Shirts, die man damals noch Nicki nannte, bekleidet. Die „Großen" waren ein rauer, lauter Haufen und wurden von den Jungen aus der Ferne bewundert. Es schien ihnen, als wären diese Jugendlichen die freiesten Menschen der Welt, da sie nur das taten wozu sie gerade Lust hatten und sich nicht im geringsten um die Erwachsenen scherten. Piraten gleich lebten sie auf IHRER Insel, dem Teutoburger Platz, dessen unangefochtene Herren sie offenbar waren.

Auf dem Rasen und dem angrenzenden Spielplatz tummelten sich Kinder verschiedensten Alters und auch am Trafohäuschen wimmelte es davon. Das Häuschen wurde als Klettergerüst benutzt, und besonders Mutige hatten es sogar bis auf das Dach geschafft. Einige der Kinder sahen zugegebenermaßen etwas verwildert aus, hatten aber sichtlich Spaß. Die Frauen setzten sich auf eine der Bänke am Rande der Rasenfläche und holten die kleine Schwester aus dem Wagen, während die Jungen schüchtern die spielenden Kinder beobachteten.

Noch in diesem Sommer bezogen sie die neue Wohnung und am ersten Tag des neuen Schuljahres stand Mark vor den Schülern einer neuen Klasse, blickte in fremde, neugierige Gesichter und wurde von seiner Klassenlehrerin Frau Kleine vorgestellt. Er stand dort zusammen mit Eike, einer Schülerin, die wie er gerade erst hergezogen war, und hier auch die vierte Klasse beginnen sollte. Die „Dr.-Kurt-Fischer-Oberschule", benannt nach einem Altkommunisten und Chef der deutschen Volkspolizei, in den ersten Jahren nach Kriegsende errichtet, war eine typische Polytechnische Oberschule. Das Gebäude, ein grauer, grob verputzter Flachbau mit zwei Höfen, einem Sportplatz mit dazugehöriger Halle, einem Eingang aus vier Bogengängen mit schmiedeeisernen Toren, einem kleinen Schulgarten, liebevoll betreut von Herrn Berger, einem alten Lehrer, der auch den Werkunterricht gab und einem sogenannten „Hortgarten", der durch eine Mauer getrennt, etwas abseits lag und der Beschäftigung der Hortkinder am Nachmittag diente.

An seinem ersten Schultag hatte ihn die Mutter gebracht und sie hatten das Gelände von der Schönhauser Allee aus, durch einen der Torbögen betreten. Anfänglich hatte Mark den kasernenhaften Charakter des Gebäudes etwas bedrückend empfunden, doch schon bald verschwand dieses Gefühl.

Auf dem Schulhof herrschte reger Betrieb, denn die Ferien waren zu Ende und man hatte sich naturgemäß viel zu erzählen. Freunde und Klassenkameraden sahen sich wieder und schnatterten wild drauf los, und der gesamte Schulhof vibrierte von den Stimmen der Kinder. Noch gehörte er nicht dazu, überquerte, still und artig neben der Mutter gehend, das Gelände, bis sie ins Innere des Schulgebäude gelangten, wo es ebenfalls von Schülern wimmelte, die er nun genauer wahrzunehmen begann. Einige der Gesichter glaubte er bereits vom „Teute" zu kennen, wo sich er und sein Bruder nun regelmäßig aufhielten.

Sein Bruder Thomas, drei Jahre jünger, sollte erst im nächsten Jahr eingeschult werden und so erreichte er, allein mit seiner Mutter das erste Stockwerk, wo vor dem Sekretariat bereits Eike und ihre Mutter warteten. Die Frauen begrüßten sich, wechselten ein paar Worte und die Kinder fingen an sich zu beäugen. Dann öffnete sich die Tür des Sekretariats und zwei Lehrerinnen kamen heraus. Eine der beiden verschwand nach einem knappen Kopfnicken in einem langen Gang und die andere, Frau Kleine, kam zu ihnen herüber, nahm sie in Empfang und brachte die Kinder, nach einer kurzen Begrüßung in ihre Klasse.

Der Unterricht machte ihm Spaß und er lebte sich schnell ein. Die Schüler der Unterstufe, zu der man bis zur 4. Klasse gehörte, waren im rechten Flügel des Gebäudes untergebracht und die der Oberstufe von der 5. bis zur 10. Klasse im linken. Auf dem Lehrplan standen Mathematik, Deutsch (Lesen, Schreiben, Rechtschreibung und Grammatik, sowie mündlicher und schriftlicher Ausdruck), Heimatkunde, Schulgarten, Werken, Zeichnen, Musik und Sport. Am liebsten hatte er Deutsch, Heimatkunde, die musischen Fächer und Sport. Mathematik und Schulgarten mochte er nicht.

Ein besonderes Highlight stellte immer der Werkunterricht dar, der in eigens dafür eingerichteten Räumen im Keller stattfand, der durch eine doppelflügelige Tür betreten wurde, gefolgt von einer Treppe, an deren Ende man durch einen eigentümlich muffigen Geruch empfangen wurde. Hier begann das Reich von Herrn Berger, einem kauzigen alten Lehrer, kurz vor der Rente, der sich selbst als „Reichsten Werklehrer Europas" bezeichnete, was sich auf sein hervorragend ausgestattetes Materiallager bezog, dem unangefochtenen Herrn über Schulgarten und Werkkeller. Bald gewann man den Eindruck, Berger würde in dem muffigen Keller leben und nur herauskommen um im Schulgarten zu arbeiten, froh darüber, bald wieder in sein unterirdisches Domizil verschwinden zu können.

Den Schülern bot der Werkunterricht eine willkommene Abwechslung zum sonstigen Schulalltag, da sie die Möglichkeit bekamen, sich praktisch zu betätigen. Herr Berger machte sie mit Werkzeugen wie Hammer, Säge, Feile oder Raspel vertraut und so fertigten sie kleine praktische Gebrauchsgegenstände, die sie zuhause stolz präsentieren konnten. Ein Beispiel für das große handwerkliche Geschick des Werklehres und seiner Schüler, stellte eine hölzerne Sitzbank dar, die kreisförmig um einen der drei Kastanienbäume auf dem Schulhof errichtet worden war und bei Schülern sowie Lehrern großen Anklang fand.

Schüler, die Herr Berger besonders mochte, nahm er kurz beiseite und offerierte ihnen einen „Spezialauftrag", was bedeutete, dass sie an einer Bohrmaschine arbeiten durften. Diese Liebenswürdigkeit vergalten sie ihm aber meist damit, dass sie sämtliche hölzernen Handfeger, eigentlich zum Beseitigen von Holzspänen gedacht, mit Bohrlöchern versahen und sonstigen Unfug trieben, was zur Folge hatte, dass sie ihren „Sonderstatus" schnell wieder einbüßten.

Gleich in seiner ersten Werkunterrichtsstunde lernte Mark auch eine besondere Eigenart des alten Lehrers kennen. Einige Mitschüler hatten ihm erzählt, dass es während des Werkunterrichts möglich wäre, das Schulgelände zu verlassen, um sich in einem nahen „Konsum" eine Brause zu kaufen, obwohl die Schulordnung das strikt untersagte. Berger sollte es jedoch erlauben, ja sogar jemanden gezielt zum „Konsum" schicken. In dieser ersten Stunde waren die Schüler damit beschäftigt, verschieden Materialien wie Holz oder Metall zu bearbeiten und der Lehrer, die schwarzen, an vielen Stellen grau durchzogenen Haare, streng nach hinten gekämmt, etwas untersetzt, im Werkkittel, ging durch die Reihen und begutachtete die Arbeiten der Kinder durch seine dunkle Brille. Er steuerte auf eine Gruppe von Jungen zu, die sich über ihre Werkstücke beugten und ungeschickt daran herumfeilten.

„Holt sich einer von euch was zu trinken?", fragte er unvermittelt und Mark unterbrach gleich seine Arbeit, denn während die anderen noch zögerten, wollte er die Gelegenheit nutzen. „Ja...ich gehe, wenn ich darf!", antwortete er schnell und dachte im nächsten Moment auch schon darüber nach, ob Berger einen „Neuen" gehen lassen würde. Der Gedanke war wohl auch nicht so abwegig, denn es schien, als würde auch der Lehrer darüber nachdenken.

„Gut...dann gehst du!", sagte Berger schließlich, und Mark legte sein Werkzeug beiseite und schickte sich an, den Raum zu verlassen. „Warte...geh gleich hier raus!" Der Lehrer öffnete ein Fenster des Werkkellers. „Muss ja nicht jeder mitkriegen."

Dem Jungen gefiel die Heimlichtuerei und er schob das Schutzgitter beiseite, kletterte die kleine Nische vor dem Fenster empor, überwand die Umzäunung und stand auf dem Schulhof, der zur Unterrichtszeit menschenleer war. Er schaute sich um und überquerte dann zügig den Hof, wo er immer Gefahr lief, durch den zufälligen Blick eines Lehrers, aus einem der Fenster entdeckt zu werden. Kurz darauf verließ er auch schon das Schulgelände, bog links in die Choriner ein und lief schnell bis zur Schwedter vor, wo sich an der Ecke ein kleiner „Konsum" befand. Konsum war eigentlich die Kurzbezeichnung für Konsumgenossenschaft der DDR, einer Handelskette, wurde aber allgemein für kleine Lebensmittelgeschäfte gebraucht.

Der kleine Eckladen war zu dieser Tageszeit nicht besonders voll und Mark fand schnell die hölzernen Getränkekästen, entnahm eine Flasche Bitter Lemon, ging zur Kasse und bezahlte. Dann machte er sich wieder auf den Rückweg und bevor er das Schulgelände wieder betrat, verstaute er die Flasche unter dem Pullover. So erreichte er unentdeckt die Umzäunung und kletterte in den Werkkeller zurück.

„Na da bist du ja wieder", sagte Berger und schloss das Fenster hinter dem Jungen, während die Schüler im Keller tuschelten und Mark angrinsten. Der alte Werklehrer setze sich nun vorne an sein Pult, holte eine abgegriffene lederne Aktentasche hervor, und entnahm ihr ein gigantisches Stullenpaket. Dann begann er langsam das Butterbrotpapier zu öffnen und mehrere dicke Schmalz- und Leberwurstbrote kamen zum Vorschein und verströmten ihren Duft.

„So mein Junge", sagte er an Mark gerichtet. „Gib mir doch mal bitte einen Schluck." Während er das sagte, hatte er die Brille abgenommen und strich sich nun mit der Hand durchs Haar. Etwas verwundert reichte ihm Mark die Flasche und Berger, der die Brille inzwischen wieder aufgesetzt hatte, öffnete sie mit einem rostigen Stück Metall, das er irgendwo hervorgeholt hatte, und stellte sie vor sich aufs Lehrerpult. Die anderen Schüler stupsten sich an, grinsten unentwegt und Mark, der sich fragte, was sie wohl hatten, konnte keine Erklärung für ihr Verhalten finden.

Langsam nahm der Lehrer nun eine der Stullen aus dem Paket und biss hinein. Genüsslich kaute er dann Bissen um Bissen durch, und das Fett seines Brotes lief ihm an den Mundwinkeln hinunter. Es schien ihm so gut zu schmecken, dass er die Schüler keines Blickes mehr würdigte und den Unterricht völlig vergessen hatte. Irgendwann griff er nach der Brause, nahm einen kräftigen Zug und während er trank, hörte man, durch fettverschmierte Lippen verursachte Sauggeräusche. Berger stellte die Flasche wieder ab und schob sie wortlos zu Mark rüber, der mit offenem Mund vor dem Lehrerpult stand und allmählich begriff, was seine

Mitschüler so belustigt hatte. Einige Teile vom Frühstück des Werklehres schwammen munter in der halbleeren Bitter Lemon herum, und Mark bemühte sich nicht allzu angeekelt auszusehen. Er war voll in die Falle getappt, ging nun mit der Flasche an seinen Platz zurück und versuchte den schadenfrohen Blicken seiner Klassenkameraden auszuweichen.

„Toll...Bitter Lemon mit U-Booten", flüsterte ihm Ralf zu, der neben ihm arbeitete. „So ein Mist!", ärgerte sich Mark und wies auf die Flasche, die er nun völlig umsonst gekauft hatte. „Bei Berger musst du immer zuerst trinken und ihm was übrig lassen", meinte Micha mit einem breiten Grinsen im Gesicht, als er zu ihnen an den Platz kam. „Na was ist denn da los?"

Offenbar hatte Berger sein Frühstück beendet und war bereit, sich wieder dem Unterricht zu widmen, aus dem Mark heute eine wichtige Lehre ziehen konnte. Trink immer zuerst!

Als Mark aufwachte war es bereits Abend geworden, ein milder Sommerabend, und der Platz immer noch belebt. Er stand auf, schlenderte gemütlich über den Rasen und beschloss durch die Christinenstraße zum Senefelder Platz zu gehen und dann weiter zu seiner alten Schule. In der Christinenstraße gegenüber dem Platz begann das Gelände des Pfefferbergs, einer ehemaligen Brauerei, nach dem bayrischen Braumeister Joseph Pfeffer benannt, der hier ab 1841 untergäriges Bier braute. Zu DDR Zeiten wurde das Gelände zuerst vom Neuen Deutschland, dem Zentralorgan der SED, später dann von der Kommunalen Wohnungsverwaltung (KWV) genutzt. Während der Nutzung durch die KWV, waren hier einige Werkstätten untergebracht, wo er in den Ferien oft gearbeitet hatte. Auch Unterrichtsräume für das Fach Produktive Arbeit waren hier angesiedelt gewesen.

Die Ferienarbeit war freiwillig, wurde gut bezahlt und war bei den Schülern sehr beliebt, bot sie doch die Möglichkeit, das schmale Taschengeld aufzubessern. Produktive Arbeit, ab der siebten

Klasse Pflichtfach, wurde nicht unbedingt von jedem geliebt, da es sich meist um stupide Arbeiten handelte. Die Unterrichtsräume im Pfefferberg waren in einen Maschinenraum, in dem die Schüler mit einigen Maschinen für die Metallverarbeitung vertraut gemacht wurden, was einigermaßen Anklang bei ihnen fand, ein Lötkabinett und einen Raum für reine Handarbeit unterteilt. Beim Anblick des Geländes wurde Mark sofort wieder an die manuelle Bearbeitung von kleinen Metallwürfeln mit der Feile erinnert, von denen er damals nie genau gewusst hatte, wofür sie eigentlich benötigt wurden. Wahrscheinlich schmolz man sie gleich wieder ein, um daraus neue Rohlinge zu machen, die man den Schülern sofort wieder zur Bearbeitung vorlegte, und aus einer scheinbar nie versiegenden Quelle sprudelten unaufhörlich neue kleine Metallwürfelrohlinge. Der mysteriöse Kreislauf dieser Würfel würde wohl ein ewiges Geheimnis bleiben.

Mark bemerkte, dass die alte Pforte verschwunden war und man das Gelände gerade sanierte. Traditionell war der Prenzlauer Berg ein Brauereistandort und um 1900 hatte es hier vierzehn Brauereien gegeben! Die Schultheiss Brauerei AG in der Schönhauser Allee, die Brauerei Königstadt AG, die Malzbierbrauerei Christoph Groterjan & Co GmbH, die Weißbierbrauerei „Zum Berliner Bären" (Kienz), die Brauerei Pfefferberg, die Actien-Brauerei Friedrichshain, die Berliner Weißbierbrauerei AG (Landré-Breithaupt), die Bayerische Malzbier Brauerei Max Böhm, die Berliner Stadtbrauerei A. Lorch & Co GmbH, die Brauerei Saxonia, die Brauerei Schneider mit dem Biergarten „Schweizer Garten", die Brauerei Weißenburg E. Lewin, das Volksbrauhaus Georg Tarlau und die Bötzow-Brauerei als größte Berliner Privatbrauerei. Dieses Erbe war im Bezirk immer präsent gewesen und überall stieß man auf Reste alter Brauereigebäude, teilweise in jämmerlichem Zustand. Ebenfalls traditionell hoch war die Kneipendichte und einige der Kneipen, formal Schankwirtschaft, seit Jahrzehnten in Familienbesitz, hatten Kultstatus erlangt und waren immer das verlängerte Wohnzimmer der hier ansässigen Arbeiterfamilien gewesen. Sofort tauchten in Mark´s Gedächtnis Namen wie Metzer Eck, Altberliner Bierstuben,

Rechenberg, Wörther Eck, Choriner Eck, Schildkröte, U-Bahn, Schusterjunge, Hackepeter, Lothar´s Bierbar, Grell-Eck, der Oderkahn und das damals berüchtigte Trümmerkutte an der Oderbergerstraße/Ecke Kastanienallee auf.

Die Anfänge des Gebietes, des heutigen Prenzlauer Berges lagen in der landwirtschaftlichen Nutzung, da die Wälder durch Bauern, teilweise bereits im 13. Jahrhundert gerodet wurden. Der Weinbau war zeitweise für die Region relativ bedeutend und es hatte Äcker und Windmühlen gegeben. Die vormals einzige Bebauung war jedoch das königliche Vorwerk, das um 1708 entstanden war. 1802 legten die St-Marien und St-Nicolai-Gemeinden ihren heute so genannten Alten Friedhof vor dem Prenzlauer Tor und 1814 die Georgengemeinde vor dem Königstor den ihrigen an. Als in Preußen 1808 eine neue Städteordnung erlassen wurde, galten Stadtrecht, also Gesetzgebung und Steuerrecht, auch im Umland einer Stadt. Dieses Gebiet wurde Weichbild genannt und somit wurden auch die nördlich gelegenen Felder 1831/32 in das Weichbild Berlins eingegliedert. Durch die Stein- und Hardenbergischen Reformen (1807–1810) wurden auch die Bauern nördlich Berlins von der Grundherrschaft befreit. Das hatte zur Folge, dass ihnen ihr Gelände zwischen 1822 und 1826 als freies Grundeigentum überschrieben wurde, wenn sie die Hälfte ihrer Flächen abgaben oder das 18-fache eines Jahresertrages zahlten. Gemeinsam bewirtschaftete Flächen teilte man unter ihnen auf, um zusammenhängende Wirtschaftsflächen zu erhalten, und davon profitierten hauptsächlich die Familien Griebenow, Büttner und Bötzow, da sie den Großteil der Fläche besaßen.

Die Flächen der Kleinbauer jedoch, die sich ja nochmal halbierten, reichten nicht mehr aus um wirtschaftlich zu überleben und somit spezialisierten sie sich auf die Weiterverarbeitung landwirtschaftlicher Erzeugnisse, wodurch auch einige Schnapsbrennereien und der „Windmühlenberg" entstanden. Dieser, zwischen der heutigen Schönhauser- und Prenzlauer Allee gelegen, avancierte bald zum wichtigsten Mühlenstandort Berlins. Da die Wasserqualität ebenfalls hervorragend war und die dicke

Tonschicht sich ausgezeichnet zur Anlage von unterirdischen Kühlräumen eignete, entwickelte sich das Gebiet langsam auch zum wichtigsten Brauereistandort der Stadt, und es entstanden Ausflugslokale wie der „Prater" in der Kastanienallee. 1827 wurde ein erster Bebauungsplan durch den zuständigen Oberbaurat Johann Carl Ludwig Schmid erstellt, da die Stadt innerhalb der Mauern stark wuchs, welcher sich an den bereits vorhandenen Chausseen (der heutigen Schönhauser Allee, Prenzlauer Allee und Greifswalder Straße) orientierte. Obwohl von König Friedrich Wilhelm III. genehmigt, scheiterte er jedoch, da die benötigten Grundstücksflächen entschädigungslos von den Bauern zur Verfügung gestellt werden sollten, an deren Widerstand. Dennoch wurden die Flächen des heutigen Prenzlauer Berg 1829-31 nach Berlin eingemeindet. 1840 veröffentlichte der Magistrat einen Plan des Landschaftsarchitekten Peter Joseph Lenné, der einen großen Ringboulevard vorsah. Auch dieser Plan war zum Scheitern verurteilt, da er zu großräumig geplant war und die wirtschaftlichen Interessen der Grundbesitzer missachtete. Bereits wenige Jahre später durchschnitten erste Eisenbahnlinien den geplanten Boulevard.

Zu Beginn der 1850er Jahre, wurden alle älteren Planungen durch den damaligen Bauinspektor Köbicke zusammengetragen und das Umland in 14 Planabteilungen aufgeteilt. 1859 trat dann James Hobrecht die Nachfolge Köbickes an und veröffentlichte 1862 den Hobrecht Plan. In diesem war auf den inzwischen zu Berlin gehörenden Gebieten eine Erweiterung der Stadt bis an die Grenzen des Weichbildes und ein grobes Straßennetz mit Straßenbreiten von 19 bis 68 Metern vorgesehen. Ein Teil dieser Planungen musste jedoch ebenfalls aufgegeben werden, da auch diesmal Grundstücksbesitzer unentschädigt bleiben sollten und sich natürlich wehrten. Die vorhandenen Chausseen sollten verbreitert werden und auch ein seit 1822 existierender Feldweg, der sogenannte Communikationsweg, wurde erweitert. Er sollte zusammen mit der Warschauer- und Petersburger Straße Teil eines Ringes um die Stadt werden. Diese Straße, die heutige Danziger Straße, wurde aber nie nach Westen verlängert. Ein zweiter Ring entlang der heutigen Osloer, Bornholmer, Wisbyer und Ostseestraße sollte an der Grenze des Weichbildes im Norden verlaufen und wurde von der Bevölkerung stark kritisiert, da man sich nicht vorstellen konnte, dass die Stadt jemals bis dahin wachsen würde!

Der Plan wurde 1862 genehmigt und stellte die Grundlage für das Wachstum des Bezirkes in den folgenden Jahrzehnten da. Die Planungen betrafen ausschließlich die öffentlichen Flächen und sahen keine Einschränkungen bei der Art der Bebauung vor. In den 40er Jahren des 19. Jahrhunderts begannen die ersten Berliner die stadtnahen Gebiete mit kleinen zweigeschossigen Häusern zu bebauen, deren Dachgeschosse später, um weiteren Wohnraum zu schaffen, ausgebaut wurden. Innerhalb der nächsten 20 Jahre wurden die Bauten auf die gesamte Grundstücksbreite ausgeweitet und auf vier Etagen aufgestockt. Langsam schlossen sich die letzten Lücken und schon bald entstanden, bis 300 Meter von der Stadtmauer entfernt, geschlossene viergeschossige Häuserzeilen mit einfachen Fassaden und selten mit Balkonen.

Hinter den Vorderhäusern entstanden Wirtschaftsgebäude und Werkstätten, die in der folgenden Zeit aufgestockt und über einen Seitenflügel mit dem Vorderhaus verbunden wurden und bald wurden mehrgeschossige Seitenflügel und Hinterhäuser auch als Wohnraum üblich. Ab 1870 wurden dann nur noch Baugenehmigungen für befestigte und gepflasterte Straßen erteilt. 1873 kam es zu einem großen Börsenkrach und die darauffolgende Rezession ließ die Bautätigkeit rapide abnehmen, und um diese wieder anzukurbeln begann die Stadt den heutigen Prenzlauer Berg zu erschließen. Auf einem 20 Hektar großen Gelände, zwischen der in diesem Bereich schon 1867 fertiggestellten Ringbahn und der Danziger Straße, beschloss man die vierte Gasanstalt der Stadt zu errichten. Der erste von sechs bis 1900 fertiggestellten Gasbehältern entstand 1874.

Ebenfalls errichtete der Magistrat zwischen 1878-1881 den Central Vieh- und Schlachthof, auf einem 48 Hektar großen Gelände, östlich der Landsberger Allee, auch hier mit

Bahnanschluss, der für viele Jahrzehnte einer der modernsten Anlagen dieser Art in Europa bleiben sollte. 1883 folgte ein Feuerwehrdepot in der Oderberger Straße und 1886 an der Prenzlauer Allee das „Städtische Hospital" (seit 1934 Bezirksamt) und das „Städtische Obdach". 1889 entstand in der Knaackstraße eine von 13 Berliner Markthallen, die jedoch zu groß bemessen und schlecht ausgelastet war und schon bald für andere Zwecke genutzt wurde.

Ab 1873 wurde James Hobrechts Kanalisationsplan umgesetzt und die großen Alleen bis 1885 kanalisiert, was in kleineren Straßen jedoch noch einige Jahrzehnte länger dauerte. Mitte der 1890er Jahre erreichte die Bebauung die Danziger Straße und die Investoren ließen die neu erschlossenen Grundstücke sehr dicht bebauen. 1887 wurde das Errichten von Kellerwohnungen durch den Magistrat verboten und 1897 gab es dann erstmals auch Vorschriften für größere Innenhöfe. Zwischen 1895 und 1910 entstanden nun jährlich ca. 100 neue Häuser und auch die Seitenstraßen wurden dicht bebaut. In dieser Zeit entstand die typische „Mietskaserne", bestehend aus einem fünfgeschossigen Vorderhaus mit Ladengeschäften im Erdgeschoss und pro Etage zwei Wohnungen, wovon eine einen länglichen Raum besaß, der in den Seitenflügel hineinragte und von einem Fenster dort das Licht bekam. Dieser wurde als sogenanntes „Berliner Zimmer" bekannt. Mit dem Nachbargrundstück teilte man sich einen Hinterhof, und im Hinterhaus gab es pro Etage meist vier Wohnungen für ärmere Mieter. Häuser dieser Art bestanden also aus ein bis zwei Läden und dreißig bis vierzig Wohnungen, wobei jedes Haus individuell verziert wurde, was die aufkommende industrielle Produktion genormter Fliesen ermöglichte.

Die Familien Bötzow, Büttner und Griebenow forcierten die Bautätigkeit und taten einiges um ihre Grundstücke gut verkaufen zu können. Sie gaben nun freiwillig Flächen für den Straßenbau an die Stadt ab und so entstanden 1893, auf gestifteten Grundstücken, die Imanuelkirche an der Prenzlauer Allee, als Schenkung der Familie Bötzow, und die Gethsemanekirche als Schenkung der Witwe Caroline von Griebenow, in völlig unbebautem Gebiet. Selbstredend rentierten sich diese Stiftungen schon bald, und bis Ende der 1890er Jahre wurden auch die umliegenden Grundstücke vollständig bebaut.

1890 baute man den Nordring viergleisig aus, um Güter- und Personenverkehr zu trennen. Das Verkehrsaufkommen verstärkte sich weiter, da die innerstädtischen Industriebetriebe, die das Wachstum von Prenzlauer Berg auslösten, zunehmend in die Berliner Randbezirke zogen. Die Ringbahn wurde bereits 1892 von 30 Millionen Fahrgästen benutzt!

In den Jahren vor dem ersten Weltkrieg verlor der Bezirk an Bedeutung und einer der Gründe dafür, war die schlechte Verkehrsanbindung in die Innenstadt. Zwar existierte die Ringbahn, aber es gab keine Schnellbahn ins Zentrum und die langsamen Pferdeomnibuslinien reichten bei weitem nicht aus. So gab es Planungen für eine Bahn vom Alexanderplatz zum Ring, jedoch wehrten sich die Anlieger der Schönhauser Allee gegen die Ausführung als Hochbahn, anstelle einer Untergrundbahn, indem sie notwendige Grundstücke für den Bahnhofsbau nicht verkauften. Die Linie, von den Bewohnern als „Magistratsschirm" bezeichnet, konnte deshalb erst am 27. Juli 1913 eröffnet werden. Mit dem Ausbruch des Ersten Weltkrieges 1914, kam die Bautätigkeit komplett zum Erliegen, und als der Krieg 1918 endete, lag die Wirtschaft am Boden. Viele Kriegsheimkehrer zog es in die Großstädte, wodurch große Wohnungsnot herrschte.

Das Obdachlosenasyl an der Prenzlauer Allee, die „Palme", nach einer Kübelpflanze am Einlass so genannt, platzte aus allen Nähten und häufig nächtigten hier mehr als 4000 Menschen. Auch zu Beginn der 20er Jahre kam es kaum zu Neubauten, da die neue sozialdemokratische Regierung das Baurecht verschärfte und Höchstmieten festlegte.

Nach über zehnjährigem Ringen, wurde am 1. Oktober 1920 „Groß Berlin" gegründet und fasste das alte Berlin, sieben weitere Stadtgemeinden, 59 Landgemeinden und 27 Gutsbezirke organisatorisch zu einer Stadt zusammen, nachdem sie ja bereits zusammengewachsen waren. Berlin war nun, der Fläche nach, die zweitgrößte Stadt hinter Los Angeles und nach London und New York, mit 3,8 Millionen Einwohnern die drittgrößte Stadt der Welt, nach Einwohnerzahl. Man teilte Berlin in 20 Stadtbezirke, von denen einer zuerst „Prenzlauer Tor" und kurz darauf „Prenzlauer Berg" genannt wurde. Dieser Bezirk hatte eine Fläche von 10 Quadratkilometern und rund 300000 Einwohner.

Nach der Inflation wurde in der Weimarer Republik ein Wohnungsbauprogramm gestartet. Da das Immobilienvermögen von der Inflation verschont geblieben war, mussten die Hausbesitzer auf eingenommene Mieten eine Hauszinssteuer zahlen, die in die neu gegründete Wohnungsfürsorgegesellschaft floss, die wiederum billige Kredite für Neubauten vergab. Mitte der 20er Jahre kam es so wieder zu einer starken Bautätigkeit und vor allem nördlich der Ringbahn, aber auch anderswo schloss man Baulücken.

Nun wurde jedoch völlig anders, als vor dem ersten Weltkrieg gebaut. Die Architekten des „Neuen Bauens", hatten sich das Ziel gesetzt, die Lebensbedingungen der Menschen zu verbessern und soziale Gesichtspunkte traten in den Vordergrund. Ihre Häuser zeichneten sich durch eine unverzierte, vereinheitlichte Bauweise mit Flachdächern aus. So entstanden Tausende neuer Wohnungen im Prenzlauer Berg, wobei die Bevölkerungszahl ziemlich konstant blieb, da man nun Überbelegung reduzierte. Zu den bekanntesten Berliner Siedlungen dieser Zeit gehören, die von Bruno Taut und Franz Hoffmann 1927/1928 errichtete GEHAG-Siedlung zwischen Greifswalder, Grell- und Rietzestraße, nahe dem S-Bahnhof Greifswalder Straße und die Wohnstadt Carl Legien von Bruno Taut und Franz Hillinger, die zwischen 1928 und 1930 in der Erich-Weinert-Straße, zwischen Gubitz- und Sültstraße errichtet wurde. Letztere gehört exemplarisch mit fünf weiteren Siedlungen zum UNESCO Weltkulturerbe „Siedlungen der Berliner Moderne". Weitere Beispiele sind Tauts Wohnanlage in der Paul-Heyse-Straße im östlichen Teil des Bezirks (1926/1927), sowie der Bereich der nördlichen Dunckerstraße (Gudvanger Straße bis Wisbyer Straße), erbaut zwischen 1926 und 1928 von Paul Mebes, Paul

Emmerich, Eugen Schmohl und anderen.

Dann kam die Weltwirtschaftskrise und eine Notverordnung kürzte die Hauszinssteuer, die Haupteinnahmequelle für das Wohnungsbauprogramm, womit auch die massive Überbauung endete. Damals war der Prenzlauer Berg eines der am dichtesten besiedelten Gebiete der Welt und über 325.000 Menschen lebten in 100.000 Wohnungen. So lebten beispielsweise in London pro Haus im Schnitt gerade einmal acht Menschen, in New York 17, in Berlin jedoch 76 und im Prenzlauer Berg 110. Ein Ende des Wachstums Berlins war nicht absehbar und so existieren aus dem Jahr 1913 Wohnungsplanungen für 21 Millionen Menschen!

Nach der Machtergreifung der Nationalsozialisten wurden nur die Siedlungen zwischen Eberswalder- und Topsstraße (1937) und an der heutigen Anton-Saefkow- und John-Schehr-Straße (1939) errichtet, und mit Ausbruch des zweiten Weltkrieges, kam die Bautätigkeit abermals völlig zum erliegen.

Während der Hitlerzeit verübten die Nazis ihre Gräueltaten auch im Prenzlauer Berg, besonders auf dem Gelände des Wasserturms. Der Wasserturm, zwischen Knaack- und Belforter Straße gelegen, ist der älteste Wasserturm Berlins. Er ist 44 Meter hoch, wurde zwischen 1875 und 1877 vom Architekten Henry Gill erbaut und diente, nach dem Prinzip der kommunizierenden Röhren, zur Versorgung des rasch wachsenden, einstigen Arbeiterbezirks. In Betrieb blieb er bis 1952. Unterhalb des Wasserbehälters befanden sich die Wohnungen der Maschinenarbeiter des Turms. Diese Wohnungen werden auch heute noch als begehrter Wohnraum geschätzt. Als Wahrzeichen des Bezirks, war der Turm Bestandteil der beiden Bezirkswappen von 1920 bis 1987 und 1987 bis 1992.

Im Frühjahr 1933 diente das Maschinenhaus der SA als wildes Konzentrationslager, in dem zahlreiche dem Regime unliebsame Personen interniert und ermordet wurden. Eine Gedenkwand erinnert seit 1981 an diese Verbrechen. Ab Juni 1933 erfolgte der Umbau zum „SA Heim Wasserturm", und das rund 1000 Quadratmeter große Maschinenhaus I diente den SA Mitgliedern als Speise- und Aufenthaltsraum, das Maschinenhaus II als Schlafsaal. Im Herbst 1934 wurde das SA Heim jedoch aufgelöst und man begann das Gelände in eine öffentliche Grünanlage umzugestalten, deren Einweihung am 1.Mai 1937 erfolgte und im Zuge dieser Neugestaltung wurde auch das Maschinenhaus I gesprengt. Heute befindet sich an seiner Stelle ein Spielplatz. Die Zahl der jüdischen Bewohner sank von über 20.000 schon bis 1939 auf unter 10.000 und nach Juden benannte Straßen, wurden durch die neuen Machthaber umbenannt. Jüdische Kinder durften keine öffentlichen Schulen mehr besuchen, weshalb die Schülerzahl in der 1904 gegründeten jüdischen Schule in der Rykestraße von 170 auf 750 stieg, bis auch diese 1941 schließen musste.

Nach dem Zweiten Weltkrieg wurde eine Schadensbilanz erstellt, die, da der Prenzlauer Berg keinen Flächenbombardements ausgesetzt war recht günstig ausfiel. Nur etwa 10 % der Gebäude galten als vollkommen zerstört, 7 % als schwer beschädigt und 11 % als „wiederherstellbar". 72 % der Gebäude hingegen waren gar nicht oder nur leicht beschädigt und bewohnbar. Die Zerstörungen betrafen meist strategische Ziele, das Gaswerk, Bahnanlagen, sowie wichtige Zufahrtsstraßen. Zerstört wurde auch der Block zwischen Schönhauser Allee, Franseckystraße (heute *Sredzkistraße*), Tresckowstraße (heute *Knaackstraße*) und Wörtherstraße, in dessen Inneren sich eine Luftwaffenschule befand. Ebenso wurden einige Blocks und zahlreiche Eckgebäude, um ein besseres Schussfeld zu haben, von der SS gesprengt oder fielen Artilleriebeschuss zum Opfer.

Relativ schnell begannen die Hausbesitzer mit den nötigen Reparaturen und gingen dabei behutsam vor, sodass der Gründerzeitstil weitestgehend erhalten blieb. Fassaden wurden zwar oft vereinfacht wiederhergestellt, dafür fügten sich Neubauten aber gut in die vorhandene Bausubstanz ein.

Während der Zeit der Sowjetischen Besatzungszone wurden wieder Haftstätten im Prenzlauer Berg geschaffen, in denen gemäß der Beschlüsse der Potsdamer Konferenz, Kriegsverbrecher und NS-Funktionäre inhaftiert werden sollten. Der wichtigste Haftort, wurde 1945 vom sowjetischen Geheimdienst NKWD, im Keller eines Gebäudes an der Prenzlauer Allee, eingerichtet. Heute „Haus 3" auf dem Gelände des vormaligen Bezirksamtes Prenzlauer Berg.

Bald bestanden die Verhafteten jedoch kaum noch aus ehemaligen NS-Mitgliedern, sondern aus Menschen, die sich antisowjetisch oder antikommunistisch geäußert hatten. Von 1950-56 wurde die Anlage vom Ministerium für Staatssicherheit weitergeführt und die Gebäude noch bis in die 1980er Jahre vom MFS genutzt.

Mit dem Bau der Mauer am 13.08.1961 kam es zu einem tiefen Einschnitt in der Stadtstruktur und die städtebaulich stark miteinander verbundenen Bezirke Wedding und Prenzlauer Berg wurden praktisch über Nacht getrennt. Entlang der Grenze entstand ein Sperrgürtel, der durch den Abriss von Gebäuden geschaffen wurde.

Das Berlin Konzept der DDR Führung sah die Konzentration auf das Zentrum um den Alexanderplatz vor, und somit wurden die großen Chausseen Schönhauser Allee, Prenzlauer Allee und Greifswalder Straße gefördert, wobei man die Wohnareale dazwischen vernachlässigte. Die alten gewerblichen Gebäude in den Höfen, die nun ungenutzt waren, verfielen ebenso wie die eigentliche Wohnsubstanz. Das Wohnungsbauprogramm der DDR zielte ausschließlich auf den Neubau von Plattenbauten in bisher unbebautem Gebiet ab und die Einwohnerzahl sank, da vor allem junge Familien mit Kindern den Bezirk verließen, um in eine Neubauwohnung zu ziehen. Die Zahl der unbewohnbaren Wohnungen stieg rapide und es gab tatsächlich Planungen den gesamtem Bezirk abzureißen und die alten Gebäude durch Plattenbauten zu ersetzen!

Glücklicherweise legte man diese Überlegungen auf Eis, denn offenbar saßen in den Planungskomissionen doch einige Leute, denen das städtebauliche Erbe am Herzen lag, und so begann man mit einem Pilotprojekt rund um den Arminplatz. Die Überbauung wurde dort durch Abriss von Seitenflügeln und

Quergebäuden reduziert, auf den Freiflächen wurden Spielplätze angelegt und die verbleibenden Gebäude von Grund auf saniert. Dennoch sahen die DDR Planer das Projekt nicht als Erfolg an, denn es wurden dadurch keine neuen Wohnungen geschaffen und für die Bewohner mussten sogar Ausweichwohnungen freigehalten werden.

So scheiterten diese im Ansatz guten Einzelmaßnahmen an den staatlichen Mitteln, die es nicht erlaubten, neben der Stadterneuerung durch Neubauten, eine längst überfällige Altbausanierung im großen Stil durchzuführen. Stattdessen riss man, das im Mai 1981 stillgelegte Gaswerk an der Danziger Straße ab, um den, schon im Dritten Reich bestehenden Plan zur Anlage eines Volksparks umzusetzen. In Betrieb für die Anwohner ein stinkendes Ärgernis, hofften jedoch viele, dass, das Industriedenkmal nach der Stilllegung kulturell genutzt werden könne, doch der für DDR Zeiten seltene, starke zivile Widerstand, der sich gegen einen Abriss ausspracht wurde schlichtweg ignoriert. Das unter Denkmalschutz stehende Gasometer wurde am 28. Juli 1984 unter dem Vorwand statischer Probleme in einer Nacht und Nebelaktion gesprengt, und ein neu errichtetes Planetarium, an der Prenzlauer Allee, sollte die Gemüter beruhigen.

Auf dem Gelände des ehemaligen Gaswerks entstand neben dem „Ernst-Thälmann-Park", inklusive eines gewaltigen Ernst-Thälmann-Denkmals, zudem ein Wohnkomplex in Plattenbauweise mit 1300 Wohnungen. Offizielle Einweihung war am 15. April 1986. Weiterhin entstand auch auf unbebauten Gartengrundstücken, östlich der Greifswalder Straße, eine Plattenbausiedlung und für das Jahr 1989 waren großflächige Abrissarbeiten im Bereich Rykestraße vorgesehen, die sehr kurzfristig geschehen sollten, um dem erwarteten Widerstand der Bevölkerung keine Chance zu lassen. Nur die politische Wende im Land verhinderte die Durchsetzung solch katastrophaler Entscheidungen.

Diese Wende hatte ihren Ursprung nicht zuletzt im Prenzlauer Berg, denn hier hatte sich in den siebziger und achtziger Jahren ein Zentrum der DDR Opposition entwickelt. Von hier aus organisierten auch die Umwelt Bibliothek und andere oppositionelle Gruppen die Demonstrationen gegen die Wahlfälschungen im Mai 1989 und die Mahnwache in der Gethsemanekirche im Oktober 1989. Schließlich wurde der Grenzübergang an der Bornholmer Straße am 9. November 1989 als erster geöffnet.

Nach der deutschen Wiedervereinigung, zu Beginn der 1990er Jahre, galt der Prenzlauer Berg als größtes zusammenhängendes Sanierungsgebiet Europas. Dieses setzte sich aus fünf ausgeschriebenen Sanierungsgebieten im südlichen Bereich des damaligen Bezirkes zusammen, in denen die Sanierung von 32.202 Wohneinheiten mit öffentlichen Mitteln gefördert wurde. Heute sind große Teile des Ortsteils saniert und bilden das größte Gründerzeitgebiet Deutschlands. 67% aller Wohnungen stammen aus den Jahrzehnten zwischen der Reichsgründung im Jahr 1871 und dem Beginn des Ersten Weltkrieges 1914.

Die historische Bausubstanz konnte so glücklicherweise erhalten bleiben, jedoch hatte man eines der zentralen Ziele der Sanierungsgebiete nicht erreicht, und es zogen große Teile der ursprünglichen Bevölkerung aufgrund steigender Mieten und der Zunahme von Eigentumswohnungen in andere Bezirke, und der Prenzlauer Berg begann sich erneut zu verändern. Junge Leute, die als Studenten hergekommen waren, fanden gefallen daran, hier zu leben und blieben, und das Haushaltseinkommen stieg bald auf die Werte von Steglitz-Zehlendorf.

Mark schlenderte die komplett zugeparkte Christinenstraße hinauf und betrachtete die sanierten Gebäude. Er schaute, weg von den Fahrzeugen, nach oben, sah nur den blauen Himmel und die oberen Etagen. Jedes dieser Häuser hatte die Zeit aufgesogen, die Schicksale der einstigen Bewohner in seinen Mauern verborgen. Was hatten sie im Laufe der Jahre wohl alles gesehen?

Freud und Leid gleichermaßen, Liebe und Hass, all das, was Menschen empfinden konnten. All das hatte sich an ihnen abgesetzt. Stumme Zeugen einer bewegten Geschichte, vom Kaiserreich bis zum heutigen Tage, und jeder Abschnitt dieser Geschichte, jede Epoche, hatte sich selbst als wichtig empfunden, als das Neue, das Kommende. Doch schon bald, war sie bereits wieder vorbei, nur eine Phase, eine Fußnote in den Geschichtsbüchern, und es galten andere Regeln und andere Menschen lebten in den Häusern. So hatte es den Anschein, als müssten sich die Häuser immer wieder dem Willen neuer Bewohner fügen.

Doch dem war nicht wirklich so, denn wenngleich die Bewohner die Häuser geprägt hatten, wurden sie selbst auch vom Leben in diesen Häusern geprägt, und langsam wurde den Häusern durch diese Wechselwirkung Seele eingehaucht.

Die Seele der Häuser und die Schicksale ihrer Bewohner jedoch, waren tief in das Mysterium Zeit eingewoben, und manchmal gelang es jemandem, die Fäden ein wenig zu lockern und die Vergangenheit für einen flüchtigen Augenblick durch Erinnerungen wieder lebendig werden zu lassen.

Mark ging weiter und erreichte bald die Schwedterstraße, in die er rechts einbog und sich auf den Senefelder Platz zu bewegte. Auch hier hatte sich einiges verändert und Neues und Vertrautes wirkten gleichermaßen auf ihn ein. Damals hatte hier noch ein kleines, zweistöckiges Haus gestanden, mit einem kleinen Hof, auf dem ein alter Baum stand.

Er dachte an Ramona. Sie waren kaum älter als vierzehn, fünfzehn gewesen und zusammen. Ramona, ebenfalls in der Fischer-Schule, eine Klasse tiefer, hatte zusammen mit ihrer Mutter die Hochparterrewohnung ebendieses Hauses bewohnt. Wieder sah er ihr Gesicht vor sich, die dunklen Augen, die ihn ansahen, als sie sich über ihn beugte und mit Jagdwursthappen, auf die sie vorher etwas Senf getan hatte, fütterte. Damals waren sie in ihrem Zimmer, lagen auf einer Liege und hörten eine Peter Maffay Platte. „Es war Sommer", auch den Song wusste er noch. Warum erinnerte er sich gerade an diesen Augenblick?

Das ist das Rätselhafte an Erinnerungen. Man hatte jemanden

jahrelang gekannt und erinnert sich später an diese Person. Sofort fallen einem bestimmte Situationen und Begebenheiten ein, die scheinbar nicht anders als andere Erlebnisse mit dieser Person waren. Warum also gerade dieser Tag und nicht jeder X-beliebige, an dem man genau dieselben oder ähnliche Dinge getan oder erlebt hatte? Warum also gerade Jagdwursthappen mit Senf und „Es war Sommer"? Warum also gerade dieser Augenblick?

Vielleicht nur aufgrund eines flüchtigen Blickes, damals kaum beachtet, eines Wortes oder eines Sonnenstrahls auf ihrem Gesicht, der sich auf ewig in sein Unterbewusstsein eingegraben hatte, und von da an ein unauslöschlicher Teil seiner selbst geworden war.

Das es bei Ramona so war, wusste er nun.

Den Parkplatz, ebenfalls durch eine Kriegslücke, hier an der Ecke Schönhauser entstanden, gab es nicht mehr. Er war, wie das Haus verschwunden und beide durch kastenförmige kalt-funktional wirkende Gebäude ersetzt worden. Wahrscheinlich hatte das kleine Haus noch aus einer sehr frühen Bebauungs-phase des Prenzlauer Bergs gestammt. Um den Parkplatz war es wirklich nicht schade, aber das Haus hätte man retten können, und wenn er mit seiner Vermutung richtig lag, sogar müssen.

Rund um den Senefelder Platz sah es allgemein erschreckend aus. Die komplexen Sanierungen der umliegenden Gebäude, hatte man damit zunichte gemacht, jede Lücke mit nichtssagender ideenloser Architektur zu füllen. Wahllos hatte man irgendwelche Klötzer in die Altbausubstanz gesetzt, was im Gesamteindruck störend wirkte. Der Raum, der durch im Krieg zerstörte Eckgebäude, entstanden war, hatte dem Platz gutgetan und eine Neugestaltung hätte Chancen für wirklich kreative Lösungen geboten. Die Stadtplaner hatten die Chance, dem Platz ein anmutiges Gesicht zu geben, offensichtlich vertan und herausgekommen war nur eine verpatzte Schönheits-OP. Wieder einmal waren die Architekten ausgeleierten Konzepten gefolgt, denen man bereits eine Vielzahl von Einkaufszentren, Ärzte- und

Bürohäusern zu verdanken hatte. Als wäre es nicht möglich, kommerzielle Interessen mit durchdachter Stadtplanung und liebevoller Architektur zu verbinden.

Aber es gab es auch Lichtblicke am Senefelder Platz. Besonders das Eckhaus gegenüber, ein gründerzeitlicher Bau mit Backsteinfassade und aufwendiger, schmuckvoller Verzierung, glänzte frisch saniert in der Sonne. Dort hatte er in seiner Jugend viel Zeit verbracht, und als er rüber schaute, erkannte er sogleich die Fenster der Wohnung, in der sein alter Kumpel Dirk Gerber gewohnt hatte.

Auch Dirk hatte hier allein mit seiner Mutter gelebt, und Mark wurde nun bewusst, wie viele seiner alten Freunde, aufgrund von Trennung, bei nur einem Elternteil aufgewachsen waren. Dirk hatte er durch Micha Lehmann kennengelernt, und nachfolgend viel Zeit mit ihm verbracht. Gleich folgten auch die Bilder von Dirk, dem langen schlaksigen Jungen, mit halblangen weißblonden Haaren, Mittelscheitel, ausgewaschenen Jeans, weißem Rollkragenpullover, in einer braunen Lederjacke mit Fellkragen, am ehesten mit einer langen weißblonden Version des jungen Keith Richards vergleichbar.

Als er Dirk kennenlernte, hatte der noch in der Templiner, neben der 38.Oberschule, einem Neubau, in der Dirk auch Schüler war, gewohnt. Mark griff die Erinnerung auf und grub tiefer.

Die Straße, damals kaum befahren, war irgendwie zur Spielstraße geworden und ständig durch radfahrende oder ballspielende Kinder und Jugendliche bevölkert. Dort war er ihm zum ersten Mal begegnet, dem langen, albinohaften Kerl, in zu großen Schlaghosen und buntem Hemd.

In den Schulferien hingen sie meist zusammen, und Dirk´s Mutter lud ihn zum Frühstück ein, wo es immer dick mit Butter bestrichene Schrippen gegeben hatte, die sie in Hühnerbrühe stippten. Wieder spürte er diesen wunderbaren Geschmack auf seiner Zunge.

Dirk´s Mutter war bereits etwas älter gewesen, und er erinnerte sich wieder daran, dass Dirk einige wesentlich ältere Geschwister und sogar eine ältere Nichte hatte. Außer mit ihm, hing Dirk immer mit einem seiner Klassenkameraden, Detlef Brauer, herum, der seinen Vornamen hasste und Deddy bevorzugte. Deddy, etwas untersetzt, körperlich also das genaue Gegenteil von Dirk, trug immer einfarbige knallige Hemden, oft gelb oder grün und spitze Schuhe, die an ihm riesig aussahen. Eigentlich ein netter Kerl, doch gesundheitlich angeschlagen, Deddy war Asthmatiker, neigte er zu kolerischen Wutausbrüchen und phasenweiser Niedergeschlagenheit.

Oft trafen sie sich nach der Schule in Dirk´s Zimmer und beluden auf seiner Eisenbahnplatte Waggons mit Schrauben und Muttern, die Dirk und Deddy aus dem PA-Unterricht mitgehen ließen, simulierten Zugunglücke und hatten ihre helle Freude daran, dass sich Schrauben und Muttern im ganzen Zimmer verteilten. Gerne benutzten sie auch seine Matchbox Autos, um Szenen aus Aktionfilmen nachzustellen, und präparierten zu diesem Zweck einige Fahrzeuge mit Klebstoff, um sie dann anzuzünden, was fürchterlich zu stinken begann und bald Dirk´s Mutter auf den Plan rief, die dann die restlichen Matchbox rettete.

Klebstoff war auch eine beliebte Substanz, um die Qualität von Jeanshosen zu prüfen. „Trägst du ´ne echte Jeans?", wurde man gefragt. „Na klar!", war die prompte Antwort. „Na gut woll´n mal seh´n!", und schon hatte man Klebstoff an der Hose und jemand hielt ein Feuerzeug dran. „Echte Jeans brennt nicht!" Von wegen!

Klebstoff...ja, Klebstoff war äußerst beliebt bei den Jungen aus der Gegend. Klebstoff aus der Tube, Marke Duosan Rapid, damit ließ sich einiges anfangen. Beispielsweise konnte man zu Beginn des Unterrichts, wenn alle Schüler aufgestanden waren um den Lehrer zu begrüßen, seinem Nebenmann schnell und präzise einen Schuss aus der Tube auf den Stuhl geben, und wenn der es nicht früh genug mitbekam, standen die Chancen nicht schlecht, dass er die nächste Hofpause mit einem Stuhl am Hintern verbringen würde.

Später zogen Dirk und seine Mutter dann in das Haus an der

Ecke Schönhauser, wo sich Mark und andere Freunde regelmäßig bei ihm trafen. Sie waren nun älter, Jugendliche, und Dirk´s Adresse entwickelte sich allmählich zur allgemeinen Anlaufstelle. Da nur wenige Familien über Telefon verfügten, konnte man sich gegenseitig nicht erreichen, um sich kurzfristig zu treffen. Also ging man zuerst auf den „Teute", und wenn dort nichts los war, gleich weiter zu Dirk. Irgendwie machte man es sich zur Gewohnheit nur noch seinen Nachnamen zu benutzen, und sprach bald nur noch von „Gerber" anstelle von Dirk.

Im Grunde war das auch nicht als Respektlosigkeit gemeint, sondern einfach nur die Verknüpfung eines Namens mit einem Ort, was bedeutete, dass wenn man „zu Gerber" ging, nicht unbedingt Dirk besuchte, sondern einen Treffpunkt ansteuerte. So wurde sein Name mehr und mehr zu einer Institution. Manchmal konnte es durchaus vorkommen, dass Dirk überhaupt nicht zuhause war und trotzdem einige Freunde bei ihm abhingen. Dirk´s Mutter war das egal, im Gegenteil, sie freute sich über Gesellschaft.

Besonders geschätzt wurde die Kartenspiel Runde, die sich bei Gerber traf und ursprünglich nur aus Dirk´s Mutter und einer Freundin von ihr, Rena, wahrscheinlich die Kurzform von Renate, bestand. Die beiden älteren Damen, gerade frisch in Rente, machten es sich zur Gewohnheit, Karten zu spielen und dabei ein, zwei kleine Schnäpschen zu trinken.

Manchmal durfte auch Dirk mitspielen und der holte dann noch Mark und Deddy dazu, die das wahnsinnig interessant fanden. So lernten sie Schlesische Lotterie, Mauscheln, Rommé, Canasta, Bridge, 17 und 4, Häufeln und verschiedenen Würfelspiele. Nach und nach kamen immer mehr von Dirk´s Freunden dazu, und die Runde wuchs stetig. Sie fingen an um Geld zu spielen, wobei keine großen Beträge, de facto nur Kleingeld über den Tisch ging. Es ging auch überhaupt nicht darum einen großen Gewinn einzustreichen, nein, es ging darum im Spiel zu bleiben. Sicher, man freute sich, wenn man das Geld für ein oder zwei Schachteln Zigaretten gewann, da damals alle rauchten, aber letztlich ging es darum dabei zu sein. Das war es, was zählte.

Im Zuge dieser Runden begann bei den Jugendlichen langsam auch Alkohol eine Rolle zu spielen. Meistens brachte jemand eine Flasche Wodka oder Korn mit, den sie dann mit Sirup oder Cola mischten, oder sie tranken einfach nur Bier.

Das Spielgeld bewahrten sie in kleinen Plastikdosen auf, in denen sich ehemals Fleischsalat oder Ähnliches befunden hatte, und spielten oft stundenlang, an den Wochenenden manchmal sogar Tage hindurch. Gerade deshalb musste man eben im Spiel bleiben, einfach um dabei zu sein, und musste zusehen immer soviel in der Dose zu haben, dass es für den nächsten Einsatz reichte.

Die stundenlange Spielerei machte natürlich irgendwann hungrig, doch Dirk´s Mutter hatte vorgesorgt. Sie hatte Schmalz ausgelassen und frisches Brot da, und so kriegte sie alle satt. Die Herzlichkeit der Frau war großartig. Oft trank sie etwas zu viel, war jedoch die Güte in Person und oft genug „Ersatzmutter" einer Horde Jugendlicher. Da es ihnen schwer fiel, das Spiel zum Essen zu unterbrechen, bürgerte sich schnell eine feste Regel ein. Wer alles verloren hatte und völlig blank war, der machte Schmalzstullen für alle, die dann direkt am Spieltisch verzehrt werden konnten.

Außerdem bot das jedem in dieser Situation die Möglichkeit, wieder ins Spiel zu kommen, bekam man doch von allen Spielern als Lohn für seine Mühe, zwanzig oder fünfundzwanzig Pfennig in die Dose. Oft traf es Deddy, der nicht wirklich Pech hatte, sondern, bedingt dadurch, dass er keinen Alkohol vertrug, meist unsinnig spielte.

Zu dieser Zeit besaß Dirk einen Hund, einen kleinen Pudel Mix, der auf den Namen Arki hörte und gern in Waden zwickte. Mark begleitete ihn oft auf seiner Runde mit dem Hund und Dirk, eine Klasse höher als er, erzählte ihm davon, was ihn im nächsten Schuljahr so alles erwartete. Mark erinnerte sich auch daran, wie oft Dirk davon geschwärmt hatte, was er tun würde, wenn er mal im Lotto gewinnen sollte. Er malte sich aus, dass er dem Staat Geld leihen würde und der wiederum, sollte dann nicht so genau hinschauen, was er mit dem Rest des Geldes anstellte. Solche Vorstellungen hatte Dirk immer gemocht, und er konnte es sich nicht farbig genug ausmalen. Er rechnete Mark alles genau vor, Summe für Summe.

Dirk war auch ein hervorragender Monopoly Spieler, da er bei diesem Spiel seine finanziellen Fantasien so richtig ausleben konnte. Der Vater eines Freundes, Ole´s Vater, war irgendwie an eines der begehrten Spiele aus dem Westen gelangt und Ole durfte es sich manchmal ausleihen und brachte es dann mit. Der Reiz des Spiels wurde durch die Tatsache, dass es in der DDR als Auswuchs kapitalistischen Geschäftsgebarens verboten war, selbstverständlich noch erhöht.

Bestimmt konnte man Dirk aber einen wahren Anarchisten nennen. Wozu er keine Lust hatte, das tat er einfach nicht. Als er mit vierzehn seinen ersten Personalausweis auf der Meldestelle hätte beantragen müssen, ignorierte er diese Bürgerpflicht, sowie mehrere polizeiliche Aufforderungen dazu komplett, und Mark war sich ziemlich sicher, dass er erst frühestens mit sechzehn endlich einen Ausweis hatte. Ebenso dachte Dirk nach der Schulzeit überhaupt nicht daran, sich eine Lehrstelle zu suchen oder einer Arbeit nachzugehen. Er hatte einfach keine Lust dazu, also tat er es nicht, ganz einfach. Irgendwann hatten sie sich dann aus den Augen verloren, und Mark wusste nur noch, dass Dirk nach dem Mauerfall in einer Kneipe kellnerte. Er glaubte auch, ihn dort zuletzt gesehen zu haben. Dann hatte er nichts mehr von ihm gehört.

Mark überprüfte auch das Klingelbrett des Backsteinhauses und fand abermals keine bekannten Namen. Also ging er weiter, die Schönhauser hinauf und registrierte, dass der U-Bahnhof Senefelder Platz einen Lift bekommen hatte, dessen gläserner Einstieg sich hinter dem ursprünglichen Zugang auf der Mittelpromenade befand. Der „Sportlertreff", eine Kneipe auf der anderen Straßenseite, wegen der geringen Größe einfach „Sprotte" genannt, war auch verschwunden und hatte Büroräumen einer Firma Platz machen müssen. Noch vor der Zeit als „Sportlertreff", hatte sich der Laden „Café Hirsch" genannt, was er aus Erzählungen von Dirk´s Mutter wusste, die wohl zu ihrer Zeit mit dem ehemaligen Inhaber liiert gewesen war. Er blieb stehen, um sich das Bild des fetten Wirts vom „Sportlertreff" wieder ins Gedächtnis zu rufen, als er plötzlich zusammenzuckte. Schnell drehte er sich um und musterte die wenigen Leute, die vorbeikamen. Gerade hatte er etwas gehört, was nun all seine Aufmerksamkeit in Anspruch nahm. Hatte er sich getäuscht?

Angestrengt lauschte er, filterte die Geräusche der Straße. Vielleicht, aber es war so deutlich, so unverkennbar!

Aber woher, woher kam es? Er schaute sich nochmal um. Die U-Bahn!

Ja, das war´s! Hastig ging er rüber auf die Mittelpromenade und weiter zum U-Bahnzugang, hetzte dann die Treppe runter, und als er auf dem Bahnsteig ankam, spürte er gerade noch den Sog des abfahrenden Zuges und sah die Rücklichter im schwarzen Tunnel verschwinden.

Er begutachtete die Personen, die eben ausgestiegen waren. Nichts! Langsam beruhigte er sich wieder und setzte sich auf eine der Bänke. Die Fahrgäste, die den Bahnsteig verließen, nahmen ihn nur flüchtig war und gingen weiter. Wieder jemand, der seinen Zug verpasst hatte. Nichts Besonderes. Aber er hatte seinen Zug nicht verpasst!

Er war einer Stimme gefolgt, einer Stimme, die er gehört zu haben meinte, klar und deutlich, unverkennbar. Dirk´s Stimme!

Mark starrte auf die blaugrauen Fliesen des Bahnhofs und atmete tief durch. Die plötzliche Kühle des Tunnels, die durch diese Farbe noch verstärkt wurde, ließ ihn frösteln. Hatte er die Stimme wirklich gehört? Ja, das hatte er! Oder hatte ihm sein Unterbewusstes einen Streich gespielt und zu den Bildern auch den Ton geliefert?

Er wusste es nicht! Verblüffend, er hatte Dirk´s Stimme gehört, war sich nun aber nicht mehr sicher, dass sie auch der Realität entstammte. Irritiert ging er die Treppe wieder hinauf, folgte einfach der Promenade und sah rechter Hand das Gebäude des alten VP Reviers 69, das offensichtlich in exklusiven Wohnraum umgewandelt worden war, und hatte wieder den Volkspolizisten vor Augen, der sich seine Vorladung ansah und ihn in einen Raum führte, wo schon ein Mann in Zivil auf ihn gewartet hatte. „Klärung eines Sachverhalts", die übliche Formulierung, ungewiss und wenig informativ. Die gleiche Vorladung hatten auch einige seiner Freunde erhalten. Der Mann wollte wissen, was auf dem „Teute" so los sei und wer sich da alles so traf und was man dort so trieb.

Mark hatte nur Allgemeines erzählt, nur Spitznahmen genannt, die allesamt erfunden waren oder Leuten gehörten, die wie er vorgeladen worden waren. Damals hatte er den Eindruck gewonnen, dass ihm alles abgekauft wurde. Der Polizei gegenüber sagte man nichts! Schon gar nicht, wenn es um die eigenen Kumpel ging, und aller Wahrscheinlichkeit nach war der Mann in dem Raum eh von der Stasi. Im Prenzlauer Berg hatte es ja viele Oppositionelle gegeben und in den Achtzigern, passierte in der Bürgerbewegung allerhand, was die Stasi hellhörig werden lassen musste. Jedenfalls wurde keiner von ihnen jemals mehr vorgeladen. Offensichtlich hatte es dringendere Probleme gegeben, um die man sich kümmern musste. Da fielen einige Jugendliche, die sich auf dem Teutoburger Platz herumtrieben wohl nicht so ins Gewicht.

Bald schloss sich die Mauer des Jüdischen Friedhofs an, in die mittlerweile ein sogenanntes Lapidarium integriert worden war. Hier auf dem Friedhof lagen, soweit er noch wusste, Meyerbeer, Liebermann und Ullstein und es gab den Judengang, einen Zugang zu einem Hintereingang zwischen Senefelder- und Kollwitzplatz, der angeblich nur deshalb angelegt werden musste, weil König Friedrich Wilhelm III. auf seinem Weg zum Schloss Schönhausen keine Leichenzüge sehen wollte.

Die Mauer auf der Rückseite des Friedhofs, die genau an einen Spielplatz herangereicht hatte, als das Gelände noch nicht wieder überbaut worden war, kletterte er als Junge gemeinsam mit seinem Schulfreund Michael Freising oft entlang. Ein ausgezeichneter Kletterweg, obwohl sie sich auf den Friedhof selbst, wenn überhaupt, nur kurz hinunter wagten. Dort hatten sie immer den Tod gespürt und es gruselig gefunden. Zumal unter den Jungen auch einige Schauergeschichten über den Friedhof kursierten. Doch manchmal, im Sommer, wurde dem Friedhof eine ungeheure Lebendigkeit in Form von leicht bekleideten jungen Friedhofsgärtnerinnen verliehen, denen sie von der Mauer aus in den Ausschnitt sahen.

Mark ging weiter und nahm sich vor, den Friedhof unbedingt mal zu besuchen. Dann sah er auf der anderen Seite die alte Schule, die ihr altes grau verloren hatte. Zwar trug sie immer noch denselben groben Putz, doch war dieser in einem gelblich, beigen Ton gestrichen worden, der das Gebäude frisch wirken ließ. Die eisernen Tore befanden sich noch an ihrem angestammten Platz. Einen Moment noch hielt er inne, bevor er rüber ging und das Gelände auf demselben Weg wie damals mit seiner Mutter betrat.

Gleich beim ersten Hof fiel die Neugestaltung ins Auge, neue Bäume, frisches Pflaster, das alte teilweise integriert und auch die Fenster schienen ausgetauscht. Während er sich umschaute, ging er langsam weiter und erreichte den zweiten Hof. Der Schulgarten war verschwunden, wohingegen der Hortgarten wenigtens noch existierte, war auch seine Mauer bis auf einen kläglichen Rest abgetragen worden.

Auch das Buschwerk erschien ihm nicht mehr so üppig, wie in seiner Erinnerung, und die freie Sicht auf das Hortgartengelände hätte ihnen damals überhaupt nicht gepasst. Unverhofft hatte er wieder diesen Sonntag im Sinn, einen Sonntag, an dem das Gelände ungenutzt und verlassen vor ihm gelegen hatte, wie geschaffen für Erkundungen, und in Gedanken sah er sich wieder die Hortgartenmauer entlang balancieren. Er hatte sich geschmeidig und flink wie ein Wiesel bewegt, bis auf die Nachbargrundstücke, kannte jeden losen Stein und wusste sich bei Gefahr geschickt zu verbergen. Übermütig hatte er sich, von der Mauer aus, in die Büsche fallen lassen, die ihn trugen und auf denen er im Wind schaukelte.

Das alte rostige Klettergerüst war verschwunden und durch eine Art Abenteuerspielplatz mit einer hölzernen Burg ersetzt worden. Unglaublich, aber die Idee stammte von ihnen!

Schon damals hatten sich die Jungen hier eine Hütte gebaut. Alles hatte mit einer alten Palette und einigen alten Bohlen angefangen, die irgendwie von einem Nachbargrundstück in den Hortgarten gelangt waren. Diese bildeten sozusagen den Grundstein und nach und nach, kamen immer mehr Bauteile hinzu. Die Jungen schleppten, Gott weiß woher, alles mögliche Baumaterial an, brachten Nägel und Werkzeuge von zuhause mit, und irgendwann stand in einer Ecke des Hortgartens eine kleine windschiefe Hütte. Sie wurde sogar mit einigen alten Stühlen möbliert und diente den Jungen nun als Treffpunkt. Am späten Nachmittag, machte man also einen kleinen Abstecher zum Hortgarten und schaute in der Hütte vorbei. Meist traf man dort auf einige andere Jungen, mit denen man dort heimlich rauchte. Ältere Jungen hatten immer Zigaretten dabei, die sie aus den Schachtel ihrer Eltern gemobst hatten und rumgehen liesen.

Natürlich fiel die Hütte auch den Lehrern auf, die erst etwas hilflos darauf reagierten, dann aber beschlossen, dass diese zu verschwinden hatte. Bald darauf, wurde die Hütte auch durch die beiden Hausmeister entfernt. Doch die Idee hatte sich offenbar jahrelang gehalten und letztlich durchgesetzt!

Nun gab es hier offiziell einen Holzbau, und Mark erwischte sich dabei, wie er, mit einem verschmitzten Lächeln im Gesicht, nach kleinen Rauchschwaden Ausschau hielt, die aus den Ritzen der Burg nach draußen drangen.

Er sah sich weiter um und stellte fest, dass von den ehemals vier Kastanienbäumen auf diesem Hof nur noch zwei übriggeblieben waren. Diese Bäume hatte er immer geliebt und ihre majestätische Erscheinung bewundert, und Frau Witte, die Deutsch und Englisch gegeben hatte, erzählte damals, wie sie als junge Lehrerin bei einem Arbeitseinsatz mitgeholfen hatte, die Bäume zu pflanzen. Im Herbst warfen die Jungen Stöcke und Steine in die Kronen, um an die Kastanien zu kommen, die sie dann in

Plastiktüten sammelten und für Bastelarbeiten verwendeten. Die Stümpfe der fehlenden Bäume waren noch erkennbar und er stellte sich den Hof noch einmal mit komplettem Baumbestand vor.

Dann ging er weiter, bis zur eisernen Umzäunung an der Front des Gebäudes, und schaute zu den Fenstern des ehemaligen Werkkellers hinunter. Konnte Berger noch leben? Bestimmt nicht und wenn doch, musste er wirklich uralt sein. Mark suchte auf dem Gelände nach Spuren des Wirkens dieses Mannes, dessen Unterricht nicht unbedingt von allen Schülern geliebt worden war, und dem man manch groben Streich gespielt hatte. Nichts schien übrig, Schulgarten und Holzbank waren verschwunden.

Doch vielleicht, vielleicht benutzte gerade in diesem Augenblick, einer seiner ehemaligen Schüler ein Werkzeug oder grub den Garten um, und ob es ihm passte oder nicht, wurde dadurch ein Stück Berger wieder lebendig und wirkte nach.

Wie dem auch sei, Berger war jedenfalls einer dieser unnachahmlichen, urigen Typen, ein Unikum, dessen Eigenarten, durch das Leben herausgebildet, dieses letztlich bereicherten. Er war einer der Typen, bei denen man erst nach Jahren der nötigen Distanz erkannte, wie sehr man sie eigentlich gemocht hatte.

Noch als sich Mark´s Gedanken um den Werklehrer drehten, kamen die Fenster der unteren Etage des linken Flügels des Gebäudes in sein Blickfeld, die Fenster des Raumes gleich links, neben der kleinen Eingangstür. Er ging darauf zu und als er näher dran war, konnte er die Topfpflanzen erkennen, die drinnen auf den Fensterbänken standen. Seiner Meinung nach, musste es sich um denselben Bogenhanf handeln, der schon damals die Fenster geziert hatte. Aber konnte das wirklich sein? Warum nicht! Diese Pflanzen konnten ja ohne besonders viel Pflege ein stattliches Alter erreichen. Also, warum eigentlich nicht! Schließlich tröstete er sich mit dem Gedanken, es könnten wenigstens Ableger der ursprünglichen Pflanzen sein.

Er schaute durch die Fenster und stellte fest, dass sich der Raum erstaunlich wenig verändert hatte. Die Tafel, der Vorbereitungsraum, die Bankreihen, und dort sein alter Platz, ganz vorne, Fensterreihe! Ja, das war er, der „Russisch-Raum", sein ehemaliger Klassenraum!

Als ab dem fünften Schuljahr die Oberstufe begann, und seine Klasse in diesen Teil des Gebäudes wechselte, wurde Frau Hader ihre neue Klassenlehrerin. Frau Hader, eine große, stabile Frau mit üppigen Brüsten, gab Russisch. Sie mochte damals vielleicht Anfang oder Mitte Fünfzig gewesen sein, und genoss bei den Schülern einigen Respekt, der auf ihrer Strenge beruhte. Schüler spüren instinktiv, ob sie mit einem Lehrer leichtes Spiel haben oder nicht, und bei Frau Hader hatten sie das definitiv nicht. Sie war unnachgiebig, und das wussten die Schüler. Mit der legte man sich besser nicht an, nein, da hatte man schlechte Karten.

Frau Hader benutzte gerne ein eigentümlich süßlich duftendes russisches Parfüm, woran man sie stets erkannte. Erst roch man diesen unverwechselbaren süßlichen Duft, und kurz darauf starrte man auf einen riesigen Busen, hinter dem die Brillengläser der Russischlehrerin auf einen runterschauten. Es war völlig unmöglich Frau Hader´s Erscheinen in einer anderen Reihenfolge zu registrieren. Unmöglich, sie in noch so großer Entfernung zuerst zu hören oder zu sehen, da einem dieses, sich scheinbar in dreifacher Lichtgeschwindigkeit ausbreitende Parfüm mit Sicherheit schon vorher den Geruchssinn blockierte. Obwohl sie diese Strenge ausstrahlte und den Schülern gegenüber auch durchsetzte, war sie doch ziemlich in Ordnung. Sie hatte etwas wirklich Kumpelhaftes, besonders wenn man mit ihr in einem vier Augen Gespräch war. Dann konnte sie einem ganz schön zusetzen und ins Gewissen reden, und man war, zumindest für eine Weile, geläutert und hatte die besten Vorsätze für die Zukunft.

Russisch war Pflichtfach in der DDR Oberschule und die erste Fremdsprache, die Mark zu lernen begann. Es war keine reine Liebe, denn er hätte lieber Englisch gelernt, um Songtexte übersetzen zu können und zu verstehen, worum es darin ging, aber er hatte ein gutes Verständnis für Sprachen, und es viel ihm leicht, ohne viel lernen zu müssen in Russisch mitzukommen. Gedankenverloren schaute Mark weiter durch die Fenster in seinen alten Klassenraum, und seine Augen blieben an dem Bodenbelag haften, der nun zum Schlüsselreiz wurde, und vergangenen Tagen wieder Leben einhauchte.

„Na du wartest wohl auf deinen Bruder?", fragte die Lehrerin den kleinen Jungen, der eben den Kopf zur Tür reingesteckt und einige leise Worte mit Mark gewechselt hatte. Der Unterricht war bereits vorbei und Frau Hader saß, über einige Arbeiten gebeugt, die sie an diesem Samstag noch korrigieren wollte, am Lehrertisch.

Mark hatte Reinigungsdienst, eine unliebsame Aufgabe, bedeutete es doch, dass er, wenn alle anderen lärmend das Schulgebäude verließen, bleiben musste. Reinigungsdienst war gerade am Samstag fürchterlich, wenn alle Kumpel draußen am Fenster vorbeigingen, und auch noch blöde Witze rissen, während man selbst mit einem Besen bewaffnet, Bohnerwachs getränkte Holzspäne über den Boden schob. Draußen lachte den hinausströmenden Schülern die Sonne und das Wochenende entgegen, und man selbst musste drinnen bleiben und fegen.

Natürlich blieb, zu allem Unglück, gerade am Samstag auch noch die Klassenleiterin hier, um Arbeiten zu korrigieren. Also konnte man nicht schnell einfach mal so über den Boden drübergehen, sondern musste sehr genau sein, weil einem natürlich bewusst war, dass die Augen von Frau Hader nicht nur auf den Klassenarbeiten ruhten. Jede Nachlässigkeit würde sie gewiss registrieren, da war er sich sicher. Sie würde so etwas sofort wittern, instinktiv!

Wer konnte schon genau sagen, was sie sich dann noch so alles einfallen lassen würde. Besser man stellte sich gut mit ihr, und versuchte alles gründlich zu erledigen, um möglichst schnell und unbehelligt rauszukommen. Als erstes also die Stühle verkehrt herum auf die Schulbänke stellen. Nachdem das getan war, die Blumen gießen und gleich wieder die kleine Gießkanne auffüllen, darauf würde sie bestimmt achten, denn auf ihre Pflanzen war sie versessen. Gut, nun konnte man sich den Besen schnappen und durchfegen. Bloß nichts vergessen! Wenn ER was übersah, SIE würde es entdecken!

Zum Schluss musste dann der ganze Boden noch gebohnert werden. Zu diesem Zweck gab es einen Behälter, hinten in der Ecke, gefüllt mit den besagten Spänen, von denen einige mit dem Besen nun in kleinen Haufen über den Boden geschoben wurden, bis alles glänzte. Dann kamen sie bis zur nächsten Runde wieder in ihren Behälter zurück, und man konnte dann, hoffentlich, nachhause.

An diesem Samstag gab es einfach keine Gerechtigkeit. Das Wetter an diesem Frühlingstag war wunderbar, und alle schon draußen, und Mark fühlte sich verlassen und bestraft. Doch er hatte einen Bruder! Einen kleinen Bruder, der im ersten Schuljahr bei Frau Kleine, Mark´s ehemaliger Klassenleiterin aus der Unterstufe, in die Klasse ging. Der Kleine hatte schon etwas früher Schluss, und wartete geduldig auf dem Hof auf seinen älteren Bruder. Dort begegneten ihm Mark´s Klassenkameraden, die dem verdutzten Jungen berichteten, dass Mark wohl noch etwas brauchen würde, und so beschloss er nachzusehen, wo der Bruder blieb.

„Na komm doch rein, Mark ist, denk ich bald soweit." Während Frau Hader diese Worte aussprach, begutachtete sie, mit kritischem Blick, die bisherigen Bemühungen ihres Schülers. Mark registrierte sehr wohl, dass die Betonung eindeutig auf dem Wort BALD lag, und fragte sich, was sie auszusetzen haben könnte. Der Kleine kam nun neugierig herein, stellte seine Schultasche auf einer der Bänke ab, und ging ohne Hemmungen auf den Lehrertisch zu. Er war ein wirklich goldiger Kerl, mit der natürlichen Gabe, die Leute für sich einzunehmen. Er schnatterte einfach drauf los, und alle lächelten und amüsierten sich. Nun stand er vor dem Lehrertisch, und auch Frau Hader´s Mund formte sich zu einem Lächeln.

„Sagst du mir auch deinen Namen?" „Thomas!"

„Aha, und in welche Klasse gehst du?" „1a!"

„Ach, bei Frau Kleine!" „Ja, bei Frau Kleine!"

Thomas, der offensichtlich das Interesse an seiner Person genoss, hing, begierig darauf die nächste Frage zu beantworten, an den Lippen der Lehrerin. Mark wollte nur zügig seine Arbeit beenden, um endlich das Schulgebäude zu verlassen, und dazu musste er noch den Boden bohnern. Also verteilte er die Späne, und fing an sie sorgfältig durch die Reihen zu fegen.

„Na dann kommst du ja bald zu mir", stellte die Lehrerin fest. „Das dauert ja noch ganz lange, bin ja erst Unterstufe!", antwortete Thomas geflissentlich.

Nach Frau Hader's Ermessen, würde es tatsächlich nicht all zu lange dauern, bis auch dieser Junge zu ihr in den Unterricht kam, hatte sie doch im Laufe der Jahre unzählige Schüler bis zu ihrem Abschluss unterrichtet, und erfahren, wie schnell die Zeit verging. Für Thomas jedoch, bedeuteten die Jahre, die er noch in der Unterstufe verbringen sollte, eine Ewigkeit, die Hälfte seines bisheriges Lebens, ein unvorstellbar langer Zeitraum.

Mark sah, dass der Kleine halb auf den Lehrertisch geklettert war. Den gesamten Oberkörper und ein Bein hatte er rauf geschoben, aber Frau Hader akzeptierte sein Verhalten, und schien es geradezu putzig zu finden.

Also fegte Mark weiter, und hatte es wirklich bald geschafft, als er plötzlich ganz hinten im Klassenraum, dort wo sich der Besenschrank befand, mehrere Papierschnipsel auf dem Boden entdeckte. Eine Katastrophe! Die hellen Schnipsel stachen auf dem rotbraunen Boden extrem hervor, und es war nur eine Frage der Zeit, bis Frau Hader sie ebenfalls entdecken würde, und er den Raum nochmal komplett durchfegen und erneut bohnern musste. Langsam bewegte er sich, mit dem Besen in der Hand, auf die Schnipsel zu, und hatte sie beinahe erreicht, als Frau Hader zu ihm rüber schaute. Sie schien zu wittern, dass irgendwas nicht stimmte, und Mark fragte sich, woher sie bloß diesen Instinkt hatte, dessen Genauigkeit beängstigend war.

Manchmal kam es ihm vor, als könne sie Gedanken lesen, denn irgendwie war sie einem immer einen Schritt voraus.

Ihre Blicke trafen sich, und er hatte das Gefühl in die Augen einer zum Sprung bereiten Raubkatze zu schauen, die Angst und Schwäche ihrer Beute riechen konnte. Mark wusste genau, dass sie wusste, dass ihn irgendetwas beunruhigte und er wusste auch, dass sie gerade darüber nachdachte, was es wohl war. Folglich musste er schnell handeln, noch bevor sie lossprang, brauchte eine Finte. Er fühlte sich wie Napoleon in Waterloo, und gleich würden die Preußen anrücken. Ihm musste unbedingt etwas einfallen!

„Thomas...!"

Schnell machte er einen Schritt auf den Lehrertisch zu, und verdeckte so die Sicht auf die Schnipsel. Sofort löste sich Frau Hader´s Blick, und verwundert schaute sie auf den Kleinen.

„Kommst du von dem Tisch runter!"

Mark machte nun auf großen Bruder, und versuchte so von den Schnipseln abzulenken. Thomas schien überhaupt nicht bemerkt zu haben, dass er inzwischen auf dem Tisch hing, und rutschte, über diese Tatsache selbst erstaunt, wieder runter.

„Ach das macht doch nichts, wir haben uns doch gerade so nett unterhalten."

Die Aufmerksamkeit der Klassenleiterin galt nun wieder ganz dem Kleinen, und Mark reagierte sofort. Er drehte sich um und lies die Schnipsel mit einer geschickten Bewegung in die Lücke zwischen Wand und Besenschrank verschwinden. Dann beendete er seine Arbeit, verabschiedetet sich artig von Frau Hader und verließ, freudig erregt darüber, dass ihm der Coup mit den Schnipseln gelungen war, mit seinem Bruder den Klassenraum. Endlich hatte er es geschafft und konnte das Wochenende genießen.

Die beiden gingen durch die leeren Gänge der Schule, die still vor ihnen lagen und durch deren Fenster das klare Sonnenlicht einfiel, verließen das Gebäude durch den kleinen Nebeneingang, und wurden draußen von einem strahlend blauen Himmel und frischer Frühlingsluft empfangen.

„Geh´n wir über den Teute nachhause?" Thomas warf übermütig einen Kieselstein, den er auf dem Weg gefunden hatte ins Gebüsch vor der Hortgartenmauer.

„Können wir machen." Der große Bruder schaute auf seine Armbanduhr. Er wusste, das zuhause das Mittagessen auf sie wartete, aber was sollte es, ein kleiner Umweg machte nichts und außerdem konnte er die Verspätung auf den Reinigungsdienst schieben.

„Gucken wir heute Abend Janosik?", fragte der Kleine weiter, und bezog sich auf „Janosik Held der Berge", eine polnische Fernsehserie um den Schafhirten Janosik, der im 17. Jahrhundert zum Räuberhauptmann wurde und gegen die Haiducken des Grafen kämpfte. „Janosik" lief im Frühjahr 1978 im Vorabendprogramm des DDR Fernsehens und war eine der Lieblingsserien der Jungen.

„Na klar, was glaubst du denn, lassen wir uns doch nicht entgehen!"

Die beiden bogen an der Kreuzung Choriner/Schwedter Straße in die Schwedter ein.

„Ich hätte auch gerne so´ne Axt wie Janosik!" „Ich auch!"

„Glaubst du, dass die Haiducken Janosik jemals kriegen werden?" „Haha...den kriegen die nie, er ist der Harnas!"

Mark intonierte den Namen, der die Bezeichnung des Hauptmanns in der Serie war, besonders bedeutungsvoll. Wie sie wussten, hatte Janosik den alten Bandenführer Jakubek besiegt und das Räubergesetz besagte, dass der Stärkere Harnas wurde.

„Aber wenn die Haiducken nun zu viele sind?", bohrte Thomas weiter. „Na dann geht die Bande einfach in die Berge!"

„Und wenn die Haiducken sie verfolgen?" Mark schüttelte den Kopf. „Nein das können die nicht, die kennen sich da nicht aus!"

„Nein...?" „Nein, überhaupt nicht!"

Der Kleine schien beruhigt. „Und außerdem ist Janosik auch viel stärker!", stellte er fest, um gleich darauf nachzusetzen. „Denkst du Janosik ist der Stärkste von allen?"

„Sonst wäre er nicht Harnas, und du weißt doch, wie er mit der Axt umgehen kann!", erklärte sein Bruder. Die beiden bogen in die Templiner ein, und sprachen weiter über die Serie, als Mark plötzlich seinen Schritt verlangsamte.

„Thomas!" „Guck mal da vorne!" Sein kleiner Bruder blieb abrupt stehen.

„Mist...die olle Schrulle!" In einiger Entfernung kam ihnen ein junges Mädchen von vielleicht fünfzehn, sechzehn Jahren entgegen, das einen riesigen Schäferhund an der Leine führte. Es war ein ziemlich kräftiges Mädchen, das walkürenhaft, geradewegs auf die Brüder zusteuerte. Auch der Schäferhund, an der zum bersten gespannten Hundeleine, schien sie direkt im Blick zu haben, und man hätte nicht sagen können, wer von beiden grimmiger dreinschaute. Für die Jungen, bildeten Hund und Walküre ein teuflisches Gespann, das es seit einiger Zeit auf sie abgesehen hatte.

Sie begegneten ihnen immer wieder und wurden von der Walküre beschimpft und gejagt, und auch, wenn niemand mehr genau sagen konnte, was dieser Feindschaft zugrunde lag oder wann sie begonnen hatte, so war sie doch da, unwiderruflich, purer Hass auf beiden Seiten.

Hund und Mädchen kamen den Jungen immer näher und in ihren Augen spiegelte sich die gierige Bereitschaft ihr Werk endlich zu vollenden. Worin genau, dieses WERK bestand, darüber wollten sich die Brüder lieber keine Gedanken machen. Glücklicherweise waren sie bisher immer schneller gewesen, und es war nie zum Schlimmsten gekommen, aber sie wussten auch, dass sie die Augen offen halten mussten.

Erst recht malten sie sich lieber nicht aus, was passieren würde, wenn das Mädchen auf den Gedanken käme, den Hund von der

Leine zu lassen. Noch überschritt die Walküre diese Grenze nicht, und die Jungen hatten auch nicht vor, das herauszufordern, da sie eine Heidenangst vor dem Hund hatten.

„Komm wir gehen rüber!" Mark zog seinen jüngeren Bruder auf die andere Straßenseite. Er hatte beschlossen, dem Mädchen einfach aus dem Weg zu gehen und völlig harmlos zu tun, um es nicht unnötig zu provozieren.

„Nicht hingucken!", fauchte er den Kleinen an, der zu ihr rüber lugte. „Sie kommt!", warnte Thomas. Nun schielte auch Mark rüber und bemerkte, dass die Walküre ebenfalls dabei war, die Straßenseite zu wechseln. Sie war wirklich stämmig, und den Blick fest auf die Jungen gerichtet, stampfte sie, mit motorkolbenhaften, kräftigen Beinen, unaufhaltsam auf die Jungen zu. Das Mädchen trug ausgewaschene Jeans und ein gestreiftes T-Shirt, und blond gelocktes Haar fiel wild auf ihre Schultern. Ein dicker Hintern, durch die Bewegung der Beine in Schwingung versetzt, rundete das Walküren Bild ab. Der Hund zog immer stärker an der Leine, und Mark wollte nicht darauf warten, bis sie ihn nicht mehr halten konnte.

„Los weg!", zischte er, und schon drehten die Jungen um und rannten, trotz der Schultaschen, bis zur nächsten Ecke, bogen rechts ein und flitzten die Schwedterstraße entlang. Sie wussten nicht, ob sie verfolgt wurden, denn keiner von ihnen, schaute nochmal zurück. Sie rannten einfach nur panisch weiter, und als sie in die Christinenstraße liefen, hörten sie, in einiger Entfernung hinter sich, das Gebell des Hundes, drehten sich nun doch, fast gleichzeitig um und sahen mit Entsetzen, dass Hund und Mädchen ihnen tatsächlich auf den Fersen waren. Sicher war das nicht gut, aber, dass sich der Hund noch an der Leine befand, beruhigte die fliehenden Jungen ein wenig.

„Zum Platz!", rief Mark, und sie rannten, in der Hoffnung sich dort verbergen zu können, in vollem Tempo dem Teutoburger Platz entgegen. An diesem warmen Samstag, würde es dort nur so von Menschen wimmeln, und man konnte dann zwischen ihnen verschwinden und irgendwo untertauchen. Genauso machten sie es auch, liefen zwischen die Leute, schlugen ein paar Haken, und sprangen dann schnell in ein nahes Gebüsch.

Sie keuchten, denn der schnelle Sprint hatte einige Kraft gekostet, verhielten sich so still wie möglich, und versuchten sich nicht zu bewegen. Wahrscheinlich suchten die Augen der Walküre gerade die Gegend ab, und sie wollten sich nicht durch einen wackelnden Busch verraten. Mark atmete tief durch und verspürte Durst. Der Geruch der saftigen Blätter und des sandigen Bodens stieg ihm in die Nase und mischte sich mit dem Schweißgeruch ihrer feuchten Körper. Er legte einen Finger auf die Lippen, bedeutete seinem Bruder sich ruhig zu verhalten, und wagte dann einen vorsichtigen Blick durch das dichte Laub. Mitten auf dem Rasen, sah er, wie das Mädchen sich nach ihnen umschaute. Der Hund schnüffelte teilnahmslos am Boden. Es würde also nicht mehr lange dauern, bis sie aufgeben und die Suche einstellen würde. Sie brauchten nur hier zu warten.

„Siehst du die olle Schrulle?", fragte Thomas neugierig. „Ja, sie steht da drüben", flüsterte Mark dem Kleinen zu. „Wir warten hier, bis sie weg ist!"

Langsam hatten die Jungen Spaß an dem Versteckspiel, da die Gefahr nicht mehr so unmittelbar bestand, und sie machten es sich in dem Gebüsch bequem, setzten sich auf Ihre Schultaschen und hielten Kriegsrat.

„Wie lange müssen wir denn noch warten?" „Weiß nicht, ich gucke nochmal!" Wieder spähte Mark durch das Gestrüpp, und steckte dann vorsichtig den ganzen Kopf hinaus. Mädchen und Hund waren nicht mehr zu sehen. Mark überblickte den gesamten Platz und konnte sie nirgends entdecken. Offensichtlich hatten sie aufgegeben. Langsam kam er aus dem Gebüsch raus und sah sich abermals vorsichtig um. Walküre und Hund waren nicht mehr da.

„Kannst kommen, die sind weg!" Nun steckte auch Thomas den Kopf durchs Gebüsch. „Wirklich?"

„Ja, komm schon raus!" Der Kleine gehorchte, und brachte artig die Schultaschen mit. „Hast du gesehen wie der Hund die Zähne gefletscht hat!"

Die Jungen schlenderten entspannt über den Rasen. Fürs erste hatten sie genug Aufregung gehabt und wollten nachhause, wo das Mittagessen auf sie wartete.

„Ja, hab ich gesehen, aber die haben uns nicht gekriegt!", meinte Mark.

„Weil wir uns hier gut auskennen! Das Versteck hätten die nie gefunden!", fügte sein jüngerer Bruder hinzu. „Genau...deshalb kriegen die Haiducken Janosik auch nicht, wegen der Verstecke in den Bergen."

„Wenn wir Äxte gehabt hätten, so wie Janosik's Bande, dann hätten wir es der ollen Schrulle aber gezeigt!" Der Kleine hob einen Stock vom Boden auf und fuchtelte damit wild herum.

„Wenn wir Räuberäxte hätten, würde die sich gar nicht an uns ran trauen. Die hätte viel zu viel Schiss!" Die Jungen hatten den Rasen beinahe überquert und steuerten auf die Fehrbelliner Straße zu.

„Wo bekommen wir bloß Räuberäxte her?", wollte Thomas wissen. „Na, wir bauen uns selber welche!", antwortete Mark.

„Wie denn?", bohrte sein Bruder weiter. „Na...erstmal brauchen wir Stöcke."

„Und wo kriegen wir die Richtigen her?" „Hier auf'm Platz finden wir nicht die Richtigen, die sind hier alle zu dünn!"

„Ja, aber woher kriegen wir dann welche?" Mark machte eine kleine Pause und dachte darüber nach. „Ich hab's!"

Der Kleine sah seinen Bruder erwartungsvoll an. „Vom Hundeplatz!"

Der „Hundeplatz", Ecke Fehrbelliner- und Templiner Straße, durch eine Kriegslücke entstanden, war einfach nur eine verwilderte Freifläche mit einigen Bäumen und niederen Büschen, wo das Haus gestanden hatte, dass einst die Arminius Apotheke beherbergte. Und genau dort hoffte Mark, die richtigen Knüppel für den Bau von Räuberäxten zu finden.

„Ja, da finden wir bestimmt die Richtigen!" Mark´s Idee stieß bei dem Kleinen auf helle Begeisterung. „Na los!"

Sie brauchten sich nur kurz anzusehen, und Nachhauseweg und Mittagessen waren vergessen. Jungen in diesem Alter, besitzen einfach die Fähigkeit, Hunger und Durst völlig zu vergessen, wenn sie sich für eine Sache begeistern.

Also rannten sie auf Mark´s Kommando durch den kleinen Ausgang an der Templiner, überquerten die Straße, und in Gedanken konstruierte jeder von ihnen bereits seine Variante der Räuberaxt. Doch als sie in vollem Tempo auf dem Hundeplatz ankamen, stoppten beide so punktgenau, dass sie beinahe vornübergekippt wären. Ihre Mienen schienen eingefroren und der Schrecken stand ihnen ins Gesicht geschrieben. Denn genau vor ihnen, schnüffelte ein riesiger Schäferhund an einem Büschel Gras, hob das Bein, markierte, und wurde dann der ankommenden Jungen gewahr.

Ein kurzer Zug an der Leine, ließ auch sein Frauchen aufmerksam werden, und für den Bruchteil einer Sekunde herrschte vollkommene Stille. Alle Beteiligten mussten die Situation erstmal verarbeiten und starrten sich überrascht an. Niemand schien auf diesen erneuten Zusammenstoß vorbereitet gewesen zu sein.

Zuerst reagierte der Hund. Er bäumte sich auf und kläffte wild drauflos. Aus seinen Augen schlugen Flammen, und er zog so heftig an der Hundeleine, dass der plötzliche Ruck das Mädchen beinahe umgeworfen hätte.

„Aahhh...!" Für die Jungen gab es nun kein Halten mehr. Kopflos, einfach ihrem Instinkt folgend, hetzten sie über die Fehrbelliner auf die andere Straßenseite, achteten weder auf den Verkehr, noch auf Passanten. Sie rannten nur in wilder Auflösung auf ihr Haus zu, das nicht weit entfernt Rettung versprach. Sie wussten, dass das Mädchen ihnen wütend folgte, da der Hund immer noch wie verrückt bellte, und gleich würde er sie erreichen und in

Stücke reißen. Die Haustür kam in Sicht. Die rettende Tür, ein wunderbarer Anblick. Die schwere rotbraune Tür mit ihren schützenden Gittern. Sie legten nochmal Tempo zu, und sprangen auf dem letzten Stück der Tür entgegen. Mark ergriff die wuchtige Klinke und wagte sich dann umzudrehen. Sein Bruder war dicht bei ihm.

Hund und Walküre kamen in einiger Entfernung hinter ihnen her. Da der Hund kräftig nach vorne preschte, hatte das Mädchen große Mühe, nicht von ihm umgerissen zu werden und stemmte sich gegen die straffe Leine, was sie jedoch an einer schnelleren Verfolgung hinderte. Mark öffnete die Tür. Thomas drehte sich um und schnitt, in der Gewissheit gerettet zu sein, eine Grimasse in Richtung des Mädchens.

„Olle Schrulle!", brüllte er ihr entgegen, und schlüpfte dann durch die Haustür, die von seinem Bruder aufgehalten wurde. Als der Kleine drinnen war, schmiss Mark, der bereits den Hausschlüssel in der Hand hielt, die schwere Tür krachend zu und schloss ab. Gerettet!

Erleichtert lehnten sich die Jungen gegen die Wand. Sie mussten verschnaufen. Ihr Atem ging schnell und sie waren völlig ver-schwitzt. Im nächsten Augenblick wurde die Türklinke kraftvoll runtergedrückt. Sie hörten das Gebell des Hundes, der um seine Beute betrogen, an der verschlossenen Tür hochsprang. Wütend riss das Mädchen an der Klinke, und die Brüder wichen entsetzt zurück, beruhigten sich aber gleich wieder, da sie sicher sein konnten, dass die Tür nicht zu überwinden war. Sie waren tatsächlich in Sicherheit.

„...k..nnt....was...gefasst ma...hen...!" Nur wenige Wortfetzen des drohenden Mädchens drangen durch das Hundegebell und die schwere Tür bis ins Innere.

„...euch....erwi...he..!"

Bald gab das Mädchen auf, da sie sich eingestehen musste, dieses Mal verloren zu haben, und entfernte sich schimpfend. Lachend trampelten die Jungen nun die Treppe rauf.

„Man das war knapp!" Mark wischte sich den Schweiß von der Stirn und sah, wie Thomas sich am Treppengeländer abstützte. „Ich hab richtig Schiss vor dem Hund!" Die Aufregung hatte ihn sichtlich mitgenommen.

„Oh man, ich auch!", antwortete Mark, und ging weiter. „Komm schon, ich habe Hunger." Der Kleine folgte ihm, und Mark schloss die Wohnung in der zweiten Etage auf, und als sie eintraten, kam ihnen ihre Mutter aus der Küche entgegen. „Wo seid ihr denn solange gewesen?"

„Hatte Reinigungsdienst", antwortete Mark, während die Jungen die Schultaschen ablegten. „Und die olle Schrulle hat uns verfolgt!", warf sein Bruder hastig ein, begierig darauf der Mutter alles Weitere zu berichten.

„Wer hat euch verfolgt?", fragte sie besorgt und schaute dabei den älteren Jungen an.

„Na die olle Schrulle mit dem Hund!", erzählte der Kleine, der registrierte, dass die Mutter die Frage an Mark gerichtet hatte und Aufmerksamkeit wollte. Mark warf ihm einen rügenden Blick zu. Es passte ihm nicht, dass Thomas so viel plapperte. Bestimmt würde er nun gefragt werden, warum er nicht auf direktem Weg nachhause gekommen war, wo das Essen wartete, und außerdem hatte er doch auch die Verantwortung für seinen jüngeren Bruder.

„Also...wer verfolgt euch?", hakte die Mutter nach und ihre grünen Augen durchdrangen Mark, als wollte sie die Antwort aus ihm herauslesen. Das schwarze Haar fiel über den Kragen ihrer Bluse, über der sie eine der damals üblichen Kittelschürzen trug, da sie in der Küche gearbeitet hatte. „Ach, nicht so wichtig, nur so´n Mädchen mit ´nem Hund", rückte Mark heraus.

„Ja...und die verfolgt uns immer!", mischte sich sein Bruder wieder ein. „Was will die denn von euch?", fragte die Mutter erneut, und ihr Blick wanderte nun von einem Sohn zum anderen.

„Die verfolgt uns immer mit ihrem Hund, ich glaub die kann uns nicht leiden."

„Wie alt ist sie denn?" „Na so sechzehn vielleicht."

„Habt ihr der mal was getan, habt ihr sie geärgert?" „Nein!", antworteten die Brüder fast gleichzeitig in einem entrüsteten Tonfall.

„Also warum verfolgt sie euch dann?", wunderte sich ihre Mutter.

„Keine Ahnung!" Die Jungen hatte inzwischen ihre Schultaschen weggestellt und die Hände gewaschen, gingen dann ins Wohnzimmer und setzten sich an den Tisch.

„Ihr müsst mir das Mädchen mal zeigen, dann spreche ich mit ihr. Die darf euch doch mit ihrem Hund keine Angst machen." Die Mutter holte das Mittagessen, das sie warmgehalten hatte.

„Darf sie gar nicht...?", fragte Thomas erstaunt. „Nein, das darf sie nicht, sagt mir auf jeden Fall Bescheid, wenn es nochmal vorkommt. Habt ihr gehört!"

„Ja machen wir!"

Die Mutter stellte das Essen auf den Tisch. Es gab Schnitzel, und jeder der Jungen bekam eins und auch Kartoffeln, Soße und Mischgemüse. Die Brüder langten tüchtig zu, denn nun meldete sich der Hunger. Mädchen, Hund und Reinigungsdienst waren in der sicheren Obhut ihres Zuhauses aus dem Blickfeld verschwunden. Ihre Gedanken drehten sich bereits um andere Dinge, denn die Zeit, die noch vor ihnen lag schien unendlich und das Leben breitete sich in seiner Vielfalt vor ihnen aus. Unbeschwert alberten sie beim Essen herum, und wurden von der Mutter, die ihnen mit einem Lächeln auf den Lippen zuhörte, ermahnt. „Nicht so laut, eure Schwester schläft!"

Am frühen Abend saßen sie dann mit der Oma vor dem Fernseher und warteten darauf, dass „Janosik Held der Berge" endlich anfangen würde. Die Oma schmunzelte, als sie Mark nach dem Mädchen mit dem Hund fragte. „Ihr seid doch bestimmt nach der Schule noch auf dem Teute gewesen, oder? Hand aufs Herz?"

„Ja waren wir", beichtete Mark, und auch an diesem Abend

schlug Janosik den Haiducken wieder ein Schnippchen, und als die Jungen müde in ihre Betten fielen, schliefen sie in der Gewissheit ein, dass die Haiducken niemals gewinnen würden und man Omas alles anvertrauen konnte. Als dann alle schliefen, breitete sich Stille aus, und nur das fahle Mondlicht kroch langsam durch die Fenster herein. Die Ereignisse des Tages waren nun verwoben, in den Fäden der Zeit. Sie waren vergangen.

Langsam nahm Mark das Gesicht von der Fensterscheibe weg, und es fühlte sich an, als hätte er seinen Kopf direkt in eine Zeitkapsel gesteckt. Mittlerweile war es fast völlig dunkel geworden, und er beschloss nachhause zu gehen. Die Wohnung war noch unmöbliert, und er würde sich in den nächsten Tagen darum kümmern müssen. Also machte er sich auf den Weg und nahm dieselbe Route, wie damals mit seinem Bruder. Was war wohl aus dem Mädchen geworden?

Es hatte noch einige Konfrontationen mit ihr gegeben, die aber alle ebenso glimpflich verlaufen waren. Den Hund hatte sie niemals von der Leine gelassen. Irgendwann begegneten sie sich dann nicht mehr, einfach so, und als sie sich zum letzten Mal begegnet waren, wusste wohl keiner von ihnen, dass es das letzte Mal sein sollte und eine feste Größe ihres bisherigen Lebens für immer verschwand. Merkwürdig wie unmerklich die Zeit alles schluckte. Das Mädchen mit dem Hund, hatte jedenfalls tief in Mark's Unterbewusstem geschlummert um nach Jahrzehnten wieder aufzutauchen. Warum?

Hatte sein Gehirn ALLES abgespeichert? Alles andere auch? Wirklich alles, das geschehen war? Bedurfte es nur eines Auslösers, und alles war aus dem Speicher abrufbar?

Ein faszinierender Gedanke! Man sagt ja, dass in der Stunde des Todes, das ganze Leben noch einmal vor dem geistigen Auge abläuft. Im Zeitraffer. Menschen mit Nahtoderfahrungen berichten davon. Wird im Moment des Todes der Speicher geleert?

Seine Gedanken begannen wieder um das Mädchen zu kreisen.

Sie musste heute über fünfzig sein. Wie schnell doch die Zeit vergeht! Würde er sie erkennen, wenn sie sich zufällig begegneten? Unwahrscheinlich! Der Hund war mit Sicherheit tot. Vielleicht erzählte sie ja gerade ihren Enkelkindern, die sich unbedingt einen Hund wünschten, von ihrem und von den zwei Jungen, die sie damals gekannt hatte.

Mark wollte diese Nacht nicht in seinem Hotel verbringen, nein, er wollte lieber hierbleiben, hier in der Wohnung, auch wenn sie noch leer war. Er wollte hierbleiben, weil sie nicht wirklich leer war, weil sie angefüllt war mit Zeit und all jenen Erinnerungen, nach denen er nun suchte, und die sich ihm nach und nach wieder erschließen würden. Also ging er weiter, über den dunklen Teutoburger Platz, über dem ein fahler Mond zu sehen war, und als das Mondlicht später durch die Fenster der Wohnung kroch, beleuchtete es den Schlafenden auf dem nackten Holzboden.

Drei Wochen später zog Mark endgültig in die Wohnung. Er hatte sie eingerichtet und sich dabei an die ehemalige Raumaufteilung gehalten. Im Wohnzimmer hatte er versucht seine Möbel entsprechend ihren Pendants von damals zu stellen, und im Schlafzimmer gab es nun ein massives Metallbett und einen wuchtigen Kleiderschrank. Das kleine Zimmer, das er sich mit seinem Bruder geteilt hatte, richtete er als Arbeitszimmer ein, mit einem Schreibtisch, auf dem sich ein Notebook befand, einem kleinen bequemen Sofa und einem Bücherregal. Küche und Bad waren ebenfalls fertig. Überall gab es auch wieder Gardinen an den Fenstern, und die Räume bekamen wieder Charakter.

Während der Zeit, die er mit dem Einrichten der Wohnung verbrachte, ging er immer wieder raus und durchstreifte die Gegend, die ihm wieder so vertraut wie damals wurde. In der Umgebung herrschte reges Leben, und es gab viele neue Geschäfte und Kneipen, von denen ihm die meisten gut gefielen. Nur an die Neugestaltung des Areals um den Senefelder Platz konnte er sich nicht recht gewöhnen, und obwohl er wirklich versuchte sich damit anzufreunden, blieb das so.

Umso mehr war er freudig überrascht, als er auf einem seiner

Spaziergänge feststellte, dass das „Metzer Eck" noch in seiner ursprünglichen Form existierte.

Das „Metzer Eck", eine typische Berliner Eckkneipe, seit 1913 in Familienbesitz, präsentierte sich wie eh und je. Selbst Heinrich Zille trank hier schon Bier, was eine Kopie seines Briefes an die Destille bewies, die an der Wand inmitten anderer Kopien, alten Stichen und Fotos hing, welche die Geschichte des Bezirks und der Kneipe zum Thema hatten. Dort hing eine ganze Zusammenstellung von Fotos und Autogrammkarten einiger Prominenter, die dieses Lokal im Laufe der Jahre besucht hatten. Auch aus dem westlichen Teil der Stadt, da das „Metzer Eck" im Westberliner Reiseführer für den Ostteil erwähnt wurde und als Geheimtipp galt.

Hier hatte sich nicht viel geändert, und als Mark das Lokal betrat, schien ihn der Laden in seiner urigen Ausstattung stolz zu begrüßen. „Hallo, hier bin ich noch, so wie ich immer war, so wie ich immer sein werde! Entgegen allen Trends, allen Szene - und In Lokalen, die hier wie Pilze aus dem Boden schießen. Entgegen allen Milchkaffees und Ruccolas mit Pinienkernen. Entgegen allen Umhängetaschen und Trainingsjacken. Ich bin nicht trendy, nein, ich bin authentisch, kein Retrolook, nein, nicht mit mir! ICH bin das Original!"

Da es mitten in der Woche war, gab es nicht viele Gäste, und er suchte sich einen Platz im hinteren Teil des Schankraumes und schaute sich um. Um den runden Tisch vor dem Tresen, standen drei Männer, die sich mit der Bedienung unterhielten. Vor ihnen, halbvolle Biergläser, und ihnen gegenüber, in einer Nische, aß ein älteres Paar Leberkäse mit Spiegelei.

Die Bedienung kam zu ihm rüber, brachte die Karte, und machte ihn darauf aufmerksam, dass es einen separaten Raucherraum gab. Das war neu, aber er hatte keinen Bedarf, da er das Rauchen aufgegeben hatte. Er bestellte Bier, dunkles Bier. Die Männer am Stehtisch lachten und prosteten sich zu, während die Bedienung das Bier zapfte. Er bemerkte, dass sogar der alte Sparkasten noch an seinem Platz hing. Alles war genau so, wie er es kannte, und es schien nur Tage her, seit er zum letzten Mal hier gewesen war. Dann kam sein Bier, und er nahm einen tiefen Zug aus dem Glas und das dunkle Bier rann malzig die Kehle runter. Mark lehnte sich zurück, fühlte sich wohl, und trank nochmal. Von seinem Platz aus, konnte er die Eingangstür sehen, und er spürte, wie das starke Bier zu wirken begann. Er fühlte sich leicht, lies seine Gedanken schweifen, und die Tür öffnete sich....

Die Tür zur Gaststube des „Metzer Eck" öffnete sich, und zwei junge Männer betraten den überfüllten Raum. Schnell schlossen sie die Tür hinter sich wieder, denn die eiskalte Luft folgte ihnen. Sie machten ihre Jacken auf, und der Schnee auf ihren Schultern, begann in der Wärme des Bullerofens sofort zu tauen. Die Woche vor Weihnachten 1987 war kalt. Mark und Ole sahen sich im Schankraum nach einem Sitzplatz um. Vergeblich, das Lokal war hoffnungslos überfüllt. Am Tresen stand man in der zweiten Reihe, und die Bedienung hatte Schwierigkeiten zu den Tischen zu gelangen.

Sie hatten Weihnachtseinkäufe gemacht, und wollten anschließend im „Metzer Eck" noch ein Bier trinken. Mark und Ole waren Klassenkameraden gewesen, hatten den größten Teil ihrer Freizeit auf demTeute oder bei Gerber verbracht, und seither nie den Kontakt verloren. Während der Lehrzeit, befanden sich ihre Ausbildungsstätten in unmittelbarer Nähe, und sie sahen sich ständig. Nun arbeiteten sie als Facharbeiter, und waren Freunde geblieben. Ole hatte bereits eine eigene Wohnung in der Choriner Straße, die er seit kurzem mit seiner Freundin Marion bewohnte. Dieses Jahr sollte ihr erstes gemeinsames Weihnachtsfest werden. Da wollte er sich natürlich besonders viel Mühe geben, und so versprach er ihr, den Weihnachtsbaum aufzustellen und zu schmücken. Eigentlich wollte er das noch an diesem Tage tun, doch die Einkäufe hatten gedauert. Auf der Suche nach den richtigen Geschenken, hatten sie unzählige Geschäfte abgeklappert, bis ihnen die Füße wehtaten und die Kälte an ihnen hochkroch.

Zuletzt hatten sie in einem Laden in der Prenzlauer Allee, der Uhren und Schmuck führte, eine Halskette für Marion gefunden, und damit endlich, den stundenlangen Einkauf beendet.

Da kam ihnen auf dem Heimweg das „Metzer Eck", an dem sie vorbei mussten gerade recht. Warm lockte das Licht im Fenster und der Bullerofen und die Stimmen der Gäste, die nach draußen drangen. Für den Baum blieb noch genügend Zeit, besonders da Mark zugesagt hatte, Ole beim Schmücken zu helfen. Also konnte man sich ruhig ein paar Bierchen genehmigen.

„Wenn ihr nur was trinken wollt geht´s. Mit Essen sieht es eher schlecht aus!"

Die Bedienung, die sich durch die Gäste am Tresen drängte, hatte die fragenden Mienen der jungen Männer bemerkt, und schlängelte sich gleich nach ihren Worten gekonnt in Richtung der Sitzplätze.

„Alles klar. Danke!"

Mark kramte eine Schachtel „Club" und ein Feuerzeug aus der Jacke, und zog sie dann aus. „Wusste, dass wir hier noch was kriegen."

Sie hatten Mühe ihre Jacken an einen der Garderobenhaken zu hängen, schafften es aber irgendwie. Mark steckte sich eine Zigarette an, und gab die Schachtel dann an Ole weiter. Das der Raum bereits völlig verqualmt war, störte sie nicht im geringsten. Sie wussten, dass ihre Kleidung morgen fürchterlich stinken würde, aber das machte nichts, das gehörte dazu.

„Was nehmen wir denn?" „Na...ein Dunkles!" „O.K.!"

Sie standen vor dem Tresen, in der dritten Reihe, und Mark drängelte sich vorsichtig durch, um zu bestellen. Er zahlte gleich und vergaß auch das Trinkgeld nicht, das zu dieser Zeit immens wichtig war, entschied es doch in der DDR Gastronomie erheblich über den Status als Gast. Letztlich war man auf den guten Willen der Kellner angewiesen, also schaffte man eben eine gewisse „Vertrauensbasis", um sich das Wohlwollen der Belegschaft auch für die Zukunft zu sichern. „Na...dann!", sagte Mark, nachdem er es mit einiger Geschicklichkeit geschafft hatte, die vollen Gläser durch die Reihen zu balancieren. Sie prosteten sich zu und tranken. Das Bier war stark und süffig und schmeckte hervorragend.

„Ochhh...gut." Ole wischte sich den Schaum vom Mund. „Weißt du schon, was du Silvester machst?", fragte er sein Gegenüber. Der zog an seiner „Club", und blies dicke Ringe gegen die Decke.

„Nö, müssen schauen, ob jemand 'ne Fete macht." „Ja...werd'n schon was finden."

Die Leute um sie herum waren verschiedenen Alters. Die meisten Arbeiter, wie sie. Junge Leute, die was erleben wollten, ältere Herren, die offensichtlich bei ihrem Feierabendbier versackt waren und Ehepaare, die sich hier einen gemütlichen Abend machten. Das „Metzer Eck", mit seinen für eine DDR Kneipe großzügigen Öffnungszeiten, die oftmals ein, zwei Uhr morgens erreichten, bot allen etwas, und obwohl es hier krachend voll, verqualmt und laut war, fanden es alle urgemütlich und fühlten sich wohl.

„Ich hol uns noch ein Bier, aber den Baum bauen wir auch noch auf!?", mahnte Ole, mehr sich selbst als Mark. Er hatte den festen Vorsatz, unbedingt noch den Weihnachtsbaum aufzustellen und zu schmücken.

„Klar, machen wir auf jeden Fall!" Mark reichte ihm sein leeres Glas, und Ole machte sich auf den Weg durch die menschliche Mauer, um Nachschub zu ordern. Er kam auch bald mit zwei schäumenden, gut gefüllten Gläsern zurück, und sie tranken und zündeten sich wieder Zigaretten an.

„Is aber auch furchtbar süffig das Dunkle", meinte Mark. „Was hast du denn zu Marion gesagt, wann du wieder da bist?"

Ole dachte kurz nach. „Ich hab nur gesagt, dass wir Weihnachtsgeschenke kaufen, kann ja vorher nicht wissen wie lange das dauern wird."

Offenbar wollte er sich nicht festlegen, und setzte lieber sein Glas nochmal an. „Klar, kann man ja nicht wissen", pflichtete Mark ihm bei. „Und ´n Bier muss schon drin sein...oder?" Ole nickte, und trank aus. Mark nahm ihm das Glas ab. „Ich würd ja noch´n Kirsch trinken, du auch?" „Ja...bring mit!"

Damals tranken sie gerne Kirsch Whisky oder Pfefferminzlikör zum Bier, und der Einfachheit halber, sagte man nur „Kirsch" oder „Pfeffi". Also drängelte sich Mark, der nun wieder dran war, durch die Reihen, und besorgte Bier und „Kirsch".

Er reichte die Gläser irgendwie umständlich durch, und sie tranken zuerst den süßen Kirsch Whisky. „Weg damit, bevor der schlecht wird!" Mark leerte das Glas in einem Zug, und Ole tat es ihm gleich. Die Wirkung des dunklen Bieres, in Verbindung mit dem Likör, lies nicht lange auf sich warten, und die beiden hätten es dort wohl ewig ausgehalten, doch Ole fiel plötzlich der verdammte Baum wieder ein.

„Wirr baunn aber den Baum noch aauf!"

Seiner Stimme hörte man mehr und mehr den Alkohol an, was bei Mark nicht anders war, weshalb sie sich auch blendend verstanden.

„Ookayy...noch einn Scheidebecher, und dann haun wir ab."

Mark würde den Freund nicht hängen lassen, obwohl er die Manie mit dem Baum nicht verstand, nur noch kurz was trinken, und dann könnte man sich um den Baum kümmern. Bedingt durch ihren Zustand, wurde auch der Gang zum Tresen zusehends schwieriger. Schwankend brachte Ole eine neue Ladung, was sich jedoch schwerer als erwartet gestaltete, da er versuchte seine Zigarette im Mund zu behalten und den Qualm nicht in die Augen zu bekommen. Aber mit der Sicherheit eines Akrobaten, schaffte er es schließlich die Gläser fast vollständig gefüllt durch die Leute zu jonglieren. Grinsend prosteten sie sich zu, und kippten zuerst wieder den Likör hinter, ließen sich noch einige Zeit mit dem Bier, und beschlossen irgendwann zu gehen.

Es dauerte jedoch noch eine Weile, bis sie ihre Jacken und die

Taschen mit den Einkäufen gefunden hatten und sich zur Tür durchschlugen.

Draußen ließ sie die Kälte das Kinn in den Kragen pressen. Es war bereits nach Mitternacht und kein Mensch mehr unterwegs, und auch in den Fenstern der Häuser sah man kein Licht. Alles schien bereits zu schlafen, und sie gingen, die nur durch ein paar Laternen beleuchtete Metzer Straße in Richtung Senefelder Platz hinunter.

„Wartee malll..muss malll pinkeln." Ole zündete sich eine Zigarette an, während Mark auf den nächsten Baum zusteuerte, aus dessen Richtung es bald plätscherte. Als Mark zurück war, gingen sie weiter.

„Deer Bauum steht auffmm Boden oben, müssen wa leisse machen", meinte Ole. „Klarrr maccheen wa!"

Ihren Stimmen war nun vollends der Alkohol anzumerken, doch sie selbst realisierten kaum, wie betrunken sie waren. Schließlich waren sie Alkohol gewohnt, und den Weihnachtsbaum aufzustellen und zu schmücken war keine große Sache. In ihrem Rausch glaubten sie alles fest im Griff zu haben. Beide wussten, dass Marion bereits schlafen würde, und wahrscheinlich nicht besonders scharf darauf wäre, mitten in der Nacht geweckt zu werden.

„Also iccch daachte mirr wir schmüücken denn Baaum oben." Ole sprach in der Gewissheit einen genialen Plan entwickelt zu haben, was Mark ihm auch sofort bestätigte.

„Herrrvoorraggend, brauchste ja zu Weihhnachten nur nochh runnter traagen!"

Eigentlich konnte auch nichts schiefgehen. Der Entschluss den Baum auf dem Dachboden, wo er bereits lagerte, aufzustellen und zu schmücken war gefasst, und Marion würden von allem nichts mitbekommen. Sie konnte in aller Ruhe weiterschlafen, und würde angenehm überrascht sein, wenn der Baum in voller Pracht erstrahlte.

Ole wohnte in der vierten Etage eines Eckhauses an der Kreuzung Choriner- und Zionskirchstraße, und da er es von seiner Wohnung näher zum Dachboden als zum Keller hatte, nutzte er eben den Boden als Lagerplatz für alles Mögliche. Sie überquerten die Schönhauser und gingen dann die Schwedter weiter.

„Lasss unss noch eene raucchhen!" Sie boten sich gegenseitig Zigaretten an. „Freeu michh ja schonn auuff Sülvessssterr!" „Jaa ...üchh auchh, ma seh´n wasss wa maccchen!"

„Geerrrrberr müsste ma wiederr ´ne Fete machenn, die warr´n immmer jeil!" Eben waren sie an Dirk´s Haus vorbeigekommen, und erinnerten sich wehmütig an seine Partys. „Jaa...die war´n jjut, aberr mitt dem isss och nüschtt mehr loss."

Sie sahen Dirk nur noch selten, trafen ihn zwar manchmal, wussten aber nicht genau was er so trieb. Er hatte hier und da mal eine Arbeit, was ihm aber nicht so lag, weshalb es damit schnell auch wieder vorbei war. Stattdessen trieb er sich lieber mit allerlei runtergekommenen Typen herum, soff ordentlich, und war in Schlägereien verwickelt.

„Naa ja..was... will mannn machenn...."

Die Partys bei „Gerber" lagen eigentlich nur wenige Jahre zurück, doch ihnen kam es ewig vor. Viele ihrer alten Freunde, die ihnen vor kurzem noch so vetraut vorkamen, hatten sich einfach in andere Richtungen entwickelt. Nach dem Ende der Schulzeit, wurde die Herausbildung unterschiedlicher Charaktere und Persönlichkeiten immer deutlicher. Mit vielen Klassenkameraden und Freunden hatte sie den Kontakt völlig verloren, und fragten sich manchmal, was aus ihnen geworden war und ob man sich wohl irgendwann wieder über den Weg laufen würde.

Als sie in der Zionskirchstraße ankamen und gegenüber den verschneiten Teutoburger Platz sahen, gerieten sie plötzlich in Weihnachtsstimmung, und stimmten lauthals „Last Christmas" an, liefen ausgelassen, den Song trällernd weiter, wobei ihnen die vorgerückte Stunde ziemlich egal war.

Erst als sie der Choriner näher kamen, wurde Ole vorsichtiger. Er wollte lieber nicht riskieren, Marion zu wecken, bevor der Baum fertig war.

„Ookayy...jetztt...müssen wirr..bisschen leisser!" Er legte den Finger an die Lippen, um seine Worte zu unterstreichen.

„Ttüürrlichh....!", bestätigte Mark mit derselben Geste. An der Haustür suchte Ole, während Mark die Einkäufe hielt, nach dem Schlüssel, und schloss dann, seinem Ermessen nach leise, auf. Sie traten ein, tasteten unbeholfen nach dem Lichtschalter, den sie irgendwann fanden, und polterten dann die Treppen bis in die vierte Etage hinauf.

Sie stellten die Einkäufe vor der Wohnungstür ab, gingen noch die halbe Treppe bis zum Dachboden hoch, und betraten ihn durch eine quietschende Tür.

„Ppssst....!" Ole machte wieder die Leise Geste, und Mark nickte nur. Nachdem sie das Licht angeschaltet hatten, sahen sie den Baum in einer Ecke liegen.

„Naaa...loss!"

In der Nähe des Baumes stand ein alter Reisekoffer, der die Weihnachtskugeln und anderen Baumschmuck enthielt und daneben ein alter grüner Weihnachtsbaumständer. Mark holte den Ständer, der wahrscheinlich schon seit Generationen in Ole´s Familie die Weihnachtsbäume aufgenommen hatte, und stellte ihn ehrfürchtig vor dem Baum ab. Ole hob nun den Baum auf, und versuchte den Stamm in den Ständer zu bekommen. Nach ein paar erfolglosen Versuchen, starrten beide auf Stamm und Ständer, und erkannten das Problem.

„Paast nüüsch!??", meinte Ole, und sie schauten sich fassungslos an. „Müüssen wa paassend macheen!", stellte Mark irgendwann fest.

„Genaau!" Ole überlegte, wie sie das anstellen sollten.

„Ookayy...du warttest, ich geh mall runter holle Werkzeug!" Er hatte sich entschlossen die Höhle des Löwen zu betreten.

Was blieb ihm auch anderes übrig, da sich das Werkzeug unten in der Wohnung befand? Vorsichtig ging er also runter, während Mark wartete, und als Ole nach einiger Zeit wiederkam, hatte er einen Aschenbecher und ein Brotmesser in der Hand. Er stellte den Ascher ab, und bot Mark eine Zigarette an, der sie sich auch gleich ansteckte, einen tiefen Zug machte, und verwundert auf das Brotmesser schaute.

„Haab nüüchts andres gefuunden, woolte nüsch so viel rummkrammen", erklärte ihm sein Kumpel.

Nachdem sie geraucht hatten, begannen sie mit der fachgerechten Bearbeitung des Stammes. Zuerst schnitt Ole die Rinde unten ab, und stellte fest, dass der Stamm immer noch nicht in den Ständer passte. Also versuchte er, unter Anwendung einer ausgefeilten Schnitztechnik, den Stamm passend zu machen, was allein mit dem Brotmesser wirklich nicht einfach war.

„Soon Sccheeiß iss der Stamm haart!"

Er schnitzte an dem Stamm herum, und drehte ihn hin und her, bis plötzlich eine rote Flüssigkeit auf dem hellen Stammende zu sehen war.

„Du bluutest...!", stellte Mark geistesgegenwärtig fest, und starrte entsetzt auf die Hand des Freundes.

„Misst!" Ole unterbrach die Arbeit, und Mark reichte ihm ein Taschentuch. Glücklicherweise war der Schnitt nicht tief, und sie konnten die Stelle gut mit dem Taschentuch verbinden. Dann machten sie weiter, und schafften es nach einiger Zeit auch tatsächlich, den Baum aufzustellen, und als es geschafft war, traten sie etwas beiseite und begutachteten ihr Werk.

„Stehht 'nen bisssschen schrägg?!", meinte Mark, doch Ole winkte ab. „Nööö iusss gut soo, stellen wa günnstig hinn, fäällt nüsch huff."

Langsam wurden die Betrunkenen müde, und kneisterten schon mit den Augen. „Nur nooch die Kuugeln, sind gleichhh ferrtig."

Sie öffneten den Koffer, und fanden darin die Kugeln, die Lichterkette und das Lametta. Als erstes griffen sie die Lichterkette, und Ole begann sie am Baum zu befestigen während Mark diesen drehte. Ab und zu mussten sie die Arbeit unterbrechen, da sie sich ineinander verknoteten und selbst in den Baum mit einwickelten, aber mit einigem handwerklichen Geschick meisterten sie auch das, und obwohl sie einige Anläufe brauchten, hing die Kette letztlich am Baum. Dann kamen die Kugeln an die Reihe, die verhältnismäßig wahllos am Baum verteilt wurden. Dabei gingen auch einige zu Bruch, aber es waren genug vorhanden, um das Werk zu vollenden, das mit dem ebenso wahllos verteilten Lametta abgerundet wurde. Fertig! Stolz betrachteten sie den Baum, und waren zufrieden....

Marion erwachte nur langsam. Sie fuhr sich mit der Hand über die Augen, hob langsam den Kopf, und schaute neben sich. Ole lag nicht dort, war noch nicht zuhause. Da...da war es wieder, das Geräusch, das sie geweckt hatte. Mehrfach hatte sie es im Halbschlaf gehört, und war schließlich davon aufgewacht. Es kam von oben, vom Dachboden. Unwillkürlich dachte sie an Einbrecher. Das die Wohnungstür verschlossen war, wusste sie, da sie es selbst getan hatte, bevor sie ins Bett gegangen war. Sie schloss immer ab wenn sie alleine war. Wo blieb er bloß? Sie schaute auf den Wecker, 2 Uhr 30.

Da wieder, ein lautes Knarren von oben. Oh Gott, jemand machte sich auf dem Dachboden zu schaffen! Ein kalter Schauer lief ihr den Rücken runter, und sofort war sie hellwach. Wenn Ole doch bloß hier wäre! Weihnachtsgeschenke wollte er kaufen, mit Mark. Na ja, sie kannte die beiden, und wusste, dass sie bestimmt noch was trinken gehen würden. Wahrscheinlich waren sie irgendwo hängengeblieben. Da, schon wieder, das Knarren. Nun glaubte sie auch leise Stimmen zu hören. Ängstlich lauschte sie in die Dunkelheit. Nichts...jetzt war es wieder völlig still. Waren da oben wirklich Einbrecher? Diebe, die auf dem Dachboden nach etwas Verwertbarem suchten? Vielleicht aber auch nur eine Katze! Oder Ratten, igitt Ratten!

Angewidert von dem Gedanken an Ratten, schob sie die Bettdecke beiseite, und stand auf. Sie versuchte selbst kein Geräusch zu verursachen, und traute sich auch nicht das Licht einzuschalten. Wenn es aber nun doch Diebe wären, die dort oben nichts fänden? Es gab auf dem Boden ja nichts wirklich Wertvolles. Würden sie es dann nicht in einer der Wohnungen versuchen?

Sie suchte in dem dunklen Raum nach ihrem Bademantel, und zog ihn über. Die Wohnung war die einzige in dieser Etage, hatte keine Nachbarwohnung. Marion war hier völlig allein. Was, wenn die Diebe die Wohnungstür aufbrachen? Gut, sie war verschlossen, aber würde das ausreichen?

Inzwischen stand sie im dunklen Flur, lauschte, und wagte kaum sich zu bewegen. Da...Stimmen! Sie konnte sie deutlich hören, Stimmen, offenbar von mehreren Personen!

Was sollte sie tun? Wie verhielt man sich in solch einer Situation? Das war doch nicht real, das gab´s doch nur im Film, doch nicht hier in diesem Haus! Aber es war real! Sie hörte es doch!

Wenn es den Einbrechern wirklich gelingen sollte in die Wohnung einzudringen, war sie ihnen ausgeliefert. Ihre einzige Chance bestand darin, die Wohnung zu verlassen, während die Einbrecher noch dort oben waren. Was sollte sie sonst tun? Sie konnte keine Hilfe holen. Einen Telefonanschluss besaßen sie nicht, und aus dem Fenster zu rufen wäre ebenfalls zwecklos. Niemand war zu dieser Zeit auf der Straße. Keiner würde auf ihre Rufe reagieren. Es war ja nicht ungewöhnlich, dass irgendein Betrunkener nachts auf der Straße krakeelte. So etwas waren die Leute gewohnt, das kam doch ständig vor. Nein, sie musste raus, raus aus der Wohnung!

Da, wieder die Stimmen, von Personen, die miteinander redeten! Sie hörte sie deutlich, und sie kamen näher! Oh Gott, was sollte sie bloß tun? War sie bereits in der Wohnung gefangen, konnte sie noch weg?

Panisch hastete sie zur Wohnungstür, und betätigte den Lichtschalter. Es war sowieso alles egal, sie musste raus, nur raus aus der Wohnung! Das plötzliche Licht blendete sie, und sie musste kurz die Augen schließen. Da, schon wieder ein Geräusch! Oh Gott, es kam von der Wohnungstür, direkt von der Wohnungstür! Ihre schlimmsten Befürchtungen wurden also wahr, die Einbrecher versuchten in die Wohnung zu gelangen! Sie war den Tränen nah, und hätte am liebsten laut losgeschrien, aber die Angst schnürte ihr die Kehle zu, und sie brachte keinen Ton heraus.

Ruhig, nur ruhig, Ruhe bewahren und einen kühlen Kopf behalten! Sie musste nachdenken, die Situation richtig einschätzen und entsprechend reagieren! Da, nun war es ganz sicher, die Einbrecher versuchten reinzukommen! Marion hörte wie sich jemand am Schloss zu schaffen machte, offenbar hatten sie einen Dietrich oder ähnliches Einbruchswerkzeug dabei! Nun gut, wie dem auch sei! Sie hatte einen Entschluss gefasst!

Noch bevor die Einbrecher das Schloss aufbekamen, würde sie die Tür öffnen und an ihnen vorbei, die Treppe runterstürzen und an allen Wohnungen klingeln. Sie würde das ganze Haus wecken, und das wäre wahrscheinlich die Rettung!

Dieser Gedanke war ihr urplötzlich gekommen, wie ein Blitz. Der Körper hatte auf Gefahr umgeschaltet, und alle Sinne liefen auf Hochtouren. Deutlich hörte sie, wie draußen jemand versuchte aufzuschließen, und war zu allem bereit. Da, offenbar hatten es die Einbrecher tatsächlich geschafft! Langsam öffnete sich die Tür. Nun hieß es schnell handeln!

Mit dem Mut der Verzweiflung riss sie die Wohnungstür vollständig auf, und traf draußen auf zwei Personen, die erschrocken zurückwichen. Instinktiv wich auch sie zurück, und als sie wieder hinschaute, sah sie die verdutzten Gesichter von Ole und Mark.

Für einige Sekunden schien die Situation eingefroren, und alle starrten sich nur sprachlos an.

„Mooorggen!", sagte Ole zögernd, und beide Männer grinsten breit.

Marion beruhigte sich nur langsam, und anstelle der Angst, machte sich nun Wut breit. Sie registrierte den Alkoholgeruch, der in der Luft lag.

„Man...wisst ihr was ich für ´ne Angst hatte, seid ihr denn völlig wahnsinnig geworden!?" Ihr Kopf war hochrot, und es hatte den Anschein, als würden jeden Moment Dampfschwaden aus ihren Ohren austreten.

„Wieesoo denn?" Ole und Mark merkten tatsächlich nicht was los war. Gut, sie hatten sie geweckt, aber deshalb musste sie sich doch nicht gleich so haben.

„Was habt ihr denn auf dem Boden gemacht, ich dachte da wären Einbrecher?" Marion erwartete eine Erklärung. Ole und Mark sahen sich an, und versuchten das Grinsen zu unterdrücken, da sie nun begriffen hatten, was vor sich gegangen war.

„Neee keiine Einnbrecher, wir habben den Baumm jemmaccht!", rechtfertigte sich Ole, der seine verbundene Hand besser hinter dem Rücken verbarg.

„Ja...den Baummm, der iss fertig!", fügte Mark noch mit stolzer Miene hinzu. Marion sah die beiden ungläubig an.

„Was denn, um diese Uhrzeit!?"

„Jaaa...habb ichh dooch versproccchen!" „Na den möchte ich ja mal sehen, sieht bestimmt gut aus, so betrunken wie ihr seid!" Zu der Farbe in ihrem Gesicht gesellten sich nun auch noch Zornesfalten. „Kaannnste dir ja annkuckk...."

Ole wollte gerade ihre Arbeit verteidigen, als ein markerschütterndes Krachen und Klirren durch den Treppenaufgang schepperte, dass alle zusammenzucken ließ. Etwas Beunruhigendes war auf dem Dachboden passiert. Es hatte sich angehört, als wäre da oben etwas umgefallen, und allen war sofort klar, dass es nur der Baum gewesen sein konnte.

Mark schaute Marion an, und ihm war, als blickte er in den Krater eines Vulkans, kurz vor dessen Ausbruch. So musste der Vesuv ausgesehen haben, bevor er Pompeij verschlang. Für ihn der perfekte Zeitpunkt, sich zu verabschieden und nachhause zu gehen, noch bevor die Lavamasse ihn begraben würde. Ole folgte Marion zerknirscht in die Wohnung. Er hatte keine Chance den Naturgewalten zu entgehen.

Dennoch hatten sie 1987 ein schönes Weihnachtsfest. Wenn auch einiges von dem Weihnachtsschmuck zu Bruch gegangen war, konnte der Baum noch gerichtet werden, und nach einer Weile, als der Rauch sich verzogen hatte, schmunzelten alle über die nächtliche Eskapade der beiden Freunde. Und sind es nicht gerade die kleinen Fauxpas, die unser Leben spannender machen?

„Na noch eins?"

Die Bedienung lächelte Mark an, und er trank den letzten Schluck und reichte ihr dann das Glas. „Ja...warum nicht." Sie stellte das Glas zu den anderen auf das Tablett. „Haben sie auch Kirsch?"

„Kirsch Whisky haben wir." „Gut, ich nehm einen."

Die Bedienung setzte sich in Bewegung, und Mark schaute ihr nach. Er hatte spontan nach dem Kirsch gefragt, und als er ihn schließlich kostete, schmeckte er wunderbar nach 87. An dem dunklen Bier hielt er sich noch einen Weile auf, bevor er zahlte und das „Metzer Eck" verließ.

Beinahe hätte er sich auch Zigaretten gekauft, ließ es aber bleiben, und ging langsam die Metzer Straße zum Senefelder Platz vor. Er ging an dem alten Klohäuschen vorbei, bog in die Schönhauser, und setzte sich einfach auf den Rasen. Zu seiner Linken, das Alois Senefelder Denkmal, dass dem Platz seinen Namen gab. Mark schaute an der Mittelpromenade vorbei auf die andere Straßenseite. Die alten Häuser starrten ihn an. Die Zeit schien an ihnen abzuprallen, wenngleich, auch um sie herum die Veränderungen zunahmen, sie hielten stand. Auch wenn schon einige Breschen in ihre festen Reihen geschlagen wurden, und neue Architektur versuchte sich zwischen sie zu drängen, dominierten sie noch.

Auf der anderen Seite hatten die Riebels gewohnt, und das Haus sah noch unverändert aus. Ralf Riebel, ein Klassenkamerad, hatte jede Menge Geschwister gehabt. Mark erinnerte sich an zwei Schwestern, Sonja und Regina, dann an die Brüder, Jürgen, Jörg, Norbert und Frank.

Soweit er noch wusste, hatten sich die Eltern auch hier getrennt, und die alleinerziehende Mutter hatte alle Mühe mit der Rasselbande fertig zu werden. Die älteren Geschwister halfen, so gut es ging bei der Erziehung der jüngeren mit. Obwohl es ihnen wahrscheinlich nicht immer gefiel, durch sämtliche Geschwister gemaßregelt zu werden, genossen die Jüngsten, Ralf und Frank, doch die Protektion des Clans, und nahmen sich, dessen gewiss, anderen gegenüber meist eine Menge raus.

Kleidungsstücke älterer Geschwister wurden oft von den jüngeren aufgetragen, was manchmal etwas abgerissen wirkte, doch jeder neue Träger, drückte der Klamotte seinen ganz eigenen Stempel auf und brachte sie anders zur Geltung.

Mutter Riebel hatte es bestimmt nicht leicht. Sie war eine einfache Frau, eine einfache Arbeiterin, rundlich und herzensgut. Oftmals schien sie überfordert, doch man spürte permanent die Mutterliebe, die sie ihren Kindern entgegenbrachte.

Drüben, auf der Mittelpromenade, hatte Mark Jörg kennengelernt, einen von Ralf´s älteren Brüdern. Damals hatte er sich ständig mit Ralf herumgetrieben, der ihm, seit er in die Fischer-Schule gekommen war, einigen Unfug beigebracht hatte.

So fingen sie heimlich zu rauchen an, und „besorgten" sich von Zeit zu Zeit mal unbemerkt ein, zwei Zigaretten aus den Schachteln ihrer Eltern oder fragten ältere Freunde, die ihnen manchmal eine gaben. Anfangs hatte Mark große Angst vor dem Rauchen, da sich die Jungen einige Schauergeschichten darüber erzählten.

Auch seine Mutter hatte ihm berichtet, dass wenn man mit dem Rauchen beginnen würde, bevor man Erwachsen sei, der Körper extrem darauf reagierte. Schon nach den ersten Zügen fiele man in Ohnmacht und wäre ganz grün im Gesicht. Ja, mit dem Rauchen müsse man vorsichtig sein, und als Ole, etwa mit zwölf oder dreizehn, mit einem Zigarrenstummel in der Jackentasche auf dem Teute erschien, den er in einem Aschenbecher auf der Werkbank neben dem Schraubstock in seinem Keller gefunden hatte, machte sich bei Mark sofort ein mulmiges Gefühl breit. Offenbar hatte Ole´s Vater den Stumpen dort vergessen.

Die Jungen kannten Zigarren bisher nur aus dem Fernsehen. Columbo oder der Seewolf rauchten Zigarren oder die Revolverhelden in den Western. Doch nun brachte Ole eine echte Zigarre, wenn auch eigentlich nur den Rest einer solchen, mit. Selbstverständlich machte das auf die Jungen mächtig Eindruck, besonders, als er verkündete, dass er vorhatte die Zigarre zu rauchen. Mit einiger Heimlichtuerei zeigte er den Stumpen herum und genoss die Bewunderung der Umstehenden.

Schließlich verdrückte er sich dann in einen Hauseingang gegenüber dem Platz, wohin die Jungen ihm folgten. Gleich würde er den Stumpen rauchen, und alle warten gespannt darauf, dass er umfallen oder sich vollkotzen würde. Keiner von ihnen hatte bereits eigene Erfahrungen mit dem Rauchen. Gut, einige der Älteren hatten schon mal an einer Zigarette gezogen, ohne den Qualm wirklich einzuatmen, was als Pustebacke bezeichnet wurde. Richtig geraucht, hatte aber noch niemand. Schon gar nicht Zigarre.

Ole drückte sich tief in die Ecke des Hauseingangs, und zündete die Zigarre an. Er hielt ein Streichholz an das angebrannte Ende des Stumpens, während er am anderen zog. Die Jungen, die sich dicht um ihn drängten, bestaunten den Qualm, den er ausblies. Er nahm ein paar kurze, hastige Züge, verzog kurz das Gesicht, und unterdrückte sichtlich ein Husten. Um ihn herum war kein Laut zu hören. Die Jungen hielten den Atem an, und in diesem Moment war Ole der unbestrittene Held, der ihre Bewunderung genoss. In gönnerischer Geste hielt er ihnen den Stumpen entgegen.

„Will mal einer ziehen?", fragte er mit geschwellter Brust, und die Jungen starrten ihn gebannt an. Eigentlich müsste doch längst was passieren, aber Ole sah aus wie immer. Keine grüne Farbe in seinem Gesicht. Er hatte nicht mal richtig gehustet!

Nun wagten sich einige Mutige vor, und zogen ebenfalls an dem Stumpen. Dann fragte Ole auch Mark.

„Klar, gib mal einen Zug!", antwortete der betont lässig, als hätte er schon tausendmal Zigarre geraucht, und näherte sich langsam dem Stumpen, der auch wirklich aromatisch roch.

Den Geruch von Zigarren, kannte Mark von alten, rauchenden Männern, die auf dem Humannplatz Karten spielten. Seit frühen Kindertagen, als die Familie noch in der Nähe dieses Platzes wohnte, war er oft dort, und hatte die alten Spieler mit ihren Zigarren gesehen.

Neugierig hatte er sie betrachtet, eingehüllt in Wolken aus Zigarrenqualm, stets in ihr Blatt vertieft, und schon damals hatte er den Geruch des Tabaks als aromatisch empfunden.

Eigentlich hatte Mark einige Bedenken an der Zigarre zu ziehen, durfte es sich aber nicht anmerken lassen, da die Jungen zusahen. Also nahm er einen kurzen Zug, gerade soviel, dass es reichte ein wenig Qualm in den Mund zu bekommen, den er den Umstehenden dann triumphierend entgegenblasen konnte. Auch ihm wurde nicht schlecht, obwohl er noch den restlichen Tag über auf eine Reaktion seines Körpers wartete. An diesem Tag hatte er zum ersten Mal geraucht.

Als er dann mit Ralf unterwegs war, teilten sie sich gelegentlich eine Zigarette, die sie schlauchten oder klauten, und an einem dieser Tage, trafen sie auf der Mittelpromenade Jörg.

Jörg stand auf der Promenade, in Cordhosen und mit einer Baseballjacke der Marke Wrangler bekleidet, damals eine Rarität.

„Da...mein Bruder Jörg, der hat bestimmt Zigaretten", meinte Ralf, und steuerte auf die Promenade zu. „Hallo Puma", begrüßte er seinen Bruder, und erst später erfuhr Mark, dass Jörg´s Spitzname „Puma" auf eine Sporttasche zurückging, die er schon gar nicht mehr besaß.

Nur die Älteren oder seine Brüder nannten ihn manchmal noch so. Alle anderen riefen ihn nur „Jockel".

Bei ihrer ersten Begegnung nannte Mark ihn noch nicht Jockel, vielmehr traute er sich überhaupt nicht, ihn anzusprechen, da Jörg einige Jahre älter war. Jörg begrüßte Ralf, indem er ihn auf die Wange küsste, eine Art der Begrüßung, die unter den Geschwistern üblich war.

„Puma, hast du mal ´ne Zigarette für uns?" Mark merkte sofort, dass Jörg die Anrede gefiel und auch wie raffiniert Ralf sie einsetzte, wenn er etwas von Ihm wollte. Jörg musterte die beiden Jungen von Kopf bis Fuß.

„Wer is´n der?", fragte er, und wies mit dem Kopf in Mark´s Richtung. Mark fielen Jörg´s schlechten Zähne auf.

„Mark...der is in Ordnung!", meinte Ralf. Jörg holte eine Schachtel Cabinet aus seiner Jacke, und das große „W", auf der linken Seite knitterte, während er in der Innentasche nach den Zigaretten kramte. Er steckte sich eine an, und gab auch Ralf eine.

„Na...haste die Hosen zujebunden?" Jörg und Ralf grinsten Mark rauchend an. „Haste überhaupt schon mal geraucht?"

„Ja...klar hat er!", antwortete Ralf für ihn. Mark schüchterte Jörg´s ruppige Art anfangs etwas ein, doch er merkte bald, dass Jörg es nicht so meinte, und fand ihn auf eine sympathische Weise skurril.

„Hier...aber bind dir die Hosen zu!" Jörg gab nun auch Mark eine Zigarette, und reichte ihm dann sein Feuerzeug.

Sie rauchten und sprachen miteinander, und Mark merkte, dass er von Jörg akzeptiert wurde. Später sahen sie sich häufig, denn Jörg kam bald regelmäßig auf den Teute, und sie wurden Freunde, und aus Jörg, Jockel.

Jockel war nicht unbedingt der hellste Kopf, und Mark merkte schnell, dass er Schwierigkeiten hatte sich auszudrücken, und nur miserabel schreiben konnte. Außerdem musste man wirklich aufpassen, was man ihm glauben konnte, da er gerne irgendwelche Geschichten erzählte, die nur zum Teil oder überhaupt nicht stimmten. Das war wahrscheinlich darin begründet, dass sein Ego durch seine älteren Geschwister ziemlich angekratzt wurde. Sie waren ihm überlegen, und zogen ihn wegen seiner Schwierigkeiten auf. Das wollte er einfach irgendwie wettmachen, und erzählte deshalb seine Geschichten, die ihn, für eine Weile jedenfalls, interessant und wichtig erscheinen ließen.

Er hatte die Schule vorzeitig beendet, und im Anschluss auch keine Berufsausbildung begonnen. Mutter Riebel besorgte ihm eine Stelle als Küchenhilfe im Berliner Magistrat, da sie meinte, es wäre egal, ob er eine Ausbildung hätte oder nicht. Letztendlich zählte, dass er arbeitete und Geld verdiente, und sie war felsenfest davon überzeugt, ihren Jungen gut untergebracht zu haben. Jockel arbeitete jedenfalls gerne dort, und war der erste aus der Clique, der eigenes Geld verdiente, während die anderen noch zur Schule gingen.

Auch für seine Münchhausengeschichten, bot die Arbeit beim Magistrat eine willkommene Basis. Da er in der Küche arbeitete, wurde er oft von Freunden und Verwandten, darauf angesprochen, ob es nicht möglich wäre, dieses oder jenes zu besorgen, was ja in der Mangelwirtschaft durchaus üblich war. Und plötzlich war er wichtig. Plötzlich bat man IHN um Gefallen.

Das gefiel ihm, und so versprach er jedem alles. Dabei meinte er es überhaupt nicht böse, hätte wahrscheinlich sogar die Möglichkeiten gehabt, einiges davon wirklich zu realisieren. Aber er kümmerte sich nicht darum, versprach nur, und erfand irgendwelche Geschichten. So konnte er zwangsläufig alle nur enttäuschen.

Leute, die sich darauf verlassen hatten, dass er ihnen Filet besorgte, waren natürlich stocksauer, wenn sie am Ende leer ausgingen, da sie es bereits für Familienfeiern, Geburtstage oder sonstige Anlässe fest eingeplant hatten. Jockel hatte es ihnen auf Nachfragen immer wieder zugesichert, und die Zusage auch bis zuletzt aufrechterhalten. Meist entsprangen diese Versprechen jedoch einfach nur seiner Fantasie, und flogen natürlich irgendwann auf.

Beispielsweise hatte der Magistrat sehr begehrte Zeltplätze an der Ostsee, die Jockel freudestrahlend jedem offerierte, der ihn danach fragte oder auch nicht. Ferienplätze an der Ostsee? Klar...wieviel brauchst du? Einige seiner Geschwister waren auch tatsächlich schon dort gewesen, das wusste man, und natürlich war man daran interessiert. Aber sollte man das über Jockel abwickeln? Sich auf ihn verlassen?

Mark erinnerte sich an einen Sommer, als sein Bruder Thomas und Ole mit gepackten Koffern vor der Wohnungstür der Riebels standen. Sie wollten zur Ostsee fahren und die offerierten Ferienplätze nutzen. Da sie es gemeinsam mit Jockel tun wollten, glaubten sie, sich ausreichend abgesichert zu haben. Sie kannte seine Geschichten bereits zur Genüge, und hatten ihn deshalb die ganze Zeit über gelöchert und ins Kreuzverhör genommen, um herauszukriegen, ob diesmal alles klappen würde. Er hatte es ihnen geschworen, und schließlich kam er ja selbst mit. Also was sollte passieren? Freuen wir uns auf einen schönen Urlaub!

Noch am vorherigen Abend hatten sie mit Jockel gesprochen, und sich für den nächsten Tag in den „Altberliner Bierstuben", einer Eckkneipe in der Schönhauser Allee, zur gemeinsamen Abreise verabredet. Wer nicht kam war Jockel, und nachdem sie über eine Stunde auf ihn gewartete hatten, kamen ihnen die ersten Zweifel, und sie gingen rüber, und klingelten an der Wohnungstür, wo ihnen eine völlig überraschte Mutter Riebel öffnete und auch die letzte Hoffnung zerstreute.

Immer wenn der Schwindel aufgeflogen war, sah man Jockel für eine Weile nicht. Er machte sich einfach dünn, kam erstmal nicht vorbei, und wahrscheinlich hoffte er, dass sich die Wogen irgendwie wieder glätten würden. Irgendwann traf man ihn dann wieder, hakte alles ab, und beschloss nie wieder auf eine seiner Geschichten reinzufallen.

Aber Mark glaubte auch, dass Jockel selbst, alles am meisten bedauerte und ehrlich darunter litt. Dieses Verhalten hatte etwas Zwanghaftes. Wenn er getrunken hatte, war Jockel oft weinerlich, und klagte darüber, nichts gelernt zu haben und nicht richtig schreiben zu können. Sicher, er hatte seine Fehler, wie jeder andere auch, aber man akzeptierte sie. So war er eben, aber er war auch einer von ihnen. Sie verziehen ihm eher als anderen, und nahmen ihm viele Sachen nicht krumm.

Man musste Jockel einfach richtig sehen, unter die Oberfläche schauen, denn wenn man das tat, offenbarte sich ein guter Freund, mit einem wirklich eigentümlichen Humor. Ein schräger Typ, über den man herzlich lachen konnte. Jockel besaß die einmalige Gabe, in der richtigen Situation immer genau das Falsche zu sagen. Eine seiner markantesten Eigenschaften. Er war ein Berliner Original, eine moderne Nante Version. Mit seinem schnoddrigen Berliner Jargon und seinem urigen Auftreten, schien er oft direkt einer Zille Zeichnung entsprungen zu sein.

Als irgendwann alle Geschwister ausgezogen waren, blieb Jockel bei seiner Mutter, und sie zogen in eine kleinere Wohnung in die Oderbergerstraße. Er blieb bis zu ihrem Tod bei ihr wohnen, und danach hatte Mark in kaum noch zu Gesicht bekommen. Er wusste noch, dass er später einen Sohn hatte, und irgendwo in Marzahn-Hellersdorf lebte.

Wenn man Jockel erstmal näher kannte, war er jemand, den man gerne um sich hatte. Trotz seiner Schwächen. Bei ihm kam zum Vorschein, was wirklich zählte. Wenn man den Lack abkratzte, und das ganze Drumherum mal wegließ. Wenn man alles auf das Wesentliche reduzierte. Dann war man bereit für Jockel´s Art, dann verstand man seinen Humor, von dem sich auch Mark im Laufe ihrer Freundschaft eine Menge zu eigen gemacht hatte.

Jockel war jemand, dem man direkt in die Seele blicken konnte, und wenn Mark nun an die alte Clique vom Teutoburger Platz dachte, war Jockel einer derjenigen, die er am meisten vermisste.

Mark stand auf, und ging rüber zur Mittelpromenade, zu der Stelle wo er Jockel kennengelernt hatte, blieb dort einige Augenblicke stehen, und ging dann weiter auf die andere Seite der Schönhauser. Das alte Tabakwarengeschäft an der Ecke Schwedter war jetzt ein Café, und er dachte an den Hund, einen Cockerspaniel, der damals zu dem Laden gehört hatte und an die zwei älteren Damen mit Brillen, die das Geschäft führten.

Bei schönem Wetter saß der Hund vor der Tür, saß einfach da, und schnupperte der Kundschaft entgegen, als würde er sie begrüßen. Der Hund und der Laden hatten zusammengehört, und Mark versuchte sich an den Namen des Hundes zu erinnern. Es musste irgendwas wie Flako...oder Flaku gewesen sein. Es fiel ihm nicht mehr ein.

Auch die anderen Geschäfte, kleine private Läden, die er von früher her kannte, gab es nicht mehr. Kubanek ein Schreibwarenladen, in dem er zu Silvester immer Knallzeug, Papierschlangen und Silvesterhüte gekauft hatte, war ebenso verschwunden wie Peter Werk's Lampenladen.

Er beschloss die Schönhauser weiter runter zu gehen. Ein flüchtiger Blick auf die Armbanduhr verriet ihm, dass es beinahe 23 Uhr war. Trotzdem war die Straße noch sehr belebt, was ihm gefiel, und so schlenderte er gemächlich am Aufgang zum Pfefferberg vorbei, und erinnerte sich an den Biergarten mit der Kegelbahn nebenan. Damals, als das Gelände noch von der KWV genutzt wurde, hatte es hier Pfingstkonzerte gegeben, und es wurden legendäre Discos veranstaltet, zu denen er mit vierzehn, fünfzehn regelmäßig gegangen war. Er ging weiter, und betrachtete im Vorbeigehen die Häuser. Auf der anderen Seite, an der Ecke Saarbrücker, hatten sich die „Altberliner Bierstuben" befunden, die offensichtlich auch einem neuen Restaurant hatten weichen müssen, und als Mark gerade überlegte rüber zu gehen, und es sich von innen anzusehen, zuckte er plötzlich zusammen.

Da war sie wieder...die Stimme! Dieselbe Stimme, die er auf dem Weg zu seiner alten Schule gehört hatte, und der er hinunter zur U-Bahn gefolgt war. Dirk's Stimme!

Er drehte sich um, und versuchte zu ergründen woher sie kam. Gegenüber, sah er aus dem Zugang der U-Bahn zwei Männer die Treppe heraufkommen, die sich auch gleich daran machten die Schönhauser zu überqueren. Einer von ihnen war korpulent und untersetzt, der andere wirkte, trotz eines Bauchansatzes lang und schlaksig. Als die beiden fast drüben waren und er sie genauer sehen konnte, traute er seinen Augen nicht. Der Lange war ohne Zweifel Dirk! Mark erkannte ihn sofort. Es war die Art wie er ging, wie er sich bewegte, alles unverkennbar, es war Dirk!

Er selbst wurde von den beiden nicht weiter beachtet. Sie gingen einfach an ihm vorbei, und redeten miteinander. Der Wind trug einige Gesprächsfetzen herüber, die Mark jedoch nicht verstehen konnte. Aber er erkannte die Stimme, und war sich nun absolut sicher. Es war Dirk!

Da er nicht wusste, was er sonst hätte tun sollen, ging er den beiden einfach hinterher. Dirk hatte sich kaum verändert. Sicher, er war etwas fülliger geworden und trug die Haare kürzer, aber sonst? Mark´s Gehirn begann die gespeicherte, alte Vorlage von Dirk mit dem Mann, den er nun vor sich hatte zu vergleichen. Passed! Treffer! Dirk!

Als die Männer in die Fehrbelliner bogen, folgte er ihnen weiter, achtete aber darauf, dass er einigen Abstand hielt. Sie kamen an dem neuen Eckhaus vorbei, und Mark´s Gedächtnis kramte gleich die alte Variante, mit dem Gemüseladen und Puppen-Zierow, einem Traditionsgeschäft hervor, und in Gedanken sah er sich wieder mit seiner Oma, im Hauseingang, die wenigen Stufen zu Zierow in der ersten Etage hinauf gehend, und es stimmte ihn traurig, dass das alte Haus nicht mehr stand.

Mark musste seine Gedankengänge jedoch unterbrechen, da die beiden vor ihm stehengeblieben waren, und sich Zigaretten anzündeten, und als sie das taten, schauten sie kurz zu ihm rüber.

Er fühlte sich irgendwie ertappt, wandt sich von ihnen ab und dem Schaufenster zu, und versuchte die Bewegung zufällig wirken zu lassen. Für eine Weile wagte er es nicht, sich umzudrehen. Hatte Dirk auch ihn erkannt, und wenn ja, wie sollte er sich verhalten?

Sie hatten sich nahezu dreißig Jahre nicht gesehen. Sollte er ihn einfach ansprechen?

Langsam drehte er sich wieder um. Die Männer waren weitergegangen. Dirk hatte ihn wohl nicht erkannt. Er folgte beiden weiter, und fragte sich, warum er nicht einfach an ihnen vorbei ging, sich wie zufällig umdrehte und Dirk ansprach, und konnte sich nicht erklären, was genau ihn davon abhielt. Automatisch ging er ihnen hinterher, bis sie an der Ecke Christinen erneut stehenblieben. Dort unterhielten sie sich noch eine Weile, und verabschiedeten sich schließlich. Dirk ging die Christinenstraße hinunter, und der Untersetzte verschwand über eine Treppe zum Teutoburger Platz. Mark wartete noch einen Moment, und folgte dann Dirk. Vorsichtshalber lief er auf der anderen Straßenseite, denn außer ihnen war hier niemand unterwegs. Er musste also aufpassen. Dirk brauchte sich nur kurz umzudrehen, und würde ihn entdecken. Mark achtete deshalb weiterhin auf genügend Abstand. Warum tat er das? Wahrscheinlich aus Neugier. Er wollte wissen, ob Dirk noch hier lebte. Würde Dirk ihn überhaupt wiedererkennen, wenn er sich doch mal umdrehte? In all den Jahren hatte auch Mark sich verändert.

Dirk bog unten in die Lottumstraße ein, und Mark tat es ihm nach einer Weile gleich. Dirk ging auf die andere Seite rüber, und kam an dem Haus vorbei, in dessen Hochparterre Niels gewohnt hatte, und Mark´s Gedächtnis begann ein Bild von Niels zu formen, und Niels kam wieder zum Vorschein, erst schemenhaft, dann immer klarer. Es formte den sechzehnjährigen Niels, in einem Parka, die Tragetasche mit dem Stern Recorder geschultert, doch Mark verwarf das Bild gleich wieder, da er sich auf Dirk konzentrieren wollte. Er blieb auf der Straßenseite gegenüber und lief sehr langsam. Dirk ging auf ein Haus am Ende der Straße zu, und verschwand kurz darauf in dessen Eingang, und Mark stellte sich in einen Hauseingang auf seiner Seite, und beobachtete das Haus.

Bald ging das Licht in einer der beiden Hochpaterre Wohnungen an. Wohnte Dirk hier oder besuchte er nur jemanden? Leider konnte Mark nicht erkennen, was drinnen vor sich ging, da die

Vorhänge zugezogen waren. Nur manchmal konnte er einen flüchtigen Schatten erkennen. Er wartete noch eine Weile um dann rüber zu gehen und Dirk´s Nachnamen auf dem Klingelbrett zu suchen. Da, er wurde fündig! Gerber, das war er! Gerber stand dort in Großbuchstaben an der Klingel. Also wohnte Dirk hier! War er nie von hier weggezogen? Hatte Dirk nie woanders gelebt?

Dieses Haus war zwar nicht das, in dem er früher gewohnt hatte, aber es war noch die alte Gegend. Dadurch wurde Mark´s Vergangenheit wieder greifbarer, plastischer, nicht mehr fern und entrückt, und er hatte das Gefühl wieder mittendrin zu sein. Schließlich lebte er selbst wieder in seiner alten Wohnung, und wie er gerade festgestellt hatte, Dirk fast nebenan. Er ging wieder auf die andere Seite, betrachtete eine Weile noch die Fenster der Wohnung, und machte sich dann auf den Nachhauseweg. Er musste ja nur ein Stück die Choriner rauf. Als er etwas später dann die Wohnungstür hinter sich schloss, kam ihm der Gedanke, dass er Dirk wahrscheinlich überhaupt nicht mehr kannte. Waren sie sich inzwischen nicht völlig fremd? Jahrzehnte hatten sie unabhängig voneinander gelebt. Was wusste er eigentlich von ihm? Heute konnte Dirk ein völlig anderer Mensch sein als damals.

Wollte er einen anderen Dirk? War es nicht besser die Vergangenheit so in Erinnerung zu behalten, wie man sie eben in Erinnerung hatte? Wäre man nicht enttäuscht darüber, wie sich der eine oder andere entwickelt hatte, wie er JETZT war?

Mark entkleidete sich, und ging unter die Dusche. Er nahm ein wenig von dem Duschgel, seifte sich kurz ein, und ließ dann lange warmes Wasser über seinen Körper laufen. Gut, immerhin wusste er, dass Dirk noch rauchte. Das war ja schon mal ein Anfang, und so entschloss er sich, Dirk in den nächsten Tagen irgendwie abzupassen und anzusprechen. Er konnte ja so tun, als liefe er ihm zufällig über den Weg. Ja, so würde er es machen, ihm einfach verschweigen, dass er ihm gefolgt war und dass er bereits wusste, dass Dirk noch hier lebte.

Irgendwann kam Mark aus der Dusche, und trocknete sich ab. Dann ging er direkt ins Schlafzimmer, und legte sich aufs Bett. Die Dusche hatte ihm gutgetan. Es war wieder ein heißer Tag gewesen. Selbst jetzt war es noch ziemlich warm, und Mark deckte sich nicht zu. Er schaute an die Decke, an der die Scheinwerfer der vorbeifahrenden Autos reflektiert wurden. Genau wie in der allerersten Nacht, die er in dieser Wohnung verbracht hatte. In diesem Zimmer 1976, als alles noch fremd und ungewohnt war und er in eine neue Schule und in eine neue Klasse kam.

Seine Lider wurden schwerer, und in den letzten Augenblicken vor dem Einschlafen sah er zum Fenster rüber, und vermisste die Krone des Baumes, die einst vor dem Fenster zu sehen war und das Geräusch, das der Nachtwind verursachte wenn er mit den Blättern spielte. Kurz darauf hörte er von draußen ein leises Quietschen, und er wusste, dass es von der Straßenbahn in der Kastanienallee herrührte, die am Zionskirchplatz um die Kurve fuhr. Es war nicht mehr dasselbe Quietschen, wie es die alten Bahnen machten, dennoch erkannte er es, und als er an den Zionskirchplatz dachte, dachte er auch an das Eiscafé Bakowski und an die Zoohandlung mit den vielen Aquarien, an deren Schaufenster er sich als Junge oft die Nase plattgedrückt hatte. Allmählich schlief er ein und seine Gedanken gingen in Träume über.

Kinder mit Schultaschen liefen in kleinen Gruppen die Choriner Straße entlang. Sie waren gut gelaunt und alberten herum, denn die Schule war aus und sie befanden sich auf dem Heimweg. Mark lief neben Niels, und sie sprachen über das bevorstehende Wochenende und darüber, was sie unternehmen wollten. Sie beschlossen gemeinsam zum „Weini" zu gehen und meinten den „Volkspark am Weinbergsweg", einen in den 50er Jahren angelegten Freizeit- und Erholungspark mit Wiesen, altem Baumbestand und einem Teich, wo es auch einen Spielplatz und ein Café gab. Das Areal wurde ehemals tatsächlich für den Weinanbau genutzt, was den Namen erklärte, dann von der

Familie Wollank bewirtschaftet, die dort eine Villa mit Garten errichtete. Beide Jungen gingen, wegen der wunderbaren Kletterbäume, gerne dorthin. Im Sommer diente der Teich auch zum Baden. Dann lagen die Leute Handtuch an Handtuch auf der Wiese, und genossen die Sonne, und im Winter war der „Weini" ein wahres Paradies zum Rodeln und Gleitschuhfahren. Oft kamen die Jungen dann mit halberfrorenen Füßen nachhause, die Stiefel völlig durchnässt, mit Prellungen und Schürfwunden von Stürzen. Es passierte aber nie etwas wirklich Ernstes, und sie hatten dort immer eine gute Zeit.

An der Kreuzung Schwedter trennten sie sich, da Niels über den Teute, und Mark die Choriner weiter runter gehen wollte. Nach wenigen Minuten Fußweg war Mark dann auch schon zuhause, und begegnete auf der Treppe Herrn Bernhard, der in der vierten Etage wohnte und zwei Töchter hatte, die in Mark´s Schule gingen. Sie waren jünger als er, und somit in tieferen Klassen. Herr Bernhard war Elektriker von Beruf, und wenn, was wegen der maroden Leitungen öfter vorkam, der Strom ausfiel, sah man Herrn Bernhard immer mit einer Taschenlampe im Treppenhaus, und wenig später funktionierte alles wieder. Deshalb, und weil er auch sonst ein netter Kerl war, erfreute er sich bei den Bewohnern größter Beliebtheit. Mark grüßte ihn höflich, ging weiter, und während er den Schlüssel aus der Hosentasche holte, hörte er wie Herr Bernhard das Haus verließ. Er schloss auf, und schnallte im Flur die Mappe ab.

Um diese Zeit war niemand zuhause, da Mutter und Oma arbeiteten, Thomas im Hort, und seine Schwester noch im Kindergarten war. Er ging weiter in das kleine Zimmer, und als er eintrat, wurde er von einem lächelnden Gojko Mitić begrüßt, der als Plakat an einer der Wände hing. Mark stellte die Schultasche in einer Ecke ab, und Gojko lächelte ihn weiter von der Wand aus an. Mark liebte die DEFA Indianerfilme, in denen Gojko Mitić die Hauptrollen spielte, und war stolz auf das Plakat. Die Filme waren die DDR Antwort auf die, in den 60er Jahren gedrehten, erfolgreichen Karl May Verfilmungen mit Piere Brice als Winnetou. Anfangs spielte auch Gojko Mitić kleinere Rollen in drei Winnetou

Filmen. Dann begann man mit den DEFA Indianerfilmen, die, obwohl teilweise sogar an den gleichen Drehorten wie ihre westlichen Vorgänger gedreht, wesentlich anspruchsvoller waren. Es wurde Wert auf historische Genauigkeit gelegt, und die Indianer von einer realistischeren Seite gezeigt, meist durch die Weißen verdrängt, ausgebeutet oder ausgerottet.

Alles begann 1966 mit „Die Söhne der großen Bärin", nach dem gleichnamigen Roman von Liselotte Welskopf-Henrich, mit Gojko Mitić als Häuptling Tokei-ihto. Beim zweiten Film „Chingachgook die große Schlange", bediente man sich ebenfalls einer Romanvorlage, nämlich des Lederstrumpf Romans von James Fenimore Cooper. Dann folgten „Die Spur des Falken" und dessen Fortsetzung „Weiße Wölfe", mit Gojko als Weitspähender Falke. Beide Filme thematisieren Goldfunde in den Black Hills und die damit verbundene Vertreibung der Indianer dieses Gebietes. „Tödlicher Irrtum" mit Armin Müller Stahl als Chris Howard schloss sich an. In der folgenden Verfilmung, dem grandiosen „Osceola", lieferten die Seminolenkriege und die Rolle der Negersklaven den Filmstoff. Ausgehend vom historischen „Tecumseh", wurde dann im gleichnamigen Film vom aussichtslosen Kampf der Indianer erzählt, die zwischen den konkurrierenden Amerikanern und Briten aufgerieben werden. Die Apachen Saga mit „Apachen" und „ Ulzana", griff dann wieder ein historisches Thema auf, und berichtet von Ereignissen rund um den Amerikanisch-Mexikanischen Krieg, von den Mimbreno Apachen und Häuptling Ulzana. 1975 drehte Gojko an der Seite von Dean Reed, von dem auch das Drehbuch stammte, „Blutsbrüder", und natürlich schmückte sich der Film mit dem US-Schauspieler, und wollte das „andere Amerika", den anständigen Weißen zeigen.

Der einzige DEFA Indianerfilm, der in Südamerika spielte war „Severino". Dieser Film aus dem Jahr 1978, basierte auf dem Roman „Severino von den Inseln" von Eduard Klein. Der letzte DEFA Indianerfilm mit Gojko „Der Scout" aus dem Jahr 1983, handelt von dem Versuch des Unterhäuptlings „Weiße Feder" eine geraubte Pferdeherde zu seinem Stamm zurückzubringen.

Die beiden letzten Filme kannte Mark noch nicht, als er an diesem Tag im Jahr 1978 in sein Zimmer kam. „Severino" war noch nicht raus und „Der Scout" noch nicht gedreht. Alle anderen hatte er gesehen, einige sogar mehrfach. Während der Ferien, im sogenannten Kinosommer, kamen die Filme immer wieder ins Kino, und wann immer sie liefen, ging seine Oma mit ihm ins Colosseum. DAS Prenzlauer Berger Kino wurde in den 20er Jahren auf dem Gelände, das vorher als Pferdestall, Wagenhalle und Busdepot diente, errichtet, und präsentierte sich in seiner Urform in einem antiken Look, worauf der Name zurückging. Es eröffnete am 12.09.1924 mit dem Stummfilm „Coolibri", und während der Stummfilm Ära, wurden die Vorführungen von einem 30-köpfigen Orchester begleitet. Nach dem 2. Weltkrieg diente es kurzzeitig als Ersatz für das Metropol Theater, und wurde 1957 zum führenden Premierenkino der DDR ausgebaut, bis es später durch „Kosmos" und „International" als solches ersetzt wurde. Das Kino war wunderbar. Die Eingangshalle mit dem Rondell für den Kartenverkauf, der Süßwarenstand, und schließlich der eigentliche Kinosaal, ein Tempel der Verheißung, der einen kleinen Jungen in eine Welt voller Abenteuer versetzen konnte.

Wenn dann endlich der Gong erklang und die Lichter langsam erloschen, wurde es fast feierlich, und Mark, in dem etwas zu großen Kinostuhl, starrte gebannt auf die riesige Leinwand. Dann öffnete sich der Vorhang, und auf der Leinwand begann es zu knistern. Die Vorführungen starteten mit dem „Augenzeuge", der Kino Wochenschau mit einer Länge von 15 min., die von 1946-1980 erschien, und von der DEFA produziert wurde. Als dann der Hauptfilm begann, tauchte Mark in die Welt der Indianer ein. Er lernte sehr viel über die verschiedenen Indianerstämme und den amerikanischen Kontinent, mit seiner bewegten Geschichte, und er konnte Gojko, den Helden seiner frühen Kindertage, agieren sehen.

Die Protagonisten offenbarten sich ihm in ihren unterschiedlichen Charakteren, und er fieberte mit, litt mit ihnen, war ergriffen, und studierte ihre Verhaltensweisen. Die Rollen wurden durch eine bemerkenswerte Riege von Schauspielern verkörpert, die in den verschiedenen Filmen immer wieder auftauchten. Selbstverständlich drückte Gojko Mitić, allein durch seine durchtrainierte Erscheinung, den Streifen seinen Stempel auf, aber sie lebten zum großen Teil auch von herausragenden Schauspielern wie Rolf Römer, Günter Schubert, Dietmar Richter-Reinick, Helmut Schreiber, Henry Hübchen, Jürgen Frohrieb, Hannjo Hasse, Rolf Hoppe, Fred Delmare, Winfried Glatzeder, Gerry Wolf, Annekathrin Bürger, Rolf Ludwig, Herbert Köfer, Ingeborg Krabbe, Milan Beli, Armin Müller-Stahl, Willi Schrade, Fred Ludwig, Colea Răutu, Renate Blume, Alfred Struwe und Jürgen Heinrich.

Mark ging rüber ins Wohnzimmer, und setzte sich auf die Couch. Da er die Wohnung eine Weile für sich alleine hatte, überlegte er was er machen sollte. Ihm fielen seine Hausaufgaben ein, die er zum nächsten Tag fertig haben musste. Mathematik und Russisch. Mark mochte Mathe überhaupt nicht. Mathe wurde von Herrn Keller gegeben, einem Lehrer, der die außergewöhnliche Begabung hatte, einen ohnehin schon trockenen Stoff, noch trockener zu vermitteln. Es war der reinste Wüsten Unterricht, und nach einer Stunde bei Herrn Keller, brauchte man unbedingt Wasser. Mathe bei Herrn Keller fühlte sich an wie Zuckersand im Mund, der einem langsam die Kehle runter rann. Nein, so was konnte man einfach nicht mögen, es sei denn man war ein Sandfloh. Sofort verwarf er den Gedanken, seine Hausaufgaben gleich zu erledigen. Schon wenn er an Mathe und Herr Keller dachte, konnte er jedes Sandkorn einzeln auf der Zunge spüren. Er brauchte Wasser, unbedingt, und holte es sich in Form eines Buches, das er aus dem Wandregal in seinem Zimmer nahm. „Tenggeri - Sohn des Schwarzen Wolfs" von Kurt David. Dabei handelte es sich um den Fortsetzungsroman von „Der Schwarze Wolf", einem Buch, dass die Lebensgeschichte des Dschingis Chan aus der Sicht seines Freundes Chara Tschono, dem Schwarzen Wolf erzählte. Sie tauschten Ihre Dolche, als Dchingis noch Temudschin war, schworen einander Treue, und entzweiten sich schließlich. Mark hatte „Der Schwarze Wolf" verschlungen, und war nun gespannt auf den nachfolgenden Roman, in dem es um den Sohn des Schwarzen Wolfs, Tenggeri ging.

Er legte sich auf die Wohnzimmercouch, das Tageslicht, das ins Zimmer fiel, in seinem Nacken, und betrachtete den Einband des Buches. Dort sah er einen mongolischen Jungen, der inmitten einer Pferdeherde, auf einem Schimmel ritt. Wahrscheinlich Tenggeri, der sich an der Mähne des stolzen Tieres festhielt, und sich an dessen Hals schmiegte.

„Zehntausend nachtschwarze Leibwächter bewachten den Schlaf des großen Chans, Männer, stumm und unzerbrechlich wie die Felswände am Onon Fluß." Als Mark zu lesen begann, begab er sich sofort in die Welt des Großen Chan und seiner Krieger, und mit jedem Wort, das er las, tauchte er tiefer ein. Er las vom Schimmelhengst des großen Chan, für den Tenggeri die Verantwortung trug und wie der Chan ihn zu sich rufen ließ und ihn zum Krieger machte.

Er las wie Tenggeri in das mongolische Heer eintrat, und vom Chan mit einem kostbaren Pferd belohnt wurde und auch wie Tenggeri dem Zehnerführer Bat begegnete und immer wieder die Frage nach seinem Vater in ihm wach wurde. Seine Gedanken drehten sich nur noch um die mongolischen Krieger, und er merkte überhaupt nicht, wie die Zeit verging, und schaute erst von seinem Buch auf, als die Mutter mit der kleinen Schwester in der Tür stand. Die Kleine lief sofort auf ihn zu, und betrachtete neugierig sein Buch.

„Was liest´n du?" „Tenggeri."

„Sind da auch Bilder drin?", wollte sie wissen, und Mark zeigte ihr die Illustrationen von Hans Baltzer. Interessiert betrachtete sie die Bilder, und bestaunte die Krieger und die Pferde, die Mark ihr zeigte. Er durchblätterte die Seiten auf der Suche nach neuen Bildern für die Kleine, und ihr Blick blieb an einer Abbildung haften die den „Sohn des Himmels" zeigte.

„Wer is´n das?" „Ein Chinese."

„Ein Chinese?" „Ja ein Chinese!"

„Und wie heißt der?" „Er ist der Kaiser, und nennt sich Sohn des Himmels."

„Is ja ein komischer Name, was macht der den?" „Er ist der Herrscher der Chinesen."

„Herrscher...?" „Ja, was der befielt, müssen alle Chinesen machen."

Nun war auch die Mutter zu ihnen herüber gekommen.

„Hast DU denn schon deine Hausaufgaben gemacht?" Als sie nach den Hausaufgaben fragte, war auch die Trockenheit wieder da.

„Nein, noch nicht, wollt ich später machen." „Schau mal auf die Uhr, wann denn später, später gibt es Abendbrot. Am besten du gehst rüber und fängst an."

„Ich wollte aber noch ein bisschen lesen!" „Mark, du hast genug gelesen! Irgendwann muss auch mal Schluss sein! Fang mit den Hausaufgaben an!"

Unwillig erhob sich der Junge von der Couch. „Is ja schon gut!" Die Mutter warf ihm noch einen missbilligenden Blick zu, und beschäftigte sich dann wieder mit der Kleinen. Trotzig ging Mark in sein Zimmer, und stellte das Buch zurück. Dann holte er sein Mathebuch hervor, und schaute in sein Hausaufgabenheft. Wenig später saß er an der ersten Aufgabe, und wünschte er wäre ein mongolischer Junge. Dann könnte er auf seinem Schimmelhengst durch die Steppe fliegen, mit den Händen tief in der Mähne des Pferdes und dem Wind im Haar. Tenggeri musste sich nicht mit Mathe herumschlagen. Der zog nun sogar mit dem Heer Dschingis Chans durch ferne Länder. Nur schwerlich konnte er seine Gedanken von Tenggeri trennen, und seine Aufmerksamkeit den Hausaufgaben zuwenden, aber schließlich schaffte er es doch alles zu erledigen, was weniger seinem Eifer als den mehrmaligen Ermahnungen seiner Mutter geschuldet war.

Nach dem Abendbrot zog er sich wieder in sein Zimmer zurück, und konnte auch noch ein paar Seiten lesen. Er las von den Versuchen der Mongolen, eine steile Felswand mit langen Leitern zu erklimmen, denn schon bald sollte der Feldzug gegen das Reich der Chin stattfinden, und an der Felswand simulierten sie die Erstürmung der Großen Mauer. Er erfuhr, dass der Zehnerführer Bat schon das neunzehnte Pferd ritt, alle Kriege mitgemacht hatte, und jede Schlacht mit einer Narbe belegen konnte, und er las von den chinesischen Gesandten, die der große Chan auf einfachen Ziegenfellen empfangen ließ und vom Sohn des Himmels, der sie nach ihrer Rückkehr ins Gefängnis warf. Er wusste, dass es Krieg geben würde, Krieg zwischen Mongolen und Chinesen, und er las weiter bis ihm das Buch auf die Nase fiel.

Müde legte er es dann beiseite, lauschte noch kurz dem Atemgeräusch seines schlafenden Bruders, bevor er die Leselampe ausknipste, und mit der Sehnsucht nach der mongolischen Steppe in seinem Herzen, schlief er schließlich selbst ein.

Die ersten Sonnenstrahlen des Tages krochen über die Bettdecke, und erreichten schließlich das Gesicht des Schlafenden. Sie wanderten den Hals entlang und weiter über die Wangen und in die Nasenlöcher. Mark´s Nasenflügel begannen leicht zu zucken, und er bewegte langsam den Kopf hin und her, bevor er aufwachte.

Noch im Bett fing er an sich zu recken, stand schließlich auf, und taumelte schlaftrunken in die Küche. Er öffnete den Kühlschrank, entnahm ihm eine Flasche Mineralwasser, goss sich ein halbes Glas ein, und trank es in einem Zug aus. Ihm war als hätte er diese Nacht von Herrn Keller geträumt, und es musste wohl auch so gewesen sein, denn seine Kehle war völlig ausgetrocknet. Als er nochmal in den Kühlschrank schaute, wurde er sofort daran erinnert, dass er einkaufen musste, und da er darin nicht viel vorfand, woraus man ein Frühstück hätte zubereiten können, entschloss er sich zum Frühstücken raus zu gehen.

Er schlurfte in seinen Hauslatschen ins Bad, und fuhr sich, nachdem er in den Spiegel geschaut hatte, mit der Hand übers Kinn. Er musste sich rasieren. Mark öffnete den Wasserhahn, befeuchtete das Kinn, und griff dann nach dem Rasiergel. Durch das angeklappte Fenster hörte er das Gurren von Tauben. Er beeilte sich mit der Rasur, putzte die Zähne, duschte, und während er in die Jeans schlüpfte, dachte er darüber nach, wohin er zum Frühstück gehen sollte. In der Schwedter, kurz vor dem Senefelder Platz, in dem Neubau, der das kleine alte Haus ersetzte, in dem Ramona gewohnt hatte, glaubte er ein Café mit einem Frühstücksangebot gesehen zu haben.

Er streifte das T-Shirt über, zog die Schuhe an, verstaute Bargeld und Handy in den Hosentaschen, und griff nach dem Schlüssel. Dann ließ er die Tür ins Schloss fallen, und nahm im Treppenhaus mehrere Stufen auf einmal, genau so, wie er es früher oft getan hatte. Ein warmer sonniger Morgen empfing ihn auf der Straße, und er ging gleich rüber auf die andere Seite, lief am Kaiser's vorbei, und bog in die Templiner ein. Während er zur Schwedter ging, kam ihm ein Radfahrer entgegen. Der schien es eilig zu haben, würdigte Mark keines Blickes, trat kräftig in die Pedalen, und war gleich wieder verschwunden. Wahrscheinlich musste er zur Arbeit.

Damals als Jungen, besaßen sie alle Fahrräder. Sie drehten ihre Runden um den Teutoburger Platz, und fuhren auch viel in der Templiner Straße, da es hier kaum Autoverkehr gegeben hatte. Mark's erstes Rad war ein kleines, rotes 24er, und später bekam er dann ein blaues 26er Tourenrad. Die gängigen Marken waren MIFA oder Diamant. Ihm fiel nicht mehr ein, welche davon er besessen hatte, und meinte es wäre wohl MIFA gewesen. Die Räder hatten sogenannte Latschenbremsen und Rücktritt, besaßen keine Gangschaltung, waren aber sehr robust. Oft fuhren sie zu zweit auf einem Rad, wobei der zweite Mann auf der Stange oder auf dem Gepäckträger Platz nahm.

Als er mit seinem 24er Radfahren lernte, begann er damit auf dem Teutoburger Platz. Er benutzte den betonierten Weg, und fuhr Runde um Runde. Anfangs fuhr er häufig irgendwo gegen, weil er nicht mehr rechtzeitig bremsen konnte. Manchmal glaubte er in seinem Vorderreifen das Muster eines Metallzaunes erkennen zu können, so oft hatte er ihn touchiert. Doch trotz Schürfwunden an Armen und Beinen, verbogenen Lenkern und defekten Lampen, lernte er es. An den Wochenenden machten die Jungen sogar erste kurze Touren ins Berliner Umland. Meist fuhren sie hinter Pankow raus aus Berlin, über die Dörfer, und wenn sie dann wieder zum Teuteburger Platz zurückkehrten, holten sie aus ihren Satteltaschen Maiskolben hervor, die sie von den Feldern an denen sie vorbeikamen, geklaut hatten. Diese präsentierten sie dann stolz den Mädchen, und fühlten sich wie Krieger eines Indianerstammes, die mit reichlich Beute von der Jagd zurück ins Dorf kamen.

Mark lief weiter, und lies den Bildern, die durch den Radfahrer in der Templiner ausgelöst wurden, freien Lauf. Die Eltern seines Klassenkameraden René, hatten in Malchow, in einer Kleingartenanlage eine Parzelle gepachtet, und er erinnerte sich an eine Radtour zu diesem Garten. Auf dem Rückweg waren René und er in einen fürchterlichen Platzregen geraten. Regenkleidung? Fehlanzeige! Auf der Prenzlauer Allee lief ihnen das Wasser nur so über das Gesicht und in die Augen. Sie konnten kaum etwas erkennen, und landeten schließlich völlig nass und durchgefroren zuhause bei Mark, wo sie ihre Sachen trockneten und Mark´s Oma heißen Kakao machte, den sie zusammen mit frischen Kamerunern servierte.

Die Jungen waren ständig dabei ihre Räder aufzumotzen, und wenn es ihr Taschengeld zuließ, gingen sie zu „Fahrrad Linke" in der Kastanienalle, neben dem Prater. Dieses Fahrradgeschäft, 1912 von Wilhelm Linke gegründet, war bereits Anlaufpunkt für Fahrradzubehör von Generationen von Radfahrern aus der Gegend gewesen, und auch Mark und seine Freunde kauften hier Katzenaugen, Schmutzlappen für die Schutzbleche, neue Lampen oder bunte Nabenputzer.

Jeder versuchte seinem Rad eine individuelle Note zu verleihen und entsprechend seinen Vorstellungen auszustaffieren. Dazu nutzte man auch gerne Spiegel, langstielige Fahrradspiegel, die links und rechts am Lenker montiert wurden. Einige Jungen hatten auch Motorradspiegel an den Rädern, die sie sich

„besorgt" hatten. Das begehrteste und meist bewunderte Schmuckelement, war jedoch ein Mercedes Stern. Ein originaler Mercedes Stern, der vorne auf das Schutzblech aufgeschraubt wurde. Dementsprechend teuer wurden die Sterne gehandelt, die natürlich von den entsprechenden Westkarossen stammten. Woher die Sterne kammen, war allgemein bekannt und auch Mark wusste, dass die Sterne, die im Umlauf waren, auf einem Parkplatz am Alex, gegenüber dem „Hotel Stadt Berlin" geklaut wurden.

Im Laufe der Zeit entwickelten sich einige Räder zu kunstvollen Einzelstücken, und deren Besitzer zu geschickten Bastlern. Der Maßstab, an dem sich in diesem Zusammenhang alles orientierte war ohne Zweifel Deddy´s älterer Bruder Günther. Er wurde wegen seines außergewöhnlichen Rades, stets bewundert, und bastelte vor seinem Haus ständig daran herum. Regelmäßig verschwand er in seinem Keller, der sich im Souterrain befand, und man hörte ihn dann hämmern, bohren oder feilen, und wahrscheinlich hatte Günther mehr Zeit damit verbracht an seinem Rad zu schrauben, als damit zu fahren.

Wenn es dann aber wieder mal soweit war, glichen seine Ausfahrten eher Paraden. Er hatte auch ein wirklich wunderbares 28er Rad mit einem Chopperlenker, langen Spiegeln, vier oder fünf Vorderlampen, die selbstverständlich alle funktionierten, und überall war es mit Nabenputzern dekoriert und besaß Satteltaschen. Außerdem hatte Günther an Vorder- und Hinterrad Felgenbremsen moniert und einen Fuchsschwanz an einer langen Antenne, hinten am Gepäckträger angebracht. Natürlich gab es auch eine Hupe mit einem schrillen Ton. Immer wieder wurde er dann von jemandem angehalten, und präsentierte mit geschwellter Brust seine neuesten Kreationen oder gab Basteltipps.

Auch Ole hatte den Ehrgeiz, sich sein Rad selbst zusammenzubauen. Alles fing damit an, dass er irgendwoher einen alten Rahmen bekommen hatte, auf dem er aufbauen konnte. Aber Ole wollte kein Paraderad. Nein, er wollte ein auf seine Grundfunktionen reduziertes Rad, und so baute er es sehr spartanisch und als es fertig war, strich er es silberfarben. Als sich Ole dann zum ersten Mal mit seiner Schöpfung zeigte, hatte das Rad sofort seinen Namen weg. Die Jungen nannten es „Silberhummel", und dieser Name war der DDR Kinderserie „Jan und Tini auf Reisen" entlehnt. Jan und Tini, zwei Puppen, fuhren mit ihrem Auto, der besagten „Silberhummel", kreuz und quer durch die Republik und erkundeten den DDR Alltag. Wenn Ole nun mit SEINER „Silberhummel" über den Teute kurvte, begannen die Jungen sogleich damit, die Titelmelodie der Fernsehserie zu singen „Wenn Jan und Tini reisen durch uns´re schöne Welt, dann gibt´s was zu erzählen was dir und mir gefällt". Das störte ihn aber nicht weiter. Die „Silberhummel" war sein Werk. Er hatte sie mit eigenen Händen geschaffen und war zufrieden. Zugegebenermaßen war die Hummel für längere Strecken nicht besonders geeignet, und auf Tour blieb Ole oft zurück, und fummelte an seiner Kette, die wieder abgesprungen war. Doch trotz dieses kleinen Konstruktionsfehlers, hatte die Hummel anderen Rädern gegenüber einen großen Vorteil, der in massiven Stahlfelgen bestand.

Das zeigte sich bei einem Lieblingsspiel der Jungen „Fahrrad Einkriege". Dieses Spiel funktionierte eigentlich genau wie die reguläre „Einkriege" oder „Einkriegezeck", wobei ein Fänger versucht andere Mitspieler durch Berührung zu fangen. Bei der Fahrradversion, versuchte derjenige, der als Fänger dran war, ein anderes Fahrrad anzufahren. Da der angefahrene Mitspieler dadurch zum nächsten Fänger wurde, versuchte man ihn möglichst gleich auszuschalten, was letztlich nichts anderes bedeutete, als sein Rad zu demolieren. Am Ende kamen dabei immer diverse verbeulte Räder und Knochen heraus, aber die Jungen hatten ihren Spaß, und genau hier konnte Ole seine „Silberhummel" effektiv einsetzen. Wenn er einen ins Visier genommen hatte, musste man höllisch aufpassen. Man hörte das Quietschen seiner Kette, und hoffte inständig, sie möge wieder abspringen. Dann sah man Ole´s Augen wild leuchten, und meist war dann schon alles zu spät. Wums! Bang! Voll ins Hinterrad!

Man drehte sich noch um die eigene Achse, und konnte dann

sein verbeultes Rad nachhause schieben. Der harmlos klingende Name von Ole´s Kreation, führte einen in die Irre. Nein, die „Silberhummel" war keine schlanke Gazelle, gemacht um auf Landstraßen Kilometer zu fressen. Nein, sie war ein Schlachtross, ein Kriegselefant! Ole hatte einen Streitwagen konstruiert, und wer ihm in den Weg kam, wurde gnadenlos überrollt. Sein Rad war für den Kampf gemacht, auch wenn er selbst oft mit der Kette zu kämpfen hatte.

Mark bog in die Schwedter ein, und erreichte kurz darauf das Café, wo er zu frühstücken gedachte. Draußen waren Wandtafeln angebracht, von denen Anglizismen self service, breakfast und lunchtime offerierten. Als er den Laden betrat, schlug ihm der Duft von frisch gekochtem Kaffee entgegen. Er sog ihn ein, bestellte eine großen Pott und Rührei mit Toast, Orangensaft und ein Club Sandwich. Dann ging er wieder raus, und setzte sich an einen der Tische. Seinen Kaffee hatte er gleich mitgenommen, und während ein warmer Luftzug in sein T-Shirt fuhr, es aufblähte, wieder herauskam und weiterzog, begann er ihn zu trinken. Er schaute rüber, auf die andere Seite, und stellte sich vor, dass gleich ein Fenster geöffnet wurde und Dirk´s Mutter den graumelierten Kopf rausstreckten und ihm zuwinken würde. Das hatte sie oft getan, wenn er hier, fast an derselben Stelle, mit Ramona auf dem niedrigen Sockel des Parkplatzes gesessen hatte.

Ein junger, freundlicher Mann, brachte sein Frühstück raus, und Mark fing zu essen an. Die Ecke hier war voller geworden, alles wirkte enger und fließender. Der Verkehr auf der Schönhauser riss nie ab. Kolonnen von Fahrzeugen ergossen sich an diesem Morgen in Richtung Stadtzentrum. Die Fahrbahn war irgendwann geglättet worden, und Mark versuchte sich an das Geräusch zu erinnern, dass von den Autos verursacht wurde, die über die alten Pflastersteine fuhren, ein eigentümliches Rauschen. Bruchstückenhaft kroch es wieder hervor, und ihm wurde bewusst, wie sehr Erinnerungen doch mit Geräuschen behaftet waren. Vertraute Geräusche verknüpften sich sofort mit Bildern, und

Bilder mit Geräuschen. All das hing zusammen, fest verknüpft in den Fäden der Zeit.

Mark stocherte in seinem Rührei, und versuchte sich die Häuser gegenüber in ihrem ehemaligen Grau vorzustellen, mit ihren vom Wetter unzähliger Jahre gegerbten Fassaden. Sie hatten Patina angesetzt, waren umgeben von der Aura des Vergangenen, geheimnisvoll, sich selbst überlassen, hatte er sie noch in Erinnerung.

Abermals erwischte er sich dabei, wie er in den Gesichtern der Passanten nach bekannten Zügen suchte, nach etwas, das DAMALS mit JETZT verband, nach einem Faden.

Aber hatte er diesen Faden nicht bereits in Dirk gefunden? Er aß sein Rührei weiter, und schaute dabei immer wieder zu dem Fenster hoch, so als fürchtete er den Augenblick zu verpassen, in dem das Fenster vielleicht doch geöffnet wurde und Mutter Gerber ihren Kopf rausstreckte. Aber er wusste doch, das sie dort nicht mehr wohnte...

Mutter Gerber schaute aus dem Fenster, und über dem Fensterbrett lag ein Kissen, auf das sie sich stützte. Sie winkte den beiden Jugendlichen zu, die unten auf dem Sockel des Parkplatzes saßen, und Mark und Ramona grüßten zurück.

„Dirk´s Mutter is total nett...oder?"„Ja...total in Ordnung."

„Man, wenn bloß meine so wäre, aber meine Alte...nee!"

Mark wusste, dass Ramona Problemen mit ihrer Mutter hatte. Auch ihre Eltern waren geschieden, und ihr Vater lebte wieder in der Nähe der Großeltern, in Brünlos, einem kleinen Ort nahe Karl-Marx-Stadt. Ramona hätte lieber bei ihrem Vater, als bei Ihrer Mutter gelebt, und wollte irgendwann auch zu ihm. Daraus hatte sie nie ein Hehl gemacht, auch ihrer Mutter gegenüber nicht. Mark nahm ihre Hand, und sah ihr in die Augen.

„Ich muss jetzt rein", sagte sie, stand dann auf, und Mark brachte sie noch bis in den Hausflur des kleinen, alten Hauses, in dessen

Erdgeschoss ihre Wohnung lag. Sie küssten sich, und bevor Ramona reinhuschte, warf sie ihm noch einen liebevollen Blick zu. Er schaute ihr nach, und als sie drin war, machte er sich auch auf den Heimweg.

Als er aus dem Haus kam, war Mutter Gerber immer noch am Fenster. Sie winkten sich nochmal zu, und Mark ging rüber, durch die Christinenstraße zum Teute.

Dort angekommen, drangen aus einer Ecke, bei einem Gebüsch Geräusche an sein Ohr, die sich beim Näherkommen als Musik und Stimmen entpuppten. Es wurde gerade schummrig, doch er konnte einige Personen erkennen, die eine Parkbank ins Gebüsch gezogen hatten. Er steuerte auf sie zu, und erkannte bald Jugendliche, die oben, auf der Lehne der Bank saßen, die Füße auf die Sitzfläche gestemmt. Einige andere, standen um die Bank herum, auf der sich auch ein Kassettenrecorder befand. Es war die Zeit der „Neuen Deutschen Welle", Mai 1982, und aus dem Recorder röhrte NDW Musik.

Als er weiter auf die Gruppe zuging, wurde die Musik deutlicher, und er erkannte „Ideal". „Deine blauen Augen machen mich so sentimental...", rockte Anette Humpe. Einige vor der Bank sangen mit oder bewegten sich zum Rhythmus der Musik, und als Mark bei ihnen war, begrüßte er jeden mit Handschlag. Ralf steckte sich gerade eine Zigarette an, und bot auch ihm eine an. Die Jugendlichen trugen Jeans, T-Shirts, kurzärmelige Hemden und Jeansjacken, von denen die Ärmel entfernt wurden, als Westen. Auf der Bank, neben dem Recorder, standen ein paar Flaschen Bier. Nach „Blaue Augen", stoppte die Musik, und Niels wollte die Kassette wechseln.

„Hier, mach mal meine rein!" Deddy zog eine Kassette aus der Hemdtasche, und hielt sie Niels in lässiger Pose entgegen.

„Hahhaa...will er wieder seine Kassette hören!", lachte Ralf los, und erntete dafür einen giftigen Blick von Deddy. Die meisten Jungen hatten zur Jugendweihe eine Kassettenrecorder geschenkt bekommen, oder hatten schon vorher einen, doch Deddy besaß zu seinem Unglück kein solches Gerät. Seine Mutter, die auch alleinerziehend war, verdiente nicht viel, und konnte es sich nicht leisten, ihm einen zu kaufen, und mit dem Geld, dass er durch Ferienarbeit verdient hatte, musste er sparsam umgehen, da er sich auch um seine Kleidung kümmern musste.

Deddy musste bereits in mancherlei Hinsicht selbständig sein, und einiges alleine finanzieren, da blieb nicht viel übrig. Es wurmte ihn sehr, dass er keinen Kassettenrecorder besaß, zumal man mit Musik auch bei den Mädchen mächtig Eindruck schinden konnte. Die Musik wurde noch selbst aufgenommen, aus dem Radio, und man ärgerte sich höllisch, wenn der Moderator einem auf den Titel quatschte, auf den man tagelang gewartet hatte. Wenn man Glück hatte, kannte man jemanden, der Westkassetten besaß, und man sich diese überspielen konnte. So stellte man sich seine eigenen Kassetten zusammen, und hütete sie wie Schätze.

Rohkassetten waren damals sehr teuer. 20 Mark musste man hinblättern, um eine Rohkassette der Marke Amiga oder Eterna zu kaufen. Natürlich hatte man als Jugendlicher dazu nicht immer das nötige Kapital, und so war es nicht verwunderlich, dass Kassetten häufig immer wieder überspielt wurden, und bald miserabel klangen. Aber das war egal. Sie hatten ihre Musik, und waren damit glücklich. Manchmal kauften sie auch bespielte DDR Musikkassetten, wenn diese West-Titel enthielten, doch konnten sie, bis auf wenige Ausnahmen, mit der ganzen Ost Musik nichts anfangen. Mark hatte die „Gimme Gimme Gimme", eine Amiga Produktion, auf der DDR Interpreten Songs aus dem Westen zum Besten gaben. Sie enthielt merkwürdige Kombinationen, wie den Cantus Chor mit „A Walk In The Park", oder Marion Scharf mit „Heart Of Glass".

Deddy hatte sich irgendwann eine Rohkassette gekauft, um sich dann von einigen Freunden Musik überspielen zu lassen. Die Kassette trug er dann ständig mit sich herum, und immer wenn sie irgendwo Musik hörten, wollte er unbedingt, dass SEINE Kassette eingelegt wurde, um dann jedem der es hören wollte oder auch nicht, zu erzählen, dass man gerade SEINE Kassette hörte, und wie sorgfältig er die Musik zusammengestellt hätte. Im

Allgemeinen lies man ihm seinen Spleen, und bestätigte ihm einen guten Musikgeschmack, nur um seine Ruhe zu haben. Doch gerade wenn er getrunken hatte, konnte er einem damit ziemlich auf die Nerven gehen, und die Jungen begannen dann damit, ihn mit seiner Kassette aufzuziehen. Das setzte jedoch einen ziemlichen Teufelskreis in Gang, da Deddy darauf nur reagierte, indem er noch mehr trank, sich meist völlig ausknockte, und verrücktspielte. Doch mit der Zeit gewöhnte man sich an seine Flips, und sie avancierten geradewegs zu gewünschten und erwarteten Higlights, besonders auf Partys.

Musik spielte in der Entwicklung der Jugendlichen eine wesentliche Rolle, und sie wurden durch die Musik, die sie im Laufe dieser Jahre hörten, stark geprägt. Mark fing in den frühen Siebzigern an, Musik bewusst wahrzunehmen, und dabei hatte das Fernsehen keinen unwesentlichen Anteil.

Vor allem zwei Sendungen beeinflussten damals stark seinen Musikgeschmack, die „ZDF Hitparade" mit Dieter Thomas Heck und „disco" mit Ilja Richter. Man war auf das Westfernsehen ausgerichtet, und bevorzugte auch in Fragen der Musik alles Westliche. Seine allerersten Musikidole waren ohne Zweifel Schlagerstars, die in der Hitparade von Schnellsprecher Heck angepriesen wurden. Das waren alles, deutschsprachige, wenig anspruchsvolle Sachen, mit eingängigen Melodien, die jedoch zu dieser Zeit kommerziell sehr erfolgreich waren. In seiner frühen Kindheit mochte er die Michael Holms, Katja Ebsteins, Chris Roberts, Jürgen Marcuses, und wie sie noch alle hießen.

Die ab 1971 von Ilja Richter moderierte „disco" versuchte im Unterschied zur Hitparade, nationale und internationale Künstler zu präsentieren, und so wurde Mark auch mit einer anderen Art von Musik vertraut gemacht. In der „disco" hörte er erstmalig Deep Purple, Gary Glitter, Sweet, Gilbert O´Sullivan, Slade, T-Rex, Alice Copper, Albert Hammond, Susi Quatro, Mungo Jerry, Status Quo, Ike&Tina Turner, ABBA und The Rubettes. All diese Rockstars traten dort neben Leuten wie Costa Cordalis, Mary Roos, oder Bernd Clüver auf, und allmählich sprang der Funke über, und er begann die andere Musik lieber zu mögen. Als er dann später in die Fischer-Schule kam, lief gerade die Disco Welle. Im Radio spielten sie Penny Mc Lean, Bonny M und Silver Convention. ABBA brachte „Fernando" heraus, und auch die „Bay City Rollers" waren in diesem Jahr sehr erfolgreich.

Bei den Rollers hatte er immer die beeindruckenden Fönfrisuren bewundert, die absolut In waren. Rod Stewart brachte „Sailing" und Queen „Bohemian Rapsody", einen ihrer besten Songs. Er hörte Harpo und Smokie, Pussycat, Hot Chocolate und Showwaddywoddy, Tina Charles und die Bee Gees, David Dundas und Johnny Wakelin, all die Sachen die in den Charts waren.

In Sachen Musik und Mode, gab in seiner Klasse unangefochten sein Kumpel Michael Lehmann den Ton an, und die meisten Jungen orientierten sich an ihm. Micha trug halblange Haare, Mittelscheitel, immer gut mit dem Fön bearbeitet, und er besaß einen Fotogürtel, ein Original aus dem Westen. Diese Gürtel waren groß in Mode, und zeigten das Foto der jeweiligen Lieblingsband in der Schnalle, und Micha trug ihn zu einer Levi´s Jeans und einem T-Shirt mit Kragen und Kung Fu Motiv, das exotisch und hip aussah.

Mark wollte unbedingt auch einen Fotogürtel, und in der Senefelder Straße gab es einen Schuster, der solche Gürtel herstellte, hellbraune breite Gürtel mit Nieten und einer großen Schnalle mit dem Foto von ABBA. Seine Mutter ging mit ihm zu diesem Schuster, und kaufte einen, obwohl die Gürtel nicht gerade billig waren.

Fast zeitgleich, begann auch Mark Mittelscheitel zu tragen. Er ging immer zu einem Friseur am Weinbergsweg, einem kleinen Laden mit einem kleinen Mann, der einen blaugrauen Kittel trug und nach hinten gekämmtes lockiges Haar hatte. In seinem Äußeren und seiner Art, erinnerte er unwahrscheinlich an Hans Rosenthal, und Mark erwartete jedes Mal einen Luftsprung und die Worte „...das war Spitze!". Der Mann mit dem Kittel war der Chef, und außer ihm, arbeiteten in dem Laden, der direkt die Straßenbahnhaltestelle vor der Tür hatte, noch zwei attraktive

Friseusen, Mitte zwanzig, mit beeindruckenden Oberweiten. Der Friseurladen wurde immer gut besucht, und deshalb lagen dort mehrere Zeitschriften und Mappen mit Musterfrisuren aus, um die Wartezeit zu verkürzen. Wenn Mark endlich an die Reihe kam, sagte Hans Rosenthal oder eine der jungen Damen „Bitte", und er setzte sich rüber auf den Frisierstuhl, dann fragten sie „Was machen wir denn?". Jedes Mal antwortete er „Waschen, Messerformschnitt, Mittelscheitel, Ohren halb bedeckt". Dann legten sie los, und wuschen ihm zuerst mit lauwarmem Wasser die Haare. Immer das gleiche Prozedere, all die Jahre, die er zu diesem Friseur gegangen war.

Da Mark und Micha Lehmann beide Kassettenrecorder besaßen, trafen sie sich oft zuhause bei Micha, und überspielten sich in seinem Zimmer Musikkassetten. Um Kassetten zu kopieren, benötigte man zwei Recorder, die man dann mit einem Überspielkabel verband. Meist gab ihnen Deddy SEINE Kassette mit, um den einen oder anderen Titel zu bekommen.

Micha hatte sich eine Lichtorgel gebaut, eine Konstruktion, die aus einem mit Alufolie ausgekleideten Kasten bestand, in dem verschiedenfarbige Glühbirnen angeordnet waren, die mithilfe von Startern aufflackerten. Stundenlang saßen sie in seinem Zimmer, ließen die Lichtorgel laufen, und hörten dabei die ganzen Disco Sachen, Saturday Night Fever von den Bee Gees, Georg McRae, Santa Esmeralda und die Village People. Micha´s älterer Bruder wohnte auch noch zuhause, und wenn er gerade nicht da war, konnten sie in seinem Zimmer manchmal Platten hören. Unter anderem besaß er eine Bonny M Platte, die sie ständig hoch und runter hörten. Sie mochten besonders „Rasputin", bei dem sie immer mitsangen „....Ra ...Ra...Rasputin lover of the russian Queen."

Die Jungen begannen in ihren Zimmern Poster aufzuhängen. Sie hängten auf, was sie kriegen konnten und nach Westen aussah. Poster aus westlichen Musikzeitschriften wie BRAVO oder POPROCKY waren die Renner. Da diese Zeitschriften in der DDR aber nicht erhältlich, und geschmuggelte Exemplare rar waren, entwickelte sich in der sozialistischen Planwirtschaft ein reger Handel, nach dem eindeutig kapitalistischen Prinzip von Angebot und Nachfrage, und der Markt bestimmte den Preis. So wurden Original Poster aus westlichen Magazinen zu horrenden Preisen gehandelt. Selbst abfotografierte Poster, eine Technik, der man sich gerne bediente, wurden noch zu Unsummen verkauft. Parallel dazu gab es einen nicht minder florierenden Tauschhandel.

In einer Art Cargo Kult, sammelten sie auch leere westliche Zigarettenschachteln oder Bierdosen, und reihten sie in ihren Zimmern an besonderen Plätzen auf. Letztlich waren das natürlich Abfallprodukte, aber sie strahlten den Glanz einer anderen, unerreichbaren Welt aus, und wurden deshalb zu Objekten, über die man sich mit einem Lebensgefühl assimilieren konnte. Sie kauften sich die DDR Jugendzeitschrift „NEUES LEBEN", da dort Artikel über Musik, auch über westliche, erschienen und oft Poster abgedruckt wurden, und Mark brachte in seinem Zimmer ein Poster von KISS an, das aus dieser Zeitschrift stammte. Sein größter Stolz in den Endsiebzigern, war jedoch ein riesiges Poster von SWEET, einer britischen Glamrock Band. Ein wunderbares Poster, das die SWEET in Plateauschuhen, Glitteranzügen und mit langen Ponyfrisuren auf der Bühne zeigte. Das Poster stammte aus der BRAVO, und er hatte es irgendwie eintauschen können.

Er mochte die SWEET, und wann immer Titel wie, Blockbuster, Ballroom Blitz, Hellraiser oder Teenage Rampage im Radio liefen, rissen sie ihn mit. Die liefen noch unter dem Begriff Hardrock, da Termini wie Glamrock oder Heavy Metal erst später in den Sprachgebrauch Einzug hielten. Von den ganzen Glamrock Sachen, mochte er außer den Sweet noch Gary Glitter und besonders T-Rex. Eine der wichtigsten Bands für Mark wurde außerdem Deep Purple. Wer konnte sich auch schon dem treibenden Rhythmus von Songs wie Smoke on the Water, Highway Star, Black Night oder Child in Time entziehen? Live waren die Purples direkt eine Offenbarung. Das lag zum Großteil an den musikalischen Schlachten von Ritchie Blackmore (Gitarre) und Jon Lord (Orgel), zwei genialen Musikern, und der einzigartigen Stimme von Ian Gillan, die der ebenfalls zum Instrument machte.

Micha Lehmann hatte einen Neffen, Klaus, der eines Tages mit einer wahrscheinlich unendliche Male überspielten Musikkassette ankam, die furchtbar rauschte. Hinter dem Rauschen trat ein ungewöhnlich rauer Sound hervor, den sie anfangs nicht besonders fanden. Doch schon bald verstanden sie seine direkte Sprache und den essenzierten Rock´n Roll, und die alte rauschende Kassette sollte ihre erste Begegnung mit einer australischen Band namens AC/DC werden.

Was die deutschsprachige Musik zu dieser Zeit betraf, gab es da eigentlich nur Udo Lindenberg für die Jungen. Lindenberg galt allgemein als cool, und Mark liebte seine frühen Songs und die Kultfiguren, die darin vorkamen, wunderbar schräge Typen wie Rudi Ratlos, Bodo Ballermann, Elli Pyrelli oder Ricki Masserati. Seine Songs waren intelligent und auf den Punkt, sprachen damals vielen Jugendlichen aus der Seele, und waren von Udo´s phänomenalem Wortwitz geprägt. Außer Lindenberg´s Platten, avancierte nur eine deutschsprachige Platte, bezeichnenderweise eine ostdeutsche, bei ihnen zur Kultscheibe, „Am Fenster" von City. City, 1972 im Prenzlauer Berg, als CITY BAND BERLIN gegründet, schafften mit „Am Fenster" 1977 den musikalischen Durchbruch. Mark, Micha Lehmann und Ole liehen sich das Werk als Musikkassette in einer Bibliothek aus, hörten es sich viele Male an, und kopierten es. „Am Fenster" enthielt Titel wie „Traudl", „Es ist unheimlich heiß", „Meister aller Klassen", oder der „King vom Prenzlauer Berg". Damit konnten sie was anfangen. Diese Platte spiegelte den Prenzlauer Berg und ihr Leben wieder, und der Band haftete nicht dieser ganze systemnahe Ostgeruch an. Das waren Jungs aus dem Kiez, die waren in Ordnung.

Die Platte bestand aus nur sechs Stücken, und mündete in das namensgebende „Am Fenster". Als Mark das Stück erstmalig hörte, fand er es großartig. Er wusste gleich, dass es eines dieser Stücke war, die plötzlich auftauchten, und von diesem Augenblick an nicht mehr wegzudenken waren. Es brauchte den Vergleich mit den besten seiner Art nicht zu scheuen. Nein, das brauchte es wirklich nicht. Es stach hervor, unter unzähligen, die damals geschrieben wurden, und es würde bleiben, und nicht, wie so viele andere, wieder in der Versenkung verschwinden.

Gegen Ende der Siebziger wurde der Einfluss von Punk und New Wave in der Musik immer wichtiger. Mit Punk hatte Mark aber eher wenig am Hut. Er kannte zwar einige Stücke der Sex Pistols, fand sie aber unfertig. Eher sprachen ihn Bands wie Blondie, und später The Clash oder Madness und vor allem The Police an.

Die Verwendung von Syntesizern trat mehr und mehr in den Vordergrund, die einen künstlichen, distanzierten Sound schufen, der Mark zunehmender gefiel, und ihn auf Bands wie Kraftwerk, Ultavox oder The Human League aufmerksam werden ließ.

Weiterhin gab es noch zwei musikalische Schlüsselerlebnisse in Mark´s Jugend. Zum einen, war da ein altes Tonbandgerät, das Dirk gehörte, und noch von seinem älteren Bruder stammte, der inzwischen ausgezogen war. Es war ein altes, umständlich zu bedienendes Gerät mit großen Magnetbandspulen. So was fand man kaum noch, da alle auf Kassettenrecorder umgestellt hatten. Dirk war verdammt stolz auf das Ding, da er dazu auch jede Menge Bänder besaß, die einzigartige Musik aus den Sechzigern enthielten. Stundenlang hörten sie die Bänder durch, und entdeckten immer wieder Neues, vorher nie Gehörtes, aus der unglaublichen Vielfalt dieser Songs.

So kamen sie erstmalig mit Motown in Berührung, Sachen wie Marvin Gaye, Diana Ross & The Supremes, The Four Tops , The Temptations oder Gladys Knight. Dann waren da noch die Flower Power Stücke von den Mamas & The Papas, Jefferson Airplane, The Flowerpot Men (bei denen kurzzeitig auch Jon Lord (Deep Purple) und Jimmy Page (Led Zeppelin) spielten), oder den Beach Boys. Unzählige Bands und Solokünstler wie die Doors, The Monkeys, The Who, Barry McGuire, Barry Rayn, Manfred Mann, Edwin Starr, The Troggs, The Velvet Underground, The Animals, James Brown, Tommy Roe, Dave Dee, Dozy, Beaky, Mick & Tich, breiteten sich in voller Gänze vor ihnen aus. Durch die Bänder lernten sie Stücke von den Stones, Bob Dylan oder Simon & Garfunkel kennen, die nie wieder aus ihrem Bewusstsein weichen sollten.

Zum zweiten gab es Dirk Gutschmidt, einen älteren Kumpel, der in der Christinenstraße wohnte, und seit Mark ihn kannte, von allen einfach Gule gerufen wurde. Wie bei so vielen Spitznamen, dachte man nicht lange darüber nach, wie er entstanden war, man benutzte ihn einfach. Gule war eben Gule und fertig. Gule hatte große Ähnlichkeit mit Dieter Thomas Heck, lockiges Haar, dunkle Brille. Auch schien er immer um das gleiche Outfit bemüht, ständig trug er eine graue Schlaghose und eine hüftlange Lederjacke. Man sah ihn kaum anders. Er schien auch immer in Eile, lief meist mit schnellem, fast hektischem Schritt über den Teute, und sprach auch irgendwie gehetzt, was die Ähnlichkeit mit dem Hitparade Moderator komplettierte. Ebenfalls auffällig war seine ausgefeilte Technik Bierflaschen zu öffnen, was er mit einem flachen Sicherheitsschlüssel in immens hoher Geschwindigkeit tun konnte.

Im Sommer, wenn Gule´s Eltern im Urlaub waren, nahm er regelmäßig Freunde mit zu sich, wo sie dann Bier tranken und Musik hörten. Dabei achtete er penibel darauf, dass man sich ordentlich benahm, nicht kleckerte oder die Wohnung sonst irgendwie beschmutzte. Gule´s Vater hatte zwei Passionen. Erstens sammelte er Schnapsflaschen, meist westlicher Herkunft, welche sich auf einem umlaufend gezimmerten Regal, unangetastet und verführerisch präsentierten. Zweitens, und noch viel wichtiger, war er ein großer Beatles Fan, und besaß das Blaue Album der Band, das eine Zusammenstellung der Songs von 1967–1970 enthielt. Bisher hatte Mark nur einige ihrer frühen Stücke gekannt, die er alle nicht schlecht fand. Doch die Songs auf dem Album, das sie bei Gule hörten, die späten, teils psychedelischen Sachen, unterschieden sich von allem, was er bis Dato gehört hatte. Sie waren einzigartig, und trugen eine absolut individualistische Handschrift. Das waren nicht einfach nur Popsongs, nein, das waren durch und durch Kunstwerke, genialen Momenten entsprungen. Als er „Strawberry Fields

Forever" hörte, glaubte er, obwohl er nicht verstehen konnte worum es darin ging, es wäre unmöglich einen besseren Song zu schreiben. Er hatte etwas tief Befriedigendes, er streichelte die Seele und schien zu sagen, komm lehn dich zurück und lausche, lausche nur, dann wirst du alles verstehen. Mark lauschte, und wusste, dass ihn diese Musik nie wieder loslassen würde.

Punk und New Wave mündeten in Deutschland, vorrangig im westlichen Teil davon, in die Neue Deutsche Welle, und plötzlich änderte sich alles. Der Musikgeschmack der Jugendlichen änderte sich komplett, und englischsprachige Stücke waren nun verpönt. Nun musste alles Deutsch sein. Kamen anfangs nur einige deutsche Sachen durch, die noch kurzer Hand als Deutschrock bezeichnet wurden, schwappte plötzlich die Neue Deutsche Welle über, und riss alles mit sich. Für Mark fing es 1981 mit „Eisbär" von Grauzone an.

Freitagabends machte es sich Mark meist in seinem Bett, mit einem kleinen batteriebetriebenen Küchenradio gemütlich, und hörte die Liveausgabe der „Schlager der Woche" im RIAS Berlin, die von Lord Knud, dem ehemaligen Bassisten der Lords moderiert wurde. Sollte man die Sendung einmal verpassen, konnte man sich die Wiederholung am darauffolgenden Montag anhören. „Schlager der Woche" lief von 20-21.30 Uhr, enthielt 9-11 Neuvorstellungen und die Top 13, und war neben „Musik nach der Schule" mit Gregor Rottschalk im RIAS und „Hits für Fans" im SFB, mit Andreas Dorfmann Pflichtprogramm, wollte man musikalisch auf dem Laufenden bleiben.

Mark lag also im Bett, und hörte sich gespannt die Neuvorstellungen an, und plötzlich lief da dieser kalte scheinbar sinnlose Titel. Aber er hatte Sinn, wenn man genau hinhörte, und war genial minimalistisch arrangiert. Von nun an wurden die deutschen Sachen immer mehr, bis sie schließlich dominierten. Unter dem Begriff „Neue Deutsche Welle" lief alles, was nicht unbedingt klassischer deutscher Schlager war, und eine Ausdrucksform suchte. Großartige Bands wie Ideal, Trio oder DAF, betraten die Bühne, und begeisterten mit ihren Alben.

Nena und Falco starteten ihre Karrieren, und auf der Bildfläche erschienen alle möglichen Leute mit ihren Projekten, darunter Hubert Kah, die Spider Murphy Gang, Spliff, UKW, Extrabreit, Rheingold, Markus, Foyers des Art, Andreas Dorau, Jawoll, IXI, Frl. Menke, Joachim Witt, Nichts, Prima Klima, United Balls und viele andere. All diese unterschiedlichen Charaktere brachten frische Ideen ein und probierten sich aus, und die „Neue Deutsche Welle" wurde eine der kürzesten, intensivsten, buntesten und kreativsten Phasen der deutschsprachigen Popmusik. Eine mächtige Flutwelle, die plötzlich da war, alles überrollte und wieder verschwand. Aber sie hinterließ Spuren, und prägte in der kurzen Phase ihres Bestehens das Lebensgefühl unzähliger Jugendlicher.

Niels legte Deddy´s Kassette ein, und sie hörten Falco mit dem „Kommissar". Deddy war zufrieden, rutschte etwas näher an Annette ran, die neben ihm stand, erzählte ihr von seiner Kassette, und gestikulierte dabei mit einer brennenden Zigarette in der Hand herum. Dirk kam nun zu Mark rüber.

„Gehst du Sonnabend Pfefferberg?", fragte er, während Mark eine kleine Rauchwolke in die Luft blies. Ja, er wollte hingehen, unbedingt.

„Ja, Ramona auch", antwortete er, spukte in hohem Bogen ins Gebüsch, und zog dann erneut an der Zigarette. Das Ausspucken war unter den Jugendlichen eine weit verbreitete Geste. Alle taten es, und niemand wusste eigentlich warum. Es war einfach so üblich. Alle taten es gleichermaßen, und wurden natürlich von sämtlichen Erwachsenen, Eltern, Verwandten oder Lehrern dafür gerügt. Das störte sie jedoch wenig, und sie taten es weiterhin oder gerade deshalb.

Mark´s Oma sagte mindestens zehnmal am Tag zu ihm „Junge gewöhn dir bloß das Spucken ab." Er dachte nur „...jaja, irgendwann", sagte aber, da er seine Oma wirklich mochte, immer „ja...Oma".

„Könnt ja vorher zu mir kommen." Dirk reckte sich, und nahm einen Schluck Bier. Er überragte Mark um eine, vielleicht anderthalb Kopflängen. „Ja, machen wir. Ich versuch 'ne Pulle mitzubringen."

In der Regel trafen sich die Jugendlichen, bevor sie zur Disco gingen auf dem Platz oder bei Dirk, um vorher was zu trinken, und sich in Stimmung zu bringen. Besonders beliebt waren bei ihnen kleine Flaschen Schnaps, die als „halbe Pulle" bezeichnet wurden. Sie ließen sich gut verstauen, und waren deshalb besonders geeignet, in die Disco geschmuggelt zu werden. Man kaufte sich dann einfach nur noch eine Cola, und verfeinerte sie mit einem Schuss oder nahm zwischendurch, auf dem Klo oder im Gewühl gleich einen Schluck aus der Pulle. Ihre bevorzugten Marken hießen „Klarer Juwel" oder „Melde Korn".

Langsam löste sich die Gruppe auf, und die Jugendlichen verließen allmählich den Teute. Mark lief noch ein Stück mit Niels, der dann aber Richtung Christinenstraße abbog. Er ging das letzte Stück allein, stand wenig später vor der Haustür, drückte die Klinke runter, und stellte fest, dass die Tür, wie nachts üblich, verschlossen war. Genervt begann er in seinen Taschen zu kramen, und merkte, dass er seinen Schlüssel vergessen hatte. Das passierte ihm manchmal, und es war besonders ärgerlich, wenn er so spät nachhause kam, da alle schon schliefen. Mark ging zur nächsten Laterne, und suchte in ihrem Licht auf dem Boden nach ein paar kleinen Kieseln. Als er einige passende gefunden hatte, begann er damit, sie behutsam gegen die Fensterscheibe im zweiten Stock zu werfen. Die ersten Würfe gingen daneben, prallten gegen die Hauswand, und kamen ihm wieder entgegen, doch dann schaffte er es, und ein kurzes Klickern kündete von seinem Erfolg. Er lauschte. Nichts schien sich im Innern der Wohnung zu rühren. Er warf nochmal, und hörte wieder das Klickern. Treffer!

Mark wartete noch einen Augenblick, und wollte gerade erneut werfen, als das Fenster vorsichtig geöffnet wurde, und die schummrigen Umrisse eines Kopfes zu erkennen waren. Der Kopf gehörte seiner Oma, die fragend nach unten blickte. Mark breitete die Arme aus, und rief mit entschuldigender Geste „...kein Schlüssel."

Dabei versuchte er die Stimme nicht lauter als nötig zu erheben. Die Oma nickte nur, schloss das Fenster, und Mark wusste, dass sie runterkommen würde. Er ging zur Haustür, sah, dass das Licht im Hausflur eingeschaltet wurde, und hörte jemanden im Treppenhaus. Seine Oma schloss ihm im Bademantel auf.

„Hast du denn deinen Schlüssel schon wieder vergessen!" „Ja...tut mir leid!"

„Wo warst du denn wieder so lange?" „Auf dem Platz, war noch viel los." Langsam gingen sie nach oben.

„Du musst doch morgen wieder zur Schule!" „Ich weiß, ich schlaf auch gleich."

Vorsichtig, darauf bedacht jedes Geräusch zu vermeiden, schloss die Oma auf. „Weck bloß deine Mutter nicht auf!", flüsterte sie.

Mark huschte in sein Zimmer und versuchte schnell einzuschlafen. Der Schlaf kam aber erst allmählich, und als er ihn endlich übermannte, kreisten seine Gedanken um Ramona und den Pfefferberg.

Mark hatte sein Frühstück beendet. Er schaute noch ein letztes Mal zu dem Fenster rüber, bevor er sich auf den Heimweg machte. Zuhause angekommen, öffnete er ein Fenster im Wohnzimmer, und beobachtete die Menschen auf der Straße. Er sah, wie eine junge Frau an der Packstation gegenüber ein Paket abholte und den Blumenstand an der Ecke, an dem gerade einige Handwerker vorbei liefen. Er ließ das Fenster offen, ging zu dem kleinen Schränkchen, in dem sich seine CDs befanden, suchte eine heraus, und legte sie ein. Als die ersten Takte von „Strawberry Fields Forever" erklangen, legte er sich auf die Couch, schob ein Kissen unter seinen Kopf, und schloss die Augen. Die Musik mischte sich angenehm mit den Geräuschen der Straße, und Mark hörte wie die Töne miteinander verschmolzen. Er versuchte nicht zu denken und sich zu entspannen. Das funktionierte nicht.

Er musste an Ramona denken. Er ließ das Lied noch zu Ende laufen, stellte die Musik dann ab, und holte sein Notebook hervor. Er hatte sich immer davor gescheut ihren Namen einzugeben und in diversen Social Networks nach ihr zu suchen. Was würde es auch ändern, wenn er einen Eintrag fände? Er hatte seine Erinnerungen. Erinnerungen an ein Mädchen, mit dem er eine Zeit lang zusammen gewesen war. Hier würde er eine Frau finden, eine fremde Frau, die ihr Leben weiter gelebt hatte. Jahrzehntelang. Wollte er das? Er wusste es nicht, und gab ihren Namen ein. Nun hatte er es doch getan! Vielleicht aus Neugier? Kein Eintrag! Er schaltete das Notebook aus, und merkte, dass er Erleichterung dabei empfand. Warum? Hatte er Angst, seine Erinnerungen könnten überdeckt werden? Vielleicht sogar entzaubert?

Der Wind blies die Gardine ins Zimmer, und riss Mark aus seinen Gedanken. Er räumte das Notebook weg, und beschloss wieder rauszugehen.

Etwas später betrat er den Kaiser´s Markt, und schlenderte ziellos durch die Reihen. Schließlich kaufte er doch noch ein Eis, ging rüber auf den Platz, und setzte sich dort auf eine Bank. Ein paar Eltern spielten hier mit ihren Kindern, und einige von den Kindern schauten mit Kulleraugen auf sein Eis.

Während er das Eis aß, überquerte ein Postzusteller auf einem voll beladenen Fahrrad den Platz. Er sah ihm hinterher, und ein Stück von dem Eis fiel auf sein T-Shirt. Vorsichtig versuchte er es zu entfernen, und als er wieder aufblickte, traute er seinen Augen nicht. In einer Entfernung von vielleicht fünf Metern stand Dirk, zündete sich eine Zigarette an, steckte das Feuerzeug ein, und kam auf ihn zu!

Mark konnte ihm direkt ins Gesicht schauen, und als sich die Blicke der Männer begegneten, schien Dirk ihn nicht zu erkennen, denn seine Augen fixierten gleich wieder etwas anderes. Mark stand auf, beförderte das restliche Eis in einen nahen Abfallbehälter, und ging Dirk entgegen, der sich anschickte ihm auszuweichen. Er hatte ihn wirklich nicht erkannt.

„Dirk!" Mark hatte ihn nun direkt angesprochen, und erwartete seine Reaktion. Dirk sah ihn an, und wirkte dabei abwesend, geradezu autark.

„Mark?" Nun hatte er ihn erkannt. Fast automatisch gaben sie sich die Hände, und Mark roch den Alkohol in Dirk´s Atem.

„Was machst du denn hier?", fragte Dirk, offensichtlich leicht beschwipst.

„Ich wohne wieder hier!" „Wo?" Dirk sah ihn ungläubig an.

„Du wirst es nicht glauben, in unserer alten Wohnung!" Mark sah, dass Dirk die Situation erst noch einordnen musste.

„Wie, in der Fehrbelliner?" „Ja, hat sich so ergeben, ein unglaublicher Zufall!"

Dirk sah ungläubig zur Fehrbelliner rüber, als wollte er sich davon überzeugen, dass Mark´s Worte wahr wären.

„Und du?", fragte Mark. „Ich?"

„Ja!" Dirk schaute etwas verwirrt. „Wie...ich?"

Mark grinste ihn an. „Na ich meine, ob du noch hier wohnst."

„Ach so...ja, unten in der Lottum." „Na dann sind wir ja praktisch Nachbarn", meinte Mark, und Dirk schien die Situation nun endlich zu erfassen.

„Mark...", sagte er, und schaute sich den alten Kumpel genauer an. „Na ja...bisschen älter aber sonst ganz gut in Form, bisschen weniger Haare vielleicht."

„Na du aber auch, bisschen mehr Bauch vielleicht." Die beiden grinsten sich an. Das Eis war gebrochen. Nachdem sie die ersten Worte gewechselt hatten, waren sie sich wieder so vertraut wie vor dreißig Jahren. Es war, als hätten sie sich nur ein paar Wochen nicht gesehen. „Musst du jetzt irgendwohin?", fragte Dirk. Mark sah in das Gesicht des alten Freundes, in das sich die Jahre eingegraben hatten, aber der Junge, den er einst kannte, kam immer noch durch.

„Nein, ich hab nichts weiter vor." „Gut, lass uns ein Bier trinken gehen, dann können wir in Ruhe quatschen, gibt sicher eine Menge zu erzählen."

„Fantastische Idee, wo woll´n wir denn hingehen?" Mark war begeistert. Dirk hatte Zeit, und sie würden sich ihre Geschichten erzählen. Vielleicht hatte er ja noch Kontakt zu anderen alten Freunden?

Dirk machte eine Handbewegung in Richtung des Kaiser´s Marktes. „Vorne, bei dir an der Ecke."

Mark dachte kurz darüber nach, welche Kneipe Dirk meinen könnte. „Schwarze Pumpe?", fragte er. „Ja genau!"

Also gingen sie zur Fehrbelliner vor, und auf dem Weg steckte sich Dirk, der aufgeraucht hatte, wieder eine Zigarette an, und hielt Mark wie selbstverständlich die Schachtel hin. „Danke, hab aufgehört."

Dirk sah in fragend an. „Tatsächlich?" Er steckte die Schachtel wieder ein. „Schon lange?" „Noch nicht so lange ein paar Jahre."

Als sie am Kaiser´s vorbeikamen, sah Dirk unwillkürlich zu den Fenstern in der zweiten Etage der Nummer 85, auf der anderen Seite.

„Da wohnst du nun also wieder, genau da!" Er stellte das fest, als hätte er direkt erwartet, dass Mark diese Wohnung wieder beziehen würde.

„Ja...", antwortete Mark etwas verwundert. „War´n riesen Zufall."

„..Ja", meinte Dirk nur kurz, und zog an seiner Zigarette. Mark fiel auf, dass er auch dieses „JA" merkwürdig intonierte. Irgendetwas an Dirk irritierte ihn. Er konnte es nicht genauer definieren, aber in Dirk´s Art lag etwas Beklemmendes.

Sie kamen an der Ecke Choriner an, gingen rüber, betraten die Kneipe, und suchten sich einen Platz gegenüber der Bar. Außer ihnen saßen hier, verteilt an einigen Holztischen, nur wenige Gäste. Mark war schon mal hier gewesen, und mochte den Laden. Hinter dem Tresen stand ein junger Mann in einem schwarzen Polo Shirt, mit kurzen Haaren und 3-Tage-Bart, der Bier zapfte. Als er auf die neue Kundschaft aufmerksam wurde, bedeutete er ihnen, dass er gleich für sie da sein würde.

Auf dem Tisch stand ein Aschenbecher, und Dirk steckte sich gleich wieder eine Zigarette an. Mark registrierte, wie stark er rauchte, schob Dirk's erhöhten Tabakkonsum jedoch auf seinen angetrunkenen Zustand.

Dirk hatte sich einen Schnauzer wachsen lassen, und sah allgemein runder aus, als Mark ihn in Erinnerung hatte. Wie er bemerkte, musterte Dirk auch ihn, und er fragte sich, wie er selbst wohl auf Dirk wirkte. Hatte er sich sehr verändert?

Der Mann vom Tresen kam nun zu ihnen, und unterbrach ihre Gedanken. Sie bestellten Bier, Mark dunkles und Dirk Pils.

„Hast du heute frei?", fachte Mark das Gespräch wieder an. „Nein ich arbeite nicht mehr, kann nicht mehr arbeiten."

„Warum denn nicht?" „Bin krank."

Mark lies etwas Luft, und fragte dann zögerlich weiter. „Was Schlimmes?"

„Naja, nicht so schlimm, wie man's nimmt."

Mark fragte nicht weiter, und schaute Dirk an. Offenbar wollte er nicht darüber reden. „Ich arbeite zurzeit auch nicht", sagte er, um das Gespräch am laufen zu halten.

Dirk musterte ihn wieder. „Auch krank?" „Nein, ich weiß bloß noch nicht, was ich machen will."

Der Kellner brachte nun das Bier, legte jedem einen Bierdeckel hin, und stellte es ab. „Na dann zum Wohl!", sagte er noch, bevor er wieder hinter dem Tresen verschwand.

„Danke..." Mark hob sein Glas, und hielt es Dirk entgegen. „Na dann!"

Sie stießen an, und jeder trank einen Schluck. „Also arbeitslos?" Dirk stellte sein Glas auf dem Bierdeckel ab.

„Naja...irgendwie schon. Ich war selbstständig, hatte 'ne Firma."

„Pleite?" „Nee...verkauft."

„Warum?" „War nichts mehr für mich."

Mark bemerkte, dass Dirk's Haar dunkler geworden war, nicht mehr so weißblond wie damals, auch dünner.

„Bist du verheiratet...oder so?", wollte er wissen.

„War ich mal 'ne Zeit lang", antwortete Dirk, und es schien, dass er sich, während er darüber sprach, an diese Zeit zu erinnern suchte.

„War ich auch mal", erzählte Mark, und trank einen Schluck.

„Jetzt nicht mehr?", auch Dirk trank. „Nein, ist vorbei. Ich lebe wieder allein, hab auch keine Kinder."

Als das Gespräch auf Kinder kam, beobachtete Mark, wie Dirk fast unmerklich zusammenzuckte.

„Ich hab 'ne Tochter, seh ich aber nicht mehr." Sie tranken das Bier aus, und bestellten nochmal.

„Hast du die ganze Zeit hier gewohnt?", fragte Mark. „Nee...erst wieder seit fünf Jahren." Dirk trank, und nahm dann eine neue Zigarette aus der Schachtel.

„Und deine Mutter?", fragte Mark weiter, und hatte sofort wieder das Bild von Mutter Gerber im Kopf, die auf ein Kissen gelehnt, aus dem Fenster schaute. Dirk blies eine Rauchwolke gegen die Decke.

„Ist gestorben!"

Nun war es Mark, der zusammenzuckte. „Das tut mir leid. Ich hab sie sehr gemocht!"

Obwohl er mit so etwas gerechnet hatte, als er fragte, da Dirk's Mutter heute fast neunzig sein musste, erschütterte ihn die Nachricht von ihrem Tod doch merklich. Sie hatte zu ihrer Ecke gehört, zu dem Haus, aus dessen Fenster sie immer geschaut hatte. Das Fenster ohne sie, eigentlich undenkbar!

Heute liefen jeden Tag Menschen an dem Haus vorbei, die nicht mehr zu ihrem Fenster hochschauten. Für sie blieb es einfach nur ein Fenster, eines von vielen, bedeutungslos. Schleichend schluckte die Zeit die Vergangenheit, und wob sie in ihre Fäden ein. Wie oft hatte sie das schon getan? Unendliche Male, seit ihrem Anbeginn!

Wie oft ging man selbst an Fenstern vorbei, die man keines Blickes würdigte, und die dennoch ihre Geschichte hatten. Wer hatte vor Mutter Gerber aus diesem Fenster geschaut? Sicherlich war jener Mensch zu seiner Zeit genauso mit diesem Ort verflochten wie sie. Als die Häuser an dieser Ecke gebaut worden waren, standen sie noch vor den Toren Berlins, und auf der anderen Seite der Schönhauser Allee, hatte es Windmühlen gegeben.

Viele Menschen hatten hier im Laufe der Jahre gelebt, urige Typen, gütige Mütter, brutale Trinker, spielenden Kinder und was es sonst noch so gegeben hatte. Sie alle waren zu ihrer Zeit von dieser Ecke nicht wegzudenken, und hatten das Bild des Ortes geprägt. Hatte sie die Zeit für immer verschlungen? Oder wurde alles nur eingebettet, als Information? Lag irgendwo verborgen?

Wer sich erinnerte hatte Zugriff! Wer sich erinnerte, konnte der Zeit Bilder entlocken, und Vergangenes für einen Augenblick der Ewigkeit entreißen! Wie viele Geschichten jedoch, blieben unerzählt, da niemand mehr da war, der sich erinnerte? Waren all diese Geschichten auf ewig dem Vergessen übergeben? Die Zeit blieb ein Mysterium.

Dirk registrierte, dass die Nachricht vom Tod seiner Mutter Mark erschütterte.

„Ja...ich weiß, sie hat dich auch immer gemocht. Sie wohnte zum Schluss in der Wohnung in der Lottum, konnte keine Treppen mehr steigen, deshalb Parterre. Bin zu ihr gezogen, und hab sie gepflegt. So bin ich wieder hier gelandet."

Dirk machte eine Pause, in der sie nochmal tranken.

„Was hast du denn so getrieben in den ganzen Jahren?", fragte Mark, teils aus Neugier, teils um das Gespräch in andere Bahnen zu lenken.

„Gekellnert." „Wo?"

„Mal hier, mal da, war nie besonders sesshaft."

Als Dirk antwortete, sah er seinem Gegenüber direkt in die Augen, und sein Blick hatte etwas, das Mark nicht einzuordnen vermochte, etwas Lauerndes, fast Beängstigendes.

„Warum bist du eigentlich wieder hergekommen?" Dirk stellte die Frage nun im Tonfall eines Polizisten bei einem Verhör.

„Na...wie ich dir schon erzählt habe, war eigentlich ein Zufall."

Dirk sah Mark weiterhin unvermittelt an, und pustete den Qualm seiner Zigarette direkt zu ihm rüber. „Also ein Zufall?"

Mark zog sein Gesicht aus dem Rauch. Dirk benahm sich fast schon agressiv. Was hatte er nur?

„Ja, nach meiner Trennung. Ich wusste nicht wohin ich sollte, kam dann irgendwann auf die Idee, die alte Gegend wiederzusehen."

Mark trank nun sein Bier aus, und behielt Dirk im Auge.

„Und dann, stell dir vor, ich komme an unserem alten Haus vorbei, und die Wohnung ist frei! Die haben einen Mieter gesucht! Na...da konnte ich doch nicht anders, ich musste einfach hierbleiben!"

Dirk drückte die Zigarette aus, streckte Mark den Kopf entgegen, und sah ihn fest an. „Zufall?"

„Ja, ein unglaublicher Zufall! Nenn es von mir aus auch Schicksal oder so, ich weiß nicht, vielleicht war es das wirklich. Glaubst du an so was?"

„Schicksal?" Dirk zog den Kopf wieder zurück. „Vielleicht!"

Während ihres Gespräches, hatte der Kellner die leeren Gläser bemerkt, kam zu ihnen rüber, und fragte, ob sie noch etwas wollten.

„Ja, unbedingt. Wir nehmen nochmal Bier wie gehabt", sagte Mark, schaute rüber zu Dirk, und wartete auf seine Bestätigung.

„Ja, nehmen wir und was hältst du von einem Kurzen?"

Mark fand die Idee, einen Schnaps zu trinken hervorragend. Er bestellte einen Kräuterlikör und Dirk einen Wodka.

„Was hattest du denn für eine Firma?" Dirk nahm das Gespräch nun wieder auf.

„Immobilien!" „Und lief gut?"

„Ja..schon." „Warum hast du dann aufgehört?"

Mark lehnte sich zurück. „Na ja...spielten einige Dinge eine Rolle, besonders meine Trennung. Letztlich hatte ich wohl einfach keine Lust mehr, füllte mich nicht mehr aus."

Der Kellner brachte die Getränke, und sie tranken zuerst die Schnäpse und spülten dann mit Bier nach.

„Ach, ist schon komisch, dass wir beide wieder hier sind oder?" Mark verschränkte die Arme und stützte sich auf dem Tisch ab.

„Ja...komisch ist das schon."

Dirk winkte den Kellner heran, und bestellte neue Schnäpse.

„War schon 'ne tolle Zeit damals! Hätte gerne mal wieder jemand getroffen", meinte Mark.

„Ja...Jockel oder Deddy. Hab niemanden mehr gesehen außer ein, zwei Mal Sattler."

Als Dirk den Namen Sattler erwähnte, setzte Mark´s Gedächtnis sogleich ein Bild zusammen.

Damals hatte Uwe Sattler nur zwei Häuser entfernt von ihm in der Fehrbelliner gewohnt. Auch er war einige Jahre älter und hatte eigentlich zu den „Großen" gehört, wie die Jungen die älteren Jugendlichen nannten, die immer an einer anderen Ecke des Platzes saßen, und sich natürlich nicht mit den „Kindern" abgaben.

Als die „Großen" langsam erwachsen wurden, und allmählich den Teute verließen, nahmen die „Kinder" ihren Platz ein, und wurden selbst zu den „Großen". Irgendwann war dann Sattler bei ihnen aufgetaucht, und hatte sich viel mit Ralf, den er durch dessen ältere Geschwister kannte, rumgetrieben. Dadurch, dass die beiden sich mehr und mehr anfreundeten, kam er zwangsläufig auch mit dem Rest der Clique in Kontakt, und schon bald kreuzte er täglich auf.

Er war ein großer, kräftiger Kerl mit dunklen Haaren, der sehr viel soff und sich gerne prügelte, weshalb die meisten, Mark eingeschlossen, anfangs versuchten ihm aus dem Weg zu gehen, da sie ihn nicht besonders mochten. Tatsächlich wurden einige niemals richtig warm mit ihm. Sattler hatte noch Geschwister, aber nur er und sein kleiner Bruder Sven lebten noch zuhause. Mutter und Vater hatten sich getrennt, und die Mutter hatte einen neuen Partner, mit dem er überhaupt nicht klarkam.

Sattler war ohne Zweifel ein Säufer und Schläger, konnte aber auch unendlich amüsant und unterhaltend sein. Er war ein Outlaw, von der Aura des Gefährlichen umgeben. Naturgemäß kam er so schnell mit dem Gesetz in Konflikt, saß dann eine Weile im Knast, tauchte danach wieder auf dem Platz auf, und machte weiter wie bisher. Meist arbeitete er nicht, hing nur rum, soff und zog Ärger an. Irgendwann war es dann wieder soweit, und er fuhr erneut ein.

Mark dachte an einen Sommer, in dem Sattler wieder mal in den Knast musste und als sogenannter „Selbststeller" galt, was bedeutete, dass er sich zu seinem Hafttermin selbstständig in der entsprechenden Haftanstalt einzufinden hatte. Den Termin verpasste Sattler, mehr oder weniger bewusst, wegen einer Abschiedsfeier, auf der er sich völlig ausknockte. Da er auch später nicht im geringsten daran dachte, sich dort einzufinden, wurde schließlich nach ihm gefandet. Nachhause konnte er aber auch nicht, da man ihn dort natürlich zuerst suchen würde, und zuletzt auch nicht wegen der guten Kontakte seiner Mutter, einer lebenslustigen Frau, zum zuständigen ABV, mit dem sie gerne feierte.

Also packte er, als die Mutter arbeitete, hastig eine Reisetasche mit ein paar Klamotten, und kampierte kurzerhand auf dem Teute.

Eines Samstagmorgens traf Mark Dirk´s Nichte Annett, die gerade mit ihrem Hund gassi ging. Sie setzten sich auf eine steinernen Sitzgruppen, die sich damals in unmittelbarer Nähe des Trafohäuschens befunden hatte, und teilten sich eine Zigarette. Plötzlich schlug der Hund an, da er durch ein Geräusch aus einem nahen Gebüsch aufgeschreckt wurde. Das Gebüsch bewegte sich, und im nächsten Augenblick kam ein gähnender, sich reckender, nur mit einem Bademantel bekleideter Sattler zum Vorschein, der wie selbstverständlich, freudig „Guten Morgen!" wünschte. Die Tatsache, dass er die Nacht in dem Gebüsch auf einer Bank verbracht hatte, schien ihn nicht weiter zu stören.

Sattler machte sich keinerlei Gedanken. Irgendwann stöberten sie ihn auf und er fuhr wieder ein, saß seine Zeit ab, und tauchte dann wieder auf. Alles so wie immer. Durch seinen Alkoholkonsum und die ständigen Schlägereien, begann er sich langsam die Gesundheit zu ruinieren. Sein Abstieg schien vorgrammiert, da seinem Wesen grundsätzlich etwas sehr Morbides zugrunde lag, und wo immer es auch herrührte, innerlich musste er ein tief verzweifelter Mensch gewesen sein.

Manchmal offenbarte sich das, und Sattler verfiel in einen wirklich jämmerlichen Zustand. Dann saß er sturzbesoffen auf einer Bank oder einer Tischtennisplatte, heulte, und nässte ein. In solchen Augenblicken tat er einem richtig leid, doch niemand konnte seine Dämonen vertreiben. Sie wohnten ihm inne, und er wurde sie nicht los.

Nach solchen Abstürzen kam er am nächsten Tag wieder gutgelaunt vorbei, und schien völlig verwandelt. Niemand sprach in darauf an. Schwamm drüber, das war´s. Trotzdem Sattler so war, freundete sich Mark zusehends mit ihm an, und er tat es vielleicht aus demselben Grund, aus dem sich Tom Saywer mit Huck Finn angefreundet hatte.

Sattler verkörperte den Außenseiter, für den keine Regeln galten, der trotz aller Widrigkeiten frei und ungezwungen in den Tag hinein lebte, und genau das war es wohl, was Mark faszinierte. Natürlich war ihm schon damals klar, dass dieses Leben seinen Preis fordern würde, und es mit Sattler zwangsläufig schlimm enden musste. Doch sowas blendet man allzu gerne aus, wenn man noch nicht einmal zwanzig ist, und das ganze Leben noch vor einem liegt. Die Zukunft lag in weiter Ferne, doch der Tag war jung, und wenn man mit Sattler unterwegs war, würde er mit Sicherheit aufregend werden. Was zählte war der Augenblick, der es wert war intensiv gelebt zu werden.

Im Sommer 1983, die letzten Ferien vor der Lehrzeit waren für Mark angebrochen, verreisten Sattler´s Eltern, und ließen ihn allein in der Wohnung zurück. Da sie ihn kannten, hatten sie vorgesorgt, und das Schlafzimmer verschlossen, in dem sie einen nicht unerheblichen Vorrat an Alkoholika verwahrten. Sie setzten gerne einen Kirschlikör an, für den sie „Prima Sprit", eine für solche Ansätze übliche, sehr hochprotzentige Spirituose verwendeten. Als sie dann fuhren, ließen sie Sattler einiges Geld da, dass er jedoch schnell durchbrachte, weshalb es auch nach kürzester Zeit um seine Ernährung eher schlecht bestellt war.

Aber auch hier war Sattler pragmatisch, und so kam es ihm nach durchzechten Nächten sehr gelegen, dass er auf dem Nachhauseweg an einem Kindergarten vorbei musste, der bereits mit Brötchen beliefert wurde, die vor der Tür abgestellt worden waren. Wenn einem der Zufall so das Frühstück bereitete, hieß es zugreifen, und das karge Mahl durch ein, zwei Packungen Milch ergänzen, die an der Kaufhalle gegenüber unbeaufsichtigt lagerten. Er war eben ein echter Lebenskünstler, und ernährte sich die ganze Zeit von Milch und Brötchen, die er klaute und von dem, was ihm seine Kumpel mitbrachten, da er sie selbstverständlich zu Partys in seine sturmfreie Bude einlud.

Über kurz oder lang stellte sich selbstredend auch die Frage, wie er an die reichlich vorhandenen und ausgesprochen leckeren Liköre der Eltern gelangen konnte. Aber auch dafür gab es eine Lösung!

Seine Eltern hatten nämlich den fatalen Fehler begangen, im Schlafzimmer einen halben Fensterflügel offenzulassen. Sofort fand sich ein Freiwilliger für eine waghalsige, jedoch ertragreiche Mission. Deddy kletterte vom Wohnzimmer aus, über den Fenstersims ins Schlafzimmer, und als er erstmal drinnen war, stellte auch die verschlossenen Tür kein großes Hindernis mehr da. Es war eine große doppelflügelige Tür, deren einer Flügel mit einem Riegel an der Zarge befestigt war, und wenn man diesen öffnete, war es ein leichtes die Tür einfach aufzudrücken.

Nun befanden sich die Liköre in Sattler's Besitz, verbrauchten sich wegen des hohen Partykonsums jedoch rasch, und nach einigen fröhlichen Tagen, war die Quelle schließlich vollends versiegt. Auf der systematischen Suche nach noch mehr Likör, stöberte er noch zwei, drei Flaschen „Prima Sprit" auf, die natürlich in keiner Weise für den Rohverzehr gedacht waren. Doch um die ausgelassene Partyzeit zu verlängern, versuchten einige experimentierfreudige Jugendliche, ganz wenig von dem „Prima Sprit" mit Cola oder Sirup zu mixen, was sie bald aber wieder sein ließen, da sie sahen, was diese Versuche bei denjenigen anrichteten, die das Mischungsverhältnis übertrieben.

Einer der waghalsigsten Pioniere der „Prima Sprit" Selbstversuche war Dirk, der am Morgen nach einer Party, die er zum Großteil schlafend verbracht hatte, auf der Treppe in Sattler's Hausflur saß, und mit seinem Tonbandgerät, das er für die Feier mitgebracht hatte, darüber debattierte, wer von ihnen nun zuerst die Treppe runtergehen sollte. Es bedurfte einiger gutgemeinter Hinweise seitens Sattler und anderer, bis er einsah, dass Tonbandgeräte weder laufen noch antworten.

Der Sommer 1983 markierte einen Wendepunkt in Mark's Leben. Die Zeit in der Fischer-Schule war vorbei, und am Horizont tauchte bereits ein neuer Lebensabschnitt auf. Vieles würde sich ändern. Im September sollte er mit der Lehre als Druckformenhersteller beginnen. Seine Mutter war mit ihm, da er sich partout für keinen Beruf entscheiden konnte, zum Berufsberatungszentrum gegangen.

Dort hatten sie sich seine Zeugnisse angesehen, nach seinen Interessen gefragt und festgestellt, dass er in Chemie gar nicht übel war.

„Also stell dir vor, ein Pressefotograf macht ein Foto, dass später mal in die Zeitung soll. Alles was nun vom Filmmaterial bis zum Druck passiert, macht der Druckformenhersteller." Die Beraterin schaute vorsichtshalber nochmal in ihre Unterlagen. „Das ist Druckvorstufe", meinte sie. „Hat viel mit Chemie zu tun."

Das hörte sich nicht schlecht an, und es gab in diesem Beruf auch nichts zu feilen, danach hatte er sich extra erkundigt, da sein Bedarf an kreativer Handarbeit mit der Feile, lebenslang, durch das Bearbeiten von Metallklötzern im PA Unterricht gedeckt war. Also hatte er sich, nach dem Gespräch, dazu entschlossen, den vermeintlichen Ausbildungsbetrieb zu besichtigen.

„Im Prozeß der Druckformenherstellung werden die Informationen von Vorlagen auf Druckformenrohlinge übertragen und daraus die Informationsträger hergestellt, die die partielle Beschichtung des Bedruckstoffes zur Vervielfältigung dieser Informationen im Druckprozeß ermöglichen", erklärte Dr. Andreas, im weißen Kittel, bei der kurzen Führung durch die Produktionshallen des Druckplattenwerkes.

In den Hallen befanden sich verschiedene galvanische Anlagen, an denen, in der Nähe von Schaltpulten mit allerlei blinkenden Knöpfen und wichtig aussehenden Anzeigen, einige Arbeiter saßen, von denen ab und zu einer aufstand, zu einem der Schaltpulte ging, einen kurzen Blick drauf warf, manchmal einen Schalter betätigte und sich dann wieder hinsetzte, um sich seiner Zeitung oder seinem Kaffee zu widmen. Als die Besucher an den Arbeitern vorbeikamen, nickte der Doktor ihnen kurz zu. Sie erwiderten seinen Gruß, begutachteten für einen kurzen Moment den potentiellen neuen Lehrling, und steckten dann die Köpfe wieder in die Zeitung. Die kleine Gruppe ging langsam weiter, und hörte dem Doktor zu.

„Da eine partielle Beschichtung des Bedruckstoffes nur mit Druckfarbe oder einer färbenden Substanz realisierbar ist, muss auch die hergestellte Druckform die Eigenschaft besitzen, die Farbe partiell anzunehmen und diese auch wieder im Druckprozeß auf den Bedruckstoff zu übertragen."

Einige Tage später unterzeichnete Mark den Lehrvertrag.

Das war es also. Er würde Druckformenhersteller werden und ab September die BS Rudi-Arndt, die Ausbildungsstätte des „Neuen Deutschland" besuchen. Er erfuhr, dass auch Eike, mit der er im gleichen Jahr an die Fischer-Schule gekommen war, an der BS Rudi-Arndt eine Lehre als Schriftsetzerin beginnen würde, was ihn sehr freute, da er Eike mochte. Gemeinsam mit Eike und ihrer Mutter, nahm er dann an einer Informationsveranstaltung zur Lehrausbildung im Kino Kosmos teil, an deren Anschluss sie noch auf einen Eisbecher in die Mokka Milch Eisbar gingen.

Im Sommer 83 veränderte noch ein weiteres Ereignis Mark's Leben. Da die Wohnung in der Fehrbelliner wegen der herangewachsenen Kinder wieder zu klein geworden war, zog die Familie nochmal um. Sie bezogen eine größere Wohnung in der Knaackstraße 99, einem Haus an der Ecke Dimitoffstraße.

„Kommst du dann noch auf den Platz?", hatte Ole gefragt, als er von den Umzugsplänen erfuhr. „Na klar! Ist ja nur eine Station mit der U-Bahn", hatte Mark geantwortet.

„Ja...Sattler, würde gerne wissen, was der macht!" Mark drehte sich nach dem Kellner um und zeigte ihm an, dass sie nicht abgeneigt wären noch einen Schnaps zu trinken.

„Wahrscheinlich sitzt der wieder." „Würde mich nicht wundern."

Die Schnäpse kamen, und Mark bemerkte, wie betrunken Dirk mittlerweile war, der Mühe hatte seinen Wodka runterzukriegen und kaum noch die Augen offen halten konnte.

Mark fand, dass es besser wäre abzubrechen. Dirk musste ins Bett.

„Was meinst du wollen wir zahlen, ich werd langsam müde, hab für heute genug getrunken?"

„Ja...ist 'ne gute Idee." Dirk steckte sich mühselig noch eine Zigarette in den Mund, hatte jedoch Schwierigkeiten damit sie anzuzünden.

„Warte...gib mal her." Mark nahm Dirk das Feuerzeug aus der Hand und half ihm. Der Kellner kam mit fragendem Blick zu ihnen an den Tisch.

„Die Rechnung?" „Ja, wir zahlen", antworte Mark, und beobachtete Dirk dabei, wie er umständlich an der Zigarette zog, und sie dann im Aschenbecher ausdrückte. Rauchen ging nicht mehr. Als die Rechnung kam, zahlte Mark, und sie gingen. Draußen blieb Dirk vor der Tür stehen und sah zu dem Eckhaus auf der anderen Seite.

„Da woonnhst du allsoo wieda!" Er torkelte vor Mark herum und zeigte mit dem Finger auf das Haus.

„Ja...komm ich bring dich nachhause." Mark hakte Dirk unter, da der sich kaum noch auf den Beinen halten konnte, und sie überquerten die Straße.

„Zufaalll.....hahah...natüürlich...hahaha...was soonnst!"

Dirk sprach mehr mit sich selbst, als mit seinem Begleiter, und Mark fragte sich, was in seinem Kopf vorging. Irgendetwas schien ihn die ganze Zeit zu beschäftigen. Diesen Eindruck hatte er bereits, seit sie die ersten Worte miteinander gewechselt hatten. Langsam gingen sie die Choriner hinunter. Dirk klammerte sich an Mark´s Arm und gab das Tempo vor. Er war sehr wacklig auf den Beinen, und Mark meinte, dass das nicht nur an seinem alkoholisierten Zustand liegen konnte. Der alte Kumpel wirkte körperlich allgemein sehr instabil.

Mittlerweile war es dunkel geworden, und als sie auf dem Weg an dem Haus vorbeikamen, in dem Simone gewohnt hatte, bemerkte Dirk, dass Mark in die Fenster der Hochparterre Wohnung guckte.

„Woohnnt nich mehrr hier!"

Sie hielten an, blieben kurz vor dem Haus stehen, und gingen dann weiter.

„Weißt du noch wie es hier früher war? War fast wie auf einem Dorf, man kannte einfach jeden", erinnerte sich Mark.

„Iss nichhh mehrr sooo.", erwiderte Dirk. „Ja ich weiß, ist nur irgendwie schade."

Mark achtete darauf, nicht zu schnell zu gehen. Als sie die Lottumstraße erreichten machte Dirk eine Kopfbewegung in Richtung seines Hauses.

„Da drübben isst ess." „Aha..da wohnst du also."

Mark sagte Dirk nicht, dass er bereits wusste, wo er wohnte. Sie gingen rüber, und Mark half Dirk die Haustür aufzuschließen. Dann betraten sie den Hausflur, und Dirk nahm direkten Kurs auf die Wohnungstür an der linken Seite, zu der zwei Stufen hinaufführten.

„Zufaaalll....ha!"

Aus heiterem Himmel schlug er mit der Faust gegen einen Briefkasten, der an der Wand angebracht war. Es war kein sehr kraftvoller Schlag, reichte aber aus, um dem Kasten eine leichte Delle zu verpassen.

„Heh...was machst du denn da? Hast du dich verletzt?"

Mark war gleich bei Dirk und sah sich seine Hand an. Außer einer geringfügigen Abschürfung schien er unverletzt geblieben zu sein. Dirk hatte sowas damals schon gemacht. Wenn er zu viel getrunken hatte, konnte es vorkommen, dass er gegen Briefkästen, Türen oder sonst was schlug. Solche Aktionen waren immer völlig sinnlos gewesen, und hatten ihm nichts als Schmerzen eingebracht.

Mark konnte nicht verstehen, warum er das gerade getan hatte. Hatte er es aus Wut getan? Warum war er aber wütend? Hatte er es damals verstanden? Hatte er Dirk jemals verstanden? Damals hatte er zumindest geglaubt ihn zu verstehen.

Dirk, scheinbar selbst über sein Tun erstaunt, blickte stumm auf seine Hand, und hielt sie dann Mark entgegen.

„Binn komplettt besooffen", stellte er fest, und zog schuldbewusst die Hand zurück.

„Kommst du jetzt alleine klar?", fragte Mark, und sie sahen sich in die Augen.

„Ja ichh hauu mich gleich hinn." Dirk fing an die Wohnungstür aufzuschließen.

„Gibst du mir deine Nummer, ich ruf dich in den nächsten Tagen mal an", sagte Mark und holte sein Handy aus der Tasche, und während Dirk seine Telefonnummer ansagte, schaffte er es auch die Tür zu öffnen. Mark speicherte die Nummer und steckte das Telefon wieder ein.

„Na dann, war schön dich zu sehen, schlaf dich aus. Wir bleiben in Verbindung."

Er hob zum Abschied die Hand, winkte nochmal, drehte sich um, und als er gerade gehen wollte, rief Dirk ihm nach. „Mark!"

„Ja...?" Dirk, der ihn zwar direkt anschaute, war mit seinen Gedanken offenbar aber ganz woanders.

„Das ist kein Zufall, du bist nicht zufällig hier!"

Von einem Augenblick zum anderen, sprach er wieder klar und deutlich, ohne eine Spur von Alkohol in seiner Stimme. Er schien abwesend, irgendwie verwandelt, und war Mark direkt unheimlich.

„Ich wusste, dass du kommst! Ich hab es gewusst, ja gewusst!"

Dirk starrte in die Ferne, direkt durch Mark hindurch.

„Was meinst du?" Mark versuchte in Dirk´s Gesicht zu lesen.

„Was hast du gewusst?" Er wurde nicht schlau aus ihm. In der nächsten Sekunde wurde Dirk´s Blick wieder wässrig, und er lallte auch wieder.

„Aaalsooo mach´s guut blleiiben in Verbindung!"

Dirk drehte sich um, und verschwand in der Wohnung. Die Tür fiel ins Schloss, und Mark konnte hören, wie Dirk sich weiter ins Innere der Wohnung verzog.

„Zuuffalll....hahhah...neinnn...hahha." Das Letzte was er aus der Wohnung vernahm, war ein leises Schlurfen. Dann war es völlig still. Mark blieb wie angewurzelt stehen, und dachte über das eben Erlebte nach.

Was war mit Dirk los? Er benahm sich merkwürdig, und das war nicht nur der Alkohol. Irgendwas schien mit Dirk nicht zu stimmen. Das Licht im Hausflur ging aus, und Mark wollte nicht im Dunkeln hierbleiben.

Er beeilte sich aus dem Haus zu kommen, überquerte die Lottumstraße, und beobachtete von der gegenüberliegenden Seite Dirk´s Fenster. Kein Licht. Nichts. Wahrscheinlich schlief Dirk bereits seinen Rausch aus. Es gab keinen Grund mehr länger zu bleiben, und Mark machte sich auf den Heimweg. Warum glaubte Dirk nicht daran, dass Mark zufällig wieder hier wohnte? Was beschäftigte ihn die ganze Zeit?

Langsam schlenderte er, die Hände in den Hosentaschen, die Choriner rauf. Warum benahm sich Dirk so merkwürdig? Er war von ihm ja einiges gewohnt, aber Dirk benahm sich zweifellos sonderbar. Wer weiß, vielleicht war es ja wirklich nur der Alkohol und das unverhoffte Wiedersehen, das Dirk so verwirrte. Hatte er aber nicht auch von einer Krankheit gesprochen?

Ja natürlich, vielleicht hing sein merkwürdiges Verhalten damit zusammen. Mark wollte erstmal nicht weiter darüber nachdenken. Er würde Dirk ja weiterhin sehen und alles würde sich klären. Es war ja nur ein Zufall und nichts weiter, dass er wieder hier war. Auch das Dirk wieder hier wohnte war nicht weiter verwunderlich, hatte er doch seine Mutter gepflegt. So was passierte. So was war nicht unmöglich, nein, noch nicht mal besonders un-gewöhnlich.

Zuhause, in seinem Hausflur, fiel sein Blick sofort auf die Reihe der Briefkästen, und er erinnerte sich nicht, wann er das letzte Mal nach Post gesehen hatte. Also schaute er nach. Außer einigen Prospekten, die er sofort entsorgte, fand er darin einen grauen Umschlag, und er wusste, dass sich darin die neuste Ausgabe des „Mosaik" befand. Er war seit frühester Kindheit ein treuer Leser des „Mosaik", hatte nie damit aufgehört es zu lesen und irgendwann abonniert.

Ursprünglich handelte es sich bei den Mosaik Heften um ein DDR Comic, dass zwischen 1955 und 1975 von dem deutschen Grafiker Hannes Hegen, eigentlich Johannes Eduard Hegenbarth, geschaffen wurde. Die ersten Hefte stammten noch unmittelbar von ihm, später von Hannes Hegen und dem Mosaik Kollektiv, dem unter anderem Lothar Dräger (Text), Horst Boche, Lona Rietschel, Irmtraud Winkler-Wittig (Zeichnung) und Jochen Arfert (Kolorierung) angehörten.

Auf dem Titel war „Mosaik von Hannes Hegen" zu lesen und die Helden dieser Hefte waren die Digedags, drei Knirpse, Dig, Dag und Digedag, von denen niemand so genau wusste, wer oder was sie eigentlich waren. Irgendwann tauchte in diesem Zusammenhang der Begriff Kobolde auf. Für den jungen Mark waren es einfach nur die Digedags, ohne Erklärung, mythische Gestalten, die es vermochten in verschiedenen Epochen der Weltgeschichte, sogar in der Zukunft, aufzutauchen und Abenteuer zu erleben.

Wenn er als Junge ein „Mosaik" in die Hand nahm und zu lesen begann, war er gefesselt von den Geschichten im alten Rom, im wilden Westen oder wo es die drei sonst noch hinverschlug. Es war fantastisch. Die Hefte waren seine ersten Geschichtsbücher, noch bevor er überhaupt lesen konnte. Minutenlang sah er sich jedes Bild genau an, prägte sich jede Einzelheit ein und machte sich seinen Reim darauf. Als er noch nicht zur Schule ging, las ihm seine Mutter aus den Heften vor, und erklärte ihm die Zusammenhänge. Sie besaß selbst noch einige Exemplare aus den Fünfzigern, der Zeit ihrer Kindheit, und diese alten Hefte zogen den Sohn magisch an. Die Zeichnungen der Anfangsjahre waren noch grob und stilisierter und stammten aus einer vergangenen Zeit, aus einer Zeit, in der er noch nicht geboren war. Die Kindheit der eigenen Mutter schien Ewigkeiten her, und anfangs suchte er in den alten Heften nach Anhaltspunkten, die die Herkunft der Digedags erklärten, ja vielleicht nur einen kleinen Hinweis liefern konnten.

Ihre Herkunft ließ sich aber nie ergründen, und bald waren sie ihm so vertraut, dass er nicht mehr darüber nachdachte. Sie waren einfach da und gehörten zu seinem Leben.

Mark nahm den grauen Umschlag aus dem Kasten, und ging die Treppe hinauf. In der Wohnung angekommen, ging er ins Wohnzimmer, und schaltete die Leselampe ein, die sich in der Nähe der Couch befand. Er legte den Umschlag auf dem Tisch ab, ging in die Küche, holte sich ein Wasser aus dem Kühlschrank, kehrte zurück, setzte sich, trank, und sah sich den Umschlag an.

1976 als er zum ersten Mal in diese Wohnung gezogen war, wurde auch ein „neues" Mosaik herausgebracht. Als Leser hatte man damals bereits gemerkt, dass etwas in der Luft lag. Nach der großartigen „Amerika Serie", erschien die „Orient Serie", die der Junge wie üblich verschlungen hatte. Das Mosaik Kollektiv zog wieder alle Register seines Könnens, und die Digedags stolperten von einem Abenteuer ins nächste. Die Serie war jedoch verhältnismäßig kurz und endete bei einem Beduinenstamm, der an den Pyramiden lagerte. Dort erschien über dem Wüstenhorizont die Fata Morgana einer märchenhaften Stadt, und die Digedags machten sich auf, diese Stadt der Märchen und Träume zu suchen, ein Reich aus dem sie vor langer Zeit gekommen waren und in das sie eines Tages wieder heimkehren mussten, so konnte man auf der letzten Seite der Serie lesen und sehen, wie die Digedags, auf Kamelen, dieser schemenhaft am Horizont erschienenen Stadt entgegen ritten und zum Abschied winkten. Weiter konnte man lesen, dass dies ein Abschied für alle war, die sie kannten und die sie liebten. Einige Beduinen schworen, dass die Digedags in dem Traumbild verschwanden, das dann verblasste und zerfiel. Die Digedags waren daheim. Was sollte das?

Die Zeilen kündigten nichts Gutes an. Würde es kein Mosaik mehr geben? Keine Abenteuer mehr mit den Digedags? Nicht auszudenken!

Sie hatten ihn sein Leben lang begleitet und jeden Monat hatte er sehnsüchtig auf das neue Heft gewartet, und war in freudige Erregung verfallen, sobald seine Oma mit dem aktuellen Exemplar in der Hand vor ihm stand. Meist war sie es, die ihm die Hefte gekauft hatte. In seinen frühen Jahren wohnte sie in der Pappelallee, was nicht weit von der elterlichen Wohnung in der Stargarder Straße entfernt war. Sie arbeitete im Berliner Glühlampenwerk, später NARVA, an der Warschauer Straße, und benutzte für Ihren Arbeitsweg die S-Bahn, und kam auf ihrem Nachhauseweg immer an der Station Schönhauser Allee, am Ausgang Greifenhagener Straße an, und manchmal durfte Mark sie von dort abholen.

Bis zum Bahnhof war es nur ein kurzer Fußweg, und er ging immer die Stargarder rauf, bis vor zur Gethsemane Kirche. Vor der Kirche stand eine alte gusseiserne Wasserpumpe, an der er nie vorbeikam, ohne sie zu betätigen bis das Wasser plätscherte. Dann war da noch der Glaswarenladen, in dessen Schaufenster er jedes Mal ein Kristallservices bestaunt hatte, das gleich einem wertvollen Schatz, prächtig und glänzend in der Sonne funkelte. Etwas weiter, kurz vor der S-Bahnbrücke, hatte ein Tabakwarenhändler seinen Laden, wo er noch Zigarren und Feuerzeuge bewunderte, bevor er auf die Brücke ging und auf die ankommende Züge wartete.

Damals waren noch einige wenige Dampfloks in Betrieb, die manchmal den Bahnhof passierten, und wenn sie unter der Brücke durchfuhren, hüllten sie diese vollständig in Dampf ein, was für Kinder auf der Brücke zu einem großen Spektakel wurde. Mark wartete bis eine S-Bahn aus der entsprechenden Richtung in den Bahnhof einfuhr, ging dann zur Treppe und suchte unter den hinaufsteigenden Fahrgästen seine Oma, und da er meist zeitig dort war, musste er ein, zwei Züge abwarten, bevor sie die Treppe raufkam.

Die Oma ging dann mit ihm zu einem Spiel- und Schreibwarenladen an der Ecke Wichertstraße, und er dürfte sich eine Kleinigkeit aussuchen oder sie hatte schon das neue Mosaik dabei. Auf der Brücke, holte sie es aus der Handtasche hervor und gab es dem Jungen, der mit leuchtenden Augen auf dem

Nachhauseweg darin herumblätterte. Und nun? Kein Mosaik mehr? Nie mehr?

Merkwürdiges geschah. Nach der „Orient Serie" begann man plötzlich mit dem Nachdruck der „Ritter Runkel Serie", worüber Mark erstmal hocherfreut war, da er aus dieser Serie nur vereinzelt Hefte besaß, weil sie vor seiner Geburt angefangen hatte. Nun hatte er Gelegenheit die Geschichte von Anfang an zu lesen und die Lücken zu schließen, die zwischen den Heften lagen, die er kannte. Er hatte sich immer darüber gewundert, dass in vielen Heften nur Dig und Dag den Ritter begleiteten, doch im Laufe der Geschichte und durch ältere Hefte, die er eintauschte, erfuhr er, dass Dig und Dag ihren Gefährten Digedag irgendwann verloren hatten. Aber sie sollten ihn wiederfinden, und Digedag, der inzwischen Gesandter des Großchan geworden war und Dig und Dag agierten von da an wieder gemeinsam. Auf einem der letzten Hefte der Nachdrucke wurde dann angekündigt, dass es bald ein neues Mosaik geben würde und auch drei neue Helden. Die Abrafaxe.

Ein Mosaik ohne die Digedags ? Warum?

Hannes Hegen hatte sich mit dem Verlag überworfen, und so hatte man kurzerhand entschieden ein „eigenes" Mosaik herauszubringen. Von den Hintergründen bekam der Junge natürlich nichts mit. Er sah nur die ersten Abbildungen der „Neuen", die sich auf Wildsäuen reitend vorstellten und von Lona Rietschel als Digedags Ersatz kreiert worden waren. Das neue Mosaik orientierte sich weiterhin an seinem Vorläufer, konnte jedoch dessen Niveau nie wieder erreichen.

Der Schriftzug auf dem Titel änderte sich. Es war nun nicht mehr das Mosaik von Hannes Hegen. Von nun an gab es das „Alte Mosaik" und das „Neue Mosaik". Man sprach nicht mehr nur vom „Mosaik", sondern unterschied die Hefte nach diesen Begrifflichkeiten. Mark war traurig. Er war traurig, und hoffte im Stillen auf neue Serien mit den Digedags.

Aber er war auch neugierig. Neugierig auf die Abrafaxe. Wer waren sie? Harlekin, ein Spaßmacher der ihnen auf seiner

Wanderschaft über den Weg lief, stellte sie im ersten Heft des neuen Mosaiks vor. Abrax hatte eine Vorliebe für das Waffenhandwerk. Er war tapfer und mutig, der Draufgänger des Trios. Brabrax Passion galt Wissenschaft und Technik. Er war der Kluge. Blieb nur noch Califax. Der liebte gutes Essen, und das sah man ihm auch an. Er war ein liebenswerter, rundlicher, kleiner Kerl, der gute Geist der Abrafaxe. In einem, an einer Bucht der Adria gelegenen, dalmatinischen Dorf, nahm die Geschichte ihren Anfang, und Mark las und sammelte die Hefte, bis heute. Das Lesen der Mosaik Hefte, war etwas, das er sein Leben lang getan hatte.

Es verblüffte ihn immer aufs Neue, wie vertraut ihm die alten Hefte waren, wenn er eines von ihnen nach Jahren oder gar Jahrzehnten wiedereinmal zur Hand nahm. Die Handlung war ihm so geläufig, als hätte er es gestern erst beiseite gelegt. Unglaublich wie sich Geschichten und Zeichnungen in sein Langzeitgedächtnis eingegraben hatten.

Er stand auf, ging zu einem Bücherregal, bei dem ein kleines Schränkchen stand, das er öffnete. Dort bewahrte er seine Mosaik Hefte auf. Wahllos griff er sich eines der alten Hefte, streckte sich auf der Couch aus und begann zu lesen, und als er gerade erst zwei Seiten gelesen hatte, fielen ihm bereits die Augen zu. Seine Arme sanken kraftlos ab, und das Heft rutsche über seinen Bauch auf den Boden, wo es aufgeschlagen liegen blieb....

Der alte Goldsucher erwachte. Sein Hund, ein schwarzer, zottiger Bursche, hatte ihn geweckt. Der Alte hatte wieder mal vom Gold geträumt. Er lebte, abgesehen von dem Hund, ganz allein hier draußen. Da er niemanden weiter hatte, redete er mit dem Hund. Er sprach wieder von Jefferson und von seiner Rache. Er wartete auf ihn, jeden Tag, und er war sich sicher, dass er kommen würde, irgendwann, wegen dem Testament. Wegen seinem Trick mit dem Testament. Niemand durfte wissen, dass er Abé Gunstick noch lebte.

Deshalb ging er im Winter auch nicht mehr nach San Francisco, sondern nach Santa Fe, wo ihn niemand kannte.

Was Abé Gunstick jedoch nicht wußte, nicht wissen konnte, war dass Coffins, der Kopf der Flusspiraten momentan im Besitz des Minenplanes war. Er war gekommen, gekommen um das Gold zu finden. Mrs. Jefferson, die Witwe von Joshua Jefferson, war auch gekommen und Doc und Jack, die beiden anderen Flußpiraten und auch Colonel Springfield und die Digedags. Coffins hatte den Plan, und war als erster bei der Mine. Aber es gab kein Gold! Alles war nur ein Trick, von Abé Gunstick eingefädelt. Er wollte seine Rache! Er wollte abrechnen, abrechnen mit Joshua Jefferson! Kein Gold!

Coffins blasses Gesicht wurde rot, dunkelrot vor Zorn. Sein Gesicht wurde riesig und seine Augen sprühten vor blindwütigem Zorn. Neben ihm tauchte ein zweites riesiges Gesicht auf. Das Gesicht gehörte der Lady, Mrs. Jefferson. Sie drohte mit ihrem Schirm. Die beiden wurden immer riesenhafter, und ihre Stimmen vereinten sich zu einem mächtigen Getöse. Kein Gold! Kein Gold! Kein Gold! Das Getöse wurde immer schlimmer, und die Gesichter der beiden vereinten sich plötzlich zu dem Gesicht des alten Goldsuchers, dass furchterregend lachte.

Haaahaaaa...kein Gold nein....haahhhaa...kein Gold...nein! Das Getöse war nun zu einem mächtigen Orkan angewachsen, der alles zu schlucken drohte, und die riesenhafte Grimasse des Alten kam immer näher.

Haahahhhaa...kein...Gold...nein...nein...nein...kein...Zufall...haaah haaa...nein kein Zufall...haahahaaaaa!

Das Gesicht des alten Goldsuchers nahm allmählich Dirk's Züge an, und lachte immer schauerlicher. Der ohrenbetäubende Lärm war nun nicht mehr auszuhalten, und Mark schreckte hoch. Er war schweißgebadet, und brauchte eine Weile um zu sich zu kommen.

Es war früh am Morgen und schon hell. Er stand auf, und trat auf das Mosaik, das noch am Boden lag. Er schlug es zu, und während er es zurück in das Schränkchen legte, kreuzte sein Blick den des alten Goldsuchers auf dem Titel. Was für ein merkwürdiger Traum!

Mark öffnete das Fenster, atmete tief durch, und macht sich dann auf den Weg zur Dusche. Erfrischt kam er etwas später aus dem Bad, und zog sich an. An diesem Morgen zogen Wolken auf. Es würde wohl regnen. Er ging in die Küche, und bereitete die Kaffeemaschine vor. Heute wollte er zuhause bleiben, und da kam ihm der Regen gerade recht, der zum Lesen einlud. Lesen, ja Lesen würde er. Vielleicht nahm er sich doch noch eines der alten Mosaiks vor.

Dabei hatte er immer hervorragend abschalten können, damals, wenn es in der Schule Ärger gab oder er sich mit Freunden gestritten hatte. Dann hatten ihm die Hefte Kraft gegeben, ließen ihn alles um sich herum vergessen, und er tauchte ab in die Weiten des amerikanischen Westens, nach Venedig, Genua, Pisa oder in den Orient, Orte, zu denen er ja nie wirklich gelangen konnte, war er doch im Selbstverständnis einer zweigeteilten Welt aufgewachsen und in der Gewissheit, dass sich daran nichts ändern würde. Heute möglicherweise unvorstellbar, damals unumstößliche Tatsache, in einer Welt, in die man hineingeboren wurde und mit deren Realitäten man aufwuchs.

Er schaltete die Kaffeemaschine ein. Als Kind hatte er aus den Mosaik Heften einiges lernen können. Der reinste Geschichtsunterricht, lebendig und interessant vermittelt.

Der Kaffee war schnell fertig, und Mark goss sich eine große Tasse davon ein. Er wollte gerade zurück ins Wohnzimmer, als es klingelte. Erstaunt schaute er zur Tür, da er niemanden erwartete. Mit der Tasse in der Hand ging er zur Gegensprechanlage, und nahm den Hörer ab.

„Ja?" „Ich...Dirk!"

„Dirk?"

Mark hatte nicht erwartet, ihn so schnell wiederzusehen, und drückte den Türöffner. „Komm rauf!"

Dann hörte er, wie Dirk unten eintrat und die Tür wieder ins Schloss fiel. Er öffnete die Wohnungstür, nahm ein Schluck von dem heißen Kaffee, und wartete an die Wand gelehnt auf den Freund. Mit einer Papiertüte in der Hand kam Dirk die Treppe rauf. Er atmete schwer, offensichtlich bereitete ihm das Treppensteigen Mühe. Als er oben war, hielt er Mark die Papiertüte entgegen, aus der es angenehm nach frischen Schrippen duftete.

„Ich dachte wir frühstücken zusammen", sagte er, und musste vor der Tür erstmal verschnaufen.

„Klar, komm rein. Kaffee ist gerade fertig, gutes Timing." Dirk trat ein. Abgesehen davon, dass er außer Puste war, schien er in Ordnung.

„War lange nicht hier." Dirk sah sich im Flur um.

„Ist schon ´ne Weile her. Komm ich zeig dir alles." Mark führte Dirk herum, und irgendwann kamen sie in Mark´s altem Zimmer an.

„Irgendwie hätte ich hier Poster an den Wänden erwartet", meinte Dirk. „Ich auch, jedes Mal wenn ich hier reinkomme", antwortete Mark, und fuhr mit der Hand über die Wand an der damals seine Poster hingen.

„Sind aber über dreißig Jahre vergangen." „Ja, war aber ´ne schöne Zeit."

Dirk war zum Fenster gegangen, schob die Gardine etwas beiseite, und schaute über den Hof. Draußen war es grau und der Wind peitschte die ersten Regentropfen gegen das Fenster. Er ließ die Gardine los, und sie glitt wieder vor das Fenster.

„Wir sollten die Schrippen essen, solange sie warm sind", sagte er, und kam wieder zurück.

„Du hast recht!" Mark ging vor ins Wohnzimmer, und Dirk folgte ihm.

„O.K. setzt dich, ich hol dir erstmal einen Kaffee." Dirk setzte sich an den Tisch, und Mark brachte Kaffee und was sonst noch benötigt wurde.

Schweigend begannen sie dann zu essen, und Mark war bemüht, Dirk nicht zu offenkundig zu beobachten.

Der saß am Tisch, schmierte sich ein Brötchen, und nichts erinnerte mehr an sein merkwürdiges Verhalten von gestern. Mark wusste aber genau, dass da irgendetwas war. Er kannte Dirk und er kannte Dirk´s Art etwas betont lässig zu tun, wenn er unsicher war. Und es war genau diese lässige Art, mit der Dirk sein Brötchen schmierte. Mark hatte ihn ertappt.

Schweigend aßen sie weiter, und irgendwie belauerten sie sich. Jeder schien aus dem anderen etwas herauslesen zu wollen. Mark dachte darüber nach, was Dirk über ihn erfahren wollte. Was dachte er, hatte Mark zu verbergen? Mark hatte nichts zu verbergen! Hatte Dirk etwas zu verbergen?

Was ging in dem Mann gegenüber vor, den er zu kennen geglaubt hatte, der an seinem Tisch saß, mit ihm frühstückte, und dessen Gedanken ihn wie ein wildes Tier zu umkreisen schienen. Mark war entschlossen es herauszufinden!

„Möchtest du noch Kaffee?" „Gerne."

Dirk hielt Mark die Tasse hin, der schenkte nach, und als sich ihre Blicke trafen, konnte er das Misstrauen spüren, das sein Gegenüber hinter einem flüchtigen Lächeln zu verbergen suchte. Er kannte dieses Lächeln genau!

„Dirk!" Mark wollte nun endlich wissen was los war, und versuchte es frontal. Was sollte er auch sonst machen, wenn Dirk nicht von selbst damit rausrückte?

„Ja..." Dirk stellte die Tasse ab, und setzte sich gerade.

„Weißt du...", begann Mark zögerlich. „Vielleicht täusche ich mich ja, aber ich habe den Eindruck, dass du dich mir gegenüber merkwürdig verhältst."

Nun war es raus! Er machte eine Pause, und versuchte in Dirk´s Gesicht zu lesen. Der saß regungslos da, und wollte offenbar abwarten, was Mark zu sagen hatte.

„Also...gestern in deinem Hausflur, da warst du fast schon gruselig!" Mark lies erneut eine Pause, und Dirk reagierte weiterhin nicht.

„Also kannst du mir sagen was los ist? Du hast doch irgendwas!"

Dirk schob die Kaffeetasse von sich weg. „Hast du auch was Richtiges zu trinken?", fragte er nur.

„Wenn du mir dann endlich sagst was los ist!"

Mark ging in die Küche, und kam mit einer Flasche Jack Daniel's und einer Cola zurück. Er stellte die Flaschen vor Dirk ab, und holte noch Gläser. Dirk goss sich ein, schob das zweite Glas zu Mark rüber, und der nahm sich von der Cola und kippte einen guten Schluck Whiskey hinterher. Dirk trank zuerst. Er trank das Glas aus, und schenkte sich nach. Mark trank noch nicht.

„Also was ist los, sag schon!"

Dirk wartete noch einen Moment, atmete tief durch, und begann dann endlich zu reden.

„Weißt du noch was wir gefunden haben?" Mark schaute ihn fragend an. „Was wir wann gefunden haben?"

„Was wir damals gefunden haben, in dem Loch." Mark strengte sein Gedächtnis an, doch er fand keinen Bezug zu Dirk's Worten.

„In welchem Loch, von welchem Loch sprichst du?" Er bemerkte, dass Dirk ihn genau beobachtete.

„Du weißt es wirklich nicht mehr...oder?" „Nein!"

Mark zuckte mit den Schultern, griff nach seinem Glas, und trank. Dirk lehnte sich zurück und goss sich nach.

„Ich meine das Ding...." Er wartete ab, und trank nochmal bevor er fortfuhr.

„Das Ding, das wir in dem Loch gefunden haben, als die Kaufhalle gebaut wurde."

Plötzlich wusste Mark, wovon Dirk redete, und langsam begann er sich zu erinnern.

Er trank noch einen Schluck von dem Whisky, der die Kehle angenehm warm machte, und ließ die Bilder zu, die nun ihren Weg an die Oberfläche suchten....

„Mark...!" „Mark!"

Mark hörte die Rufe seiner Mutter. „Ja...komme!"

Er schlug das Buch zu, dessen Cover einen schwarzen Jungen zeigte, der sich mit einem Stock und einem Messer einer Schlange zu erwehren suchte, und erhob sich von der Liege in seinem Zimmer. „Savvy, der Reis-Shopper" von Götz Rudolf Richter hatte er gelesen. Savvy ein schwarzer Junge aus einer Siedlung bei Monrovia, hatte auf einem Schiff, auf dem er als Blinder Passagier fuhr, gerade Tommy, den Sohn eines englischen Plantagenbesitzers kennengelernt, als die Rufe der Mutter die Handlung jäh unterbrochen hatten.

Nun steckte Mark´s Oma den Kopf in das Zimmer. „Junge...der Film fängt an."

„Ja...bin gleich da."

Der Kopf verschwand wieder, und Mark ging zu den anderen ins Wohnzimmer rüber, wo an diesem Sonntagnachmittag alle auf den Film warteten. Sie warteten auf „Die rechte und die linke Hand des Teufels", eine Westernkomödie mit Bud Spencer und Terence Hill. Mark liebte Western, und konnte sich über die markigen Sprüche der beiden schieflachen. Der Film begann mit der gepfiffenen Titelmelodie, und mündete schon bald in eine der typischen Prügelszenen, die das Duo Spencer/Hill so wunderbar drauf hatte.

„Was glaubst du denn, wer gewinnen würde, wenn die beiden mal gegeneinander kämpfen?", fragte Thomas seinen Bruder.

„Na Terence Hill, ist doch klar!"

„Aber Bud Spencer ist doch viel stärker, guck dir bloß mal die Muckies an!"

„Ja...aber Terence Hill ist schlauer. Der würde ihm immer eins auswischen."

„Aber Bud Spencer ist stärker, stimmt´s ?" Thomas meinte, dass die Mutter diese wichtige Frage wohl klären könnte, und sah sie erwartungsvoll an.

„Stimmt´s Mutti, Bud Spencer ist der Stärkste?"

„Na die beiden kämpfen nie gegeneinander, die arbeiten immer zusammen. Genau das macht sie so stark. Die sind eben ein Team."

„Aber Bud Spencer ist trotzdem stärker!", meinte der jüngere Bruder. „Aber Terence Hill schlauer!", ätzte Mark.

„So jetzt reicht´s, guckt hin, da kommt der Major!"

Die Mutter setzte einen Schlusspunkt unter die Debatte, und alle sahen sich nun in Ruhe den Film an. Der Major und seine Kumpane bezogen mächtig Dresche, und die Mormonen waren gerettet. Nach dem Film wollte Mark noch etwas lesen, und ging deshalb in sein Zimmer zurück. Er hatte noch nicht mal eine Seite geschafft, als es klingelte. Bevor Mark´s Familie die Wohnung bezogen hatte, wohnte dort eine taubstumme Mieterin, und um den Klingelton sichtbar zu machen, war in jedem Zimmer eine kleine Glühbirne installiert worden, die es immer noch gab. Mark hörte den Ton der Klingel, und sah die kleine Birne über der Tür aufleuchten. Er hörte seine Oma draußen öffnen, und kurz darauf steckte sie wieder den Kopf herein.

„Ist für dich", sagte sie nur, und im nächsten Augenblick stand Dirk im Raum.

„Kommst du mit runter?"

„Klar...warst du auf dem Platz, ist jemand da?" Mark packte das Buch weg, und gab Dirk die Hand. „Nee...hab keinen getroffen."

Mark nahm die Jeansjacke aus dem Schrank, streifte sie über, griff dann nach dem Stielkamm, und kämmte sich sorgfältig die Haare.

„Geh noch mal runter...", rief er kurz ins Wohnzimmer, und schon verließen sie die Wohnung.

„...komm nicht so spät!", rief ihm die Mutter nach, doch das nahm er nur noch am Rande war, sie waren bereits auf der Treppe. Sie gingen rüber, auf die andere Straßenseite, auf der, hinter dem Baustellenzaun ein riesiges Loch klaffte. Es war noch nicht lange her, dass hier Häuser gestanden hatten, in denen Menschen lebten. Mark erinnerte sich an das Trümmerfeld, das nach der Sprengung übriggeblieben war, wie es vor ihm gelegen hatte, unberührt und irgendwie rein. Wenn man das überhaupt von Trümmern behaupten konnte.

Doch er hatte es so empfunden. Natürlich fehlten ihm die alten Häuser, die es nun nicht mehr gab. Nie wieder geben würde. Aber er hatte auch den Eindruck, dass dadurch etwas befreit wurde. Die Trümmer konnten sich ungehindert auf der Fläche ausbreiten, auf der sie eben noch gefangen waren, in Hausform gepresst. Wind und Regen konnten das Baumaterial nun wieder in seine Urform zurückversetzen, und eine Art natürliches Recycling begann. Man müsste nur abwarten, Zeit gewähren. Doch schon bald kamen Bautrupps, räumten die Fläche, und hoben das Loch aus.

„Hier willst du auch eine?" Dirk hatte Zigaretten aus der Jackentasche hervorgeholt. Mark nahm ihm eine ab, und schaute automatisch zu den Fenstern der Wohnung rauf. Seine Mutter wusste nicht, dass er manchmal rauchte, und wenn es nach ihm ginge, sollte das auch so bleiben. Die beiden Jugendlichen liefen über den Platz, und schauten sich um. Niemand von ihren Freunden lies sich blicken. Der Platz war wie ausgestorben. Vielleicht lag das an dem schlechten Wetter, denn der Himmel war grau und es nieselte leicht. Mark knöpfte die Jeansjacke bis oben hin zu, und schlug den Kragen hoch.

„Scheiß Wetter!" „Ja... Scheiße...los komm rüber", bestätigte Dirk, und sie gingen zu einem Hauseingang in der Zionskirchstraße, der genügend Schutz vor dem einsetzenden Regen bot, und stellten sich unter.

Der Regen wurde stärker, plätscherte auf den Gehwegplatten an ihnen vorbei, und riss einige Schnipsel graues Papier mit sich.

„Warst du mal wieder auf der Baustelle drüben?", fragte Dirk, und wies mit dem Kopf in die entsprechende Richtung.

„Ja war mal mit Röbel da. Da steht´n Bagger rum. Röbel hat den angekriegt, weiß der Geier, wie der das angestellt hat. Is´n Stück damit gefahren."

„Echt?" Dirk schien die Geschichte zu interessieren.

„Kannste glauben! Der Bagger ist dann ausgegangen, und wir sind abgehaun."

„Naja...war bestimmt auch ziemlich laut." Dirk schnippte die Kippe auf das Pflaster, wo der Regen sie gleich erfasste und fortspülte.

„Ja war ziemlich laut, macht ´ne Menge Krach so´n Ding."

Mark machte ein ernstes Gesicht. Er gab gerne vor Dirk ein bisschen an, obwohl ihm die Sache mit Stefan Röbel und dem Bagger gar nicht geheuer gewesen war. Er war heilfroh gewesen, als das Ding wieder ausgegangen war.

„Scheiße...los wir seh´n uns das Ding mal an. Vielleicht können wir ´ne Runde fahren!"

Dirk hatte Witterung aufgenommen. Für solchen Blödsinn war er immer zu haben, und Mark wusste genau, dass er ihn nun nicht mehr davon abringen konnte.

„Was...jetzt gleich?", fragte er, und bereute sofort Dirk überhaupt von dem Bagger erzählt zu haben.

„Klar jetzt gleich! Warum nicht? Oder hast du Schiss?" Mark konnte nicht mehr zurück. Bloß nicht kneifen. Was sollte schon passieren. Wahrscheinlich würden sie das Ding gar nicht zum Laufen bringen.

„Von wegen Schiss ich war ja schon mal da!" „Na dann los!"

Es regnete immer noch, und war auch schon dunkel geworden. Sie liefen über das nasse, graue Pflaster, auf das der frühe

Herbst bereits einige bunte Blätter verteilt hatte. Oben an den Lichtern der Laternen, konnte man den Regen vorbeipeitschen sehen, und sie beeilten sich auf die Baustelle zu gelangen, um ihm zu entgehen.

Schnell fanden sie einen passenden Einstieg im Zaun, und gingen, über die dunkle Baustelle, an dem Loch und zwei Bauwagen vorbei, bis zu einem überdachten Unterstand, unter dem der Bagger parkte. Dort öffneten sie die feuchten Jacken, die unangenehm am Körper klebten, und fuhren sich mit den Fingern durch das nasse Haar.

„Da steht er also, is ja´n riesen Ding!" Dirk schaute sich den Bagger an.

„Hab ich ja gesagt." Mark hatte den Stielkamm in der Hand, und wollte gerade seine Haare kämmen.

„Nein, nicht kämmen solange sie nass sind, liegen sonst beschissen, warte lieber bis sie trocknen."

Mark hielt inne und steckte den Kamm wieder ein. Stimmt, Dirk hatte recht lieber warten.

„O.K. dann woll´n wir mal sehen, ob wir das Ding ankriegen."

Dirk kletterte auf den Bagger, und fummelte am Zündmechanismus herum, während Mark sich umschaute. Hoffentlich hatte sie niemand beobachtet. Spätestens wenn der Bagger laufen würde, musste man damit rechnen, die Aufmerksamkeit von Passanten zu erregen. Sonntags wurde hier ja nicht gearbeitet. Glücklicherweise waren bei diesem Wetter kaum Leute unterwegs.

„Verdammt...krieg das Ding nicht an, so´n Mist!" Dirk fing an zu fluchen. „Schrei doch nicht so, du willst wohl erwischt werden!"

Mark sah sich vorsichtshalber nochmal um. „Wie habt ihr den Bagger den letztens angekriegt?", fragte Dirk nun etwas leiser.

„Keine Ahnung wie Röbel das geschafft hat, lief ja auch nur kurz."

Dirk versuchte es noch einige Male, und kletterte dann runter, was Mark beruhigte, da er nicht wollte, dass noch irgendwas passierte.

„Los lass uns abhaun!" „Gleich...komm wir seh'n uns mal die Bauwagen an."

Nun ging Dirk zu den Bauwagen, und Mark folgte ihm. Es regnete immer noch, und als sie beim ersten Wagen ankamen, stellten sie fest, dass er nicht verschlossen war. Sie huschten rein, und standen im Dunkeln. Fast gleichzeitig holten sie ihre Feuerzeuge raus, und beleuchteten damit das Innere.

Im flackernden Schein konnten sie dann einen Tisch, mit ein paar Stühlen daneben und einige Metallspinde erkennen.

„Mist!" Mark machte sein Feuerzeug aus. „Wird langsam heiß", stellte er fest.

Sie beschlossen sich mit dem Anzünden der Feuerzeuge abzuwechseln, und begannen den Wagen genauer zu untersuchen. Leise öffneten sie die Spinde, fanden jedoch nichts Brauchbares. Eigentlich suchten sie auch nach nichts Bestimmtem, aber die Neugier trieb sie an.

Die Spinde enthielten nur Arbeitsbekleidung, Wattejacken, Hosen, Hemden und Gummistiefel.

„Los lass uns gehen, hier gibt's nichts Besonderes.",schlug Mark vor. „Ja, komm wir haun ab."

Sie machten sich gerade auf den Weg zum Ausgang, als Dirk's Feuerzeug ausging. Er wollte im Dunkeln weitergehen, stieß aber mit dem Fuß gegen etwas, das umkippte und ein klirrendes Geräusch verursachte.

„Verdammt...pass doch auf!", mahnte Mark, und leuchtete mit dem Feuerzeug in Dirk's Richtung. Die Ursache des Geräusches war schnell ausgemacht. Es kam von einer leeren Bierflasche, gegen die Dirk getreten war, und die zu einer ganzen Gruppe von leeren Flaschen gehörte, die in einer Ecke des Wagens rumstanden.

„Tja...Bauarbeiter müsste man sein, ein toller Job sein", lästerte Mark.

„Den ganzen Tag nur im Bauwagen sitzen und saufen.", fügte Dirk hinzu. „Is´n Wunder, dass hier nicht noch ein besoffener Baulude rumliegt."

„Man...du bringst mich auf eine Idee!" Mark war begeistert.

„Was meinst du?", wollte Dirk wissen. „Na den besoffenen Bauarbeiter!"

Dirk verstand nichts. „Was für´n besoffener Bauarbeiter?"

„Na der hier rumliegt! Der hier rumliegen wird, wenn die anderen morgen zur Arbeit kommen!"

„Ich versteh nicht was du von mir willst, hier liegt doch kein Bauarbeiter?"

Mark ging zu den Spinden zurück. „Ja weiß ich doch. Ich denke da auch eher an eine Art Pappkameraden!"

Als Mark dem verdutzten Freund nun eine von den Wattejacken entgegenhielt, verstand der dann aber doch, und musste lachen.

„Hahhaha...jetzt versteh ich was du vorhast...hahha...super Idee!"

„Hahhaaa...ja stell dir doch mal die bescheuerten Gesichter von den Bauluden vor, wenn die hier reinkommen, und hier liegt einer rum." Mark malte es sich im Geiste richtig aus.

„Können ja noch ´ne Bierpulle daneben stellen", spann Dirk den Faden weiter.

„Prima Idee...man...wir setzen den einfach an den Tisch, und stellen ihm noch ´ne Pulle hin!"

Also machten sie sich sogleich ans Werk. Während Dirk ihm mit dem Feuerzeug leuchtete, durchsuchte Mark die Spinde nach den passenden Kleidungstücken für ihre Staffage. Zuerst stopften sie eine Hose mit Hemden und anderen Kleidungsstücken aus, und steckten sie dann in Gummistiefel. Auf die gleiche Weise füllten sie eine Wattejacke, und setzten beide Teile zusammen.

Nun brauchten sie noch einen Kopf, den sie aus einigen Unterhemden kreierten, und abschließend krönten sie das Ganze mit einem Bauhelm und Arbeitshandschuhen. Sie lachten sich schief, und waren mit dem Ergebnis sehr zufrieden.

„Man...der sieht ja fantastisch aus!", stellte, der sich vor Lachen krümmende Mark fest. „Los, den setzen wir an den Tisch!"

Mark setzte die Puppe auf einen der Stühle, und legte den Oberkörper auf dem Tisch ab. Dann stellten sie eine von den leeren Bierflaschen auf den Tisch, und drapierten die „Hand" darum. Alles sah täuschend echt aus, und wenn man den Bauwagen betrat, hatte man wirklich den Eindruck einen versumpften Bauarbeiter vor sich zu haben, der hier die Nacht verbracht hatte. Sie warfen noch einen letzten Blick auf den Kameraden, und verließen dann schelmisch grinsend den Bauwagen.

Draußen hatte es aufgehört zu regnen, und sie kamen wieder an dem riesigen Loch vorbei, dass durch den Regen unten am Boden teilweise mit Wasser gefüllt worden war.

„Na die werden morgen früh Augen machen, wenn sie die Puppe sehen...hahhaa..." Dirk lachte immer noch über ihren Streich.

„Wenn ich genau wüsste, wann der erste von ihnen kommt, würde ich fünf Minuten vorher noch einen Aschenbecher mit einer brennenden Zigarette daneben stellen", trieb Mark es auf die Spitze.

„Haaahhha...stell dir bloß die bescheuerten Gesichter vor!" Sie kugelten sich vor Lachen, und blieben dicht an dem Loch stehen.

„Komm wir stecken uns noch eine an", sagte Dirk, wischte sich die Tränen aus den Augen, und holte die Zigaretten raus. Rauchend standen sie dann vor dem Loch, und schauten rein.

„Möchte mal wissen, wann die hier fertig werden", meinte Mark, spuckte im großen Bogen runter, und sie hörten wie die Spucke unten ankam.

„Na im Moment ist es noch ein bisschen nass da drinnen",

antwortete Dirk. „Ob man da unten versinken würde?", fragte Mark.

„Kannste ja mal ausprobieren!", antwortete Dirk, und begann Mark leicht zu schubsen. „Heyh, du Idiot...vielleicht probierst du das selbst mal aus!"

Die beiden schubsten sich hin und her, und kamen ins Rutschen. Sofort ließen sie voneinander ab, und jeder versuchte sich so gut er konnte zu halten, was ihnen auch einigermaßen gelang. Mit Händen und Füßen stemmten sie sich in den Sand an den Wänden des Loches, und versuchten wieder hochzuklettern. Meist rutschten sie jedoch erstmal tiefer, bevor sie dann wieder ein Stück höher kamen.

„Auh...verdammte Scheiße hier liegt 'n Stein oder sowas, hab ich voll gegen das Knie gekriegt." Dirk tastete im Sand nach dem Stein, an dem er sich gerade gestoßen hatte.

„Mark...Mark ich hab was gefunden! Ist gar kein Stein!"

Mark, der schon wieder fast oben war, hielt an, und schaute zu Dirk runter. „Was hast du denn gefunden, was ist es denn?"

Dirk hatte etwas aus dem Sand gezogen, und betrachtete es. „Sieht aus wie 'ne Lampe oder so."

„Bring mit hoch!" Mark kletterte als erster aus dem Loch, und streckte dann Dirk die Hand entgegen.

„Hier nimm mal ab...." Dirk reichte ihm seinen Fund, und kletterte dann selber raus.

Der Gegenstand, den Mark nun entgegennahm, war für seine Größe ziemlich schwer. Er entfernte vorsichtig den feuchten Sand, der daran kleben geblieben war, und sah sich das Ding an. Das, was Dirk, der nun neben ihm stand, als Lampe bezeichnet hatte, war eine Röhre von ca. fünfzehn, höchstens zwanzig Zentimetern Länge, und schien aus schwerem Glas zu sein. Sie hatte einen ungefähren Durchmesser von drei, vier Zentimetern und an jedem Ende eine metallene Einfassung von vielleicht vier Zentimetern in Form von Tierköpfen, vermutlich Stieren.

„Was meinste is´n das?", fragte Mark seinen Kumpel.

„Sieht wirklich aus wie ´ne Lampe", meinte der, und nahm sie wieder an sich.

„O.K. steck erstmal ein, wir haun hier am besten ab", sagte Mark, und sie schlüpften wieder durch den Zaun, und gingen rüber auf den Platz, wo sie sich eine Laterne suchten, unter der sie ihren Fund genauer betrachten konnten.

„Wenn das ´ne Lampe ist, wo is´n dann der Schalter?", fragte Mark, und versuchte herauszukriegen, wie das Ding funktionierte.

„Hast recht ist ja auch kein Kabel zu sehen", stellte Dirk fest, der das Ding nun nach allen Seiten drehte.

„Was is´n das für´n Metall?" Abwechselnd befühlten sie die schmutzig braunen Einfassungen.

„Weiß nicht genau, vielleicht Kupfer?" „Ja möglich."

„Ist auch schwer oder?"

Die Jugendlichen begutachteten ihren Fund noch eine Weile, konnten aber seinen Verwendungszweck letztendlich nicht genau klären. Dirk nahm die Röhre, wie sie das Ding von nun an bezeichneten, mit nachhause und bewahrte sie in seinem Zimmer auf, wo sie eine Zeit lang noch von diversen Freunden bewundert wurde. Die Funktion der Röhre blieb jedoch weiterhin ungklar, und irgendwann fand man es zu müßig darüber nachzudenken, und sie verschwand in einem Schubfach. Bald sprachen alle nur noch von dem Streich mit der Puppe im Bauwagen, und erwähnten den Fund der Röhre höchstens noch beiläufig, und schließlich geriet sie vollends in Vergessenheit.

„Du meinst die Röhre?", fragte Mark den alten Freund, der nun, Jahrzehnte später, in seinem Wohnzimmer saß, Jack Daniel´s schlürfte und geheimnisvoll tat.

„Ah...ist dir wieder eingefallen!" „Ja ist mir wieder eingefallen, hab nie wieder daran gedacht. Was ist denn aus dem Ding geworden?"

Dirk drehte sein Glas nervös auf dem Tisch herum. „Hab auch ´ne ganze Weile nicht daran gedacht, bis zu Mutter´s Tod."

Er hörte damit auf, das Glas zu drehen, und fixierte es nun mit seinem Blick. „Hab sie dann wiedergefunden. Lag in einem Schrank, in einer Ecke. Völlig unscheinbar."

Mark wusste nicht, worauf Dirk hinaus wollte, und als der eine Pause machen wollte, ließ er es nicht zu, und drängte ihn fortzufahren. „Ja...und, erzähl weiter! Was ist damit?"

Dirk lehnte sich zurück, und verschränkte die Arme, genau seine Art zu reagieren, wenn er sich im Recht glaubte, in etwas verbissen hatte, und seinen Standpunkt auf Teufel komm raus verteidigen wollte. Diese trotzige Pose hatte Mark schon hundertmal bei ihm erlebt. Damals, als sie jung waren. Aber was wollte er verteidigen? Er hatte ja noch nichts gesagt.

„Dann fing es an!" Dirk wollte nun doch etwas sagen, scheute sich aber offenbar davor, es auszusprechen.

„Was...was fing an?", drängelte Mark wieder, und Dirk trank noch mehr Whiskey.

„Das Ding kommuniziert mit mir!"

Nun hatte er es ausgesprochen, und Dirk tat gleich darauf einen tiefen Atemzug, der sich unglaublich nach Erleichterung anhörte.

„Was...? Willst du mir erzählen, dass die Röhre mit dir spricht oder sowas?" Mark versuchte das eben Gehörte einzuordnen. Unweigerlich fiel ihm wieder die Krankheit ein, von der Dirk gesprochen hatte, und im nächsten Moment war er sicher, dass es sich um Wahnsinn handeln musste.

„Nicht mit Worten! Sie spricht natürlich nicht im eigentlichen Sinne mit mir!", verteidigte sich Dirk, der spürte in welche Richtung Mark´s Gedanken gingen. Offenbar suchte er noch nach der richtigen Erklärung.

„O.K. was macht sie denn, wenn sie nicht spricht, wie kommuniziert die Röhre denn sonst mit dir?", hakte Mark nach, und konnte sich ein Grinsen nicht verkneifen.

„Du hältst mich für verrückt...oder?", fragte Dirk, und ohne die Antwort abzuwarten fuhr er fort. „Hab ich auch erst, dachte wirklich mich hat´s erwischt. Soll ja vorkommen. Aber ich bin´s nich!", er hielt inne um zu trinken.

„Nein bin ich nicht...und der beste Beweis ist deine Anwesenheit. Ich hab gewusst, dass du kommst, schon lange!"

Mark versuchte mitzukommen, und goss sich nun auch nochmal nach.

„Also noch mal ganz von vorn. Du hast also die alte Röhre wiedergefunden, und sie kommuniziert mit dir, und hat dir gesagt, dass ich wieder hier wohnen werde. Ist das so richtig?"

„Im Großen und Ganzen schon...ja." Dirk stützte die Ellenbogen auf den Tisch, und faltete die Hände ineinander. „Und ich weiß, wie sich das anhört, das kannst du mir glauben!"

„Na dann gibt´s ja noch Hoffnung!", meinte Mark, der natürlich kein Wort von alldem glauben konnte.

Er konnte aber auch sehen, dass Dirk wie ein Häufchen Elend an dem Tisch kauerte. Seine Augen sahen ihn fast flehend an, und er schien um Absolution zu bitten. Mark beschloss ihm zumindest eine Chance zu geben und ihm weiter zuzuhören. Wenigstens die sollte er bekommen.

„O. K. war nicht so gemeint", lenkte er ein, stand auf, und lief mit dem Whiskeyglas in der Hand im Zimmer auf und ab.

„Du musst aber zugeben, dass sich das alles ziemlich abenteuerlich anhört." „Na glaubst du etwa, dass ich das Ganze genieße?" Dirk hatte seine Fassung wieder und schien aufgebracht.

„Wahrscheinlich passiert´s dir ja auch demnächst. Vielleicht glaubst du mir ja dann!" „Was soll mir demnächst passieren?"

Mark blieb ganz ruhig. Es brachte ja nichts, wenn sie sich nur anschreien würden. Auch Dirk beruhigte sich wieder. „Ich denke, dass die Röhre auch mit dir kommunizieren wird." Dirk saß nun wieder mit verschränkten Armen da.

„Warum?" Mark versuchte gezielter nachzufragen, um Dirk´s Worten irgendeinen Sinn zu entlocken oder wenigstens um anhand seiner Antworten festzustellen, ob Dirk tatsächlich Wahnvorstellungen hatte.

„Ich weiß nicht, vielleicht weil wir sie zusammen gefunden haben." „Wie kommuniziert die Röhre denn mit dir?" Mark kam vor Dirk zum Stehen, und sah ihn fest an.

„Ich träume...aber völlig real", erzählte Dirk, und erwiderte Mark´s Blick. „Aber das tue ich auch, jeder träumt. Ist doch ganz natürlich."

„Glaub mir, da gibt es einen Unterschied. Diese Träume fühlen sich absolut realistisch an, so als würde man alles wirklich erleben. Das ist absolut erschreckend, glaub mir!"

„Wovon träumst du denn?", bohrte Mark weiter.

„Das ist ganz unterschiedlich, manchmal von Vergangenem, manchmal von Zukünftigem. Irgendwie scheint die Röhre das zu steuern."

Dirk griff nach seinem Glas, schenkte nach, und trank. Langsam wurde er betrunken. Er zitterte leicht, und Mark gewann den Eindruck, dass Dirk durchaus bewusst war, wie unglaublich seine Geschichte klang.

„Ich wache auf, und habe das Gefühl, alles wirklich erlebt zu haben!" „Und du hast auch von mir geträumt?", fragte Mark.

„Ja ich wusste, dass wir uns wiedertreffen, hab es wieder und wieder geträumt. Und dann stehst du wirklich vor mir! Wie in den Träumen! Gespenstisch!"

„Genau so?"

„Genau so! Wie ich es geträumt hatte, und in diesem Moment wusste ich nicht mehr, ob es wirklich geschieht oder wieder einer dieser Träume ist. Ich war mir nicht sicher! Echt unheimlich! Ich war orientierungslos. Ich lies es also einfach laufen, ging mit dir Bier trinken, und wusste nicht, ob ich es wirklich tat! Verstehst du was ich meine....?"

Mark wusste nicht, was er davon halten sollte. Er konnte das alles einfach nicht glauben. Natürlich nicht!

Offenbar hatte Dirk schlimme Wahnvorstellungen. Das war die einzig mögliche Erklärung.

„Wieso bringst du die Träume in Zusammenhang mit der Röhre?"

Dirk versuchte sich zu konzentrieren. „Es fing an, als ich die Röhre wiedergefunden hatte, bei Mutter nach ihrem Tod. Glaub mir, das passiert durch die Röhre! Ich bin ganz sicher!"

„Schmeiß das Ding doch einfach weg, vielleicht ist dann Ruhe!"

Dirk konnte die Augen kaum noch offen halten. Der Alkohol und seine Erzählung hatten ihn zusehends geschwächt.

„Nein...das geht nicht, hab auch schon dran gedacht, aber ich kann es nicht! Ich glaub die Röhre verhindert das! Ich kann es nicht, kann es einfach nicht...."

Er war völlig fertig, und ein paar Tränen kullerten seine Wangen runter. Mark setzte sich neben ihn.

„O.K. ich glaub dir ja."

Das hatte er nur gesagt um Dirk zu beruhigen. Natürlich konnte er die Geschichte nicht glauben. Dirk war krank, offenbar sehr krank, aber er wollte ihm helfen. Momentan hielt er es für das Beste, Dirk einfach recht zu geben. Vielleicht würde es ja schon helfen, die Röhre zu entfernen.

„Was hältst du davon, dass ich die Röhre nehme?"

Dirk sah ihn nun mit hoffnungsvollem Blick an. „Ja, das ist eine gute Idee! Nimm du sie, ich glaube dagegen hat sie nichts. Du bist ja wegen ihr hier!"

„Gut...ich bring dich nachhause, und nehme die Röhre gleich mit. Was meinst du?" „Ja...nimm sie. Sie hat dich gerufen, sie hat dich gerufen!"

Wieder fiel Dirk in denselben Dämmerzustand, wie am gestrigen Abend, und sein Blick hing abwesend in der Ferne.

„Gut lass uns gehen, ich bring dich nachhause." Mark konnte Dirk dazu bewegen aufzustehen, und mit ihm zu gehen, und als sie vor Dirk´s Wohnungstür ankamen, hatte er sich wieder etwas gefangen. Mark wollte ihn auf keinen Fall wieder aufregen. Er würde ihn ins Bett bringen, die Röhre schnappen, und gehen.

Dirk schloss auf, und sie betraten die Wohnung. Er sprach von zwei Zimmern, Küche und Bad, und steuerte geradewegs in den Raum, der als Wohnzimmer diente, und schaltete das Licht an. Mark trottete hinterher. Das Zimmer war altmodisch eingerichtet, wirkte aber aufgeräumt. Einige der Möbel waren Mark vertraut, mussten noch von Dirk´s Mutter stammen.

„Hier!"

Dirk war vor einer Kommode stehengeblieben, auf der die Röhre ihren Platz gefunden hatte. Dort lag sie nun, auf einem Deckchen, und Mark sah sie nach all den Jahren wieder.

„Hier ist sie, siehst du!" Dirk stand vor der Kommode, und Mark trat neben ihn. „Ja...ich seh sie."

Die Röhre wirkte harmlos auf dem Deckchen, fast bieder. Aber wie sollte sie auch sonst wirken? Sie war ja bloß irgendeine alte Röhre, ein Stück Industriemüll nichts weiter.

„Hier nimm sie, nimm sie!"

Dirk hob die Röhre fast ehrfürchtig von der Kommode, und reichte sie Mark, der sie an sich nahm. Er betrachtete sie bewusst nur flüchtig, und lies sie in einer Sporttasche verschwinden, die er mitgebracht hatte.

„Gut...ich hab sie. Geh ins Bett, ich ruf dich morgen an. In Ordnung?"

Dirk brachte Mark noch bis zur Tür, und verabschiedete sich von ihm. In seinen Augen konnte Mark Erleichterung erkennen, aber er meinte auch einen Anflug von Mitleid auszumachen. Kurz darauf verschwand Dirk hinter der Wohnungstür, und Mark stand wieder im Hausflur.

Er war zufrieden, dass er Dirk von der Röhre befreit hatte.

Nun sollte er schlafen, und Mark hoffte auf Besserung seines Zustandes. Jedenfalls musste er ihn im Auge behalten, soviel stand fest.

Er ging nachhause, legte die Röhre auf den Wohnzimmertisch, und schaute sie sich genauer an. Mark hatte einen Glaskörper in Erinnerung, aber offensichtlich war das Ding aus Kristall. Er begann sie zu befühlen. Ja, es war wirklich Kristall. Die metallenen Einfassungen mit den Stierköpfen wirkten nicht mehr ganz so schmutzig. Hatte sie jemand zu putzen versucht oder bloß oft in der Hand gehabt? Wozu diente die Röhre?

Bisher hatte er nichts Vergleichbares gesehen. Er drehte und wendete sie, suchte nach irgendeinem Hinweis, der Herkunft oder Funktion klären könnte. Da er nichts Derartiges fand, legte er sie auf den Tisch zurück, und betrachtete sie einfach nur. Konnte sie Träume hervorrufen? Das war absurd!

Aber Dirk behauptete genau das! Der war verrückt! Musste verrückt sein, wie sollte man sein Gerede sonst bewerten? Er starrte weiter auf die Röhre. Wozu diente sie? Wozu nur? Sie hat dich gerufen, hatte Dirk gesagt.

„Gut...Röhre hier bin ich, was willst du?", fragte Mark, und fand es gleich darauf dämlich mit einer Röhre zu reden.

Aber redete er denn wirklich mit ihr? Nein, er versuchte sich doch nur selbst zu bestätigen, dass es eine Röhre war. Nur eine Röhre, nichts weiter. Und sie konnte bestimmt keine Träume hervorrufen! Aber das war doch klar! Warum brauchte er dafür eine Bestätigung?

Mark ging in die Küche, holte sich ein Bier, und setzte sich wieder vor die Röhre. Er trank das Bier und starrte die Röhre an. Nichts passierte. Was sollte auch passieren? Er trank eine zweite Flasche Bier, und wieder passierte nichts. Erwartet er denn wirklich, dass irgendetwas passieren würde?

Er begann zu denken, dass die Röhre doch irgendeinen Einfluss auf ihn ausüben könnte, da er sie doch die ganze Zeit anstarrte. Aber das würde auch bei jedem x-beliebigem anderen Gegenstand der Fall sein. Er könnte die leere Bierflasche in seiner Hand stundenlang anstarren. Sie hätte doch immer nur die Bedeutung, die er bereit war ihr zuzubilligen. Er selbst erzeugte diese Bedeutung doch erst durch seine Erwartungshaltung. Folglich konnte die Röhre nur jemanden beeinflussen, der glaubte, dass sie das konnte. Jemanden wie Dirk.

Aber warum glaubte er so fest daran? Welche Bedeutung hatte diese Röhre für ihn und warum? Es war doch nur eine alte Röhre. Sicher, eine geheimnisvolle Röhre, zugegeben, Herkunft und Funktion unbekannt.

Als sie die Röhre damals in dem Loch fanden, hatte Mark angenommen, dass sie zu irgendeinem technischen Gerät gehören würde. Zu einer der Baumaschinen vielleicht. Er hatte angenommen, dass sie während der Arbeiten dort verloren gegangen war.

Das schien ihm nun aber nicht mehr plausibel genug. Nein, die Röhre gehörte zu keiner Baumaschine. Ihre Bestimmung war eine andere. Nur welche? Das Geheimnis blieb!

Dort wo die beiden sie gefunden hatten, standen bevor es das Loch gegeben hatte, Häuser. Häuser, die dann gesprengt worden waren. Konnte die Röhre aus einem dieser Häuser stammen und konnte sie die Sprengung überstanden haben? Wenn das der Fall war, hatte sie sicherlich jemandem gehört. Warum wurde sie dann nicht mit den anderen Habseligkeiten des entsprechenden Bewohners mitgenommen? Wurde sie bewusst zurückgelassen? Und wenn ja, warum?

Die Röhre blieb rätselhaft. Aber oft gibt es für Dinge, die vordergründig rätselhaft erscheinen bei näherer Betrachtung eine völlig logische Erklärung. Die Röhre war doch nur rätselhaft, weil man nicht alle Fakten kannte. Je länger Mark auf die Röhre starrte, umso mehr gewann er den Eindruck, dass die Röhre zurück starrte. Aber Röhren starren nicht zurück! Auch noch so geheimnisvolle Röhren nicht! Niemals!

Und deshalb schaute er weg.

Er merkte, dass er mittlerweile das dritte Bier getrunken hatte, und es einer Röhre gestattete ihn anzustarren. Was war bloß los mit ihm? Ließ er sich nun doch von Dirk´s Geschichten anstecken? Nein...natürlich nicht!

Er stand auf, und brachte die leeren Flaschen in die Küche. Warum entsorgte er die Röhre nicht einfach? Weg damit! Das war´s! Keinen Gedanken mehr an diese Röhre verschwenden! Aber wie würde Dirk darauf reagieren? Im Grunde gehörte sie ihm, war sein Eigentum. Er konnte nicht einfach Dirk´s Eigentum wegwerfen. Auch wenn er es gerne getan hätte. Sie gehörte nun einmal Dirk!

Also blieb die Röhre hier, und es würde sich zeigen, ob Dirk sich fangen würde. Man könnte später noch entscheiden, was letztlich mit der Röhre passieren sollte. Mark ging ins Bett. Zu viele Gedanken um eine Röhre. Viel zu viele.

Er schlief tief und fest und lange, und träumte nicht, und als er erwachte, fühlte er sich frisch und ausgeruht. Draußen war es bereits taghell. Mark schaute auf den Wecker, der neben dem Bett seinen Platz hatte. 10.30 Uhr.

Er stand auf, schlüpfte in den Jogginganzug, den er zuhause zu tragen pflegte, ging zum Fenster, und warf einen Blick hinaus. Langsam wurde es Herbst. Die Blätter begannen sich zu verfärben, und teilweise warfen die Bäume sie bereits ab. Er ging ins Wohnzimmer, und schaute nach der Röhre. Sie lag noch dort auf dem Tisch, und hatte keine Träume hervorgerufen, wie Dirk behauptet hatte. Mark ließ sie dort liegen, nahm keine weitere Notiz von ihr, und ging duschen. Es wurde langsam Mittag, und er hatte noch nicht einmal gefrühstückt.

Sollte er Dirk anrufen? Vielleicht könnten sie wieder gemeinsam frühstücken? Er verwarf den Gedanken. Nein, er wollte ihn schlafen lassen, ihm etwas Zeit geben. Er hatte heute keine Lust auf Dirk´s Fantastereien. Nein...er hatte Hunger, richtig Hunger, und als er darüber nachdachte, was er essen sollte, kam ihm Konnopke in den Sinn. Ja, genau das war´s Currywurst!

Der Heißhunger stieg in ihm hoch. Currywurst! Currywurst von Konnopke!

Konnopke´s Imbiss war eine feste Größe im Prenzlauer Berg. Max Konnopke und seine Frau Charlotte verkauften schon in den 1930er Jahren Würstchen im Prenzlauer Berg, anfangs mit Klapptisch und Wurstkessel, dann auch mit dem Motorrad. Als der Krieg kam, wurde Max eingezogen, konnte jedoch aus der Kriegsgefangenschaft zurückkehren, und sich wieder dem Wurstgeschäft widmen. Mit zwei Holzbuden fing er an, ersetzte sie jedoch bald durch Wurstwagen. Einer stand an der Ecke Dimmitroffstraße (heute Danziger)/Schönhauser Allee, der andere in Weißensee am Anton Platz. Als sein Sohn Günter bei einem Fleischer im Wedding arbeitete, entdeckte er dort die Currywurst, die im Westteil der Stadt bereits bekannt war. Dort, in Charlottenburg soll sie von Herta Heuwer, an ihrem Imbissstand an der Ecke Kant/Kaiser-Friedrichstraße erfunden worden sein. Andere Quellen verlegen die Erfindung der Currywurst nach Hamburg, an eine Imbissbude auf dem Großneumarkt. Wer auch immer nun die Currywurst erfunden hatte, die Konnopkes griffen das Thema auf, kreierten eine eigene Variante, und bald gab es die erste Currywurst in Ost-Berlin, und das Rezept für die Soße, wurde ein wohl gehütetes Familiengeheimnis.

Die Wurstwagen wurden durch Kioske ersetzt, an denen die Leute bald in langen Schlangen nach einer Currywurst anstanden. Als Max Konnopke erkrankte, übergab er das Geschäft an seine Kinder. Sohn Günter ging nach Weißensee und Tochter Waltraud in den Prenzlauer Berg, wo sie 1983 einen neuen Kiosk errichten ließ, der 1987 um einen Anbau erweitert wurde. Im Jahre 1986 starb Max Konnopke.

Nach der Wende wurde die Produktpalette erweitert, und so, unter anderem, auch Pommes Frites angeboten. Im Jahr 2000 verkaufte Günter seinen Imbiss in Weißensee, und Waltraud eröffnete 2007 eine neue Filiale in Pankow-Heinersdorf, die von Tochter Dagmar geleitet wurde. Im Prenzlauer Berg kamen die BVG, der Bezirk, der Denkmalschutz und Waltraud Ziervogel zu einer einvernehmlichen Lösung über den Verbleib der Bude unterm Magistratsschirm. 2014 wurde die Filiale in Pankow-Heinersdorf verkauft. Charlotte Konnopke starb 2009, aber der Konnopke Imbiss blieb, als Familienbetrieb eine feste Größe im Prenzlauer Berg.

An der Ecke Schönhauser Allee/Danziger, die eine Zeitlang auch Dimitroffstraße hieß, hatte es immer eine Imbissbude gegeben, solange Mark denken konnte. Wieder spürte er die knackige Kälte des Winters, als er wohl zum allerersten Mal bei Konnopke gewesen war. An einem eiskalten Wintertag, in den sehr frühen Siebzigern.

Er, auf einem hölzernen Schlitten, von dem Bruder seiner Oma, Onkel Hans, seinem Großonkel, gezogen. Neben ihm Schneehaufen, die den Schlitten überragten, dick eingepackt, den eisigen Kuss des Windes auf den roten Wangen spürend. Onkel Hans zog den Schlitten über die Ampel, unter den U-Bahn Viadukt, zu der Bude, an der sich eine lange Schlange gebildet hatte, zu Konnopke.

Die Luft war klar und kalt, und Onkel Hans gab ihm warme Brühe zu trinken. Die beste Brühe, die er in seinem Leben getrunken hatte. Nie wieder hatte ihm Brühe so geschmeckt, wie an diesem eiskalten Tag, als der Wind in seine Wangen gebissen hatte. Und dann kostete er von der Currywurst, von der Konnopke Currywurst! Sie schien damals riesig, roch aromatisch und dampfte. Die Wurst mit der dicken Currysoße hatte himmlisch geschmeckt in diesem Winter.

Mark ging die Choriner rauf, bis vor zur Schönhauser Allee, in seinem Kopf die Konnopke Urerinnerung. Er hätte auch mit der U-Bahn fahren können, aber er lief gern, liebte es Wege zu Fuß zurückzulegen. Das machte den Kopf frei, ließ den Gedanken freien Lauf. Er dachte an Onkel Hans, sah ihn wieder vor sich, so wie er ihn gekannt hatte.

Er hatte ihn nur kurze Zeit gekannt. Nicht lange nachdem sie zusammen bei Konnopke gewesen waren, starb der Onkel. Auf dem Weg zur Arbeit, stieg er aus der S-Bahn und fiel einfach um. Herzinfarkt. Jede Hilfe kam zu spät.

Seine Oma hatte Tränen in den Augen gehabt, war bemüht nicht zusammenzubrechen, als sie seiner Mutter die Nachricht überbrachte. So hatte Mark die Oma noch nie vorher erlebt, und auch hinterher nie wieder. Er hatte es damals nicht verstanden, hatte noch nicht verstanden, was Tod bedeutete, wurde überrannt von seiner grausamen Endgültigkeit. Er konnte sich nicht mehr erinnern, ob er damals auch geweint hatte. Wahrscheinlich hatte er das. Es war ewig her, doch jetzt, wo er wieder daran dachte, spürte er noch einen fernen Schmerz.

Gegenüber sah er die alte Schultheiss-, heute Kulturbrauerei. Ein Industriebau, ja, doch gelungen, ästhetisch. In dem Bau manifestierte sich der Stolz seines einstigen Besitzers. Ein Industriedenkmal und eines der Wahrzeichen des Bezirkes.

Das ockerfarbene Gemäuer hatte schon hier gestanden, als Onkel Hans und seine Schwester, nicht weit von hier, in der Husemannstraße, aufwuchsen. Hans und Grete, zwei Kinder aus dem Prenzlauer Berg, die auf dem Straßenpflaster gespielt hatten. Wenn mal ein Auto vorbeikam, und das Spiel unterbrach, liefen die Jungen lärmend hinterher bis der Wagen verschwunden war. Ein Auto, damals eine Sensation, heute alles durchdringende Selbstverständlichkeit, der Deutschen liebstes Kind, das die Städte verstopfte, Probleme schuf, und dennoch nicht mehr wegzudenken war.

Grete und ihre Freundin Lotte Krietsch wollten Tänzerinnen werden. Tänzerinnen in einer Revue. Heimlich schlichen sie sich auf den Dachboden, wo sie zwischen Wäsche, die dort zum Trocknen hing, übten. Dort ahmten sie die Tanzschritte nach, die sie im Kino, in Revuefilmen mit Johannes Heesters, Marika Rökk und La Jana gesehen hatten. Wahrscheinlich war der Dachboden heute eine noble Dachgeschosswohnung, deren Eigentümer keinerlei Ahnung von den Träumen zweier junger Mädchen hatten, die hier vor etlichen Jahrzehnten Tanzschritte geübt hatten.

Grete wurde keine Tänzerin. Zum Üben blieb ihr wenig Zeit. Ihre Mutter verdiente sich ein Zubrot mit Nähen, und Grete musste die fertige Ware an die Kunden ausliefern, und auch sonst viel im Haushalt helfen. Schließlich war sie ein Mädchen, und die Rollen damals klar verteilt. Ihr Bruder, Hans, bekam ein Fahrrad, hatte viele Freiheiten, und wuchs in dem Selbstverständnis auf, von den Frauen der Familie bedient zu werden. Grete empfand das oft als ungerecht, fügte sich aber.

Während der Nazizeit wurde sie im Rahmen des Reichsarbeitsdienstes aufs Land geschickt, und sprach später immer von der „schönen Zeit", die sie dort verbracht hatte. Neben der Küchenarbeit, die sie gern machte, hatte sie viel Freizeit, war immer an der frischen Luft, braungebrannt, lernte Radfahren, und konnte in einem nahen See schwimmen gehen.

Hans kam während des Krieges, als Funker, zur Marine. Als sein Schiff versenkt wurde, war er gerade auf Heimaturlaub. Ein Glücksfall. Hans überlebte als einer von wenigen, die dort Dienst getan hatten.

Ihr Arbeitsleben hatte Grete in Paul Meybauer´s Metallwarenfabrik in der Junkerstraße 19 begonnen, bevor sie als Laufmädel, zu Osram in die Rotherstraße ging. In den Wirren des Krieges arbeitete sie auch als Stanzerin bei der AEG in der Brunnenstraße.

Irgendwann gegen Ende des Krieges lernte sie Pierre kennen, Mark´s Großvater. Pierre war ein belgischer Zivilist, der aus den besetzten Gebieten zur Zwangsarbeit nach Deutschland gebracht worden war. Sie verliebten sich, und Grete wurde schwanger. So verbrachte sie furchtbare Bombennächte in Luftschutzkellern, immer in Sorge genug zu essen zu bekommen und irgendwie zu überleben. Als im Februar 1945 Mark´s Mutter geboren wurde, saß der „Führer" in seinem Bunker, und schob in Planspielen Truppen hin und her, die schon gar nicht mehr existierten. Was kümmerten ihn die verzweifelten Versuche einer Mutter, ihr Baby in einem Trümmerhaufen namens Berlin durchzubringen, hatte er doch bereits beschlossen, dass das Deutsche Volk, als das schwächere, unterzugehen hatte.

Großmutter und Mutter überlebten, und gingen, als der Krieg

endlich vorbei war, mit Pierre nach Belgien, in seine Heimat. Pierre und Grete heirateten dort, und lebten bei seiner Familie, die nicht begreifen konnte warum Pierre ausgerechnet eine Deutsche heiraten musste. Entstammte sie doch dem Volk, dass so viel Leid über ihre Heimat gebracht hatte. Das ließen sie Grete zur Genüge spüren. Nicht nur Pierre´s Familie, alle!

Sie war die Deutsche, greifbar, stand stellvertretend für alle anderen Deutschen. In Pierre´s Familie schnitt man sie, zeigte ihr jeden Tag, durch kleine Gemeinheiten, wer sie war. Auf offener Straße wurde sie angespuckt, und wahrscheinlich hatte sie es nur ihrer kleinen Tochter zu verdanken, dass nichts Schlimmeres passierte. Pierre stand dem Ganzen nur hilflos gegenüber, und irgendwann wurde die Situation für Grete unerträglich. Sie konnte einfach nicht mehr, und ging mit ihrer Tochter nach Deutschland zurück. Pierre blieb in Belgien, schickte ihr Briefe nach und wollte, dass sie zurückkehrte. Aber sie konnte nicht, und so sahen sie sich nie wieder.

Als Grete wieder nach Deutschland einreisen wollte, machten es ihr die Alliierten nicht leicht. Doch sie schaffte es, und kam in der nunmehr sowjetischen Besatzungszone bei ihrer Mutter unter, die inzwischen, gemeinsam mit Onkel Hans, eine kleine Wohnung in der Pappelallee 65 bezogen hatte.

Mittlerweile war die „Gruppe Ulbricht" zurückgekehrt, und organisierte bald die Vereinigung von KPD und SPD zur SED. Dann wurde die DDR gegründet und 1950 Walter Ulbricht, der Prototyp eines Stalinisten, Generalsekretär des ZK der SED. In den folgenden Jahren festigte er seine Position, und besaß bald die Machtfülle eines Diktators.

Grete begann wieder in ihrem alte Betrieb zu arbeiten, der nun nicht mehr Osram hieß, sondern BGW, Berliner Glühlampenwerk, und Hans arbeitete, als Feinmechaniker an der Akademie der Wissenschaften. Auf einer Fahrt an die Ostsee, die er mit Kollegen unternahm, äußerte er sich in angeheitertem Zustand, gegen die Kommunisten, und wurde denunziert. Das hatte fatale Folgen, da der 17. Juni dem Regime noch gut in Errinnerung geblieben war. In einer Nacht und Nebelaktion floh er mit dem Motorrad zurück nach Berlin, wo er jedoch schon erwartet wurde. Als er die Wohnung betrat wurde er sofort verhaftet. Hinter der Tür lag bereits die Polizei auf der Lauer, und niemand hatte ihn mehr warnen können.

Natürlich versuchte die Familie etwas für ihn zu tun, und wendete sich an die ermittelnde Behörde. Dort hatten sie die Möglichkeit mit einem Vorgesetzten zu sprechen, der ihnen mit der Weisheit kam, dass Betrunkene immer die Wahrheit sagen und ihm leider die Hände gebunden wären. Also kam Hans vor Gericht, und wurde zu zwei Jahren Zuchthaus verurteilt. Er wusste nicht einmal wer ihn angeschwärzt hatte, und wenn er es doch wusste oder ahnte, so sprach er nicht darüber. Genauso wenig wie er je über seine Haft gesprochen hatte. Als er wiederkam sah man ihm an, dass das Erlebte Spuren hinterlassen hatte.

„Das wollt ihr nicht wissen!", hatte er immer nur knapp geantwortet, wenn doch mal jemand fragte.

Hans durfte wieder in seinen alten Beruf, an die Akademie der Wissenschaften, wo er bis zu seinem Tod arbeitete. Er heiratete nie, hatte auch keine Kinder, aber wohl, ein Verhältnis mit einer verheirateten Frau aus seinem Freundeskreis. Eines Abends stand sogar der Ehemann der betreffenden Dame vor der Wohnungstür und suchte Hans, der jedoch nicht zuhause war. Grete hatte geöffnet und erstaunt auf die Hände des Mannes geschaut, die er ihr entgegenstreckte. In einem verzweifelten Ton und alkoholisiert sprach er von den „Händen eines Mörders", und so erfuhr sie von dem Verhältnis ihres Bruders. Mark überlegte wie die Geschichte ausgegangen war, konnte sich jedoch nicht mehr daran erinnern, wusste nur, dass niemand ermordet wurde oder sonst zu Schaden kam.

Er lief die Schönhauser entlang, Konnopke war nicht mehr weit. Ja...er hatte Onkel Hans nur kurz gekannt, zu kurz. Woran erinnerte er sich noch? An eine Straßenbahnfahrt! Onkel Hans war mit ihm zum „Haus des Kindes" gefahren, und hatte ihm dort ein Spielzeugmaschinengewehr gekauft. Mark glaubte, dass es eine Miniatur-Kalschnikow gewesen sein musste, die Schussgeräusche imitieren und Funken sprühen konnte. Er durfte sich etwas aussuchen, und hatte sich für das Gewehr entschieden.

Onkel Hans schaute sich gerne Western an, und manchmal guckten sie gemeinsam. Dann saßen sie vor dem Fernseher, und Mark fragte den Onkel all die Sachen, die Jungen eben fragen, wer ist der Gute, wer der Böse, welches Pferd ist besser, das weiße oder das schwarze. Und Onkel Hans hatte ihm dann alles genau erklärt.

Mark erreichte die Kreuzung Schönhauser Allee/Danziger Straße, und unter dem Viadukt sah er die übliche lange Schlange. Die Leute wollten Currywurst. Er ging rüber, und stellte sich hinten an. Es ging zügig voran. Man war hier auf den Ansturm vorbereitet. Wenige Meter vor ihm, versuchte gerade ein junger Mann, in einem spanisch klingenden Englisch zu bestellen. Auch das war kein Problem. Mittlerweile waren die Angestellten Touristen gewohnt, und eine der Verkäuferinnen, glänzte vor einer staunenden Kollegin, mit ihren Kenntnissen.

Die Angestellten waren einfache Leute, die schon seit Jahren hier arbeiteten, und einige Gesichter meinte Mark noch von früher zu kennen. Als er an der Reihe war, bestellte er eine Curry, ungeschnitten, so wie er sie damals gegessen hatte, eine Brühe und ein Bier. Zackig aber freundlich wurde kassiert, und er bekam sein Essen. Mark stellte sich an einen der Stehtische, und biss in die Wurst. Sie schmeckte hervorragend, und er trank von der Brühe und dann von dem Bier. Er fühlte sich gut, und ließ sich beim Essen Zeit. Irgendwann klingelte sein Telefon. Verdammte Fußfessel..., dachte er, und vermisste in diesem Augenblick die Zeiten, in denen es noch keine Mobiltelefone gegeben hatte, schaute aber dennoch nach wer es war. Es war Dirk, und Mark ging ran.

„Ja...ah Dirk, wie geht´s?"

„Wie geht´s dir denn?", wollte der Anrufer wissen. Mark hörte den Unterton in der Frage, und wusste natürlich worauf Dirk anspielte.

„Gut,...wirklich nichts passiert." Mark versuchte vorsichtig in seinen Formulierungen zu sein, da er noch nicht rausgehört hatte, in welchem emotionalen Zustand sich sein Gesprächspartner befand.

„Wirklich? Gut? Das wird sich ändern, glaub mir!" Offensichtlich war Dirk obenauf, klang sogar ein wenig schadenfroh.

„Was machst du gerade, vielleicht können wir uns treffen?", fragte Dirk. Da es ihm offenbar gut ging, und man ihn alleine lassen konnte, wollte Mark ein bisschen Zeit für sich.

„Du...ist im Moment ungünstig, hab gerade zu tun. Kann ich dich später anrufen?" „Ja...klar, wenn du zu tun hast."

„O.K. dann machen wir das so. Ich ruf dich später an." „Ja, bis dann, freu mich."

Dirk hatte aufgelegt, und Mark konnte in Ruhe aufessen. Als er fertig war, warf er den Pappteller in einen Abfallbehälter. Früher hatten sie hier richtige Teller. Wegwerfgesellschaft!

Drüben mündete die Pappelallee in die Kreuzung. Von dort war er damals mit Onkel Hans gekommen, damals auf dem Schlitten. Mark beschloss rüber zu gehen, und weiter zum Haus mit der Nummer 65.

Also überquerte er zwei Ampeln, und stand in der Pappelallee, die um 1826 durch Wilhelm Griebenow, als Verlängerung der Kastanienallee angelegt wurde und bis 1860 noch ein Feldweg gewesen war. Der Volksmund gab der Straße ihren Namen, und der wurde von der Stadt übernommen, obwohl hier nie Pappeln gestanden haben sollen. Mark blieb auf der rechten Seite, und lief die Straße in Richtung Stargarder rauf. Eine Straßenbahn kam vorbei, und sofort fiel ihm wieder die alte Linie 70 ein und die Zahlboxen und das Geräusch, das die Türen beim Öffnen und Schließen verursachten. Die 70 hatten sie immer genommen, wenn sie zum Baden an den Orankesee, gefahren waren. Die moderne Tram, wie die Straßenbahnen nun hießen, zog pfeilschnell an ihm vorbei. Die alte 70 war die Pappelallee eher hinauf gezuckelt.

Er ging weiter, und erwartete jeden Augenblick die Stadtbücherei, in der seine Oma gelesen hatte und ihn öfter mitnahm um Bücher auszuleihen. Leider existierte sie nicht mehr, was Mark schmerzlich registrieren musste. Als Junge war er staunend durch die hohen, mit Büchern vollgestopfte Regalreihen, gelaufen, die alle Geheimnisse der Welt zu bewahren schienen. Man musste nur Lesen, um sie zu ergründen.

Zuhause hatte es auch einen Bücherschrank gegeben, der natürlich wesentlich kleiner, dennoch ebenso geheimnisvoll war. Dort standen die unterschiedlichsten Werke. Neben Balzac, Tolstoi, Stendhal und Fontane, einfache Kriminalromane, Paperback Ausgaben französischer Erzähler wie Marcel Pagnol, Jack London´s Kit und Shorty und Stevenson´s Schatzinsel. Dort befand sich auch eine dicke Ausgabe der „Geheinnisvollen Insel" von Jules Verne mit unglaublichen Illustrationen, und als er noch nicht lesen konnte, reimte er sich anhand der Bilder die ganze Geschichte zusammen. Bevor er die Namen von Smith, Spilett, Pencroff , dem Jungen Harbert , seinem Hund Top oder Kapitän Nemo kannte, wurde ihm durch die Illustrationen bereits ihr Wesen vertraut.

Diese Zeichnungen hatte eine extrem große Aussagekraft, die mit der Fantasie eines kleinen Jungen gepaart, eine komplexe Geschichte entstehen ließen. Als Mark dann lesen gelernt hatte, fing er an sich Bücher aus dem Schrank vorzunehmen, wobei er am liebsten die Abenteuerliteratur von Robert Louis Stevenson, Jack London, Daniel Defoe und Jules Verne mochte.

Er ging weiter, und nahm die Geräusche der Straße auf. Neben ihm kam die Mauer des Friedhofparks Pappelallee zum Vorschein. 1846 hatte die Freireligiöse Gemeinde hier ihre eigene Begräbnisstätte eröffnet. Gegenüber, die Ecke Gneiststraße und das Haus mit dem kleinen Turm auf dem Dach. Das Dach war irgendwann neu gedeckt worden und auch der Turm, damals mit einer grünen Patina überzogen, schimmerte nun dunkelgrau glänzend im Sonnenlicht. Oben, kurz vor seinem kuppelartigen Abschluss, hatte der Turm Fenster, die den kleinen Jungen damals hatten glauben lassen, dass dort oben wohl eine Fee oder ein Zauberer leben musste, und immer, wenn er an dem Haus vorbeigekommen war, hatte er ehrfürchtig raufgeschaut, wohl wissend, dass jeder seiner Schritte oben registriert werden würde.

Er wechselte die Straßenseite, ging an dem Haus mit dem Turm vorbei, gelangte an die Ecke Buchholzer, hielt an, und schaute in die Straße. Hinten, ganz am Ende sah er die Schönhauser Allee, und hinter der Fahrbahn einen Verbrauchermarkt, der damals das „Kaufhaus Fix" gewesen war. Einst gehörte die Schönhauser Allee zu den beliebtesten Einkaufsstraßen, und das Kaufhaus Fix war ein entsprechendes Einkaufsziel. Das „Fix" verfügte auch über eine Spielwarenabteilung, die Mark natürlich besonders anziehend gefunden hatte.

„Kommste mit bei Fix?", hatte ihn seine Oma gefragt, wobei sie immer „bei Fix" anstelle von „zu Fix" sagte.

Ob sie nun aber „bei Fix" oder „zu Fix" sagte, war Mark egal. Sie brauchte es ihm jedenfalls nicht zweimal zu sagen, denn wenn sie bei Fix waren, mussten sie zwangsläufig durch die Spielwarenabteilung, und da kamen sie nie durch, ohne dass Mark sich eine Kleinigkeit aussuchen durfte.

Besonders zur Weihnachtszeit war Fix interessant, weil es dort dann so schöne Sachen gab. Zu Nikolaus bekam er immer kleine rote Plastikstiefel, die mit allerlei Süßigkeiten gefüllt waren. Als er noch ganz klein war, wollte er immer zwei von den Stiefeln haben, die er dann anzog, und in ihnen herumstolzierte. Irgendwann klappte das nicht mehr. Die Stiefel wollten nicht passen, so sehr er sich auch anstrengte, und das war der Moment in dem er verdutzt feststellte, dass er wuchs.

Aber es lauerten auch allerlei Gefahren in dem überfüllten Kaufhaus, wo die Erwachsenen drängelten und schubsten. Als wenn man nicht schon genug damit zu tun gehabt hätte, in dem Gedränge an der Hand der Oma zu bleiben, so musste man auch noch an Regalen mit Kartons voller Weihnachtskugeln und Lametta vorbei, aus deren untersten Reihen Weihnachtsmann-Masken grimmig dreinschauten.

Damals hatte er eine Menge Sachen aus der Spielwarenabteilung von Fix. Cowboys und Indianer aus Gummi, nebst den dazugehörigen Forts und Saloons. Frösche und Singvögel aus Blech, bunt bemalt und zum Aufziehen, die dann herumhüpften und ein schnarrendes Geräusch machten. Ebenso Spieldosen oder Sparbüchsen aus demselben Material. Das Blechspielzeug hielt allerdings meist nicht lange, da es von Mark auseinandergenommen wurde, der jedes Mal neugierig darauf gewesen war, wie es wohl im Innern aussehen würde.

Er besaß Plastikschwerter und Revolver die bronze- und silberfarben angeboten wurden und mit Knallplätzchen funktionierten, die als kleine Rolle in den Revolver eingelegt wurden. Bei den Revolvern schaffte er es regelmäßig, den Lauf kaputt zu machen. Keine Ahnung wie er das anstellte, aber ständig war der Lauf seiner Revolver angebrochen oder zersplittert. Darüber war er dann so verärgert, dass er den kaputten Revolver einfach auf dem Hof des Hauses, in dem die Oma wohnte, im Lichtschacht eines Kellers entsorgte.

Die Kellerfenster der umliegenden Gebäude hatten alle Lichtschächte, die aus Sicherheitsgründen vergittert waren, und in denen sich mit der Zeit allerlei Zeug angesammelt hatte. Alles was die Leute so verloren hatten landete dort, auch Kleingeld. Die Schächte waren die reinsten Schatzkammern, und einige pfiffige ältere Jungen aus der Nachbarschaft, wollten an die Sachen ran. So konstruierten sie aus einem Löffel, dessen Stiel im rechten Winkel umgebogen und an einer langen Stange befestigt wurde, das perfekte Gerät zum Heben dieser Schätze. In regelmäßigen Abständen machten sie ihre Runde, kontrollierten Lichtschächte und Gullis der Umgebung, und holten mit großer Geschicklichkeit heraus, was sie brauchen konnten.

Einer der Jungen hatte es besonders auf Mark's alte Revolver abgesehen, angelte sie raus, kürzte die Läufe, und hatte bald eine beachtliche Sammlung von einsatzfähigen Revolvern mit kurzem Lauf. Wenn das Wetter es erlaubte spielte Mark mit den Kindern aus der Nachbarschaft auf dem Hof der Oma, und der Junge saß auf dem Gepäckträger eines Freundes, der mit seinem

Fahrrad über den Hof fuhr, in jeder Hand einen gekürzten Revolver, feuerte was das Zeug hielt, und ließ Mark durch ein überlegenes, schadenfrohes Lachen an seinem Glück teilhaben. Mark hasste ihn abgrundtief dafür, rannte aufgebracht und heulend zu seiner Oma, die ihn zu trösten versuchte oder ihn mit „bei Fix" nahm, um ihm einen neuen Revolver zu kaufen.

Nun ging er wieder durch die Pappelallee, und ihm wurde bewusst, wie unheimlich gern er hier bei der Oma gewesen war. Im Hochsommer durfte er barfuß auf den warmen Pflastersteinen laufen, und er erinnerte sich an kurze Lederhosen mit Trägern, die er offenbar gerne getragen hatte und an einen Jungen aus dem Nachbarhaus, dessen Namen er nicht mehr wusste. Bei ihm zuhause hatten sie gemeinsam mit der Mutter des Jungen gemalt, Cowboys mit Bonbonhemden. Auch das fiel ihm plötzlich wieder ein.

Die Jungen hatten auch gerne vor der Haustür gespielt.

„Geh nicht so weit weg, nur bis zur Ecke Buchholzer. Nicht über den Damm!", hatte die Oma ihm eingetrichtert. Doch er hatte sich nicht immer daran gehalten. Man könnte doch mal um die Ecke herumgehen, und in der Buchholzer den Schleichweg bei den Blechgaragen nehmen. Dann gelangte man doch auf den Hinterhof, und durch das große Tor wieder auf den Hof der Oma. Ganz einfach! Warum also nicht?

Vielleicht sollte man auch mal ein Stück weiter gehen, vor bis zur Greifenhagener? Vielleicht auch mal einen ganzen Karree? Warum nicht! War ja nichts dabei, und niemand würde was merken!

Oft ging er mal eine Runde ums Karree, nahm auch seinen Bruder mit, obwohl es ihnen verboten war. Aber da war doch soviel los, und die Jungen waren immer neugierig. Sie konnten gar nicht anders. Sie waren eben kleine Jungen, und es gab viel zu entdecken.

In der Stargarder parkte ein riesiges Auto, auf dessen Rücksitz Kinder saßen, die aus bunten Verpackungen runde Kaugummis entnahmen, und große farbige Blasen damit machten. So ein merkwürdiges Auto, mit so interessanten Kindern, hatten sie nie zuvor gesehen. Einige der älteren Jungen sagten, dass das „Amis" wären, und obwohl Mark nicht genau wusste was „Amis" waren, bewunderte er sie doch wegen ihrer Kaugummis.

Außerdem gab es diesem Teil der Stargarder Jungen, die Seifenkisten gebaut hatten, und sie dort ausprobierten. Spannende Konstruktionen aus alten Kinderwagenteilen und Obstkisten.

Es gab auch eine Menge Geschäfte, deren Schaufenster man sich ansehen konnte, und an der Ecke Greifenhagener, gegenüber dem Eisenwarenladen stand ein junger Baum, der zum Klettern geradezu einlud. Mark hatte sich mit dem Rücken gegen den Baumstamm gelehnt, und die Hände so vor dem Bauch gefaltet, dass sie seinem Bruder einen Tritt für seinen Fuß boten. Die Jungen nannten das Räuberleiter. Thomas steckte also den rechten Fuß in die Hände seines Bruders, und versuchte an ihm hochzuklettern, um die untersten Äste des Baumes zu erreichen, und Mark hob die Hände dann noch etwas höher, um ihm mehr Schwung zu verleihen. So konnte Thomas einen Ast fassen, und sich an ihm hochangeln, bis er schließlich drauf saß.

In dem Haus gegenüber stand ein älterer Mann auf dem Balkon, der ihnen zurief, sie sollten den Quatsch lassen, was sie erstmal geflissentlich überhörten. Der Mann, mit dickem Bauch und im Unterhemd, drohte runterzukommen, doch die Jungen lachten nur und schnitten Grimassen. Der Mann rief ihnen noch irgendetwas zu, und verließ wütend den Balkon. Nun gerieten die Brüder doch in Panik.

Sofort kletterte Thomas von dem Baum runter, und sie rannten so schnell sie konnten nachhause. Sie wussten nicht ob der Mann ihnen auf den Fersen war, wagten nicht sich umzudrehen, und erwarteten jeden Moment am Kragen gepackt und kräftig durchgeschüttelt zu werden.

Als sie von der Oma gefragt wurden, warum sie so abgehetzt waren, erfanden sie irgendeine Ausrede, verhielten sich den restlichen Tag über mucksmäuschenstill, und hörten auf jedes Geräusch, das aus dem Treppenhaus kam, und fürchteten der Mann würde bei ihnen klingeln. Aber der Mann tauchte nie auf, wahrscheinlich hatte er mit einem Lächeln im Gesicht hinter der Gardine gestanden und die Flucht der Jungen beobachtet. Die beiden mieden die Ecke und den Baum jedenfalls noch für eine ganze Weile.

All diese Erinnerungen wurden wieder wach, plötzlich, unverhofft, nur durch den Blick in eine Straße. Eine Straße, die doch früher so vertraut war. Das Unbewusste hatte all das jahrzehntelang aufbewahrt, und flutete nun Mark´s Kopf damit. Merkwürdig wie präsent die Vergangenheit in einem ist. Nichts war wirklich vorbei. Alles wirkte nach, hatte Einfluss, tief im Innern, unbemerkt.

Er ging weiter, vorbei an dem Haus, in dem er Cowboys mit Bonbonhemden gemalt hatte, und stand nun vor dem Haus, in dem die Wohnung der Oma einst gelegen hatte.

Inzwischen war auch dieses Haus, wie so viele im Prenzlauer Berg, saniert worden. Er schaute rauf, zu den Fenstern der Wohnung. Es gab noch ein Gitter dort, ein Schutzgitter, dort wo sich der Balkon befunden hatte. Ursprünglich hatte das Haus Balkone, die er noch kannte, die aber irgendwann zu morsch geworden waren, um sie zu betreten. Da für die Sanierung kein Geld vorhanden war, wurde kurzerhand beschlossen sie abzureißen.

„Heute wird der Balkon abgerissen", hatte ihm die Oma kurzerhand erklärt, und ihm offeriert dabei zuzusehen. Die Arbeiter kamen, rissen den Balkon ab, und installierten ein Schutzgitter.

Mark versuchte die Haustür zu öffnen. Schade, leider war sie verschlossen. Gerne wäre er über den Hof gegangen, und hätte wahrscheinlich auch die Lichtschächte der Keller untersucht, in der Hoffnung, vielleicht noch Überreste seiner Spielzeugrevolver zu finden.

Auf dem Klingelbrett fand er keine bekannten Namen mehr. In der ersten Etage hatten Marquards gewohnt, die einen schwarzen Pudel besaßen, daran erinnerte er sich. Dann waren da noch Pittelkow und Mattersdorf, die unmittelbaren Nachbarn der Oma. Er kramte nach weiteren Namen. Frau Jahnke...ja, Frau Jahnke, eine alte Frau aus dem Seitenflügel.

„Seid nicht so laut, die olle Jahnke schimpft!", hatte die Oma gewarnt, und recht behalten. Die „olle Jahnke" war unter den Kindern schlichtweg als „Meckertante" verschrien, und machte dieser Bezeichnung alle Ehre. „Meckertanten" waren bei ihnen gefürchtet, und wenn sie unterwegs waren, warnten sie sich gegenseitig.

„Da, in dem Haus wohnt ′ne Meckertante, erste Etage, musste uffpassen!"

Ja, man musste aufpassen, was natürlich nicht immer einfach war. Während des Spiels auf dem Hof, wurde es meist lauter, und irgendwann öffnete sich auch das Fenster im Seitenflügel, und Frau Jahnke beschwerte sich mit einer Stimme, die alles übertönte. Wenn sie sogar noch drohte gleich runterzukommen, war′s mit dem Spiel vorbei, und man musste sich einen anderen Platz suchen.

Mark ging weiter, ließ das Haus zurück, und fragte sich, ob heutzutage noch Kinder auf diesem Hof spielen würden. Gegenüber, die alte Berufsschule, ein roter Backsteinbau, und etwas weiter auf seiner Seite, das St. Josefsheim, ebenfalls aus rotem Backstein. Damals sagte ihm die Oma, dass es ein Kinderheim sei, und er hatte sich nicht vorstellen können, wie man ohne Familie sein könnte. Spontan erinnerte er sich an ein Liebespaar, das vor der Berufsschule gestanden und sich geküsst hatte, als er, mit einem Windrad in der Hand, dass er bei der Oma gebastelt hatte, an ihnen vorbeigekommen war. Er war auf dem Nachhauseweg gewesen, und wollte das Windrad stolz der Mutter zeigen.

Warum erinnerte er sich gerade an dieses Paar? Wahrscheinlich kam er damals an etlichen Paaren vorbei. Er dachte nicht weiter darüber nach. Die Bilder tauchten auf, und er akzeptierte sie. Vorne an der Ecke Stargarder, auf der Seite der Berufsschule, hatte damals die 70 gehalten, und an der Haltestelle hatte es einen Getränkeladen gegeben.

Die Haltestelle war offenbar versetzt worden. Die Bahnen hielten nun an einer neuen Station in einiger Entfernung, und auch der Getränkeladen war einem Blumengeschäft gewichen. Libana und Vipa, zwei Getränkemarken, die in dem alten Laden verkauft wurden, kamen ihm wieder in den Sinn. Libana eine Limonade mit Orangengeschmack hatte 35 Pfennig gekostet. Warum wusste er das noch?

Vipa war eine sehr beliebte weinhaltige Limonade, mit 20% Weinanteil. Er erinnerte sich auch noch an die sogenannte „Rote Brause", obwohl er meinte, sie hätte eher eine Orangefärbung gehabt.

Drüben in der Stargarder Straße fiel ihm der alte Bäckerladen ins Auge. Den gab es also noch! Mark ging gleich rüber, und in den Laden hinein. Hier sah es noch aus, wie es hier immer ausgesehen hatte! Eine nicht mehr ganz junge Verkäuferin kam aus der Backstube, begrüßte ihn, und fragte was er haben wollte. Er schaute sich um, und entschied sich für ein Vollkornbrot in Kastenform, und obwohl er gerade gegessen hatte, nahm er noch einen Schusterjungen für unterwegs.

Die Verkäuferin reichte ihm die Tüte mit den Backwaren über den Tresen. Er zahlte, bedankte sich, und verließ das Geschäft wieder. Draußen entschloss er sich, die Stargarder bis zur Schönhauser vorzugehen, und dann mit der U-Bahn nachhause zu fahren. Als er ein Stück gegangen war, fiel ihm ein kleiner unscheinbarer Laden auf. Ah...Castorf! Den gab ja auch noch! Castorfs Geschäft hatte diese Ecke damals dominiert. Nun war er offensichtlich ein Stückchen weiter in kleinere Räumlichkeiten gezogen. Jedenfalls existierte er noch, Castorf ein Prenzlauer Berger Traditionsunternehmen, wie Konopke oder Fahrrad Linke, nicht wegzudenken, ein Urgestein hier im Bezirk.

Das Warenhaus Albert Castorf wurde 1889 in Berlin Friedrichshain gegründet. Albert Castorf, der Eisenhändler, zog in den damals noch dünn besiedelten Prenzlauer Berg, wo gerade die Pappelallee und die Stargarder Straße befestigt wurden, und die schnell wachsenden Mietgemeinschaften gute Geschäfte versprachen. Ein Pionier der Gründerzeit. Nach dem ersten Weltkrieg übernahm Willi Castorf den Eisenwarenhandel. Trotz einer wirtschaftlich schweren Zeit, mit einer hohen Arbeitslosenquote, wurde das Sortiment erweitert, sogar Spielwaren angeboten. In den dreißiger Jahren wurden Schmalspurfilme in den Schaufenstern gezeigt, damals eine Sensation,die Menschentrauben vor dem Geschäft zur Folge hatte.

Willi Castorf konzentrierte sich mehr und mehr auf den Verkauf von Verdunklungsanlagen, Licht- und Sonnenschutz, was zum Kerngeschäft der Firma werden sollte. 1957 übernahm Werner Castorf das Geschäft, zu einer Zeit, zu der in der DDR viele Privatbetriebe verstaatlicht wurden. Doch die Castorfs gründen eine OHG, und bleiben wirtschaftlich unabhängig. Werner Castorf spezialisierte sich weiter auf Markissen, Rollos und Jalousien. Obwohl es zu DDR Zeiten verhältnismäßig schwierig war, an die entsprechenden Waren heranzukommen, lief das Geschäft, und Castorf konnte sogar einige Prestige Objekte beliefern. Die Jubiläumsfeier zum 100-jährigen Bestehen der Firma, durfte deshalb auch im Palast der Republik stattfinden. 1999 wurde Castorf's Mietvertrag nicht verlängert, und Werner Castorf, das Urgestein, zog in den Behelfsverkauf um die Ecke. In den ursprünglichen Räumen befindet sich nun ein Restaurant.

Mark überquerte die Pappelallee, und nahm noch einen letzten Blick auf das Geschäft von Werner Castorf. Es gehörte einfach zu dieser Straße, zu dieser Ecke, hatte diese Gegend geprägt, für lange Zeit. Hier wurde Vergänglichkeit spürbar, erfahrbar. Hier vollzog sich gerade ein Wandel, still, fast unmerklich, von einigen noch schmerzlich empfunden, von anderen gerade noch registriert, von vielen ignoriert, bald schon in den Fäden verwoben. In den Fäden der Zeit.

Er ging weiter, aß den Schusterjungen, und als er an die Gethsemane Kirche kam, erinnerte er sich daran, dass seine

Oma scherzhaft von „der kleinsten Kirche der Welt" gesprochen hatte, weil Jesus hier vor der Tür stehen musste, was sich auf eine Jesus Statue bezog, die vor dem Eingang stand.

Der Glaswarenladen an der Ecke, war nun ein Friseurgeschäft geworden, aber die alte Pumpe stand noch an ihrem angestammten Platz. Er konnte nicht anders, als zu ihr zu gehen, und den Pumparm zu betätigen. Leider kam kein Wasser mehr, so sehr er sich auch anstrengte. Passanten, die vorbeikamen sahen ihn verwundert an, aber das störte ihn nicht, denn in diesem Augenblick gab es nur ihn und die Pumpe und die Fäden der Zeit, die gerade wieder etwas weitmaschiger wurden.

Irgendwann ließ er von der Pumpe ab, ging ein wenig weiter, und schaute zu dem Baum hinüber, der nicht mehr so klein war, wie er ihn Erinnerung hatte. Wie sollte er auch, nach all den Jahren?

Eine Eisenwarenhandlung hatte es an der Ecke Greifenhagener schon damals gegeben, auch heute noch, etwas moderner. Mark erinnerte sich auch an einen Fleischer und einen Bäcker, die in der Greifenhagener Straße ansässig gewesen waren, zu denen er oft mit der Oma gegangen war. Besonders der Bäcker war ihm in Erinnerung geblieben, war es doch der erste Bäcker, bei dem er selbstständig Schrippen gekauft hatte....

Er wollte Schrippen kaufen, alleine nur er, ohne Hilfe, ohne Oma. Er war doch schon groß! Seine Oma brachte ihn zum Bäcker, gab ihm das Geld und den Einkaufsbeutel, und ging nochmal mit ihm durch, was er zu sagen hatte. Er hatte darauf bestanden, dass sie draußen warten sollte. Nicht direkt vor dem Laden, nein, nicht direkt davor, er wollte alleine Schrippen holen, selbständig, ganz allein.

Mark wartete also bis die Oma sich weit genug vom Laden entfernt hatte, ging rein, und stellte sich an. Es war sehr voll, alle wollten frische Brötchen haben. In Gedanken ging er nochmal alles durch, bald würde er dran sein, dann musste es klappen! Die Oma wollte sich den aufregenden Moment natürlich nicht entgehen lassen, in dem IHR Enkel seine ersten Schrippen kaufte, war inzwischen wieder zum Laden gekommen, und beobachtete ihn durch das Schaufenster.

Mark war auch fast an der Reihe, und bereitete sich mental auf seinen ersten Einkauf vor. Alles musste klappen! Doch was war das? Stand da draußen nicht seine Oma und beobachtete ihn? Traute sie ihm den Einkauf nicht zu? Warum nicht?

Er trat aus der Schlange, ging nach draußen, und sagte der Oma, sie solle ein Stück weiter weg gehen, da er hier alles im Griff hatte.

Also ging die Oma wieder ein ganzes Stück weiter weg, und versprach ihrem kleinen Enkel, diesmal solange zu warten, bis er mit den Schrippen herauskommen würde.

Mark wartete noch einen Moment, nur um sicherzugehen, dass die Oma auch tun würde, was sie versprochen hatte, ging dann wieder hinein, und stellte sich hinten an. Die Schlange riss nicht ab, und es dauerte eine Weile, bis er beinahe wieder an der Reihe war. In dem Laden roch es lecker nach frischen Bachwaren. Diesmal würde er die Schrippen kaufen, alleine, ganz alleine. Er konnte das, er war doch schon groß! Vorsichtshalber zählte er das Geld nochmal nach. Vielleicht sollte er auch nochmal nachsehen, ob die Oma auch wartete, und nicht wieder durch das Schaufenster gucken würde? Ja...sicher war sicher! Wieder verließ er seinen Platz in der Reihe, und ging raus. Da, hatte er es sich doch gedacht! Die Oma stand nicht mehr an derselben Stelle wie vorhin! Wieder war sie näher an den Laden herangerückt!

Mit den Händen machte Mark ihr Zeichen, sie möge weiter zurückgehen. Sie ging einige Schritte zurück, und bedeutete ihm nun endlich die Schrippen zu kaufen. Mark ging zurück in den Bäcker, und stellte sich hinten an...! Das Ganze wiederholte sich noch einige Male, bis Mark endlich mit den Schrippen aus dem Bäcker kam.

Lächelnd, die Erinnerung im Kopf, bog er rechts in die Greifenhagener ein, und ging bis zur S-Bahn Brücke vor, auf der er noch eine Weile stehenblieb, und die Züge betrachtete, die aus Richtung Ostkreuz kamen. Dann ging er die Treppe runter, durchquerte den S-Bahnhof, und benutzte den Durchgang zur U-Bahn. Oben, vom Viadukt aus, sah er den Schriftzug des „Collosseum", und merkwürdigerweise musste er an Rotkäppchen denken. An das Rotkäppchen aus dem gleichnamigen DEFA Klassiker mit Blanche Kommerell in der Titelrolle, den er hier gesehen hatte, und plötzlich würde ihm klar, dass dieses Rotkäppchen das erste Mädchen gewesen war, für das er geschwärmt hatte. Mein Gott, das war Ewigkeiten her, die Erinnerung schien aus einem anderen Leben zu stammen.

Der einfahrende U-Bahnzug riss in quietschend aus seinen Gedanken. Er stieg ein, und setzte sich. In einiger Entfernung saßen ein paar Punks mit ihren Hunden, die eine Flasche Schnaps unter sich herumreichten. Der Zug fuhr ab, und Mark lehnte sich zurück, und sah aus dem Fenster.

Die Häuser der Schönhauser zogen schnell an ihm vorbei, ein Blick noch in die Stargarder, dann schon die nächste Station Eberswalder Straße. Ein älteres Paar kam herein, gut gekleidet, Einkaufstüten in der Hand. Als sie der Punks gewahr wurden, suchten sie sich einen Sitzplatz in der anderen Richtung. Die Türen wurden geschlossen, und die Fahrt ging weiter. Die Gebäude der Schultheiss Brauerei tauchten noch kurz im Fenster auf, bevor es dunkel wurde, und die U-Bahn wieder unterirdisch fuhr. An der nächsten Station musste er raus. Der Zug fuhr auch schon in den Bahnhof mit den graublauen Kacheln ein, Senefelder Platz, er hatte sein Ziel erreicht. Mark stieg aus, die Tüte mit dem Brot unter dem Arm, ging die Treppen rauf, und schlenderte langsam nachhause.

In der Küche schnitt er das Brot, um zu kosten gleich an, und betrat kurz darauf mit einer dicken Wurststulle in der Hand das Wohnzimmer. Während er das Fenster öffnete, kaute er an der Stulle, und schaute auf den Tisch, auf dem noch unverändert die Röhre lag.

Er setzte sich auf die Couch, und aß langsam auf. Das Brot war wirklich gut. Sollte er Dirk anrufen?

Der Tag ging langsam zu Ende, aber draußen war es noch angenehm warm. Man sollte die schönen Abende des Spätsommers unbedingt auskosten. Er konnte ja mit Dirk in einen Biergarten gehen. Warum nicht! Er holte das Handy raus, und wählte.

„Hallo Dirk...was machst du gerade, hast du Zeit?" „Ja, klar hast du alles erledigt?"

„Ja, wollen wir uns treffen?" Mark war aufgestanden, zum Fenster gegangen, und lehnte sich raus.

„Wenn du willst, wo denn?", fragte Dirk. „Weiß nicht, hätte mal wieder Lust zum Pfefferberg zu gehen. Die haben da ′nen Biergarten, was meinst du?"

„O.K., in einer Stunde dort?" „Ausgezeichnet, in einer Stunde!"

Mark steckte das Telefon ein, holte sich ein Kissen, legte es auf′s Fensterbrett, und stützte sich drauf, so wie es Dirk′s Mutter immer getan hatte. Er begann die Leute zu beobachten, die mit Ihren Einkaufstüten aus dem Supermarkt gegenüber kamen.

Ihm fiel auf, dass er wirklich „Supermarkt" gedacht hatte, nicht „Kaufhalle", obwohl es doch die alte Kaufhalle war. Man sagte nicht mehr „Kaufhalle", und irgendwann dachte man auch nicht mehr „Kaufhalle". Jahrelang hatte man diesen Begriff benutzt, der allmählich durch den Zeitgeist getilgt worden war. Dem Zeitgeist konnte man sich unmöglich entziehen, er prägte vordergründig das Bewusstsein, und neue Begrifflichkeiten und Moden schichteten sich auf. Schicht um Schicht wurde eingelagert, vom ersten bis zum letzten Tag, den Jahresringen eines Baumes gleich, und dazwischen lag das Leben.

Erinnern glich einer archäologischen Grabung, Feldforschung, Schicht für Schicht zurück auf den Grund, hier und dort eine Scherbe, vorsichtig mit feinem Pinsel freigelegt. Aber was kam heraus, wenn die Scherben mühsam wieder zusammengesetzt wurden? Erhielt man ein komplexes Ganzes seiner selbst, ein ICH. Was kam heraus? Seele? Persönlichkeit?

Wie auch immer man das Ergebnis bezeichnen wollte, war es überhaupt möglich, die Scherben wieder zusammenzusetzen? Mit welcher Genauigkeit konnte man das tun? Mit dem Bild eines alten, aus Scherben zusammengesetzten Tonkruges im Kopf, wie man sie in diversen Museen besichtigen kann, schloss er das Fenster.

Er wischte den Tonkrug weg. Er wollte los, zum Pfefferberg!

Als er quer über den Teutoburger Platz lief, schienen ihn die umliegenden Häuser zu grüßen, hallo alter Freund, wieder unterwegs?

Er kam an dem Trafohäuschen vorbei, an dessen Mauer sie „Ausputten", ein Fußballspiel, bei dem der Ball nicht den Boden berühren durfte, gespielt hatten. Er blieb kurz stehen. Wer den Ball zuletzt berührt hatte, bevor er auf dem Boden auftraf, musste ins Tor, das an der Wand, meist durch Taschen, Steine oder Ähnliches markiert worden war. Jeder Mitspieler hatte eine feste Punktzahl, die durch Torschüsse minimiert wurde.

Wer zuerst ins Tor musste wurde ausgedrippelt. Die Jungen spielten sich den Ball nun gegenseitig zu, wobei dieser nie den Boden berühren durfte, und versuchten einen Torschuss zu platzieren. Der Torwart versuchte natürlich alles zu halten, um seine Punkte nicht zu gefährden. Wenn er einen Torschuss sogar mit dem Kopf parierte, durfte er aus dem Tor raus, und tauschte seinen Platz mit dem jeweiligen Schützen. Oft schafften es die Jungen nach der Schule nicht gleich nachhause, weil jemand einen Ball geholt hatte, und sie schnell noch ´ne Runde „Putten" spielen mussten. Er ging weiter, und sah gleich neben dem Zugang zum Pfefferberg wieder das Haus, in dem damals Deddy gewohnt hatte.

Er dachte an Deddy, Deddy den alten Halunken....

Herbst 1982, ein lauer Abend, Samstagabend. Mark ging über den Teute, auf dem sich nur einige der Jüngeren befanden, die ihn grüßten, als er an ihnen vorbeikam. Er erwiderte ihren Gruß, jedoch nur kurz, war bemüht sie nicht zu sehr zu beachten. Sie waren die „Kinder", und hatten hier nicht viel zu melden. Von seinen Kumpels war an diesem Abend niemand zu sehen. Wahrscheinlich hingen sie bei Gerber oder sonst wo rum. Zu einer Zeit als Handys noch nicht erfunden waren, und kaum jemand einen Telefonanschluss besaß, musste man oft ein wenig suchen, um seine Freunde aufzuspüren. Zuerst würde er es bei Gerber versuchen, und wenn da keiner wäre, wüsste vielleicht Mutter Gerber, wo sich die Clique rumtrieb. Als er an dem Trafohäuschen vorbeikam, sah er Deddy aus seinem Haus kommen. Auch der hatte Mark bereits bemerkt, und kam ihm entgegen.

„Eyh...Alter!" Die Jugendlichen begrüßten sich mit Handschlag.

„Weißt du wo alle sind?", fragte Mark. „Nöh...aber gut, dass du da bist!" Deddy hatte seinen verschmitzten Gesichtsausdruck, der Mark sofort verriet, dass irgendwas im Busch war.

„Is´n los?"

Mark wartete gespannt auf Antwort. Deddy stemmte die Hände in die Hüfte, und das gelbe Hemd mit dem großen Kragen schlug Falten. Er trug es oft, das gelbe Hemd, wegen dem er von den anderen ständig aufgezogen wurde, und das ihm den Namen „Dorro" eingebracht hatte. Diese Bezeichnung setzte sich aus dem ersten Buchstaben seines Vornamens, also D von Detlef und orro, dem Rest von Zorro zusammen. Während man Zorro immer nur im schwarzen Gewand zu Gesicht bekam, trug sein Pendant in gelb, Dorro, eben das gelbe Hemd mit dem großen Kragen. Dorro der Rächer in gelb!

Oh, man musste höllisch aufpassen, wenn man Deddy gegenüber mit „Dorro" anfing. Am besten, man hielt genug Abstand, denn Deddy konnte dann jeden Moment völlig ausrasten, und wenn er das tat, konnte wirklich alles passieren.

Man versuchte ja aufzuhören. Aber es war einfach zu reizvoll ihn damit aufzuziehen. Immer wieder fing jemand an, meist völlig harmlos. Warum hörte Deddy auch nicht einfach auf das gelbe Hemd zu tragen? Man konnte fast den Eindruck gewinnen, Deddy wollte tatsächlich „Dorro" sein.

Wenn er dann wieder in dem Hemd erschien, brauchten sich nur zwei der Kumpels anzusehen, und schon ging es los.

„Hast du schon gehört, gestern wollten sie einer alten Oma die Handtasche klauen!" „Und?"

„Hat wohl nicht geklappt." „Warum denn nicht?"

„Kam auf einmal einer mit 'ner Maske und 'nem gelben Umhang vorbei, da sind die abgehaun!"

„Haahahha...gelber Umhang...hahhahha."

Die Jugendlichen kugelten sich vor Lachen, während Deddy Blitze in den Augen hatte, und genau darauf achtete, WER jetzt WAS sagte.

„Die Alte wusste nicht mehr wer ihr geholfen hatte, soll aber ein großes D in die Tasche geritzt worden sein!" „Hahha...großes D auf der Tasche...haahha."

Deddy sprühte vor Wut. „ Ihr seid doch Idiotennn...!"

Mark und die anderen fingen an sich regelmäßig ganze „Dorro" Geschichten auszudenken, und sich gegenseitig zu erzählen, was am meisten Spaß machte, wenn Deddy dabei war. Sie erzählten die Geschichten dann sozusagen als verdecktes „Dorro" Abenteuer. Einer von ihnen begann zu erzählen, und das Thema wurde vom nächsten aufgegriffen, der die Story weiter ausbaute, und obwohl alle genau wussten worum es ging, wurde der Name „Dorro" oder die Farbe Gelb erst im letzten Augenblick erwähnt, was Deddy, der nur darauf gewartet hatte, zum Ausklinken brachte.

Musste er auch ständig dieses gelbe Hemd tragen?

„Musst mir mal helfen!" „Wobei denn?", fragte Mark, und Deddy grinste über das ganze Gesicht. „Hab heute richtig Durst, richtig Lust einen zu saufen!"

„Ja...ich auch, hab aber keine Kohle", antwortete Mark, der dachte, dass Deddy auf Geld hinaus wollte. Deddy grinste immer noch, und Mark wusste, dass da noch was kam.

„Na...mach dir mal keine Sorgen Alter, komm mal mit."

Bei Mark taten sich nur Fragezeichen auf. Was hatte Deddy vor? Während er noch darüber nachdachte, drehte sich sein Kumpel um, und ging los. Mark folgte ihm einfach.

„Was willst du denn machen?" Deddy grinste weiter. „Unser Fernseher funktioniert nicht."

Mark wunderte sich, warum er nun von dem Fernseher anfing.

„Warum denn nicht, ist der kaputt?" „Deshalb nicht!"

Deddy hatte eine kleine Elektronenröhre aus der Hemdtasche geholt, und hielt sie triumphierend in die Höhe.

„Ist die kaputt?" Deddy wunderte sich offensichtlich über Mark´s Frage. „Sag mal Alter du schnallst wohl überhaupt nichts?"

Mark sah seinen Kumpel verdattert an.

„Man die ist nicht kaputt, die war auch nie kaputt, hab ich ausgebaut!"

Mark verstand nur Bahnhof. „Warum hast du die denn ausgebaut, wenn die nicht kaputt ist, dann funktioniert doch der Fernseher nicht?" „Eben!"

Deddy setzte wieder sein Grinsen auf.

„Hat dann meine Mutter auch festgestellt, hab mal nachgesehen, und ihr gesagt, dass die Röhre kaputt ist und wir ´ne neue brauchen." „Aber woher willst du denn jetzt ´ne neue Röhre bekommen, zumal die alte ja noch funktioniert?"

„Alter...das ist doch der Trick!

Woher wir jetzt 'ne Röhre herkriegen, hat meine Mutter auch gefragt. Naja...und da ich wusste, dass du noch Röhren rumzuliegen hast, hab ich gesagt ich geh zu dir, und frag mal was du für so 'n Ding haben willst!"

Nun ging Mark ein Licht auf, und er begriff woher der Wind wehte.

„Alter du bist genial!"

Ihm gefiel die Idee, obwohl er wusste, dass es eigentlich nicht richtig war Deddy's Mutter zu betrügen. Aber er hielt es nicht wirklich für einen Betrug, eher für eine Art von Streich, für einen genialen Streich, und deshalb spielte er mit.

Sie gingen also zu Deddy nachhause, und erstmal direkt in sein Zimmer, ohne der Mutter zu begegnen.

„Du kannst hier warten, ich spreche mit meiner Mutter", meinte Deddy, der wohl befürchtete, Mark könnte sich verquatschen. Zur Not hatte er ihn ja noch als Ass im Ärmel, falls die Mutter doch etwas ahnen würde.

„O.K. ich warte", sagte Mark, der begann sich im Zimmer umzusehen, während Deddy ins Wohnzimmer ging. Ah...er hatte immer noch den Artikel aus irgendeiner Westzeitung an der Wand zu hängen, in dem ein Film vorgestellt wurde, ein Bud Spencer Film „Buddy haut den Lukas". Es gehörte auch eine Abbildung dazu, die Bud in einer Sheriffsuniform mit einem kleinen Jungen an seiner Seite zeigte. Er hörte, wie Deddy mit seiner Mutter redete, und konnte einige Fetzen aufschnappen.

„...ja für 'n Zehner, kann ich auch gleich einbauen."

Mark begann den Artikel, den er schon kannte, nochmal zu lesen, und nach einer Weile tauchte auch Deddy wieder auf.

„Los, wir können abhaun, hat alles geklappt!"

Deddy zeigte Mark einen Zehnmarkschein, den er dann einsteckte, und sich anschickte zu gehen. Als sie am Wohnzimmer vorbeikamen, hörten sie aus dem Fernseher die Stimme von Thomas Gottschalk. „Na Sowas!" fing an, und Deddy's Mutter war glücklich die Sendung nicht verpassen zu müssen.

Als die beiden das Haus verlassen hatten, grinsten sie selbstzufrieden über das ganze Gesicht. Sie gingen zurück über den Teutoburger Platz, an Mark's Haus vorbei, und die Choriner runter, wo es an der Ecke Wilhelm-Pieck-Straße eine Kneipe mit einem Außerhausverkauf gab, den sie ansteuerten.

Dort wurden sie von einem dünnen Mann begrüßt, der seinen Kopf durch das Verkaufsfenster steckte.

„Na, was wollt ihr denn haben?"

Deddy und Mark kramten in ihren Taschen, und legten zusammen, was sie außer dem Zehner ansonsten noch hatten. Es reichte für eine Flasche „Klarer Juwel", der liebevoll auch als „Blauer Würger" bezeichnet wurde, was sich auf das blaue Etikett und seinen Geschmack bezog, eine Cola und eine Schachtel „Alte Juwel".

Bei dieser Zigarettenmarke, in der weißen Pappschachtel mit grünen und braunen Streifen, handelte es sich um die, ursprüngliche in der DDR hergestellte „Juwel". Ab 1972 gab es noch eine weitere „Juwel" Zigarette, die unter dem Namen „Juwel 72" vertrieben wurde. Diese, in einer Zellophan Verpackung angebotene Variante, wurde in Bulgarien hergestellt, schmeckte aber nicht besonders, und bekam deshalb umgangssprachlich den Namen „Schweinecamel" verpasst.

Viele Raucher bevorzugten also weiterhin die „Alte", obwohl sie schwer erhältlich geworden war.

Die beiden zahlten, und machten sich auf den Rückweg, wollten zu Gerber. Der dünne Mann steckte, zuerst das Geld in die Kasse, dann den Kopf wieder raus, und sah den Jugendlichen hinterher, die sich langsam entfernten.

„Los Alter, erstmal einen Schluck nehmen!"

Deddy grinste, schraubte die Pulle auf, und bot sie Mark an. Dann hebelte er geschickt mit seinem Feuerzeug den Kronkorken von der Club Cola. Mark setzte die Pulle an, trank einen Schluck, und sofort wurde ihm wieder bewusst, weshalb das Zeug „Blauer

Würger" genannt wurde. Er verzog das Gesicht zur Fratze, und griff nach der Cola um nachzutrinken. Deddy grinste, und saugte an der Pulle.

„Gut...oder?", fragte er mit verkniffener Miene, und Mark, dessen Gesicht sich langsam wieder entkrampfte, bejahte das. Sie steckten sich Zigaretten an, und gingen weiter.

„Denkst du, dass Annette bei Gerber is?", fragte Deddy.

Mark, der wusste, dass Deddy auf sie stand, aber nicht bei ihr landen konnte, antwortete nur mit einem knappen „vielleicht".

„Ich hoffe!", meinte Deddy, und nahm noch einen Schluck aus der Pulle. Mark trank auch nochmal, und hatte den Eindruck, dass das Zeug nicht mehr ganz so schlimm schmeckte.

„Hab ihr 'nen Brief geschrieben", sagte Deddy, der immer redseeliger wurde. „Ach ja...hast du ihr den schon gegeben?"

„Nicht direkt, hab ihn Simone gegeben, damit sie ihn an Annette weitergibt." „Was hast du denn geschrieben?", fragte Mark.

„Na ich hab geschrieben, wie toll ich sie finde, und dass ich gerne mit ihr gehen würde."

„Also wartest du heute auf Antwort", stellte Mark eher fest, als er fragte. „Ja...was meinst du wird sie sagen?"

Mark griff nochmal nach der Pulle, auch um etwas Zeit zu schinden, und während er trank, dachte er nach. Höchstwahrscheinlich würde Annette „nein" sagen, aber dem wollte er nicht vorgreifen, wollte es ihr überlassen.

„Weiß nicht, musst abwarten", wich er aus.

Deddy, der gerade einen ziemlich kräftigen Schluck von dem Klaren getrunken hatte, wollte aber unbedingt darüber reden.

„Was denksten, wie sie mich findet?" „Weiß nicht, hab nie mit ihr darüber gesprochen."

Mittlerweile waren sie wieder auf dem Teute angekommen, setzten sich auf eine Bank, und dort das Gespräch fort.

„Hat´se denn nie was über mich gesagt?", bohrte Deddy weiter.

„Nein...nicht zu mir." Mark versuchte weiterhin ausweichend zu antworten, und hoffte, Deddy würde ihn mit dem Thema in Ruhe lassen. Er hatte Glück, denn gerade kamen Jockel und Simone über den Rasen zu ihnen.

„Eyh...sauft ihr schon wieder!", rief ihnen Jockel entgegen, als er die Pulle entdeckt hatte, und Mark registrierte, dass Simone sich bei ihm eingehakt hatte. Sie war echt süß, und Mark fühlte sich oft sehr zu ihr hingezogen. Er wusste nicht genau, ob sie was mit Jockel hatte, aber in letzter Zeit hingen die beiden viel zusammen rum. Als Jockel und Simone bei ihnen angekommen waren, begrüßten sich alle.

„Gib mal gleich ´n Schluck", Jockel griff nach der Pulle, und bot, nachdem er getrunken hatte auch Simone etwas an.

„Kommt ihr mit zu Gerber?", fragte sie, nachdem sie einen kleinen Schluck genommen hatte.

„Wer ist denn alles da?" „Ach...alle, wir haben nur Zigaretten geholt, und euch gesehen."

Jockel steckte sich eine Zigarette an, und sah auf der Bank neben Mark die Schachtel „ Alte" liegen. „Na, rocht ihr wieder eure Maikäfer?"

Jockel grinste. Er rauchte nur Cabinet, und tat die „Alte Juwel" immer abfällig als „Maikäfer" ab, die man nicht rauchen konnte. Da er bereits arbeitete, konnte er sich die teuren Zigaretten auch leisten. Gott weiß, wie er bloß auf die Bezeichnung „Maikäfer" gekommen war.

„Haste ihr gegeben?", fragte Deddy Simone, und die Frage zielte auf den Brief ab.

„Ja...hab ich, sie ist auch oben bei Gerber." „Na los, dann lasst uns gehen!", schlug Mark vor, und die Truppe setzte sich in Bewegung, und als sie bei Gerber ankamen, hörten sie schon im Treppenhaus Musik aus der Wohnung.

„...naa Keule da biste ja endlich wieder!" Ralf öffnete ihnen mit glasigen Augen die Wohnungstür.

„Pass uff dass du nich so ville säufst!", erwiderte Jockel, der vor Simone den großen Bruder raushängen ließ. Ralf grinste nur, und gab Mark und Deddy die Hand. Sie gingen rein, und erstmal ins Wohnzimmer, um Mutter Gerber Guten Tag zu sagen. Dirk´s Mutter war seine Partys gewohnt, und hatte im Grunde nichts dagegen. Sie zog sich ins Wohnzimmer zurück, meist war auch ihre Freundin Rena da, mit der sie dann Karten spielte, und sich eine halbe Flasche Klaren teilte.

Nachdem die neuen Gäste kurz mit der Mutter gesprochen hatten, gingen sie rüber in Dirk´s Zimmer, aus dem die Musik dröhnte. Das Zimmer war völlig verqualmt, und es schlug ihnen gleich ein strenger Alkoholgeruch entgegen.

„Eyh..schön das ihr auch da seid." Dirk torkelte mit Kerstin im Arm zu ihnen. „Haste Zigaretten mitjebracht?", fragte er Jockel.

„Ja...hier!" Jockel gab ihm eine Schachtel Cabinet, und Dirk steckte sich gleich eine an.

„Krieg ich ´n Schluck aus eurer Pulle?" Mike, in Flickenjeans und Cord Sakko, hatte die Pulle entdeckt, und hoffte was abzukriegen.

Zu den Partys brachte in der Regel jeder mit, was er konnte, aber meist wurde mehr benötigt, als vorhanden war. Etwas unwillig reichte ihm Deddy die Pulle, und nahm sie, nachdem Mike getrunken hatte, gleich wieder an sich. Er hatte nicht vor zu großzügig mit dem Schnaps zu sein, da er gerade Annette entdeckt hatte, und sich noch ein bisschen Mut antrinken wollte. Mark, der sich umschaute, bemerkte, dass auch Annette Deddy´s Eintreffen registriert hatte. Ihm schien, als hätte sie nicht gerade Herzklopfen, und meinte zu erkennen, dass sie versuchte sich tiefer in die Ecke zu verkriechen, in der sie saß.

„Eyh...Mark!" Ole hatte ihn entdeckt, und zog ihn ein Stück beiseite.

„Für Telefon ist gesorgt!", flüsterte er, und bot Mark etwas von seinem Saftglas an, und der konnte schon an der hellen Farbe des Sirups erkennen, wie stark die Mischung geworden war. Er kostete, und sollte recht behalten. Mit „Telefon", meinte Ole ein Ritual, das sich bei Dirk's Partys bewährt hatte. Da alkoholische Getränke meist nicht in ausreichender Menge vorhanden waren, bunkerte eine verschworene Gruppe um Dirk immer eine extra Pulle in seinem Badezimmer. So hatten sie die Möglichkeit, sich während der Feier ab und zu einen kleinen alkoholischen Bonus zu gewähren.

Dafür benutzten sie als Codewort eben „Telefon", und wenn einer es nannte, wusste der Rest der Gruppe Bescheid, und fand sich unter großer Heimlichtuerei im Bad ein. Natürlich war den anderen bald klar, was da im Bad passierte, aber dieses Ritual war nur einigen Wenigen vorbehalten, und wer am „Telefon" teilnehmen durfte, hatte es geschafft, gehörte zum „Inneren Kreis", war ein Auserwählter in der autarken Welt von Gerber's Partys. Der Begriff „Party" war damals allgemein gar nicht gebräuchlich, und unter den Jugendlichen hatte sich „Fete" etabliert. Man sagte, dass bei diesem oder jenem eine Fete wäre, nie Party.

Die Musik, die aus einem Kassettenrecorder kam, war laut genug für den Raum, der zwar gut gefüllt war, jedoch auch noch ein wenig Platz zum Tanzen ließ. Einige der Gäste lümmelten sich auf der Couch oder in einem der beiden Sessel herum, andere tanzten. Gerade lief „Carbonara" von Spliff, und da Mark den Song mochte, mischte er sich unter die Tanzenden. Gerber, der lange schlaksige Kerl, schlenkerte seine Arme und Beine zur Melodie, und dominierte die geringe Tanzfläche. Mark begann sich zu bewegen, lies sich von dem Song treiben, fühlte die Musik, und wurde ein Teil der Woge, die sich in dem kleinen Zimmer austobte. Jockel und Simone tauchten neben ihm auf und auch Ole.

Die nächste Nummer kam von DAF „Tanz den Mussolini", und alle flippten bei dem hämmernden Rhythmus aus, besonders Deddy, der bereits einiges Intus hatte, und immer mal wieder zu

Annette rüber schielte, die nicht tanzte. Deddy ließ sich völlig gehen, ließ alles raus, was sich bei ihm aufgestaut hatte. Er nahm den Song auf, ließ in durch seinen Körper strömen und ekstatisch wieder rausschießen. Es war einfach seine ganz persönliche Art Annettes Aufmerksamkeit zu erregen. Seine gesamte Körpersprache war auf sie fokussiert.

Die Fete war voll im Gange, und die Jugendlichen ließen sich fallen, glitten hinüber in ihre eigene Welt, die nur von ihnen verstanden wurde. Sie glitten in eine Art Zwischenwelt, unwirklich, nur halb real, und ihre Jugend, der Alkohol und die Musik ließen sie diese Welt empfinden, eine Welt in der sie gerne lebten, wo der Moment viel zählte und tief gefühlt wurde. In dieser Phase ihres Lebens, in der ihre Psyche doch so unausgeglichen schien, suchten sie, halb Kind, halb Erwachsener ihren Platz, und fühlten, dass sie anders waren, anders als die Erwachsenen, von denen die meisten vergessen hatten, wie es war jung zu sein.

Sicher, es gab Ausnahmen, die waren jedoch rar gesät. Lehrer und Eltern nahmen ihre Probleme nicht ernst, taten sie als nichtig ab. Die Welt, die sie umgab war nicht wirklich die ihre, sie wollte sie zu Zahnrädern formen, wie die eines Uhrwerks, in dem sie zu funktionieren hatten. Durch die Musik, die sie hörten, fühlten sie sich repräsentiert, konnten sich ausdrücken, West-Musik, von einem anderen Stern.

Bei den Feten waren sie unter sich, und zelebrierten den Moment ihrer Jugend, weil es ein wahrer Moment war, und vielleicht auch, weil sie seine Kostbarkeit und Vergänglichkeit tief im Innern spürten.

Nach dem „Mussolini" wurde es Zeit fürs „Telefon". Mark, Ole, Dirk, Jockel, Deddy und Ralf fanden sich im Bad ein, verschlossen die Tür, und genehmigten sich einen tüchtigen Extraschluck. Dafür hatte Dirk sogar seine Knutscherei mit Kerstin unterbrochen, und erzählte den anderen nun, dass er versuchen wollte, sie dazu zu bewegen bei ihm zu übernachten. Deddy, der offenbar realisiert hatte, dass Annette ihm aus dem Weg ging, befand sich bereits in einem explosiven Zustand aus Alkohol und

Gefühlschaos und trank weiter. Er wollte es nicht wahr haben, fing wieder an von Annette zu schwärmen, nahm sich vor alles auf eine Karte zu setzten, und mit ihr zu sprechen. Da konnte ihm niemand reinreden, und die anderen versuchten es auch gar nicht erst.

Sie gingen wieder rüber. Aus dem Recorder kam „Da Da Da" von Trio. Der Raum wurde nur spärlich beleuchtet, doch wo das Licht hinfiel, sah man Zigarettenqualm wie Nebelschwaden vorüberziehen.

Mark tanzte wieder, und beobachtete, wie Deddy zu Annette ging, sich zu ihr setzte, und dass Kerstin, die gerade bei ihr war, sich schnell verzog. Neben ihm tauchte Simone auf, und als ihre Blicke sich trafen, lächelte sie und er lächelte zurück. Mark sah sich nach Jockel um, konnte ihn aber nirgends entdecken. Plötzlich war die Kassette zu Ende, und Dirk kramte unter lautem Gejohle eine andere hervor, und legte sie ein. Das Band rauschte kurz, dann hörten sie Lindenberg's Stimme „Kugel im Colt". Dirk hatte wohl beschlossen, dass es Zeit für eine Schmuserunde wäre, und schnappte sich gleich wieder Kerstin. Die Musik lief nun und Mark sah Simone an. Sie sah wirklich toll aus.

„Woll'n wir...?", fragte er etwas schüchtern. Sie kam näher, und nickte einfach nur. Mark nahm sie in den Arm, sie schmiegte sich an ihn, und sie begannen zu tanzen. Er spürte ihren warmen Körper, dicht an seinem.

„Du bist die Kugel...bist die Kugel in meinem Colt...", sang Lindenberg, und Mark fühlte sich leicht wie eine Feder. Dicht gedrängt bewegten sich die Pärchen zum einlullernden Gesang von Lindenberg, und Mark schaute nochmal nach Deddy und Annette, die immer noch redeten, und die Tatsache, dass sie nicht tanzten, zeigte ihm was los war.

„...und das ist der letzte Whisky, den ich runterspül....und dann gehe ich zu dir...", sang Lindenberg, und Deddy redete weiter auf Annette ein.

„...weist du wie ich mich fühl?", sang Lindenberg, und man hätte den Eindruck gewinnen können, dass er genau diese Szene vor Augen gehabt hatte, als er die Zeile schrieb.

Mark ließ Deddy machen. Er spürte Simone in seinem Arm, und er mochte sie, er mochte sie wirklich.

„...wie 'ne Kugel, wie 'ne Kugel in deinem Colt...ich raste aus..." Lindenberg hatte es drauf! Er spürte Simones weiches Haar auf seinem Gesicht. Sie roch gut!

Er zog sie näher an sich ran. „...und wir sprengen jetzt den Kühlschrank der dich umgibt..."

Lindenberg hatte ja so recht! Vorsichtig berührten sich Ihre Lippen, und aus der zarten Berührung wurde ein Kuss, ein Kuss der für den Rest des Liedes andauerte.

Fast zeitgleich mit dessen Ende, wurde es plötzlich laut. Jemand hatte das Licht angemacht, und Mark hätte ihn dafür umbringen können. Doch nun offenbarte sich die Quelle des Tumults. Deddy war aufgesprungen, und hatte dabei einen kleinen Tisch unsanft beiseite geschoben, auf dem sich Getränke befanden, die dadurch zu Bruch gingen. Die Umstehenden sprangen beiseite, versuchten ihre Klamotten trocken zu halten, was jedoch nicht jedem gelang. Deddy war nicht aufzuhalten. Er schnaufte, stürmte auf die Tür zu, und wer im Weg stand, ließ ihn besser vorbei.

Einige Mädchen, unter ihnen auch Annette, fingen an die Scherben zu beseitigen und den Boden zu trocknen. Dirk fing an zu fluchen, und wurde im Angesicht der Sauerei, die Deddy verursacht hatte, unglaublich wütend.

„...verdammtes Archlooch...hau ick...ufff de Fresse!"

Er begann sich die Ärmel hochzukrempeln, und schlug mit der Faust gegen den Schrank, neben dem er stand. Jockel war plötzlich wieder da, und versuchte ihn zu beruhigen. Draußen hörte man Deddy lautstark die Wohnung verlassen, und Ralf, Mark, Ole und einige andere folgten ihm. Auf der Treppe holten Mark und Ralf, Deddy ein.

„Hey...was ist denn los?", fragte Mark.

„Nüscht...lass mich in Ruhe!"

Deddy zog SEINE Kassette aus der Jackentasche, und schlug damit gegen das Treppengeländer. Das war unfassbar! Er schlug SEINE Kassette mit voller Wucht gegen das Geländer. Ralf war nun bei ihm, und packte ihn an der Schulter.

„Alter jetzt reiß dich zusammen...bist du bescheuerrrt!"

Deddy schubste Ralf unsanft zurück, und brach SEINE Kassette in zwei Hälften. Er war wie ferngesteuert, und sprang die restlichen Treppen wild hinunter. Die anderen folgten ihm, und erwischten ihn im Hausflur, wo er gerade dabei war, das Magnetband aus der zerbrochenen Umhüllung in langen Fäden herauszuziehen. Man konnte ihn überhaupt nicht mehr ansprechen, und völlig abwesend ging er seinem zerstörerischen Werk nach. Nun versuchte auch niemand mehr ihn von irgendwas abzuhalten, und die Anwesenden fungierten nur noch als Zuschauer, teilnahmslos, beobachtend.

Es schien so sinnlos, was er da tat, und natürlich rissen einige auch darüber Witze, ganz klar, alle hatten getrunken und waren aufgekratzt. Deddy schien sie nicht wahrzunehmen, und zog weiter das Band aus der Kassette, das er dann zu einer Art Strick zusammendrehte. Als er damit fertig war, öffnete er die Tür zum Hof, ging raus, und alle folgten ihm gespannt, fragten sich was er wohl als nächstes tun würde. Auf dem Hof stand ein größerer Baum, von einer niedrigen schmiedeeisernen Umzäunung umgeben, und bald wurde nur allzu deutlich, was in Deddy´s Kopf vorging. Er stieg mit dem Strick aus Kassettenband in der Hand auf den Zaun, und versuchte einen der unteren Äste zu erreichen.

Plötzlich war es Totenstill. Niemand riss mehr Witze. Fassungslos fragten sich alle, ob Deddy allen Ernstes vorhatte sich aufzuhängen. Sie standen nur da und beobachteten, niemand tat irgendwas. Das Magnetband war zusammengedreht unglaublich stabil, und Deddy hatte an einem Ende bereits eine Schlinge geformt, und begann nun das andere Ende an einen Ast zu knoten. Die Ersten versuchten nun ihn aufzuhalten.

„Deddy...was soll´n der Scheiß, komm lass uns einen trinken, komm schon, komm da runter!"

Deddy reagierte nicht, und hatte es geschafft den Strick an dem Ast zu befestigen. Annette kam nun ganz nach vorn, und versuchte ebenfalls, ihn von seinem Vorhaben abzubringen.

„Deddy...bitte, was hast du denn vor! Bitte lass doch sein!"

Deddy legte sich die Schlinge langsam um den Hals, und schaute Anette an. Verzweifelt versuchte sie es nochmal.

„Deddy, bitte...bitte!!!"

Alle anderen schwiegen, und Deddy sprang.

In diesem Moment ging ein kollektiver Ruck durch die umstehenden Jugendlichen. Einige von ihnen hatten weggesehen, andere laut aufgeschrien. Deddy war mit dem Strick aus Magnetband um den Hals von dem Zaun gesprungen! Er hatte es wirklich getan!

Doch was passierte gleich im nächsten Moment, kurz nach dem Augenblick, der alle so entsetzt hatte? Der Ast gab nach, knickte einfach ein, und Deddy landet mit beiden Beinen sicher auf der Erde. Was für ein Anblick!

Wie ein begossener Pudel, mit einem Strick aus Kassettenband um den Hals, an dessen anderem Ende die Hälfte eines dünnen Astes baumelte, stand er vor dem Baum. Es gab kein Halten mehr, und das Szenario, das wirklich tragisch gewesen war, verwandelte sich unvermittelt plötzlich in ein absolut komisches. Alles brüllte vor Lachen!

Man konnte einfach nicht anders, es war urkomisch, Humor in bester Monty Phyton Manier! Deddy, der angesichts seiner Situation, natürlich eine völlig andere Vorstellung von Humor hatte, riss sich das Magnetband vom Hals, und stürmte, unter schallendem Gelächter zurück in den Hausflur.

„War ja wieder typisch „Dorro", der Rächer der Erhängten!", stellte

Ole fest, und kugelte sich vor Lachen. Deddy, rasend vor Wut, zog den Brief aus der Tasche, den Annette ihm zurückgegeben hatte, und zerriss ihn in kleinste Teile. Er musste seinem Ärger Luft machen, die Aggression irgendwie rauslassen. Also stürmte er weiter, auf die Straße, zerschlug noch ein, zwei leere Flaschen, die er dort fand, an einer Hauswand, und machte sich dann wortlos vom Acker.

Die anderen standen noch eine Weile vor der Haustür, und diskutierten über das eben Geschehene. Doch nach und nach zogen sie sich wieder in die Wohnung zurück, um weiter zu feiern. Jockel klebte die ganze Zeit an Simone, und Mark wusste nicht, ob er den Kuss mitbekommen hatte. Deddy sahen sie einige Tage nicht, und als er wieder auftauchte, sagte er nur, dass er einen Filmriss gehabt hätte, und sich kaum an etwas erinnern könne. Irgendwann hatte er sogar Annette aufgegeben, doch die Geschichte mit dem Kassettenband haftete ihm noch ewig an.

Mark betrat das Gelände des Pfefferbergs. Man hatte im Rahmen der Sanierungsarbeiten, das alte Eingangstor abgerissen, und der Innenhof schloss sich nun gleich an die Straße an.

Allmählich setzte die Dämmerung ein, und als er sich umsah, musste er wieder an den PA-Unterricht denken, wie er an der Maschinensäge saß, deren Zähne irgendein Metallteil bearbeiteten, über das eine milchige Kühlflüssigkeit lief und an Herrn Schmidt, der scherzhaft immer „Das heißt nicht ja, das heißt jawohl!" gesagt hatte.

Er ging weiter, und kam zu dem Teil des Gebäudes, in dessen Untergeschoss sich damals eine KFZ Werkstatt der KWV, eine sogenannte „Karosserie Klempnerei" befunden hatte, in der er während der Sommerferien gearbeitet hatte. Gleich erinnerte er sich daran, wie es hier ausgesehen hatte, an die Arbeiter in ihren blauen Arbeitshosen und den ölverschmierten Hemden, und an den alten blauen Trabi, an dem hier ewig herumgeschraubt wurde.

Sicherlich hatten sie hier eher privat, als für die KWV geschraubt, aber das war normal, und „Privat geht vor Katastrophe" ein geflügeltes Wort.

Da wurde schön der Deckel drauf gehalten, da hier wahrscheinlich die gesamte Leitungsebene ihre Wagen machen ließ. Als er hier während der Sommerferien zu arbeiten angefangen hatte, wurden ihm anfangs verhältnismäßig undankbare Aufgaben zugewiesen. Es gab ja sowas wie eine Hierarchie in der Werkstatt, und als Schüler stand man eben ganz unten. Ach, da muss eine alter schrottreifer Auspuff entrostet werden, gut wir haben ja einen Schüler hier! Also drückt man dem eine Drahtbürste in die Hand und los geht´s. Mundschutz? Fehlanzeige! Da muss man sich nicht so haben!

Also hatte Mark losgelegt, gab schließlich gutes Geld. Er befreite alle möglichen alten Teile mit der Drahtbürste vom Rost, obwohl es bei einigen, gerade der Rost war, der sie noch zusammenhielt.

Thomas, sein Bruder, durfte noch nicht arbeiten. In vergangenen Ferien, als auch Mark noch nicht arbeitete, waren sie gemeinsam zu den „Ferienspielen" in die Schule gegangen, wo sie Stockraketen gebastelt hatten, mit einer Autorennbahn gespielt oder an der Milchbar gesessen hatten. War immer was los gewesen, und sie hatte Freunde getroffen, mit denen sie was unternehmen konnten. Nun musste Thomas auf seinen Bruder verzichten, während der arbeitete. Aber auch Thomas sollte eine Aufgabe bekommen!

Da Mark´s Mutter nicht wollte, dass ihr Sohn während seiner Arbeit in der Werkstatt vom Fleische fiel, gab sie Thomas Geld, und schickte ihn zum Einkaufen, um dann seinem Bruder frische Schrippen und den entsprechenden Belag in die Werkstatt zu bringen. Irgendwann trudelte der Kleine mit seinem Einkaufsbeutel auch ein, und der Pförtner zeigte ihm den Weg zu seinem Bruder. Thomas lieferte brav die Einkäufe ab, und durfte sich sogar die Werkstatt ansehen, da seine leutselige, gewinnende Art auch hier wieder einmal gezogen hatte. Als der Kleine auch an den nächsten Tagen mit dem Proviant erschien, fragten einige der Arbeiter bei Mark an, ob es nicht möglich wäre, dass Thomas auch ihnen, selbstverständlich gegen ein angemessenes Trinkgeld, einige Sachen mitbringen könne.

Na klar, warum nicht! Thomas freute sich über seine neugewonnene Wichtigkeit, und erledigte alles zur vollsten Zufriedenheit. Er bekam nun regelrechte Einkaufslisten von der Belegschaft der Werkstatt, und so erschloss sich auch ihm eine regelmäßige Einnahmequelle. Nun profitierte auch er von Mark´s Ferienjob.

Mit den Lieferungen seines Bruders, änderte sich für Mark auch schlagartig sein Aufgabenbereich. Ade, ihr rostigen Autoteile, Ade ihr Drahtbürsten!

Keine staubige, rostpartikellastige Luft mehr. Nein, damit konnten sich nun andere beschäftigen. Von nun an gab man ihm leichte, angenehmere Arbeiten, nun durfte er zum Beispiel Stoßstangen streichen, und hatte sogar noch alle Zeit der Welt dafür zur Verfügung! Von nun an war man darauf bedacht, dass er sich hier wohlfühlte!

Aus diesen ersten Einsätzen in der DDR Volkswirtschaft, konnte er eine wichtige Erkenntnis mitnehmen. Eine Hand wäscht die andere! Später sollte er noch merken, wie universell diese Weisheit doch war.

Grundsätzlich mochte Mark die Ferienjobs, die er meist bei der KWV verrichtete. Manchmal arbeitete er auch beim Magistrat von Berlin in der Küche, was durch Jockel oder dessen Mutter vermittelt wurde. Außer in der KFZ Werkstatt, hatte Mark auch Einsätze in der Schwedterstraße 9, wo ein Teil der Verwaltung der KWV ihren Sitz hatte. Da sie dort jedoch nicht so recht wussten, was sie mit den Schülern anfangen sollten, drückten sie einem einfach einen Besen in die Hand, und ließen ihn den Hof fegen. Wohlgemerkt, einen sehr großen Hof! Das Fegen des Hofes, hatte er immer irgendwie erniedrigend empfunden, und er schämte sich, wenn er dabei von einem Bekannten, der zufällig bei der KWV zu tun hatte, gesehen wurde. Fürchterlich!

Man fegt den Hof, und versucht schnell damit fertig zu werden, um endlich den verdammten Besen aus der Hand zu kriegen, und wer läuft da über den Hof? Natürlich jemand, der nur zwei Häuser von einem entfernt wohnt, und einen im Vorbeigehen mitleidig anlächelt. Dirk´s Nichte Annett wohnte gleich nebenan, und als sie eines Morgens das Fenster öffnete, und auf den Hof schaut, wer schwingt auf selbigem gerade den Besen?

Mark hatte nur knapp ein „Morjen" rausgewürgt, und mit gesengtem Blick weiter gefegt. Da war es ihm schon lieber, wenn sie ihn im Altstoffkeller einsetzten, der sich auch dort in einem Quergebäude befand. Man war weg von dem verdammten Hof, und außerdem hatte Marcel Hinze, ein ehemaliger Schüler der Fischer-Schule, den Keller unter sich. Marcel war bei der KWV als Lagerarbeiter beschäftigt, und hatte neben dem Keller noch einige andere Aufgaben. Mark kam mit ihm gut klar, und Marcel gab ihm nur leichte Arbeit, und wenn er selbst im Altstoffkeller zu tun hatte, quatschten sie viel.

Eines Tages tauchte Marcel´s Vorgesetzte, eine ältere propere Dame mit Brille, in dem Keller auf, und meinte, dass Platz geschaffen werden müsse, da man mehr Lagerfläche benötigte. Da sich im Keller Unmengen von Pappe und Papier befanden, fragte Marcel, was damit zu geschehen hätte. Die Dame mit der Brille meinte nur, man solle umstapeln was möglich wäre, und den Rest zur Not einfach im Müll entsorgen, wäre egal, der Platz müsse schnell verfügbar sein. Marcel fragte nochmal nach, und sie bestätigte ihre Anweisung.

„Ja, kannst du ruhig wegwerfen. Was nicht passt kommt weg, wir brauchen den Platz!"

Gut...die Aufgabe war klar, und als die Vorgesetzte verschwand, fingen beide auch gleich an Platz zu schaffen.

„Quetsch nicht alles so zusammen", meinte Marcel, und Mark, der gerade mit Umstapeln beschäftigt war, antwortete, dass man doch den vorhandenen Platz optimal ausnutzen müsse.

„Nein, wir müssen sehen, dass wir so wenig wie möglich

unterkriegen, und die Stapel und Regale trotzdem gut gefüllt wirken", erwiderte Marcel.

Mark verstand das nicht ganz, bis Marcel ihm erklärte, dass dann noch genug zum Wegwerfen übrig bliebe, was sie natürlich nicht tun würden, da man das Zeug ja zum Altstoffhändler bringen konnte, und damit ein tüchtiges Zubrot verdiente. Das Zeug wäre ja weg, und damit wäre doch allen gedient…oder?

Natürlich musste Mark das einsehen, schließlich war Marcel hier der Lagerist, und die Aussicht auf einen Nebenverdienst verlockend. Sie begannen nun damit, in regelmäßigen Abständen, mit einem Hubwagen, Pappe und Papier zu einem Altstoffhändler in der Fürstenberger Straße zu karren, und sich das Geld, das sie dafür bekamen zu teilen.

Als Marcel´s Vorgesetzte eines Tages wieder unten im Keller auftauchte, war sie mit der neu gewonnenen Lagerfläche zufrieden, und lobte die beiden.

Beim Magistrat, in der Küche arbeitete Mark oft mit Dirk und Deddy zusammen. Meist waren sie mit dem Abwasch beschäftigt, der über eine Maschine erfolgte, die an einem Ende mit Geschirr beladen wurde, dass dann am anderen Ende sauber wieder rauskam, und entnommen werden musste. Mark versuchte immer das Ende zu erwischen, an dem das Geschirr sauber und heiß dampfend zu entnehmen war, was nicht immer klappte, weil dort auch alle anderen arbeiten wollten.

So musste er manchmal in den sauren Apfel beißen, und mit dreckigen Tellern und Essensresten hantieren. Auch der sogenannte „Schwarze Abwasch", bei dem es sich um Töpfe und Pfannen handelte, die per Hand in großen Becken gereinigt werden mussten, war nicht sonderlich beliebt.

Einmal steckten sie Dirk in die Betriebskantine, und nachdem er dort angefangen hatte, versorgte er seine Kumpels regelmäßig mit Zigaretten, und keiner wollte so genau wissen, wie er da rankam.

Mark arbeitete auch immer wieder mit Jockel, der dort fest

angestellt war, zusammen, und Jockel besorgte ihm während der Ferien oft auch tageweise Jobs.

An einem Samstag nahm er ihn zur Abschlussfeier einer zehnten Klasse ins „Ahornblatt", einer Großgaststätte an der Fischerinsel, mit, wo sie in der Küche helfen sollten. An diesem Abend kamen jedoch nicht genügend Kellner, und so beschloss man kurzerhand auch Jockel und Mark rauszuschicken um Essen zu servieren. Also zog man ihnen irgendwelche weißen Jacken über, gab ihnen eine kurze Grundeinweisung, und los ging´s.

Natürlich drückte man ihnen nicht die komplette Anzahl von Essen in die Hand, die ein erfahrener Kellner schaffte, aber sie taten was sie konnten, und Mark gefiel es von den Mädchen angesprochen zu werden, die ihn für einen Kellner-Lehrling hielten. Nach Feierabend, hingen sie noch mit den Kellnern und Köchen rum, die sich in der Küche einen genehmigten, und es gab auch gutes Geld.

Mark ging weiter und betrat den schmalen Durchgang zum Biergarten, der an der Schönhauser Allee lag. Moderne gläserne Automatiktüren öffneten sich vor ihm, und gewährten Einlass. Im Durchgang gab es ein Café, und als er auf der anderen Seite wieder rauskam, betrat er den Biergarten. Der Biergarten war gut besucht, und durch rote Lampen spärlich beleuchtet. Er sah sich nach einem Platz um, registrierte, dass noch genug frei war, ging erstmal bis zum Restaurant vor, und schaute durch die Fenster. Es hatte sich viel verändert, seit der Zeit als hier noch Discos veranstaltet wurden. Alles wirkte nobler, abgehobener. Er schaute sich die Leute an, die nun im Restaurant oder im Biergarten saßen, unter ihnen viele Touristen.

Der Prenzlauer Berg hatte sich verändert. Manchmal kam es ihm hier abends vor wie auf dem Montmatre, unecht, gekünstelt, zu einer Bühne verkommen. Eine Bühne? War er das nicht schon immer gewesen? Vielleicht...wenn auch für andere Stücke.

Über die Brüstung des Geländes sah er runter, auf die

Schönhauser. Drüben vor dem „Courage" herrschte noch reges Treiben. Straßenmusikanten versuchten den Gästen, die draußen Platz genommen hatten, etwas Kleingeld aus den Taschen zu ziehen, und hatten gleich Blumenverkäufer im Schlepptau. Taxis bogen um die Ecke, auch sie versuchten ein Geschäft zu machen.

Mark überließ die Schönhauser den Taxis, suchte sich einen Platz, und setzte sich. Eine Bedienung wurde auf ihn aufmerksam, kam zu ihm rüber, und lächelte ihn an. Er bestellte ein Weißbier. Im Biergarten hatte man gelbe und rote Ballons aufgehängt, die neben den Lampen, Licht spendeten. Ihm gegenüber, in einem älteren Teil des Gebäudes, hatte wieder eine Brauerei, nebst Schankhalle Platz gefunden, und es gab ein Theater. Die neue Nutzung des Gebäudes gefiel ihm. Die Bedienung brachte sein bestelltes Bier, und er bedankte sich artig und trank. Um ihn herum herrschte langsam Trubel, die Leute unterhielten sich, aßen oder telefonierten. Ganz in der Nähe saßen einige junge Mädchen, mit piepsigen Stimmen und künstlichen Haarfarben, die mit den allerneusten Modellen von Mobiltelefonen hantierten, die jedoch schon bald wieder Schnee von gestern sein sollten. Alles war so extrem schnelllebig, kurzweilig, überholte sich immer wieder selbst.

Er begann sie zu beobachten, und alles an ihnen erschien ihm künstlich, Klone, stereotyp, durch unzählige Lifestyle Magazine und Teeny Serien auf Konsum geeicht. Schnelllebige Zeit, rasende Moden, das Bestreben up to date zu sein schien manisch, ständig bestrebt dem Bild von sich selbst, durch eine gigantische Marketing Maschinerie ins Bewusstsein gepflanzt, gerecht zu werden. Überall lauerte die Versuchung. Gib ihr nach! Schau nur dein Handy, ist doch schon ein halbes Jahr alt, und dein Lippenstift, geht ja gar nicht! Den hattest du doch schon in der letzten Woche! Du brauchst UNBEDINGT was Neues! Wir liefern prompt und jederzeit, kauf nur! Ja, der Wohlstand war da, doch die Frage blieb. Was fing man damit an?

„Die sind zu jung für dich!"

Mark schaute auf und vor ihm stand Dirk, der gesehen hatte, dass er die Mädchen beobachtete.

„Ja...sind sie tatsächlich", antwortete er, und gab Dirk die Hand, der sich grinsend setzte.

„Ich glaub ich nehm auch so eins", meinte Dirk, und deutete auf das Weißbier.

„Kann ich empfehlen", sagte Mark, und winkte die Bedienung heran.

„Du siehst gut aus, wie geht´s dir?", fragte Dirk. „Was meinst du?", fragte Mark.

„Du weißt was ich meine!", brachte Dirk es auf den Punkt. „Hast du geträumt?"

Mark sah Dirk an. Beinahe hätte er die Röhre vergessen.

„Nein...ich hab nichts geträumt, und du?"

Das Bier kam und dadurch wurde das Gespräch unterbrochen.

„Ja ich hab!", meinte Dirk, der anfangs doch so aufgekratzt schien, nun wieder ernster, als die Bedienung verschwunden war.

„Also dann haben deine Träume offenbar nichts mit der Röhre zu tun, die liegt ja bei mir!", antwortete Mark, Dirk´s Reaktion studierend.

„Doch, es ist die Röhre! Glaub mir, auch wenn sie jetzt bei dir ist. Verstehe nur nicht warum du noch nicht geträumt hast, denke das kommt aber noch. Bin mir ganz sicher!"

Dirk schien mental ausgeglichen, und Mark wollte diesen Zustand nutzen, um ihn über den Inhalt seiner „Träume" zu befragen.

„Was genau träumst du denn, kannst du mir das nicht genauer beschreiben?"

Dirk blieb entspannt. „Wie gesagt es ist immer völlig real und es sind die unterschiedlichsten Situationen."

„Gib mir doch mal ein Beispiel, wie muss ich mir so einen Traum vorstellen?" Dirk trank von seinem Bier, und wischte sich den Schaum vom Mund.

„Gut ich geb dir ein Beispiel. Also ich hab von einer unserer Fahrten nach Karl-Marx-Stadt damals geträumt, du erinnerst dich doch?", fragte er.

„Natürlich erinnere ich mich", antwortete Mark, und hatte die Bilder auch gleich vor Augen.

„Also ich wache morgens auf, und weiß, dass ich davon geträumt habe." Dirk steckte sich eine Zigarette an.

„Und ich weiß auch genau, dass es ein Traum war", er machte eine Pause, und zog kräftig daran. „Aber ich weiß auch, und das empfinde ich als absolut real, dass ich wirklich dort war."

„Aber wir waren doch auch dort, und es war real!", warf Mark ein.

„Ja natürlich, vor 35 Jahren, aber ich war gestern dort, gestern, verdammt nochmal ich war gestern dort!"

Dirk's Stimme klang verzweifelt und auch wütend, aber er schien zu wissen wovon er sprach, wirkte von allem wirklich überzeugt.

„Aber du bist dir doch sicher, dass es ein Traum war und KEINE Realität...oder? Mark tastete sich weiter vor.

„Das genau ist es ja! Ich weiß, dass es beides war, sowohl als auch. Es lässt sich nicht beschreiben, ich finde keine Worte dafür!"

Sie sahen sich an. Da saßen sie nun, nach all den Jahren, und sprachen über Dirk's Wahnvorstellungen, als wäre es die normalste Sache der Welt. Er brauchte wirklich Hilfe, soviel stand fest, professionelle Hilfe. Mark konnte ihn nicht im Stich lassen, er war mit ihm aufgewachsen, hatte seine Familie gekannt. Wenn sich Dirk doch bloß eingestehen könnte, dass er krank war. Mark musste ihm das begreiflich machen, auch wenn es schwer viel, das war er ihm schuldig, nur so würde Dirk Hilfe akzeptieren können.

„Du hör mal...", begann Mark mit ernster Miene.

„Ich will dir nicht zu nahe treten, aber vielleicht sollten wir auch die Möglichkeit in Betracht ziehen, dass du dir das alles nur einbildest."

Er lies etwas Luft bevor er weitermachte. „Ich meine es könnte doch alles nur in deinem Kopf passieren."

Eigentlich erwartete er nun ein großes Gezeter von seinem Freund, aber der blieb gelassen und sachlich.

„Du meinst ich bin verrückt?!"

„Wäre doch möglich!" Mark wollte nicht mehr zurück, da er es nun endlich ausgesprochen hatte.

Dirk hatte aufgeraucht, und steckte sich sofort wieder eine Zigarette an. „Daran habe ich auch schon gedacht, ehrlich, gleich am Anfang", er sah Mark nun wieder mit dem „bitte glaube mir" Blick an.

„Aber dann hab ich gemerkt, dass ich es nicht bin, definitiv! Ich weiß, dass es die Röhre ist, sie ist es, ich bin ganz sicher!", er zog an der Zigarette, und blies den Qualm direkt in Mark´s Gesicht.

„Und du wirst es auch bald wissen, glaub mir, es wird auch bei dir anfangen. Dann wirst du es wissen!"

Mark nahm den Kopf nach hinten, winkte die Bedienung heran und bestellte neues Bier.

„Woll´n wir was essen?", fragte er Dirk, und die Bedienung wartete. Dirk hatte keinen Hunger, und auch Mark wollte nicht wirklich.

„Gut dann nur Bier", stellte sie fest, und zog lächelnd ab.

„Erinnerst du dich noch an die Discos hier?"

Mark hielt es für klüger, wieder ein anderes Gesprächsthema zu wählen, da Dirk nicht von seinem Standpunkt abrücken wollte. Er wollte keinen Streit, und glaubte Dirk besser helfen zu können, wenn er behutsam vorging. Holzhammer nutzte hier nichts. Vielleicht sollte er sich selbst erstmal mit dem Thema beschäftigen, einen Spezialisten konsultieren, dessen Rat einholen. Dirk saugte an seinem Glimmstengel, und sah zum Restaurant rüber.

„Ja..war 'ne verdammt gute Zeit!" Es schien, als wollte auch er nicht weiter über die Röhre sprechen.

„Lindenberg...verdammt ich hab den Kerl damals geliebt, der hatte es drauf", meinte Mark, und trank.

„Ja und AC/DC", sagte Dirk, und Mark erinnerte sich an AC/DC´s Huckepackrock und wie sie den auf der Tanzfläche imitiert hatten, er auf den Schultern von Stefan Röbel „Highway to Hell" gröllend, und die Erinnerung lies ihn lächeln.

„Und im Sommer, als wir vom Zeltplatz geflogen sind!" „Ich glaub wir sind von sämtlichen Zeltplätzen dieser Welt geflogen!"

Sie erzählten sich die alten Geschichten, bestellten weiteres Bier, und die Röhre war erstmal vergessen, für eine Weile aus den Gedanken verbannt. Sie tranken,und schwelgten in den Jahren ihrer Jugend, in gemeinsam Erlebtem, während langsam der Mond aufging, und den Pfefferberg in sein fahles Licht kleidete. Irgendwann schloss der Biergarten, und betrunken, aber glücklich machten sie sich auf den Heimweg.

„Wenn du jetzt, auf einen Schlag nochmal vierzehn wärst, und es wäre wieder damals, so auf einen Schlag nehmen wir mal an..."

Dirk hatte eine Zigarettenschachtel aus der Tasche gezogen, und bemerkt, dass diese leer war, was seinen Gedankengang erstmal beendete.

„Scheiße...keine Kippen mehr!" „Solltest du sowieso sein lassen", meinte Mark. Dirk sah ihn verdattert an, und warf die leere Schachtel weg. „Ja...muss ja nur nicht gleich sein."

Sie setzten ihren Weg über den Teuteburger Platz fort.

„Also, wenn nochmal damals wäre, was würdest du anders machen?", fing Dirk wieder an. „Ich glaub ich würd genau den gleichen Scheiß machen wie damals", erwiderte Mark.

„Ehrlich?" Dirk blieb stehen, und sah ihn an. Mark dachte nochmal nach.

„Ja, glaub schon. Ich wäre doch dann genau derselbe wie damals, und würde eben tun, was ich damals getan habe", sagte er, und nickte. „Hat ja auch ´ne Menge Spaß gemacht", fügte er noch hinzu.

„Ja, würde ich auch, würde ich wahrscheinlich auch", sagte Dirk, der immer noch in seinen Taschen nach Zigaretten suchte. Als sie kurz darauf an Mark´s Haustür angekommen waren, blieben sie davor stehen, um sich zu verabschieden.

„Du hast nicht zufällig irgendwo noch ´ne Zigarette?", fragte Dirk.

„Weißt doch, dass ich mir das abgewöhnt habe." „Ja ich weiß, hätte nur gepasst."

„Geh schlafen, dann brauchst du nicht zu rauchen."

Dirk zuckte mit den Schultern, und sie verabschiedeten sich. Dirk ging, und Mark sah ihm nach, bis er hinter der Ecke verschwunden war. In den letzten paar Stunden waren sie wieder die alten Kumpels gewesen, standen sich nah, ganz selbstverständlich. Für einen Augenblick hatte die Zeit stillgestanden, hatte ihnen erlaubt dreißig Jahre zu ignorieren.

Mark ging nach oben, direkt in die Küche, holte sich aus dem Kühlschrank noch ein Bier, und setzte sich im Wohnzimmer auf die Couch. Er wollte noch nicht schlafen gehen, nicht gleich, fühlte sich vom Augenblick berauscht, tauchte in die Welt ein, die zwischen den Fäden lag. Er machte nur die Leselampe an, legte die Beine bequem nach oben, und trank einen Schluck von dem kalten Bier. Was für ein Tag! Lauter verborgene Erinnerungen, Bilder, Gefühle. Auf dem Tisch lag die Röhre, so wie er sie verlassen hatte. Der Gegenstand, der Dirk so zusetzte. Warum nur?

Wahrscheinlich war sie bloß der Auslöser, nicht die Ursache für sein Leiden. Bestimmt lag alles tiefer, weiter verborgen, und hatte mit der Röhre überhaupt nichts zu tun. Sie war doch nur eine alte

Röhre, die zufällig aufgetaucht war, und die sie mitgenommen hatten. Also konnte er sie auch einfach wegwerfen! Was machte das schon? War völlig egal! Also los warum nicht sofort, hier und jetzt? Vielleicht aber doch damit warten?

Für Dirk hatte sie ja irgendeine Bedeutung, und sein Zustand könnte sich verschlechtern, sobald er erfahren würde, dass sie weg ist. Aber vielleicht wäre gerade das langfristig gut für ihn. Wer konnte das wissen? Wenn die Röhre erstmal weg war, war sie weg, mit allen Konsequenzen, die aus dieser Tatsache resultieren würden, positiven wie negativen. Vielleicht sollte er sich doch erstmal Rat holen, bevor er etwas tat, was nicht mehr rückgängig zu machen ging. Den Rat eines Spezialisten. Also musste die Röhre bleiben! Zumindest vorerst.

Er stand auf, und kramte in seinen CD´s bis er schließlich fand, wonach er gesucht hatte. Er legte die Lindenberg Scheibe ein, und machte es sich wieder auf der Couch bequem. „Ich bin Rocker" war die erste Nummer. Lindenberg legte sich ins Zeug, und Mark lehnte sich zurück, und nippte an seinem Bier. Er versuchte nicht zu denken, erwischte sich aber bei dem Gedanken, die Musik wäre zu laut, und er könnte die Nachbarn stören. Als er die Lautstärke nochmal überprüft hatte, und sich sicher sein konnte niemanden zu wecken, versuchte er es nochmal, lehnte sich zurück, und blendete alle Gedanken aus, ließ einfach los. „Mit dem Sakko nach Monaco", die nächste Nummer.

Mark begann zu lauschen, nicht zu hören. Zwar verstand er noch den Text, den er auswendig konnte, achtete aber weder auf einzelne Worte, noch auf ihre Bedeutung, bis die Musik sich zu einem Rauschen wandelte, wie Wellen an einem Strand, wenn man die Augen schloss. Er fühlte sich federleicht, und obwohl er kurz vor dem Einschlafen war, waren seine Sinne allesamt hellwach, völlig geschärft. Jedes noch so kleine Geräusch des Raumes drang klar an sein Ohr, und vereinte sich dennoch mit dem allumfassenden, harmonischen Rauschen.

Irgendwann, als die CD längst abgespielt war, öffnete Mark

wieder die Augen, und fühlte sich völlig entspannt. Das Rauschen war verschwunden, und er hellwach. Er stand auf, schaltete den CD Player aus, ging ins Bad, wo er sich die Zähne putzte, und dann ins Bett. Merkwürdigerweise war er überhaupt nicht müde, obwohl er den ganzen Tag draußen gewesen war, und ziemlich getrunken hatte. Aber er musste schlafen, bald würde es bereits wieder dämmern. Er schaute zum Fenster, in den fahlen Mond, und wenig später senkten sich seine Lider....

Rumms!

Mark hatte sich die Bettdecke vom Körper gerissen, und saß mit weit aufgerissenen Augen im Bett. Entgeistert starrte er ins Leere, bis er wie von der Hand eines Hypnotiseurs aus der Trance erwachte.

Desorientiert und erschrocken sah er sich um, bis er sich fassungslos mit der Hand über die Brust fuhr, die klitschnass vom Schweiß war, der den ganzen Körper und das Bett bedeckte.

Ihm war heiß, kochend heiß! Im nächsten Moment sprang er, wie von einem animalischen Instinkt getrieben aus dem Bett, und in den Flur, in dem er sich gehetzt umsah. Niemand war da!

Er hetzte weiter in das kleine Zimmer, und dann weiter in alle anderen Räume, und vergewisserte sich mehrfach, dass sich niemand außer ihm in der Wohnung befand. Sein Herz raste, und er beruhigte sich nur langsam. Dann ging er ins Bad, holte sich ein Handtuch, und trocknete, während er weiter in die Küche ging, mit hastigen Bewegungen seinen glitschigen Körper ab. In der Küche warf der das Handtuch achtlos in eine Ecke, und griff sich eine angefangene Flasche Scotch, die er eilig aufschraubte, und den Verschluss ebenso achtlos wegwarf.

Mit der Flasche in der Hand, ging er rüber ins Wohnzimmer, und noch bevor er dort ankam, hatte er zwei Schlucke, die einen Seemann umgeworfen hätten, getrunken. Er öffnete das Fenster, setzte sich, mit dem Rücken an einen Schrank gelehnt, auf den Boden, und nahm nochmal einen riesigen Schluck aus der

Whiskyflasche. Sein Atem ging schwer, und er versuchte sich zu beruhigen.

Er begann Liegestütze zu machen, und hörte erst damit auf, als er fast zusammengebrochen wäre. Erschöpft ließ er sich auf den Boden sinken, drehte sich auf den Rücken, und hielt sich die Hände an die Schläfen. Mein Gott, was war hier los? Das war doch nicht möglich!

Sein Herz schlug immer noch schnell, und sein Atem raste. Er hatte es gesehen! Es war real, absolut real! Aber das war unmöglich!

Er verstand es nicht, er war dort gewesen, wirklich dort, und nun war er hier. Es war unglaublich, aber er hatte es selbst erlebt. Mark fand keine Erklärung. Er versuchte sich zu konzentrieren. Es musste eine Erklärung geben. Es musste! Er starrte an die Decke. Hatte Dirk Recht? Nein, das war unmöglich, völlig unmöglich! Es konnte nur eine LOGISCHE Erklärung geben. Auch er war verrückt!

Er hatte sich offenbar so sehr mit Dirk´s Wahnvorstellungen beschäftigt, dass er nun selbst darunter litt. Anders konnte es nicht sein!

Ihm wurde schlecht, und er sprang schnell auf, rannte ins Bad, wo er sich übergeben musste, und als er wiederkam, trank er nochmal von dem Whisky. War er tatsächlich verrückt geworden? Mit der Flasche in der Hand ging er wieder ins Bad, schaute in den Spiegel, und fand, dass er schlecht aussah. Also noch etwas von dem Whisky trinken, vorsichtshalber. Verdammt, das alles war doch nicht wahr, konnte nicht wahr sein! Man kann doch nicht über Nacht verrückt werden! Oder doch? Doch nicht er und Dirk! Sowas passierte doch nicht wirklich. Einfach nur Zufall?

Was hatte Dirk gesagt? Kein Zufall, du bist nicht zufällig hier, nein, kein Zufall! Mark versuchte einen klaren Kopf zu behalten. Er musste sich an die Fakten halten, eins und eins zusammenzählen. Nein, sie konnten unmöglich beide verrückt sein, dass wäre ein zu absonderlicher Zufall, völlig unwahrscheinlich!

Folglich musste doch dann Dirk recht haben, aber das schien genauso unwahrscheinlich zu sein. Aber er war doch dort! Er war dort, und hatte sie gesehen, stand nur ein wenig abseits von den Männern, die das Korn geerntet hatten, und die Männer mit den Sensen hatten auch ihn gesehen, ihn sogar gegrüßt. Sie hatten nichts gesagt, nannten ihn nicht beim Namen, hatten ihm nur zugenickt, wie einem alten Bekannten.

Ihm waren sie nicht bekannt vorgekommen. Er hatte nur dagestanden, und ihr Treiben beobachtet. Einige hatten geerntet, andere aus den Halmen Bündel gefertigt. Es war ein warmer Tag gewesen, und er hatte den Wind und die Sonne gespürt, hatte das Getreide gerochen. Am Rande des Feldes hatte er Obstbäume gesehen, und er hatte bemerkt, dass die Männer altmodisch gekleidet waren. Auch ihre Frisuren waren altmodisch gewesen. Gehört hatte er den Gesang der Vögel in den Bäumen und das Gebell eines Hundes, dass aus der Ferne zu ihm herüber gedrungen war.

Das Absonderlichste war jedoch, dass er wusste, dass er sich auf dem Gebiet des Prenzlauer Berg befunden hatte. Er war sich dessen so sicher, wie er sich nun sicher war, auf dem Boden seines Wohnzimmers zu liegen, und er konnte sich nicht erklären, woher er wissen konnte wo er gewesen war, noch wie er dort hin gelangte. Er war ein Stück gegangen, und die Leute hatten ihn nicht weiter beachtet, waren weiter ihren Verrichtungen nachgegangen, so als hätte er dazugehört.

Mark trank nochmal von dem Whisky, musste etwas gegen die Erregung tun, die ihn ergriffen hatte. Verdammt, all das war so real! Aber es konnte nicht real sein, es konnte unmöglich real sein!

Also konnte es nur ein Traum gewesen sein, ein ungewöhnlich realer Traum. Jedoch nur ein Traum! Doch nie zuvor hatte er einen Traum so unglaublich realistisch geträumt, und diese Realität war beängstigend. Dirk war also doch nicht verrückt, hatte keine Wahnvorstellungen! Es gab diese Träume, von denen er berichtet hatte, und vielleicht war die Röhre wirklich die

Ursache. Aber wenn sie die Ursache war, wie löste sie die Träume aus? Mark trank nochmal, erhob sich, ging zum Tisch auf dem die Röhre lag, und schaute sie an. Was konnte es sein? Strahlung?

Bei dem Gedanken an eine eventuelle Strahlung, die von der Röhre ausging, trat er instinktiv einen Schritt zurück. Strahlung wäre möglich. Aber wenn es eine Strahlung gab, wie gefährlich war sie? Also bloß weg damit, einfach wegwerfen, dann wäre Ruhe! Aber wohin, wohin damit? Konnte man die Röhre einfach im Hausmüll entsorgen, ohne andere zu gefährden? Vielleicht wurde sie dort wieder von jemanden gefunden, und mitgenommen. Konnte man das Problem einfach auf andere übertragen? Nein, natürlich nicht! Mark betrachtete die Röhre immer noch.

„Was machst du bloß?", hörte er sich sagen, und setzte die Whiskyflasche nochmal an. „Wo kommst du her, verdammt nochmal?"

Er ging wieder näher ran, und obwohl die Röhre harmlos aussah, traute er sich nicht, sie anzufassen. Die Erinnerung an das gerade Erlebte war noch zu frisch, und es machte ihm wirklich Angst. Er musste mit jemanden darüber reden. Er musste mit Dirk darüber reden, mit Dirk, dem er nicht geglaubt hatte, den er für verrückt gehalten hatte.

Wie musste sich Dirk nur gefühlt haben, mit diesen Träumen, den Selbstzweifeln, mit Mark der ihm nicht geglaubt hatte. Er hatte ihm Unrecht getan, und das tat ihm aufrichtig leid, und das musste er ihm sagen, musste ihm sagen, dass er ihm nun glaubte, dass er es nun selbst erlebt hatte. Ja, er hatte es nun selbst erlebt, wusste nun, wovon Dirk redete! Er griff zum Telefon und wählte Dirk´s Nummer.

„ Gerber..." „Dirk...du musst herkommen, gleich!" Mark´s Herz schlug wieder sehr schnell.

„Was ist passiert?", fragte die Stimme am anderen Ende, und Mark wusste nicht, wie er anfangen sollte.

Für einen Augenblick herrschte Schweigen, woraus Dirk genau das Richtige schlussfolgerte. „Du hast geträumt...oder?"

Außer einem knappen „ja" konnte Mark nichts herausbringen.

„Gut, bin gleich bei dir!"

Dirk hatte aufgelegt, und Mark ging ins Bad, um zu duschen oder nur um etwas anderes zu tun, als rumstehen. Kurz darauf klingelte es schon. Mark betätigte den Türöffner, und zog sich was über. Als Dirk oben war, klopfte er an die Tür, und Mark ließ in rein.

„Wie geht´s dir?", fragte er noch im Flur.

Mark zögerte die Antwort einen Moment hinaus. „Es stimmt alles, ich hab es nicht geglaubt, nicht glauben können!"

„Ich hab´s dir doch gesagt, es ist die Röhre. Wir haben sie gefunden!" Dirk lehnte sich gegen die Wand, und verschränkte die Arme. „Und sie hat uns vielleicht nie verziehen, dass wir sie mitgenommen haben."

Mark schaute ihn an. „Das ist deine Erklärung?", fragte er. „Du meinst, dass die Träume eine Art von Strafe sind?"

Der Gedanke erschien ihm unsinnig.

„Wir hätten sie dalassen sollen, in dem Loch!", meinte Dirk, und Mark dachte nach. Konnte eine alte Röhre strafen? Absurd! Es MUSSTE eine logische Erklärung geben. Die Träume waren nicht real!

Dirk holte Zigaretten raus. „Darf ich?", fragte er, und hielt Mark die Schachtel entgegen.

„Ja...klar...", sagte Mark, zog Dirk in die Küche, und reichte ihm einen Aschenbecher. „Ich glaub das nicht, ich glaub das einfach nicht!" Mark setzte sich.

Dirk sah ihn an „Aber du hast doch nun selbst!"

„Ja!", unterbrach ihn Mark. „Ja ich hab auch geträumt, und ich weiß wie real das ist, aber ich glaub nicht, dass die Röhre in der

Lage ist zu strafen oder sonst irgendetwas BEWUSST zu tun!"

Dirk pustete dicke Qualmwolken in die Luft. „Gut...was hast du dann für eine Erklärung?"

Dirk´s Frage traf Mark wie ein Schlag ins Gesicht. Er hatte keine Erklärung, nein, hatte er nicht, noch nicht, aber es gab eine, wie es für alles eine Erklärung gab, und er würde sie finden. Man musste sich nur an die Fakten halten, alles logisch analysieren, durfte keine voreiligen Schlüsse ziehen. Man musste sachlich bleiben, durfte sich nicht von Gefühlen leiten lassen.

„Ich hab noch keine Erklärung, ich denke aber, dass es eine logische Erklärung für alles gibt. Vielleicht eine Art von Strahlung oder ein Giftstoff, der in der Röhre enthalten ist", sagte er, und hoffte, dass Dirk sich mit diesem Gedanken anfreunden konnte.

„So meinst du?", antwortete der knapp, und zog an seiner Zigarette. „Wäre doch möglich oder?", verteidigte sich Mark, und sah wie Dirk grübelte.

„Möglich ist alles...."

„Genau, wir müssen einfach genau untersuchen, was hier los ist, und ich bin überzeugt, dass es eine Erklärung gibt!" „Gut...was schlägst du vor?", fragte Dirk, und Mark freute sich, dass Dirk seine Auffassung zu teilen begann.

„Zuerst müssen wir uns untersuchen lassen, von einem Arzt, Strahlung oder Gift sollten ja nachzuweisen sein." „Hab ich schon getan, was glaubst du denn, gleich als es bei mir losging."

Mark sah Dirk an, hatte er nicht von einer Krankheit gesprochen, vielleicht hielten sie die Lösung bereits in den Händen.

„Und mit welchem Ergebnis?", fragte er merklich ungeduldig. Dirk drückte die Zigarette aus. „Ich bin körperlich völlig gesund."

„Aber du hast mir doch von einer Krankheit erzählt, du arbeitest doch nicht!" Mark klammerte sich weiter an den Strohhalm, der die Lösung des Rätsels zu sein schien.

„Ja...das ist wahr, aber es ist nicht der Körper. Es ist die Psyche, die Träume rauben mir den Schlaf. Ich hab Angstzustände, das alles ist einfach zu viel. Das verkraftet man auf die Dauer nicht, glaub mir, ich hab einfach mehr Erfahrung damit als du."

Dirk rieb sich mit den Händen das Gesicht, und sah irgendwie alt aus.

„Es höhlt dich aus, ja...ich glaub das ist der richtige Ausdruck dafür, es höhlt dich einfach aus. Langsam und stetig, glaub mir, es ist eine Strafe."

Er wirkte wieder völlig fertig, sah mitgenommen aus. Mark dachte daran, was da noch auf ihn zukommen würde, wenn er keine Lösung fände. Das konnte doch nicht so weiter gehen. Man müsste doch was tun können. Dirk hatte offensichtlich nicht mehr die Kraft dagegen anzugehen. Aber es musste etwas getan werden, und Mark würde es tun, auch wenn er es offenbar alleine tun musste. Dirk hatte keine Kraft mehr, das war in diesem Moment offensichtlicher denn je. Die Träume hatte ihn ausgehöhlt, das hatte er ja selbst gesagt. Es musste also unbedingt etwas getan werden! Mark wollte sich nicht damit abfinden, dass irgendetwas ihn so einfach aushöhlen könnte. Nein! Niemals!

Er würde nach einer Lösung suchen. Alles würde sich aufklären. Alles hatte einen logischen Grund, und er würde ihn finden, dessen war er sich ganz sicher.

„Dirk!", sagte er, und Dirk nahm den Kopf aus den Händen, und sah in an.

„Wir dürfen nicht aufgeben, wir dürfen nicht zulassen, dass die ganze Sache uns im Griff hat. Wir müssen etwas tun, unbedingt, hörst du!" Dirk sah in immer noch an, sagte aber nichts, doch obwohl er schwieg, glaubte Mark ein Fünkchen Hoffnung in seinem Blick zu erkennen.

„Was willst du denn tun?", fragte Dirk, nachdem sie eine Weile einfach nur dagesessen hatten. „Ich weiß noch nicht genau, aber ich werde darüber nachdenken, und ich werde rauskriegen, was es mit der Röhre auf sich hat!"

Dirk nickte, und schob den Aschenbecher nervös hin und her.

„Was machst du heute noch, hast du schon was vor?"

Offenbar wollte er nicht weiter über das Thema sprechen, vielleicht konnte er es auch einfach nicht mehr. Er wirkte sehr geschwächt. Wahrscheinlich wollte er sich ablenken, irgendwas unternehmen, um nicht mehr an die Röhre denken zu müssen. Aber Mark konnte sich jetzt nicht mit etwas anderem als der Röhre beschäftigen, musste allein sein, um nachzudenken.

Nein, im Moment konnte er Dirk nicht gebrauchen, wirklich nicht.

„Tut mir leid, aber ich muss nachdenken, muss für 'ne Weile alleine sein. Ich melde mich bei dir, halte dich auf dem Laufenden."

Dirk erhob sich langsam von seinem Platz, und steckte die Zigaretten ein. Er sah müde aus. „O.K., dann mach mal...und ruf mich an."

Im Flur reichten sie sich die Hände, und Mark spürte wieder die alte Vertrautheit zwischen ihnen. „Sieh zu, dass du dich ein bisschen entspannst. Ich geb dir Bescheid, wenn ich was rausgefunden habe", sagte er an der Wohnungstür.

„Ich hoffe, dass das alles irgendwann vorbei sein kann", erwiderte Dirk. „Wirklich vorbei!"

Mark legte seine Hand auf Dirk´s Schulter. „Ja...ich auch!"

Dirk ging. Mark schloss die Tür, und lehnte den Rücken gegen die Wand. Er war wieder allein, und fühlte sich auch so. Wo sollte er anfangen? Er hatte Dirk gesagt, dass er etwas rausfinden würde. Sicher war es am wichtigsten einen klaren Kopf zu behalten. Er durfte nicht durchdrehen, brauchte frische Luft, musste raus, musste sich bewegen. So konnte er immer am besten nachdenken.

Bevor er losging, sah er sich die Röhre nochmal an, und beim Betrachten, spürte er ein ungutes Gefühl in der Magengegend. Er versuchte es wenigstens zu ignorieren, da er es nicht abstellen konnte.

Er nahm sich vor, keine Angst vor der Röhre zu haben, und betrachtete sie weiter. Nun fand er sie geheimnisvoll.

Wo kam sie bloß her? Welches Geheimnis barg sie, und würde es sich jemals offenbaren?

Er wand sich von der Röhre ab, und verließ das Haus. Draußen schlug er wahllos eine Richtung ein, und dachte wieder über die Röhre nach. War sie gefährlich? Auf jeden Fall musste man vorsichtig sein, soviel stand fest. Mark lief ziellos weiter, ließ sich von seinen Schritten lenken. Am besten wäre es, wenn er damit beginnen würde, sich von einem Arzt untersuchen zu lassen, um sicherzustellen, dass er physisch gesund war. Dirk hatte ihm zwar versichert, dass er diese Untersuchung bereits hinter sich hatte, aber er wollte es dennoch tun. Wo wollte er eigentlich hin? Egal, einfach laufen und nachdenken.

Also lief er weiter, und realisierte irgendwann, dass er sich in der Metzer Straße befand, und in Richtung Prenzlauer bewegte. Ihm fiel nun ein, dass es an der Ecke Grellstraße ein Ärztehaus gab. Warum sich dort nicht gleich einen Termin für die Untersuchung holen? Ja, warum nicht gleich, es war ein Anfang. Mark bog links in die Prenzlauer ein, und ging weiter. Als er ein Stück gelaufen war blieb er stehen, da er auf der gegenüberliegenden Straßenseite das „Café Renz" entdeckt hatte. Das gab es also auch noch!

Sofort tauchten die alten Bilder auf, die lange geschlummert, und sich für einen Augenblick wie diesen bereitgehalten hatten, denn nichts war vergessen, hatte nur gewartet, still, im Innern.

Das Café hatte sich äußerlich nur wenig verändert. Der Eingangsbereich präsentierte sich einen Tick moderner, aber sonst schien es der alte Laden zu sein. Mark musste einfach rübergehen. Ein Fahrzeug, auf das er nicht geachtet hatte, als er die Straße überquerte, hupte ihn an, und er hob entschuldigend die Hand. Als er am „Café Renz" ankam, schaute er erstmal von draußen durch die Scheibe. Der Laden war völlig leer, und die Inneneinrichtung anders, als er sie aus den Achtzigern kannte.

Selbst die Raumaufteilung war etwas verändert worden. Er ging zur Eingangstür, stellte fest, dass offen war, und trat ein. Drinnen schaute er sich kurz um, und setzte sich dann an die Bar.

In der Nähe stand ein kitschiger künstlicher Baum, der eigentlich nur Platz wegnahm. Er war der einzige Gast, und weit und breit war keine Bedienung zu sehen, aber das störte ihn nicht. Ganz im Gegenteil, gab es ihm doch Zeit, die Räumlichkeiten auf sich wirken zu lassen.

Mark versuchte das Café zu empfinden, suchte nach alten Details und Gerüchen. Es mischte sich Bekanntes mit Neuem, und er versuchte das Vertraute zu filtern. Er schloss die Augen, und für einen Moment war das Cafè wieder angefüllt mit den Stimmen der Gäste, die sich hier Freitag- und Samstagabend zur Disco getroffen hatten, und er war wieder mittendrin in dem Gewühl, dass sich vor der alten Bar gebildet hatte. Die Gesichter der Leute, die er damals gekannt hatte, tauchten auf, und er fragte sich, wie sie heute wohl aussehen mochten.

„Ah...das ist ja jemand!"

Mark hatte sofort wieder die Augen geöffnet, als ein älterer Mann hinter dem Tresen aufgetaucht war. Er musste aus der schmalen Tür, die offenbar zur Küche führte gekommen sein.

„Ja...hallo, ihr habt doch geöffnet, oder?", fragte Mark, und schaute sich den Mann an, der ihm irgendwie bekannt vorkam. Er war ihm sogar ungewöhnlich vertraut, doch er wusste nicht genau, wo er in einordnen sollte. Es war ein untersetzter, grauhaariger Mann mit einem Kugelbauch, der in schleppendem Gang näher kam. Seine Augen hatten keinen Glanz, wirkten fast ausdruckslos, und seine Haltung krumm, was auf Rückenprobleme schließen ließ.

„Ja, natürlich haben wir geöffnet, was darf's denn sein?"

Als Mark denn Klang der Stimme des Mannes vernahm, wurde er hellhörig. Diese Stimme, er kannte sie, nur woher? Wenn er das bloß wüsste. Woher nur, woher? Er grübelte angestrengt, und musterte den Mann.

„Vielleicht die Speisekarte?", fragte der Grauhaarige, der die Ärmel des weißen Hemdes, das er trug, etwas umgekrempelt hatte, und die Arme nun auf dem Tresen, direkt vor dem Gast ablegte.

Mark konnte ihn nun genau sehen. Nein, das konnte doch nicht sein? Oder doch...! Harry!

Nun hatte er ihn erkannt. Es war wirklich Harry! Er sah nochmal ganz genau hin. Er war es, ganz sicher! Harry schien ihn nicht zu erkennen, bemerkte jedoch das irgendetwas in seinem Gast vorging.

„Cola Wodka, habt ihr doch oder?" Mark brauchte kurz, um sich zu fangen. „Ja, haben wir!", sagte Harry, und Mark bestellte einen.

Cola Wodka hatte er hier immer getrunken, und als er Harry erkannte, automatisch gewählt. Harry begann den Drink zuzubereiten, und Mark sah ihm dabei zu. Mein Gott, hatte Harry sich verändert. Bis vor wenigen Augenblicken hatte Mark noch ein völlig anderes Bild von ihm gehabt, und sah ihn nun wieder so vor sich, wie er in seiner Erinnerung gelebt hatte. Dunkle Haare, schlank, aufrecht, gepflegt, immer im Anzug, rundum ein Musterkellner. Harry hatte damals schon hier gearbeitet, und es war wirklich erstaunlich, dass er noch hier war. Der Drink war fertig, und Harry stellte ihn vor Mark ab.

„Bitte sehr zum Wohl! Brauchen sie einen Aschenbecher?" „Nein danke, ich rauche nicht."

Mark kostete den Cola Wodka, und während er trank, musterte er den alten Kellner. Spontan versuchte er auszurechnen, wieviel Trinkgeld er ihm in den Jahren, in denen er hier verkehrte, gegeben hatte. Harry musste wohl bemerkt haben, dass Mark ihn aus den Augenwinkeln beobachtete.

„Ist alles in Ordnung?" „Alles bestens!" Mark setzte das Glas ab. „Schmeckt hervorragend!"

Harry sah, dass nicht mehr viel drin war. „Noch einen?" „Gerne!"

Harry zog sich zurück, um einen neuen Drink zu machen, und Mark hatte wieder etwas Zeit zum Nachdenken. Er glaubte an der Eingangstür neben den Öffnungszeiten "Inh.: Harry Schäfer" gelesen zu haben. Sollte Harry den Laden wirklich übernommen haben?

Vielleicht gleich nach der Wende. Damals wurde ja ziemlich viel abgewickelt. Warum nicht, wenn sich die Gelegenheit geboten hatte. Der Laden war vorher eine Goldgrube gewesen, und Harry hatte, wenn er das gesamte Trinkgeld, dass er im Laufe der Jahre hier verdiente, nicht verprasst hatte, bestimmt über das nötige Kapital verfügt. Wahrscheinlich hatte auch er, wie so viele nach dem Mauerfall geglaubt, es würde ewig so weitergehen, hatte geglaubt, dass was in der Planwirtschaft gut gelaufen war, auch in der Marktwirtschaft gehen würde.

Was sollte er auch glauben, hatte er doch keinerlei Erfahrung mit einer überflutenden Konkurrenz, und einem übersättigten Markt. Neue Bars und Restaurants schossen wie Pilze aus dem Boden, und jeder zweite, mit dem man sich damals unterhielt, schilderte einem in den höchsten Tönen SEINE geniale Idee für eine Kneipe, die er zu eröffnen gedachte. Viele dieser Enthusiasten wurden angesichts der harten Realität, jedoch sehr schnell eines besseren belehrt, und wenn man sich das vor Augen hielt, grenzte es wirklich an ein Wunder, dass es Harry und sein Café noch gab.

Mark sah sich nochmal in dem Laden um. Offenbar hatte er ja in die Neugestaltung investiert. Manches wirkte vielleicht ein wenig kitschig, aber so waren die Zeiten eben gewesen.

Harry kam mit dem Cola Wodka, und unterbrach Mark´s Gedanken. Sie tauschten die Gläser. „Was ist denn hier so am Wochenende los?", fragte Mark, und Harry blieb bei ihm stehen.

„Na, wir haben hier verschiedene Veranstaltungen an den Wochenenden, aber auch in der Woche bieten wir einige Sachen an, wir hatten gerade Eisbeinessen und ein Skat Turnier."

„Hört sich ja gut an", meinte Mark, und trank.

„Ich war früher oft am Wochenende hier, in den Achtzigern." Als er die Achtziger erwähnte, bekamen Harry's Augen wieder etwas von ihrem alten Glanz zurück, und seine Miene hellte sich merklich auf. Er musterte Mark, und suchte nun seinerseits nach etwas Bekanntem.

„In den Achtzigern hatten wir hier immer volles Haus!", schwärmte Harry mit verträumtem Blick.

Ja, die Achtziger waren SEIN Jahrzehnt gewesen, eine Zeit in der alles gut lief, und er glücklich war. In dieser Zeit war sein Leben leicht gewesen, hatte sich alles gefügt, kam eins zum anderen. Mark bemerkte, dass er noch gemustert wurde, und Harry versuchte sich irgendwie an ihn zu erinnern. Bei den vielen Gästen, die das Café damals hatte, bezweifelte Mark jedoch, dass es gelingen würde.

„Stimmt hier war immer 'ne Menge los! Ich erinnere mich noch an Moni, Anka und Sabine." Mark zählte die Namen der Kellnerinnen auf, die damals hier gearbeitet hatten, und Harry machte es sichtlich Spaß über die alten Zeiten zu reden.

„Ach ja, die Zeit ist schnell vergangen. Ich möchte noch einmal erleben, dass der Laden so voll ist", meinte er, und machte eine Kopfbewegung in den Raum hinein.

„Wie läuft's denn heute so?", fragte Mark ganz ungezwungen, da er glaubte es tun zu dürfen, eben weil er in den Achtzigern regelmäßig hier gewesen war. Er fühlte sich dem Laden und seinem Inhaber verbunden.

Er hatte Harry damals gesehen, als er nicht grau und krumm war, stolz, im schwarzen Anzug, in seiner Paraderolle, strahlend. Wer damals, während der Planwirtschaft, in der Gastronomie beschäftigt war, hatte auf der Sonnenseite gelebt. Kellner bekamen horrende Trinkgelder, und genossen einen hohen Status. Viele von ihnen, machten sich dadurch eine gewisse Arroganz zu eigen, die ihnen eigentlich nicht zukam. Doch sie saßen am längeren Hebel, und nutzten diese Machtposition gerne aus. Lange Schlangen vor Restaurants oder Diskotheken waren nicht die Seltenheit, und ein wohlgesonnener Kellner konnte einem das Leben ein wenig erleichtern. Gerade wenn man jung war, und viel ausging.

Mark hatte Harry niemals arrogant erlebt. Nein, er war einer von denen gewesen, die das reichliche Trinkgeld, das er natürlich auch bekam, nicht als selbstverständlich betrachteten. Er war keiner von denen gewesen, die dich erst beachteten, wenn du ihnen ein Schein zugesteckt hattest. Er hatte den Anspruch, es sich zu verdienen, wirklich zu verdienen. Bei Harry hatte man immer gewusst woran man war. Er war jemand, dem bewusst war, woher die dicken Scheiben, mit denen er sein Brot belegen konnte, kamen. Nein, Harry vergaß das nicht.

Wenn er einen draußen in der Schlange, vor dem wieder mal völlig überfüllten Laden entdeckte, sorgte er immer dafür, dass man irgendwie noch reinkam. Auf Harry konnte man sich verlassen! Man kannte sich, und wusste miteinander umzugehen. So konnte man, wenn man mal knapp bei Kasse war, auch anschreiben, und die Rechnung erst am Geldtag begleichen.

„Nicht mehr so wie früher", antwortete Harry auf Mark´s Frage, und in seinen Worten schwang ein wenig Wehmut mit. Im Gesicht des Kellners spiegelten sich Jahre, die es fülliger und faltiger hatten werden lassen. Er glich einem Bauern auf einsamer Scholle, die ehemals reiche Ernte getragen hatte, und nun langsam zu veröden drohte. Aber es war SEIN Stück Land, und so ertrug er geduldig jedes Wetter, die Haut von Sonne und Wind gegerbt, mit dem Land verwachsen, dem kargen Boden Jahr um Jahr ein wenig abtrotzend.

„War ´ne tolle Zeit!", sagte Mark lächelnd, und deutete auf sein leeres Glas. „Ich nehm gerne noch so einen." Harry nickte, und schickte sich an, für Nachschub zu sorgen.

„Kann ich dir einen ausgeben?", rief Mark ihm hinterher. Harry drehte sich um. „Einen Kaffee, nur einen Kaffee!"

Während Harry sich um die Getränke kümmerte, fuhr draußen die Straßenbahn vorbei, und erinnerte Mark daran, dass er eigentlich auf dem Weg zum Ärztehaus war, und so dachte er auch wieder an die Röhre. In seinem alkoholisierten Zustand konnte er bestimmt nicht mehr zum Arzt gehen. Mittlerweile war er ziemlich angeheitert, und das machte es ihm leichter alles zu verschieben. Die Untersuchung würde er sowieso nicht gleich machen können, und die Röhre konnte man auch noch bis morgen Röhre sein lassen. Es tat einfach gut, hier mit Harry zu sitzen, und über die alten Zeiten zu reden, und nicht an das zu denken, was er gerade erlebte.

Harry kam zurück, stellte die Getränke ab, und bedankte sich für den Kaffee. Mark blieb noch eine ganze Weile, und als er fast nicht mehr stehen konnte, brach er, trotz Harry´s Angebot ein Taxi zu rufen, per pedes auf, und gelangte auch unbeschadet in seine Wohnung.

Dort setzte er sich im Wohnzimmer auf die Couch, und machte die Leselampe an. Er war abgefüllt, und die Augen vielen ihm fast zu, aber er wollte nicht schlafen. Die Röhre lag auf dem Tisch, und schien ihn anzugrinsen, so als wüsste sie, dass er ja irgendwann doch schlafen musste. Sie brauchte nur zu warten, aber das konnte sie ja. Sie hatte lange auf ihn gewartet, jahrelang, und nun war er hier. Blödsinn! Röhren warten nicht!

Sie liegen einfach nur herum. Dennoch wollte er nicht schlafen. Er hatte Angst, hatte wirklich Angst vor dem, was geschehen würde, wenn er einschlief. Er wollte keine Angst haben, und redete sich immer wieder ein, dass es dafür auch keinen Grund gäbe. Aber er hatte Angst!

Er versuchte gegen den Schlaf anzukämpfen, machte sich starken Kaffee. Wie konnte er nur wach bleiben? Vielleicht sollte er Fernsehen? Nein, den Fernseher brauchte er nicht einzuschalten. Es würde nur fünf Minuten dauern, bis er eingeschlafen wäre. Nein, Fernsehen würde nichts nützen. Er trank den Kaffee, und lief im Zimmer auf und ab, öffnete das Fenster, und ließ die kühle Nachtluft hinein. Als die Müdigkeit stärker wurde, machte er sich neuen Kaffee, von dem ihm irgendwann schlecht wurde.

Er lief weiter im Zimmer herum, und musste von dem vielen Kaffee ständig aufs Klo. Nach Stunden konnte er nicht mehr gegen den Schlaf ankämpfen, sank kraftlos auf die Couch, und schloss endlich erlöst die Augen. Schlafen, schlafen, nur schlafen!

In der Fehrbelliner war es still, und kein Geräusch störte die nächtliche Ruhe. Alles war friedlich, in Schlaf gehüllt. Nur der kühle Nachtwind wurde heftiger, drang in das offene Wohnzimmerfenster, und spielte mit der Gardine....

Klick!

Mark´s Augen öffneten sich fast mechanisch, und starrten wild ins Leere. Er lag verkrampft auf der Couch und zitterte, als hätte ihn gerade ein Stromschlag getroffen. Seine Finger krallten sich in das Leder der Couch. Sein Körper war völlig steif. Einige wellenartige Stöße durchzuckten seinen Körper, und er konnte sich aufrichten, bis kurz darauf sämtliche Spannung wieder entwich, und er zusammensank.

Er war erschöpft, völlig erschöpft, und wieder schweißgebadet. Mark sprang nicht auf, wie beim letzten Mal, rannte nicht durch die Wohnung. Heute blieb er einfach liegen, und schaute sich um. Langsam begann er sich den Schweiß von der Stirn zu wischen.

Wo war der Fluss? Der Fluss, an dem er gerade eben noch gesessen hatte? Ja, er hatte gerade eben noch an dem Fluss gesessen, hatte still das Treiben um sich herum beobachtet. Überall um ihn herum, waren Menschen mit allerlei Verrichtungen beschäftigt gewesen. Er hatte nicht gewusst, wo er sich befand, aber die Menschen dort stammten aus einer anderen Zeit, aus einer vergangenen Epoche.

Spärlich waren sie mit Stoffen bekleidet, die entweder nur um die Hüften geschlungen, oder als eine Art Kittel getragen und mit einem Gurt zusammengehalten wurden.

Er hatte auch Tiere gesehen. Einige Rinder, mit auffallend langen

Hörnern, tranken am Flussufer, und nicht weit von ihm zerlegte eine Frau Wild, das mit den Hinterläufen von einem hölzernen Gestell herunterhing. Dabei wurde sie von einigen Hunden umkreist, die auf ein paar Reste aus waren. Neben ihr schabte ein Mann die Tierhaut ab, die er vorher mit einer ockerfarbenen Paste bestrichen hatte. Frauen holten vom Fluss Wasser, und transportierten es in Behältern aus Ton, die an den Enden einer Stange befestigt waren, und über der Schulter getragen wurden. In einiger Entfernung standen Häuser, deren strohgedeckte Spitzdächer fast bis zum Boden reichten. Das Stroh wurde auf einer Konstruktion aus hölzernen Bohlen aufgebracht, die an den Vorderseiten der Häuser zu erkennen waren, und an den Außenwänden konnte man einen schmutziggrauen Putz erkennen.

Vor einem der Häuser saßen Männer, offenbar Jäger, die an Pfeilen schnitzten oder Äxte reparierten. Einige dunkle Schweine liefen quiekend an einer Frau vorbei, die auf dem Boden sitzend auf einem kleinen, tragbaren Mahlstein, Korn mahlte. Am Fluss zogen zwei andere Männer einen Einbaum ans Ufer, und wurden dabei von mehreren kleinen Kindern beobachtet, die um sie herumstanden.

Auch diesmal schienen die Menschen ihn zwar wahrzunehmen, aber sich nicht weiter an ihm zu stören. Keiner von den Leuten kam ihm bekannt vor, ihre Gesichter sagten ihm nichts, doch ihm fiel auf, wie vertraut ihr Habitus anmutete. Obwohl sie offenbar aus einer frühen Epoche stammten, waren Mimik, Gestik und ihre gesamte Körpersprache, die von modernen Menschen. Wären sie alle nackt gewesen, und hätten ohne alles andere drumherum nur im Fluss gebadet, hätte Mark sie nicht von modernen Menschen unterscheiden können. Am Horizont hinter dem Fluss, hatte er Berge gesehen, dunkle Berge, und am Fuß der Berge hatte es Wald gegeben.

Nun war er wieder hier, lag schweißgebadet auf der Couch, und den Fluss und alles andere gab es nicht mehr. Aber es hatte diesen Fluss doch nie gegeben! Mark war nie wirklich an diesem Fluss gewesen, hatte doch die ganze Zeit hier gelegen!

Alles war doch nur ein Traum, obgleich, ein verwirrend realer, jedoch nur ein Traum!

Er blieb noch liegen, und versuchte sich zu beruhigen, fing an, bewusst zu atmen, und achtete auf seinen Herzschlag, der sich nach einer Weile allmählich verlangsamte. Warum hatte er von diesem Dorf geträumt, und von dem Fluss? Der Traum schien keinen Bezug zu einem realen Ort zu haben, den er eventuell gekannt hätte, und je länger er darüber nachdachte, desto weniger ergab alles einen Sinn.

Vorsichtig stand er auf, und ging duschen. Mark wollte einfach normale Dinge tun, trotz der Träume, einen geregelten Tagesablauf beibehalten. Das hielt er für wichtig, um klare Gedanken fassen zu können. Alles war normal, und die Träume nicht real! Sie hatten eine Ursache, und er würde sie finden, dessen war er sich sicher. Unter der Dusche entspannte das warme Wasser seinen Körper, und befreite ihn von dem klebrigen, salzigen Belag auf der Haut.

Er begann wieder an das Café Renz zu denken, und an Harry, und daran, wie sehr er getrunken hatte. Sein Alkoholkonsum nahm in letzter Zeit bedenkliche Ausmaße an, und das musste er ändern, durfte nicht Gefahr laufen abzustürzen, musste nüchtern nachdenken.

Nachdem er sich angezogen, und etwas Obst zu sich genommen hatte, griff er zum Telefon, und machte einen Arzttermin. Es würde ein paar Tage dauern, bis er sich untersuchen lassen konnte, aber er wollte die Zeit nicht ungenutzt verstreichen lassen, ohne sich mit der Röhre zu beschäftigen. Wieder ging er zum Tisch, um sie sich anzusehen. Wie alt mochte sie sein? Ließ sich schwer sagen. Wer hatte sie gefertigt? Der Kristallkern war zweifellos bearbeitet worden. Von wem?

Vielleicht bekam er über die Einfassungen einen Hinweis. Er fasste sich ein Herz, nahm die Röhre in die Hand, befühlte sie, und achtete darauf, ob irgendeine körperliche Reaktion zu spüren war, doch das Einzige, was er spürte, war die Kälte der Röhre. Ja, sie fühlte sich kalt an.

Vielleicht nicht ganz kalt, aber kühl. Er untersuchte die Einfassungen genauer, die ziemlich angelaufen waren, und wohl aus Kupfer gemacht. Als Motiv hatte man Stiere gewählt, ja, hier handelte es sich um Stiere, das konnte er genau erkennen.

Nun begann er nach Aussparungen oder Einkerbungen zu suchen, nach irgendwas, aus dem sich schließen ließ, dass die Röhre Teil einer Maschine oder Apparatur war, in die sie vielleicht eingelegt werden musste. Da er nichts dergleichen fand, legte er sie wieder zurück, und wusch sich vorsichtshalber gründlich die Hände. Wo kam das verdammte Ding bloß her? Wann wurde sie angefertigt? Sicher war ihr Alter ein guter Ansatzpunkt. Konnte man sie in eine bestimmte Zeitspanne einordnen, ließ sich auch gezielter nach ihrer Funktion suchen.

Dieser Gedanke gefiel ihm. Genauso wollte er vorgehen. Erstmal den Gesundheitscheck abwarten, dann würde er wissen, ob die Röhre gesundheitlich unbedenklich war, und er konnte gegebenenfalls jemanden hinzuziehen, der bei der Einordnung der Röhre behilflich sein konnte, und als er weiter darüber nachdachte, fiel ihm auch gleich die richtige Person dazu ein. Ritchie! Ja, warum hatte er nicht gleich daran gedacht! Ritchie konnte ihm bestimmt dabei helfen!

Ritchie, der eigentlich Richard Leonhard hieß, hatte er kennengelernt, als er noch Immobilien verkaufte. Genau genommen waren Melissa und Constanze, Ritchie's Frau, Freundinnen gewesen, und die Männer hatten sich über ihre Frauen kennengelernt.

Sie waren immer gut miteinander ausgekommen, und im Laufe der Zeit entwickelte sich auch zwischen ihnen eine enge Freundschaft. Ritchie war anders als die Leute mit denen sich Mark und Melissa zu dieser Zeit normalerweise umgeben hatten. Obwohl er gerne den Intellektuellen raushängen ließ, und eine snobistische Ader hatte, fand man, wenn man ihn näher kannte, jedoch schnell heraus, dass das Ganze nur Gehabe war, und unter der Oberfläche ein intelligenter, ernsthafter Mensch steckte, der auch eine gesunde Portion Humor zu schätzen wusste.

Ritchie war einfach ein netter Kerl, den man einfach mögen musste. Er arbeitete als Historiker am Ethnologischen Museum in Dahlem, und Mark hatte ihn seit seiner Trennung von Melissa nicht mehr gesehen. Von diesem Abschnitt seines Lebens hatte er sich endgültig verabschiedet, war der Welt entronnen, die ihn nie wirklich glücklich machen konnte, aber Ritchie fehlte ihm schon.

Er nahm sich vor ihn anzurufen, was er schon längst hätte tun sollen, nicht nur weil er seine Hilfe brauchte. In Gedanken versunken, war Mark ans Fenster gegangen, und hatte den Kopf nach draußen gesteckt. Konnte es wirklich möglich sein, dass er nur wegen der Röhre wieder hier war, wie Dirk behauptete?

Oder war er wieder hier, weil er einfach wieder hier sein wollte, weil er etwas suchte? Was würde er finden, vielleicht sich selbst? Vielleicht den Teil seiner selbst, den er vor Jahrzehnten hiergelassen hatte? Vielleicht. Alles hatte ja einen Grund, wenngleich der manchmal unergründlich blieb.

Vom offenen Fenster ging er wieder zur Couch zurück, und setzte sich. Wieder kam ihm das Café Renz in den Sinn. Das es das und Harry noch gab, erstaunlich. Früher hatte er an dem Laden wirklich gehangen. Plötzlich begann er darüber nachzudenken, wie er damals eigentlich auf das Café Renz gestoßen war. War es ihm möglich, sich noch genau an den Tag zu erinnern, als das Café zum ersten Mal in sein Blickfeld gelangte?

Er wollte es versuchen, und in Gedanken ging er zurück in die Achtziger. Alles was ihm nun in Bezug auf das Café in den Sinn kam, versuchte er noch weiter zurückzudenken. Er fragte immer wieder nach dem „davor", und gelangte auf diese Weise zu einem Tag, einem Sonntag, an dem er, wie damals so oft, bei Dirk zuhause gewesen war, und erinnerte sich, mit Dirk und dessen Mutter Karten gespielt zu haben.

Es musste an einem Sonntag, 81 oder 82 gewesen sein, und Mutter Gerber hatte ihnen Geld gegeben, und schickte sie Kuchen kaufen, eben ins „Café Renz".

Offenbar wurde es zu dieser Zeit noch als reines Café betrieben, und entwickelte sich erst allmählich zu einem Barbetrieb, mit Diskotheken an den Wochenenden.

Dann war er ewig nicht dort gewesen, und das Nächste in diesem Zusammenhang, war ein Samstag, an dem er gemeinsam mit Sattler in das Café gegangen war.

Sattler suchte Sabse, eigentlich Sabine, mit der er um 83 herum zusammen gewesen war. Sattler war auf der Suche nach ihr, weil sie Krach gehabt hatten. Nach dem Krach war Sabse ihrer Wege gegangen, und Sattler katte seinen Ärger mit Wodka oder Korn runtergespült. Irgendwie kam ihm dann zu Ohren, dass sie im Café Renz gesichtet wurde, und Sattler stapfte wütend und besoffen, wie er in solchen Situationen zu sein pflegte, los.

Dummerweise hatte Mark zugestimmt ihn zu begleiten, obwohl ihm doch klar gewesen sein musste, dass Sattler dort früher oder später eine Prügelei anzetteln würde. Sattler konnte überhaupt nicht anders, lag ja irgendwie in seinem Wesen. Er trank, und prügelte sich, darauf konnte man Wetten abschließen.

Mark mochte Sabse sehr. Bevor sie mit Sattler zusammenkam, war sie eine ganze Weile fest mit Ralf liiert. Die beiden hatten ein chaotisches Pärchen abgegeben, stritten oft, versöhnten sich, stritten wieder, und so weiter. Eigentlich war Ralf der Chaot gewesen, den Mark, obwohl mit ihm befreundet, oft genug auch hasste, weil er sich völlig idiotisch benahm.

Auf dem Höhepunkt der Neuen Deutsche Welle, ließ sich Ralf regelmäßig einen Igelschnitt verpassen, was ihn sehr individuell erscheinen ließ, da damals kaum jemand die Haare so trug. Er hatte sich immer auf einem schmalen Grad zwischen Kitsch und Coolness bewegt, und ein Paradebeispiel für diesen Style, war ein Parka, den er im Winter trug, und den er, einem Weihnachtsbaum gleich, mit jeder Art von Kleinkram behängte.

In der Tat konnte man dort kleine Glöckchen finden, ebenso Aktivistenabzeichen, aus gebrannter Knetmasse gefertigte Buttons, Sicherheitsnadeln, und was man sich sonst noch an

Nippes vorstellen konnte. Wenn er sich einem näherte, klimperte er nur so vor sich hin. Das wirkte eigentlich lächerlich, er trieb es aber auf die Spitze, und hängte immer noch weiteres Zeug an den Parka.

Ralf war ein Meister der Selbstinszenierung, der diese Kunst auch verbal prächtig beherrschte. Er hatte damit wirklich einigen Erfolg bei den Mädchen, die er, wenn es darauf ankam, stundenlang zuquatschen konnte.

Mark merkte nun, dass er paradoxerweise die Zeit der Neuen Deutschen Welle, die er in der DDR, mit all den diktatorischen Strukturen erlebte hatte, als die freieste seines Lebens empfand. Sie waren auch wirklich eine Bande von Abhängern gewesen, die nur Musik, Feten und Blödsinn im Kopf hatten!

Aber war das nicht auch völlig in Ordnung, bedachte man die verrückte politische Situation, in der sich die Welt damals befand? Es herrschte Kalter Krieg, und die Betonköpfe auf beiden Seiten des Eisernen Vorhangs, hätten es ja beinahe geschafft den dritten Weltkrieg auszulösen. Was waren dagegen schon ein paar ausgeflippte Jugendliche, die mal über die Strenge schlugen?

Hätte der sowjetische Oberstleutnant Stanislaw Petrow nicht geistesgegenwärtig gegen seine Befehle gehandelt, wäre 1983 wohl sowieso alles vorbei gewesen. Am 26. September kurz nach Mitternacht meldeten sowjetische Satelliten den Abschuss einer amerikanischen Atomrakete. Petrow in seinem Bunker, stufte das jedoch als Fehlalarm ein, aber wenige Minuten später wurden vier weitere amerikanische Raketen gemeldet. Gegen jede Vorschrift meldete er den Alarm, den er weiterhin als Fehlalarm wertete, nicht an den Kreml, da er es für unwahrscheinlich hielt, mit nur fünf Raketen angegriffen zu werden. Beinahe wäre eine Kettenreaktion ausgelöst worden, die den Dritten Weltkrieg zur Folge gehabt hätte. In diesem Herbst war die Lage durch ein NATO Manöver und die Stationierungspläne von atomaren Mittelstreckenraketen in Westdeutschland ohnehin schon extrem angespannt. Wahrscheinlich riskierte Petrow mit seinem eigenmächtigen Verhalten sogar sein Leben, und rettete damit wohl Millionen anderer. Glücklicherweise war in diesem Fall der sogenannte „Faktor Mensch" nicht die Schwachstelle, sondern die Rettung gewesen. Wie nah man damals wirklich dem Abgrund gewesen war, hätte wohl niemand ernsthaft für möglich gehalten.

Natürlich wusste man um die reale Gefahr, doch man glaubte, dass keine Seite so verrückt gewesen wäre, einen Atomkrieg anzuzetteln. Im Schatten des Wahnsinns, der sich um sie herum abspielte, erschien der Teutoburger Platz ein paar naiven Jugendlichen wie ein Wolkenkuckucksheim, in dem sie unter sich sein konnten. Für eine kurze Zeit in ihrer ureigenen Welt, nur mit sich selbst beschäftigt.

Irgendwann hatten sich Sabse und Ralf getrennt, und sie zu Sattler gefunden. Nun hätte man meinen können, Sabse hätte eine Schwäche für selbstzerstörerische Typen gehabt, aber es war wohl eher das Unangepasste und Rebellische, das sie bei beiden angezogen hatte.

Auch in der neuen Beziehung flogen oft die Fetzen, da sie sich nicht gern bevormunden, und er sich nicht gern Hörner aufsetzen ließ. An besagtem Nachmittag war es dann mal wieder soweit, sie unterwegs, und er auf der Suche nach ihr. Als dann im Café weit und breit nichts von ihr zu sehen war, beschlossen Sattler und Mark erstmal an die Bar zu gehen, und etwas zu trinken.

Sattler war furchtbar übel gelaunt, was durch das Trinken noch gesteigert wurde, und seiner Natur folgend, suchte er Streit. Er fing an die Gäste anzupöbeln, die um die Bar herumstanden, und es zusammengenommen auf wenigstens dreißig Jahre Knast gebracht hätten. Dort standen einige wirklich finstere Typen mit grimmigen Mienen und einschlägigen Tätowierungen. Mark hatte angesichts dieser Situation, versucht Sattler zu beruhigen, und zum Gehen zu bewegen, aber der ließ sich nicht überzeugen, und alles Reden war vergebens.

Sattler konnte man einiges nachsagen, jedoch nicht, dass er feige gewesen wäre, und die tätowierten Gestalten imponierten ihm überhaupt nicht.

Er suchte die Herausforderung, hielt sich offenbar für unverwundbar, und meist gab der Erfolg ihm auch recht. In der Regel gewann er seine Kämpfe. Also pöbelte er munter weiter, und die finsteren Typen hielten natürlich dagegen.

Mittlerweile schalteten sich auch die Kellnerinnen ein, und versuchten ihrerseits zu schlichten, aber Sattler fing immer wieder an. Kurz darauf kam es zu einem Handgemenge. Die finsteren Typen waren offenbar Stammgäste, und ließen sich durch den Charme der Kellnerinnen überzeugen, darauf zu achten, dass die Einrichtung nicht zu Bruch ging, und versuchten Sattler rauszuschmeissen.

Mit vereinten Kräften schafften sie es auch Sattler, der sich mit dem Mut eines Löwen verteidigte, vor die Tür zu befördern, und diese von innen zu verriegeln. Glücklicherweise hatte niemand ernsthaft was abbekommen, und Mark war froh, dass es so gelaufen war, da ihm klar war, dass Sattler niemals Ruhe gegeben hätte. Deshalb hatte er es auch für angebracht gehalten, einfach an der Bar sitzenzubleiben und in aller Ruhe auszutrinken. Da Sattler nun aber draußen und die Tür verriegelt war, richteten sich plötzlich alle Blicke auf ihn, war er doch mit dem Störenfried hierher gekommen. Aus nachvollziehbaren Gründen, fühlte er sich nun nicht mehr besonders Wohl in seiner Haut und ziemlich angefeindet.

Also begann er damit, den anwesenden Herren, glaubhaft zu versichern, dass er, den eben Rausgeworfenen nur sehr vage kannte, und sich überhaupt nicht erklären konnte, was in ihn gefahren sei, wo doch alle hier so nett wären.

Seine Ausführungen schienen jedoch wenig Anklang zu finden, und nur Sattler's beharrliches Bitten um Einlass, das er durch massive Faustschläge gegen die Eingangstür zum Ausdruck brachte, retteten ihm den Arsch.

Schlagartig wandten alle Anwesenden ihre gesamte Aufmerksamkeit wieder Sattler zu, und Mark nutzte das momentane Desinteresse an seiner Person, um durch eine Hintertür bei den Toiletten zu verschwinden.

Durch einen benachbarten Hof gelangte er schließlich wieder auf die Straße, und sah, dass Sattler immer noch wie ein Berserker gegen die Tür trommelte. Als der dann seinerseits auf Mark aufmerksam wurde, legte er eine Pause ein. Seine Fingerknöchel waren aufgeschlagen und bluteten leicht, aber er schien grundsätzlich nicht vorzuhaben aufzugeben. Erst Mark´s Hinweis, dass niemand von ihnen die Drinks bezahlt hatte, bewog ihn schließlich gemeinsam mit seinem Kumpel zu verduften.

Diese Begegnung mit dem Café war sicherlich nicht die glücklichste, aber das sollte sich ändern, und in der zweiten Hälfte der Achtziger wurde Mark an den Wochenenden Stammgast in diesem Etablissement, und ging, sofern sein Dienst es erlaubte, jeden Freitag und Samstag zur Disco dorthin....

Mark saß in der Tatrabahn, und schaute aus dem Fenster. Die hellen Gebäude des Druckplattenwerkes kamen bereits in Sicht. Gerade hatte die Straßenbahn das ORWO Gebäude hinter sich gelassen, und fuhr nun auf die Brücke. Er stand auf, und ging zur Tür. Hier musste er raus. Er betätigte den Türöffner, und stand kurz darauf auf der Brücke.

Die Bahn setzte ihre Fahrt fort. Er sah ihr kurz nach, nahm dann noch einen flüchtigen Blick auf die roten Backsteingebäude der „Berliner Werkzeugmaschinen Fabrik", und ging dann die Treppe zur Unterführung hinunter.

Im Tunnel hallten seine Schritte wider, und automatisch schaute er runter auf seine Schuhe. Er trug die neuen Puma Sportschuhe, die ihm die Oma von „Drüben" mitgebracht hatte. Sie konnte rüber, rüber in den Westen, seit sie Rentnerin war. Rentner ließen sie rüber, deren Arbeitskraft wurde nicht mehr gebraucht. Also, wenn die drüben blieben, wen kümmerte es.

Mark´s Oma wollte nicht drüben bleiben. Warum auch? Ihre Familie war hier! Ja, es gab Verwandte in Rothenburg o.d. Tauber, Verwandte aus ihrer Kindheit.

Die hatte sie auch schon besucht, nachdem sie rüber durfte, aber da bleiben? Nein, die Familie war hier!

Die Puma Schuhe waren schwarze Knöchelsportschuhe, mit grauen Puma Streifen an den Seiten. Solche Schuhe waren damals noch verhälnismäßig selten, und Mark trug sie mit einigem Stolz. Die Oma ging gerne rüber, um für ihn einzukaufen. Er gab ihr Geld mit, dass sie umtauschte, und manchmal legte sie auch noch etwas drauf. Wenn sie dann zurückkam, schwärmte sie von den Kaufhäusern und dem riesigen Angebot und von den Lebensmittelabteilungen, in denen die Produkte so appetitlich angerichtet wurden.

„Ach...Junge, wenn du doch nur mal mitkommen könntest!", hatte sie oft gesagt. Sie schwärmte immer, wenn sie zurückkam, aber drüben bleiben, nein.

Mark hatte die Unterführung durchquert, und nahm den Betonweg, der zum Betrieb führte. Er hörte schon die Geräusche der Gabelstapler, die bei den Schlammtürmen, mit orangefarbenen Säurebehältern beladen, hin und her fuhren. Der Betonweg führte direkt auf das Betriebsgelände, und in der Pförtnerloge sah ihm auch schon der grauhaarige Pförtner entgegen, ein versoffener Kerl mit rotem Gesicht, der eine Offizierslaufbahn bei der NVA hinter sich hatte, und danach irgendwo untergebracht werden musste.

Also bekam er den Posten eines „Sicherheitsinspektors", was eigentlich nur ein besserer Pförtner, mit einigen zusätzlichen Aufgaben war. Der Grauhaarige war im Grunde harmlos und ließ einen in Ruhe, aber ab und an, kam der Offizier wieder in ihm durch. Wie Napoleon vor der Schlacht, stolzierte er dann im Betrieb umher, und versuchte den Leuten ihre Tauchsieder abzunehmen, die verboten waren oder kam ihnen sonst noch mit allerlei anderen unwichtigen Vorschriften.

Damit machte er sich natürlich nicht besonders viele Freunde, und die Kollegen entwickelten bald eine gute Taktik ihn schnell wieder loszuwerden.

Diese bestand einfach darin, ihn auf wirkliche Mängel hinzuweisen, für die er als Sicherheitsinspektor offiziell zuständig war. Meist suchte er dann, unter einigen Ausflüchten, das Weite. Man brauchte ihn nur an die geltenden Arbeitsschutzvorschriften zu erinnern, für die er regelmäßig Belehrungen durchgeführt hatte und die seine Unterschrift trugen. Dann reichte es schon, ihm zu drohen die Anlage, an der es immer irgendwelche Mängel gab, sofort stillzulegen, da er ja auch in Punkto Tauchsieder unbedingt darauf pochte, dass die Vorschriften eingehalten wurden, Befehl war eben Befehl!

Aber um richtige Mängel, wollte und konnte er sich, da er fachlich eine völlige Niete war, nicht kümmern, hätte das doch auch bedeutet, sich mit der Abteilungsleitung anzulegen.

Nein, das wollte er natürlich nicht, da zog er sich doch lieber wieder in seine Pförtnerloge zurück, zu seiner Pulle und seinen DSF Marken, da er im Betrieb auch Vorsitzender der „Gesellschaft für Deutsch Sowjetische Freundschaft" war, einer Massenorganisation, die es sich auf die Fahne geschrieben hatte, den Bürgern der DDR, die Kultur und Gesellschaft des großen Bruders, frei nach dem Motto „Von der Sowjetunion lernen heißt siegen lernen!" näher zu bringen.

Die DSF spielte auch im sozialistischen Wettbewerb eine Rolle, denn wenn alle Kollegen einer Brigade ebenfalls DSF Mitglieder waren, hatte die Brigade höhere Chancen „Kollektiv der sozialistischen Arbeit zu werden".

Auch Mark war, weniger aus ideologischen, als aus rein wirtschaftlichen Gründen DSF Mitglied gewesen. Da das Druckplattenwerk, wie ca. 90 Prozent der Druckereien, Zeitungsverlage und Vertriebsorgane, der VOB Zentrag unterstand und die wiederum direkt dem ZK, wodurch sich die SED das Monopol über fast alle Druckkapazitäten der DDR sicherte, war der Betrieb der Presse angegliedert, und es wurde eine Presseprämie gezahlt.

Diese Prämie wurde jedem Mitarbeiter zusätzlich zum Lohn bezahlt und durch die Presseprämienordnung geregelt, die unter anderem, wenigstens eine gesellschaftliche Verpflichtung vorsah, und da es hier um eine Summe zwischen 95 und 135 Mark monatlich ging, konnte man schon darüber nachdenken, irgendeine gesellschaftliche Verpflichtung in Kauf zu nehmen. Nun hatte man, was im real existierenden Sozialismus ja nicht immer der Fall war, die Qual der Wahl.

Partei? Kam nicht in Frage, um nichts in der Welt wollte Mark Genosse werden. FDJ? Da war er bereits nach der Lehre ausgetreten. Also was tun? Einige der älteren Kollegen, versuchten ihm den Angelverein schmackhaft zu machen. Aber er hatte keinen Spaß am Angeln, und außerdem merkte er schnell, dass die Angler ihre Mitgliedschaft gern dazu nutzten, um an den Wochenenden von ihren Ehefrauen wegzukommen, und sich ihre Angelausflüge meist auf eine Kiste Bier an irgedeinem See beschränkten.

Da war die Mitgliedschaft in der DSF eine wirkliche Alternative. Man musste monatlich nur einige billige Marken kaufen, und diese in ein Mitgliedsbuch einkleben. Manchmal gab es dazu noch einige Sondermarken und jährlich eine Tombola. Das war's auch schon!

Als er das Betriebstor passierte, hielt Mark dem grauen Suffkopp seinen Betriebsausweis entgegen, und der nickte ihm wohlwollend zu. Ordnung muss sein!

Er ging an der Schlosserei vorbei, weiter über den Hof, zu dem Gebäudeteil, in dem sich die Garderoben befanden, und als er schon fast bei der Eingangstür war, kam ihm Höppner, einer der Schichtleiter, der fast keinen Hals mehr hatte und immer noch fetter zu werden schien, entgegen.

Höppner konnte man schon von Weitem an seinem Gang erkennen. Er ging in einer extrem eigentümlichen Art, schob den Bauch beim Gehen merkwürdig nach vorn, und drehte dabei die Außenflächen der Hände nach innen. Würde man in einem Zeichentrickfilm ein einfaches Strichmännchen so laufen lassen, hätte jeder unschwer Höppner wiedererkannt. Nur an diesem Gang.

Höppner grinste über das ganze Gesicht, nickte ihm zu, und ging weiter.

Im Treppenaufgang zu den Garderoben wurde Mark von weiteren Kollegen begrüßt, denen er dort begegnete. Es war Schichtwechsel, die Frühschicht hatte bald Feierabend, und die Spätschicht übernahm. Die Garderobe bestand aus drei Reihen mit Spinden und einem extra Duschraum, in dem sich mehrere Duschen und Waschbecken mit Spiegeln befanden. Mark steuerte die mittlere Reihe, in der sich sein Spind befand, an, und begann sich umzuziehen.

Er schlüpfte in die graue Säureschutzhose, zog das Fleischerhemd und die festen Arbeitsschuhe an, und ließ, nachdem er fertig war, das Vorhängeschloss wieder zuschnappen, um sich mit der Plastiktüte in der Hand, in der sich seine Schichtbrote befanden, auf den Weg zu seinem Arbeitsplatz zu machen.

Auf dem Gang vor dem Chemielabor traf er Margit, eine der Laborantinnen, die gerade Proben von den galvanischen Bädern geholt hatte. Sie war, obwohl schon etwas über vierzig, eine unglaublich attraktive Frau, und Mark lächelte sie sofort an.

„Ich bring euch gleich die Ergebnisse", sagte sie, und lächelte zurück. Ihr enganliegender weißer Kittel unterstrich ihre Kurven.

„Ja, dann bis gleich", antwortete er, und Margit verschwand hinter der Labortür. Er ging weiter, und kam an der Fertigmacherei vorbei, wo er durch das laute Knallen der Stanzen empfangen wurde. Hier wurden die Druckplatten, nachdem sie aus der Galvanik kamen, mit Löchern und Aussparungen versehen, um später in die Druckmaschinen eingespannt werden zu können.

„Wieder Spätschicht?"

Achim, ein kleiner Mann, mit bereits etwas lichtem, langem, dunklen Haar und Vollbart, war gerade dabei einen Wagen mit Druckplatten hereinzuziehen.

„Ja...was will man machen, kann man wenigstens ausschlafen", erwiderte Mark, und Achim kam zu ihm rüber, zog den rechten

Handschuh aus, und gab ihm die Hand. Handschuhe gehörten hier standardmäßig zum Arbeitsschutz, weiße schnittfeste Handschuhe. Achim, der im gemusterten Arbeitshemd und Lederschürze vor ihm stand, wurde von Mark um gut anderthalb Kopflängen überragt. Sie sprachen noch kurz miteinander, doch Mark musste weiter, war knapp dran, und die Frühschicht wartete auf Ablösung.

Er setzte seinen Weg fort, und als er in die Galvanik kam, wurde die Luft schlechter, und man roch den ätzenden Gestank der Bäder. Sicher, es gab Lüftungsanlagen, die aber offenkundig nicht ausreichten. Außerdem waren sie nicht mehr in gutem Zustand, und man bastelte ständig an ihnen herum und versuchte irgendwie Abhilfe zu schaffen. Es gab sogar ernsthafte Überlegungen, künstliche Aromen in die Halle zu blasen, was die Luft natürlich nicht verbessern würde, sondern das Problem nur übertünscht hätte. Glücklicherweise hatte man von solchen Gedanken wieder Abstand genommen, und so merkte man wenigstens wenn die Luft schlechter wurde.

In der Halle befanden sich drei galvanische Anlagen, eine Bandanlage, an der Stahlband verkupfert, und danach verchromt wurde und zwei Plattenautomaten, welche die Bezeichnung GPA trugen. Am GPA11/1 wurden ebenfalls Stahlplatten mit einer Kupfer- und Chromschicht überzogen, und am GPA11/2 Aluminiumplatten verarbeitet.

Der Einfachheit halber wurden die GPA's von der Belegschaft nur als Einser oder Zweier bezeichnet. Mark arbeitet am Zweier, und als er zur Rückseite der Anlage kam, wurde gerade ein Warenträger in den Quertransport gehoben, mittels dem alle Warenträger auf die andere Seite der Anlage befördert wurden, da diese aus zwei Reihen von galvanischen Bädern bestand, die die Platten durchlaufen mussten. Kurz nachdem der Warenträger, durch einen Förderer in den Quertransport eingesetzt wurde, schaltete sich die Sprühanlage ein, und spritzte das Dach des Warenträgers ab.

Diesen automatischen Vorgang betrachtet Mark mit einigem

Stolz, da es seine Schicht gewesen war, die die Sprühanlage im Rahmen der Neuererbewegung eingereicht und realisiert hatte.

Die Sprühanlage löste ein lang beklagtes Problem vielleicht nicht komplett, verbesserte die Situation jedoch erheblich. An den GPA´S wurden, mit Platten bestückte Warenträger, durch automatische Förderer zu Bädern transportiert, in denen sie eine Zeit lang verblieben, und dann zur nächsten Station weitertransportiert wurden. Nun machten es die unterschiedlichen Verweilzeiten notwendig, dass Warenträger über Warenträger geführt werden musste, wobei die Haltestangen und die Platten auf die Dächer, der noch im Bad befindlichen Warenträger tropften. Die Dächer der Warenträger waren zwar aus einem säurebeständigen Material gefertigt, um Verschleppungen der Chemikalien von Bad zu Bad zu verhindern, doch auf den Dächern selbst, sammelte sich so einiges, was dann am Ende des Prozesses, wenn die fertigen Platten entnommen wurden, den Arbeitern auf die Köpfe tropfte.

Dagegen versuchten sie sich, so gut es ging, mit Mützen zu schützen, jedoch hatten die, von dem ätzenden Zeug bald Löcher, und nutzten nicht mehr viel. Es bestand also immer die Gefahr sich die Kopfhaut, oder noch schlimmer die Augen zu verätzen. Da sich, die für den Arbeitsschutz Verantwortlichen des Problems nur sehr schleppend annehmen wollten, dachten die direkt Betroffenen darüber nach, wie diesem Umstand beizukommen wäre, und Mark´s Schicht, insbesondere er und „Steini", sein erster Anlagenfahrer, kamen auf die Idee mit der Sprühanlage.

Also wurde gemessen und Skizzen angefertigt, die Idee als Neurervorschlag eingereicht und nach dessen Realisierung, sogar noch eine kleine Prämie ausgezahlt. Ab diesem Moment wurden die Warenträger automatisch gereinigt, bevor sie auf die andere Seite der Anlage, auf der sie fast nur noch Spülbecken passierten, transportiert wurden.

Die Sprühanlage schalte nun ab, und der Quertransport bewegte sich langsam rüber.

Mark folgte ihm, und bog links in den schmalen Gang ein, der am Datenraum und am Schaltpult vorbei zu einem Tisch mit einigen Stühlen für die Arbeiter führte. Hinter dem Tisch gab es für jede der drei Schichten einen Metallspind. Am Schaltpult stand Schildt, der 1. Anlagenfahrer der Frühschicht, und wartete auf die Ablösung.

Schildt wirkte immer irgendwie mauseartig, und dieser Eindruck wurde durch den Schnauzbart, den er trug, noch verstärkt. Als er Mark kommen sah, bewegte sich sein Schnauzer nach Art des kleinen Nagers in freudiger Erregung hin und her.

Hanke war auch schon da, und hatte Kaffeewasser geholt. Peter Hanke aus seiner Schicht, ein untersetzter, kräftiger Kerl, Mitte dreißig, mit früh ergrautem Haar, der ursprünglich aus der Landwirtschaft kam.

Hanke ging mit dem Wassertopf zum Tisch, an dem „Gulli", ein anderer Kollege, bereits die Kaffeemaschine vorbereitete. „Gulli" war ein Spitzname. Unter den Kollegen war es durchaus üblich, sich gegenseitig Spitznamen zu verpassen. Der eigentliche Name eines Kollegen erschien einem manchmal völlig fremd, da jahrelang nur der Spitzname benutzt wurde. Während seiner Lehrzeit hatte Mark den richtigen Namen vieler Kollegen überhaupt nicht gekannt, da niemand ihn jemals erwähnte.

Gulli´s Name war Bernd Siebert, und „Gulli" stammte noch aus der Zeit vor seiner Ehe, in der er durch einen ausgeprägten Hang zum Alkohol von sich reden machte. Er war ein großer, herzlicher, kräftiger Kerl aus Thüringen, von Beruf Drucker, der wegen seiner Sauferei von der Maschine geflogen war.

Da man ihn wohl als hoffnungslosen Fall einstufte, hatte man ihm nahegelegt, sich in dem verhältnismäßig jungen Betrieb in Berlin, der dringend Arbeitskräfte benötigte, zu bewähren. So kam er also nach Berlin, wo er im Druckplattenwerk auch seine spätere Frau kennenlernte.

Gulli hatte eine ausgesprochen herzliche Art, und Mark mochte es besonders, wenn er Geschichten aus seiner alten Heimat erzählte. Von Zeit zu Zeit besuchte Gulli dort seine Verwandten, und erzählte Mark von seinen Brüdern, die offenbar riesenhafte Kerle sein mussten, da Gulli von sich selbst sagte, dass er der Kleinste unter den Geschwistern wäre. Er berichtete von Gelagen und von Hirschfängern, die mit großer Kraft in Biertische gerammt wurden. Wenn sie auf dem Dorf feierten, dann richtig!

Er sagte auch, dass er beim Trinken nie mit seinen Brüdern hatte mithalten können, was Mark ernsthaft erstaunte, da er bereits miterlebt hatte, was Gulli alles in sich hineinschütten konnte. Wenn er dann abgefüllt war, setzten ihn die Brüder in irgendeine Ecke, in der er seinen Rausch ausschlafen konnte, und machten munter weiter.

Gulli und Hanke waren beide Arbeitstiere, und versuchten sich ständig mit irgendwelchen Kraftmeiereien zu übertrumpfen. So probierten sie beispielsweise aus, wer einen gefüllten Wassereimer am längsten am ausgestreckten Arm halten konnte. Auch in der Abteilungsleitung wusste man ihr Potential zu schätzen, und setzte sie gerne für Aufgaben ein, bei denen pure Muskelkraft die entscheidende Größe war.

So hatte sich auf dem Betriebsgelände mit der Zeit ein riesiger Schrotthaufen aus alten Platten angesammelt, der entsorgt werden musste. Die Platten waren jedoch so ineinander verkeilt, dass sie keine Maschine richtig greifen konnte. Also bedurfte es einer Eliteeinheit, und die Gulli/Hanke Truppe wurde für einen Sondereinsatz aus dem regulären Dienst abkommandiert. Dieser Wunderwaffe gelang es in wochenlanger, mühevoller Handarbeit tatsächlich, den riesigen Haufen zu sortieren und zu verladen. Es war unglaublich, was dieses Duo bewerkstelligen konnte, und hätte die Abteilungsleitung vorgehabt eine Pyramide zu errichten, wären die beiden für diese Aufgabe wie geschaffen gewesen.

Hanke sah Mark kommen, und schaute mit betont ernster Miene auf seine Armbanduhr. Ja, er war knapp dran, das wusste er ja. Aber er wusste auch, dass Hanke es nicht so ernst meinte, wie er tat. Mark nahm sich ja jeden Tag aufs Neue vor, etwas zeitiger loszugehen, aber aus irgendeinem unerklärlichen Grund kam immer was dazwischen. Es war wie verhext, aber irgendeine geheimnisvolle Kraft hielt ihn davon ab pünktlich zu sein.

Er begrüßte Schildt, der schon seine Umhängetasche geschultert hatte, und ungeduldig auf Ablösung wartete.

„Anlage läuft, Laborwerte bekommst du gleich!", sagte er fast schon im Gehen. „Ja, ich hab Margit getroffen. Schönes Wochenende!", antwortete Mark. Schildt nickte nochmal, und verließ schnüffelnd die Anlage in Richtung Garderobe. Mark sah ihm nach, und wäre jede Wette eingegangen, dass Schildt die Käsebrote in seiner Plastiktüte gewittert hatte.

Er schaute sich die Anzeigen auf dem Schaltpult an, und da er nichts Ungewöhnliches feststellte, ging er weiter zum Tisch, an dem die anderen Platz genommen hatten und Kaffeetassen verteilten. Mark stellte seine Tüte ab, und war gerade dabei den Kollegen die Hand zu geben, als ihm jemand auf die Schulter klopfte. Als er sich umdrehte sah er Renert, mit dem er zusammen gelernt hatte, und auch befreundet war.

„Na Alter...Freitag ist Spätschicht doch Mist", zog Renert ihn grinsend auf. „Ich geh jetzt schön nachhause, entspanne noch ein bisschen, und mach mich dann auf ins Café."

Renert sprach vom Café Renz, das Freitag- und Samstagabend Pflichtprogramm war.

„Seh´n uns auf jeden Fall nachher", sagte Mark, und Renert verabschiedetet sich von ihm und den anderen, und schlenderte entspannt aus dem Anlagenbereich.

Mark setzte sich auch an den Tisch, und Gulli goss Kaffee ein. Die Stammbesatzung des GPA 11/2 in dieser Schicht, bestand außer ihm noch aus vier weiteren Personen, Steini, dem ersten Anlagenfahrer, Gulli, Hanke und Claudia. Steini besuchte gerade die Meisterschule, und war deswegen zwei, drei Mal die Woche nicht anwesend, und an solchen Tagen hatte Mark, als zweiter Anlagenfahrer die Verantwortung für die Anlage.

Auch heute waren sie wieder nur zu viert, was Mark aber recht war, hatte er doch so Gelegenheit als Anlagenfahrer die nötige Routine zu bekommen.

„Na, gehste heute Abend wieder schwoffen?", fragte Hanke.

„Ja..." Mark trank von dem heißen schwarzen Kaffee.

„Mit Renert?", wollte Hanke noch wissen. „Klar!"

„Ouh...na da wird ja wieder was los sein!" Hanke verdrehte im Spaß die Augen, und die anderen lachten, da er auf die Eskapaden der beiden anspielte, die sie immer mal wieder hinlegten. Aber was sollte es, sie waren jung, und auch die älteren Kollegen, die mitunter wegen ihrer Kapriolen den Kopf schüttelten, hatten ihre Sturm- und Drangzeit gehabt. Mark wusste genau, dass einige, die heute so taten, als könnten sie kein Wässerchen trüben, auf eine bewegte Vergangenheit zurückblicken konnten.

Auch Hanke hatte eine Geschichte. Als Mark seine Facharbeiterprüfung erfolgreich bestanden hatte, wollte er die Kollegen seiner Schicht gerne einladen. In der Woche, in der er offiziell Facharbeiter wurde, hatte er jedoch Nachtschicht, und so fuhren sie morgens nach der Schicht, mit der S-Bahn zu einem Imbiss, der schon früh um sechs öffnete, und neben Currywurst auch Bier anbot. Mark gab also den Kollegen eine Wurst aus, und animierte sie auch Bier zu trinken. Die anfängliche Zurückhaltung einiger legte sich nach ein paar Runden, und so verschmolzen sie bald zu einer gemütlichen Truppe.

Als dann auch die Kaufhalle gegenüber öffnete, beschloss Mark noch ein, zwei Flaschen Schnaps zu kaufen, was bei den hohen Außentemperaturen im entsprechenden Sommer nicht die beste Idee gewesen war. Nachdem die Pullen einige Male rumgegangen waren, gab es die ersten gesundheitsbedingten Ausfälle unter den Kollegen, und Mark blieb sein Facharbeiter Einstand, allein schon wegen der turbulenten S-Bahnfahrt auf dem Weg nachhause noch ewig in Erinnerung.

Auch Hanke ging es so. Der hatte sich, nach der ganzen Trinkerei etwas ermüdet, auf dem Bahnhof Lichtenberg eine Bank gesucht, und wollte nur ein kurzes Nickerchen halten, als er durch besorgte Volkspolizisten geweckt wurde, die ihm rieten, doch zuhause in seinem Bett weiterzuschlafen. Als Hanke, noch im Halbschlaf, die Uniformen sah, sah er auch gleich rot. Auf Uniformen konnte er nämlich nicht so gut, und die Ursache dafür war in seiner Vergangenheit zu suchen.

Er war auf einem Dorf aufgewachsen, und trug , wie die meisten jungen Leute seiner Generation, lange Haare, Jeans, und hörte Rochmusik. Irgendwann machte er dann, in einer allseits beliebten Dorfdiskothek den DJ, was zu dieser Zeit nicht so einfach war, da die Anteile an Ost- und Westmusik genau vorgeschrieben waren. Da stand man natürlich sofort vor dem Problem, dass der Löwenanteil der Musik, die man spielen durfte, aus Musik bestand, die die Leute nicht hören wollten. Also was sollte man machen, bloß nicht so genau nehmen mit den Vorgaben, und die Musik spielen, die den Leuten gefiel. Das klappte auch ganz gut, und jedes Mal brodelte der Saal.

Nun beschloss eines Samstagabends, der bereits angetrunkene Abschnittsbevollmächtigte, doch auch mal in der Disco vorbeizuschauen. Dummerweise betrat er den Saal aber in voller Montur. Sofort wurde er von den anderen Discobesuchern misstrauisch beäugt und spöttisch belächelt.

Der ABV suchte sich einen Platz, machte es sich bequem, und sah dem Treiben eine Weile teilnahmslos zu. Er saß allein, und selbstverständlich gesellte sich auch niemand zu ihm. Dort wurde er wie ein Aussätziger behandelt, und keiner wollte etwas mit dem „Dorfsheriff" zu tun haben.

Er trank noch was, und versuchte die spöttischen Blicke zu ertragen, sah die jungen Frauen in knallengen Jeans und T-Shirts, wie sie die Köpfe zusammensteckten und tuschelten, sich über ihn lustig machten. Er trank, und sah die jungen Männer, die die Brust raustreckten und ihn feindselig ansahen, wenn sie an seinem Tisch vorbeikamen, und er sah wie die Frauen sich beim Tanzen an sie schmiegten.

Nein, diesen Langhaarigen konnte man nicht trauen! Er hasste sie! Schon diese Musik, die sie hörten, laut und bedrohlich. War das überhaupt erlaubt? Nein, das war es nicht!

Die Langhaarigen stellten eine Bedrohung der öffentlichen Ordnung dar. Hier musste man einschreiten! Er musste hier einschreiten! Der ABV trank sein Glas aus, erhob sich vom Tisch, und setzte die Mütze wieder auf.

Jetzt würde er zeigen aus welchem Holz er geschnitzt war, nun würde sich zeigen, wer hier das Sagen hatte. Energisch drängte er sich durch die tanzende Menge, die das mit lauten Buh-Rufen kommentierte, bis er schließlich vorne beim DJ angekommen war. Hanke, der ihn kommen gesehen hatte, blieb völlig gelassen, und fragte, ob er vielleicht einen Musikwunsch hätte. Das führte natürlich zu großem Gelächter, was den Uniformierten nur noch mehr auf die Palme brachte.

Er verlangte nun vehement, dass die ganze subversive Westmusik mit sofortiger Wirkung zu unterbleiben hatte. Hanke versuchte gegenzusteuern, und bot ihm an, ab und zu auch mal einen Osttitel zu spielen, worauf der ABV die Leistungen der Kulturschaffenden der Rock- und Popszene der DDR geschmälert sah. Er rückte die Uniform zurecht, und, um seiner Forderung nochmals Nachdruck zu verleihen, wies er ausdrücklich darauf hin, dass er im Dienst sei.

Hanke wies ihn nun seinerseits darauf hin, dass er im Dienst ziemlich besoffen wäre, und drehte die Musik einfach lauter. Er war an Feindseligkeiten unter den Jugendlichen der umliegenden Dörfer und an Discos, die in Saalschlachten mündeten, gewöhnt, und wollte sich die Stimmung nicht durch diesen Bohnenstengel in Uniform vermiesen lassen.

Der ABV begann zu brüllen, und übertönte, was man ihm wirklich nicht zugetraut hätte, sogar die Musik. Hanke, der sich davon aber immer noch nicht beeindrucken lies, betitelte ihn als „Hampel", und schlug ihm vor, sich doch einfach zu verpissen. Diese Schmähung seiner Autorität konnte der ABV, der bereits völlig außer sich war, nicht ertragen, und in rasender Wut riss er die Kabel aus der Musikanlage.

Angesichts diese Frevels sah Hanke nur noch rot, und versetzte dem ABV einen dermaßen massiven Fausthieb, dass der über zwei Tische segelte, und dann einfach liegenblieb. Er versuchte weder aufzustehen, noch irgendetwas zu sagen, und genau diesem Umstand hatte er es wahrscheinlich zu verdanken, dass er den Saal zwar etwas verbeult, jedoch lebend verlassen konnte.

Hanke brachte der Vorfall allerdings ein Jahr Knast ein. Obwohl dem ABV, außer ein paar blauen Flecken und einer Gehirnerschütterung, nichts weiter passierte, und eine Menge Zeugen bestätigen konnten, dass er sturzbetrunken gewesen war, verhängte das Gericht dieses Urteil. Man war der Ansicht, dass es sich um einen Angriff auf die Staatsorgane der DDR gehandelte hatte, und Hanke nicht ungeschoren davonkommen durfte. Somit hatte er keinen besoffenen Idioten, sondern dessen Uniform geschlagen. Also saß er die Strafe ab, doch auf Uniformen und besonders auf Menschen, die sich dahinter versteckten, war er seither nicht mehr besonders gut zu sprechen.

Als die Volkspolizisten ihn dann auf dem Bahnhof geweckt hatten, regierte er entsprechend sauer, und sie nahmen ihn mit. Auf dem Volkspolizeirevier wurde ihm dann langsam klar, in welcher Situation er sich befand, und erzählte den Polizisten von seinen zwei kleinen Kindern und dass er Alleinverdiener wäre. Die Geschichte stimmte sogar, und er muss sie so rührend vorgetragen haben, dass die Polizisten sich erweichen ließen, ihm ein Bußgeld aufdrückten und nachhause schickten.

Hanke versuchte später den Brief mit dem Bußgeldbescheid abzufangen, aber seine Frau war schneller, und erfuhr so von dem Vorfall. Seit diesem Tag war Mark´s Name bei ihr untrennbar mit 140 Mark Bußgeld verbunden. Irgendwann lernten sie sich persönlich kennen, und Gaby, Hanke´s Frau, beschwor Mark, bloß nicht mit ihrem Mann nach der Schicht in die Kneipe zu gehen. Man konnte nie wissen, ob irgendwo Uniformierte auftauchten, und sollte das Schicksal besser nicht herausfordern. Nicht das noch Schlimmeres passierte!

Also fand man eine Lösung, und wenn Mark und Hanke durstig waren, trafen sie sich bei Hanke, wo es keine Uniformen gab und man in Ruhe ein Bier trinken konnte.

Die Kollegen saßen an der Anlage und tranken Kaffee, als der erste Warenträger ihrer Schicht in den Quertransport gehoben wurde, und seinen Weg zurück zum Anfang der Anlage nahm, wo die fertigen Platten entnommen und das Rohmaterial für den nächsten Durchlauf eingehangen wurde. Als der Förderer begann den Warenträger in die Auslage zu heben, sprangen die Kollegen, einem heimlichen Kommando folgend auf, und begaben sich dorthin.

Jeder kannte seinen Platz, und als der Warenträger noch halb in der Luft schwebte, stellten sich Hanke und Gulli in die Lichtschranke, die sofort blockierte, und entfernten die Haltegummis, die mittels Haken am unteren Ende der Platten befestigt waren. Die Rohplatten wurden in Stapeln angeliefert und neben der Auslage platziert, wo auch die entsprechenden Löcher für die Haken mit einer Bohrmaschine von Hand gebohrt wurden. Dazu stellte man sich einfach auf den Plattenstapel, und begann von oben zu bohren. Als Kühlflüssigkeit wurde Spiritus benutzt.

Während ein Kollege dabei war die Löcher zu bohren, konnte man sehr gut testen, ob er Spaß verstand. Dazu brauchte man im Vorbeigehen nur ein Feuerzeug benutzen, und die Flamme an die Spiritus gekühlten Bohrlöcher halten. Da der Spiritus sehr schnell verbrannte, passierte weiter nichts, aber der schreckhafte, auf dem Stapel tanzende Kollege, sorgte für allgemeine Heiterkeit. Dieses Ritual wandte man gerne bei Anfängern an, um ihren Einstieg in die neue Firma etwas aufzulockern.

Ja, zu Scherzen war man im Druckplattenwerk immer aufgelegt, und Gelegenheit für einen Spaß bot sich reichlich. So gab es an den Anlagen einige Luftventile, an denen Luftschlangen zum Durchmischen der Bäder angeschlossen werden konnten, an die man jedoch auch wunderbar einen Gummihandschuh mit einer Schlauchschelle befestigen konnte, was zugegebenermaßen eine Zweckentfremdung der Funktion darstellte.

Dann musste man nur noch das Ventil leicht aufdrehen. Während sich der Handschuh dann langsam mit Luft füllte, hatte man genug Zeit, sich in eine völlig andere Ecke zu begeben und harmlos auszusehen. Irgendwann platzte der Handschuh mit einem lauten Knall, und alles ging erstmal in Deckung.

Diese Form der Belustigung erfreute sich besonderer Beliebtheit, wenn es mal wieder eine Werksbesichtigung gab, und der Sicherheitsinspektor die Belegschaft im Vorfeld mit irgendeinem unwichtigen Kram tyrannisiert hatte. Er rannte dann hilflos durch die Gegend, und versuchte den Übeltäter dingfest zu machen. Da er aber nie jemanden erwischen konnte, lernte er schnell die Leute bei solchen Anlässen halbwegs in Ruhe zu lassen, um Pannen zu vermeiden.

Auch wenn man mit einem Kollegen noch eine Rechnung offen hatte, gab es, in Form eines Pülverchens namens „Chicago Blau", das nötige Equipment für einen Streich. Normalerweise wurde es für Kopierschichten auf Druckplatten verwendet, doch einige seiner Eigenschaften, machten es zum perfekten Hilfsmittel für zielgerichtete Aktionen gegen unliebsame Personen. Es färbte unheimlich und verteilte sich gut auf der Haut.

Das Beste daran war jedoch, dass es ohne die Verwendung weiterer Chemikalien, unter anderem Kaliumpermanganat, nicht wieder zu entfernen war. Besonders einfach, auch die Handhabung. Ein wenig davon in die Gummistiefel der entsprechenden Person, und den Rest erledigte der Fußschweiß. Der Betroffene bemerkte den Angriff erst, nachdem er die Socken ausgezogen hatte.

Diese Anwendung ließ sich, wenn es sich um einen wirklich unerträglichen Zeitgenossen handelte, bei Bedarf auch noch steigern, indem man ein paar Krümel davon durch die Löcher der Lüftungskappen des Spindes auf das Handtuch des Betreffenden blies. Dann brauchte man ihn nach dem Duschen, beim Abtrocknen nur noch in ein Gespräch zu verwickeln, und wenn er den Braten roch, war es bereits zu spät. Natürlich war man stets bemüht, mit seinen Kollegen auszukommen, dennoch machte es Sinn seine Gummistiefel und das Handtuch vor Gebrauch zu kontrollieren.

Ja, zu Scherzen war man im Druckplattenwerk immer aufgelegt, besonders der Parteisekretär, wenn er durch die Anlagen ging, mit den Kollegen sprach, und seine Propaganda verbreitete. Auch er versuchte dabei harmlos auszusehen, war aber wohl derjenige, der meist erwischt wurde.

Die Kollegen hatten sich jeweils zu zweit, auf beiden Seiten des Warenträgers postiert, und nachdem alle Haken entfernt worden waren, traten sie aus der Lichtschranke, und ließen den Warenträger komplett absenken. Als er mit leichtem Krachen in die Halterung der Auslage einrastete, waren sie bereits an den Platten, und öffneten die Klemmzangen am oberen Ende.

Sie entnahmen die Platten, und brachten sie zu einem Holzverschlag, gleich neben der Anlage, der großspurig als Trockenraum bezeichnet wurde, und stellten sie auf einer Ablage ab. Gulli und Claudia liefen gleich wieder zurück, und bestückten den Warenträger mit Rohmaterial, während Hanke die fertigen Platten in den Trockner einschob, wo sie nochmal abgespritzt, und durch Heißluft getrocknet wurden. Der Einschub befand sich außerhalb des Trockenraumes, und im Innern, am anderen Ende des Trockners, stand Mark, der dort die Qualität der Platten begutachtete, und sie auf Paletten abpackte. Hier sollten die fertigen Druckplatten, bis sie in einer anderen Abteilung mit einer Kopierschicht versehen wurden, vor Staub geschützt aufbewahrt werden.

Ebenso plötzlich wie die Truppe aufgesprungen war, und den Warenträger bearbeitet hatte, saß sie auch wieder am Tisch, und trank weiter Kaffee. Sie waren ein eingespieltes Team, deren Arbeitsalltag an die Takte der Anlage angepasst war, die Warenträger um Warenträger auswarf.

Nachdem Mark ausgetrunken hatte, stand er auf, überprüfte nochmal die Anzeigen auf dem Schaltpult, und begann mit seinem ersten Rundgang durch die Anlage.

Als Anlagenfahrer lag es in seiner Verantwortung den GPA zu überwachen und für einen reibungslosen Ablauf zu sorgen.

Er begann mit dem ersten Bad, der Beize, und schritt dann der Reihe nach alle Bäder ab, kontrollierte die Füllstände, und wenn nötig, korrigierte er sie. Er prüfte die Reaktionen in den galvanischen Bädern, und achtete darauf, ob sich eventuell Platten, die sich aus einem Warenträger gelöst hatten, darin befanden. Er konnte keine Auffälligkeiten feststellen, die Anlage lief wie eine Biene.

Es würde eine ruhige Schicht werden, genau wie er es Freitags mochte, die Anlage würde ohne Probleme durchlaufen, und dann ab ins Wochenende. Drüben auf dem Anlagenfahrer Tisch vor dem Schaltpult, legte Margit gerade den Zettel mit den Laborwerten auf das Schichtbuch, winkte, und wünschte ein schönes Wochenende. Dann verließ sie im Stechschritt die Anlage. Auch sie hatte Feierabend, und noch bevor Mark etwas erwidern konnte, war der weiße Kittel, samt attraktivem Inhalt bereits verschwunden.

Als Nächstes kontrollierte er den „Datenraum", der immer sehr kühl gehalten wurde, um die anfällige Elektronik aus heimischer Produktion zu schützen, die die Temperatursteuerung der Bäder zur Aufgabe hatte. Auch hier sah alles gut aus, und so konnte Mark gleich weiter zum Schaltpult, wo Margit´s Zettel lag. Dort schaute er sich die Werte an, und las, dass er einigen Bädern Salpetersäure zusetzen musste. Also ging er zu den orangefarbenen Säurecontainern, zog sich Gummihandschuhe an, und sah dabei den Kollegen zu, die gerade einen weiteren Warenträger bearbeiteten. Hanke, der den Trockner nun alleine bedienen musste, schob zwei Platten ein, und flitzte dann zum anderen Ende, um sie wieder zu entnehmen.

Mark füllte einen Messbecher mit den entsprechenden Anteilen Salpetersäure, und gab sie in ein Bad. Das wiederholte er solange bis er alle betreffenden Bäder abgearbeitet hatte, spülte dann Messbecher und Handschuhe vorsichtig mit Wasser ab, und legte die Utensilien wieder an ihren Platz zurück.

Er war bereits wieder auf dem Weg zum Tisch, als er einen schrillen Pfiff hörte.

Hanke hatte ihm dieses Signal gegeben, und Mark sah, dass er aufgestanden war und auf einen Warenträger zeigte, der gerade aus einem der Bäder gehoben wurde. Als er sich den Warenträger anschaute, wusste er sofort, was Hanke wollte. Von einer der Haltestangen hatte sich die Gummierung gelöst, und sie musste ausgetauscht werden. Auch die Haltestangen bestanden aus Aluminium, waren jedoch mit einer schützenden Gummischicht überzogen, die verhinderte, dass die Stangen durch die galvanischen Prozesse angegriffen und Aluminium in die Bäder verschleppt wurde.

Etwas Zeit blieb ihnen noch, bevor der Warenträger mit der defekten Stange rauskommen würde, doch dann musste alles sehr schnell gehen. Sie konnten die Anlage nur kurz anhalten, um die Stange zu wechseln, da ein längerer Stillstand, die in den Bädern befindlichen Platten unbrauchbar gemacht hätte. Mark ging Hanke entgegen.

„Gut aufgepasst!", sagte er, und Hanke krempelte die Ärmel hoch.

„Muss ausgetauscht werden, ich hole Schlüssel!" „Ja."

Mark schaute sich die anderen Stangen des Warenträgers an, der sich gerade wieder in der Luft befand. Hanke ging zu den Spinden, und kramte in der Werkzeugkiste nach den entsprechenden Ringschlüsseln. Alle anderen Stangen waren in Ordnung, nur die eine musste raus.

„Ist nur eine", sagte Mark zu Hanke, der mit den Schlüsseln zurückkam. Hanke nickte, und machte sich bereit. Auch bei dieser Arbeit waren sie eingespielt, und das Auswechseln der defekten Haltestange Routine. Jeder kannte seine Aufgabe, und als der Warenträger in den Quertransport gehoben wurde, stoppte Mark die Anlage.

Gulli und Claudia lösten, noch im Wagen, die Gummis, und entnahmen mit geübten Handgriffen die Platten, brachten sie zum Trockner, und bearbeiteten sie dort, während Hanke die Muttern der defekten Haltestange lockerte. Mark nahm die Stange ab, und reichte ihm Schleifpapier, mit dem Hanke sofort die Kontaktflächen säuberte, regelte dann den Strom der Bäder runter, in denen sich Warenträger befanden, holte danach eine neue Stange, die er Hanke reichte, der sie gleich einbaute.

Alles ging sehr fix, und jeder Handgriff saß. Hanke kam aus dem Quertransport hervor, und gab Mark ein Zeichen, der daraufhin die Anlage weiterlaufen lies, und den Strom wieder entsprechend einstellte.

Das Stahlseil zog an, und mit leichtem Ruck und einem Ächsen, fuhr der Wagen auf dem kurzen Schienenweg bis zur Auslage, wo Gulli und Claudia schon mit dem Rohmaterial bereit standen. Schnell wurde der Warenträger bestückt, und war für einen weiteren Durchlauf bereit.

Die Kollegen saßen bereits wieder am Tisch, als ein junger Mann im blauen Kittel die Anlage betrat.

„Eyh...Keule!", rief Gulli, lachte laut, stand auf, und reichte dem, den er gerade „Keule" genannt hatte, die Hand. Keule grinste, zog an der Zigarette, die er in der Hand hielt, den blauen Kittel lässig offen, das Haar halblang, Mittelscheitel, Schnurrbart. Sein Äußeres erinnerte eher an die Siebziger, als dass es in die Mitte der Achtziger gepasst hätte.

„Na...Gulli, Kaffee fertig?", fragte Keule, und nahm bei ihnen Platz. „Natürlich, weißt doch, bei mir metert die Maschine", meinte Gulli, und beendete den Satz mit einem wiehernden Gelächter, bei dem man unweigerlich mitlachen musste. Gulli war eine Frohnatur, und in seiner Nähe gab es einfach keine schlechte Laune. Er goss Keule Kaffee ein, und Keule bot ihm eine Zigarette an.

Der blaue Kittel hatte seine Bedeutung, denn bei Keule handelte es sich um den Schichtleiter dieser Schicht. Er war ein Teil von eineiigen Zwillingen, die beide hier arbeiteten, Gerd und Frank Schenker. Sie hatten bei Carl-Zeiß in Jena Galvaniseur gelernt, und während ihrer Ausbildung dort im Lehrlingswohnheim gelebt.

Wenn man sie nicht kannte, hatte man ernsthaft Probleme damit, sie voneinander zu unterscheiden. Auch Mark hatte in dieser Beziehung Lehrgeld zahlen müssen.

Während der ersten Wochen seiner Ausbildung begegnete er einem Kollegen merkwürdigerweise viel öfter, als allen anderen, und irgendwie passte alles nicht so recht zusammen. Manchmal war es völlig schräg.

Da geht man durch die Halle, sieht einen Kollegen am GPA 11/1 Platten einhängen, grüßt, wechselt ein paar Worte, und geht weiter. Nichts Ungewöhnliches, man lernt die Kollegen langsam kennen, mit denen man hier zusammenarbeitet. Doch eine halbe Stunde später sieht man, auf dem Gang zu den Garderoben, denselben Kerl in einem blauen Kittel, wie er gerade dabei ist Dienstpläne an die Wand zu pinnen. Da kommt man schon ins Grübeln, und überlegt, warum der sich wohl umgezogen hat, nur um Dienstpläne anzupinnen und ob es nicht zu umständlich wäre, sich gleich wieder umzuziehen, um an der Anlage zu arbeiten. Als könne man Dienstpläne nicht genauso gut im Säureschutzanzug anpinnen!

Naja, man wusste ja noch nicht wie der Laden hier lief, und vielleicht durfte man, beim Anhängen von Dienstplänen, nicht wie jeder andere aussehen. Vielleicht musste man bei so einer wichtigen Verrichtung einfach auch wichtig aussehen, und da macht so ein Kittel eben was her. Den konnte man natürlich nicht einfach so über die Säureschutzbekleidung anziehen, nein, da musste man Zivil drunter tragen, schließlich pinnte man gerade Dienstpläne an die Wand!

Während man nun all diese Gedanken hat, passiert gleich die nächste Merkwürdigkeit, und der Typ, mit dem man gerade eben geredet hatte, sagt „Guten Tag", und tut so, als sähe er einen heute zum ersten Mal. Warum?

Da kam man doch unweigerlich wieder ins Grübeln. Vielleicht veränderte das Anpinnen von so wichtigen Plänen ja das Wesen eines Menschen. Schließlich hatte sich jeder nach diesen Plänen zu richten, ohne sie lief nichts. Nicht auszudenken, wenn sich hier ein Fehler eingeschlichen hätte.

Der gesamte Betriebsablauf konnte dadurch aus den Fugen geraten!

Also, wenn man nun eine solch wichtige Aufgabe innehatte, und sich dafür extra einen frischen blauen Kittel angezogen hatte, konnte man wahrscheinlich auch nicht gleich mit jedem so vertraulich tun, nur weil man schon einmal miteinander geredet hatte. Hier galt es Flagge zu zeigen, sich seiner wichtigen Aufgabe angemessen zu verhalten, und den nötigen Abstand zu wahren!

Man wusste einfach nicht, was man davon halten sollte, aber egal, man war sowieso auf dem Weg in die Kantine, die Gedanken weggewischt, erstmal einen Happen essen und einen Kaffee.

Gesagt, getan, doch nach dem Essen geht man in den Raucherraum und...? Da sitzt wieder dieser Kerl herum und raucht. Dabei trägt er natürlich Säureschutzklamotten, wie alle anderen auch. Was braucht es zum Rauchen auch einen Kittel!

O. K., nicht weiter drüber nachdenken. Man setzt sich, steckt sich eine an, und wundert sich, wie vertraut der Typ nun wieder tut. Wie konnte der sich nur so merkwürdig verhalten? Da konnte man sich wirklich nur wundern. Besonders wenn man nur mal kurz auf die Toilette geht, wiederkommt, und der Typ wieder im blauen Kittel dasitzt!

Und gleich neben ihm, der Typ im Säureschutzanzug!?

Dann fällt es einem wie Schuppen von den Augen, und man erkennt, dass die ganze Grübelei über das Anpinnen von Dienstplänen umsonst gewesen war!

Dass BEIDE Schenker Brüder von allen nur „Keule" gerufen wurden, hatte es nicht einfacher gemacht, auf Zwillinge zu kommen.

Die Zwillinge, von klein an gewohnt, dass die Leute so ihre Schwierigkeiten hatten, sie zu unterscheiden, lernten im Laufe der Jahre, sich diesen Umstand zu nutze zu machen.

Daraus resultierten, während ihrer Schul- und Lehrzeit, einige bemerkenswerte Streiche, die sie immer gern zum Besten gaben. Sie erinnerten sehr stark an Kulle und Kalle aus der DDR Fernsehserie „Aber Vati !" mit Erik S. Klein, denen sie gut und gerne als Vorlage gedient haben könnten.

Gerd Schenker trank Kaffee, und ließ seinen Blick über die Anlage schweifen.

„Läuft alles!?", stellte er mehr fest, als er fragte, und als Mark es ihm bestätigte, war er zufrieden. Auch Keule wollte einen ruhigen Freitagabend.

„Und nachher noch irgendwohin?" „Ja Café Renz, Renert ist auch da."

„Ich werd mal im Krug vorbeischauen", sagte Keule, und meinte den „Heinersdorfer Krug". Die Schenkers waren in Pankow-Heinersdorf aufgewachsen, und gehörten zu einer Gruppe von Freunden, die regelmäßig im „Krug" verkehrten. Manchmal gingen auch Mark und Renert mit einem der Schenker Brüder dorthin. Im „Krug" hatte es Automaten mit Computerspielen gegeben, was einer kleine Sensation gleichkam, da diese Automaten noch kaum verbreitet waren. Manchmal hockten sie stundenlang vor einem Spiel, das sich „Entenschießen" nannte, und ballerten auf animiertes Federvieh. Die Schenkers nahmen sie auch gerne mal zu einem ihrer zahlreichen Kumpels mit, von denen einige seltsame Spitznamen trugen.

„Grusel", einer von ihnen, besaß einen Videorecorder, der selbstverständlich aus dem Westen stammte. Der wohnte den Sommer über in einem Kleingarten irgendwo in Heinersdorf, und meist kauften sie zwei Flaschen „Goldbrand" und Cola, und fuhren zu ihm in die Laube, wo er ihnen stolz seine Schätze auf Zelluloid präsentierte, über deren künstlerische Qualität man sicher geteilter Meinung hätte sein können.

Trotzdem waren sie fasziniert von Produktionen wie „Conan der Barbar" mit Schwarzenegger, „Rambo" oder „Over The Top" mit Silvester Stallone, „Police Academy" oder Schinken wie „Die

Rote Flut" mit Patrick Swayze, der von der DDR Zensur mit Sicherheit als „volksverhetzend" eingestuft worden war.

Dinge wie Videorecorder oder Computerspiele schwappten aus dem Westen rüber, und beeinflussten die Leute. Man realisierte stärker, dass es noch einen anderen Teil der Welt gab, weil er anfassbarer wurde.

Besonders die junge Generation verinnerlichte zusehends den westlichen Lebensstil, ahmte ihn in einer Art Cargo Kult nach, und viele begannen damit grundsätzlich alles Westliche zu verherrlichen. Die führenden Schichten der DDR, hatten dem nicht wirklich was entgegenzusetzen. Die Machthaber in ZK und Politbüro regierten erstarrt, waren unfähig und unwillig neues Denken oder frischen Wind auch nur in Erwägung zu ziehen. Weit und breit war kein Hoffnungsträger zu sehen, und nur die alten, abgedroschenen, ewig wiederkehrenden Parolen reichten wirklich nicht mehr aus, um jemanden hinter dem Ofen hervorzulocken. Die meisten machten einfach dicht, fühlten sich nur noch verarscht, schalteten auf Durchzug, und die Führungsriege konnte einfach nicht erkennen, dass diese Leckarsch-Stimmung in eine allgemeine Grundhaltung mündete, und so der Nährboden für den Untergang der DDR geschaffen wurde. Am Ende hatten einfach alle die Schnauze voll, und vergleichbar einer gescheiterten Beziehung, wollte man nur noch einen anderen Partner, ob der dann wirklich zu einem passt, stellt man immer erst hinterher fest. Aber jetzt war es aus, unwiderruflich, man hatte sich nichts mehr zu sagen, war zu oft betrogen worden, das Ende unausweichlich.

Schenker trank seinen Kaffee aus. „Ich bin oben, wenn was ist, ruf an!" „Klar!"

Keule zog sich in sein Büro zurück, und die Kollegen an der Anlage fertigten den nächsten Warenträger ab. Langsam wurde es ruhig im Druckplattenwerk. Die letzten Mitarbeiter aus den Büros verließen das Betriebsgelände, zurück blieben nur die Kollegen an den Anlagen, nebst Schichtleiter, einigen Chemiefacharbeitern, Schlossern und Elektrikern.

Die Spätschicht verlief wie erwartet ruhig, und um 21 Uhr, nachdem Mark seinen letzten Rundgang durch die Anlage gemacht hatte, setzte er sich an den Anlagenfahrer Tisch, vor dem Schaltpult. Es wurde Zeit das Schichtbuch zu schreiben, da die Ablösung gleich kommen würde. Zuerst trug er das Datum und die Namen der Kollegen, die heute anwesend waren, ein, dann die Angaben über die Mengen der Chemikalien, die er laut Labor zugesetzt hatte, und zum Schluss die Menge der produzierten Platten. Er konnte 448 Stück eintragen, was bedeutete, dass die Anlage durchgelaufen war, und er stellte zufrieden fest, dass der kleine Zwischenfall mit der Haltestange nicht weiter zu Buche geschlagen hatte.

Kurz nachdem er mit seinem Eintrag fertig war, erschien die Nachtschicht in kompletter Stärke. Die Kollegen begrüßten sich, und die Spätschicht fertigte ihren letzten Warenträger ab. „Kiste", der Anlagenfahrer der Nachtschicht, kam zu Mark an das Schaltpult, und schaute ins Schichtbuch.

„Durchgelaufen", stellte er fest, und nahm seine Umhängetasche von der Schulter. „Ja", meinte Mark. „Wird 'ne ruhige Nacht, nichts Besonderes. Läuft alles."

Kiste steckte sich eine Zigarette an. Er und Keule waren derselbe Jahrgang, und auch er in Jena gewesen.

„Kein Kaffee da!", rief Kalle in einem durchaus verärgerten Ton, nachdem er lautstark im Spind gekramt hatte. Kiste griff in seine Umhängetasche, und holte eine Tüte „Moccafix" hervor.

„Hier...ist alles da, keine Sorge!" Er warf die Tüte zu Kalle rüber, der sie auffing, und damit begann den Inhalt in eine Blechbüchse umzufüllen, die er aus dem Spind gezogen hatte. „Fisch", der diesen Namen weg hatte, weil er von der Ostseeküste stammte, schickte sich an Kaffeewasser zu holen. Die erste Amtshandlung jeder Schicht war immer das Kaffeekochen.

Nachdem der letzte Warenträger bearbeitet worden war, schnappte sich die Spätschicht ihre Taschen und Beutel, und machte sich auf den Weg zu den Garderoben.

Mark übergab an Kiste, wünschte nochmal eine ruhige Nacht, und ging langsam zu den Duschen. Als er die Treppe zur Garderobe hinaufging, kamen ihm schon die ersten umgezogenen Kollegen entgegen. Alle hatte es so eilig, aber er konnte diese extreme Hektik nicht verstehen. Es war schließlich Wochenende, was machte es also aus, zehn Minuten später aus dem Betrieb zu kommen? Klar, er wollte auch noch ins Café Renz, aber deshalb konnte man doch entspannt duschen.

Er ging zu seinem Spind, der geteilte Fächer für Privat- und Arbeitskleidung hatte, zog sich aus, und stapfte nur in Badelatschen, mit Handtuch und Duschgel in den Duschraum, wo er von dunstiger Luft und beschlagenen Spiegeln empfangen wurde. Er fand eine freie Dusche und drehte das Wasser auf.

Frisch geduscht verließ er etwas später das Betriebsgelände, ging wieder den Betonweg, bis zur Brücke rauf, zur Haltestelle, und sah die Lichter in den Fenstern der Marzahner Plattenbauten, dort wo vor wenigen Jahren noch Felder gelegen hatten. Die Stadt hatte sich hier in das Land gefressen, und fraß sich, soweit das Auge reichte, weiter. Alles erstarrte in einem Kleid aus Beton, pure Zweckmäßigkeit, kalt und grau.

Unten lag das Druckplattenwerk, von dem nun kaum noch ein Geräusch herüber drang. Mark stand auf der Brücke, und lauschte den Tönen, die er vom nächtlichen Marzahn erhaschen konnte, bis die Straßenbahn kam, fuhr dann bis zur Landsberger Allee/Dimitroffstraße, wo er umstieg, und bis zur Ecke Prenzlauer Allee weiterfuhr. Den restlichen Weg bis zum Café Renz konnte er zu Fuß zurücklegen, ging also die Prenzlauer runter, vorbei an der Immanuelkirche, und sah auch schon die Reihe junger Leute, die sich, wie üblich, vor dem überfüllten Café gebildet hatte, aus dem Musik und das Gewirr vieler Stimmen nach draußen drang.

Er mischte sich unter die Wartenden, und als die Tür geöffnet wurde, sah er Harry, der den Einlass kontrollierte. Nun musste er dafür sorgen, dass Harry auch ihn bemerken würde, positionierte sich deshalb anders, und streckte den Kopf nach vorn. Er wusste, dass der Kellner die wartende Menge immer nach bekannten

Gesichtern absuchte, und so ging sein Plan auf. Harry hatte ihn entdeckt und winkte ihn ran. Während Mark sich nach vorn drängelte, machte Harry ihm den Weg frei, und ließ ihn rein. Keiner der Wartenden beklagte sich, da es überall üblich war, Stammgästen, Bekannten oder Freunden vorrangig Einlass zu gewähren. Wollte man seine eigenen Chancen nicht im Keller sehen, hieß es schweigend dulden. Man kannte die Spielregeln, und hatte gelernt, sie zu akzeptieren. Mark gab Harry die Hand, zahlte den Eintritt großzügig, und als er eintrat, fand er sich gleich inmitten der vollen Tanzfläche wieder, auf der sein Blick meist bekannte Gesichter streifte.

Er drängte sich durch die Tanzenden in den hinteren Teil des Raumes mit den Tischen, und an einem davon sah er Ole, Marion und noch einige andere sitzen.

Ole und Marion waren noch nicht lange zusammen, und Ole hatte sie erst vor kurzem, hier im Café, seinen Freunden vorgestellt. Vorsorglich hatte er alle gebeten, sich zu benehmen, wenn er sie mitbringen würde. Natürlich wollte er einen guten Eindruck bei ihr hinterlassen, und so versprachen ihm die Kumpels sich einigermaßen anständig zu bewegen.

Alle waren gespannt auf die Frau, wegen der Ole sich so ins Zeug legte. Sie organisierten einen Tisch, bestellten ein paar Drinks, und warteten. Irgendwann tauchte Ole dann mit seiner neuen Flamme auf, und stellte sie am Tisch vor, an dem alles ein wenig verkrampft wirkte, da alle darauf bedacht waren nichts falsch zu machen. Es herrschte eine gekünstelte Atmosphäre, und es bedurfte unbedingt etwas, dass die Situation auflockerte.

Dafür sollte Marion auf der Stelle sorgen, indem sie während einer unkontrollierten Drehbewegung mit der Handtasche, fast alle auf dem Tisch befindlichen Getränke kurzerhand entsorgte. Das hellte die Stimmung augenblicklich auf, und selbst jene, die was abbekommen hatten, kugelten sich vor Lachen.

Sofort verdichtete sich die Auffassung, Ole hätte den Appell des guten Benehmens, vielleicht auch auf seine Freundin ausdehnen sollen.

Da konnte er seinen Kumpels selbstverständlich nur zustimmen, und entschuldigte sich lachend für sein Versäumnis.

Marion, sichtlich peinlich berührt, beteuerte noch fast den ganzen Abend lang, wie unangenehm ihr das Missgeschick wäre. Aber keiner nahm ihr was krumm, das Eis war gebrochen.

„Na...endlich Feierabend?" Neben Mark tauchte Renert mit einem Glas in der Hand auf, und es schien, als wäre es nicht das erste, das er heute zu sich genommen hatte.

„Ja endlich, wieder voll heute."

Sie gingen zu den anderen an den Tisch, wo Mark allen die Hand gab. Dann zog er die Jacke aus, und ging zu dem schmalen Durchgang, der zu den Toiletten führte. Hier wartete er auf Moni, eine der Kellnerinnen, die seine Jacke in einem Nebenraum einschloss, was sie gern für Gäste tat, die regelmäßig kamen. Er wusste, dass hier im Trubel schon einige Jacken ihren Besitzer gewechselt hatten, und hielt es für angebracht von Moni´s Angebot Gebrauch zu machen. Sie fragte ihn auch gleich, ob er etwas trinken wollte, und er bestellte Cola Wodka, den sie ihm wenig später an den Tisch brachte.

Irgendwann tauchte auch sein Bruder Thomas mit Silke im Schlepptau auf. Sie tranken und tanzten, und wie immer verging die Zeit wie im Fluge. Unbeschwerte Zeit, in der Zwischenwelt, einer merkwürdigen Zeitzone, fernab der alltäglichen Sphäre, schnell gelebt und tief empfunden. Als Mark dann, am noch sehr frühen Morgen, durch stille Straßen nachhause ging, wusste er, dass er am Abend wieder im Café Renz sein würde. Müde schloss er die Haustür auf, und ein verblassender fahler Mond leuchtete ihm dabei.

Er war völlig gesund. Das hatte ihm der Arzt bestätigt, nachdem die Ergebnisse vom Labor zurück waren. Selbstverständlich war er erleichtert, aber auch wieder verwirrt, ratlos und ängstlich, bedeutete es doch, Dirk recht geben zu müssen. Er musste sich nun eingestehen, dass die Röhre zweifellos etwas bewirkte, dass er nicht erklären konnte. Er träumte und Dirk träumte. Mark träumte nicht jede Nacht, manchmal mehre Nächte lang nicht. Auch bei Dirk war das so.

Dirk sprach kaum darüber, wovon er träumte, und wenn er es tat, machte er nur vage Andeutungen. Im Allgemeinen wirkte Dirk stabiler, und Mark glaubte, dass es daran lag, dass er nicht mehr der unmittelbaren Nähe der Röhre ausgesetzt war, was ihn merklich zu beruhigen schien. Er selbst träumte meist von Situationen, die er nicht einzuordnen vermochte, und Orte, Personen und Handlung hinterließen nur Fragezeichen in seinem Kopf. Scheinbar war alles willkürlich und ohne Zusammenhang. Oder erschloss sich dieser ihm nur nicht?

Manchmal träumte er aber auch von Begebenheiten, die er real erlebt haben musste. So schien es ihm jedenfalls, da er Personen und Umgebung kannte. An diese Situationen, hatte er sich ewig nicht erinnert, bis der Traum sie wieder hervorholte, völlig real und intensiv. Wenn er erwachte, hätte er jeden Eid geschworen, alles gerade eben erst erlebt zu haben, war sich aber auch völlig bewusst, dass das unmöglich war, da alles meist schon vor Jahrzehnten passierte.

Dabei ging es um Begebenheiten aus Kindheit und Jugend, die er völlig realistisch noch einmal durchlebte. War es möglich, dass die Röhre den unbewussten Teil seines Gedächtnisses anzapfen konnte? Oder gaukelte sie ihm nur etwas vor? Er meinte, die Träume würden eine vergangene Wirklichkeit widerspiegeln, aber war das tatsächlich so?

Vielleicht manipulierte die Röhre aber auch sein Unterbewusstsein? Vielleicht fütterte sie seinen Speicher gerade mit neuen Informationen, löschte die alten, tauschte die Vergangenheit kurzerhand aus?

Dieser Gedanke lies das Blut in seinen Adern gefrieren, bedeutete es doch letztlich den Verlust des eigenen Ich. Ein furchtbarer Gedanke!

Am Ende stand nicht Amnesie, deren Zustand man wenigstens

noch irgendwie realisierte, sondern eine völlig andere Realität. Man merkte nicht mal, dass man keine Erinnerungen mehr hatte, da sie durch neue ersetzt wurden. Davor hatte er die größte Angst. Was zum Teufel passierte hier?

Das musste sich doch klären lassen. Alles war erklärbar! Man brauchte nur den richtigen Ansatz! Mark stellte die Kaffeetasse auf dem Küchentisch ab, ging zum offenen Fenster, und blickte auf den Hof. Was sollte er tun? Was lief hier? In ihm machte sich ein Gefühl der Hilflosigkeit breit, das er versuchte wegzudrücken. Nein...nicht verzweifeln, bloß nicht verzweifeln! Man durfte nicht kapitulieren, musste dranbleiben, alles aufklären. Alles war erklärbar, kausal. Er schaute zum azurblauen Himmel auf, an dem der warme Wind gerade ein paar Schäfchenwolken Richtung Westen schob. Westen, in der Kindheit, nur eine Himmelsrichtung, Terra Inkognita, ein weißer Fleck, ungenau, unerreichbar, mythisch. Nun, Jahre nach dem Mauerfall, real, greifbar, mit Erinnerungen beladen.

Als Jugendliche waren sie am Brandenburger Tor gewesen, Mark, Micha Lehmann, Ole, Dirk, hatten es sich angeschaut, mit den Absperrungen und der Mauer und den Grenzern. Sie standen da, und schauten sich das Ende der Welt an. Solange sie lebten war hier bereits die Welt zu Ende, und das würde auch immer so bleiben, daran gab es nichts zu rütteln.

Sie hatten sich das Tor angeschaut, und über das große Geheimnis spekuliert, dass nur ein paar Meter Luftlinie entfernt lag. Doch auch Lichtjahre hätten sie nicht weiter davon trennen können. Alles was sie darüber wussten, hatten sie aus Fernsehserien und Filmen erfahren, mit denen sie aufgewachsen waren, die sie geprägt hatten. Ein großer Teil ihrer Wertvorstellungen resultierte nicht nur aus Elternhaus, Schule und Literatur, sondern ebenfalls aus amerikanischen Fernsehserien. Zweifellos speiste sich ihre Gedankenwelt aus einem Pool verschiedenster Einflüsse, und das Fernsehen war dabei sicher nicht unerheblich.

Sie schauten sich das Tor an, tauschten Gedanken aus, und erregten so unweigerlich die Aufmerksamkeit der allgegenwärtigen Volkspolizei. Ein Vopo kam zu ihnen, und fragte, was sie hier machten. Irgendwie konnten sie die Frage nicht verstehen, da sie sich nicht im Sperrgebiet befanden, sondern auf einer öffentlichen Straße, und Bürger dieses Staates waren. Der Polizist erklärte ihnen, dass er es merkwürdig fand, wie lange und genau sie sich die Grenzanlagen ansahen. Merkwürdig...?

Neugier lag ja wohl in der menschlichen Natur, und wenn man schon in einer geteilten Stadt lebte, dachte man irgendwann unwillkürlich auch mal an die andere Seite. Man konnte ja kaum sein Gehirn abschalten!

Jedenfalls verlangte der Polizist die Personalausweise, die ihm von allen, mit Ausnahme von Dirk, auch bereitwillig ausgehändigt wurden. Dirk musste hier einfach passen, da er nicht im Besitz eines Personalausweises war, und es bereits seit zwei Jahren versäumt hatte überhaupt einen zu beantragen, was er dem Polizisten auch noch geradeheraus ins Gesicht sagte. Mit so etwas hatte der nicht gerechnet, und wollte von Dirk sofort den Grund dafür wissen.

„Ich habe schon immer Angst vor der Polizei gehabt!", war die lapidare Antwort. Der Vopo schaute ihn völlig verdutzt an, und die anderen erwarteten sogleich ein riesiges Donnerwetter und ernste Konsequenzen für Dirk.

Aber nichts dergleichen geschah. Der Polizist blieb erstmal stumm, und schien zu grübeln. „Aber dafür gibt es doch überhaupt keinen Grund, warum hast du denn Angst vor der Polizei?"

Mit einem Mal war der Genosse wie umgewandelt. Wahrscheinlich war er im Grunde ein anständiger Kerl, der aus der Überzeugung heraus, für die Menschen etwas Nützliches zu tun, zur Polizei gegangen war. Vielleicht glaubte er an den „Antifaschistischen Schutzwall" und, dass man die Bürger der DDR schützen musste. Auch vor sich selbst. Vielleicht nahm er ja wahr, was wirklich passierte, war ideologisch nicht völlig verblendet, oder ignorant, oder ein Mitläufer, oder einfach nur dumm. Vielleicht zweifelte er sogar sehr oft am Weg des Sozialismus, aber die Grundidee?

Ja, die Idee hielt er für richtig. Sozialismus war richtig, davon war er überzeugt. Was war den vorher? Ausbeutung, Faschismus! Sozialismus war richtig, war Fortschritt!

Natürlich wurden Fehler gemacht, aber man musste an der Idee festhalten, den Verlockungen des Westens widerstehen. Und man musste die Menschen mitnehmen, es ihnen erklären, sie gewinnen. Warum hatte dieser Junge Angst vor der Polizei? Niemand brauchte doch im Sozialismus Angst vor der Polizei zu haben. Das war bei den Faschisten so. Aber heute, nein!

Dirk wusste nicht so recht, was er sagen sollte. Er hatte seine Antwort unüberlegt ausgesprochen, meinte sie überhaupt nicht ernst, wollte nur ein wenig provozieren.

„Is aber so, schon immer", meinte er nur, und wartete ab, was passieren würde, schließlich hatte er gegen das Meldegesetz verstoßen, und hoffte irgendwie davonzukommen.

„Aber nein, das brauchst du doch nicht! Die Polizei ist wirklich dein Freund und Helfer!" Nun verfiel der Polizist in einen väterlichen Tonfall. Sicher hatte er selbst Kinder, und stellte sich vor, dass seine Uniform ihnen Angst machen könnte.

Er gab den anderen die Ausweise zurück, ohne auch nur einen Blick hineingeworfen zu haben, und wand sich nochmal an Dirk.

„Und du gehst am besten gleich morgen zur nächsten Meldestelle, und beantragst deinen Ausweis. Du wirst sehen, die Genossen werden dich nicht gleich auffressen." Er lächelte, legte die Hand zum Gruß an die Mütze, und nahm Haltung an. „So...dann wünsch ich noch einen angenehmen Tag."

Dirk versprach nun endlich seinen Ausweis anzumelden, was er jedoch weiterhin verschieben sollte, und als die Jugendlichen Richtung Alexanderplatz abrückten, war der Polizist zufrieden, ein Stück Vertrauen zurückgewonnen zu haben.

Langsamen Schrittes setzte er den Dienst fort, und schaute nun selbst durch das Tor auf die andere Seite. Letztendlich werden sich die Errungenschaften des Sozialismus durchsetzen, auch wirtschaftlich, davon war er überzeugt, und während er so dachte, sprachen führende Ökonomen hinter vorgehaltener Hand bereits vom Zusammenbruch.

Dort wo damals das Ende der bekannten Welt zu finden war, gelangte man nun in den Tiergarten, und wenn man weiterfuhr, irgendwann in den Grunewald, dorthin wo Ritchie lebte. Mark stand noch am Fenster, und sah einer Wolke nach, die gerade über das Dach des Seitenflügels geblasen wurde, und Richtung Westen verschwand, ging dann rüber ins Wohnzimmer, schaute auf die Röhre, und dann aufs Telefon.

Einige Zeit später, und einige Kilometer entfernt, wurde die Wolke von einem leicht rundlichen Mann, Ende vierzig beobachtet, der mit einem Glas Wein in der Hand auf dem Rasen seines Hauses in der Griegstraße stand. Er trug ein leichtes weißes Hemd, Leinenhosen, einen weißen Hut und einen Dreitagebart, der am Kinn grau durchsetzt war. Beruhigt wandte er den Blick vom Himmel ab, trank von dem Wein, und ging auf eine Sitzgruppe zu, die sich vor dem Haus befand. Dort stellte er das Glas ab, und widmete sich wieder dem Buch, das noch aufgeschlagen auf dem Tisch lag. Es würde nicht regnen, und sie konnten heute Abend, wie geplant, die Gäste draußen empfangen. Er begann zu lesen, und hatte gerade die Stelle wiedergefunden, an der er aufgehört hatte, als er durch Constanzes Stimme unterbrochen wurde.

„Ritchie?" „Ja?"

In der offenen, doppelflügeligen Tür, die in den Garten führte, erschien eine attraktive Frau, etwas jünger als er, in einem Sommerkleid. „Was ist denn?", fragte Ritchie, der dem Gesicht seiner Frau ansehen konnte, dass etwas Ungewöhnliches passiert sein musste.

„Telefon...", sagte sie nur, und hielt ihrem Mann den Apparat entgegen, und Ritchie erinnerte sich, es klingeln gehört zu haben und auch, dass Constanze mit jemandem gesprochen hatte.

„Wer ist denn dran?", fragte er, und versuchte im erstaunten Gesicht seiner Frau zu lesen. „Mark...es ist Mark, der dran ist!"

„Mark...!?" Ritchie legte das Buch auf den Tisch, und es störte ihn nicht, dass dabei die Seiten verblätterten. „ Mark?", ungläubig stand er auf, und nahm das Telefon entgegen. „Mark...du bist es wirklich!"

Constanze blieb mit verschränkten Armen in der Nähe ihres Mannes, und versuchte dem Gespräch zu folgen.

„Mark...alter Junge wo steckst du?" „Ritchie...schön deine Stimme zu hören!" Mark ging mit dem Telefon am Ohr, im Wohnzimmer auf und ab.

„Tut mir leid, dass ich mich erst so spät bei dir melde, aber ich brauchte ein bisschen Zeit, weißt du." Ritchie stand, eine Hand in der Hosentasche, in der anderen das Telefon, vor Constanze, und schaute sie an.

„Ach...das ist doch völlig in Ordnung. Ich freu mich auch deine Stimme zu hören. Wo steckst du denn?" „Ich bin zuhause. Ich meine dort, wo ich früher gelebt habe, im Prenzlauer Berg."

„Ich hab versucht dich anzurufen, aber deine Nummer gab es nicht mehr." „Ja...hab inzwischen ´ne andere."

Mark lief weiter hin und her, Ritchie und Constanze setzten sich.

„Du lebst jetzt im Prenzlauer Berg?" Ritchie sah Constanze an, die an den Lippen ihres Mannes hing. „Ja...ich bin wieder hier", sagte Mark, der vor dem Tisch mit der Röhre stehengeblieben war.

„Wir müssen uns unbedingt sehen alter Junge, hast du Zeit?", fragte Ritchie. „Ja, müssen wir, wie wär´s mit morgen?"

„Wie wär´s gleich heute Abend, wir haben ein paar Gäste, vielleicht möchtest du auch kommen?" Constanze rückte näher an das Telefon. „Ach ja...bitte komm doch heute Abend!"

„Hörst du, Constanze würde sich riesig freuen." Ritchie´s Frau sah ihren Mann erwartungsvoll an, hoffte auf eine bestätigende Geste.

„Ach weißt du, soviel Trubel ist mir momentan ein bisschen zu viel, aber danke für die Einladung. Vielleicht hast du mal Zeit, wenn es bei dir etwas ruhiger ist?" „Ich nehme mir die Zeit, alter Junge, wann immer du willst!"

„Das ist schön, wie sieht es bei dir denn morgen aus?" „Gut, wenn du willst. Kannst du herkommen?"

„Ja...klar, freue mich. Sagen wir so um zehn Uhr, oder ist dir das zu früh?" „Nein, zehn Uhr ist mir recht, bin sowieso früh auf den Beinen. Ich versuch in letzter Zeit ein wenig zu Laufen."

„Du gehst Joggen?" Erstaunt hatte sich Mark auf die Couch gesetzt. „Ja...seit einer Weile", kam es aus dem Hörer.

„Sieht dir gar nicht ähnlich, hat sich wohl einiges geändert." „Ach weißt du, Constanze meinte ich sollte mehr auf mich achten, gesundheitlich. Ich glaube sie findet einfach, dass ich zu dick werde." Constanze lächelte verlegen, und ihr Gesichtsausdruck verriet, dass Ritchie genau ins Schwarze getroffen hatte.

„Vielleicht können wir ja zusammen Laufen?" „Warum nicht, aber lass mich ja nicht alt aussehen, Constanze hält große Stücke von mir als Läufer!"

„Nein, ganz bestimmt nicht, bin auch ein wenig eingerostet." „Hervorragend, dann bis morgen, freu mich riesig, wirklich riesig alter Junge."

„Ich auch, hab euch echt vemisst, bis morgen." Mark hatte aufgelegt, und Ritchie das Telefon vom Ohr genommen, und es auf dem Tisch neben dem Buch abgelegt.

„Er kommt morgen..." Ritchie nippte an seinem Glas, und ehe er es wieder abstellen konnte, nahm Constanze es ihm aus der Hand, und trank auch einen Schluck.

„Ich freu mich ihn zu sehen, hoffe es geht ihm gut", meinte sie, während sie das Glas abstellte.

„Ich denke das tut es, er hat sich zufrieden angehört. Bin gespannt was er so treibt." Ritchie wischte sich mit einem Tuch den Schweiß von der Stirn, und setzte dann den Hut wieder auf.

„Ja, ich auch, aber jetzt muss ich mich um das Essen kümmern!"

Constanze küsste ihren Mann auf die Wange, und verschwand dann im Innern des Hauses, und Ritchie versuchte wieder den Faden in seinem Buch zu finden.

Mark war auf der Couch sitzengeblieben, und hing seinen Gedanken nach. Bevor er zu Ritchie fahren würde, musste er unbedingt mit Dirk sprechen. Schließlich betraf die Sache mit der Röhre sie beide, und er wollte nicht im Alleingang entscheiden, jemanden hinzuzuziehen. Also griff er wieder zum Telefon, und wählte diesmal Dirk´s Nummer.

„Gerber!" „Hallo, Mark hier. Du hör mal...ich muss mit dir kurz was besprechen, kann ich vorbeikommen?" „Ja, bin zuhause. Willst du gleich kommen?" Mark war schon im Flur, und griff seine Schuhe.

„Ja...wenn es dir recht ist." „O.K. bis gleich." Dirk hatte aufgelegt, Mark schlüpfte in die Schuhe, und hüpfte kurz darauf eilig die Treppen runter. Er war froh, dass endlich etwas passierte, Bewegung in die Sache kam. Ritchie würde ihm helfen!

Gerade erst aus der Haustür raus, bog er auch schon um die Ecke, wollte schnell zu Dirk. Auf dem Weg kreisten seine Gedanken wieder um Ritchie. Ritchie ging Joggen? Verkehrte Welt!

Ritchie war ein Genussmensch, der gutes Essen und einen guten Wein zu schätzen wusste. Wahrscheinlich tat er es nur seiner Frau zuliebe. Constanze hatte sich immer fit gehalten, viel Sport getrieben. Mit Melissa hatte sie Tennis gespielt. Aber Ritchie? Ritchie war nie wirklich ein Bewegungsmensch gewesen. Mark musste an Radtouren und Ausflüge denken, die er und Melissa gemeinsam mit Ritchie und Constanze unternommen hatten. In der Regel war es Ritchie gewesen, der als erster eine Pause brauchte.

Dennoch war es eine Freude, ihn dabei zu haben, denn sein Kopf hatte seine mangelnde Fitness allemal wieder wettgemacht. Im Grunde war Ritchie Reiseführer und Kulturprogramm in einem. Er kannte die Geschichte und die kleinen Geschichten jedes Ortes und jeder Gegend, durch die sie kamen. Ein unglaublicher Kopf, der sofort alles parat hatte. Kamen sie an einem alten Gut oder Schloss vorbei, hieß es meist „ach hier saßen die von Arnims", oder „das gehörte den Bredows", oder „hier die Familie Barfus", Ritchie, ein wandelndes Lexikon.

Lag eine alte Kirche auf dem Weg, hatte Ritchie auch was in petto „die ist von Stüler", oder „seht mal der Turm...Zyklopenbauweise", oder „die Orgel ist von Gottlieb Scholze aus Ruppin", oder „hier gibt es eine Bronzeglocke von 1751, des Glockengießers Zweitinger aus Berlin." Ritchie's Kenntnisse gaben ihren Touren erst den Rahmen, der sie zu wirklichen Erlebnissen machte. Manchmal hatte man den Eindruck, Ritchie zitierte bei seinen Ausführungen Fontane's „Wanderungen" direkt aus dem Gedächtnis. Sein Steckenpferd war, seit Kindesbeinen, das alte Preußen, und er hervorragend in dessen Geschichte bewandert.

Mark betrat die Lottumstraße, und klingelte kurz darauf an Dirk's Tür.

„Komme!" Dirk öffnete noch während er dabei war, den Rest eines Brötchens hinunterzuschlingen. „Komm rein", würgte er schmatzend raus, und winkte Mark durch, der sich mittlerweile bei ihm auskannte, und gleich in die Küche ging.

„Einen Kaffee oder lieber ein Bier?", fragte Dirk, goss sich selbst einen Kaffee ein, und hielt Mark die Kanne hin. „Aber du kannst auch gerne...", meinte er, und machte eine Kopfbewegung in Richtung Kühlschrank.

„Nein, Kaffee ist in Ordnung", antwortet Mark, und setzte sich, während Dirk eingoss, und die Tasse mit dem dampfenden Kaffee vor ihm platzierte.

„Ich muss mit dir reden...über...über die Röhre", fing Mark an. „Ach, das verdammte Ding! Hört das denn nie auf?"

Dirk setzte sich, lehnte sich zurück, verschränkte die Hände über dem Kopf, und wirkte wieder wie der trotzige Junge, der seinen Ausweis nicht anmelden wollte.

„Ich wünschte, wir hätten das Ding nie mitgenommen. Es einfach in dem Loch gelassen", sagte Mark, und lehnte sich auch zurück. „Aber manchmal glaube ich, dass wir einfach keine Wahl hatten", fügte er hinzu.

Dirk zuckte mit den Schultern. „Na ja, wir waren eben jung und neugierig, wir mussten das Ding einfach mitnehmen."

Mark puste behutsam in die Tasse, und trank dann vorsichtig von dem heißen Kaffee. „So gesehen hatten wir auch keine Wahl, das ist wohl richtig. Aber ich meine die Röhre wollte gefunden werden, das denke ich mehr und mehr." „Du meinst, dass ausgerechnet WIR sie finden sollten?", fragte Dirk.

Mark wippte mit dem Körper leicht hin und her, so wie er es immer tat, und selbst nie bemerkte, wenn er konzentriert nachdachte. „Ich weiß nicht, ob gerade WIR sie finden sollten, aber sie wollte gefunden werden, und vielleicht war es purer Zufall, dass gerade wir es waren. Hätte vielleicht auch jeder andere sein können."

Dirk nahm die Arme runter, legte die Finger an die Tischkante, und beugte sich ein wenig vor. „Wäre besser, wenn es irgendein anderer gewesen wäre. Wäre wirklich besser." „Es hilft aber nichts, WIR haben sie nun einmal gefunden, und an dieser Tatsache lässt sich nichts mehr ändern", erwiderte Mark, und beobachtet, wie Dirk sich wieder zurücklehnte, und die Arme vor der Brust verschränkte.

„Ich weiß, wäre eben nur besser." Mark schob die Kaffeetasse beiseite. „Ich möchte die Röhre jemandem zeigen!"

Dirk horchte auf. „Wem?", fragte er, und sah im ersten Moment nicht glücklich aus. „Einem Freund."

„Warum?" Dirk schien es wirklich nicht zu gefallen.

„Er ist Historiker, und kann helfen die Herkunft der Röhre zu bestimmen", sagte Mark, und hoffte Dirk überzeugen zu können. Er musste doch einsehen, dass es wirklich Sinn machte, Ritchie hinzuzuziehen. Dirk wirkte wieder abwesend, saß nur schweigend da, und auch Mark sagte erstmal nichts. Er wollte unbedingt Dirk´s Einverständnis, und ließ ihm Zeit. Nur nichts überstürzen.

„Vertraust du ihm?", fragte Dirk irgendwann. „Ja...tu ich. Warum fragst du?"

„Wir wissen nicht, was es mit der Röhre auf sich hat, ich will nur vermeiden, dass alles noch schlimmer wird!" „Ich glaube, der einzige Weg, den wir gehen können, ist der, soviel Informationen wie möglich über die Röhre zu sammeln. Das ist der Schlüssel zum Verständnis des Ganzen, da bin ich mir sicher. Ich will verstehen was hier passiert, und ich denke, dass du das auch willst....oder?"

Dirk wirkte unentschlossen, schien ängstlich, und Mark konnte ihn verstehen, hatte er doch selbst leise Zweifel. Vielleicht wäre es besser nicht tiefer zu graben? Niemand konnte wissen, welche Türen sich öffnen würden. Dennoch...der einzige Weg Frieden zu finden, war Erkenntnis. Die ungeklärte quälende Frage würde immer bohren, einen langsam zersetzen. Der Mensch braucht einfach Antworten, hatte immer danach gesucht, musste alles erklären können. Die Röhre war nun einmal da, und alles was damit zusammenhing, ihr Geheimnis, konnte gelüftet werden. Musste gelüftet werden! Was es auch immer in sich barg!

Mark beobachtete Dirk weiter, suchte zu ergründen, was gerade in ihm vorging. Wahrscheinlich hoffte er, sich irgendwann vollständig von der Röhre lösen zu können.

„Ich hab dir doch schon gesagt, dass ich dich machen lasse, wenn du meinst, dass es gut ist, dann mach es." Dirk hatte sich entschieden, und Mark spürte Erleichterung.

„Danke!", sagte er, und sah dem Freund fest in die Augen. „Es ist das Richtige, glaub mir!" Dirk nickte, stand auf, und ging zum Kühlschrank. „Nun brauch ich doch eins", meinte er, während er ein Bier aus einem Fach nahm.

„Na...wenn du noch eins hast", sagte Mark, und Dirk reichte auch ihm eine gut gekühlte Flasche, und als er sich wieder hingesetzt hatte, stießen sie an.

„Wann zeigst du deinem Freund die Röhre?", fragte Dirk, nachdem er getrunken, und sich mit der Handfläche über den Mund gewischt hatte. „Ich werde sie ihm so bald wie möglich zeigen, treffe ihn morgen, und werde ihn bitten, sich die Röhre bei mir anzusehen."

„Gute Idee, kann ich dann dabei sein?" Mark wunderte sich, dass Dirk das wollte, hatte er doch den Eindruck gewonnen, die Röhre wäre ihm aus der Ferne lieber, stimmte aber zu. „Natürlich kannst du dabei sein, wenn du willst."

Er stellte fest, dass Dirk gerade wieder irgendwo anders war. Es schien, als hätte er ständig Aussetzer. In einem Augenblick folgte er konzentriert dem Gespräch, doch bereits im nächsten, schweifte sein ganzes Selbst irgendwie in eine andere Sphäre, in die er scheinbar regelmäßig überwechselte. Dirk sprach nie darüber, und Mark fragte nicht, aber diese Wechsel wirkten zwanghaft. Dirk schien ständig mit zweierlei Realität fertig werden zu müssen.

„Gut, dann mach einen Termin, und sag mir Bescheid, werden sehen, was dein Freund rauskriegt." Offenbar konnte er aber auch in diesem Zustand dem Gespräch folgen. Mark nickte, trank sein Bier, und beobachtete Dirk, der in die Ferne starrte.

Im kühlen Tunnel des S-Bahnhofs Grunewald widerhallten Mark´s Schritte, trotz der Laufschuhe, die er trug. Er schaute auf die Armbanduhr, kurz nach neun Uhr. Er war früh dran, und konnte ganz gemütlich gehen. Wenn man zügig durchlief, schaffte man es bis zur Griegstraße in einer guten halben Stunde. Aber Mark wollte sich Zeit nehmen, sich umschauen. Merkwürdig wieder hier zu sein. Alles war vertraut, und doch irgendwie entrückt, so als ob man nicht selbst hier wäre, als beobachtete man nur jemanden, der gerade den Tunnel des Bahnhofs verlassen hatte, und vom gleißenden Licht auf dem Bahnhofsvorplatz empfangen wurde. Er kannte alles, das alte Bahnhofsgebäude, mit der Uhr, der Parfümerie und dem Bäcker, ging weiter, und schaute sich die Gesichter der Leute an, die an der Bushaltestelle warteten. Mark zog den Reißverschluss seiner Trainingsjacke etwas runter, bog in die Auerbacherstraße, und nachdem er ein Stück gegangen war, in die Douglasstraße. Nicht weit entfernt, hatte er gelebt, mit Melissa. War noch nicht so lange her, und mit jedem weiteren Schritt, umkreisten ihn die Erinnerungen.

Er ging weiter, vorbei an der Villa Harteneck, ehemals Villa Canaris, wo während der NS Zeit Abwehrchef Wilhelm Canaris sein Domizil gehabt hatte. Das Gezwitscher der Vögel in den Bäumen begleitete ihn bis vor zur Königsallee, die ihren Namen dem Bankier Felix Königs, einem Mitbegründer der Villenkolonie zu verdanken hatte. Dort blieb er stehen, und beobachtete die wenigen Passanten. 1922 wurde in dieser Straße Reichsaußenminister Walther Rathenau von Rechtsextremen ermordet. Warum fiel ihm gerade das ein, als er dem Verlauf der Straße mit den Augen folgte? Musste wohl die Nähe zu Ritchie´s Haus sein, die historische Ereignisse so präsent werden ließ.

Er überquerte die Königsallee, und bog in den Oberhaardter Weg ein, der auf der anderen Seite, nach der deutschen Tennislegende, Gottfried-von-Cramm Weg hieß, und am Tennisclub Rot-Weiß endete. Nun war er fast am Ziel, und ein weiterer Blick auf die Uhr zeigte ihm, dass er noch genug Zeit hatte.

Gemächlich schlenderte er den Oberhaardter Weg, der von Villen gesäumt war, entlang, und sah sich um. Man konnte hier noch deutlich das alte Westberlin spüren. In Gedanken sah er Harald Juhnke vor sich, so wie er ihm begegnet war, am Hagenplatz, nicht weit von Helmut Kohl´s Lieblingsitaliener. Dort war er gegangen, schleppend, in Hut und Mantel, die Zeitung in der Hand. Juhnke, die Legende im Verfall, wie das alte Westberlin, ein Aufbegehren gegen die Zeit, der man doch nicht entrinnen konnte.

Gegenüber, die Hömannstraße mit der Britischen Botschaft, und dann die Nikischstraße, die letzte, die in den Oberhaardter Weg mündete. Hier war er zu Ende, und die Griegstraße, nach dem norwegischen Komponisten Edward Hagerup Grieg benannt, begann, und zog sich bis zum Wildpfad. Mark folgte ihr, und konnte, nachdem er wenige Minuten gegangen war, bereits Ritchie´s Haus sehen. Langsam näherte er sich dem Grundstück, stand schließlich vor dem eisernen Tor, und zögerte noch ein wenig, bevor er klingelte.

„Ja bitte..." Es war Constanzes Stimme, die aus der Gegensprechanlage kam. „Hallo Constanze, hier ist Mark", antwortete er.

„Mark...komm rein!", rief Constanze erfreut, und als der Summton erklang, drückte Mark gegen das Tor, trat ein, und aus dem Haus kam ihm Constanze schon entgegen, und als sie bei ihm war, drückte sie ihn sofort an sich. „Mark...Mark...schön dich zu sehen", sagte sie, und ließ ihn erst nach einer Weile wieder los. Sie hatte sich überhaupt nicht verändert, und ihre herzliche Art tat ihm sofort wieder gut.

„Ich freue mich auch sehr dich zu sehen, ehrlich", erwiderte er, und küsste sie auf die Wange. „Ist Richie schon wach, ich hoffe ich bin nicht zu früh?"

„Und ob ich wach bin, wusste doch, dass du kommst, alter Junge!" Ritchie tauchte plötzlich hinter Constanze auf. Er trug einen leuchtend blauen Trainingsanzug und Sportschuhe, und unter seiner Baseballkappe schaute sein lockiges, grau durchsetztes, halblanges Haar hervor. Das Ganze rundete er mit einem leichten Seidenschal ab, und irgendwie erinnerte sein Aufzug mehr an einen Segeltörn, als an Jogging.

„Ritchie, du siehst gut aus!", schmeichelte ihm Mark trotzdem, da er sich ehrlich freute ihn zu sehen. „Mark...lass dich umarmen", auch Ritchie drückte ihn an sich, wenn auch nur kurz.

„Verdammt...wir haben uns echt Sorgen gemacht, als wir von dir nichts mehr gehört hatten. Nicht wahr Constanze? Wir haben uns echt Sorgen gemacht!" Constanze nickte nur, und lächelte.

„Mir geht es gut, wirklich. Tut mir nur leid, dass ich mich so lange nicht gemeldet habe." „Ach...die Hauptsache ist doch, dass du in Ordnung bist", meinte sie. „Was treibst du denn so?", fragte sie auch gleich weiter.

Mark überlegte, was er darauf antworten sollte. Sollte er ihnen von der Röhre erzählen? Wie sollte er anfangen? Sie würden ihn unweigerlich für verrückt halten, und er hätte es den beiden nicht einmal verdenken können, hatte er doch bei Dirk genauso reagiert. Vorläufig wollte er sich lieber bedeckt halten.

„Ach eigentlich gar nichts. Ich wohne wieder im Prenzlauer Berg, dort wo ich aufgewachsen bin, sogar in derselben Wohnung."

Ritchie wurde sofort hellhörig. „Was denn...in genau derselben Wohnung, in der du aufgewachsen bist?" Mark schmunzelte. „Ja...tatsächlich, war wirklich ein riesiger Zufall."

„Ist ja unglaublich, einfach fabelhaft, du musst mir unbedingt mehr darüber erzählen. Da müssen doch jede Menge Erinnerungen dran hängen." Constanze war ganz aufgeregt und hakte sich bei Mark ein. „Ja, das kannst du laut sagen! Man erinnert sich plötzlich wieder an Dinge, die schon lange vergessen schienen, aber nein, es ist alles da, irgendwo abgespeichert", berichtete er.

„Wunderbar, aber wir haben nachher noch genügend Zeit, das alles zu bereden. Lass uns erstmal Laufen, mein stählerner Körper verlangt nach Bewegung", scherzte Ritchie, und zog den Bauch ein.

„Na dann, auf geht´s, hoffe ich kann mithalten", meinte Mark, und presste seinen Bauch lachend raus. „Macht bitte nicht so lange", bat Constanze, die Mark bei der Hand genommen hatte. „Du musst unbedingt mit uns essen, einverstanden?"

„Einverstanden!", antwortete Mark, sah sie noch einmal an, und verließ mit Ritchie das Grundstück durch das eiserne Tor. „O.K. Sportskanone, welche Strecke läufst du denn für gewöhnlich?", fragte er, draußen auf der Straße. Ritchie dehnte den Oberkörper in professioneller Pose.

„Ach, meist lauf ich die Königsallee ein Stück runter, und dann auf der anderen Seite zurück." „Na gut...dann machen wir das doch so", sagte Mark, und sie setzten sich in Bewegung. Mark war erstaunt, wie gut Ritchie in Form war. Offenbar lief er in der Tat schon eine Weile, und das Training fing an sich bezahlt zu machen. Sie fanden ihr Tempo, und liefen gleichmäßig am Hagenplatz vorbei und an der Ecke Taubertstraße.

„Du bist wirklich gut in Schuss, muss ich schon sagen", meinte Mark, und atmete tief durch. „Ja fühl mich auch so, das Laufen tut mir gut." Ritchie sah zu ihm rüber.

„Und du, wie fühlst du dich, ich meine nach dem Ganzen mit Melissa?" Mark lief gleichmäßig atmend weiter. „Soweit O.K.!"

„Also wenn du nicht darüber reden willst, verstehe ich das, ehrlich", antwortete Ritchie, der den Sitz seiner Baseballkappe korrigierte. „Nein...das ist in Ordnung. Bin drüber weg, war anfangs schwer, aber nun ist es in Ordnung so."

Im angenehm kühlen Schatten der Bäume liefen sie weiter, vorbei an den Villen der Königsallee.

„Bis zur Bismarckallee, und dann zurück?", fragte Ritchie. Mark war einverstanden, und griff, während sie weiterliefen, eine Trinkflasche, die an seinem Gürtel hing, und nachdem er sich erfrischt hatte, reichte er sie seinem Laufpartner, der dankend zugriff.

„Sag mal, könntest du mir einen Gefallen tun?" Mark befestigte die Flasche wieder am Gürtel. „Klar, was ist es denn?", wollte Ritchie wissen. „Vielleicht kannst du dir mal etwas ansehen, ein...ein Erbstück."

Mark zögerte einen Augenblick bevor er fortfuhr. „Ja also...es ist das Erbstück eines Freundes, und er...wir hätten gerne gewusst wie alt es ist." Er konnte sehen, wie es in Ritchies Kopf zu rattern begann. Hatte er sein Zögern bemerkt? Ahnte er etwas? Aber was sollte er schon ahnen, er wusste doch noch gar nichts!

„Was ist es denn?" „Was?" Mark blieb plötzlich stehen, und starrte Ritchie an, der ebenfalls stoppte.

„Das, was ich mir ansehen soll, das Erbstück, was ist es?", fragte er schnaufend, beugte den Oberkörper nach vorn, und legte die Handflächen auf die Knie.

„Ach so, ja es ist ein...ein Kristall." Mark streckte sich, und musterte Ritchie. „Ein Kristall?" „Ja ein Kristall, eingefasst in Kupfer glaube ich." Ritchie schien bereits nachzudenken, wo solch ein Objekt einzuordnen wäre. „Und ihr habt keinerlei Hinweise auf das Alter?", fragte er, und langsam setzten sie sich wieder in Bewegung.

„Nein...auch die Herkunft ist unbekannt." „Woher hat dein Freund das Stück denn?" Ritchie lockerte den Schal ein wenig. „Von seiner Mutter. Sie ist verstorben, und er fand es bei ihren Sachen", antwortete Mark mit der Geschichte, die er sich zurechtgelegt hatte.

„Und er wusste weder, dass sie es hatte, noch woher sie es hatte?" „Nein...hat er bei ihren Sachen zum ersten Mal gesehen", log Mark weiter, und es bedrückte ihn Ritchie anzulügen, aber er wollte vorerst nicht die ganze Wahrheit sagen, wollte abwarten, wo die Röhre einzuordnen wäre. „Gut, seh ich mir gern mal an, sag mir einfach nur wann."

Mark war zufrieden, dass Ritchie zugesagt hatte, und hoffte, in Bezug auf die Röhre nun endlich weiterzukommen. Wenn Ritchie sie datiert hatte, gab es einen Ansatz, auf dem man aufbauen konnte, und alles würde sich klären. „Ich danke dir, können wir ja mit einem Besuch bei mir verbinden", bot er Ritchie an. „Hört sich gut an, sollten uns wirklich wieder öfter sehen!"

„Find ich auch", sagte Mark, und freute sich, dass auch Ritchie ihre Freundschaft aufrechterhalten wollte. Sie liefen weiter bis zur Bismarckallee, wo sie nochmal einen Stopp einlegten, etwas tranken, und dann auf der anderen Seite der Königsallee zurück. Constanze wartete bereits mit dem Essen, und nachdem sie geduscht hatten, aßen sie gemeinsam. Sie verbrachten noch den gesamten Nachmittag zusammen, und sprachen über die gute Zeit, die sie gehabt hatten.

Sie sprachen auch über Melissa, und Mark hatte gemerkt, dass es ihm leicht fiel, über sie zu sprechen. Offenbar war er wirklich darüber hinweg. Warum sollte er auch nicht über sie sprechen, war sie doch Teil seines Lebens gewesen, auch wenn die Zeit diesen Teil bereits einzuweben begonnen hatte. Doch nichts war wirklich vorbei, es blieb lebendig, irgendwo.

Mark saß zuhause vor dem Fernseher. Ritchie würde kommen, morgen, um sich die Röhre anzusehen. Was würde er rauskriegen? Mark war aufgeregt, konnte es nicht abwarten, wollte sich ablenken, nicht an die Röhre denken. Aber wie konnte er das? Sie war doch so präsent, bestimmte nunmehr sein Leben. Seines und Dirk's Leben. Sie hatten sie gefunden, damals, und wenn es einen Grund dafür gab, musste man ihn finden. Sie konnten sich nicht von der Röhre trennen, soviel war nun klar. Oder doch? Auf jeden Fall mussten sie ihr Geheimnis ergründen, sei es, um mit, oder ohne sie zu leben! Sie musste enträtselt werden!

Und Ritchie kam erst morgen. Wie sollte man die Zeit nur überbrücken? Fernsehen war dafür das Richtige, sich berieseln lassen, abschalten. Mark schaute auf den Bildschirm, und sah das Meer. Eine ganze Weile schon, hatte er durch die mittlerweile zahlreichen, doch unerfreulich gleichgeschalteten, austauschbaren, oft belanglosen Programme gezappt, dann angehalten, als er das Meer gesehen hatte. In einer Sendung ging es um die Ostsee, um Usedom. Die Kaiserbäder wurden vorgestellt. Ahlbeck, Heringsdorf und Bansin. Ahlbeck!

In Ahlbeck hatte er das Meer zum allerersten Mal gesehen, weit, endlos und geheimnisvoll, behaftet mit all den Abenteuern, die er damals damit verbunden hatte. Ahlbeck, eine Metapher, ein Ort der rief. Dort hatte er am Strand gestanden, in die Ferne geblickt, hatte die Weite gespürt, die ungeheure Weite. Irgendwo dort draußen, weit draußen, lagen die Inseln mit den verborgenen Schätzen der Piraten und die Wunder des Orients, von denen er gelesen hatte.

Ahlbeck, ein Name, der unweigerlich Bilder hervorrief....

Aufgeregt waren sie gewesen, als die Oma ihnen die Reise angekündigt hatte. Sie konnte einen der begehrten Urlaubsplätze über den FDGB Feriendienst ergattern, und würde mit den Jungen in den Ferien nach Ahlbeck fahren. Aufgeregt waren sie gewesen, Mark und Thomas, wegen der großen Reise und dem Meer, dass sie bisher nur aus Büchern oder dem Fernsehen kannten. Allein schon die Luft würde bräunen, so sagte man, und die Wellen, die Wellen konnten einen umwerfen, so kräftig wären sie manchmal.

Die Wochen vor der Reise waren mit Vorfreude angefüllt, und stolz berichteten sie ihren Freunden davon, konnten den Termin kaum abwarten. Natürlich zogen sich die letzten Tage wie Kaugummi, doch letztendlich war es dann soweit, und sie saßen mit dem großen alten Reisekoffer, der immer auf dem Hängeboden in der Wäschekammer gelegen hatte, im Zug. Sie liebten es, Zug zu fahren, und sogen mit den Augen die Landschaften auf, die draußen an ihnen vorbeizogen. Wenn sie hungrig waren, gab ihnen die Oma belegte Brote, die sie als Reiseproviant dabei hatte, und dazu tranken sie Brause. Thomas, damals gerade elf, fragte der Oma Löcher in den Bauch, und sie erklärte ihm geduldig, was er wissen wollte.

Endlich kamen sie in Wolgast an, wo der Zug endete, und sie aussteigen mussten, um die Brücke über den Peenestrom zu überqueren. Draußen roch man bereits die Seeluft, atmete das Salz ein. An der Brücke warteten bereits Einheimische, die sich gerne etwas dazu verdienen wollten. Sie warteten mit ihren Fahrzeugen, fast ausschließlich Trabis, um den Urlaubern gegen ein geringes Entgelt, das Gepäck über die Brücke zu transportieren.

Drüben begann dann die letzte Etappe der Reise, die mit der sogenannte „Ferkeltaxe", offiziell „Nebenbahntriebwagen der Deutschen Reichsbahn", zurückgelegt wurde. Die Fahrt mit der „Ferkeltaxe" war eine sehr gemütliche Art zu Reisen.

Der mit Urlaubern vollgestopfte Wagen, die mit Luftmatratzen unter dem Arm, Koffern und Campingbeuteln im Gepäck, dichtgedrängt beieinander saßen, einige sogar nur noch stehen konnten, jedoch guter Stimmung waren, zuckelte langsam alle Seebäder ab. Karlshagen, Zinnowitz, Koserow, Ückeritz, Bansin, Heringsdorf. Überall stiegen Urlauber gutgelaunt, in freudiger Erwartung der nächsten Tage und Wochen aus, dann endlich Ahlbeck. Nun waren auch sie am Ziel.

Sie stiegen aus, und gingen vom Bahnhof zu Fuß bis zu ihrem Quartier, dass sich nicht in einem FDGB Ferienheim befand, sondern bei Privatleuten, die dem FDGB Feriendienst Unterkünfte anboten. Dieser zahlte 8,- bis 12,- Mark pro Bett und Nacht, bei gelieferter Bettwäsche. Allerdings erfolgte die Verpflegung der Gäste zentral in den Ferienheimen, in denen täglich eine Vollverpflegung angeboten wurde, bei der Mittags mehrere Gerichte zur Auswahl standen. Zum Frühstück und Abendessen gab es Buffets, auch ein spezielles für Kinder.

Auf dem Weg zu ihrer Unterkunft, wechselten sich Mark und die Oma mit dem schweren Koffer ab, den sie ab und zu absetzen mussten. Die Leute, die die sogenannten Außenbetten anboten, waren freundlich und zuvorkommend, und zeigten ihnen das Zimmer, das einfach, aber völlig ausreichend war, hatte man doch nicht die Absicht den Urlaub drinnen zu verbringen. Die Oma erledigte alle Formalitäten, erhielt einen Schlüssel, und packte dann den Koffer aus, während die Jungen schon drängelte, weil sie an den Strand wollten und das Meer sehen, mit eigenen Augen.

Gleich nachdem alles verstaut war, machte sie sich auf den Weg, vorbei an Menschen in Badebekleidung, an dem Kino und am „Haus der Erholung", wo sie ihre Mahlzeiten einnehmen würden, und an den kleinen Pavillions auf der Promenade, die allerlei Strandutensilien anboten. Dann nahmen sie einen Zugang zum Strand, und die Oma sagte, sie sollten die Schuhe ausziehen, was sie taten, und dann mit nackten Füßen durch den heißen Zuckersand liefen.

Sie sahen das Meer in der Sonne glänzen, hörten das melodische Rauschen der Wellen und das Kreischen der Möwen, waren verzaubert vom Anblick der Weite, die sich vor ihnen auftat. Nun waren sie endlich da, am Meer, an der Ostsee.

Sie krempelten die Hosen hoch, und wateten am Ufer entlang, warfen kleine Kiesel in die Wellen, und sammelten Muscheln. So liefen sie bis nach Heringsdorf, und dort immer noch weiter den Strand entlang. Irgendwann entschied die Oma, dass es genug wäre, man musste ja noch zurück, bald würde es Abendbrot geben, und nach einigem Hin und Her, gaben auch die Jungen nach, die lieber noch weitergelaufen wären. Sie nahmen den nächsten Zugang, der durch die Dünen zur Strandpromenade führte, und als sie dort ankamen, klopften sie den Sand von den Füßen, und zogen die Schuhe wieder an. Thomas schaute etwas ratlos auf die Füße der anderen, die inzwischen wieder Schuhe trugen, während seine noch nackt waren. Auch er hätte seine Schuhe gerne wieder angezogen, musste aber feststellen, dass er keine mehr dabei hatte, was auch von seiner Oma und dem Bruder bemerkt wurde.

„Junge...wo sind denn deine Schuhe?", fragte die Oma mit entsetztem Blick, und der Junge konnte nur verlegen mit den Achseln zucken.

„Irgendwo am Strand", gab er kleinlaut zu, und jeder wusste, was das bedeutete. In der ganzen Aufregung hatte der Kleine seine Schuhe irgendwo stehengelassen, und nun mussten sie wieder am Strand zurück, den Weg nehmen, den sie gekommen waren, um seine Schuhe zu suchen. Dieses Mal behielten sie ihre Schuhe an, als sie den beschwerlicheren Weg gingen, und waren froh, als sie nach einer Weile, die halb verbuddelten Turnschuhe des Jungen im Sand wiederfanden. Die Oma ermahnte ihn noch einmal in Zukunft doch besser auf seine Sachen aufzupassen, was er nur kurz mit einem schnippischen „...ja...ja...mach ich" kommentierte, und im nächsten Moment war die Sache vergessen, und es zählten nur noch die Fischerboote, die er bestaunte.

Als sie dann endlich auf die Strandpromenade kamen, stießen sie auf uhrenartige Geräte, sogenannte „Kraftmesser", die dort aufgestellt worden waren. Hier konnte man seine persönliche Körperkraft messen, indem man zwei Griffe zusammendrückte, und dadurch eine Skala betätigte, die die eingesetzte Kraft anzeigte, auf der von „Tarzan" bis „Buchhalter" alles dabei war. Die Jungen kamen natürlich an keinem dieser Dinger vorbei, ohne sie ausgiebig zu strapazieren. Auf ihrem Weg zum Abendbrot kamen sie auch an der alten Konzertmuschel vorbei, an der sich, wie auch vor dem Kino, Gruppen von Jugendlichen versammelten, von denen einige mit dem Moped da waren. Sie trugen Jeansklamotten, halblanges Haar, rauchten, und quatschten. Bei ihrem Anblick musste Mark an die Clique denken, und verspürte etwas Heimweh.

Im Haus der Erholung, einem Bau mit mehreren Sälen und auffallend großen Fenstern, mussten sie warten bis sie platziert wurden, was ihnen nichts ausmachte, da es ja normal war. Sie bekamen einen 4er Tisch zugewiesen, den sie für sich allein hatten, und als sie durch den Saal kamen stach Mark das Kinderbuffet ins Auge, das für die kleinen Urlaubsgäste einige besondere Leckereien bereithielt, die auf dem Buffet der Erwachsenen fehlten. Eine dieser Besonderheiten waren Schalen mit Schokoladenpudding, die Mark´s Aufmerksamkeit erregten.

Da er aber bereits VIERZEHN war, war es selbstverständlich unter seiner Würde sich am Kinderbuffet zu bedienen, und so machte es sich wieder einmal bezahlt, einen jüngeren Bruder zu haben, den man ja einfach schicken konnte, um in den Genuss des leckeren Puddings zu kommen. Thomas, der natürlich auch gerne Schokoladenpudding aß, war schnell überredet, und trabte auch gleich los. Während Thomas an das Buffet ging, machten Mark und die Oma Pläne für die kommenden Tage, und als er zurückkehrte, stellte er eine kleine Glasschale vor Mark, und eine auf seinem Platz ab, und begann dann sogleich damit, sich den Pudding genüsslich reinzuschieben. Mark, immer noch im Gespräch vertieft, griff fast automatisch nach dem kleinen Löffel.

„Ich will auf jeden Fall sehen, dass wir Aal bekommen. Wir

können den Fischer am Strand fragen, den wir heute gesehen haben", sagte die Oma, und trank von ihrem Tee. „Ja...klar, aber wir gehen nochmal zur Seebrücke und auf den Markt...O.K.?", erwiderte Mark fragend, und steckte den Löffel in die Glasschale.

„Ja...machen wir, aber gleich früh fragen wir erstmal nach dem Aal."

Thomas interessierte das Gespräch nicht sonderlich. Er war nur mit seinem Pudding beschäftigt, und schob sich Löffel für Löffel in den Mund. Nun führte auch Mark, noch im Gespräch, beiläufig den Löffel zum Mund, und im nächsten Augenblick verzog er das Gesicht, als hätte er in eine Zitrone gebissen. Ein ekelig würziger, schmieriger Geschmack ließ ihn zusammenzucken, und kreidebleich werden.

„Bäh...!" Er suchte auf dem Tisch nach einer Serviette, war heilfroh, dass sich in der Nähe eine befand, griff sie, und ließ das schmierige Zeug, das er im Mund hatte, darin verschwinden.

„Junge bleib bei dir, was hast du denn?", fragte die Oma, durch sein Verhalten aufgeschreckt, und Thomas blickte teilnahmslos von seinem Pudding auf, und sagte nichts.

„Ähhh...der Pudding ist schlecht!" Mark legte mit verkniffenen Lippen, sichtlich angewidert, die zusammengedrehte Serviette auf seinem Teller ab.

„Was schlecht? Sieht auch komisch aus!", stellte die Oma fest, nachdem sie sich die Schale angesehen hatte. Einige Gäste in der Nähe wurden bereits aufmerksam, und schauten rüber. Mark, dem die Situation peinlich wurde, versuchte sich deshalb so normal wie möglich zu verhalten, und beherrschte sich. Nachdem er etwas getrunken hatte, um den ekeligen Geschmack wegzudrücken, zog er die Schale näher heran, und fand, dass der Inhalt doch sehr grau aussah, und als er sich unbeobachtet fühlte, roch er daran. Der Geruch erinnerte so gar nicht an Schokoladenpudding, nein, eher an, eher an, an...Leberwurst. An Leberwurst? Warum sollte Pudding nach Leberwurst riechen? Weil es Leberwurst war!

Er hatte sich die Schale nochmal angesehen, und festgestellt, dass sie tatsächlich Leberwurst enthielt, eine grobe hausgemachte Leberwurst, wie sie auf dem Buffet der Erwachsenen zu finden war. Nachdem sie nun begriffen, was sie da vor sich hatten, richteten Mark und die Oma fast gleichzeitig ihre Blicke auf Thomas, der sie fragend anschaute, und irgendwann ein Lächeln nicht mehr unterdrücken konnte, das dann nahtlos in ein schelmisches Grinsen überging.

„Wo hast du denn die Schale hergeholt?", fragte Mark grimmig.

„Na vom Kinderbuffet", versicherte der Bruder, und Mark versuchte in seinem Gesicht zu lesen, ob die Schale dort wirklich nur zufällig gestanden hatte, oder der Kleine ein wenig nachgeholfen hatte, um dem Großen einen Streich zu spielen.

Als sie dann, müde von den Ereignissen des Tages in ihren Betten lagen, lauschten sie den Geräuschen der fremden Umgebung. Sie lauschten den Wellen und dem Wind und der Nacht, die sich langsam über alles ausbreitete. Morgen wartete wieder ein neuer Tag auf sie, mit neuen Eindrücken und Erlebnissen, von denen sie noch nicht ahnten, wie tief sie sich ihnen einprägen sollten.

„Aber morgen Abend holst du mir wirklich Pudding...ja", meinte Mark, und der Kleine murmelte schlaftrunken mit schwacher Stimme „versprochen!" Dann kehrte Ruhe ein, in dem kleinen Zimmer, mit den etwas feuchten Betten.

Die nächsten Tage verliefen, leicht, sonnig und unbeschwert, und die Jungen spürten nicht die Zeit, die verging, da sie endlos zu sein schien. Nur die Oma wusste um ihre Kostbarkeit, kannte sie doch bereits die Flüchtigkeit, die ihr innewohnte.

Als sie an einem Vormittag, wie üblich auf dem Weg zum Strand waren, entdeckten sie einen Friseur, der an einer Ecke seinen Laden hatte, und Mark wollte die Gelegenheit beim Schopfe packen, und sich die Haare schneiden lassen. Zu dieser Zeit fiel ihm das Haar bis auf die Schulter, und Friseurbesuche waren immer so eine Sache.

Es gab nämlich kaum Friseure, denen man verständlich machen konnte, wie man die Haare haben wollte, und meist bestand das Problem darin, dass sie zu viel abschnitten, und man hinterher irgendwie zu brav aussah.

Was nutzte es denn schon, dass man in ausgewaschener Jeanskleidung und Jesuslatschen herumlief, wenn man die Haare wie ein FDJ-Sekretär trug. Also ging man nicht so gerne zum Friseur, aber irgendwann musste man eben, weil man zu struppig aussah. Wenn diese verdammten Glatzenschneider, doch bloß das richtige Maß finden würden!

Die Oma stimmte dem Friseurbesuch sofort zu, was gut war, da sie ja zahlen musste, und Mark ging in den kleinen Laden, wo ihn ein älterer, netter Herr in einem Kittel empfing, während sich die Oma mit Thomas die umliegenden Geschäfte ansehen, und ihn dann später abholen wollte. Er war der einzige Kunde, und der nette Friseur bot ihm gleich einen Platz an, und legte ihm den obligatorischen Umhang um.

„Na ihr kommt wohl aus Berlin?", fragte er lächelnd. „Ja...aus Berlin."

„Na...hab ich doch richtig gehört", meinte er, und begann mit einem schmalen Kamm durch Mark´s Haar zu gehen. „Was wollen wir denn machen?", fragte er weiter, und betrachtete Mark im Spiegel. „Waschen und schneiden, so wie es ist. Nur ein wenig kürzer."

„Gut, wird gemacht", antwortete der Friseur, und schob Mark näher an das Becken, wartete bis der den Kopf neigte, und begann ihm die Haare zu waschen. Der Duft von frischem Shampoo breitete sich aus, und mischte sich mit dem Geruch des Meeres und des Sommers, und als die Haare gewaschen waren, steckte der Friseur Mark´s Kopf in ein Handtuch, richtete ihn auf, und trocknete ihn ab. Abschließend betupfte er noch vorsichtig Mark´s Augen, entfernte das Handtuch wieder, und kämmte die Haare mit dem schmalen Kamm nach hinten.

„So...dann wollen wir mal zur Tat schreiten", sagte der Friseur, während er die Schere in die Hand nahm, und kurz darauf an Mark´s Hinterkopf mit dem Schnitt begann. Mark, der ihn im Spiegel genau beobachtete, konnte nicht erkennen, wieviel er hinten wegschnitt.

„Nicht so viel abschneiden, und die Ohren wenigstens halb bedeckt...bitte!", instruierte er den Friseur vorsichtshalber nochmal, und schaute weiterhin argwöhnisch in den Spiegel.

„Ja, lass mich nur machen", antwortete der Friseur, schaute kurz auf, und lächelte, schnitt dann weiter, und fing an, leise vor sich hinzupfeifen. Einige Augenblicke später kehrten die Oma und der Kleine in den Laden zurück.

„Ach, die Oma ist wieder da. Bin gleich fertig, setzen sie sich doch." Die beiden setzten sich, und der Friseur unterbrach seine Arbeit, ging zu ihnen rüber, und holte ein Bonbonglas hinter dem Ladentisch hervor, aus dem sich Thomas bedienen durfte. Mark saß mit feuchten, zurückgekämmten Haaren da, und beobachtete das Geschehen im Spiegel. In seinem Nacken spürte er eine verdächtige Kühle, die ihn beunruhigte, und die er sogleich mit den feuchten Haaren zu erklären versuchte. Der Friseur wechselte noch ein paar Worte mit der Oma, kam dann wieder zurück, lächelte, und schnitt weiter, und je länger er schnitt, desto unwohler fühlte sich Mark. Was machte der solange? Sollte er nicht nur die Spitzen abschneiden?

Endlich legte der Friseur die Schere beiseite, holte den Fön, und fing an, die Haare in Form zu bringen, und als er damit den Pony bearbeitete, fand Mark ihn auffallend kurz, und auch die belustigte Miene seines Bruders im Spiegel, verhieß nichts Gutes. Er achtete nun auf das Gesicht der Oma, und stellte fest, wie zufrieden sie aussah, und das versetzte ihn vollends in Panik. Die heiße Luft des Föns verbrannte ihm fast die Ohren, so das er zurückzuckte, und im Spiegel sah er, das die Ohren nur so warm werden konnten, weil sie frei lagen. Frei! Die Spitzen der Haare berührten die Ohrläppchen noch nicht einmal!

Was hatte der Stümper von einem Glatzenschneider angerichtet!

Entsetzt betrachtete Mark seinen Kopf, den der Kerl zum Schluss noch mit irgendeinem fettigen Zeug einrieb.

„So...bitte!", sagte der Friseur, offensichtlich noch stolz auf sein Werk, und hielt Mark einen Spiegel in den Nacken, dem der Anblick seiner Rückseite den Rest gab.

Er konnte nichts mehr sagen, ließ sich sprachlos den Umhang entfernen, ging wie ferngesteuert zu den Wartenden rüber, wo er schweigend stehenblieb, und teilnahmslos in das grinsende Antlitz seines Bruders starrte.

„Na...der Kleine auch gleich noch?", fragte die ewig lächelnde Frohnatur von Friseur.

„Nein!", kam Thomas der Oma zuvor, die sicherlich bereit gewesen wäre, ihrem anderen Enkel ebenfalls die Haare schneiden zu lassen, sprang von seinem Stuhl auf, und postierte sich am Ausgang, um im Notfall das Schlimmste einfach durch Flucht verhindern zu können.

„Na...ich glaub er will heute nicht", meinte die Oma, zahlte, und sie verließen den Laden. Als sie bereits ein Stück gegangen waren, sprach Mark immer noch kein Wort, und starrte weiterhin in die Gegend. Er hatte das Gefühl, dass ihn jeder der entgegenkam, anglotzte und unweigerlich grinsen musste, und er wünschte sich unsichtbar zu sein.

„Sieht doch gar nicht so schlecht aus", fand die Oma, und hätte in diesem Moment nichts Schlimmeres sagen können, und langsam kochte die Wut auf den Friseur in Mark hoch.

„Ich bring ihn um! Ich bring den Kerl um! Ich sagte ihm extra, dass er nicht so viel abschneiden soll, und was macht der Idiot!"

„Ja...sieht blöd aus, viel zu kurz", mischte sich Thomas ein, und strotzte nur so vor Schadenfreude. „Halt die Klappe", fuhr ihn Mark giftig an, und der Kleine entschied sich lieber ruhig zu sein.

„Die Haare wachsen doch wieder, ist doch kurz auch schön", versuchte die Oma nochmal zu beschwichtigen. „Ich werf dem Idioten die Scheibe ein, das könnt ihr glauben! Ich werf die

Scheibe ein!", grummelte Mark vor sich hin, und Thomas und die Oma ließen ihn erstmal in Ruhe. Sie kamen bald an einem Markt vorbei, wo die Oma den Jungen T-Shirts kaufte, und Mark's Laune sich ein wenig besserte.

Irgendwie brachte es Mark in den nächsten Tagen fertig, seinen Bruder ebenfalls zu einem Friseurbesuch zu überreden, der dasselbe Ergebnis brachte. Endlich sahen sie wieder wie Brüder aus, und kehrten braungebrannt und mit spießigen Buchhalterfrisuren aus dem Urlaub zurück.

Mark stand auf, und schaltetet den Fernseher aus. Er ging ins Bad, und begann sich die Zähne zu putzen. Obwohl es erst früher Abend war, wollte er ins Bett. Seine Gedanken kreisten immer noch um die Ostsee und um damals, als er mit der Oma und dem Bruder dort gewesen war. Die Jungen waren oft mit der Oma verreist, und in Mark's Kopf tauchten neue Bilder auf. Bilder von einem See und einem Ruderboot, in dem ein alter Mann saß, der den beiden Jungen, rechts und links von ihm, jeweils ein Ruder überlassen hatte, und zusah, wie sie es mit beiden Händen, begeistert bedienten.

Der alte Mann war Herr Köster, und die Jungen Mark und Thomas, und sie waren mit der Oma in Köthen, in einem Ferienheim von Narva, wo es auch einen jungen Schäferhund, der auf den Namen „Narva – Blitz" hörte, gegeben hatte.

Herr Köster arbeitete in dem Ferienheim, und nahm die Jungen in dem Boot mit, wenn er über den See ruderte, um die Post zu holen.

Während er den Mund ausspülte, sah er vor seinem geistigen Auge die Jungen mit der Oma auf einer Chaussee und im Wald, bei einem Hochstand, wo sie Pilze fanden, und dann auf einem Sandweg an einem Kanal entlanggingen. Er knipste das Licht im Bad aus, ging ins Schlafzimmer, und dachte an die Festung Königsstein und an Meißen und die Albrechtsburg, wo er mit der Oma gewesen war, legte sich ins Bett, und blickte an die Decke.

Die Oma war gestorben, vor einigen Jahren schon, und er spürte wieder den Schmerz, den er bei ihrem Tod empfunden hatte. Sie wollte immer noch einmal zur Ostsee, das Meer nochmal sehen und Albeck. Er wollte nochmal mit ihr hinfahren, hatte es aber immer wieder verschoben, weil er zu beschäftigt war, und dachte, dass noch genügend Zeit dafür vorhanden wäre. Irgendwie hielt er die Oma für unsterblich, glaubte, dass sie 100 werden würde, sie war doch immer da gewesen, und er hatte sich nicht vorstellen können, dass das jemals anders sein könnte.

Doch niemand ist unsterblich, und die Wenigsten werden 100. Irgendwann wurde sie zu schwach für eine Reise, und Mark hatte sich schuldig gefühlt, und fühlte sich noch schuldig.

Die Oma starb ohne die Ostsee nochmal gesehen zu haben, und von diesem Tag an, hatte Zeit eine andere Bedeutung für ihn. Nun wusste er um ihre Kostbarkeit, wusste, dass sie irgendwann alles schluckte, und in ihre Fäden einwob.

Er lag auf dem Rücken, schaute an die Decke, und schlief über seinen Gedanken ein. Mark schlief unruhig, warf ständig den Kopf hin und her, und bewegte die Füße, und im fahlen Mondlicht wirkte er trotz des heißen Körpers bleich. Er wälzte sich im Bett umher, lebte in einem Traum, der sich gleich nachdem er eingeschlafen war, in ihm breitmachte....

Als kleiner Junge ging er mit seinem Bruder und der Oma über den Marx-Engels-Platz. Es war der 1. Mai, in der DDR immer mit großen Veranstaltungen verbunden, und die Oma ging mit den Jungen dorthin, da die Jungen diesen Feiertag liebten, weil sie die kleinen Papierfahnen liebten, die es dann überall gab. Die Oma kaufte ihnen immer ein paar von diesen Fähnchen, doch die Jungen wollten mehr davon, sammelten was sie kriegen konnten, und versuchten sich gegenseitig darin zu übertreffen.

Sie sammelten achtlos weggeworfene Fähnchen oder fragten Passanten, die genug davon hatten, ob sie noch eins bekommen konnten, und hier und da kaufte ihnen die Oma auch eins dazu.

Die Fähnchen gab es mit den unterschiedlichsten Motiven bedruckt. Zum einen, die Flaggen aller sozialistischen Bruderländer, aber es gab auch welche mit dem Emblem der FDJ oder der Pioniere oder mit der Friedenstaube. Die Jungen hatten die Hände bereits voll mit Fähnchen, und Schwierigkeiten sie zu tragen, ließen die Blicke aber weiterhin, auf der Suche nach weggeworfenen Fähnchen, über den Boden schweifen. Es waren viele Menschen unterwegs, junge in FDJ-Hemden, ältere in Kampfgruppenuniformen oder einfach nur in Zivil.

Die Jungen wollten unbedingt die Militärparade sehen, die jedes Mal stattfand, und an der Tribüne mit der Partei und Staatsführung und den ausländischen Gästen vorbeiführte. Als er noch ganz klein war, und mit der Oma zum ersten Mal an der Tribüne vorbeiging, kam sie ihm gewaltig vor. Dann hatte ihm die Oma einen Mann mit Sommerhut, kurzem Hemd und einem komischen Bart gezeigt.

„Da...das ist der Ulbricht...Walter Ulbricht", hatte sie ihm leise zugeflüstert, und er hatte zu dem Mann hinaufgesehen, und geschaudert, und im Stillen gehofft, dass der Mann, der in die Massen zu seinen Füßen blickte, ihn nicht beachten würde. Er wusste nichts von „Walter Ulbricht", aber an der Art, wie seine Oma ihm Ulbricht zeigte, glaubte er zu erkennen, dass „Walter Ulbricht" etwas Bedeutendes sein musste, und obwohl es ihn schauderte, musste er ihn weiter ansehen, weil er glaubte, dass „Walter Ulbricht" anzusehen auch etwas Bedeutendes sein musste.

An diesem Tag vor der Tribüne, hatte Mark seine erste Begegnung mit der Macht, die er zugleich fürchtete und anziehend fand, und als er mit der Oma weiterging, und bald in der Traube von jubelnden Menschen verschwand, drehte er sich doch noch einmal um, in der Hoffnung einen letzten Blick auf „Walter Ulbricht" werfen zu können, der so entrückt und bedeutend auf der Tribüne saß.

Wie sollte er auch wissen, dass die Macht bereits in anderen Händen lag, und die Tage des Staatschefs gezählt waren.

Mit den Fähnchen in der Hand, darauf bedacht keines zu verlieren, gingen sie in Richtung Alex weiter, und kamen am Dom vorbei, der auf die Jungen gigantisch und uralt wirkte. Ein stummer Zeuge einer vergangenen Epoche, in Stein gemeißelte Vergangenheit, eingefrorene Zeit, Mittler zwischen gestern und heute.

Mark wurde unruhiger, seine Hände griffen in das Laken und klammerten sich fest, während sein Atem schneller ging. Plötzlich änderte sich der Ort des Geschehens, und er fand sich dabei wieder, wie er an einer alten Mauer entlang kletterte, deren Steine teilweise locker waren, und er mit Gestrüpp zu kämpfen hatte, das ihm im Wege war. Eine Weile kletterte er so weiter, über Hinterhöfe, die ihm vertraut erschienen. Er hätte jedoch nicht sagen können, wo genau er sich befand. In dem Traum kletterte er weiter, über flache Dächer und alte Mauern.

Dann tauchte hinter einer letzten Mauer unverhofft ein runder Platz auf, und als er von dieser Mauer auf den Platz schaute, sah er ein langsam verfallendes, altes Gebäude, mit vielen Säulen, das am ehesten einem Tempel oder einem Palast glich. Der Platz und die Umgebung waren völlig leer, keine Menschenseele war weit und breit zu sehen. Er kletterte von der Mauer runter, und obwohl ihn das gleiche Gefühl beschlich, wie damals, als er vor der Tribüne mit Walter Ulbricht stand, konnte er nicht anders als zu dem Gebäude zu gehen und einzutreten. Nun befand er sich inmitten einer riesigen Halle, in deren Mitte eine große steinerne Schale stand.

Er wusste nicht warum, aber er musste zu dieser Schale gehen, und als er sie erreichte, merkte er, dass er hineinsehen konnte, und tat es auch sogleich. In der Schale sah er Lumpen von FDJ-Hemden, die zerschlissen und in verblichenem Blau dahingingen. Sie lagen dort neben einigen weiteren Utensilien, Resten von Transparenten, Fahnen, Kampfgruppenuniformen, bunt gemischt, und ebenfalls dem Verfall preisgegeben.

Obwohl sich ihm die Bedeutung all dessen nicht erschloss, ging er um die Schale herum, und betrachtete ihren Inhalt.

Plötzlich sah er in einiger Entfernung die Oma stehen, und merkwürdigerweise wunderte er sich nicht darüber, sie dort zu sehen. Sie schwieg, grüßte ihn mit einer Handbewegung, und wie selbstverständlich erwiderte er ihren Gruß mit einem Kopfnicken. Beide sagten kein Wort, und Mark wurde auf die großen runden Fenster im oberen Bereich der Halle aufmerksam, durch die warmes Licht eindrang. Mit den Augen folgte er diesem Licht bis auf den Boden, auf dem er nun überall verstreut die kleinen Papierfähnchen entdeckte, die er als Kind so gerne gesammelt hatte. Er sah zur Oma rüber, und sie lächelte ihm zu. Im nächsten Augenblick wachte er schweißgebadet auf.

Es war bereits heller Tag, und er blieb noch eine Weile liegen, um sich zu beruhigen, bemüht das Geträumte zu verkraften, da die enorme Realität des Traumes wie immer nachwirkte. Inzwischen versuchte er mit den Träumen umzugehen, sie zuzulassen, nicht dagegen anzukämpfen. Das machte es leichter, aber nicht leicht. Er musste aufpassen nicht in eine Scheinwelt abzugleiten, sich zwingen die Nerven zu behalten. Wahrscheinlich war es gerade das, was Dirk passierte. Allein der Gedanke dem Ganzen irgendeinen Sinn entlocken zu können, hielt ihn aufrecht.

Heute würde Ritchie kommen. Ja, heute war es soweit, und vielleicht würde er schon etwas über die Röhre sagen können. Vielleicht kam ja schon heute ein wenig Licht ins Dunkel. Mark schob die Bettdecke beiseite, blieb liegen, ließ den Körper etwas abkühlen, bevor er aufstand, und unter die Dusche ging. Was aber, wenn Ritchie nichts rausfinden würde? Diesen Gedanken verwarf er gleich wieder, bloß nicht an so etwas denken! All seine Hoffnung war auf Ritchie gerichtet. Er musste etwas rausfinden, unbedingt!

Mark schaute auf die Uhr, in zwei Stunden wollte Ritchie hier sein, genug Zeit. Er drehte das Wasser an, und duschte ausgiebig. Nachdem er sich angezogen hatte, ging er zum Telefon, und rief Dirk an.

„Bist du fertig, kommst du rüber?"

„Ja...bin gleich soweit." Dirk klang als wäre er gerade erst wach geworden.

„Gut", antwortete Mark deshalb nur kurz, und gab ihm Zeit, sich fertig zu machen. Er ging in die Küche, um Kaffee zu kochen, und als er die Maschine angestellt hatte, aß er noch etwas Toast mit Corned Beef. Kauend, mit dem halben Toast in der Hand, ging er dann ins Wohnzimmer, wo die Röhre lag, und schaute sie sich nochmal an. Er schaute sie an, und kaute langsam runter. Gibst du dein Geheimnis preis? Die Röhre lag unverändert da, eben nur wie eine alte Röhre, die auf einem Tisch liegt. Du wirst! Ritchie ist gleich da, und dann wirst du!

Mark öffnete das Fenster, schaute raus, hörte in einiger Entfernung die Geräusche der Schönhauser Allee, und lauschte ihnen bis Dirk klingelte. Als Dirk oben war, begrüßten sie sich, und Dirk folgte ihm ins Wohnzimmer.

„Möchtest du Kaffee?" „Gerne!" Dirk setzte sich, und als Mark ihm den Kaffee brachte, fiel ihm auf, dass auch Dirk die Röhre betrachtete.

„Ich hoffe wir kommen heute ein Stück weiter mit dem Ding", sagte Mark, und als er Dirk ansah, merkte er wieder, wie viel von dem Jungen, den er damals gekannt hatte, noch in dem Mann von heute steckte.

„Ja...hoffe ich auch, ehrlich." Schweigend tranken sie Kaffee.

„Man...ich will endlich wissen, was es mit dem Ding auf sich hat!", platzte es irgendwann aus Mark heraus. Dirk, den der plötzliche Gefühlsausbruch etwas überrascht hatte, schaute Mark verwundert an.

„Glaub ich dir gerne."

Wieder schwiegen sie, und Mark war froh, dass Ritchie endlich klingelte. Er ging zur Tür, und wenig später trat Ritchie gut gelaunt ein.

„Alter Junge, schön dich zu sehen, war gar nicht so einfach einen Parkplatz zu finden."

„Ja...möchte nicht wissen, wie es hier in einigen Jahren aussieht, wenn das so weiter geht."

Ritchie nahm den Sommerhut ab, und schaute sich um. „Schön hast du es hier!"

„Danke, komm rein, ich zeig dir alles." Mark nahm Ritchies Hut, legte ihn auf der Garderobe ab, und registrierte, dass auch Dirk in den Flur gekommen war.

„Das ist also dein Freund", sagte Dirk knapp, und musterte Ritchie. „Ja, das ist Ritchie. Ritchie, das ist Dirk." Mark stellte sie vor, und die beiden gaben sich die Hand.

„Wir sind gleich bei dir, ich führe Ritchie nur kurz rum." „O.K.!" Dirk setze sich wieder, und Mark zeigte Ritchie die Räume.

„Und hier in dieser Wohnung bist du tatsächlich aufgewachsen?", fragte Ritchie begeistert. „Ja tatsächlich, hier das war mein Zimmer. Dort gleich über dir hing damals ein riesiges Sweetposter!"

„Du warst also Sweet Fan?" „Unter anderem."

Ritchie drehte sich nochmal um, und betrachtete den Raum. „Ist ja großartig, eine Reise in die eigene Kindheit sozusagen!"

„Sozusagen!" Sie gingen in den nächsten Raum, das Schlafzimmer, in dem die doppelflügelige Tür zum Wohnzimmer weit geöffnet war.

„Wie gefällt dir der Prenzlauer Berg, warst du schon mal hier?", fragte Mark, während Ritchie den Raum betrachtete. „Nicht oft, gefällt mir aber gut, gibt ja noch jede Menge Gründerzeit Bauten hier."

„Ja, verschandeln sie aber oftmals durch schwachsinnige Lückenbauten." „Könnte man wirklich besser machen, zugegeben."

Ritchie fuhr sich mit der Hand durch das halblange Haar.

„Übrigens...ich soll dich ganz lieb von Constanze grüßen."

„Danke!"

Sie waren im Wohnzimmer angekommen, und Ritchie fiel natürlich sofort die Röhre ins Auge, die Mark ihm ja bereits beschrieben hatte, und die der eigentliche Grund seines Besuches war.

„Das ist es also!" Ritchie blieb vor der Röhre stehen, und sah sie sich an. „Das ist was...?" Mark sah ihn fragend an, und Ritchie erwiderte seinen Blick ebenso fragend.

„Das Stück, das ist also das Stück, das ich mir ansehen soll!"

„Ja...natürlich...also ja, das ist es. Möchtest du einen Kaffee?"

Mark versuchte nicht so nervös zu wirken. „Ja gern", sagte Ritchie nebenbei, der seine ganze Aufmerksamkeit bereits der Röhre gewidmet hatte, und Mark beeilte sich mit dem Kaffee, da er nichts verpassen wollte.

Dirk saß währenddessen nur schweigend auf der Couch, und beobachtet alles. Ritchie hatte eine schmale Brille aufgesetzt, und untersuchte die Röhre zuerst mit den Augen. Dann nahm er sie in die Hände, betastete sie, und drehte sie nach allen Seiten. Mark musste unwillkürlich daran denken, dass er und Dirk es genauso gemacht hatten, als sie das Ding in dem Loch fanden.

„Woher sagtest du, habt ihr das Stück?" Ritchie drehte sich um, und schaute über den Rand seiner Brille.

„Es ist von Dirk´s Mutter, war bei ihren Sachen. Sie ist verstorben, und da hat er es gefunden, bei ihren Sachen", antwortete Mark, und Ritchie betrachtete die beiden weiter über den Rand seiner Brille, und nachdem er das einige Augenblicke lang getan hatte, wendete er sich erneut der Röhre zu, befühlte sie, und drehte sie weiter herum. Mark und Dirk warfen sich Blicke zu, und beobachteten Ritchie´s Treiben.

In der Luft lag eine ungeheure Spannung, die Mark beinahe aufschreien lassen hätte. Als Ritchie sich abermals zu den beiden umdrehte, und sie über den Rand der Brille betrachtete, versuchte Mark angestrengt in seinem Gesicht zu lesen. Was dachte er?

„Und du weißt nicht, wie deine Mutter an dieses Objekt gekommen ist?", fragte Ritchie Dirk mit bohrendem Blick.

„Nein, keine Ahnung!", antwortete Dirk, und blieb damit bei der einstudierten Geschichte, auf die er sich mit Mark geeinigt hatte, und Ritchie legte die Röhre fast andächtig wieder auf den Tisch zurück, und nahm die Brille ab.

„Also, ich bin kein Experte...aber ich bin mir fast sicher, dass das Objekt minoisch ist!"

Nachdem Ritchie seine erste Einschätzung verkündet hatte, sahen sich alle wortlos an. Niemand konnte auch nur einen Ton sagen, und es hatte den Anschein, als ob das Gehörte erstmal sacken musste.

„Du meinst, das Objekt stammt von den alten Griechen?" Mark war der erste, der das Schweigen brach. „Nein...nicht von den Griechen, von den Minoern!", korrigierte ihn Ritchie.

„Minoer?" Mark versuchte den Begriff einzuordnen. „Soweit ich weiß, eine alte Kultur auf Kreta", sagte er, und schaute Ritchie hilfesuchend an.

„Da liegst du schon ganz richtig alter Junge, von ca. 2300 v. Chr. bis ca. 1100 v. Chr." Ritchie hielt kurz inne, und betrachtete seine Zuhörer.

„Ja...und dann geht diese Hochkultur ziemlich abrupt unter, und entzieht sich für mehr als 3000 Jahren praktisch jeder Kenntnis. Benannt wurde sie nach dem sagenhaften König Minos, einer Gestalt der griechischen Mythologie. Erst seit knapp hundert Jahren ist bekannt, dass auf Kreta einmal eine eigenständige Hochkultur existiert hat. Allgemein bekannt ist der Palast von Knossos, den Evans ausgegraben hat", erklärte er weiter, und die Zuhörer hingen an seinen Lippen.

„Die Metallverarbeitung, hauptsächlich die Bronze, hat hier wahrscheinlich den kulturellen Aufstieg bewirkt, ziemlich parallel mit der Entwicklung der Kykladen."

Wieder warfen sich Dirk und Mark hilflose Blicke zu.

„Und du meinst die Kupferröhre ist so verdammt alt, dass sie minoisch ist?" „Ich meine das Objekt, nennen wir es ruhig Röhre, ist nicht aus Kupfer, sondern aus Bronze und vielleicht bis zu 4000 Jahre alt!"

Ritchie schien sich seiner Sache ziemlich sicher, und seine letzten Worte durchzuckten alle wie ein elektrischer Schlag, besonders ihn selbst, da ihm, nachdem er es nun laut ausgesprochen hatte, wirklich bewusst wurde, was er da vor sich hatte. Alle schwiegen, und ließen es noch einmal sacken.

„Also ich brauch jetzt einen Schnaps!" Diesmal war es Dirk, der zuerst seine Worte wiederfand. „Ja...das ist eine gute Idee", meinte Mark, und holte gleich eine Karaffe, in der sich noch ein Rest Cognac befand, nebst Gläsern hervor, goss ein, und alle tranken ihr Glas sofort aus.

„Und du bist dir sicher, dass das Ding minoisch ist, kein Zweifel?", wendete sich Mark wieder an Ritchie, nachdem er sein Glas abgestellt hatte. „Ich würde es fast beschwören", auch Ritchie stellte sein Glas ab.

„Die Bronzearbeit ist völlig typisch, jedoch ist mir nichts von Kristallarbeiten bekannt. Wie gesagt, ich bin auf diesem Gebiet aber kein Experte. Ich müsste einen Fachmann hinzuziehen, dann können wir das Alter genau bestimmen."

Dirk warf Mark einen irritierten Blick zu, der auch Ritchie nicht verborgen bleiben konnte.

„Kannst du vielleicht etwas über die Funktion der Röhre sagen?", fragte Mark weiter.

„Naja...da würde ich mich lieber bedeckt halten, und das eher auch einem Experten überlassen", meinte Ritchie, und Mark gab jedem noch einen Schnaps, und nachdem sie auch diesen getrunken hatten, setzten sich alle.

„Und ihr habt wirklich keine Ahnung, woher deine Mutter das Objekt haben könnte?" Ritchie hatte wieder diesen bohrenden Blick.

„Nein...keine Ahnung, wirklich nicht", antwortete Dirk gelassen, und versuchte harmlos auszusehen. „Gut...", meinte Ritchie, und lehnte sich zurück „...wie wollen wir nun weiter vorgehen?"

Mark betrachtete abwechselnd Ritchie, und die Röhre. „Was schlägst du denn vor?"

„Naja...wie gesagt, ich denke wir sollten jemanden aus dem entsprechenden Fachbereich hinzuziehen."

Mark konnte in Dirk´s Gesicht lesen, dass er mit allem einverstanden sein würde, was Mark für richtig hielt.

„Einverstanden...nur würden wir das Objekt ungern aus der Hand geben, und ich würde dich bitten, erstmal diskret vorzugehen, zumindest bis wir mehr wissen", sagte er zu Ritchie, und Dirk stimmte erwartungsgemäß zu. Ritchie´s Finger spielten mit dem leeren Schnapsglas.

„Gut...ich denke, dass Fotos vorerst reichen sollten", erwiderte er, ließ von dem Glas ab, und setzte eine ernste Miene auf.

„Eins aber noch. Ihr solltet das Objekt vielleicht sicherer aufbewahren, denn wenn sich meine Analyse bestätigt, ist es sehr wertvoll, und Museen oder private Sammler würden eine Menge dafür zahlen."

„Das ist ein gutes Argument, aber ich glaube, dass das Objekt hier sicher genug ist. Was meinst du?", fragte Mark Dirk, der einfach nur nickte.

„Niemand weiß doch, dass es hier ist...außer dir natürlich", sagte er nun an Ritchie gerichtet, und der hörte genau den Unterton, der in Mark´s Worten mitschwang, jedoch nicht beabsichtigt war.

„Ich werde selbstverständlich so behutsam wie möglich vorgehen, und erstmal in den Archiven nach diesem oder vergleichbaren Objekten suchen", antwortete Ritchie etwas pikiert, glaubte sich verteidigen zu müssen, obwohl ihm niemand ernsthaft einen Vorwurf gemacht hatte.

„Und ich werde euch über jedes Indiz direkt auf dem Laufenden halten."

„Ich...wir beide", erwiderte Mark mit einer flüchtigen Handbewegung in Dirk´s Richtung „ sind dir sehr dankbar, dass du uns hilfst, ehrlich."

Mark vertraute Ritchie, und war froh, dass es nun voranging.

„Aber das tue ich doch gern, und es interessiert mich natürlich schon berufsbedingt, was ihr da habt, kann nun mal nicht aus meiner Haut, alter Junge!"

Ritchie lächelte, und Mark und er, reichten sich die Hände. Nun kam auch Dirk zu ihnen, und legte seine Hand dazu, und so besiegelten sie die Abmachung, die sie nun hatten.

„Auf des Rätsels Lösung!", sagte Mark, und alle sahen sich entschlossen an.

„Gut...dann lasst uns gleich anfangen!", meinte Ritchie, und holte eine kleine Kamera aus der Tasche. Er ging wieder zur Röhre, und begann Fotos zu schießen, die Röhre in alle möglichen Positionen zu bringen, und weitere Fotos zu schießen. Mark und Dirk sahen ihm dabei zu, und als er endlich alles im Kasten hatte, tranken sie noch einen letzten Schnaps.

„Soll ich dir ein Taxi rufen?", fragte Mark. „Ist wohl besser, wenn du nicht mehr selbst fährst."

Ritchie wurde nun bewusst, dass er einiges getrunken hatte, und mit dem Wagen da war. „Ja ist wohl besser!", gab er zu. „Schon wegen Constanze", ergänzte er noch, mit jungenhaftem, schelmischen Blick.

Mark bestellte das Taxi, und während sie warteten, betrachteten alle nochmal die Röhre.

„Wenn man sich mal bewusst macht, was das Ding schon alles gesehen hat, unvorstellbar, diese ganzen Jahre. Wenn solch ein Objekt nur reden könnte!", sagte Ritchie, und seine Augen glänzten.

„Aber wahrscheinlich tat es ja genau das", schoss es Mark durch den Kopf, wahrscheinlich musste man es nur verstehen lernen!

Der Fahrer klingelte, Ritchie verabschiedete sich, und Mark brachte ihn zur Tür. „Also vielen Dank nochmal, und halt uns auf dem Laufenden."

„Du..." Ritchie zog Mark nach draußen, und sprach auffallend leise. „Ich wollte vorhin nichts sagen, wegen Dirk, aber ist dir schon mal der Gedanke gekommen, dass die Röhre aus dubiosen Kanälen stammen könnte?"

Mark stutzte. „Was meinst du?" „Naja...ist ja einiges verschwunden, gerade kurz vor dem Mauerfall."

„Du meinst?" „Ja!" Ritchie machte ein besorgtes Gesicht. „Sollten wir nicht ausschließen, also geh wirklich diskret vor!", bat Mark.

„Natürlich!" Ritchie ging runter, und Mark wartete noch bis er verschwunden war, ging dann zurück ins Wohnzimmer, wo er Dirk unverändert sitzend vorfand.

„So...", sagte er, und setzte sich Dirk gegenüber. „Es läuft!"

Er klang erleichtert, fühlte sich nicht mehr so hilflos, und das Ritchie recherchierte, beruhigte ihn.

„Was wenn Ritchie auch zu träumen anfängt?", fragte Dirk, und Mark musste zugeben, dass er daran in der ganzen Euphorie nicht gedacht hatte. Ja, richtig, was wenn auch Ritchie träumen würde. Hätte man ihn überhaupt mit dem Ganzen konfrontieren dürfen? Hätte man ihm von Anfang an nicht gleich reinen Wein einschenken müssen? Er machte sich Vorwürfe. Die Röhre konnte Ritchie schaden, ihn in den Wahnsinn treiben, man durfte das nicht auf die leichte Schulter nehmen.

„Haben wir einen Fehler gemacht?", fragte er Dirk, und tief im Innern, hoffte er auf eine Verneinung. „Ich weiß nicht, vielleicht."

Ihm war bei diesem Gedanken wirklich nicht wohl zumute. „Gut, es ist erstmal wie es ist, aber wenn es die ersten Anzeichen bei Ritchie gibt, müssen wir ihn einweihen, sofort!"

Dirk nickte. „Ja...dann erzählen wir ihm alles, von Anfang an."

„Ja, das machen wir", meinte Mark, schaute auf die Röhre, und hätte in diesem Moment kaum sagen können, was in ihm überwog. War es Furcht vor dem, was die Röhre in sich barg oder die Neugier, die Suche, die Suche nach der Wahrheit, die Erkenntnis, die man erlangen konnte, die reine Erkenntnis, die man aus der Röhre ziehen konnte?

Wahrscheinlich eine Mischung aus beidem, ein glückseliger Schauer, eine Emulsion aus Furcht und Suche nach dem Unbekannten. Wahrscheinlich ein Urinstinkt, der Menschen auf die höchsten Berge, in die dunkelsten Löcher, in die dichtesten Wälder und die tiefsten Ozeane trieb, sich oft fürchtend, doch immer suchend.

Mark lief durch die Straßen. Er lief einfach nur, und ließ die Umgebung auf sich wirken. Von Ritchie hatte er seit zwei Tagen, seit er mit den Fotos in das Taxi gestiegen war, nichts mehr gehört, und er musste sich zwingen, ihn nicht anzurufen. Er wusste aber, dass Ritchie recherchierte, und er ihn besser nicht störte, nicht drängelte. Sobald er etwas gefunden hat, würde er sich melden, dessen war sich Mark sicher, aber es fiel schwer geduldig zu sein. Also lief er durch die Straßen, in denen der Wind mit dem Herbstlaub spielte. Noch war es angenehm warm, sonnig, farbenfroh.

Er kam an einem Bäcker vorbei, holte sich einen Kaffee, lief mit dem Pappbecher in der Hand weiter, und kam nach einiger Zeit, in der Zionskirchstraße, an dem kleinen Laden vorbei, der ehemals „Köpke" gewesen war. In den Räumen befand sich nun irgendein Büro, und nichts erinnerte mehr an den alten Getränkeladen, in dem es nach alten Holzkästen und Bier gerochen hatte, wo stets einige Typen herumstanden, die sich auf die Schnelle ein Bier genehmigten und quatschten.

Mark´s Gedanken kreisten um heiße Sommer, in denen ihm die Zunge am Gaumen klebte, und er sich in der flimmernden Luft zu „Köpke" schleppte, um sich eine „Bitter Lemon" zu kaufen.

Er setzte sich, dem alten Laden gegenüber, einfach auf die

Stufen eines Hauseinganges, und schlurfte seinen Kaffee, während sich Bilder seiner Kindheit weiter ihren Weg bannten, Bilder von Jungen mit Fahrräder, in Jeans, ein Hosenbein hochgekrempelt, in T-Shirts, mit halblangen Haaren, die vor dem Laden standen, und von älteren Herren mit Bierbäuchen, die im kühlen Inneren tranken. Langsam wurden die Fassaden grauer, die Autos antiquierter und seltener, und auf den Stufen des Ladens öffnete Gule mit seiner bewährten Schlüsseltechnik eine kleine Flasche Bier. Prost!

Er lehnte sich zurück, entspannte, ließ einfach laufen, und sah sich selbst und Toralf vor dem Laden. Toralf...Toralf, der Name hallte nach, und die Bilder materialisierten sich....

Er war mit Toralf auf dem Weg zurück zur Schule, wo sie während der Prüfungszeit nur wenig Unterricht hatten, aber Aufbaustunden, eine Art gemeinnütziger Arbeit verrichten mussten. Ihrer Klasse oblag es, den Hortgarten in Schuss zu bringen, was neben allgemeinen Aufräumungsarbeiten auch beinhaltete, das alte Klettergerüst neu zu streichen. Da sie damals jedoch stinkend faule Kerle waren, die sich, ihrer Natur folgend jeder Form von Arbeit zu entziehen suchten, hatten sie dazu eigentlich nicht die geringste Lust.

Leider wurden die Fortschritte, die sie im Hortgarten machten, jedoch von diversen Lehren kontrolliert, und so mussten sie sich ab und zu mal sehen lassen, und etwas tun. Wahrscheinlich hatten die meisten Schüler Tom Sawyer gelesen, und ihnen war bestimmt auch die Episode mit dem Gartenzaun bekannt, doch Toralf verstand es vortrefflich, das Streichen des Klettergerüsts, zu einer erstrebenswerten Spezialaufgabe hochzustilisieren, dass sich bald Schülerinnen darüber beklagten, nicht auch Streichen zu dürfen, und dies nur den Jungen vorbehalten war. Das empfanden sie zutiefst ungerecht, und fühlten sich diskriminiert.

Was sollte man also tun? Selbstverständlich war die Gleichstellung der Frau Herzenssache! Also, nur ran Mädels! Hier wird niemand diskriminiert, niemals!

Selbstverständlich überließ man den entrüsteten Mitschülerinnen bereitwillig seinen Platz am Pinsel, gab es einem selbst doch die Gelegenheit sich bei „Köpke" ein schnelles Bier zu teilen, und nachdem man kurz nochmal den Fortgang der Arbeiten im Hortgarten begutachtet hatte, bei Gerber, der wie üblich nicht arbeitete, auf ein Spielchen vorbeizuschauen.

Toralf kam in der achten Klasse zu ihnen, da sein Vater, ein großer kräftiger Kerl, der in seinem Äußeren und in seinem Gang unheimlich an John Wayne erinnerte, mit der Mutter von Christiane liiert war, die auch in Mark's Klasse war.

Anfangs wirkte er ein wenig schüchtern und angespannt, was sich jedoch schnell legte, und schon bald war er fester Bestandteil der Clique vom Teutoburger Platz. Toralf hatte einige Eigenheiten, von denen eine darin bestand, sein Hemd immer bis beinahe zum Bauchnabel geöffnet zu tragen. Davon wich er auch im Winter nicht ab, und tat es gleichwohl, bei geöffneter Jacke und mit Sonnenbrille kombiniert, und er tat es so überzeugend, das es selbst bei größter Kälte völlig normal wirkte.

Er passte in keine Schublade, redete meist einsilbig, hatte immer Plan B parat, und war genau der große Bruder Typ. Demzufolge war es kein Wunder, dass sie sich anfreundeten. Toralf war es auch, der der Clique den Mühlenbecker Kiessee gezeigt hatte, den sie vorher nicht kannten, der damals noch wild war, nicht eingezäunt, und noch nicht öffentlich betrieben. Ein kleiner See, von einigen Hügeln umstanden, mit nahen Bäumen, von denen einigen Äste bis über das Ufer reichten, sodass man von ihnen aus ins Wasser springen konnte.

Der See war eine Offenbarung, und so nahmen sie am Busbahnhof in Pankow den „Dreiecksbus", den 7er, bis nach Schildow, liefen dann die Schienen bis zum See entlang, wo sie auf einem der Hügel ihre Decken ausbreiteten, und sich in die Sonne legten. Aus einem Kassettenrecorder, den immer irgendwer dabei hatte, dröhnten die Songs der Neuen Deutschen Welle, und sie hatten Bier, und manchmal auch eine Flasche Korn und Cola dabei.

Die Sommer schienen damals endlos, und sie fühlten sich frei, hingen am See oder auf dem Teutoburger Platz herum. Oft auch auf einem Zeltplatz oder in einer Jugendherberge, wo sie jedoch meist nach ein paar Tagen abreisen mussten, da sie es mit der Disziplin nicht so genau nahmen.

Sie hatten einfach keine Disziplin, und vieles war ihnen einfach egal. Sie zogen einfach weiter, auf den nächsten Zeltplatz, mal sehen was sich so ergab. Hast du noch Zeit? O.K., was machen wir jetzt? Gut, bin dabei, mal sehen, was läuft! Sie ließen sich treiben, lebten in den Tag hinein, und im Grunde war es ein wahrhaftiges Leben, da sie noch wahrhaft fühlen und echt empfinden konnten. Noch waren sie verhältnismäßig unberührt von den gesellschaftlichen Zwängen eines erwachsenen Lebens, mit all seinen sozialen Mustern und Verhaltensnormen.

Mark schlurfte seinen Kaffee, und merkte, dass er gerade den letzten Schluck getrunken hatte. Er stand auf, und schaute noch einmal zu dem alten Laden rüber, bevor er weiterging. Am nächsten Abfallbehälter, entsorgte er den Pappbecher.

Eigentlich hatte er Toralf nur wenige Jahre gekannt. Irgendwann hatte Toralf ihnen eröffnet, dass die Beziehung seines Vaters mit Christiane's Mutter in die Brüche gegangen war, und der Vater einen Ausreiseantrag gestellt hatte. Er hatte einen Bruder, drüben im Westen, zu dem er wollte, und Toralf sollte natürlich mitgehen. Mark erinnerte sich daran, dass er sich schlecht fühlte, als er davon erfahren hatte. Toralf, mit dem er so viel erlebt hatte, wäre bald nicht mehr da. Alle waren traurig, und niemand wusste genau, wann es soweit sein würde. Sowas konnte dauern oder schnell gehen, hing ganz von den staatlichen Organen und dem politischen Klima ab.

Irgendwann war es aber dann soweit. Sie hatten bereits mit der Lehre begonnen. Ging dann ziemlich schnell, und von einem Tag auf den anderen war Toralf nicht mehr da. Nun war er im Westen, für immer! Absolute Entgültigkeit! Er hätte ebenso gut tot sein können!

Danach hatte Mark oft darüber nachgedacht, wie es wäre, von heute auf morgen weggehen zu müssen, ohne Aussicht auf Rückkehr, ohne die geringste Aussicht auf Rückkehr. Alle seine Freunde waren hier, die Familie, unvorstellbar! Aber genau das war mit Toralf passiert, plötzlich war er nicht mehr da. Toralf war in einer anderen Welt, in einem anderen Universum, und das war genauso gut wie tot, nur dass es keinen Grabstein gab, zu dem man hätte gehen, und seiner gedenken können.

Er dachte darüber nach, wann er Toralf zuletzt gesehen hatte, und da es ihm partout nicht mehr einfallen wollte, fühlte er sich schlecht. Warum wusste er es nicht mehr? Die Zeit verging zu schnell, und nahm einiges zu schnell mit sich. Sicher, er hatte viele Menschen länger als Toralf gekannt, doch ihr Einfluss war nicht derselbe.

Wenn man tief bohrt und zurückgeht, wird einem Stück für Stück bewusst, wer man ist, und wer man auch ist. Sicher war in ihm selbst, auch ein Stück Toralf lebendig, und Jockel, und Ole, und in den anderen auch ein Stück von ihm, hatten sie sich in dieser prägenden Zeit doch zwangsläufig gegenseitig beeinflusst.

Also war es wahrscheinlich auch nicht ungewöhnlich, die eine oder andere kleine Eigenart der alten Freunde unmerklich übernommen zu haben, auch wenn man sein Hemd im Winter nicht unbedingt bis zum Baunabel öffnete.

Mark lief weiter. Er wollte die Traurigkeit, die in seinen Gedanken schwebte nicht zulassen, wollte sich lieber daran erinnern, wie es gewesen war, als Toralf noch da war, als er mit ihm den PA-Unterricht boykottiert hatte, damals beim VEB Leuchtenbau.

Ab der neunten Klasse fand der PA-Unterricht nicht mehr im Pfefferberg, sondern im VEB Leuchtenbau in der Storkower Straße statt. Die anfängliche Euphorie, nicht mehr obskure Metallwürfel feilen zu müssen, verflog bereits, als ihnen die neue Wirkungsstätte vorgestellt wurde. Da kam man wirklich vom Regen in die Traufe. Die stupide Klötzerfeilerei wurde nun durch ebenso stupide Fließbandarbeit ersetzt, die darin bestand, Leuchtstoffröhren zusammenzusetzen.

An der ersten Station begann man damit, Drähte in ein Bauteil zu stecken, und übergab dann an den nächsten, der dann einen Arbeitsschritt weitermachte, und seinerseits weitergab, bis die Leuchtstoffröhre komplett montiert war, und an der letzten Station verpackt wurde. Selbstverständlich versuchte man, soweit wie möglich, langsam zu machen, und das Ganze nicht in Arbeit ausarten zu lassen, doch das wurde von den Lehrern schnell durchschaut, und sie platzierten die eifrigsten Schüler an den vorderen Stationen, wo sie für anhaltenden Nachschub sorgten, sodass man nicht mehr hinterher kam.

Irgendwann war es einem aber auch egal, dass die Produktion sich staute, und wenn die Lehrer dann die Geduld mit einem verloren, wurde man in ein Materiallager, einige Etagen tiefer, zu einem merkwürdigen, wortkargen Lagerarbeiter geschickt.

Das entpuppte sich jedoch eher als Glücksfall, als dass es Strafe war, da man sich in den Regalreihen geschickt „verpissen" konnte, und verhältnismäßig in Ruhe gelassen wurde. Offenbar war der wortkarge Typ zufrieden, wenn er einen nicht sah, und froh, wenn man wieder weg war.

Toralf und Mark hatten einige Male die zweifelhafte Ehre, in dieses Lager geschickt zu werden, weil sie die Produktion durch Faulheit bremsten oder, bereits nahe der Sabotage, mit Fettstift irgendwelche Parolen in die Innenverpackung der Leuchtstoffröhren kritzelten.

Mark musste schmunzeln, während er weiterlief, und fand sich kurz darauf gedanklich mit Toralf im Garten der Familie wieder, wo sie mit dem Vater Fußball spielten. Sie beide gegen den riesigen Kerl, gegen den sie keine Chance hatten. Er erinnerte sich, dass ihnen der Vater erlaubt hatte, sich ein Bier zu teilen und ihnen filterlose Zigaretten der Marke „Karo" anbot, die er zu rauchen pflegte. Gute Erinnerungen an unbeschwerte Tage. Sie badeten in dem Kanal, der sich in der Nähe des Gartens befand, sprachen von ihren Freundinnen und über die Clique und den Teutoburger Platz und darüber, dass Toralf mit Christiane's jüngerem Bruder Falk nicht warm werden konnte.

In den Winterferien nahmen sie, mit Jockel, Dirk und Ole den Zug nach Karl-Marx-Stadt, von wo aus sie in einem vollgestopften Linienbus nach Brünlos weiterfuhren, und Ramona besuchten, die dort bei ihren Großeltern die Ferien verbrachte.

Sie genossen es, wohnten in einem Bahnhofshotel, machten die Stadt unsicher, betranken sich, und putzten sich morgens mit Wein die Zähne. Unbeschwerte Tage, eine glückliche Zeit!

Dann tauchten neue Bilder auf, Bilder ihrer Abschlussfeier, in der Aula der Fischer-Schule. Er auf dem Klo, wo er gerade dabei war sich die Hände zu waschen, vor ihm Annette Kalnbach´s Freund, nebst Kumpel. Offenbar hatten sie den Eindruck gewonnen, dass Mark mit Annette etwas zu vertraut gewesen war, und wollten ihm auf dem Klo einige gutgemeinte Ratschläge einbläuen.

Also machte er sich darauf gefasst, anständig Prügel zu beziehen, nahm sich jedoch fest vor, trotz der Übermacht wenigstens ein paar gute Treffer zu landen, als gerade noch rechtzeitig die Tür aufging, und sich die Machtverhältnisse, in Form von Toralf und Jockel, zu seinen Gunsten änderten.

Damals hatte sie wie Pech und Schwefel zusammengehalten, eine verschworenen Gemeinschaft, ein Mikrokosmos. Dann war die Schulzeit zu Ende, und mit der Lehrzeit wurde vieles anders. Neue Eindrücke und neue Menschen, die man nun kennenlernte, und sich mit einigen von ihnen anfreundete, änderten das tägliche Leben. Und plötzlich heißt es, morgen ist es soweit, der Tag X, und Toralf ist drüben im Westen, und du siehst ihn nie wieder.

Mark merkte, dass er instinktiv zur Christinenstraße gegangen war, der Straße in der Toralf gewohnt hatte, unten, fast an der Wilhelm-Pieck. Er schaute in diese Richtung, und hörte beinahe wieder das klickernde Geräusch, das von Toralf´s spitzen Halbstiefeln kam, und erwartete, ihn im nächsten Moment, in Parka, offenem Hemd und Sonnenbrille, die Christinen hinaufkommen zu sehen. Natürlich kam er nicht, und Mark war nach einem Bier zumute, und da er bereits in der Nähe war, entschloss er sich zum Pfefferberg zu gehen.

Wenig später schaute er, das Weißbierglas vor sich, auf die Schönhauser Allee, in der wieder reger Trubel herrschte. Ein paar Touristen setzten sich an den Nebentisch, bestellten Wein und Essen, und begannen sich im besten Sächsisch zu unterhalten, und Mark dachte wieder an Karl-Marx-Stadt, und daran, dass er manchmal gerne wieder in der achten Klasse wäre.

Wieder erwachte er schweißgebadet, und als er die Augen aufschlug, begann er sogleich damit, seinen Atem bewusst zu kontrollieren. In den letzten Wochen hatte er gelernt mit den Träumen und ihren physischen Reaktionen umzugehen. Er blieb liegen, atmete ruhig, und versuchte sich zu sammeln.

Durch die Fehrbelliner war er gegangen, gerade eben noch, in dem Traum, den er, wie jedes Mal, so absolut authentisch erlebt hatte.

Durch die Fehrbelliner war er gegangen, durch die Fehrbelliner seiner Jugend, und hatte sich gesehen, den 14,15-jährigen Mark, in Jeans und mit Mittelscheitel, wie er mit seinen Freunden auf dem Teutoburger Platz rumhing. Alle waren dort gewesen, die gesamte Clique, und er hatte sich wie damals gefühlt, genauso.

Er hatte diesen Zeitabschnitt ganz deutlich gefühlt, und nun wurde ihm überhaupt erst bewusst, wie unterschiedlich man verschiedenen Lebensabschnitte empfindet. Er hatte es gefühlt, intensiv gefühlt, und es hatte sich gut angefühlt, und er hatte in diesem Gefühl gebadet, hatte gespürt, dass es sein Gefühl war, etwas, das untrennbar zu ihm gehörte, zu seinem Leben.

Dann hatte sich das Gefühl geändert, und auch die Fehrbelliner hatte sich verändert. Zweifelsohne war es noch die Fehrbelliner durch die er ging, aber sie wirkte verändert, wie aus einer früheren Epoche. Die Menschen auf der Straße trugen altmodische Kleidung, und es waren keine Autos zu sehen. Er hatte sich völlig anders gefühlt, alles hatte sich völlig anders angefühlt, jedoch ebenso angenehm und vertraut. Auch diese Empfindungen schienen zu ihm zu gehören.

Er spürte, dass sie zu ihm gehörten. Es waren nicht die Gefühle und Empfindungen eines anderen, von ihm nachempfunden, nein, er konnte spüren, dass sie zu ihm gehörten, zu seinem Leben.

Dann hatte er einen Mann gesehen, einen Mann in einem dunklen Anzug, mit streng gescheiteltem dunklen Haar und einem gepflegten Vollbart. Er hatte diesen Mann noch nie vorher gesehen, doch auch hier überkam ihn das Gefühl absoluter Vertrautheit. Der Mann ging neben einer dunkelhaarigen Frau in einem altmodischen Kleid, die sich bei ihm eingehakt hatte, und während des Gehens, unterhielten sie sich lächelnd. Mark hatte gespürt, dass beide zu seinem Leben gehörten, intensiv, doch er konnte keinerlei Zusammenhang zwischen ihnen und ihm herstellen, so sehr er sich auch mühte.

Dann plötzlich, ein abrupter Szenenwechsel, und er befand sich wieder in der Zeit seiner Jugend in der alten Wohnung, und sah seiner Mutter dabei zu, wie sie bügelte. Seine Oma kam gerade vom Einkaufen zurück, und er sah auch seine Geschwister an einem Tisch sitzen, und malen.

Dann begann der Traum zwischen Zeiten und Empfindungen zu springen, und im nächsten Augenblick fühlte er wieder völlig anders, und befand sich in einer anderen Wohnung, die altmodisch möbliert war. Auch hier wieder eine offenbar vertraute Umgebung. Woher kannte er das alles?

Er wusste es nicht, aber bezeichnenderweise hätte er genau sagen können, was sich im Inneren der Schränke und Kommoden befunden hatte, die es in der Wohnung gab!

In einem der Räume, saß der bärtige Mann, den er bereits auf der Straße gesehen hatte, an einem Schreibtisch über Bücher und Papiere gebeugt, mit denen er sich intensiv zu beschäftigen schien, und in der Küche, die ebenso altmodisch wirkte, war die Frau von der Straße mit der Zubereitung des Essens beschäftigt.

In dem Traum hatte Mark wieder die Rolle des Beobachters inne, der von niemandem sonderlich beachtet wurde.

In der Küche gab es eine Kochmaschine. Ein solches Exemplar kannte er auch aus der Wohnung der Oma in der Pappelallee, bevor sie irgendwann abgerissen, und durch einen modernen Herd ersetzt worden war. Doch hier in dieser Küche, schien die Kochmaschine neuester Standard zu sein. Die Frau deckte, in einem Raum, der offenbar das Wohnzimmer war, den Tisch, und ging dann zu dem Mann, um ihn zum Essen zu holen. Sie wechselten ein paar Worte, die Mark nicht verstehen konnte, da die Träume oft ohne Ton waren. Der Mann hatte nur kurz von den Papieren aufgesehen, und als die Frau hinausgegangen war, hatte er sich sofort wieder seiner Arbeit gewidmet. Sie musste ihn noch mehrmals bitten zum Essen zu kommen, bevor er sich endlich erhob, und zu ihr ins Wohnzimmer ging.

Mark atmete ruhig weiter, und starrte an die Decke. Er rief sich nochmal das Bild der beiden vor Augen. Warum hatte er dieses intensive Gefühl sie zu kennen, sie gut zu kennen, sehr gut zu kennen? Er wusste genau, dass er sie kannte, hatte es tief gespürt, doch keine Erklärung dafür. Er versuchte sich zu beruhigen, und nicht weiter darüber nachzudenken.

Ritchie hatte sich gemeldet, und es sah so aus, als hätte er etwas gefunden. Am Telefon hatte er sich bedeckt gehalten, wollte sich mit ihnen treffen. Mark schlug die Bettdecke zurück, blieb noch kurz liegen, stand dann auf, und ging zum Fenster. Der Herbst war gekommen, und es wurde kälter. Noch waren die Oktobertage sonnig und farbenfroh, doch schon bald würde es grau und nass werden. Er öffnete das Fenster, und ließ die klare Herbstluft herein, während er duschte.

Die Bedienung kam mit dem Bier, und fragte, ob die beiden Männer auch etwas zu Essen bestellen wollten.

„Danke, wir erwarten noch jemanden, später vielleicht", antwortete Mark, der mit Dirk in einer der hinteren Nischen im Metzer Eck Platz genommen hatte, wo sie sich mit Ritchie treffen wollten.

Er war sehr entspannt, worüber er sich selbst wunderte, da er seit dem letzten Treffen mit Ritchie ungeduldig und aufgeregt gewesen war. Nun da Ritchie sie gleich über das Ergebnis seiner Recherche informieren wollte, war diese Aufregung erstaunlicherweise nicht mehr da.

„Er ist spät dran", stellte Dirk nach einem Blick auf die Uhr fest.

„Er kommt schon, mach dir keine Sorgen", meinte Mark, hob sein Glas, und prostete Dirk zu. Langsam füllte sich der Laden, und nach einer Weile tauchte auch Ritchie auf.

„Tut mir leid alter Junge, ist etwas später geworden, der Verkehr."

Ritchie begrüßte sie in seiner herzlichen Art, und setzte sich zu ihnen.

„Möchtest du was trinken?", fragte Mark. Ritchie sah sich um. „Ja, ich nehme ein Glas Rotwein, denke ich." Mark winkte der Bedienung, und Ritchie suchte den Wein aus.

„Gut, ich denke ihr seit bestimmt gespannt, was ich in Erfahrung bringen konnte." „Selbstverständlich Ritchie, also...was hast du gefunden?"

„Also ehrlich...", sagte Ritchie, und machte eine bedeutungsvolle Pause, während die beiden artig warteten. „Erstmal nichts!"

„Was!" Dirk schaute ihn ungläubig an, und auch Mark verzog das Gesicht.

„Wartet!", antwortete Ritchie mit einer beschwichtigenden Handbewegung. „Ich sage bewusst ERSTMAL nichts. Es war wirklich wie verhext, kein Hinweis auf ein solches Objekt, kein Hinweis nirgendwo!", er machte wieder eine Pause. „Doch ich hab weitergegraben, und bin in den Archiven tatsächlich auf etwas gestoßen!"

„Worauf...Ritchie sag schon, worauf!", drängte Mark. „Auf ein Schreiben, einen Brief, in dem genau solch ein Objekt erwähnt wird."

Mark und Dirk warfen sich Blicke zu.

„Was für ein Brief, erzähl doch!", drängte Mark wieder, und Ritchie nippte kurz an seinem Weinglas.

„Das Schreiben ist an das Kaiserlich Deutsche Archäologische Institut gerichtet, und zwar von einem gewissen Georg Hellwig, der darin von einem Objekt, wie dem euren berichtet."

Ritchie unterbrach hier wieder, und beobachtete die Reaktionen der anderen.

„Worum geht´s in diesem Schreiben denn genau, was will Hellwig vom Institut?", fragte Dirk ungeduldig.

„Grabungen, er will, dass das Institut Grabungen finanziert. Grabungen auf Kreta, und er schreibt, dass er dort bereits einige Gegenstände von den Einheimischen erwerben konnte, Gemmen und Bruchstücke von Keramik, und er berichtet von sogenannten „Milchsteinen", die von jungen Müttern um den Hals getragen werden und eben von einem in Bronze eingefassten Kristall."

Mark rutschte auf seinem Platz hin und her, und sein Herz schlug schneller. Endlich...endlich ein Hinweis! „Und hat er die Grabungen bekommen? Was weißt du sonst noch?"

Ritchie holte einen Notizblock aus dem Sakko, legte ihn vor sich ab, und schaute drauf. „Nein, man war zu diesem Zeitpunkt in Berlin nicht sonderlich daran Interessiert, und das Rennen machte schließlich Evans, der ab 1900 dort gegraben hatte."

„Was hast du sonst noch?", bohrte Mark. „Wer war dieser Hellwig?"

„Naja...er war ein eher unbedeutender Angestellter der Berliner Museen, und es findet sich nicht viel. Er gehörte wohl zum Team von Arthur Milchhoefer und Adolf Furtwängler, und nahm an den Grabungen Schliemanns in Mykene und an den deutschen Grabungen in Olympia teil."

Ritchie spielte mit den Fingern an dem Notizblock. „Und im Übrigen war es Milchhoefer, der als erster eine bronzezeitliche Hochkultur auf Kreta postuliert hatte, er war es auch der sie nach dem König Minos „Minoische Kultur" nannte."

„Und wenn Hellwig mit Milchhoefer gearbeitet hatte, griff er diesen Gedanken wohl auf, und wollte eigene Grabungen", schlussfolgerte Mark. Ritchie nickte.

„Ja, das ist wahrscheinlich, das Schreiben ist vom 24. Oktober 1885, und bereits im nächsten Jahr waren auch Schliemann und Wilhelm Dörpfeld in Knossos, und bemühten sich um eine Grabungslizenz. Schliemann war jedoch bereits gesundheitlich stark angeschlagen, und reiste zur Erholung bald nach Ägypten weiter."

Die Bedienung kam vorbei um sich zu erkundigen, ob alles zur Zufriedenheit wäre und ob die Herren noch etwas wünschten. Also bestellten Mark und Dirk nochmal Bier, und Ritchie, der noch fahren musste, schwenkte auf Mineralwasser um.

„Und sonst hast du keinerlei Objekte dieser Art gefunden oder einen Hinweis, wozu sie ursprünglich dienten?" „Nein erstmal nicht", meinte Ritchie, und trank den letzten Rest seines Weines aus. „Aber wir wissen nun wo wir ansetzen können, nämlich bei Hellwig. Wenn wir mehr über Hellwig herausbekommen, erfahren wir vielleicht auch mehr über das Objekt. Schließlich können wir anhand des Schreibens nachweisen, dass es 1885 in seinem Besitz war. Natürlich ist nicht nachzuweisen, ob es sich dabei um das eurige oder um ein ähnliches Objekt handelt", fügte er hinzu, und stellte das leere Glas ab.

„Und willst du weitermachen, hast du die Zeit dafür?", fragte ihn Dirk. „Aber natürlich will ich, vorausgesetzt du willst, dass ich weitermache. Es ist ja dein Objekt. Für mich als Wissenschaftler ist es extrem spannend mit einem Objekt beschäftigt zu sein, dass vielleicht mit den Pionieren der deutschen Archäologie in Verbindung stehen könnte."

Dirk warf Mark einen Blick zu, der diesen veranlasste für ihn zu antworten. „Ja...ich denke du solltest weitermachen, wir haben doch nun einen wirklichen Ansatz!" „Gut, abgemacht, ich mache weiter, aber irgendwann wird es nötig sein, euer Objekt direkt durch einen Experten untersuchen zu lassen, und dazu solltet ihr bereit sein."

Mark und Dirk zögerten, und wechselten wieder Blicke. „Natürlich, ich denke das wird gehen", sagte Mark schließlich, und auch Dirk stimmte zu.

„Aber", warf Mark ein. „Bevor das passiert sollten wir mehr wissen." „Gut, da bin ich deiner Meinung, ich werde erstmal mehr in Erfahrung bringen, und euch auf dem Laufenden halten", sagte Ritchie, und steckte den Notizblock ein.

„Ritchie...und bitte geh diskret vor!" Ritchie nickte nur.

„Wenn wir schon bei dem Thema sind, wen hast du denn bereits mit im Boot?", wollte Dirk wissen, und Ritchie zögerte einen Augenblick mit der Antwort.

„Noch niemand, ausgenommen Constanze natürlich, sie ist die Einzige, die weiß, dass ich für euch recherchiere, und ich werde es vorerst auch dabei belassen", versicherte er.

Nachdem sie sich auf diese Vorgehensweise geeinigt hatten, tranken sie in aller Ruhe aus, zahlten, und machten sich dann auf den Heimweg. Sie begleiteten Ritchie, der in der Nähe parkte, zum Wagen, und sahen ihm nach, als er in die Schönhauser einbog, und verschwand.

„Ritchie macht einen normalen Eindruck...oder?", fragte Mark, und sogleich wurde ihm bewusst, dass er den Begriff „normal" verwendet hatte, was auch Dirk nicht verborgen blieb.

„Ich glaub nicht, dass er träumt, wenn du darauf anspielst."

„Ja...das hab ich gemeint." Dirk steckte sich eine Zigarette an.

„Träumst du noch?", fragte Mark unvermittelt.

„Ja...tu ich", antwortet Dirk knapp, und Mark überlegte, ob er darüber weiter mit ihm reden sollte, da sie dieses Thema untereinander meist vermieden. Besonders Dirk schien es immer sehr unangenehm zu sein, über die Träume zu reden. Sie verwendeten für das, was passierte den Begriff „Traum", einfach weil kein anderer wirklich passen wollte, waren sich aber durchaus im Klaren, dass man eventuell von Wahnvorstellungen ausgehen musste.

„Und wie kommst du damit klar?", fragte Mark nun doch weiter.

Dirk blies den Qualm seiner Zigarette in die kühle Abendluft. „Ich muss damit klarkommen...irgendwie. Hoffe es hört irgendwann auf, ist manchmal schwer."

Schweigend machten sie sich auf den Weg, und liefen eine Weile einfach nur nebeneinander her. „Meinst du wir sind irgendwie verrückt?", fragte Dirk, und vermied es Mark direkt anzusehen.

„Nein...glaub ich nicht!", antwortete Mark, mehr um Dirk zu beruhigen, als aus tiefer Überzeugung. „Was meinst du, geht dann hier vor?"

„Ich weiß es nicht. Ich hoffe Ritchie kriegt mehr raus", sagte er, und schweigend gingen sie dann den Rest des Weges.

Als Mark in seine Wohnung kam, holte er sich ein Wasser aus dem Kühlschrank, und setzte sich, die Röhre im Blick, ins Wohnzimmer. War das dieselbe Röhre, die in dem Brief von 1885 erwähnt wurde? Hellwig´s Röhre? War das möglich?

Ein paar tausend Jahre altes minoisches Objekt, wird von zwei Jugendlichen vor Jahrzehnten in einem Bauloch gefunden, und taucht wahrscheinlich in einem alten Schreiben aus der Kaiserzeit auf. Was bedeutete das alles? Wo war der Zusammenhang? Gab es den überhaupt?

Fakt war, dass die Röhre bei ihren Findern etwas bewirkte, das sich in Form von Träumen, traumartigen Zuständen oder gar Wahnvorstellungen manifestierte. Handelte es sich nun wirklich um dieselbe Röhre oder um ein ähnliches Objekt, und würde Ritchie klären können, wozu sie gemacht wurde? Er stand auf, und berührte die Röhre, musste sie anfassen. Ihn faszinierte der Gedanke, vielleicht etwas von dem geschickten Handwerker oder Künstler, der sie einst gefertigt hatte, aufzunehmen. Eine Verbindung über tausende Jahre hinweg. Er fühlte die Bronze, den Stoff, der die Kultur der Minoer in ungeahnte Höhen befördert hatte, das Hightech Material ihrer Epoche. Bronze damit schien alles möglich!

Eine Weile noch blieb er, die Hand an der Bronze, stehen und hing seinen Gedanken nach, bis er schließlich müde wurde. Er ging schlafen, und wälzte sich kurz darauf, in dem vom Mondlicht spärlich beleuchteten Bett unruhig hin und her....

Die Kinder hatten einen Heidenspaß auf dem Karussell, und lärmend tobten andere Kinder um sie herum. Er saß auf der Schaukel und holte mit den Beinen Schwung, während er das Karussell beobachtete. Vor ihm, auf dem Boden, saß ein anderer Junge, und betrachtete einige Glasmurmeln. Schumann war stolz auf seine Murmeln, hütete sie wie einen Schatz. Nachdem er sie ausgiebig, wie es seine Art war, betrachtet hatte, verstaute er sie in einem kleinen Leinensäckchen, und steckte dann alles in seine Hosentasche. Mark schaukelte schweigend weiter, betrachtete den Jungen vor ihm, und dachte darüber nach, warum er soviel über Schumann wusste. Schumann war sein Freund, sie hingen ständig zusammen, wuchsen zusammen auf. Er wusste doch, dass das so war, wunderte sich im nächsten Moment aber darüber, dass es so war, und wunderte sich dann darüber, dass er sich über etwas wunderte, dass doch so selbstverständlich war.

Er schaute rüber zu den Windmühlen, die hier und da noch standen, in der Nähe des Feldweges, der an Würst's Lokal vorbeiführte, bis runter zur Schönhauser Allee. Von hier aus hatte man einen fantastischen Blick auf die Stadt, die auf der anderen Seite bereits bis an die Schönhauser herangerückt war. Es herrschte viel Betrieb, hier im Biergarten, und es roch nach Kaffee und Berliner Weisse und nach den Holzplätzen in der Nähe. Schumann kam zu ihm, und Mark überließ ihm die Schaukel, ging ein paar Schritte, und betrachtete den Schornstein des Pfefferbergs und die Häuser der Christinenstraße, die man über die Schönhauser hinweg sehen konnte, da diese noch Lücken in der Bebauung aufwies. In einiger Entfernung mündete die Schwedter ein. Er drehte sich um, und sah seinen Vater mit anderen an der Kegelbahn und seine Mutter, die Kaffee kochte.

Er war gerne hier bei Würst an den Sonntagen im Sommer. Sein Vater hatte gesagt, dass die Stadt wachsen würde und, dass das gut wäre und das Preußen wachsen würde. Darüber war er mit Schumann´s Vater fürchterlich in Streit geraten, weil der etwas gegen Bismarck gesagt hatte. Mark´s Vater hatte gesagt, seit Bismarck zum Ministerpräsidenten berufen worden war, und Preußen Österreich besiegt hatte, standen die Sterne gut für die nationale Einigung der Deutschen.

Schumann´s Vater war Buchdrucker, und arbeitete in Hensel´s Druckerei, die sich im Seitenflügel desselben Hauses befand, wo Mark´s Familie im Vorderhaus eine Wohnung gemietet hatte. Die Schumanns wohnten nur um die Ecke, in einer kleinen Wohnung im Hinterhaus. Schumann´s Vater hatte gesagt, dass Bismarck die Liberalen betrogen hatte und zu sehr auf das Wohl der Monarchie bedacht wäre. Er las sehr viel, und er und Mark´s Vater, der als Buchhalter bei Borsig arbeitete, trafen sich ab und an in „Hahn´s Restauration" oder bei „Würst" auf ein Bier.

Seit einiger Zeit sprachen sie jedoch nicht miteinander, da sie wegen Bismarck gestritten hatten. Mark wusste nicht viel über Bismarck, nur, dass er für Preußen wichtig war. Er mochte Bismarck nicht, weil sich wegen ihm, sein und Schumann´s Vater zerstritten hatten. Das durfte er seinem Vater, der große Stücke auf Bismarck hielt aber nicht sagen. Er ging wieder zu Schumann, der noch auf der Schaukel saß, und gemeinsam gingen sie dann zu den Kinder beim Karussell. Noch roch es nach Kaffee und den Holzplätzen in der Nähe, und während sie ausgelassen um das Karussell herumrannten, veränderte sich die Stadt, änderte ihr Antlitz, unaufhaltsam, und eine neue Zeit brach an.

Die Windmühlen, die hier und da noch standen, hatten diesen Ort lange geprägt, doch sie würden verschwinden. Ihre Zeit war vorbei.

Schumann...der Name ging Mark nicht mehr aus dem Kopf. Er kannte niemanden mit diesem Namen, warum also war er ihm so vertraut. Die Träume wirkten von Mal zu Mal länger nach. Sie gewannen nicht etwa an Intensität, vielmehr blieben sie länger haften, mischten sich stärker mit der Realität. Er wusste doch genau, dass er keinen Schumann kannte, noch jemals gekannt hatte, dennoch spürte er das tief Vertraute dieses Namens in seinem Innern. Er spürte ganz deutlich, dass ihn etwas mit diesem Namen verband. Er hatte ihn laut ausgesprochen, nur für sich selbst, und fühlte die Assoziation eines vertrauten Klanges.

Mark konnte sich keinen Reim darauf machen. Was verband ihn mit diesem Namen? Gaukelten ihm die Träume etwas vor? Sie schienen in mitzureißen, in eine fremde Realität, und er musste aufpassen sich nicht in dieser zu verlieren. Irgendwie fühlte er sich wie damals beim Schwimmunterricht in der Oderbergerstraße, im alten Stadtbad, vor ihm das Wasser, in das er springen musste, unberechenbare Tiefe, gefährlich, ein Abgrund. Der einzige Halt, der einem blieb war eine dünne Stange, vom Schwimmlehrer gehalten, die jederzeit entzogen werden konnte. Kein Boden unter den Füßen, im Bruchteil der Sekunde des Sprunges, nur die unbekannte Leere vor Augen und die Ungewissheit.

Er hatte sich den Träumen hingegeben, neugierig, bewusst, doch mehr und mehr schien er abzutreiben, der Beckenrand verschwamm immer öfter mit dem Wasser, und die klare Linie des rettenden Ufers wurde undeutlicher. Er musste vorsichtig sein, durfte nicht abtreiben, immer das Ufer im Auge behalten, sonst würde es vielleicht kein zurück mehr geben.

Vielleicht entsprangen die Träume einfach nur seiner Fantasie, setzten sich aus Eindrücken zusammen, die er im Laufe seines Lebens gesammelt hatte? Wurde hier von seinem Unterbewussten eine Realität aus Film, Literatur und eigenem oder gehörtem Erlebten zusammengebastelt, eine bunte Mischung von Möglichkeiten, von einem kreativen Gehirn zu einem komplexen Ganzen zusammengesetzt?

Oder wirklich Wahnvorstellungen, verzweifelte Versuche eines sich verabschiedenden Geistes irgendeine Ordnung in die Gedanken zu bekommen? Bei ihm und bei Dirk zugleich?

Warum nicht bei Ritchie, oder dauerte es bei ihm nur länger? Aber konnte er tatsächlich wahnsinnig sein, wenn er doch in der Lage war darüber nachzudenken? Ihm begann der Kopf zu schmerzen, die Folge permanenten Grübelns. Sein Körper reagierte auf den Stress.

Spontan kam im wieder der Schwimmunterricht in den Sinn, und er erinnerte sich daran, wie Micha Lehmann der Reinemachefrau in den Wischeimer pinkelte, den sie in der Umkleidekabine stehen gelassen hatte. Solche groben Scherze hatten sie geliebt, besonders Micha. Mark fiel der Tag nach dem PA Unterricht im Pfefferberg wieder ein, an dem sie, wie üblich die Zeit bis zum Folgeunterricht in der Fischer-Schule auf dem Teutoburger Platz verbrachten.

An Micha's Streichen waren meist mehrere Eingeweihte beteiligt, und auch an diesem Tag lockten einige Mitschüler Thomas Möller, unter irgendeinem Vorwand vor das Trafohäuschen, auf dessen Dach Micha bereits Stellung bezogen hatte. Möller schöpfte auch dann noch keinen Verdacht, als er plötzlich alleine dastand, und an einem sonnigen, wolkenlosen Tag, einige Regentropfen auf sein üppig behaartes Haupt fielen.

„Fängt an zu regnen", stellte er fest, wurde sich jedoch kurz darauf seiner grandiosen Fehleinschätzung bewusst. Da alle anderen in sicherer Entfernung lauthals loslachten, konnte etwas nicht stimmen, und ein Blick nach oben, bestätigte ihm das. Er sah genau in den wackelnden Strahl, aus dem offenen Hosenstall, eines sich vor Lachen biegenden Michael Lehmann. Für solche extremen Späße war Micha immer zu haben, und im Grunde wusste man diese Art von Belustigung auch zu schätzen, es sei denn, man war selbst der Gelackmeierte.

Mark lief wieder durch die Straßen, und hing seinen Gedanken nach, ein Getriebener, zum Warten verdammt. Ritchie hatte seit einigen Tagen nichts von sich hören lassen, also lief er wieder durch die Straßen, ungeduldig, wartend. Doch er wollte nicht ziellos umherstreifen, und dachte deshalb darüber nach, irgendwohin zu fahren. Vielleicht einfach rausfahren, den Kopf freibekommen, und spontan fiel im Zühlsdorf ein. Zühlsdorf...wie lange war er schon nicht mehr dort gewesen? 30 Jahre? Unglaublich...wie die Zeit verflog!

Damals hatte seine Mutter eine Kollegin, die dort wohnte, in einem kleinen Haus. Er dachte nach. Sie hatte einen merkwürdigen Vornamen...Beruta, ja, obwohl die Mutter immer nur von „Aschi" gesprochen hatte, was wohl auf ihren Nachnamen zurückging. In Gedanken suchte er nach Bildern, und kramte sie auch wieder hervor. Zühlsdorf, Aschi und ihre kleine Tochter Susanne.

Er entschied sich zu fahren, und suchte im Web nach einer Verkehrsverbindung. Es gab zwei Möglichkeiten, entweder Heidekrautbahn oder eine Busverbindung von Mühlenbeck, wobei er die zweite bevorzugte, da er so auch die Möglichkeit hatte den Kiessee wiederzusehen. Schon damals hatte es eine Busverbindung, mit dem Dreiecksbus von Pankow nach Zühlsdorf gegeben.

Mark machte sich auf den Weg, saß auch bald in der S-Bahn, und da es früher Vormittag war, und der Berufsverkehr vorbei, war der Zug angenehm leer. Er sah aus dem Fenster, und dachte an die Zeit, in der er im Sommer regelmäßig zum Baden nach Mühlenbeck gefahren war. Zu diesen Gedankenstrukturen gehörte wohl auch Marcel, der darin unverhofft wieder auftauchte. Mitte der Achtziger wurde die S-Bahn Station Mühlenbeck-Mönchmühle fertiggestellt, und somit war es nicht mehr notwendig, von Schildow aus den Weg über die Schienen zu nehmen. Nun konnte man direkt von der Schönhauser Allee durchfahren, was bequem war, jedoch auch mit sich brachte, dass es am See immer voller wurde.

Marcel, „Malle" wohnte bei Ole im Haus, eine Etage höher. Seine Mutter, hatte offenkundig eine Schwäche für französische Vornamen, denn seine Schwestern hießen Nicole und Jaqueline. Malle, ein Jahr jünger als Mark, ging in die 38. Oberschule in der Templiner, und hing in seiner Freizeit auf dem Teutoburger Platz herum. Als er mit der Schule fertig wurde, begann er eine Ausbildung zum Koch, für ihn offenbar ein folgerichtiger Entschluss, da seine Eltern ebenfalls in der Gastronomie arbeiteten, was zu DDR Zeiten, aufgrund üppiger Trinkgelder, verhältnismäßig lukrativ war.

Malle nahm es mit der Lehre jedoch nicht so genau. Meist machte er was er wollte, und schwänzte viel. Seine Mutter und sein Stiefvater Erwin, waren eher streng, was ein Problem darstellte, da er seinen eigenen Kopf hatte. Also entwickelte Malle die Strategie, sie vor vollendete Tatsachen zu stellen und die Sache dann einfach auszusitzen. Er wollte sich die Haare schwarz färben, da er auf New Romantik machte, und bettelte seine Mutter förmlich an, es ihm zu erlauben. Sie war aber strikt dagegen, und verbot es ihm vehement. Malle merkte irgendwann, dass die ganze Bettelei keinen Sinn machte, und beschloss zu handeln. Also ging er zum Friseur, ließ sich die entsprechende Frisur verpassen und die Haare färben.

Als seine Mutter, eine wirklich resolute Frau, das bemerkte, schlief er gerade seelenruhig. Sie stand vor seinem Bett, weckte ihn unsanft, und ein riesen Donnerwetter prasselte auf ihn hernieder. Doch in der Gewissheit seinen Willen durchgesetzt zu haben, ertrug er es aber wie ein Mann, und schließlich fand sich auch seine Mutter mit der Frisur ab. Was hätte sie auch sonst tun sollen?

Malle hatte es darauf ankommen lassen, und gewonnen! Genau so war er, das war eben seine Art die Dinge zu sehen. Für ihn war alles nur ein Spiel, und er meist der Gewinner. Er sah alles verhältnismäßig locker, und es fügte sich schon irgendwie zu seinen Gunsten.

Hatte er keinen Bock auf Lehre, stand er morgens auf, verabschiedete sich brav von der Mutter, ging in einen nahegelegenen Park, legte sich auf eine Bank, und schlief erstmal weiter. So hielt er es einige Tage, bevor er sich mal wieder im Betrieb sehen ließ, legte sich dann mächtig ins Zeug, und die Sache war für ihn erledigt.

Ab Mitte der Achtziger hingen Mark und Malle viel zusammen in Kneipen und Diskotheken herum, und als sie in einem Sommer auch gemeinsam Urlaub hatten, fuhren sie ständig an den Kiessee. Braun wollten sie werden, unbedingt, und dazu war ihnen jedes Mittel recht. Also bewaffneten sie sich mit flaschenweise Babyöl, schmierten sich dick ein, und knallten sich dann stundenlang in die Sonne. Mark erinnerte sich noch an einen heftigen Sonnenbrand und an die Nachtschicht im Druckplattenwerk und die Säureschutzbekleidung auf der verbrannten Haut, eine wahre Tortur.

Dann fuhr die Bahn in Mühlenbeck-Mönchmühle ein, und er stieg aus, und als der Zug bereits weg war, stand er noch da und lies die Umgebung auf sich wirken. Auf einer Seite lag hinter dichtem Bewuchs versteckt der Kiessee, und auf der anderen vergammelten die Lagerhallen, die ehemals zum KOKO Imperium des Devisenbeschaffers Schalck-Golodkowski gehört hatten, damals streng geheim. Selbstverständlich durfte die Öffentlichkeit nichts vom inoffiziellen Handel mit Kunst und Antiquitäten Richtung Westen erfahren.

Er sah sich weiter um, und erinnerte sich, wie sie damals den Weg zum See einfach über die frischen Sandhügel abgekürzt hatten, die nun vollends mit Gras bewachsen waren. Langsam ging er zum Ausgang des Bahnhofs, und suchte die Bushaltestelle, die er nach wenigen Minuten fand. Laut Fahrplan hatte er noch eine halbe Stunde Zeit, bevor der Bus da sein würde.

Also beschloss er die Zeit zu nutzen, und zum See zu gehen, nahm den schmalen Pfad, der durch ein kleines Wäldchen führte, und gelangte schließlich an einen Zaun.

Der See war eingezäunt worden, war nun öffentliches Bad, das der Gemeinde zusätzliche Einnahmen bescherte. Durch die Maschen des Zaunes sah er sich den See an. Ja, er erkannte ihn wieder, ihren alten Kiessee. Hier und da hatte es einige Schönheitskorrekturen gegeben, wodurch er seine ursprüngliche Wildheit eingebüßt hatte, und nun brav und gezähmt hinter dem Zaun lag. Mark bedauerte nicht weiter an den See heranzukommen, ohne über den Zaun klettern zu müssen, ging deshalb noch ein Stück am Zaun entlang, und ließ den Erinnerungen Raum. Ja...die alte Kabeltrommel, die eines Tages plötzlich auf dem See schwamm. Gott weiß, wie sie dort hingekommen war. Jedenfalls wurde sie ein fester Bestandteil des Badevergnügens. Wieder sah er Ole, der, wahrscheinlich um anwesenden Mädchen zu imponieren, vom Hügel aus zum See rannte, ohne sich vorher nass zu machen in die Fluten stürzte, und geschmeidig durch das Wasser glitt, bis die Kabeltrommel ihn unsanft stoppte. Mit einer immensen Beule am Kopf, kam er dann irgendwie kleinlaut zurück.

Wieder sah er die Jugendlichen aus dem nahen Dorf mit ihren Mopeds über das Gelände fahren, wie sie die „Fremden", die dort auf Decken lagen, feindselig beäugten. Wie konnten die es wagen IHREN See zu benutzen? Die Situation war damals angespannt, aber es kam zu keinen Handgreiflichkeiten, und es blieb beim gegenseitigen Beäugen, und ein paar verbalen Attacken.

Mark schaute auf die Uhr, stellte fest, dass er zurück musste. Ein letzter Blick noch auf den See, dann wieder zurück, den schmalen Pfad entlang zum Bus.

Er zahlte beim Fahrer, setzte sich, und der Bus fuhr ab. Außer ihm, gab es nur wenige andere Fahrgäste. Er schaute aus dem Fenster, und stellte fest, dass der Bus heute eine andere Strecke fuhr, als damals der Dreiecksbus, und auch anders nach Zühlsdorf reinkam.

Er schaute auf Häuser, die er nicht kannte, vieles war neu gebaut worden. Schließlich kam der Bus in den alten Kern, und endlich erkannte er das Dorf. An der alten Buswendeschleife stieg er aus, ließ den Bus weiterfahren, und glaubte sich zu erinnern, dass damals hier Endhaltestelle gewesen war. Er dachte an die alten Ikarusbusse, die hier gestanden hatten und an die Fahrer, die davor rauchten. Die alte Dorfkneipe neben der Wendeschleife gab es noch.

Sie hatte geschlossen, schien aber noch in Betrieb zu sein. Er ging rüber, und versuchte vergeblich durch die Fenster ein Blick ins Innere zu werfen.

Drinnen war es stockdunkel. Die Eingangstür war noch die alte, unverändert, und als er vor ihr stand, kam es ihm vor, als wäre er erst kürzlich hier gewesen. Er sah sich um. In der Richtung, die der Bus genommen hatte, ging es zum Bahnhof, das wusste er noch. Doch er wollte nicht zum Bahnhof, er wollte zur Pferdekoppel, wenn es sie noch geben sollte. Der Dreiecksbus war immer an der Pferdekoppel vorbeigefahren, wenn er ins Dorf reinkam. Es hatte sogar eine Haltestelle dort gegeben, an der sie meist ausgestiegen waren, und dann den Sandweg genommen hatten, der zu Aschi´s Haus kurz vor dem Wald führte. Also schlug er die andere Richtung ein, und ging langsam die Dorfstraße runter, sich umschauend, nach Bekanntem suchend.

Vieles war ihm noch sehr vertraut, und seine Blicke sogen es auf, wie etwas, das wieder zu ihm zurück musste, das wie selbstverständlich zu ihm gehörte. Er kam an dem alten Haus vorbei, in dem einst der Friseur seinen Laden gehabt hatte, und auch ein Teil von Aschi´s Verwandten, Mark glaubte sogar ihre Eltern, wohnten. Der Friseur war raus, und die Räume beherbergten nun ein Büro. Auch das obere Geschoss sah nicht mehr bewohnt aus. Er blieb eine Weile vor dem Gebäude stehen, und setzte dann seinen Weg fort.

Auf der anderen Seite sah er eine Bäckerei, an die er sich nicht mehr erinnern konnte. Er verspürte Appetit, ging deshalb rüber und als er den Laden betrat, wurde er von einem Mann mit einem Pferdeschwanz begrüßt, der eher nach Biker, als nach Bäcker aussah. Mark stellte fest, dass der Bäcker auch ein Inbissangebot hatte, und orderte eine Bockwurst mit Brötchen. Der Biker-Bäcker bedankte sich für die Bestellung, und versicherte, dass hier alles frisch zubereitet werden würde, bat um etwas Geduld, und verschwand in einem Nebenraum.

Indessen schaute sich Mark im Verkaufsraum um, und nahm auch einen flüchtigen Blick in den angrenzenden Nebenraum, wo einige Tische und Stühle standen. Nach einer Weile kam der Biker-Bäcker mit der dampfenden Wurst auf einer Pappe zurück, die er lächelnd an Mark weiterreichte. Der bedankte sich, verließ den Laden, und schlenderte, ab und an von der Wurst abbeißend, die Dorfstraße weiter hinunter.

Schließlich erreichte er die Pferdekoppel, die tatsächlich noch existierte, und er spürte die Wärme, die dieser Anblick in ihm auslöste. Schon damals hatte die Koppel und die Pferde, die dort herumliefen ein tiefes Wohlgefühl in ihm ausgelöst. Hier hatte er immer etwas Wildes, ungestüm Freies gespürt, das wohl tief in seinem Innern auf etwas Gleichgesinntes traf. Leider standen an diesem Tag keine Pferde auf der Koppel, doch das vertraute Gefühl breitete sich dennoch in ihm aus.

Er ging noch ein Stück die Koppel entlang, dann suchten seine Augen auf der anderen Seite nach dem Weg, der zu Aschi's Haus führte. Da er glaubte ihn entdeckt zu haben, ging er rüber, und folgte ihm langsam. Anfangs war er nicht wirklich sicher, ob er richtig war, obwohl ihm der breite Sandweg vertraut vorkam.

Die letzten Zweifel verflogen jedoch, als er an ein Straßenschild mit der Aufschrift „Am Sportplatz" kam. Nun war er sicher, und auch hinten, am Ende des Weges, zeigte ihm der beginnende Wald, dass er richtig war. Die Häuser um ihn herum sahen anders aus, als er sie in Erinnerung hatte. Natürlich, wie sollte es auch anders sein, nach dem Mauerfall wurde doch überall wie verrückt saniert, modernisiert, um- und neugebaut. Warum sollte es hier anders sein?

Er ging weiter, und hoffte Aschi's Haus wiederzuerkennen, und als er ungefähr an die Stelle gelangte, wo er es vermutete, wurde er langsamer, und achtete auf jedes Detail. Da...war es das? Er sah nochmal genau hin. Es sah anders aus...oder? Woran konnte er sich erinnern? An den Garten und an die Stufen zur Küche, von der aus man in den kleinen Garten gelangte. Ja...das musste der Garten sein, alles stimmte. Er erinnerte sich daran, wie er mit Thomas in dem Garten versuchte Zitronenfalter zu fangen, die es hier massenhaft gegeben hatte.

Ja...das könnte das Haus sein. Verdammt alles war so lange her! Mark suchte weiter nach Details, die er dann mit seinem Gedächtnis abglich. Das Haus hatte noch denselben grauen Putz, aber irgendetwas schien völlig anders, und nun wusste er auch was. Der Eingang war versetzt worden, und an die Fassade hatte man eine Treppe angebaut.

Aber ja, es schien das Haus zu sein. Nun auch der entscheidende Hinweis, die Tanne vor dem Haus! Ja, sie war es, unverkennbar, es war das Haus. Plötzlich erkannte er alles wieder. Früher war die Eingangstür gleich vorne rechts.

Mark begann sich an die einzelnen Räume zu erinnern. Vom Wohnzimmer aus, in das man als erstes gelangte, kam man dann in ein Schlafzimmer, und von diesem in die Küche, von der aus eine Tür in den Garten führte. Er sah sich und Thomas in dem Schlafzimmer auf einem Hocker stehen, und durch das Gitter der Ofenröhre eines alten Kachelofens, der genau in der Mitte der Wand zwischen Schlaf- und Wohnzimmer eingebaut worden war, um beide Räume zu beheizen, ins Wohnzimmer lugen. Eigentlich hätten sie schlafen sollen, aber durch die Gitter hatte man genau den Fernseher im Blick, vor dem Aschi und die Mutter drüben saßen. Auch glaubte er sich an eine gefleckte Katze zu erinnern, die wie ein Tiger im Dschungel durch den Garten geschlichen war. All die Bilder waren wieder da, von ihm und seinem Bruder, wie sie auf dem Fahrrad durch den Wald fuhren und auf dem Sandweg tüchtig in die Pedale treten mussten und von den Ferien, in denen er Ramona schrecklich vermisste, weil die Tage endlos schienen, bis er sie wiedersehen würde, und er sehnsüchtig den Bussen hinterherschaute, die nach Pankow fuhren.

Das alles wurde wieder wach, innerhalb nur weniger Augenblicke, hervorgerufen durch das Wiedererkennen einer Tanne, das ihn zurücktrug in jene längst vergangene Zeit, die tief in seinem Innern fest verwurzelt geschlummert hatte. Er stand einfach nur da und ließ zu, was aus den Tiefen hervorkam, fühlte sich wie ein Salamander, dessen abgetrennte Gliedmaßen gerade wieder nachwuchsen.

Eine Weile noch stand er da, bevor er die Dinge um ihn herum wieder bewusst wahrnahm, ging dann zögerlich auf den Zaun zu, um nachzusehen, ob Aschi noch hier wohnte. Doch der Name an der Klingel war ihm unbekannt. Offenbar wohnte sie nicht mehr hier, oder hatte inzwischen geheiratet, und trug einen anderen Namen. Vielleicht.

Mark entschloss sich zu gehen. Noch einmal betrachtete er das Haus, und ging dann auf dem Sandweg zurück zur Dorfstraße, und dann bis zur Bushaltestelle, und als er im Bus saß, schaute er aus dem Fenster, und in Gedanken sah er einen 15-jährigen in Jeans, mit halblangem Haar, an der Pferdekoppel stehen, der dem Bus hinterherschaute, und an Ramona dachte.

„Bitte, dein Wein...", Constanze drückte Mark das Glas in die Hand, und hakte sich bei ihm ein. Draußen regnete es. Ritchie hatte angerufen, und ihn gebeten zu kommen.

„Ritchie wird gleich hier sein, setzen wir uns doch." Sie führte Mark zum Sofa, wo sie sich setzten, und die Gläser abstellten.

„Am Telefon sagte er, dass er etwas Neues hätte, weißt du was es ist?" „Nicht genau, ich glaub es geht um denjenigen, der den Brief geschrieben hat, in dem euer Objekt erwähnt wird. In der letzten Zeit sehe ich Ritchie nur selten, er ist ja sooo...in seine Arbeit vertieft!"

Mark entging nicht die Art wie sie das O langzog, und auch nicht, dass sie bereits einige Gläser Wein Vorsprung hatte, was ihr nicht ähnlich sah. Constanze trank kaum.

„Ist alles in Ordnung bei euch?", fragte er, und sah Constanze an.

„Ja...ja...ich glaub schon", sie nahm das Glas, trank, und strich sich dann durchs Haar. „Ich meine, natürlich, nur in letzter Zeit...."

Constanze schwieg einen Moment, und erwiderte seinen Blick.

„Er ist irgendwie verändert, ich merk das, er ist irgendwie anders."

Mark horchte auf. „Wie anders, was meinst du?"

„Ich kann es nicht erklären, er ist oft so abwesend, scheint ständig zu grübeln. Ich weiß nicht genau." „Und du meinst das hängt mit seiner Arbeit zusammen?", fragte Mark.

„Schon möglich, er spricht ja nicht viel darüber, aber lassen wir das", Constanze goss nochmal nach. „Was ist mit dir?"

„Was meinst du?" Er trank, und beobachtete Constanze über den Rand des Glases hinweg. „Ich meine, gibt es da jemanden?"

„Wenn soll es geben?" Constanze lächelte. „Ich meine eine Frau, eine Frau meine ich, ich meine nach Melissa."

Ihre Frage überraschte ihn. „Nein gibt es nicht." „Aber warum denn nicht, was machst du denn so, du solltest wieder anfangen zu leben!"

„Ja...werd ich, nur im Moment", Mark lies eine Pause.

„...ja?", Constanze schaute in sein Gesicht. „Du wirst wissen, wenn es soweit ist!" Sie nahm seine Hand, und drückte sie sanft, und Mark glaubte in ihrer Berührung so etwas wie Einsamkeit zu spüren.

Einen Augenblick lang schauten sie sich in die Augen, dann hörten sie den Wagen vor dem Haus ankommen. Fast gleichzeitig wandten sie ihren Blick zur Tür.

„Ritchie ist da!" „...ja."

Kurz darauf betrat Ritchie gutgelaunt das Haus. „Ah...alter Junge schön, dass du da bist!" Er küsste Constanze, und gab dann Mark die Hand. „Ah, ihr trinkt Wein, bekomme ich was ab?"

„Natürlich Liebling, ich hol dir ein Glas", Constanze brachte ein Glas, und schenkte ihrem Mann ein. Ritchie trank, und setzte sich.

„Ja...alter Junge ich hab Neuigkeiten für dich", sagte er mit einem überlegenen Lächeln. „Hast du noch was gefunden?" Ritchie hatte Mark´s ganze Aufmerksamkeit. „Du hast noch was über das Objekt herauskommen...ja?"

„Naja...über Hellwig."

Hellwig...schon wieder tauchte dieser Name auf, und durchzuckte Mark. „Hellwig, der Verfasser des Briefes?", fragte er ungeduldig.

„Genau!", antwortete Ritchie, und trank.

„Natürlich, da wolltest du ja ansetzten, und was hast du herausgefunden?" „Zeig ich dir gleich, komm wir gehen hoch ins Arbeitszimmer."

Ritchie stand auf, und holte eine neue Flasche Wein. „Nimm dein Glas mit!", sagte er, und ging zur Treppe, die in die obere Etage des Hauses führte.

„Ich lass euch dann mal allein, und kümmere mich ums Essen", mischte sich Constanze ein. „Du bleibst doch?" Mark lächelte sie an. „Sehr gern!"

Er folgte Ritchie ins Arbeitszimmer, wo sie sich setzten, und nochmal nachgossen.

„Gut...was hast du gefunden, sag schon." „Es existieren noch weitere Aufzeichnungen und Dokumente von Hellwig."

„Was für Dokumente, welcher Art?"

Ritchie lehnte sich zurück. „Naja...seine Arbeit betreffend, er hatte da so einige Vermutungen und Theorien, die sich auf den Mittelmeerraum und speziell auf Kreta beziehen."

„Und das Objekt?" „Oh...das Objekt nimmt einen zentralen Platz in seiner Argumentation ein."

Mark wurde immer hellhöriger. „Erzähl schon, was für Vorstellungen hatte Hellwig denn?"

Ritchie nahm eine bequemere Haltung ein, und nippte an seinem Glas. „Naja...im Grunde postulierte er eine vorminoische Hochkultur oder eine vorminoische Kultur, die sich zumindest aus einer älteren Hochkultur speiste."

„Und konnte er sich damit durchsetzen?", fragte Mark, und Ritchie konnte seine Anspannung kaum entgehen. „Nein, konnte er nicht, davon wollte man nichts wissen. Alle Aufmerksamkeit richtete sich damals auf Schliemann, der war der Star."

„Und Hellwig?" "Wurde zurückgewiesen, machte sich bei einigen Leuten im Archäologischen Institut regelrecht unbeliebt. Er wurde als Spinner abgetan, und niemand nahm ernsthaft Notiz von ihm."

Ritchie beobachtete Mark genau, prüfte jede Reaktion in dessen Gesicht.

„Ist das alles, was wurde aus Hellwig?"

Ritchie wartete bewusst noch einen Augenblick mit der Antwort.

„In den Unterlagen wird von einer Geisteskrankheit gesprochen, es heißt er wurde wahnsinnig, und verschwand irgendwann."

„Er verschwand?" Mark´s Erregung war enorm. Er stand auf, rieb sich die Hände, und lief unruhig hin und her. Ritchie lehnte sich bequem in seinem Sessel zurück, bevor er antwortete.

„Ja, spurlos, war einfach weg, und tauchte nie wieder auf." Mark schaute Ritchie ungläubig an. „Er verschwand spurlos, einfach so?"

„Einfach so!" „Und wurde nie gefunden, auch nicht tot?

„Nein, er tauchte nie wieder auf. Seine Frau, Charlotte, suchte ihn, sprach auch regelmäßig im Institut vor, weshalb es auch einige Unterlagen gibt. Aber nein, Hellwig tauchte nie wieder auf, und wurde von den Behörden nach einer Weile offiziell für tot erklärt."

„Und wo könnte er geblieben sein?", fragte Mark. „Einige meinten er könnte wieder nach Kreta zurückgegangen, und dort verschollen sein, andere sprachen von Selbstmord."

„Selbstmord?" „Ja...wie sein Kompagnion Schumann, hat sich das Leben genommen, kurz nachdem sie von Kreta zurück waren."

Mark gefror das Blut in den Adern, als er den Namen Schumann hörte, was Ritchie nicht verborgen blieb.

„Oh Gott...das ist ja schrecklich, wirklich schrecklich!", er griff nach dem Glas, und trank es in einem Zug aus. „Wer genau war dieser Schumann?", fragte er, nachdem er sich wieder etwas beruhigt hatte.

„Sein Kompagnion, sie haben zusammen gegraben, hat sich erschossen." „Oh Gott warum denn?"

„Kann ich nicht sagen." „Und Hellwig tauchte nie mehr auf?"

„Nein nie wieder!" Ritchie und Mark sahen sich eine Weile schweigend an.

„Und du meinst, das alles hängt mit ihren Grabungen auf Kreta zusammen", fragte Mark dann wieder sichtlich aufgewühlt.

„Naja, damals hatte man allerhand Vermutungen, aber letztendlich ging man von Wahnsinn aus." „Bei beiden?"

„Man meinte, sie hätten sich zu sehr in ihre Theorie verrannt. Die Grabungen führten in den finanziellen Ruin, und die mangelnde Anerkennung tat ein Übriges."

Mark starrte Ritchie entgeistert an. „Und die Funde, ich meine was haben sie ausgegraben, wo sind die Funde?"

„Das war es ja, sie haben nicht viel gefunden, das ihre Theorie untermauert hätte. Das meiste ging für die Finanzierung der Unternehmungen drauf, nur das Objekt, das Objekt aus dem Brief, eines wie das eure, war aus ihrer Sicht vielversprechend."

„Und was sagte die Fachwelt dazu, was ist aus dem Objekt geworden?" „Tja...es gibt keine offizielle Untersuchung, keinen Hinweis, bis auf den Brief, das ist alles."

„Das ist alles sehr merkwürdig!"

Mark fuhr sich mit der Hand über das Gesicht. Ritchie stand auf, ging ein paar Schritte im Zimmer herum, blieb dann vor dem Schreibtisch stehen, und lehnte sich an ihn.

„Merkwürdig...ja...merkwürdig ist der richtige Ausdruck, aber das Merkwürdigste an der ganzen Geschichte hab ich dir noch gar nicht erzählt!"

Ritchie führte etwas im Schilde, das konnte Mark ihm ansehen, hatte es bereits bemerkt. In der ganzen Zeit, in der sie hier oben waren, hatte Ritchie diesen merkwürdigen Unterton angeschlagen, und Mark spürte deutlich die Spannung, die sich langsam zwischen ihnen aufbaute.

„Was denn, sag schon, was denn noch?", drängelte er.

Ritchie verschränkte die Arme vor der Brust. „Seine Adresse, Hellwig´s Adresse!" „Seine Adresse?"

„Seine Adresse!" „Was ist damit, was ist mit der Adresse?"

„Naja...ich weiß wo Hellwig damals gewohnt hat!" „Wo denn?"

„Na, du wirst es nicht glauben! In der Fehrbellinerstraße, in der Fehrbelliner Nr. 14, dir gegenüber, nur ca. hundert Jahre früher!"

Mark fühlte sich, als hätte ihn in diesem Moment jemand direkt mit einem Vorschlaghammer am Kopf getroffen. „Was!?"

„Nicht wahr, äußerst merkwürdig, hat mir auch erstmal die Sprache verschlagen. Ein seltsamer Zufall...oder?" Ritchie wurde immer sarkastischer. „Ja...das ist es in der Tat", konnte Mark nur erwidern.

„Mark...ich glaube nicht an solche Zufälle!", stellte Ritchie sehr ernst fest. „Was willst du damit sagen?", fragte Mark eher mechanisch, wohl wissend, dass er ertappt worden war.

Ritchie ging wieder einige Schritte im Raum auf und ab, und blieb schließlich vor Mark stehen.

„Verdammt nochmal, warum kannst du nicht ehrlich zu mir sein. Ich hab dir meine Hilfe angeboten, und du? Du sagst mir nicht die Wahrheit!"

Mark wusste, dass Ritchie´s Vorwürfe gerechtfertigt waren, und er wusste auch, dass er ihm nun alles erzählen musste.

„Ritchie...es tut mir leid! Es war ein Fehler dir nicht von Anfang an reinen Wein eingeschenkt zu haben, aber das ist alles so verworren, ich weiß gar nicht wo ich anfangen soll!"

Die beiden sahen sich an. „Na vielleicht sollte ich die Fragen stellen, und du einfach nur antworten", meinte Ritchie nun wieder sachlicher.

„Gut, so machen wir das!", sagte Mark, und lies sich in den Sessel fallen.

„Also...wo habt ihr das Objekt her?" „Gefunden", antwortete Mark, und bemerkte sofort Ritchie´s vorwurfsvollen Blick.

„Ehrlich...diesmal sage ich dir die Wahrheit! Wir haben die Röhre gefunden, vor Jahrzehnten schon, als wir jung waren."

Ritchie grübelte. „Wo habt ihr sie gefunden?"

„In einem Loch, in einem schlammigen Loch. Damals, als die alte Kaufhalle in der Fehrbelliner gebaut wurde, in dem Aushub."

Ritchie´s Stirn legte sich in Falten, die Zeichen angestrengten Nachdenkens. „Also dort wo Hellwig gelebt hatte", stellte er fest.

„Ja...die alten Häuser wurden für den Bau gesprengt", bestätigte Mark, und hatte wieder das Trümmerfeld vor Augen.

„Dann können wir tatsächlich davon ausgehen, dass es sich um Hellwig´s Objekt handelt. Es muss die ganze Zeit dort gewesen sein, in seiner Wohnung, oder zumindest in dem Haus", schlussfolgerte Ritchie, und begann wieder damit durch das Zimmer zu schreiten.

„Vielleicht hatte er es im Keller?", meinte Mark, dem dieser Gedanke spontan gekommen war. „Muss doch einen Grund geben, dass es vorher nie entdeckt wurde."

Ritchie war stehengeblieben, und sah ihn an.

„Ein guter Gedanke alter Junge. Hellwig hatte das Objekt irgendwo verwahrt, aber warum hatte er es nicht mitgenommen, wohin auch immer er gegangen sein mag?", begann er laut zu denken.

Mark begriff nun, wie sehr Ritchie die ganze Sache interessierte, und überlegte, ob er ihm auch von den „Träumen" erzählen sollte. Er musste es wohl tun, alles hing doch zusammen. Ritchie sollte alles wissen, oder nicht? Würde er ihm glauben, da er offenbar selbst nicht träumte?

„Wir müssen uns nun direkt mit dem Objekt befassen, nun da wir sicher sein können, dass es sich um Hellwig´s Objekt handelt", warf Ritchie ein, und seine Augen nahmen einen seltsamen Glanz an. „Vielleicht ist ja tatsächlich was dran, an Hellwig´s Theorie!" Ritchie setzte sich wieder und goss Wein nach. „Stell dir das mal vor! Wer weiß, was wir da in den Händen halten!?"

Mark trank. Er hatte sich entschieden, Ritchie alles zu sagen. Wenn sie die Röhre enträtseln wollten, musste er alles wissen, steckte er doch bereits tief mit drin. Dirk würde verstehen, dass er nun über dessen Kopf hinweg entscheiden musste.

„Ritchie..." „...ja", Ritchie schaute von seinem Weinglas auf, in das er gedankenversunken gestarrt hatte.

„Du weißt noch nicht alles!" „Was...was ist denn noch?"

„Ich glaub, ich weiß, warum man Hellwig und Schumann für wahnsinnig gehalten hat!"

Als Mark das ausgesprochen hatte, wurde ihm sogleich auch wieder die Gefahr bewusst, die vielleicht von der Röhre ausging. Schließlich hatte sich Schumann umgebracht, und auch bei Hellwig wurde es vermutet, und wenn das unmittelbar mit den Träumen zusammenhing, führten sie vielleicht direkt in den Suizid.

Schon deshalb musste er Ritchie nun alles sagen. Ritchie schaute ihn erwartungsvoll an.

„Ja, und...warum, was weißt du darüber?" „Ich glaube, dass es von der Röhre ausgeht!"

„Von der Röhre...du meinst von dem Objekt?" „Objekt, Röhre, nenn es wie du willst, aber etwas passiert dadurch!"

„Ach...Mark", Ritchie lächelte. „Nun komm mir nicht mit sowas, wie dem Fluch des Pharao!"

„Genau mit so einer Reaktion habe ich gerechnet, und deshalb geschwiegen. Ritchie hör mir bitte zu, es ist mir wirklich ernst!"

Ritchie las in Mark's Gesicht, dass er es so meinte, wie er sagte.

„Also gut...wie kommst du darauf?"

„Als ich in den Prenzlauer Berg zurückkam, stand genau zu dieser Zeit unsere alte Wohnung leer." Mark atmete tief durch, bevor er weitersprach. „Ich empfand es als ein Zeichen, und das war es wohl auch...und ich, ich bekomme auch noch den Mietsvertrag, unglaublich!"

Ritchie hörte schweigend zu, und seine Stirn zog sich in Falten.

„Dann treffe ich Dirk und...na du hast doch auch bemerkt, wie merkwürdig er manchmal ist." „In der Tat, das ist er, alter Junge, aber was hat das denn mit dem Objekt zu tun?"

„Naja...ich hatte die Röhre doch schon völlig vergessen, und dann taucht sie bei Dirk wieder auf...und Dirk, Dirk verhält sich überaus merkwürdig, und meinte er hätte gewusst, dass ich kommen würde."

Ritchie grübelte wieder. „Woher will er das gewusst haben?", fragte er knapp. „Er hat die Röhre wirklich bei den Sachen seiner Mutter wiedergefunden, und er meint, dass seitdem etwas mit ihm passiert."

„Was passiert mit ihm, was genau?" „Er sagte, dass er „träumt", beziehungsweise Dinge sieht!"

Ritchie horchte auf. „Dinge sieht, was für Dinge?"

„Er hat nicht weiter darüber geredet, hielt sich sehr bedeckt, ich glaube es war ihm sehr peinlich, nur manchmal, wenn er betrunken ist und irgendwie abwesend, kommt es durch, und da meinte er eben ich sei nicht zufällig wieder zurück, sondern wegen der Röhre."

„Wegen der Röhre?" Ritchie schaute Mark ungläubig an.

„Ja, ich hab geglaubt, dass er psychisch krank ist, eine Art Schizophrenie, oder so." „Hätte ich auch geglaubt, tue ich noch, wenn ich höre, was du da erzählst alter Junge!"

„Ja...und ich hab gedacht, er wäre zu sehr auf die Röhre fixiert, und hab sie an mich genommen...und dann, dann fing es auch bei mir an!"

Ritchie war entsetzt. „Was...du hast Wahnvorstellungen, du willst mir ernsthaft erzählen, dass du Wahnvorstellungen hast?"

Mark blieb ganz ruhig. „Dachte ich anfangs,...wirklich. Ich dachte es, als ich anfing zu träumen, so real, so verdammt real!"

Er schaute Ritchie direkt in die Augen. „Hältst du mich für wahnsinnig, was denkst du, lass dir Zeit?"

Ritchie überlegte nur einen Moment. „Nein, nein, tue ich nicht. Vielleicht steigerst du dich in etwas rein, aber ich halte dich nicht für wahnsinnig!"

Mark nickte. „Ja, denke ich auch nicht mehr. Ich halte weder Dirk noch mich für wahnsinnig oder psychisch krank, nein, ich bin mir ganz sicher, dass es mit der Röhre zusammenhängt, gerade nachdem, was ich nun von Schumann und Hellwig weiß."

„Wovon träumst du?", fragte Ritchie, und versuchte das eben

Gehörte sachlich, analytisch zu bewerten. Mark lehnte sich weiter zurück, und blickte auf die Zimmerdecke.

„Von der Vergangenheit, meist von der Vergangenheit, von Orten die ich kenne, von Orten die ich nicht kenne, von Personen die mir bekannt sind, von Personen die mir unbekannt sind. Ich kann das alles nicht einordnen, aber es fühlt sich jedes Mal völlig real an, dieses Gefühl ist immer gleich, diese unglaubliche Realität in den Träumen. Ich sträube mich nicht mehr dagegen, ich lasse sie zu, habe keine Angst mehr davor. Ich glaube das ist der Unterschied zu Dirk, er macht es sich schwerer."

Ritchie setzte sich, und wischte sich mit beiden Händen übers Gesicht. „Das ist starker Tobak...alter Junge, starker Tobak!"

Mark, der Ritchie beobachtete, war sich nun sicher, dass die Röhre keinerlei Einfluss auf Ritchie hatte, und er nicht träumte, sonst hätte er auf jeden Fall anders reagiert.

„Das ist es, da geb ich dir recht. Ich glaube nun, dass Hellwig und Schumann auch „Träume" hatten, dass sie darüber sprachen, und man sie deshalb für wahnsinnig hielt."

Mark stand auf, steckte die Hände in die Hosentaschen, und schaute Ritchie an.

„Und was, wenn diese Träume tatsächlich in Schumann´s Selbstmord gemündet hätten?", fragte Ritchie mehr sich selbst, als sein Gegenüber. „Das wäre schrecklich, und wir wissen nicht, was noch alles passieren kann!", warnte Mark mit ernster Miene. „Aber nach allem, was wir bisher wissen, müssen wir davon ausgehen, dass es genauso war!"

„Vielleicht sind es Träume, Wahnsinn...oder...." Ritchie dachte wieder laut.

„Oder?", fragte Mark, und Ritchie sah auf.

„Visionen?!"

Sie sahen sich lange an, und sprachen kein Wort, bis sie Constanze die Treppe raufkommen hörten.

„Ihr seht aus, als hättet ihr einen Geist gesehen", sagte sie, als sie schließlich in der Tür stand. „Das Essen ist fertig, kommt runter!"

„Vielleicht haben wir das!"

„Was?"

„Einen Geist gesehen!", meinte Ritchie, und schickte sich an, Constanze nach unten zu folgen, und Mark tat es ihm gleich. Beim Essen sprachen sie kaum ein Wort, und als Mark sich verabschiedete, brachte ihn Ritchie zur Tür.

„Wir müssen uns nochmal treffen, auch mit Dirk. Ich würde sagen schnellstmöglich, müssen uns das Objekt vornehmen alter Junge!"

„Ja...seh ich genauso, ich spreche mit Dirk, und ruf dich an."

„Tu das! Komm gut nachhause."

Die Männer reichten sich die Hände, und Constanze kam zu ihnen, und drückte Mark zum Abschied, und als der draußen beim Gartentor ankam, winkte er beiden nochmal zu, und sie winkten zurück. Als er dann außer Sichtweite war, schloss Ritchie die Tür.

„Ihr wart ja so schweigsam..." „Was?"

Constanze kam näher an ihren Mann heran. „Ich meine du und Mark, ist etwas?"

Ritchie war mit seinen Gedanken offenbar ganz woanders.

„Eh...nein es ist nichts, nichts weiter, alles gut", meinte er, und setzte sich.

„Hat es mit den Recherchen für Mark zu tun?" Ritchie schaute zu Constanze rüber. „Ich sag doch alles ist gut!"

Constanze goss sich Wein nach. „Warum redest du nicht mit mir, ich seh doch, dass dich etwas beschäftigt. Warum sagst du nicht was los ist?" „Es gibt noch nicht viel zu sagen, ich meine, ich bin mir nicht sicher, noch nicht."

Constanze setzte sich neben ihren Mann, und reichte auch ihm ein Glas Wein. „Also hat es doch etwas mit Mark's Objekt zu tun?" „Vielleicht steigere ich mich da in etwas hinein, schwer zu sagen."

Ritchie schlang einen Arm um Constanze, und zog sie näher an sich heran. „Eventuell bin ich da auf etwas sehr Interessantes gestoßen, weiß nicht genau. Ich muss einfach mehr rauskriegen, wird sich zeigen, aber es lässt mir keine Ruhe."

„Was hat Mark denn da für ein Objekt, das dich so ins Grübeln bringt?" Zärtlich schmiegte sie sich an ihn.

„Ist offenbar sehr alt und ungewöhnlich, möglicherweise sogar sensationell!" Ritchie drehte den Kopf zu seiner Frau, und als sich ihre Blicke trafen, küssten sie sich.

Mark rückte das Kissen zurecht, und zog die Decke höher. Er hatte beschlossen im Wohnzimmer zu schlafen, bei der Röhre. Nachdem er zuhause angekommen war, hatte er sie betrachtet, immer und immer wieder, und schließlich beschlossen, hier bei ihr zu schlafen. Er fand es selbst irgendwie merkwürdig, tat es aber dennoch, da er nicht anders konnte, und während er noch darüber nachdachte, schlief er auch schon ein....

Die Sommer waren heiß in den großen Ferien, und über dem Teutoburger Platz vibrierte die Luft.

Er ging über den Fußballplatz, an dessen Betonkante die Bänke zusammengeschoben worden waren. Von den „Großen" fehlte jede Spur. Wahrscheinlich lagen sie an irgendeinem See herum oder waren verreist. Mark setzte sich auf eine der Bänke, und stemmte die Füße gegen eine andere. Er zog das T-Shirt aus, und spürte die Sonne auf dem nackten Oberkörper.

Das ZDF-Ferienprogramm war gerade vorbei, und er wieder unten. Der Platz war wie ausgestorben. Er wollte warten, vielleicht tauchte ja noch jemand auf. Seine Gedanken kreisten wieder um Sandokan und um den Kampf gegen die Briten und um Lady Marianna und Yanez. Er dachte an die Insel Mompracem, und fühlte sich tatsächlich auch ein wenig rebellisch, weil er sich einfach auf die Bänke der „Großen" gesetzt hatte.

Ein Piratenleben, wie es ein Sandokan führte schien, ihm außerordentlich erstrebenswert, und er dachte daran, wie er vor einiger Zeit mit seinem Bruder beschlossen hatte von zuhause wegzulaufen. Es war nur eine Nichtigkeit gewesen, aus der dieser Entschluss resultierte. Sie hatten sich ungerecht behandelt gefühlt, und es war weniger ernsthafte Absicht, als jungenhafte Abenteuerlust, die sich aus Fernsehserien wie „Tom Sayer und Huck Finn" oder „Janosik Held der Berge" speiste, aber sie gingen los, in ihre alte Gegend, bis zum Humannplatz. Natürlich kamen sie abends ausgehungert wieder nachhause, aber für einen Nachmittag lang, waren sie Trapper, Räuber, Pirat. Sie konnten sein, was sie wollten, auf dem kleinen Stückchen Wildnis, im dicht besiedelten Prenzlauer Berg, dass durch ihre kindliche Fantasie zu jedem Schauplatz werden konnte, den sie sich auch immer vorstellten.

Die Sonne brannte heiß auf der nackten Haut, und er musste die Augen zukneifen, um nicht geblendet zu werden. Durch kleine Schlitze sah er jemanden über den verbrannten Rasen kommen. Der Mann kam näher, seine Silhouette flimmerte in der heißen Luft. Mark versuchte die Augen weiter zu öffnen, wurde jedoch so stark geblendet, dass er sie gleich wieder schließen musste.

Er zog den Strohhut mit der breiten Krempe tiefer ins Gesicht, und versuchte es noch einmal. Er trug einen Strohhut? Warum trug er einen Strohhut?

Er schaute sich um. Die Hügel um ihn herum waren nur mit niederen Büschen und verbranntem, strohigen Gras bewachsen. In einiger Entfernung ragte eine kleine Landspitze in das azurblaue Meer. Das Meer? Wieso befand er sich am Meer?

Der Mann kam immer näher. Mark konnte bereits erkennen, dass er die Jacke ausgezogen hatte, und lässig über der Schulter trug. Die Ärmel seines Hemdes hatte er hochgekrempelt, und die Hosenbeine steckten in Stiefeln. Mark spürte, wie ihm die Sonne langsam die Haut verbrannte, und er zog das Hemd wieder über. Nun war der Mann fast bei ihm, und er erkannte Schumann.

Schumann legte die Jacke ab, und holte aus der ledernen Umhängetasche eine Flasche Wein, Käse, Brot und Oliven hervor. Er setzte sich zu Mark, und sie begannen schweigend zu essen. Der Wind trug das Geräusch von klingenden Glöckchen zu ihnen, und sie sahen einen Hirten mit einer Schafherde, einen der Hügel überqueren. Sie aßen weiter. Mark mochte das einfache Essen der einheimischen Bauern. Er goss sich Wein nach, und nahm noch ein Stück von dem salzigen Käse.

Plötzlich stand Costa vor ihnen, der sehr aufgeregt schien, und ihnen bedeutete mitzukommen. Die beiden Männer erhoben sich, und folgten ihm bis zu den Ruinen, nahe dem alten Bett des Baches, der hier vor Zeiten geflossen war. Unter einem kleinen Hügel, hatten sie die Ruinen vermutet, und tatsächlich ausgegraben. Die wenigen Helfer, die sie aus den umliegenden Dörfern rekrutiert hatten, standen in einem Halbkreis vor einer kleinen Aufschüttung aus Sand und Bruchstücken von Ruinen, und erwarteten Costa und seine Begleiter.

Als sie der Ankommenden gewahr wurden, machten sie ihnen Platz, und ließen sie vorbei. Costa zeigte Mark und Schumann den Eingang zu dem Stollen, auf den sie gestoßen waren.

Die Männer brachten Öllampen, und Mark und Schumann stiegen gemeinsam mit dem Vorarbeiter in den Stollen. Sie mussten sich den Weg über einiges Geröll bannen, und erreichte schließlich einen schmalen Gang, dessen Wände glatt und offenbar durch Menschenhand bearbeitet worden waren.

Langsam folgten sie dem Gang, der ja irgendwann enden musste, in der stillen Hoffnung etwas zu finden, etwas Bedeutendes zu finden, etwas, das ihre Theorie untermauern, ja sogar beweisen konnte, etwas, das von der Hochkultur stammte, von der sie glaubten, dass sich aus ihr alle späteren Kulturen des gesamtem Mittelmeerraumes speisten. Mit pochenden Herzen gingen sie weiter, und hofften auf einen Beweis, auf ein unwiderlegbares Lebenszeichen dieser Kultur, an deren Existenz sie unerschütterlich glaubten, deren Existenz sie theoretisch aufgezeigt hatten. Was noch fehlte, war der Beweis, einzig der Beweis, der ihnen alle Türen öffnen würde, in Berlin und überall auf der Welt.

Der Gang mündete in eine große Höhle, die sie sogleich „Festsaal" tauften, da die Höhle stark an einen solchen erinnerte. Tatsächlich handelte es sich um eine natürliche Höhle, deren Wände jedoch offensichtlich behauen worden waren, wodurch sie eben saalartig wirkte.

Die Männer suchten im Schein der Öllampen nach Spuren von Kunst an den Wänden, nach einer Malerei oder einem Relief, nach irgendetwas, das eine Zuordnung möglich machte. Sie folgten den Wänden im spärlichen Licht, fanden jedoch nichts dergleichen, und standen schließlich an einer steilen Wand, die offenbar das Ende des Festsaals markierte. Sofort begannen sie nach einem Durchgang, einer Tür oder einem Tor zu suchen. Nach einer Weile mussten sie feststellen, dass es so etwas nicht gab, und nach einer weiteren vergeblichen Suche, stießen sie auf merkwürdig geradlinige Risse in der Wand, die sie genauer in Augenschein nahmen.

Zu ihrer größten Verwunderung mussten sie jedoch feststellen, dass das, was sie für Risse gehalten hatten, die Abschlusskanten eines riesigen Verschlusssteines waren, der sie am Weiterkommen hinderte. Niemand von ihnen konnte sich auch nur vorstellen, wie dieser Stein so passgenau in die Wand eingesetzt worden war, geschweige, wie er bewegt wurde.

Staunend blieben sie noch eine gute halbe Stunde davor stehen, und beschlossen dann, sich erstmal auf den Rückweg zu machen. Sicher, sie hatten in der Höhle nichts gefunden, jedoch die Höhle an sich und insbesondere der Verschlussstein, waren bereits eine Entdeckung, und wer konnte erahnen, was sich dahinter noch verbarg. Als sie bereits ein gutes Stück auf dem Rückweg waren, spürten sie plötzlich einen starken Luftzug, der sogar ihre Öllampen zum Erlöschen brachte, und mit einem Mal wurde es stockdunkel in der Höhle.

Es war geradezu unheimlich, und alle kramten sofort nach Zündhölzern, um die Lampen wieder anzuzünden. Mark schaffte es zuerst, das Feuer seiner Lampe wieder zu entfachen. Er sah die Schatten der anderen, und hörte einen kurzen Aufschrei. An der Stimme konnte er erkennen, dass es Schumann war, der geschrien hatte. Er fragte was los sei, und suchte mit den Augen nach Schumann. Noch bevor er eine Antwort erhielt, hörte er Costa ein Gebet anstimmen, und sah ihn sich bekreuzigen. Alle Lampen brannten nun wieder, und während Schumann zu ihnen kam, leuchtete er auf einen Gegenstand, den er in der Hand hielt. Das Licht seiner Lampe wurde von dem Gegenstand in allen Farben widergespiegelt, und ein wunderbarer Glanz strahlte ihnen aus Schumann´s Hand entgegen.

Als Schumann bei ihnen war, erkannte Mark Stierköpfe an den Enden des glänzenden Gegenstandes. Offenbar handelte es sich um einen eingefassten Kristall. Als sie Schumann fragten, wo er den gefunden hatte, sagte er nur, dass er einfach dagewesen wäre. Er konnte sich nicht erinnern, ihn aufgehoben zu haben. Irgendwann hatte er ihn einfach in der Hand gehalten.

Alles war während der Dunkelheit passiert, und deshalb hatte er sich so erschrocken, und laut aufgeschrien.

Sie beschlossen, den Fund vorerst geheim zuhalten, und später genauer zu untersuchen. Schumann verwahrte den Gegenstand in der Schultertasche, und sie gingen weiter, zu dem schmalen Gang, dem sie folgten, und dann entstiegen sie dem Stollen, an dessen Ende sie vom Tageslicht und den neugierigen Blicken der Hilfskräfte erwartet wurden. Costa berichtete den anderen Einheimischen nur von der leeren Höhle, und erwähnte den Kristall mit keiner Silbe.

Mark klopfte sich den Staub von der Kleidung, nahm den Hut ab, und ging geradewegs zu der Regentonne im Lager, um sich das Gesicht zu waschen. Er beugte sich über die Tonne, und war gerade dabei die Hände ins Wasser zu tauchen, als er erschrocken zurückwich.

Oh...Gott, im Wasser hatte er ein Gesicht gesehen, und genau vor diesem Antlitz war er zurückgewichen. Es war das Gesicht des Mannes, der sich gerade über die Tonne gebeugt, und seine Hände über das Wasser gehalten hatte. Aber hatte *ER* sich nicht gerade über die Tonnen gebeugt, um sich zu waschen? Das hatte er, aber es war nicht sein Gesicht, nein, nicht das seine!

Vorsichtig beugte er sich nochmal über das Wasser, und sah hinein. Diesmal wich er nicht zurück, als er im Wasser das Gesicht eines Fremden sah. Nein, es war nicht sein Gesicht, aber auch nicht das eines Fremden. Nun erkannte er das Gesicht im Wasser! Es war das Gesicht des Mannes, den er in der Fehrbelliner gesehen hatte, mit seiner Frau, in der Wohnung, in dem Traum. Ja, er erkannte ihn, gepflegter Vollbart, der Scheitel und die Augen, alles stimmte, und wieder war er ihm merkwürdig vertraut. Er sah nochmal hin, wich zurück, und sah nochmal hin. Er war es, ohne Zweifel. Langsam führte er eine Hand an sein Kinn, und der Mann im Wasserspiegel tat es ihm gleich.

Als er sein Kinn berührte, stellte er fest, dass dort ein Bart war! Aber *ER* hatte doch keinen Bart! Verwirrt befühlte er den Bart, den er offenbar doch hatte, und hörte hinter sich plötzlich Schritte. Verstört drehte er sich um, und sah Costa.

„Aber Herr Hellwig, was ist denn mit Ihnen? Geht es Ihnen nicht gut?"

Hellwig!??

Hellwig...Hellwig...Hellwig...Hellwig! Das Geräusch des Namens klang noch in seinen Ohren, als Mark schweißgebadet hochschreckte. Er ließ sich wieder auf das Sofa sinken, und versuchte ruhig zu atmen. Er hatte Kopfschmerzen, weshalb er aufstand, und benommen in die Küche wankte, ein Aspirin nahm, und sich wieder hinlegte. Mein Gott...er hatte gesehen, wie Hellwig und Schumann die Röhre gefunden hatten! Unglaublich, aber er hatte es gesehen, war dabei gewesen!

Wieder spürte er die unglaubliche Realität des „Traumes". Er hob den Kopf, und lugte zur Röhre hinüber. „Daher kommst du also!"

Wieder nahm er wahr, dass er mit einem leblosen Objekt redete, was ihn jedoch nicht mehr verwunderte, wenn man bedachte was er in der letzten Zeit erlebt hatte. Längst waren die Merkwürdigkeiten zur Normalität geworden.

Irgendwann beschloss er zu duschen, und nachdem er sich angezogen hatte, setzte er sich wieder ins Wohnzimmer. War das, was er heute Nacht in dem „Traum" gesehen, oder wenn man so will, erlebt hatte, die Realität, beziehungsweise das Spiegelbild einer vergangenen Realität? Hatten Hellwig und Schumann die Röhre wirklich dort in der Höhle gefunden, oder gaukelte ihm der „Traum" nur eine mögliche Variante des Geschehenen vor, eine Variante, die er sich in seiner Fantasie zurechtgelegt hatte?

Woher sollte er das wissen? Wie konnte er sich wirklich sicher sein? Wieder starrte er die Röhre an. Hat sich Schumann wegen dir umgebracht? Wo war Hellwig geblieben?

Es tauchten noch genug Fragen auf. Sie hatten gerade erst an der Oberfläche gekratzt, und mussten nun an die Substanz gelangen, an des Pudels Kern!

Mark stand auf, schnappte seine Jacke, und verließ kurz darauf die Wohnung. Er wollte zu Dirk, und mit ihm reden. Es regnete leicht, er zog den Kragen hoch, und wenige Minuten später klingelte er bei seinem alten Kumpel. Dirk öffnete, und sein Blick verriet, dass er getrunken hatte.

„Mark, hallo, lange nicht hier gewesen", sagte er, und ließ den Besucher rein. „Ja, schön dich zu sehen, was machst du so?", fragte Mark, während er die Jacke auszog.

„Nichts weiter, willst du ein Bier?"

„Gerne!" „Im Kühlschrank."

Mark bediente sich, und die beiden setzten sich in Dirk´s Küche.

„War bei Ritchie", berichtete er, und nippte an der Flasche.

„Ach ja."

„Ja, war sehr aufschlussreich, hat rausgefunden, dass Hellwig früher in der Fehrbelliner gewohnt hat, in den Häusern, die für die Kaufhalle gesprengt wurden!"

Dirk schaute ihn ungläubig an.

„Dann ist es wirklich seine Röhre?" „Glauben wir zumindest, ist im Grunde sicher."

„...ja", erwiderte Dirk, und goss sich etwas aus einer Flasche Kräuterlikör ein. „Du auch?", er hielt die Flasche hoch. „Nein...lass mal, mir reicht das Bier."

Dirk stellte die Flasche beiseite.

„Ich hab Ritchie alles erzählt, ich meine auch von den „Träumen", fuhr Mark fort.

„Das war richtig, er sollte wissen, worauf er sich eingelassen hat", stimmte Dirk zu.

„Wir müssen uns nochmal mit Ritchie treffen, sobald wie möglich, müssen die Röhre genauer untersuchen lassen." „Wenn du meinst", sagte Dirk, und trank, und Mark hatte den Eindruck, dass es ihm wieder nicht besonders gut ging.

„Ich glaube wir werden dadurch wieder mehr erfahren, deshalb halte ich es für richtig." „Ja...vielleicht hört dann irgendwann wirklich alles auf", antworte Dirk mit trüben Augen, und Mark überlegte, ob er ihm von seinem letzten „Traum" erzählen sollte.

„Du darfst es dir nicht so schwer machen, versuch damit zu leben. Ich weiß wovon ich spreche, glaub mir", sagte er aber nur, und sah wie Dirk Likör nachgoss.

Ritchie befühlte die Röhre. Er tat es wieder und wieder. Sie war faszinierend. Was hielt er hier nur in den Händen? Es war einfach unglaublich, aber die Ergebnisse sprachen für sich. Er hatte einige Beziehungen spielen lassen, und Fragen ausweichen müssen, aber er hatte die Untersuchungen bekommen, die er benötigte.

Er hatte ihnen von einem privaten Sammler erzählt, der das Objekt als minoisch erworben hatte, und nun glaubte, dass es sich um eine Fälschung handelt. Ritchie legte die Röhre ab, und zündete sich einen Zigarillo an. Eigentlich hatte er das Rauchen aufgegeben, aber immer irgendwo eine Blechschachtel in Reserve, aus der er sich manchmal bediente, wenn er über einem schwierigen Problem saß, und seine Nerven beruhigen musste. Er holte einen Aschenbecher hervor, und zog einige Male an dem Glimmstengel. Hatten sie ihm die Geschichte abgekauft?

Das hoffte er, wusste aber auch um den wissenschaftlichen Instinkt, der einmal angeregt, die Neugier weckte, und um die Bereitschaft einer aufgenommenen Witterung zu folgen. Ritchie ging im Arbeitszimmer auf und ab, rauchte, und dachte. Gleich würden Mark und Dirk hier sein, und er würde ihnen die Ergebnisse präsentieren. Doch er musste noch weitergraben, tiefer, jedem noch so vagen Hinweis nachgehen, mehr über Hellwig rauskriegen.

Ja...Hellwig war zweifellos der Schlüssel zum Verständnis des Objektes, Hellwig war weiter gekommen als jeder andere, davon war Ritchie überzeugt. Was waren das für „Träume"? Er träumte nicht. Warum nicht? Warum nur Mark und Dirk?

Ritchie drückte den Zigarillo aus, packte die Schachtel weg, und öffnete das Fenster. Er glaubte Mark, ja er glaubte ihm, und er wusste um den Instinkt des Wissenschaftlers, denn dieser lebte in ihm, und hatte sich geregt, war wach geworden, hellwach!

Wenn die „Träume" wirklich in direktem Zusammenhang mit der Röhre standen, konnte vielleicht ein Analytiker helfen? Ritchie wusste, dass er hier an etwas dran war, spürte es instinktiv, er war an etwas dran, an etwas Bedeutendem. Wieder nahm er die Röhre in die Hand, betrachtete sie, und legte sie auch nicht weg, als er die Klingel hörte, und auch nicht, als Constanze mit den beiden Freunden im Zimmer stand.

„Hast du geraucht?", fragte sie mit vorwurfsvollem Blick, obwohl sie bereits wusste, dass sie recht hatte. Nun legte Ritchie die Röhre ab.

„Nur einen halben Zigarillo", gab er schuldbewusst zu. Mark und Dirk gaben ihm die Hand, und alle setzten sich. Auch Constanze. Ritchie hatte ihr alles über die Röhre erzählt, und nach Rücksprache mit den anderen, auch von den „Träumen". Die beiden waren einverstanden gewesen Constanze einzuweihen, war sie doch als Ritchie´s Ehefrau bereits involviert, und besonders Mark hatte gewollt, dass sie alles erfuhr.

„Konntest du die Untersuchungen möglichst ohne viel Aufmerksamkeit zu erregen durchführen lassen?", kam Mark auch gleich zur Sache.

„Naja...ich hoffe, obwohl die Ergebnisse doch Fragen aufwerfen, die einige Kollegen zumindest nachdenklich stimmen könnten."

Ritchie betrachtete nochmal die Röhre, und wandte sich dann wieder dem kleinen Kreis zu. „Ich will euch auch nicht länger auf die Folter spannen, und euch erstmal mit den Ergebnissen vertraut machen."

Keiner der Anwesenden sprach mehr ein Wort, und alle warteten gespannt auf Ritchie's weitere Ausführungen. Der nahm die Röhre wieder zur Hand, und begann.

„Also die Einfassung mit den Stiermotiven ist in der Tat minoisch, frühminoisch", erklärte er, und während er sprach, wies er mit dem Finger auf die entsprechenden Teile der Röhre. „Der Kristall ist ein Zirkon, drei Milliarden Jahre alt!"

Die Erwähnung des hohen Alters des Kristalls, löste bei den Zuhörern sofort eine Welle kollektiven Erstaunens aus.

„Nein, nein", winkte Ritchie ab. „Das ist für solche Steine kein ungewöhnliches Alter, überhaupt nicht."

Er unterbrach kurz, und blickte in die Runde. „Das eigentlich Ungewöhnliche ist die Bearbeitung, der Schliff, eine absolute Präzisionsarbeit. Der Zirkon ist mit einer Technik bearbeitet worden, die die Minoer schlichtweg nicht besaßen."

Ritchie wartete an der Stelle erneut ab, und sah in die Gesichter seiner Zuhörer, die an seinen Lippen hingen. „Ich habe auch keine moderne Technik ausfindig machen können, die solch einen präzisen Schliff, wie diesen hier möglich macht."

Ritchie wies auf die Oberfläche des Kristalls.

„Aber was genau bedeutet das?", fragte Constanze.

„Nun ja, man könnte annehmen, dass es vielleicht doch eine moderne Technik gibt, mit der dieser Zirkon geschliffen, und dann mit irgendwelchen minoischen Teilen zusammengesetzt wurde, eine Fälschung sozusagen. So habe ich es jedenfalls den Kollegen gegenüber erklärt", meinte Ritchie.

„Diese Technik müsste dann aber bereits zu Hellwig´s Zeiten existiert haben, da wir ja sicher sein können, dass er die Röhre in seinem Wohnhaus versteckt hatte, und sie in dem Brief erwähnt wurde. Aber wissen wir denn, ob er sie nicht selbst anfertigen ließ, um endlich einen Fund vorweisen zu können?", fragte Mark, und überlegte, ob er den anderen von seinem „Traum" über den Fund der Röhre berichten sollte, hielt es jedoch für angebracht zu schweigen. Der „Traum" konnte sicher nicht als Beweis dafür gelten, dass die Röhre auch so gefunden worden war. Also war es sicherlich besser, auf logische Schlussfolgerungen zu vertrauen.

„Darüber habe ich natürlich auch nachgedacht, und die Röhre einem weiteren Spezialisten zur Begutachtung vorgelegt. Es ist mit nahezu hundertprozentiger Wahrscheinlichkeit so, dass die Bronzeeinfassungen passgenau für diesen Kristall angefertigt wurden...und zwar um 3000 vor Christus!"

Ritchie legte die Röhre nun so auf seinem Schreibtisch ab, dass sie von allen gut gesehen werden konnte, und nahm die Blechschachtel mit den Zigarillos aus einem Schubfach.

„Bitte entschuldigt, aber ich brauch jetzt eine."

„Also womit haben wir es hier zu tun?", fragte Mark in den Raum hinein, und unterbrach damit das allgemeine Schweigen, dass nach Ritchie´s letzten Worten geherrscht hatte.

„...tja", meinte Ritchie, und blies einige Ringe in die Luft. „Also erstmal mit einem wirklich frühminoischen Objekt, wie es kein zweites gibt, mit etwas wirklich Besonderem, soviel steht unzweifelhaft fest. Allerdings haben wir überhaupt keine Vorstellung davon, wozu es gedient hat, da tappen wir völlig im Dunkeln."

„Kultgegenstand!", warf Constanze lakonisch ein.

„Ja...natürlich, was man nicht erklären kann, sehe man als kultisch an!", antwortete Ritchie, und saugte an dem Zigarillo. „Genauso werde ich es auch verkaufen, falls sich doch jemand dafür interessieren sollte."

„Aber was ist es wirklich, und wie können wir dem weiter auf den Grund gehen?", wollte Mark wissen.

„Selbstverständlich kein Kultgegenstand! Ich denke wir müssen uns intensiver mit Hellwig befassen, das ist der richtige Weg", entgegnete Ritchie.

Mark schaute die anderen an. „Denke ich auch, ich glaube, dass Hellwig genau das erlebt hat, was ich und Dirk erleben, und vielleicht hatte er schon mehr über die Zusammenhänge herausgefunden. Wer weiß, wir müssen rauskriegen, wo er abgeblieben ist!"

Er hatte es vermieden Schumann´s Selbstmord anzusprechen, aber vielleicht hätte er es tun sollen. Wer konnte schon sagen, wo das alles enden würde. Man sollte sich den Risiken durchaus bewusst sein. Niemand wusste doch, womit man es tatsächlich zu tun hatte.

„Ja, da stimme ich zu, vielleicht war er bereits auf der richtigen Fährte", sagte Ritchie, nickte, und betrachtete wieder die Röhre.

„Ja...so sollten wir es machen", meldete sich nun auch Dirk zu Wort, der bisher nur geschwiegen hatte. Wahrscheinlich war er der einzige von ihnen, der die ganze Sache einfach nur vom Tisch haben wollte. Ihn schien das Geheimnis um die Röhre nicht zu reizen, er wollte nur in ein „normales" Leben zurück.

„Ich denke da besonders an seine Gedanken, bezüglich einer frühen Hochkultur, aus deren Resten sich vielleicht die minoische entwickelt haben könnte", führte Ritchie weiter aus, während er fortwährend rauchte.

„Also wenn ich das jetzt richtig verstehe, denkst du, dass die

Frühminoer aus einer untergegangenen Hochkultur hervorgegangen sind?" Constanze setzte sich gerade, und trank einen Schluck Wein.

Ritchie schaute sie an, und schob den Ascher beiseite. „Hellwig glaubte das, und vielleicht hatte er ja recht."

„Wie meinst du das?", fragte Dirk.

„Naja...vielleicht stammt der Zirkon aus ebendieser Hochkultur, und die Frühminoer wussten vielleicht um die Bedeutung, die er in dieser Kultur hatte, oder hatten zumindest eine Ahnung davon, oder verehrten einfach alles, was aus dieser Vergangenheit stammte und noch vorhanden war, und fassten die seltenen Bruchstücke einer großen Vergangenheit in Bronze, ähnlich vielleicht, wie wir altägyptische Obelisken aufstellen."

„Das ist eine sehr interessante These! Du meinst also, ähnlich wie das Mittelalter eine vage Vorstellung von der Antike hatte, und sich allmählich begann aus ihr zu speisen, so könnte sich die Antike bereits aus einer, nennen wir es mal Vorantike gespeist haben?", fragte wieder Constanze.

„Genau das ist die These, die Hellwig vertrat", erklärte Ritchie.

„Da wären wir wieder bei Atlantis!", warf Mark ein, und lümmelte sich bequem in den Sessel.

„Nenn es wie du willst, von mir aus auch Atlantis, alter Junge. Wenn man es aber genau betrachtet, liegen die Wurzeln der industriellen Revolution bereits in der Antike. Ich erinnere da nur an Archimedes, und die Grundlagen aller modernen Wissenschaften stammen ebenfalls aus dieser Epoche. Nun stellt euch doch bloß mal eine viel höher entwickelte, gut...nennen wir es vorantike Zivilisation vor, stellt euch das nur einmal vor!"

Ritchie schlug nun einen regelrecht schwärmerischen Ton an, und alle mussten erstmal verdauen, was er da postulierte.

„Und was hätte, deiner Meinung nach, der Zirkon für eine Funktion haben können, wenn er dann, und das ist ja noch die Frage, aus einer solchen Zivilisation stammen würde?", mischte sich nun auch Dirk wieder ein.

„Das lässt sich natürlich zu diesem Zeitpunkt nicht wirklich beantworten. Hier kann man erstmal nur spekulieren, und da wäre alles möglich", meinte Ritchie, und schien für einen Augenblick seine Gedanken zu sammeln. „Denkt doch nur mal an die Bedeutung von kristallinen Elementen in der modernen Informations- und Kommunikationstechnik, gesetzt den Fall, es hätte die vorantike Hochkultur wirklich gegeben, könnte, oder besser, müsste man nicht sogar zwingend eine technologische Nutzung des Zirkons in Betracht ziehen?", fragte er in die Runde, und die anderen griffen diesen Gedanken auf, und begannen darüber nachzudenken.

Mark verspürte einen leichten Kopfschmerz. Er fragte sich nun, ob sogar die „Träume" mit einer technologischen Funktion der Röhre in Zusammenhang standen. Schon ihre erste spontane Bezeichnung als solche, schien eine technologische Interpretation zu untermauern. Wäre es denn wirklich vorstellbar, dass irgendeine Technologie sein Gehirn beeinflussen konnte?

Das schien zu fantastisch, jedoch die „Träume" passierten. Ritchie schien so etwas zu vermuten. Mark sah zu ihm rüber, und für einen kurzen Augenblick kreuzten sich ihre Blicke. Hellwig, Hellwig war der Schlüssel! Vielleicht hatte er irgendwo weitere Aufzeichnungen hinterlassen. Sie mussten weitermachen! Wenn sie nur hartnäckig genug blieben, würden sie früher oder später etwas finden, dessen war er sich sicher, und dasselbe las er in Ritchie´s Blick.

Mark schlug schweißgebadet die Augen auf, und starrte an die Decke. Er rang nach Atem, und rührte sich nicht, blieb einfach nur liegen, wie erstarrt. Er rührte sich nicht, weil er es nicht wagte sich zu rühren. So lag er noch eine ganze Weile da, schwitzend, an die Decke starrend.

Irgendwann nahm er die ruhigen Atemzüge neben sich war, und wagte es den Kopf zur Seite zu neigen. Er sah die Frau neben sich ruhig schlafen, und wusste, dass es Charlotte war, seine Frau. Er wusste, dass er zuhause war, in seinem Bett, doch der Fakt an sich erschien ihm unglaublich, war er doch vor einem Moment erst noch ganz woanders gewesen.

Vorsichtig begann er die Finger zu bewegen, und das Bettzeug zu befühlen, so als wollte er sicher gehen, dass er tatsächlich hier lag. Wo waren die anderen? Welche anderen? Er lag doch hier in seinem Bett, neben seiner Frau. Wo waren die Menschen, von denen es eben noch gewimmelt hatte, hier auf dem großen Platz. Aber hier gab es keinen großen Platz und keine anderen Menschen, außer Charlotte und ihm!

Aber er hatte sie doch gesehen, war mitten unter ihnen gewesen, gerade eben noch, auf dem großen Platz vor dem riesigen Kuppelbau. Er hatte sie gesehen fremde Gesichter, in fremdartigen Gewändern. Er versuchte sich zu erinnern, warum er dort gewesen war, und vor allem, wo er gewesen war. Es fiel ihm partout nicht ein, er wusste nur *DAS* er dort gewesen war, völlig real, gerade eben noch. Aber das war unmöglich! Es konnte nur ein Traum gewesen sein! Aber so real? Nie zuvor hatte er so real geträumt, es war erschreckend, diese Realität!

Langsam beruhigte er sich, und zog die Bettdecke etwas herunter, um den schwitzenden Körper zu kühlen. Vom nahen Fenster her, fiel das helle Licht des Morgens in das Zimmer. Er richtete sich auf, fuhr sich mit den Händen durch das schweißnasse Haar, und ließ seinen Blick durch den Raum gleiten, bis dieser an der kleinen Kommode haften blieb. Es war jedoch nicht die Kommode, die seine Aufmerksamkeit erregte, vielmehr das, was auf ihr lag.

Auf der Kommode lag die Röhre, und als er sie sah, wusste er, dass er sie gefunden hatte, zusammen mit Dirk, in dem schlammigen Aushub. Er wusste es ganz genau, erinnerte sich an den verregneten Abend, aber er erinnerte sich auch an den Fund in der Höhle, zusammen mit Schuhmann!

Ein starker Kopfschmerz durchzuckte seinen Schädel, und er krümmte sich, und rieb sich mit den Händen die Stirn. Neben ihm begann es sich zu regen, und er bemerkte, dass Charlotte wach wurde, und sich schlaftrunken aufrichtete. Ihr langes dunkles Haar fiel ihr über die Schultern, und glänzte in dem frühen Licht. Sie sah bezaubernd aus.

„Ah...du bist schon wach", bemerkte sie, und strich einige Strähnen ihres Haares aus dem Gesicht. Er betrachtete seine Frau. Seine Frau? Mark versuchte klare Gedanken zu fassen, was bei dem stechenden Kopfschmerz kaum möglich schien. Seine Frau? Er war nicht mehr verheiratet!

Aber er liebte diese Frau, und sie war ihm vertraut, das spürte er deutlich. Es war seine Frau! Aber er war nicht mehr verheiratet! Der Schmerz wurde stärker, und Mark kniff die Augen zusammen.

„Was hast du Liebling, ist was mit dir?", fragte Charlotte. Er versuchte die Augen offen zu halten. Ja, was war mit ihm?

„Geht es dir nicht gut, so sag doch etwas!"

Mark versuchte vergeblich aufzustehen, fühlte sich kraftlos, und lies sich einfach wieder auf das Bett sinken. Er merkte wie Charlotte zu ihm rüber rutschte.

„Oh...Liebling, was hast du denn! Sag doch bitte, was mit dir ist!"

Er spürte ihre Hand auf seiner Stirn. „Du bist ja ganz heiß, ich denke du hast Fieber! Du bist krank, wir müssen einen Arzt holen!"

Er spürte ihre Hand auf seiner Stirn und hörte ihre Stimme aus immer weiterer Ferne. „Liebling kannst du mich hören? Sag doch was, bitte!"

Er hörte sie kaum noch, und versuchte zu antworten, brachte aber keinen Ton heraus.

„Bitte sag doch was, bitte antworte doch! Georg...bitte antworte!"

Georg? Warum nannte sie ihn Georg? Ich bin es Mark! Charlotte, ich bin es Mark, dein Mann!

Mark erwachte, und Charlotte war nicht da. Aber warum sollte sie auch hier sein? Charlotte gehörte nicht hierher, nicht in sein Leben. Sie gehörte in Hellwig's Leben, und Hellwig lebte nicht mehr, genauso wie Charlotte nicht mehr lebte!

Zögerlich stand Mark auf, und ging ins Wohnzimmer, wo er die Röhre wieder aufbewahrte. Ritchie hatte das für keine gute Idee gehalten, und hätte sie am liebsten in irgendeinem Panzerschrank gebunkert, aber Mark wollte sie hier haben. Er hatte den Drang verspürt sie in seiner Nähe zu haben, und das hatte ihn anfänglich beunruhigt, doch je mehr er darüber nachdachte, desto mehr hielt er es für richtig.

Bei ihm hatte sich die Meinung verdichtet, dass des Rätsels Lösung vielleicht nur in den Träumen zu finden wäre, und schließlich konnte er auch Ritchie davon überzeugen, in dieser Richtung zu forschen. Mittlerweile telefonierten sie täglich miteinander, und Mark schien es, als grämte sich Ritchie sehr darüber, dass er überhaupt nicht träumte. Sollte die Röhre tatsächlich, obwohl dieser Gedanke mehr als fantastisch klang, in irgendeiner Form Informationen enthalten, war es mit Bestimmtheit Mark, der am ehesten Zugang dazu erhalten würde. Dirk „träumte" zwar ebenfalls, sträubte sich aber innerlich so sehr dagegen, als das man bei ihm auf Erfolg hoffen konnte, und so blieb letztlich Mark als der Geeignetere übrig.

Er betrachtete die Röhre. Was zum Teufel willst du sagen? Er berührte den Zirkon. Willst du überhaupt etwas sagen? Die Röhre lag wie immer nur da. Aber sie lag eben da. Er wandte sich ab, und ging duschen.

Als Ritchie kam, hatte er allerhand Zeug dabei. Mark, der ihn bereits erwartete, schaute sich die Gerätschaften an, bei denen es sich um ambulante Messgeräte handelte, wie sie auch in Schlaflaboren verwendet werden. Ritchie hatte sich in den Kopf gesetzt, Mark, nachts während der „Träume" mittels Elektroden zu überwachen, und hoffte aus der Analyse der Biosignale irgendeine Schlussfolgerung ziehen zu können.

„Hallo alter Junge, wie findest du das?", fragte er, und präsentierte seine Utensilien. „Mein Gott, wo hast du das denn alles aufgetrieben?" Mark schüttelte den Kopf.

„Ach weißt du, das war eigentlich nicht so schwer zu organisieren. Ich hoffe nur, dass es sich in Bezug auf die Ergebnisse lohnen wird."

„Wie wär´s mit einem Glas Wein?" „Ja gerne, kann nicht schaden einigermaßen entspannt an die Sache zu gehen."

Mark öffnete eine Flasche trockenen Roten, und holte zwei Gläser.

„Weißt du alter Junge, das kann was ganz Großes werden, glaub mir, wenn wir das beweisen können!" Ritchie unterbrach um zu trinken.

„Du meinst die Hochkultur?" „Genau...wenn wir das rauslassen!"

Mark beobachtete Ritchie, und merkte, wie sehr er sich inzwischen in die Sache verbissen hatte. „Schliemann, Carter und alle anderen werden blass aussehen, gegen das, was wir zu bieten haben!"

„Und du glaubst, dass wir das können?" „Was?" Ritchie setzte das Glas erneut an.

„Es beweisen..."

„Natürlich!" Er wischte mit dem Handrücken über den Mund, und stellte das Glas ab. „Wir müssen nur dranbleiben, glaub mir!"

Mark sah ihn an. Ging es ihm um das Geheimnis oder um die Sensation? Constanze hatte recht, er hatte sich verändert. Das er so konsequent an der Sache arbeitete war gut, doch wie schnell konnte es zur Manie werden? Er musste aufpassen, dass es ihn nicht aufzufressen drohte. So war es wahrscheinlich Hellwig und Schumann gegangen. Sie konnten das Risiko überhaupt nicht abschätzen. Also war Vorsicht geboten, unbedingt!

Mark nahm sich vor einen kühlen Kopf zu bewahren, und wenn nötig alles abzublasen. Nachdem sie noch zwei Gläser Wein getrunken hatten, beschlossen sie zu beginnen.

Nachdem Mark sich die Zähne geputzt hatte, begann Ritchie, ihn im Schlafzimmer zu verkabeln. Vor dem Bett hatten sie einen Sessel aufgestellt, von dem aus Ritchie alles überwachen wollte. Mark legte sich ins Bett, und Ritchie nahm auf dem Sessel Platz, und wartete darauf, dass der Proband einschlafen würde.

„Ritchie." „...ja."

„Was, wenn wir nichts finden?" „Du meinst heute Nacht?"

„Überhaupt, ich meine überhaupt, wann hören wir auf?" „So schnell geb ich nicht auf!"

„Aber irgendwann müssen wir vielleicht." „Ja...irgendwann vielleicht."

„Dann werden wir bestimmt wissen, wann es soweit ist." „Ja bestimmt, wir werden es wissen."

Langsam schlief Mark ein, und Ritchie versuchte wach zu bleiben....

Mark war sauer. Er war wirklich stinksauer. Ole grinste nur, so wie er immer grinste, wenn er einem eins ausgewischt hatte. Ein verschmitztes Grinsen, selbstzufrieden und schadenfroh. Mark ärgerte das, versuchte jedoch die Wut, die in ihm hochkochte, auf Sparflamme zurückzudrehen. Ole hatte es mit voller Absicht getan, soviel war sicher. Sein Hemd war klatschnass, und Ole hatte es mit voller Absicht in den Wind geworfen.

Der Wind war stärker geworden, und Mark, der mit freiem Oberkörper im Boot saß, begann zu frieren. Er hatte gerudert, und Ole am Heck gesessen, dort wo das Hemd lag. Mark hatte ihn gebeten es ihm rüberzuwerfen, und Ole hatte bewusst die nächste Brise abgewartet, um es vom Wind ins Wasser tragen zu lassen. Unter dem Gelächter der Jungen in den anderen Booten, fischte Mark das Hemd aus dem See, und wrang es aus. Ole grinste nur, und wieder spürte Mark die Wut.

Nein, nicht reagieren, die Wut nicht rauslassen. Rache, er sann auf Rache, und zwar auf kalte Rache, eiskalte Rache. Er legte das Hemd beiseite, und versuchte sich nicht anmerken zu lassen, dass er fror. Ole, durch die anerkennenden Blicke der anderen gepuscht, war in Hochstimmung, und beschloss vom Boot aus ins Wasser zu springen. Er zog sich also aus, sprang übermütig und zu neuen Heldentaten bereit in die Fluten, und Mark witterte mit dem sicheren Instinkt eines Raubtiers seine Chance.

Da war er! Er war gekommen, der Augenblick der Rache! Alles hing nun davon ab, dass er schneller ruderte, als Ole schwamm. Mit kräftigen Zügen teilte Ole das Wasser. Gut, lass ihn schwimmen, noch ein bisschen, lass ihn sich vom Boot entfernen, noch ein wenig, noch ein kleines bisschen weiter. Ja, gut so, und da war er, der richtige Moment!

Mark legte sich in die Riemen, und das Ruderboot machte einen

Satz nach vorn. Noch bevor Ole etwas merkte, reagierten die Jungen in den anderen Booten, und ruderten ebenfalls von Ole´s Badestelle weg. Die Rudergeräusche ließen Ole innehalten und verdutzt aus dem Wasser schauen, und als er begriff, was da vor sich ging, glich er ungemein dem sprichwörtlich begossenen Pudel.

Doch er sammelte sich schnell, und schwamm dem Boot hinterher, und obwohl er sich mächtig anstrengte, konnte er Mark nicht einholen. Da war sie nun Mark´s Rache! Ja, und nun wollte er sie kalt genießen. Er ließ Ole ein wenig näher kommen, um ihn dann wieder abzuhängen. Er spielte mit ihm, wollte ihn völlig erschöpfen, ihn erst im letzten Moment wieder ins Boot lassen. Er malte es sich aus, Ole, völlig ausgelaugt im Boot, froh von ihm an Land gerudert zu werden, und noch am nächsten Tag von einem Muskelkater schmerzhaft an Mark´s Rache erinnert. Ole kämpfte gegen die Fluten, und konnte auch nicht hoffen von einem der anderen Boote aufgenommen zu werden. Nein, sicher nicht, die Jungen lachten sich kaputt, und rissen auf seine Kosten Witze. Ja...Rache war süß!

Ole schwamm mit ganzer Kraft, und Mark sah die Hoffnung in seinen Augen, vielleicht dieses Mal das Boot zu erreichen. Er machte sich bereit, ein Stückchen würde er ihn noch kommen lassen, und dann, hahaha! Ja komm nur, noch ein wenig!

Ole näherte sich, und Mark legte los, ruderte wie ein Berserker, doch verdammt, was war das? Wie konnte das möglich sein? Plötzlich kam Ole´s Oberkörper zum Vorschein. Wie konnte er den Oberkörper soweit aus dem tiefen Wasser rausstrecken?

Mark ruderte bis zur Erschöpfung, doch Ole kam immer näher. Er schwamm auch nicht mehr. Aber warum schwamm er nicht? Mark traute seinen Augen nicht. Warum schwamm er nicht mehr, er war doch im Wasser? Mark´s Arme wurden immer schwerer, und er versuchte nicht nachzulassen, doch Ole kam weiter an das Boot heran, und er rannte! Ole rannte wirklich durch das Wasser!

Wie war sowas möglich? Die anderen Jungen kreischten vor Lachen, kriegten sich kaum ein. Oh Gott...eine Sandbank, eine verdammte Sandbank hatte seinen Plan verdorben! Ole schwang sich ins Boot, und alles war aus.

Mark vergrub das Gesicht in seinen Händen. Es war furchtbar. Wie konnte das passieren? Damit hatte niemand gerechnet. Wie auch? Er konnte es immer noch nicht fassen. Sie waren doch zusammen aufgewachsen! Nie hatte er einen besseren Freund gehabt! Und nun?

Nun war er tot, und nichts konnte das ändern! Mark merkten wie die Handflächen von seinen Tränen feucht wurden, und hörte, dass auch Charlotte weinte. Schumann war tot, hatte sich erschossen. Die Polizei hatte ermittelt, hatte ihn und Charlotte befragt. Selbstmord! Warum nur?

Der Kristall, es konnte nur mit dem Kristall zusammenhängen! Aber warum nur, warum nur? Die Bilder, die Bilder! Schumann hatte das nicht verkraftet. Die Bilder waren auch in seinem Kopf, er sah sie, jede Nacht. Sie zeigten ihm, dass er recht hatte, es gab die Hochkultur, und der Kristall erzählte von ihr. Er barg etwas in sich, etwas Magisches, ein großes Mysterium!

Doch Schumann war tot! Hatte das alles noch einen Sinn? Schumann war tot! Er hörte Charlottes Schluchzen, spürte ihren Schmerz. „Georg...Georg...oh Gott, was machen wir bloß?"

Er folgte dem warmen Wind, der ihn gerade gestreift hatte. Mit nackten, vom Meerwasser umspülten Füssen ging er durch den weißen Sand. So weit das Auge reichte, sah man einen azurblauen Himmel, und das Kreischen der Seevögel mischte sich harmonisch mit dem Rauschen von Wind und Meer. Sein Blick glitt über die Wellen, hinaus in die Weiten des Ozeans, dann sah er es, das Schiff mit den weißen Segeln.

Es lag draußen, weit draußen, kurz vor dem Horizont. Mark versuchte Einzelheiten zu erkennen, vielleicht eine Flagge. Nichts dergleichen war zu sehen, nur der Rumpf und die weißen Segel. Gerne wäre er auf diesem Schiff gewesen, wäre auf ihm gesegelt. Wohin? Irgendwohin! Er war erfüllt von einer tiefen Sehnsucht, einem Fernweh, einer unerfüllten Hoffnung. Ein Suchender!

Er ging weiter, und kam an eine felsige Landspitze, die etwas ins Meer hineinragte, sah die schäumende Gicht, dort, wo die Wellen den Fels berührten. Einige kleinere Felsbrocken lagen hier über den Strand verteilt, und glänzten in der Sonne. Auf einem von ihnen saß die Oma, barfuß, die Hosenbeine an den Waden hochgekrempelt, und schaute aufs Meer. Mark wunderte sich nicht darüber, dass sie dort saß, es fühlte sich wie selbstverständlich an, und als sich ihre Blicke trafen, lächelte sie, und richtete den Blick dann wieder aufs Meer. Er folgte Ihrem Blick, und bemerkte Schumann, der am Strand Muscheln sammelte. Schumann sah kurz zu ihm rüber, lächelte, und hob dann weiter Muscheln auf.

Nun bemerkte Mark, dass auch Nacaro hier am Strand war. Er kam den Strand entlang, bewegte sich zwischen der Oma und Schumann auf Mark zu. Sein blaues Gewand, etwas dunkler als der azurblaue Himmel, flatterte im Wind. Nacaro blieb vor Mark stehen, und wies mit der Hand auf das Schiff mit den weißen Segeln. Auch Mark richtete den Blick wieder auf das Schiff, spürte den warmen Wind, und lauschte der Brandung.

Wie üblich erwachte er schweißgebadet, starrte an die Decke, und versuchte bewusst zu atmen. Während er tief und ruhig armete, drang an leises Schnarchen an sein Ohr. Als er den Kopf drehte, fand er einen schlafenden Ritchie vor, der irgendwie verdreht im Sessel kauerte.

Ritchie? Was machte Ritchie hier? Langsam kehrte die

Erinnerung zurück, und Mark bemerkte, dass er noch verkabelt war, atmete ruhig weiter, versuchte sich zu sammeln.

„Ritchie! Ritchie...aufwachen!"

Ritchie versuchte schlaftrunken eine andere Position einzunehmen, und stammelte irgendetwas.

„Ritchie, wach auf, in dem Sessel wird es sowieso nicht bequemer!"

Langsam kam auch Ritchie zu sich. „...ah...verdammt!"

Er streckte die verknoteten Glieder, gähnte, und öffnete schrittweise die Augen. Nach wenigen Augenblicken war er jedoch hellwach.

„Du bist ja völlig verschwitzt", stellte er fest, und befühlte Mark's Stirn. „Ja...das ist immer so."

„Immer wenn du träumst?" „...ja."

Ritchie wandte sich seinen Gerätschaften zu.

„Irgendwann bin ich eingeschlafen, aber die Technik lief stabil", sagte er, während er sich die Messwerte auf seinem Laptop ansah.

„Erstmal sieht alles ganz normal aus, später haben wir dann eine erhöhte Herzfrequenz und Hirnaktivität, ziemlich hoch sogar! Dann wieder eine gewisse Stabilität, dann vor dem Aufwachen wieder diese hohen Werte."

Ritchie bearbeitete mit den Fingern die Tastatur. „Wir haben ziemlich hohe Frequenzen, Gammawellen, kann man als gespannte Aufmerksamkeit und Informationsverarbeitung interpretieren, und das über einen langen Zeitraum."

Er ließ die Tastatur in Ruhe, und widmete sich wieder Mark.

„Wovon hast du geträumt, was hast du gesehen?" Ritchie konnte seine Erregung kaum verbergen.

Mark sah ihn an, und atmete ruhig weiter. „Da war zuerst eine Erinnerung an meine Jugend, real wie immer, ist noch so deutlich in meinem Kopf, als wäre es erst vor einer Stunde passiert, dabei liegt es ewig zurück. Später dann, eine merkwürdige Szenerie."

„Was für eine Szenerie?", fragte Ritchie, während er Mark entkabelte.

„Ich war an einem Strand." Mark zögerte einen Moment. Noch nie hatte er mit Ritchie so direkt über den Inhalt seiner „Träume" gesprochen. „Da war ein Mann und...", er zögerte.

„...und?", hakte Ritchie nach.

„Und ich kenne ihn, beziehungsweise habe das Gefühl ihn zu kennen...gut zu kennen." „Woher zu kennen?"

„Das kann ich nicht sagen, aber ich kenne ihn, das empfinde ich jedenfalls stark." „Was weißt du noch über diesen Mann?"

„Seinen Namen." „Und wie ist sein Name?"

„Nacaro!" „Nacaro?"

„Ja, Nacaro."

Ritchie notierte den Namen in seinem Notizbuch. „Kennst du ihn von früher aus deiner Jugend, aus deiner Kindheit vielleicht?"

„Nein, ich kann mich überhaupt nicht an ihn erinnern, er hat in meinem Leben absolut keine Rolle gespielt, dennoch bin ich mir sicher, dass er mir vertraut ist. Das ist doch verrückt...oder?"

Ritchie grübelte, und schien weit weg.

„Nein...das kann man so nicht sagen", er schaute Mark an.

„Es erscheint einem vieles erstmal vermeintlich verrückt, bis man eine Erklärung dafür findet, ist nur ein weiteres Teilchen in diesem Puzzle."

Mark hatte sich inzwischen aus dem Bett bewegt, und das Fenster geöffnet. „Wahrscheinlich hast du recht, ich muss unter die Dusche, dann kannst du, und dann gibt es Kaffee."
„Frühstück wär auch nicht schlecht...." Ritchie verspürte großen Hunger. „Genau!", pflichtete Mark ihm bei, und verschwand im Flur.

Ritchie holte nochmal das Notizbuch hervor, sah hinein, ging zum Fenster, sah hinaus, und strich sich gedankenverloren über das Kinn. Dann begann er seine Utensilien einzupacken, während Mark duschte.

Tage später saß Ritchie vor dem geöffneten Fenster seines Arbeitszimmers und rauchte. Der Aschenbecher auf dem Schreibtisch war bereits ziemlich voll. Die kalte Nachtluft der ersten Novembertage hatte ihn dazu gebracht, sich einen Rollkragenpullover überzuziehen. Constanze war unten, und er wusste, dass sie vorerst auch nicht raufkommen würde, hatte er doch darum gebeten, nicht gestört zu werden.

Er drückte den Zigarillo aus, und öffnete ein Schubfach seines Schreibtisches, dass er generell verschlossen zu halten pflegte. Dann holte er eine braune Klemmmappe hervor, und legte sie behutsam vor sich ab. Da war er nun, und Mark wusste nichts von ihm. Er wusste nichts von ihm, weil Ritchie ihm verschwiegen hatte, dass er existierte. Er hatte es ihm sagen wollen, aber er konnte es nicht.

Ritchie zündete den nächsten Zigarillo an. *ER* hatte ihn aufgetrieben, war auf ihn gestoßen, durch *SEINEN* Instinkt, *SEINEN* Forschergeist! Das war *SEIN* Troja, das wusste er! Charlottes Brief war die ganze Zeit dort gewesen, dort im Institut, dort hinterlegt, und vergessen, ein Glücksfall!

Er öffnete die Klemmmappe, und schaute sich den Brief nochmal an. Inzwischen hatte er ihn wieder und wieder gelesen...zigmal. Der Brief trug kein Datum, und war an Hellwig gerichtet, offenbar nach dessen Verschwinden. Ritchie legte den Zigarillo im Aschenbecher ab, und begann den Brief abermals zu lesen.

„*Mein geliebter Georg,*

es erscheint mir allzu ewig, seit diesem denkwürdigen Tage, da Du nicht mehr bei mir bist.

Bitte sei versichert, dass ich zu keiner Stunde die Gewissheit verloren habe, Dich wiederzusehen. Wir beide wissen, dass es wahr sein wird, wenngleich das wo und wann noch offen bleibt. Nach alledem, was geschehen ist habe ich einen weiten Blick auf die Dinge. Nun, da die Zeit bald auch für mich gekommen sein wird, schreibe ich Dir diese Zeilen nicht als letzten Gruß, vielmehr als einen Wegweiser. Sei Dir gewiss, dass ich dort sein werde, dort wo wir uns einst zum ersten Male küssten, an meinem Geburtstag, zur Mittagsstunde, in jedem Jahr.

Ich weiß Du wirst diese Zeilen lesen und verstehen.

In Liebe Charlotte"

Ritchie las den Brief noch zwei weitere Male. Warum hat sie diesen Brief im Institut deponiert? Hellwig war verschwunden, und man ging von seinem Tod aus. Waren das die Zeilen einer gealterten, sentimentalen Frau, die den Tod ihres Mannes nicht wahrhaben wollte?

Nach allem was geschehen ist, ein weiter Blick, ein Wegweiser? Da steckte mehr dahinter, als die Fantasien einer alten Frau. Man musste das alles im Zusammenhang sehen, Mark´s Träume, wahrscheinlich auch Hellwig´s, Schumann´s Tod, der Zirkon in der Röhre! Ritchie stand auf, und ging rauchend im Zimmer auf und ab. Wenn nun tatsächlich eine verborgene Technologie dahintersteckte, nicht auszudenken, welche Sensation! Hatte er es nicht selbst erlebt, in der Nacht bei Mark?

Irgendetwas war passiert, eine geheimnisvolle Interaktion zwischen Mark und der Röhre. Aber warum passierte es offenbar nur bei Mark und Dirk und vielleicht auch bei Hellwig und Schumann und nicht bei ihm?

Das würde *ER* noch herausfinden, ja das war *SEIN* Troja. Er musste die Röhre nochmal einer genauen Untersuchung unterziehen, unter technologischen Aspekten, und er musste diskret sein, sich Verbündete suchen, verschwiegene Verbündete, und er musste Mark und Dirk bei der Stange halten. *ER* war es, der hier die Fäden in der Hand behalten musste, unbedingt!

Er klappte die Mappe wieder zu, und verstaute sie in dem Schubfach, das er geflissentlich wieder abschloss. Unten hörte er Constanze. Auch sie wusste nichts von dem Brief. Auch ihr hatte er nichts davon gesagt. Sie hätte es nicht verstanden. Manche Dinge muss man einfach alleine tun. Manchmal ist man eben allein, ganz allein. Das hier war *SEIN* Troja, und bald schon würden es alle wissen, und *SEIN* Name in aller Munde sein. Dann wird sie es verstehen!

Ritchie stand auf, ging zum Fenster, und machte es zu. Bevor er die Gardine wieder zuzog, blieb er noch an der Scheibe stehen, und starrte schweigend in den Mond am Nachthimmel, und konnte sich von diesem Bild erst trennen, als sich eine Wolkenformation davorschob.

Mark wankte die Choriner hinauf. Er hatte getrunken, mit Dirk von dem er gerade kam. Sie hatten zusammengesessen und getrunken, ewig geredet und getrunken. Es war dunkel, und bereits ziemlich kalt. Als er in seinen Hausflur kam, suchte er umständlich nach dem Schalter, und knipste das Licht an. Nachdem es hell geworden war, fielen ihm wieder die alten Panelle ins Auge, und er musste sie berühren. Sie waren schon immer hier gewesen, solange er denken konnte. Es tat gut etwas Beständiges zu sehen, und er fragte sich zwangsläufig, ob diese

Panelle auch noch hier sein würden, wenn er es nicht mehr wäre. Er wankte weiter die Treppe hinauf, nach oben. Drinnen, in der Wohnung, pellte er sich unbeholfen aus der Jacke, ließ sie irgendwo im Flur liegen, und holte sich aus der Küche ein Glas Wasser. Er trank nur ein wenig, denn während des Trinkens wurde ihm schlecht, und so stellte er das Glas wieder weg, und versuchte sich im Bad zu übergeben. Nach einigen erfolglosen Versuchen, zog er sich aus, und kroch ins Bett....

Er erwachte, und starrte an die Decke. Er merkte, dass er nun wieder ganz ruhig war, nicht mehr zitterte, wie er es getan hatte, bevor er eingeschlafen war. Am ganzen Körper hatte er gezittert. Er war allein in dem Raum, hier auf dem Bett. Charlotte war nicht da. Nur er und die Röhre auf der Kommode. Charlotte machte sich Sorgen, große Sorgen, besonders seit Schumann sich umgebracht hatte, doch das brauchte sie nicht. Nein, das brauchte sie nicht. Schumann's Tod war tragisch, wirklich, und er litt darunter, sehr sogar. Aber Schumann hatte nicht zugehört, Schumann hatte nicht gesehen, nicht wirklich gesehen. Nicht gesehen, was doch so klar vor ihm gelegen hatte.

Schumann hatte nicht verstanden, nicht verstanden, wovon auch Nacaro gesprochen hatte. Hellwig drehte den Kopf in Richtung der Röhre, und betrachtete sie. Er hatte es verstanden, hatte es gespürt, hatte verstanden, dass sein Geist unendlich ist. Er hatte gesehen, ja, soviel gesehen, und es gab noch soviel mehr, unendlich mehr!

Er wandte sich von der Röhre ab, schloss die Augen, wollte schlafen, schlafen, ruhig schlafen und sehen. Er versuchte konzentriert und bewusst zu atmen. Nach einer Weile wurde er völlig ruhig und entspannt, spürte seinen Körper nicht mehr, spürte eine unglaubliche Energie, die sein *ICH* erfasste, und irgendwie fließen ließ. Ein körperloses Fließen, losgelöst, grenzenlos. Nie zuvor hatte er etwas Vergleichbares gespürt, wie diesen allumfassenden Flow.

Er ließ sich von ihm tragen, dachte nicht mehr, fühlte nicht mehr, erfuhr nur, gab sich ihm völlig hin.

Als Charlotte das Schlafzimmer betrat, war es leer.

„Georg...Liebling wo bist du?" Sie hatte ihn bereits in der gesamten Wohnung gesucht. Sie ging zum Bett, und bemerkte, dass jemand darauf gelegen haben musste.

„Georg!" Sie betastete die Tagesdecke, und spürte noch die Wärme seines Körpers. „Georg...wo bist du?" Charlotte ging wieder hinaus, und als sie an der Kommode vorbeikam, streifte ihr Blick die Röhre. „Georg?"

„Pressen...Pressen...ja gut so...ja...sie haben es gleich geschafft!"

Die junge Frau mit dem schmerzverzerrten Gesicht versuchte so zu atmen, wie man es ihr erklärt hatte, und presste. Nun war auch schon das Schreien des Kindes zu hören, dass sie gerade entbunden hatte.

„Na wunderbar...geschafft ein strammer Junge!"

Die junge Frau ließ sich erlöst zurück aufs Kissen fallen, und als man kurz darauf den Jungen zu ihr legte, war sie unendlich glücklich. Eine der Schwestern, die gerade bei der Entbindung dabei gewesen war, lief nun durch einen der Gänge der Entbindungsstation des Krankenhauses Friedrichshain, wo sie einer Kollegin begegnete.

„Ist er da?", wurde sie im Vorbeigehen gefragt. „Ja er ist da!", antwortete sie kurz, und setzte ihren Weg fort, vorbei an dem Kalender, der an einem Pfeiler angebracht, das Datum zeigte, 18.04.1967.

Er erwachte, schlug die Augen auf, und lauschte in den Raum.

Obwohl er gerade etwas schier Unfassbares erfahren hatte, blieb er ruhig und gelassen. Vielleicht aber gerade deshalb. Nun wusste er es, jedoch nicht, was es bedeutete, noch wie er damit umgehen sollte.

Es war eben wie es war, und merkwürdigerweise, fühlte es sich ganz normal an.

Er blieb liegen, und hatte plötzlich ein extrem starkes *ICH* Gefühl, so etwas wie eine Extraktion seiner selbst, ein Grundich, losgelöst von allem, etwas intensiv Beständiges. Mark gab sich dem Gefühl hin, und ließ es seinen Körper durchströmen. Erst nach einer ganzen Weile, stand er auf, ging duschen und er tat es so, wie er es immer getan hatte, so als wäre alles unverändert. Aber was hätte er auch sonst tun sollen?

Vielleicht hatte alles einen tieferen Sinn. Vielleicht auch nicht. Mark wusste nun wer er war, und wer er auch war. Er wusste nun auch wer Dirk war, kannte nun den Grund für dessen tiefe Depression. Er musste zu ihm, mit ihm reden, konnte ihm helfen! Sie würden sich wiedersehen, nach all den Jahren, er musste zu ihm!

Schumann´s Name ließ Dirk zusammenzucken. Er schaute weg, machte völlig zu.

„Was weist du über Schumann...du musst es mir sagen Dirk, bitte!"

Dirk versuchte auszuweichen, doch Mark ließ nicht locker. „...du musst dich dem stellen, lass es zu! Wir müssen endlich über deine „Träume" reden, dürfen nicht mehr ausweichen!"

„Ist doch alles wirres Zeug!"

„Was ist wirres Zeug erzähl´s mir", bat Mark. Dirk trank um sich zu beruhigen.

„Ich träume...ich träume", Dirk zögerte, und Mark ließ im Zeit.

„Ich träume von einer Vergangenheit, meiner Vergangenheit, einer Vergangenheit, die aber nicht meine ist! Ich meine ich träume von Leuten die ich nicht kenne, und doch sehr gut kenne! Das ist doch völlig bescheuert!" Dirk brach ab, trank wieder, und es fiel ihm sichtlich schwer darüber zu reden.

„Ich weiß wie schwer es ist, das zu akzeptieren, ich träume doch auch. Ich würde aber nicht mehr sagen, dass ich träume, eher, dass ich sehe", sagte Mark. Dirk holte ein Taschentuch hervor, und putzte sich die Nase.

„Ich träume vom Sterben, vom Tod...von meinem Tod! Es ist furchtbar!", schoss es aus Dirk heraus, und Mark konnte sehen, wie er mit den Tränen kämpfte. Er musste es ihm sagen, der Augenblick war da! Jetzt!

„Wir sind zusammen aufgewachsen, haben eine Menge erlebt, damals auf dem Teute." „Ja", sagte Dirk, und steckte das Taschentuch weg.

„...und ich...ich bin mir sicher, dass das nicht das erste Mal gewesen ist!" Dirk sah Mark verstört an. „Wie meinst du das?"

„Ich meine, dass wir das zusammen gefunden haben!" Er griff in die Sporttasche, die er neben sich abgestellt hatte, holte die Röhre hervor, und legte sie direkt vor Dirk auf den Tisch.

„Ja...wir haben sie zusammen gefunden, damals in dem Loch, aber es war nicht das erste Mal", fügte er hinzu, und bemerkte den entgeisterten Ausdruck in Dirk´s Augen, der auf die Röhre starrte, und die Tränen nicht mehr zurückhalten konnte. Dirk heulte wie ein Schlosshund.

„Ich versteh das alles nicht, ich hab mich umgebracht, und ich lebe...hier und heute!?"

Dirk heulte, ließ alles heraus, was sich in den vergangenen

Jahren bei ihm aufgestaut hatte. Mit verheultem Gesicht sah er sein Gegenüber an, und akzeptierte, das eigentlich Unmögliche, das nun so klar vor ihm lag.

„Georg!" „Schumann!"

Sie sahen sich an, und nun liefen auch bei Mark die Tränen, und für eine Weile konnte keiner mehr ein Wort sagen.

„Wie ist das nur möglich?", brach Dirk zuerst das Schweigen.

„Ich weiß es nicht, hab keine Ahnung, weiß nur, dass es so ist, genau wie du...." „Glaubst du, dass das alles wirklich so ist?"

„Ich bin sicher, unsere Erinnerungen sind echt!" „Aber ist es denn möglich, dass man mehrere Leben leben kann?"

„Offenbar...."

Wieder schwiegen sie, und versuchte ihre Gedanken zu ordnen.

„Was ist das bloß für ein merkwürdiges Ding?" Dirk wies auf die Röhre vor ihm. „Ich weiß nicht, sie ist ein Rätsel, und wird es wahrscheinlich immer bleiben."

„Wir glaubten mal daran, alles enträtseln zu können."

Mark sah Dirk an. „Ist lange her...", und nach diesen Worten musste er unweigerlich grinsen. „Ja...das kann man wohl sagen!"

Beide brachen fast gleichzeitig in schallendes Gelächter aus, und ihr Lachen hatte etwas zutiefst Befreiendes. Irgendwann hörten sie mit dem Lachen auf, und redeten, denn sie hatten sich viel zu erzählen.

Erst am späten Abend war Mark wieder zuhause, und ließ sich müde aufs Sofa fallen. Die Röhre hatte er bei Dirk gelassen, ganz so, wie er es wollte. Er dachte an Ritchie, und daran, wie ähnlich er ihm einst gewesen sein musste. Auch in ihm hatte ein unbändiger Forschergeist gelebt, immer auf der Suche. Doch die

Suche hatte hier ein Ende, und das musste er ihm sagen. Eine Weile noch bleib er auf dem Sofa, ging dann ins Bett, und schlief gleich ein....

Die alte Frau schaute aus dem Fenster ihrer Wohnung auf die Fehrbelliner Straße, so wie sie es jeden Tag tat. Auch nach all den Jahren, hoffte sie noch ihn dort zu sehen. Sie hoffte, Tag für Tag, sah aus dem Fenster, lauschte den Schritten, die von der Straße herauf drangen, und hoffte.

Doch an diesem Tag war etwas anders. Die Maler waren gekommen, um das Schlafzimmer zu tapezieren. Einige Tage zuvor war bereits der Maurer dagewesen, und hatte die Nische in der Wand geschlossen, die Charlotte, vorsorglich durch einen anderen Maurer, hatte anlegen lassen. Ja, sie war vorsichtig gewesen, darauf bedacht verschiedene Handwerker zu beauftragen, und als die Nische, durch das geschickte Entfernen einiger Mauersteine in der Wand, vorhanden war, hatte sie dort das Päckchen deponiert, hatte es in das seitliche Loch geschoben, ganz nach hinten, unsichtbar für den Maurer, der die Nische wieder verschloss.

Nun wurde das Zimmer renoviert, um auch die letzten Spuren zu verwischen. Charlotte's Augen suchten die Straße ab. Sie spürte, dass ihr nicht mehr viel Zeit blieb. Die Zeit, von der Georg soviel gesprochen hatte, war so rasend schnell vergangen. Die Jahre waren nur so verflogen, und sie alt geworden. Nun war es an der Zeit alles zu ordnen, und das hatte sie getan.

Das Objekt, dass sie seit Georg's Verschwinden gehütet hatte, war nun verborgen, tief in der Wand. Es hatte kein Glück gebracht, nein, das hatte es bestimmt nicht.

Charlotte setzte sich, und hörte, wie die Maler im Nebenraum arbeiteten. Wieder musste sie an Georg's Verschwinden und Schumann's Tod denken und daran, wie Georg sich in das Objekt verbissen hatte. Von einer anderen Dimension hatte er gesprochen und von der Zeit, die alles schluckte. Er war besessen gewesen, besessen von der Zeit als Phänomen und von den unglaublichen Dingen, die durch dieses Phänomen möglich wären. Davon hatte er ihr viel erzählt, immer und immer wieder. Visionen hatte er gehabt, Visionen, die unmittelbar mit dem Objekt zusammenhingen. Sollte es letztlich wahr sein, gab es diese Dinge? Existierte diese Dimension?

Sie wusste es nicht, aber sie hatte geträumt, so real geträumt! Nächtelang hatte sie sich, nachdem Georg nicht mehr da war, in den Schlaf geweint, nächtelang, dann hatten die Träume begonnen, und das hatte ihr Trost gespendet. Anfangs glaubte sie zu halluzinieren, so etwas konnte unmöglich real sein! Aber Georg war schließlich verschwunden, ein Phänomen, doch real, er war verschwunden!

Charlotte machte es sich in einem Sessel bequem. Nein...viel Zeit blieb ihr nicht mehr. Sie hatte alles geordnet, auch der Brief war deponiert. Der Brief an Georg. Wenn er in allem recht behalten sollte, würde er ihn finden. Nacaro hatte von einem Wiedersehen gesprochen, hatte davon gesprochen, dass alles zusammenhing, miteinander verbunden war. Aber war Nacaro etwas Reales? Oder ein Hirngespinst? Aber wie konnte dann auch Georg von Nacaro gewusst haben, wenn er *IHRER* Fantasie entsprungen wäre? Oder existierte Nacaro für sie eben nur, weil Georg ihr von ihm erzählt hatte? Wie sollte sie sich sicher sein?

Ihr blieb nicht mehr viel Zeit, und vielleicht würde sie es bald wissen. Sie hatte alles geordnet, und musste nun warten, eine kleine Weile noch!

Mark erwachte mit Tränen in den Augen. Er dachte an Charlotte, und spürte wieder die tiefe Liebe, die er für sie empfunden hatte. Nun wusste er auch, wie die Röhre in das Loch gelangt war, in dem er sie mit Dirk gefunden hatte!

Charlotte, arme Charlotte! Was hatte sie durchmachen müssen, und es war seine Schuld gewesen! Seine Schuld in einem anderen Leben. Er versuchte sich zu erinnern, und obwohl er sich vorrangig als MARK empfand, konnte er sich doch gut an GEORG erinnern. Eine weit entfernte Erinnerung, gerade so, als erinnerte sich ein Greis an seine Kindheit. Man fühlt und denkt wie ein alter Mann, ist sich aber bewusst, dass es einmal anders war, und der Zustand des Kindes real. Eine tiefe, schmerzvolle Erinnerung, eine Erinnerung an ein anderes Leben, in einer anderen Epoche.

Mark dachte an die andere Dimension, so wie es Georg getan hatte. Sie schien zu existieren, und ihr Ausmaß war unvorstellbar. Er musste mit Ritchie sprechen, unbedingt!

Wieder stand Mark vor dem Tor zu Ritchie´s Grundstück, wartete auf den Summton, und als der endlich ertönte, öffnete er, und trat ein. Constanze erwartete ihn, in ihrer charmanten Art, bereits an der Eingangstür.

„Hallo mein Lieber, schön dich zu sehen!" Sie zog ihn rein, und nahm ihm die Jacke ab. „Du siehst gut aus, wie machst du es bloß, dass du immer jünger wirst?", schmeichelte ihr Mark, und es stimmte, sie sah fantastisch aus.

„Das ist lieb von dir, aber leider werde auch ich älter." „Sieht man dir wirklich nicht an", sagte Mark, und bemerkte, wie Ritchie aus der Küche ins Wohnzimmer kam.

„Alter Junge, ich freu mich riesig dich zu sehen!" Ritchie hatte ein Glas Wein in der Hand, und schien bester Laune zu sein.

„Möchtest du auch eins?", fragte er, und ohne Mark´s Antwort abzuwarten, schenkte er ein, reichte ihm das Glas, und gab auch seiner Frau eins.

„ Danke", sagte Mark, stieß mit den beiden an, und trank.

„Ich muss mit euch reden!" „Was gibt's denn, du warst schon am Telefon so geheimnisvoll?", fragte Ritchie, und behielt den Freund im Blick.

„Naja...es ist wegen der Röhre." „Gut, dass du davon anfängst, ich wollte dich sowieso bitten, mir die Röhre nochmal für einige Testreihen zu überlassen. Ich hab da einen Informatiker...."

„Ritchie...", unterbrach ihn Mark. Ritchie schwieg sofort, sah ihn an, und las in seinem Blick, dass es sich um etwas Ernstes handeln musste.

„Also, ich möchte dich bitten von weiteren Untersuchungen abzusehen!"

„Was?!" Ritchie starrte entgeistert in Mark´s Gesicht.

„Aber warum in drei Teufels Namen denn, ich dachte du wolltest...und überhaupt, alles, was wir bereits herausgefunden haben...."

Ritchie konnte nicht weiter. Er hatte seine Worte wie ein einziges herausgeschossen, und brauchte erstmal etwas Wein, den er hastig runterstürzte, während die anderen dabei zusahen, und schwiegen.

„Was zum Teufel ist los, verdammt noch mal?", fragte er dann fast wütend.

„Ich kann verstehen, dass du sauer bist Ritchie, ich weiß doch, wie du dich da reingehangen hast, und ich kenne auch deine wissenschaftliche Neugier", erklärte Mark, und hielt an dieser Stelle kurz inne. „Aber die Suche muss hier ein Ende haben, wirklich!"

„Warum, aber warum denn nur? Das verstehe ich nicht!" Ritchie knöpfte sich das Hemd ein Stück weit auf, krempelte die Ärmel hoch, und Mark lies in sich erstmal beruhigen.

„Aber Liebling, wenn Mark es nun so will", mischte sich Constanze ein, der Mark´s Entschluss wohl mehr als recht war, hatte sie doch die Veränderung im Wesen ihres Mannes sehr beunruhigt.

Ritchie drehte sich um, und holte noch zwei Flaschen Wein.

„Gut", sagte er, während er eine öffnete. „Gut, ich bin einverstanden, aber ich würde gerne verstehen warum", er goß sich nach, und trank. „Erklär´s mir...bitte!"

„Ich werd´s versuchen, aber wahrscheinlich wirst du mir nicht glauben", meinte Mark, und schaute dann Constanze an.

„Ihr...werdet mir nicht glauben!"

„Gut...wir werden sehen, versuch´s!", erwiderte Ritchie, und setzte sich neben seine Frau auf die Couch.

„Ich hatte dir ja versprochen ehrlich zu sein, und das werde ich!"

Mark trank, und setzte sich in einen der Sessel, die der Couch gegenüberstanden.

„Die Träume...die Träume von mir und Dirk", begann er, noch nach den richtigen Worten suchend.

„Ja...was ist damit, sag schon!" Ritchie schien extrem ungeduldig.

„Nun...es sind größtenteils Erinnerungen, echte Erinnerungen!"

„Was...woran?", fragte Ritchie.

„An Hellwig, an Schumann!"

Ritchie dachte eine Augenblick nach. „Gut...also du kannst von Hellwig und Schumann träumen, aber wie kannst du dich an sie erinnern, da du sie unmöglich gekannt haben kannst?", fragte Ritchie, das Gehörte analysierend.

„Nun...wie soll ich sagen, ich kann mich an Schumann erinnern, weil ich ihn eben doch kannte."

Mark konnte sehen, wie es bei Ritchie und Constanze im Kopf rumorte.

„Aber woher könntest du Schumann kennen?", fragte Ritchie ruhig weiter, der offenbar versuchte die Fakten unvoreingenommen zu sortieren. Mark wartete noch einen Augenblick mit seiner Antwort, die dann einer Gewehrkugel gleich, durch den Raum hallte.

„Bin mit ihm aufgewachsen!"

Die Querschläger trafen Ritchie und Constanze direkt am Kopf.

„Was???!!!" Ritchie sprang auf. „Du bist betrunken...oder?!"

„Nein!" „Aber wie kannst du dann so etwas Dämliches von dir geben!" Ritchie schien außer sich.

Mark blieb ganz ruhig. „Ich sagte ja, ihr werdet mir nicht glauben!"

„Aber wie sollten wir auch, wenn du behauptest mit einem Mann aufgewachsen zu sein, der seit über hundert Jahren tot ist?", fragte Constanze, und wirkte verstört.

„Ich würd´s ja selbst nicht glauben, wenn es nicht so wäre. Es ist einfach unglaublich, aber es ist wahr!", sagte Mark, und sah wie Ritchie einfach nur dastand, und ihn anstarrte.

„Aber wie soll sowas funktionieren, das ist doch bar jeder Realität, wie kommst du den bloß darauf?", fragte Constanze, und nippte nervös am Weinglas.

Mark blieb weiterhin gelassen, trank einen Schluck, und antwortete, als wäre es die normalste Sache der Welt.

„Weil ich Hellwig bin...beziehungsweise war, ich war Georg Hellwig!"

Im Raum herrschte eisiges Schweigen. Ritchie und Constanze dachten wohl beide dasselbe. Mark musste völlig verrückt sein! Es hatte ihn erwischt!

„Das wird ja immer besser, weißt du eigentlich, was du da sagst? Das grenzt ja an Schizophrenie!", warf Ritchie dann lautstark ein.

„Glaubst du ich kann es mir selbst erklären, bestimmt nicht, aber ich weiß, dass es so ist. Ich erinnere mich, ganz sicher, und ich weiß nun auch, wie die Röhre in das Loch gekommen ist. Charlotte hat sie in der Wand versteckt, ich hab´s gesehen!"

Ritchie horchte auf. „Hellwig´s Frau?"

„Meine Frau!"

Ritchie setzte sich wieder, und die anderen konnten sehen, dass er grübelte. Er lehnte sich zurück, und dachte an Charlottes Brief. Konnte an der Sache wirklich etwas dran sein? Gab es sowas wie Reinkarnation? Nicht auszudenken! Sollten sie wirklich auf einen Beweis dafür gestoßen sein? Gab es fortbestehende mentale Prozesse? Im Laufe der Menschheitsgeschichte war das immer ein Thema, tauchte in allen Religionen auf. Konnte also wirklich was dran sein? Grundsätzlich war alles möglich! Wenn man nun wirklich einen Beweis dafür hätte. Nicht auszudenken, die größte Entdeckung aller Zeiten, da gab es nichts Vergleichbares, würde es niemals geben!

„Wenn du dir so sicher bist, dann erklär mir doch, was dich so sicher macht!", forderte er Mark auf, bereit diese Möglichkeit nicht komplett auszuschließen. „Ich halte dich eigentlich nicht für verrückt, also wie kommst du zu diesem Schluss?", setzte Ritchie, nun wieder ganz der analytisch vorgehende Wissenschaftler, nach.

„Es hat mit der Röhre zu tun, irgendwie verstärkt sie meine tiefsten Erinnerungen. Ich kann es nicht genau erklären, das tut sie, seit wir sie gefunden haben, damals auf Kreta."

„Das ist einfach unglaublich!", sagte Constanze, und kauerte, beide Hände vor dem Mund, mit angezogenen Beinen auf der Couch. Ritchie schaute kurz zu ihr rüber, und wandte sich sofort wieder Mark zu.

„Wenn du dich wirklich daran erinnerst Hellwig zu sein, wobei noch lange nicht klar ist, ob diese Erinnerung tatsächlich eine Erinnerung ist, wohin bist du damals verschwunden? Hast du daran auch eine Erinnerung?"

„Ja...da gibt es was", antwortete Mark, sich entspannt in den Ohrensessel lehnend. „Nachdem wir die Röhre gefunden hatten, dauerte es nicht lange, und sie zeigte uns Bilder, nachts wenn wir schliefen, wir begannen beide zu „träumen", zuerst Schumann, kurz darauf auch ich."

Ritchie und Constanze sahen, wie Mark die Augen schloss, ganz so, als wollte er sich in die Tiefen seines Unterbewussten versenken, ihm die verborgenen Geheimnisse eines vergangenen Seins entlocken. Die Geheimnisse einer Zeit, von der sie geglaubt hatten, wahrscheinlich noch glaubten, sie wäre unwiderruflich vorbei, verlief die Zeit doch linear, woran sich absolut nichts ändern lies. Doch nun hatten sie das eigenartige Gefühl, mit ihr in direktem Kontakt zu stehen. Ein Gefühl, dem ein wohliger Schauer innewohnte, dem sie sich nicht zu entziehen vermochten.

„Zuerst war ich erschrocken, wie real alles war. Dann glaubte ich, wir hätten uns auf Kreta eine Krankheit geholt und halluzinierten dadurch. Später erkannte ich aber immer mehr, dass es sich um Informationen handelte, ja, um Informationen. Obwohl ich es nicht verstand, war mir bald klar, dass es sich zweifelsfrei um Informationen handeln musste, die mittels der Röhre weitergegeben wurden. Natürlich hatte ich keine „vernünftige" Erklärung für dieses Phänomen, doch ich war sicher, dass die Röhre aus einer hochentwickelten vorminoischen Kultur stammte. Wir hatten dazu vorher bereits einige Theorien, und fühlten uns nun bestätigt."

Mark erzählte sehr ruhig, fast monoton, mit geschlossenen Augen, bequem im Sessel sitzend, und Ritchie und Constanze hörten ihm gebannt zu.

„Schumann sah das alles anders. Er hatte Angst, er hatte wirklich Angst dem Wahnsinn zu verfallen, und ich konnte ihn nicht beruhigen."

An dieser Stelle stockte Mark, öffnete die Augen, trank etwas, und die Zuhörer bemerkten, dass es ihn emotional sehr berührte von Schumann zu berichten.

„Schumann hat das alles nicht verkraftet, und hat sich schließlich erschossen", fuhr Mark mit geschlossenen Augen fort. „Ich hab es nicht kommen sehen, hab ihm nicht helfen können, trage eine Mitschuld an seinem Tod."

Mark stockte abermals, und sein Atem wurde schwerer.

„Nach seinem Tod war ich noch viel besessener von der Röhre, dachte Schumann dürfe nicht umsonst gestorben sein, und gab mich mehr und mehr den „Träumen" hin. Ich dachte das wäre der Schlüssel zum Verständnis von allem. Charlotte hatte mich gewarnt, und Nacaro, Nacaro ebenfalls."

Nacaro! Ritchie hatte diesen Namen noch im Kopf. Er kannte ihn von der Nacht, als er bei Mark gewesen war. „Wer ist Nacaro?", fragte er gleich zwischen, und wartete ungeduldig auf die Antwort.

„Nacaro...", Mark sprach ruhig weiter. „Nacaro tauchte immer wieder in den „Träumen" auf, anfangs nur schemenhaft, namenlos, scheinbar zusammenhangslos, später immer deutlicher, im Kontext einer Stadt mit unglaublichen Gebäuden, einer Zivilisation, der Hochkultur, deren Existenz ich zu beweisen suchte, und irgendwann begann er mit mir zu kommunizieren. Er redete nicht im eigentlichen Sinne mit mir, nein, er schaute mich an, und ich verstand ihn, irgendwie konnte ich fühlen was er dachte."

Mark atmete kurz durch, bevor er fortfuhr.

„Umgekehrt schien er genau zu wissen, was ich dachte, was ich gerade fühlte, dass ich tausend Fragen hatte. Er berichtete von einem Phänomen, wir würden es eher als Gesetzmäßigkeit bezeichnen, das unseren Zeitbegriff komplett revolutionieren würde, etwas das allem innewohnte, alles miteinander verband, eine...in gewisser Weise, eine Weltformel. Er berichtete von den ungeahnten Möglichkeiten des Geistes und von der Verbundenheit allen Geistes. Ich war besessen, besessen von dem Erfahrenen, besessen von den Möglichkeiten, wollte immer mehr, immer mehr und mehr. Es war wie eine Droge! Ich konnte nicht aufhören, gab mich mehr denn je den „Träumen" hin, lebte kaum noch mein Leben, wollte nur noch Teil eines universellen Geistes sein. Die Röhre schien mir die Möglichkeit dazu zu geben. Wer wusste schon, wohin sie mich noch führen konnte. Ich dachte am Ende würde ich sogar Gott, in welcher Form auch immer, schauen. Ich war besessen! Nacaro warnte, er warnte vor der Kraft, die dem Geist innewohnte, davor, dass diese außer Kontrolle geraten könne. Aber ich wollte nicht hören, gab mich dem Strom hin, und verschwand. Ich verschwand durch diese Kraft, ohne sie zu verstehen."

Mark endete hier, öffnete die Augen, trank und alle sahen sich abwechselnd und ohne jedes Wort an.

„Das ist unglaublich, das ist einfach unglaublich!" Ritchie war wieder aufgesprungen, und ging im Zimmer, sich das Kinn reibend, auf und ab. Er dachte an Charlottes Brief. Alles schien zu passen, aber konnte es wirklich wahr sein?

Er glaubte es, es erschien völlig fantastisch, aber er glaubte es! Sein Instinkt gab ihm recht, alles schien zu passen, die Röhre, der Ort ihres Fundes, Hellwig´s Adresse, sein ungeklärtes Verschwinden und Charlottes Brief. Es war einfach unfassbar!

„Mark...Mark ich glaube dir!" Ritchie war stehengeblieben, und schaute Mark direkt in die Augen. „Ich glaube dir jedes Wort!"

Constanze kauerte noch immer mit zusammengefalteten Händen

vor dem Gesicht auf der Couch, sichtlich bemüht das Gehörte zu verdauen.

„Wir müssen die Röhre weiter untersuchen, wir müssen, unbedingt! Ja...bist du dir überhaupt bewusst, was wir da haben!"

Ritchie ließ sich auf die Couch, neben seine Frau sinken. Er wirkte erschöpft. Mark beugte sich vor. „Wer sollte das besser wissen als ich oder Dirk!"

Ritchie rieb sich die Augen. „Dirk, was ist mit Dirk?"

„Dirk ist, nein, er war Schumann!", antwortete Mark, und Constanze entwich sofort ein leiser Aufschrei. „Aahhh!"

Dann verharrte sie weiter regungslos in ihrer Kauerstellung. Ritchie schaute kurz zu ihr rüber, um gleich wieder nachzudenken. Dirk war Schumann? Aber ja! Auch das passte! Unglaublich, einfach unglaublich!

„Mein Gott, Mark, das ist die größte Entdeckung, die größte Entdeckung aller Zeiten, ja der Menschheit überhaupt! Das wird alles verändern, komplett alles!"

Ritchie konnte es nicht fassen. Das war größer, als er es sich je hätte träumen lassen, und *ER* war dabei, würde den Beweis erbringen. Schliemann, Carter, Einstein, Newton, wer würde diese Namen bald noch kennen, bald wäre nur noch einer in aller Munde, *SEINER*!

„Mark...wir müssen uns um die Röhre kümmern, alles wird viel aufwendiger werden, viel aufwendiger! Wir brauchen Experten, einen Haufen Experten, ich werd mich gleich...."

„Ritchie...."

Mark unterbrach den Freund. „Ritchie lass gut sein, wir sind am Ende, wir hören hier auf!"

„Aber Mark, siehst du denn nicht, denk doch bloß mal an die

Chancen, die diese Entdeckung mit sich bringt. Stell dir die Welt mit diesem Wissen vor!" „Gerade das tue ich, und denke dabei eher an die Risiken, glaubst du wirklich wir sind reif dafür?"

„Glaubt ihr an Gott?", fragte Constanze unvermittelt, deren Haltung sich auch jetzt nicht änderte. Mark und Ritchie sahen sie an, und Constanze erwiderte ihre Blicke.

„Glaubt ihr an Gott?", wiederholte sie ihre Frage, in einer Weise, die nicht zuließ, ihr eine Antwort schuldig zu bleiben.

„Ich tat es früher mal, dann nicht mehr", erwiderte Ritchie.

„Und du?" Constanze nahm die Hände vor dem Gesicht weg, und schaute Mark an.

„Kommt darauf an, wie man Gott definiert...", antwortete er.

Sie starrte erst Mark an, dann die Decke. „Es macht mir Angst, wenn das alles wahr ist, macht es mir Angst!"

„Es braucht dir keine Angst zu machen, es ist eben wie es ist", beruhigte sie Mark, und nahm Constanzes Hand, die ganz kalt war.

„Aber ich weiß vielleicht nicht mehr wer ich bin!" „Du bist Constanze!"

„Aber vielleicht war ich mal jemand anderes?" „Das spielt keine Rolle, du bist Constanze!"

„Aber was, wenn ich bereits ein anderes Leben gelebt habe, oder mehrere?" „Du musst dieses Leben leben!", meinte Mark, und rieb ihre Hand.

Ritchie nahm nun ihre andere Hand, und begann ebenfalls damit sie zu reiben. „Du bist ja ganz kalt!"

„Ja", sagte sie, und schmiegte sich an ihren Mann.

„Willst du dich etwas hinlegen, war vielleicht alles ein bisschen viel?", schlug Ritchie vor.

„Ja", Constanze legte sich gleich auf die Couch, und Ritchie holte eine Decke, und deckte sie zu. „Schlaf ein wenig, ich sehe nachher nach dir."

„Ja gut."

„Komm wir gehen nach oben", sagte Ritchie, nachdem er seine Frau nochmal geküsst hatte. Die beiden wollten gerade gehen, als sich Constanze nochmal meldete.

„Mark...." „Ja...." Mark drehte sich um.

„Ich hab dich sehr gern!" „Ich dich auch!"

Die Männer gingen nach oben, und Ritchie holte sofort die Zigarillos hervor, steckte sich eins an, und begann wieder damit, Ringe in die Luft zu blasen, und an die Decke zu starren. Mark setzte sich, und wartete einfach ab.

„Ich kann wirklich nicht verstehen, warum du nicht weitermachen willst?", tastete sich Ritchie langsam vor. „Und ich hab dich vorhin gefragt, ob du glaubst, dass wir reif dafür sind. Sind wir es?", erwiderte ihm Mark.

„Ich denke schon!" „Wirklich?" Mark sah Ritchie ernst an, und Ritchie zog begierig an dem Zigarillo, und begann sich im Zimmer umher zu bewegen.

„Gut, ich geb ja zu, es gibt gewisse Risken." „Risiken?!"

Ritchie sagte nichts, saugte an dem Zigarillo, und schlug die Stirn in Falten.

„Sieh dir doch die Welt an, nimm nur mal einen flüchtigen Blick, und sag mir was du siehst!"

Ritchie schwieg weiterhin.

„Also sag mir ehrlich, wofür würde man es nutzen, wofür?"

Ritchie drückte den Zigarillo aus, setzte sich, und massierte mit zwei Fingern seine Schläfen.

„Als ich ein Junge war...", begann er, lehnte sich zurück, und ließ die Arme sinken. „Als ich ein Junge war, träumte ich immer davon ein großer Entdecker zu werden, ein Wissenschaftler, ein Pionier. Das zog sich durch mein ganzes Leben, es war der rote Faden, der Weg, den ich gehen musste, schon immer, solange ich denken kann. Und nun, nun stehe ich vor der größten Entdeckung der Menschheit, und du sagst mir, dass ich aufhören soll, einfach so."

Ritchie säufste, und rieb sich weiter die Schläfen.

„Ja!", antwortete Mark. „Und du weist warum!"

„Ja...ich weiß warum, und denke gerade an Oppenheimer!"

Ritchie ließ von seinen Schläfen ab.

„Nun bin ich der Tod geworden, der alles raubt, Erschütterer der Welten!", zitierte er aus der Bhagavad-Gita. „Was würden wir denn bringen?" Er blieb die Antwort schuldig, und begann wieder zu rauchen.

„Genau das ist es, was ich meine...", erwiderte Mark, und für einige Minuten saßen sie nur da, und starrten auf die Ringe, die Ritchie an die Decke blies.

„Wir tun das Richtige, wenn wir an der Stelle aufhören, da bin ich ganz sicher. Wir haben die Wahl zwischen Sensation und Verantwortung. Es sollte auf der Hand liegen, was wir zu wählen haben", sagte Mark irgendwann, und Ritchie lächelte.

„Ja...das sollte klar sein, du hast recht. Wir wissen nichts, und sollten nicht Gott spielen, wahrscheinlich würden wir es überhaupt nicht begreifen in unserer Beschränktheit. Vielleicht bringt sie ja überhaupt nichts, unsere Sinnsuche, wir wollen doch nur Ordnung ins Chaos bringen, dort, wo es wahrscheinlich überhaupt keine Ordnung gibt."

„Vielleicht finden wir den Sinn nur tief in uns selbst, sollten nach Einklang streben, Einklang mit allem, wozu wir gehören", meinte Mark, und schenkte beiden noch Wein nach.

„Ich wollte immer alles hinterfragen, alles wissen. Da liegt noch so viel im Dunkeln", entgegnete Ritchie, und trank. „Was zum Teufel war eigentlich vor dem verdammten Urknall?", er grinste Mark an, und der grinste zurück.

„Du bist ein hoffnungsloser Fall, weißt du das eigentlich!" „Ich weiß!"

„Apropos Sensation...", setzte Ritchie nach. „Ich weiß ja, dass du selbst eine solche bist, aber ich glaube, ich kann selbst dich noch überraschen!"

„Das tust du bereits zur Genüge!", antwortet Mark, gespannt worauf Ritchie hinaus wollte. Ritchie ging an seinen Schreibtisch, schloss die Schublade auf, entnahm ihr die Klemmmappe, und reichte sie Mark.

„Ich glaube das hier könnte dich interessieren, bin mir sogar ziemlich sicher!"

Mark öffnete die Mappe, sah Ritchie ungläubig an, und las dann die Zeilen des Briefes.

„Mein geliebter Georg,

es erscheint mir allzu ewig, seit diesem denkwürdigen Tage, da Du nicht mehr bei mir bist.

Bitte sei versichert, dass ich zu keiner Stunde die Gewissheit verloren habe, Dich wiederzusehen. Wir beide wissen, dass es wahr sein wird, wenngleich das wo und wann noch offen bleibt. Nach alledem, was geschehen ist, habe ich einen weiten Blick auf die Dinge. Nun, da die Zeit bald auch für mich gekommen sein wird, schreibe ich Dir diese Zeilen nicht als letzten Gruß, vielmehr als einen Wegweiser. Sei Dir gewiss, dass ich dort sein werde, dort wo wir uns einst zum ersten Male küssten, an meinem Geburtstag, zur Mittagsstunde, in jedem Jahr.

Ich weiß Du wirst diese Zeilen lesen und verstehen.

In Liebe Charlotte"

Während des Lesens begann sein Herz wie wild zu schlagen, hatte er doch bereits auf den ersten Blick Charlotte's Handschrift erkannt, obwohl sie etwas zitterig schien.

„Woher hast du das?", fragte er Ritchie leise, nachdem er alles gelesen hatte.

„Aus dem Institut, hatte sie dort hinterlegt, und ich glaube, sie wusste ganz genau, was sie da tat!"

Mark schaute Ritchie an, und sein Blick wanderte dann gedankenverloren zum Fenster. Es war spät geworden, und der Herbstmond schickte sein fahles Licht in den Raum.

Er ging über den Teutoburger Platz, die Mütze tief im Gesicht, und die Hände in den wärmenden Taschen der Jacke verborgen. Es war kalt an diesem 28. November, und die Bäume fast völlig kahl, nur wenige letzte gelbe Blätter, klebten hartnäckig noch hier und da.

Er schaute sich um, und erinnerte sich an die Rauchschwaden, die in seiner Kindheit, zu dieser Jahreszeit aus den Schornsteinen in die kalte Luft aufgestiegen waren. Nun war es nur sein Atem, der kondensierte, als er den Platz überquerte, und dann links in die Christinenstraße bog, wie er es schon unzählige Male getan hatte. Doch nie zuvor hatte er seinem Ziel so entgegengefiebert, und war doch gleichzeitig so unsicher gewesen. Es war der 28. November, Charlotte's Geburtstag.

DORT WO WIR UNS EINST ZUM ERSTEN MALE KÜSSTEN, dorthin war er nun unterwegs, freudig erregt, unsicher, ängstlich, hoffnungsvoll.

Er überquerte die Schwedter, setzte seinen Weg in Richtung Schönhauser fort, und automatisch suchten seine Augen Mutter Gerber's Fenster. Da waren sie wieder, die Bilder, die Erinnerungen seiner Jugend. Sie waren alle wieder da, Ole auf der Silberhummel, Toralf, das Hemd bis zum Bauchnabel geöffnet, Sattler, betrunken in Anzug und Cowboystiefeln, Deddy, in dem gelben Hemd mit dem großen Kragen, natürlich Gerber, mit strohblondem Haar und Mittelscheitel, Ramona, Simone, Sabse, Ralf und Jockel, der ihm Zigaretten anbot. All die Klassenkameraden aus der Fischer-Schule und die Lehrer und alle anderen, lebendig, Teil seiner selbst. Wieder spürte er deutlich ihre permanente Präsens in dem unbewussten Teil seiner Existenz.

Er ging weiter, war gleich dort, *DORT WO WIR UNS EINST ZUM ERSTEN MALE KÜSSTEN*, war hier! Genau hier, vor einer Ewigkeit!

Genau hier, an der Ecke, wo die Schwedter in die Schönhauser mündete, hatte er Charlotte zum ersten Mal geküsst, vor genau dieser Ewigkeit. Er ließ den Blick über die Schönhauser, Richtung Senefelder Platz schweifen, und erinnerte sich, an Würst's Lokal, an die Mühlen und die Feldwege, an Schumann und Charlotte, an einen anderen Teil seiner selbst, weit entfernt, doch ebenso lebendig.

Plötzlich hörte er Schritte hinter sich, und drehte sich um. Nur wenige Meter von ihm entfernt, konnte er eine Frau sehen, die ihrerseits zum stehen kam, nachdem sie auf ihn aufmerksam geworden war.

Er begann sie zu betrachten, und stellte fest, dass auch sie ihn musterte. Nichts an ihr schien ihm bekannt. Sie trug einen dunklen Mantel, war etwas rundlich, und hatte das Haar hinten hochgesteckt. Er ging einige Schritte auf sie zu, wollte sie näher in Augenschein nehmen, und auch sie kam ihm langsam entgegen.

Noch immer war sie ihm fremd, doch plötzlich fing sein Herz wie wild zu rasen an! Es waren die Augen, er hatte ihre Augen gesehen! Er hatte in Charlotte´s Augen gesehen!

So standen sie sich nun gegenüber, irgendwie den Fäden der Zeit entronnen, und doch tief in ihnen verwoben. Die Zeit, ein ewiges Mysterium!

Sein Herz schien sich überschlagen zu wollen, noch einmal ließ er den Blick zu Mutter Gerber´s Fenster schweifen, und in seinen Gedanken lehnte sie auf der Fensterbank, und nickte ihm zu.

Er machte eine kurze Kopfbewegung in Richtung des Fensters, und ging dann Charlotte entgegen.

Herstellung und Verlag:
BoD - Books on Demand, Norderstedt
ISBN 978-3-7431-3890-2